御製

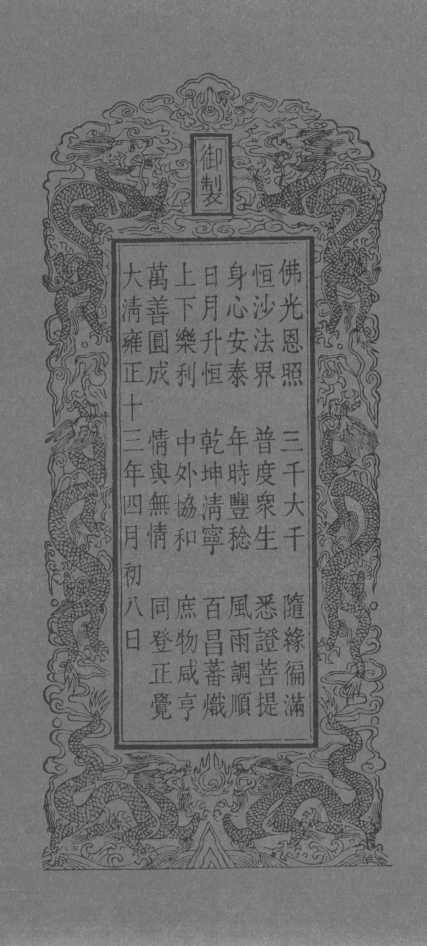

佛光恩照　三千大千　隨緣徧滿
恒沙法界　普度衆生　悉證菩提
身心安泰　年時豐稔　風雨調順
日月升恒　乾坤清寧　百昌蕃熾
上下樂利　中外協和　庶物咸亨
萬善圓成　情與無情　同登正覺
大清雍正十三年四月初八日

第九九册　小乘論（一一）

阿毗達磨俱舍釋論

陳三藏真諦譯

清刻龍藏佛說法變相圖

阿毗達磨俱舍釋論卷第十六

婆藪盤豆造

陳三藏真諦譯

釋分別聖道果人品第六之一

此義已說謂如滅得名永斷智復次此義偈曰

煩惱滅已說　由見修四諦

釋曰諸煩惱有二種一由見諦所滅二由修道所滅此義於前已廣說彼滅亦爾見修二道今當說此二前爲是有流爲是無流是故說此言偈曰

修道有二種　見道惟無流

釋曰云何修道有二種由依世修及依出世修故見道一向是出世能對治三界惑故復能一時滅見諦所滅九品惑故何以故世道

無如此能由惑强道弱故前已說由見四諦
何法名四諦偈曰
已說諦有四
釋曰何處說於分别有流無流法中云何說
如偈言無流法聖道此約自名說滅諦亦已
說如偈言擇滅謂永離各各對諸結苦諦集
諦亦已說如偈言苦集諦世間見處及三有
四諦次第爲如前所說不說非雖然復有别
義偈曰
謂苦諦集諦　滅道諦亦爾
釋曰此中是彼次第如前所說四諦體性今
說亦爾爲顯此義故有爾言無勞重釋偈曰
對正觀次第
釋曰若觀先緣此諦起体觀立此諦爲先後
三亦爾若不爾應先說因次後說果何以故

有餘法隨生立次第譬如念處及定等有餘
法隨顯相說次第如說正勤何以故無此定
義謂先起欲爲滅已生後起欲爲令未生不
生有餘法隨正脱立次第譬如八分聖道等
今說四諦隨修對正觀次第復有何因修觀
有如此次第是愛著處於處能縛能所縛解
脱因此求解脱觀察位中初發次觀次第如
此故先簡擇苦此苦以何法爲因故次簡擇
集此苦以何法爲滅故次簡擇滅此滅以何
法爲道故次簡擇道譬如先觀病次尋思病
因緣及滅病藥於經中佛世尊所顯四諦譬
如此於何經中醫譬經中經言若醫與四分
德相應能拔治他刺何者四分德一識病二
識病因緣三識病滅四識治病藥廣說如經
如觀察位中次第簡擇四諦修觀位中見四

諦次第亦爾由先習利故譬如於已所見地無礙縱馬令走對正觀者此句何義趣向正覺爲義云何此惟無流非有流由此趣向於涅槃緣眞實境起故名正未曾知知故名覺如實能通清淨境故此中是果取陰名苦諦因取陰名集諦從此聚集苦生故是故此二諦由果因義異故名有異不由物異滅道二諦不但由名異亦由物異於經中說有四聖諦此說有何義此法惟是聖人諦是故經說名聖諦若爾此四於餘人是妄不於一切人皆是諦以無顚倒故此中如聖人觀彼餘人不能如此觀故說此惟於聖人是諦於非聖人則非由顚倒觀故如偈言

聖人說是樂　餘人說爲苦　餘人說是淨　聖人說爲苦

有二諦惟聖諦有二諦聖非聖諦餘師說如此若受一分是苦自性云何說一切有爲有流皆名苦諦偈曰

苦由三苦應　如理皆無餘　可愛非可愛及餘有流行

釋曰苦類有三一苦苦類二行苦類三壞苦類無餘與三苦如理相應故是故一切有爲有流皆是苦此中可愛由壞苦故苦非可愛由苦苦故苦異此二所餘由行苦故苦何者爲可愛非可愛非二謂三受如次第由三受相應故一切有爲有流得可愛非可愛等名何以故此樂受變異即是苦如經言樂受生時樂住時樂壞時苦苦受由性故苦謂生時苦住時苦不苦不樂受由行故苦因緣所生起故如經言若無常即是苦如受與受相應

有爲法亦應說如此有餘師說苦受惟由苦類故苦樂受惟由壞故苦乃至行苦亦爾由可愛非可愛不徧故故此二名不具分苦一切有爲由行苦故皆是苦前二受亦由行苦故苦故此一名具分苦此苦惟聖人能見此中說偈

譬如一睫毛　在掌人不覺　此若落眼中
作損及不安　凡夫如手掌　不覺行苦睫
聖人如眼睛　由此生猒怖

何以故凡夫衆生於阿毗指五陰生苦怖意亦不及聖人於有頂諸陰生苦怖意若爾於道諦應立行苦義由是有爲故是義不然何以故苦是違逆意爲相故道非苦何以故此道生起不違聖人意故能引得一切苦滅盡故若聖人由寂靜相觀察涅槃是法由苦相聖人觀之爲苦惟此法滅聖人觀爲寂靜於諸法中若有樂受云何說惟苦聖諦由樂少故譬如烏豆聚中亦有綠豆而說爲烏豆聚餘師說如此何以故何智慧人由以冷水稍稍澆癰所生輕樂計癰爲樂此中餘部師說偈

由能爲苦因　與衆苦雜故　由苦所愛故
故說樂爲苦

一切有共樂聖人觀爲苦由行苦同一味故是故立苦爲聖諦不立爲樂云何以苦相觀喜樂自性受爲苦由有流無常能違意故苦譬如彼以苦相觀色想等色等亦非苦如苦受是汝所言由苦因故苦是義不然何以故此執是集相非苦相諸聖人於色無色界生中云何起苦想何以故於彼衆生五陰非復

苦因故復次於經中說行苦何用若聖人於樂由無常故觀苦無常相苦相有何差別由生滅爲法是故無常由有流能違意是故爲苦若見無當此所見即能違意是故無常想能引苦想有餘部說決定無樂受一切受惟苦云何知然由阿含及道理云何由阿含佛世尊說隨所有受皆是苦別名復有別說應以苦相觀樂受復有別說於苦計執樂想說名顛倒由阿含證如此云何由道理樂因不定故何以故隨所有飲食冷熱等衆生計爲樂因若過量用非時用此因復成苦因此義不應然謂由樂因增長或由平等於非時悉皆生苦是故彼從初皆爲苦因非是樂因後時此苦漸漸增長方得顯了威儀差別亦應如此於苦對治及於苦差別由起樂想故何以故隨世間所有飲食等生具乃至未爲別苦所逼若受則不許爲樂別苦者謂飢渴寒熱疲倦愛欲所生苦是故愚人於苦對治起樂想非於樂於苦差別亦爾一切凡夫於中起樂想譬如擔重易肩是故由此道理定知無樂阿毗達磨師說決定有樂此執應理云何知然此中應問撥無樂人何法名苦若汝言逼惱爲體名苦此樂云何逼惱苦汝言損害爲苦樂能增益云何損害若汝言非所愛爲苦此即是所愛云何爲苦是所愛後於聖人更非所愛謂於離欲時是故此樂不成就不成就故非所愛不由餘義何以故若受由自體性是所愛此受由自體性無時無因成非所愛此義應然何以故由聖人以別過失相猒惡此受故彼觀此受是放逸處大功力

所成易變異無常由如此義故非所愛不由自體相若此受由自體本非所愛於中無有人生起愛欲不應爲離欲此受以別道理觀察過失是故知由自體相定有樂受是汝所言佛世尊說隨所有受皆是苦別名此經世尊自顯了其義經云阿難陀我依諸行無常及有爲變異故說隨所有受皆是苦別名是故知不依苦苦說此經此義自然成復次若由自性一切受皆是苦何用淨命阿難陀問佛如此問云何世尊說受有三種謂樂苦不苦不樂世尊復說隨所有受皆是苦別名世尊依何義說此言謂隨所有受皆是苦別名若如汝所執是理淨命阿難陀應問佛如此世尊依何義說此言謂受有三佛世尊應答阿難陀言阿難陀此說是由別意說謂受有

三佛世尊既不說如此是故由體性實有三受故知此經言依別意說謂隨所有受皆是苦別名是汝所言應以苦相觀樂受是義不然何以故此受中有二性一有樂性由自性是所愛故二有苦性由別道理是變異無常法故若以樂相觀此受則生他繫縛由有欲衆生樂噉此味故若以苦相觀此受則能解脱有縛衆生由於此得離欲故如理所見能令解脱諸佛世尊隨如此理善教衆生令修學此觀云何得知此受由自性故樂由此偈言

已知行無常　復觀彼變異　故説諸受苦

正覺徧知者

是汝所言於苦計執樂想説名顛倒故知無樂是義不然何以故此言是不了義説世間

有樂想於受欲塵及生處中此中樂受由別道理有苦若見此一向樂是見名顛倒欲塵少樂多苦一向觀有樂名顛倒生處亦爾是故由此證撥無樂此義不成若由自性一切受皆苦復說受有三此言有何功德若汝言由隨順世間故說是義不然何以故一切受皆苦此言由別意說故復次曰說眞實言如經云是樂根是喜根應見此名樂受是苦根是憂根應見此名苦受如此廣說已若人如此由如實正智觀察五根此人即滅離三結如此等云何世間分別苦受有三品若汝言於下上中品中如次第世間起樂受等意是義不然樂亦有三品故於輕品等苦中應起最上品樂意若人正受香味觸等勝類所生樂是時受何苦正受輕故於輕苦中起樂心若爾此輕苦受味生時及滅時應生最上品樂意由苦滅無餘故欲塵樂現前時應說如此復次此執云何與理相應謂於輕品苦受中明了最重領起於中品苦受中而不分明復次於三定樂受是輕苦從第四定以上非苦非樂受是中苦此執云何如理謂於輕品等苦中分別樂受等佛世尊說云摩訶那摩若色但苦非樂非樂所隨廣說如經是故知有樂受但不成就不可由如汝所引經無樂受義得成是汝所言由樂因不定故無樂是義不然由不解因義故說此言何以故諸塵觀依止位差別成爲樂因或成苦因不但惟塵苦至此依止位差別諸塵必成樂因無時至此不成樂因是故可立樂因爲定譬如火勢觀應熱飲食位差別成爲美熱因此火勢

即是美熟因若至此應熟飲食位差別必成美熟因無時至此不成美熟因於定中樂因云何不定是汝所言於苦對治由起樂想者是義不然此執於前已破若人是時正用勝品香等差別所生樂受是人於對治中生樂想若此苦未生及已滅此樂想應最分明起於定樂中若生樂想是何對治於擔重易肩中別位所生必有樂受乃至如此相身位未滅若不爾最後樂想應最重起如此疲極人轉威儀中應知亦爾是汝所言後時云何起苦想若不從初漸漸生苦是義不然由身變異差別譬如酒等初味甜後味酸是故樂受定有此義應成由三苦相應故一切有流皆苦是所說集諦即是苦諦此言與經相違何以故於經中說惟貪愛爲集由貪愛勝故經中說爲集不撥所餘諸法爲集此義云何可知由於餘處亦說別法爲集故佛世尊說偈云

業貪愛無明　此三於未來　能爲諸有因

復有經說五種種子類是有取識別名地界是四識住別名是故經中此言由別意說故不了義阿毗達磨教中言依法相復次佛世尊欲說有爲法相續恒有因故說貪愛爲集佛欲說生因有因故於偈中說餘法謂業貪愛無明如經言業於生是因貪愛於有是因復次由經中有因有緣有發起次第故佛世尊安立種子及田說識等亦爲因何法名生何法名有界道生等品類差別故取此身名生無差別接續後有說名有此二次第以業及有愛爲因譬如舍利麥等種子由品類有

差別故能爲差別芽生因水等無差別故通能爲一切芽生因業及貪愛譬喻如此貪愛爲有因此中有何道理爲證無貪愛人不受生故何以故有愛無愛二人俱死惟見有愛更生不見無愛更生由離貪愛無生故是故知貪愛爲有因復次由轉變相續故若是處中有貪愛見心相續於彼數數轉變是故於未來中由比量應知亦如此復次更無餘惑能執取此身猶如貪愛譬如浴散分中燥摩須羅屑無有餘因如此堅著如我愛此即道理有處佛世尊說諦有四有處說諦有二謂俗諦眞諦此二諦何相偈曰

若破無彼智　由智除餘爾　俗諦如瓶水
異此名眞諦

釋曰若物分分被破物智則不起此物名俗有譬如瓶等此瓶若破成瓦緣此瓦瓶智則不起是故瓶等諸物由形相假有復次於此物中由智析除餘法此物智亦不起此物名俗有譬如水等此水若由智析除色大等法水智則不起是故水等諸物由聚集假故有由名句字門顯示眞實義緣名句字於眞義起智若入觀時不能緣名等若出觀時不能緣眞義是故名等及此智由顯示假故有於此三法以何法爲俗但名所作無體是俗由隨順世間說有瓶水名等稱爲實語不說爲妄是故立此爲俗諦離此三所餘名眞諦若物分分被破物智起不異若由智析除餘法物智亦不異若離若等於境界智亦不異說此法名眞實譬如色等若約隣虛析此色及由智除味等餘法緣色智起不異如色受等

應知亦爾此名世間眞諦如此等法由於世間實有故立爲眞諦復有餘師說若法是出世智所緣或是出世後智所緣如此亦說名眞諦謂境界眞果眞道眞若餘法異此三說名俗諦略說諸諦已若廣說應知如六勝智論說修何方便能入四諦觀應說此義是故從初發行次第今當說偈曰

住善行有聞　思後學修慧

釋曰若人求欲觀四諦從初先學持戒次取學隨順四諦觀文句次聽文句正義聽聞已如理正思義無倒思已後修習觀行令成修慧此人依聞慧生思慧依思慧生修慧此三慧何相偈曰

名二義境界　聞思修三慧

釋曰彼言聞慧緣名爲境思慧緣名義爲境有時由文句引義有時由義引文句修慧但緣義爲境何以故此慧已成故不觀文字惟緣義起譬如有人未曾學泅不離浮物若已學未成或離或捉若學已成不依浮物自能得渡三慧譬如此毗婆沙師說如此於此分別中思慧不成就若思緣名起則成聞慧若緣義起則成修慧若立二慧相如此則無過失依聖言量所生決定智名聞慧依聖教簡擇道理所生決定智名思慧依三摩提所生智名修慧此三慧皆約因得名因聞生名聞慧思修慧亦爾譬如說食爲命說草爲牛若人勇猛求得修觀此修觀云何得成是故應說此義次第偈曰

有二離人

釋曰若人由身由心能遠離住謂遠離羣雜

及蓋覺觀等惡法此二遠離於何人可易善成若人有知足有少欲偈曰

無　不知足大欲

釋曰若人不知足有大欲於此人此二遠離則難得成若成亦不清淨此不知足及大欲別相云何偈曰

前已得求多　後未得求得

釋曰彼說已得可愛衣服等緣更求多得說名不知足求得未得說名大欲阿毗達磨師說如此爲不爾耶此求多得於未得起非於已得若爾此二何異汝等應說若執如此是義可然由已得非可愛非多衣服等緣心憂不安說名不知足未得可愛及多求得說名大欲偈曰

翻此二對治

釋曰翻此不知足及大欲應知二種法爲對治謂知足及少欲偈曰

或三界無流

釋曰此二種對治或屬三界或屬無流界不知足及大欲惟屬欲界此知足少欲自性云何偈曰

無貪類

釋曰無貪善根爲性偈曰

聖種

釋曰是知足少欲無貪爲性故是故入聖種攝由聖人從彼生故說彼爲聖種是聖種以無貪爲性故偈曰

前三知足體

釋曰前三謂隨得衣服飲食住處知足此三知足是前三聖種體第四聖種謂修滅樂戲

云何此第四以無貪爲性由背有欲欲欲生故復次由四聖種佛世尊顯示何義偈曰

復顯業三生

釋曰佛世尊既爲法主弟子棄捨生具及業基出家依佛求解脱法主立二正事一生具二業基由前三聖種安立生具由第四聖種安立業基依此生具汝等作如此業基不久應至得解脱云何法主安立如此生具及業基偈曰

愛生對治故

釋曰於經中説貪愛生有四如經言比丘因衣服貪愛欲生生欲住住欲取取因飲食及住處貪愛欲生生欲住住欲取取比丘因如此有非有貪愛欲生生廣説如經爲對治此曰種貪愛故説四聖種偈曰

我所我類愛　爲暫永除滅

釋曰是前所説義復有別意故須更説我所類謂衣服等三我等類謂自身於此二生愛此中爲暫滅我所類愛故立前三聖種爲永滅四愛謂我所類愛我類愛故立第四聖種此義已説由因此義觀行人得善調伏後修觀得成若人已調伏堪爲道器於修中緣何法門得入修觀偈曰

入修由二因　不淨觀息念

釋曰何人因不淨觀入修何人因阿那波那念入修次第偈曰

多欲多覺觀

釋曰若人欲行恒起或重起此人由不淨觀得入於修若人由多覺觀行起散亂心此人由阿那波那念得入於修何以故此念由不

緣多種境故是故生起能作滅離覺觀對治不淨觀由緣多種差別色形爲境能引生覺觀餘師說如此又餘師說由不緣外門起故不生覺觀不淨觀如眼識緣外門起能引生覺觀由觀察彼境故此中欲有四種一色欲二形貌欲三觸欲四威儀欲諸師說爲對治第一欲修觀行人應緣壞黒等色爲境作不淨觀爲對治第二欲應緣膖脹被食分散爲境作不淨觀爲對治第三欲應緣赤筋相連骨爲境作不淨觀爲對治第四欲應緣不動死屍爲境作不淨觀諸師說若欲修通對治偈曰

骨觀通欲治

釋曰於相連骨聚中四種欲境品類皆悉不有若緣此骨聚爲境修習不淨觀通能對治四種欲由不淨觀皆假想一處思量爲體故不能永滅諸惑但能伏滅諸惑觀行人修習不淨觀有三種一初發觀行二已數習成行三已過思量行此中偈曰

骨量徧如海　增減名初發

釋曰若觀行人欲修習不淨觀從初於自身分中安置於心或在脚指或在額上隨所樂處心已隨事後於身分作假想除皮肉血等次第治骨令淨心見具足骨聚相如見一骨聚假想見第二亦爾如此次第漸漸增長滿於房寺伽藍園田乃至徧滿大地以海爲邊假想見如此骨聚遍滿爲增長意樂故後更縮減前觀乃至假想惟見自身骨聚爲漸略麤廣心故心由如此量自在不淨觀得成於此位中是人名初發觀行偈曰

除脚頭骨半　說名數習成

釋曰復爲漸略細心量差別故於骨聚中除脚骨思惟餘骨是名下略如此次第乃至除半身及除半頭骨思惟餘半頭骨是名中上二略由於略自在究竟故於此位中是人名已數習成行偈曰

安心於眉間　說名過思量

釋曰此觀行人除所餘半頭骨惟安心於自眉間或緣骨及餘境一心得住於此位中是人名已過思量行有不淨觀由境界小故小不由自在小故小此中有四句已熟未熟思惟未熟已熟思惟緣自身乃至海邊骨聚爲境故復次此不淨觀何法爲性幾地何法爲境何處得生此義次第應知偈曰

無貪性十地　欲見境人生

釋曰此觀無貪爲性地有十謂四定及四近邊定中間定欲界以欲界所見法爲境所見謂色及形是故此定以義爲境此義可然此觀惟於人道中生餘道則無何況餘界於人道中除北鳩婁由如此義是故此觀名不淨觀隨觀世境界亦爾若無生爲法緣三世爲境由假想思惟故但是有流有離欲得有加行得由曾得不曾得故說不淨觀相及差別已阿那波那念今當說偈曰

阿那波那念　慧五地風境　依欲身

釋曰若風向身入名阿那若風背身出名波那緣二爲境憶持名阿那波那念此念以智慧爲性而說爲念者譬如念處此慧因念力得成故故說爲念此念依五地生謂三近邊定初定中間及欲界由說與捨相應故由苦

樂隨順覺觀起此定既是覺觀對治故與苦樂不相應復次苦樂是定心怨對故此觀是定心所成故與苦樂不相應有餘師執觀行人入四定觀皆有捨受於彼師此觀則有八地過此於餘地非入出息地故此定緣風爲境從欲界依止生於人天有此觀或由離欲得或由加行得此觀是眞實思惟屬正法内觀行人偈曰

外道　無

釋曰於外道教無此觀無正說故自不能覺微細正法此觀偈曰

六由數等

釋曰此觀若具與六因相應方得圓滿六因者一數二隨三安四相五轉六淨此中於入出二息中不作功用與心捨身心相惟由念數一二乃至十由畏心略及亂是故不少不多於此數中有三失一減數謂若二數一二長數謂若一數二三雜亂數謂若入數出若出數入若離三失是名正數中間若亂更從初數乃至得定隨者不作功用隨逐入出息行此息入若遠出若遠如息行心亦隨行此息爲徧行身内爲行身一分如息行心亦隨行若息入行至喉心齊齊下髀脛由如此處所次第乃至脚心亦隨行息若出行或一磔手或一尋乃至風輪及鞞嵐婆風心亦隨行由此觀思惟眞實故是義不然安者或於眉間或於鼻端隨所樂處乃至脚指堅念於中住譬如摩尼依縷相者觀視此息爲益爲損爲冷爲熱等此觀不但以風大爲境四大及所造色心及心法以彼爲依具以五陰爲境

界轉者轉緣風境慧安置此念於上上品善根處乃至世第一法淨者此念已入見道修道中有餘師說從念處爲初金剛心爲後名轉盡智無生智名淨此中說偈

一數二隨行　三安四占相　五轉六清淨

說名息念觀

此中應知入出息法偈曰

入出息隨身

釋曰隨身所依地入出息與身同地由息是身一分故此息依止身心差別生起生無色界衆生及在柯羅邏等位於中不有故入無心定及在第四定於此人亦不有故何以故若身中已有空入出息地心若正現前此息必生起若人出第四定觀風則先入若死若入第四定觀風但出不入偈曰

衆生名

釋曰假立衆生法聚中一分故偈曰

非取

釋曰與根相離故非心心法所取爲依止偈曰

等流

釋曰非增長非果報若身增長此不增長故非增長已斷更續故非果報何以故無果報色有如此相故是等流偈曰

非下心　所緣非餘心

釋曰此二息同地心及上地心能緣此爲境非下地心能緣亦非威儀及變化等心能緣說入修二法門已由此二法門若已得三摩提偈曰

修觀已成就　方修四念處

釋曰爲成就四諦觀故次説修四念處何以故四念處通攝一切法故能對治四倒故云何作四念處觀偈曰

身受及心法　由簡擇二相

釋曰先由別通相簡擇身次簡擇受心法別相者是彼各各自性通相者譬如一切有爲以無常爲相一切有流以苦爲相一切法無我以空爲相復次身有何別相四大四大所造爲相異前三名法復次彼説若人正入修觀觀身由隣虛分及刹那滅正見如此身念處得成餘念處亦爾復次念處復有何性念處有三謂自性念處相應念處境界念處此中自性念處者偈曰

性慧

釋曰是何慧偈曰

聞思修

釋曰聞思修三慧是自性念處故約慧念處成三偈曰

餘相應境故

釋曰所餘諸法若與慧共生説名相應念處與自性念處相應故能緣境界念處故是二念處境界説名境界念處自性念處是慧云何可知於身觀身別通身相名身念處由此經言故何法名觀智慧何以故若人有慧於內身中能觀通別二相故云何説慧爲念處毗婆沙師説由念多故説名念處義判云由念力安立成故譬如破木堅持於楔若執如此是義可然由慧念得住故慧名念處如所見不忘故如淨命阿尼婁馱説此觀行人若住觀中觀身別通二相念緣身爲境即生住

長佛世尊自説觀行人若住觀中觀身別通二相念住不忘由此經故知慧是自住念處是處説如此義比丘是四種念處云何生集云何滅離是食生集即是身生集是食滅離即是身滅離此經但説境界念處於中念止住故如境界彼名亦如此由緣自他及二相續爲境界故四念處各有三種偈曰

次第如生

釋曰彼次第隨生生云何如此如麤先觀察故由身是麤愛欲依止此由受愛欲此由心不調伏此由惑不滅故立次第偈曰

四　對治倒等故

釋曰能對治淨樂常我是故説念處次第有四不增不減此四念處中前三境界無相雜第四有二種若但見法境界則不相雜譬如身等若通觀二三四同一道理同一境界此則相雜如此數數修習身等爲境四種念處已偈曰

此人法念中　總攝境界住　觀法無常苦
空無我相故

釋曰此修觀人住相雜境界於法念處中一切身等四法總攝爲一境由四相觀察謂無常相苦相空相無我相偈曰

從此暖行生

釋曰從此法念處如此數數次第修習至最上上品有善根名暖行即生起是如暖行名暖行是能燒惑薪四聖道火前起相故故説名暖偈曰

具四諦爲境　有十六種行

釋曰此暖善根由位長故具緣四諦爲境有

十六行以四相觀苦謂無常苦空無我以四相觀集謂因集有緣以四相觀滅謂滅靜妙離以四相觀道謂道如行出十六行差別後當說如於暖行前亦如此偈曰

從暖頂亦爾

釋曰是暖由軟中上品次第增長從暖上上品有善根名頂即生起此善根應知如暖具緣四諦爲境有十六行由是最上上品勝彼故立別名由是善法頂故故說名頂偈以故從此有墮有過故偈曰

於二由法念　安相

釋曰於暖頂二善根中由法念處安相何法名安相於四諦初安立十六相偈曰

長由餘

釋曰此二善根已生更修四念處故得增長若人增長已於前所得無復現前由不恭敬故偈曰

從彼忍

釋曰從軟中上次第增長頂善根忍善根得生最極能忍四聖諦理故無退墮故此忍亦有三種謂軟中上此中偈曰

二忍　同彼

釋曰如前說頂軟中二忍亦爾由安相故一切忍偈曰

法念長

釋曰是三品忍同用法念處爲增長不由餘念處偈曰

欲界苦爲境　增上品

釋曰是最上品忍爲引世第一法故故緣欲界苦起是故暖等善根緣三界苦等爲境此

義自成由不説決定義故是時能滅色界無色界對治一一諦相境界乃至由二刹那心思惟欲界苦如此一切説名中忍若一刹那緣欲界苦爲境此名上品忍偈曰

一念

釋曰此上品忍但一刹那無長時偈曰

世第一亦爾

釋曰如上品忍緣欲界苦爲境一相一刹那世第一法亦爾緣欲界苦爲境一相一刹那此法是世間法由有流故於世間法中最勝故説世第一勝者離同類因由此功力能引聖道故是故暖等念處性爲故同是慧性偈曰

諸五陰離至

釋曰是一切此以五陰爲性由攝伴類故但離至得至得非暖等所攝何以故勿聖人由現前至得故更現前暖等善根此中緣三諦爲境暖位安相中修法念處現在同類四若緣滅諦爲境此有二種一切中諸行同類若於增長中四念處現世修隨一未來具四若緣滅爲境增長中但修最後念處同類四復修四念處及一切行由已得性若安相於頂中雖緣四諦修最後念處緣滅諦增長中但修最後念處未來具四及一切行若緣三諦增長中四念處現世修隨一未來具四及一切行若安相於忍中於一切位中修最後念處未來具四及一切行若安相於世第一中但修最後念處未來具四行亦四由無後分故由似見道故偈曰

如此決擇分　能四

釋曰如此有四種決擇分能善根謂暖頂忍世第一於四中前二是軟品動故由有退墮故忍是中品世第一是上品決擇分能有何義決以無疑爲義擇以分別法相爲義此二即是聖道義由聖道能滅一切疑故能分別四聖諦相故謂此法是苦乃至此法是道是故一切聖道名決擇分者於見道中隨約一道故名分若法能引此令生説名決擇分能善根偈曰

修慧類

釋曰此四皆屬修位非聞思位故偈曰

未來中間定　地

釋曰未來定中間定四根本定是此善根所依地六地所攝故於下地無以無定故於上地無由是見道種類故故於彼無不緣欲界故此欲界應先知先滅離故由此二地互不具奢摩他毗鉢那故此二是見道伴類於二地無故二地非決擇分能善根所依處此四善根以色界中五陰爲果報但能圓滿不能引生由背憎生死起故偈曰

説二下地

釋曰大德瞿沙説前二決擇分能善根以七地爲依處或依欲界地起是一切暖等四善根偈曰

欲依三

釋曰前三於人道中生於三洲若先已生於天道亦得現前第四於天上亦得生前三男女二人得依男女身生偈曰

第一　女得由二依

釋曰若女人得世第一必由二依方得若男

人得但由男人依得何以故由先已得女人類非擇滅故云何捨決擇分能善根偈曰

由捨地聖捨

釋曰隨所依地聖人得此四善根若聖人捨此地即捨此善根不由別因捨地云何由得度勝地故不由餘因偈曰

非聖捨由死

釋曰若凡夫人必由捨聚同分故捨若有若無得度勝地偈曰

初二由退捨

釋曰前暖頂二善根凡夫人由退墮捨及由死捨聖人於二無退捨從忍及世第一凡夫人亦不退偈曰

由本中見諦

釋曰若人依根本定生暖等善根於今生若未見四諦必見四諦猒惡心極重故偈曰

退已得非先

釋曰若人退前二後還得是得未曾得非得先所捨譬如波羅提木叉護非曾熟修功用所成故若位各有餘從此餘更修接之若無從根本修

阿毗達磨俱舍釋論卷第十六

音釋

睫即葉切目旁毛也 澆灕澆古堯切沃也灕於容切癰也 燥蘇到切 屑先結切 析先擊切音也 胮匹江切 額五華切頰也 縮所六切短也 齊徂奚切與臍同 䏶部禮切股也 脛胡定切脚脛也 磔陟革切張伸曰磔 鞞嵐梵語也此云迅猛鞞頻彌切嵐盧甘切 縷力主切綫也 偰先結切撤也 泅余周切

阿毗達磨俱舍釋論卷第十七

婆藪盤豆造

陳三藏眞諦譯

釋分別聖道果人品第六之二

復次如此違捨二退何法爲性偈曰

二退非至得

釋曰此二退以非至得爲性違退必由罪過成捨退則不定巳得暖人後若退墮必定以涅槃爲法若爾此暖與解脫分能善根何異由於見四諦位最近故若無障礙復次偈曰

暖不受邪教

釋曰若巳得暖人後退於此位能不受邪教若不受邪教暖頂何異偈曰

頂不斷善根

釋曰若巳得頂人後退於此位中不能斷善根有入惡道義亦得起無間業偈曰

忍不墮惡道

釋曰若由捨退忍無更入惡道義由巳遠離行惡道惑業故何以故由得忍位於道離生依止有惑所有別類皆巳得無生法謂惡趣卵濕雜生無想天北鳩婁大梵生黄門作黄門二根身第八有見修所滅惑此無生法於軟位何況於上是彼無生如應得故是故無入惡道義偈曰

世第一離凡

釋曰若人得世第一善根由退死二捨無有是處此人於此位中巳得凡夫非擇滅無更墮凡夫位義何以故離功用於第二刹那中必證苦諦故是暖等四善根各有軟中上三品即成三性由聲聞等性差別故此中偈曰

轉弟子性二　成佛
釋曰轉此暖頂二善根從聲聞性生起得成大正覺有如此義若得忍已則無此義何因故不得彼說由已過度諸惡道生故諸菩薩由化作他利益爲自勝事故意能往諸惡趣受生此性不可迴轉故無此義偈曰
轉三餘
釋曰從聲聞性轉三決擇分能善根成異大正覺謂成獨覺獨覺性不可迴轉何以故偈曰
不求利他故　餘轉性不遮
釋曰若觀行人本發獨覺願後入修觀得暖頂二善根此善根則不可轉爲菩薩善根何以故由彼不爲利益他事故發願修觀故此二位雖復可轉於彼無可轉義以心願堅故
若轉作聲聞不遮此義復次偈曰
至覺彼一坐　後定佛獨覺
釋曰大師佛世尊及犀角喻佛此二人於一坐中依止第四定由明了不動三摩提故從初發起四決擇分能善根乃至菩提惟於一坐得究竟菩提謂盡智無生智此義後當說有餘師說從修不淨觀乃至菩提於一坐得究竟若有人執有別獨覺異犀角喻獨覺於彼人轉二善根成菩薩此義無遮於過去生未修解脫分能善根但於今生作功力生決擇分能善根爲有如此義不必定無如此義何以故偈曰
前彼解脫分
釋曰此義決定應知於過去生先生解脫分能善根已今生方得生決擇分能善根若人

急疾修行經幾生修得成解脫分能及決擇分能善根偈曰

速解脫三生

釋曰第一生先生解脫分能善根第二生次修決擇分能善根第三生修得聖道譬如次第下種苗成結實何以故如此次第於此法眞理及教中應令自相續入住成熟解脫諸師說解脫分能善根偈曰

聞思性

釋曰此業但是聞思慧類非修慧類此有幾業偈曰

三業

釋曰若論最勝但是意業由願所攝身口二業亦成解脫分能何以故有人施一食或守一學處樂解脫力所引故因此業引生解脫分能善根引此業於何處偈曰

引生於人道

釋曰人道中於三洲得引生此業於餘則無般若猒離二法如應無故由義相應說解脫分能已入四諦觀次第是今所說此中乃至世第一已說所餘今說故說此言偈曰

世第一無間　無流法智忍

釋曰從世第一善根無間無流法智忍得生緣於何境偈曰

欲界苦

釋曰欲界苦是彼境界此忍說名苦法智忍爲顯此無流故以等流果簡別此忍能得法智故名法智忍譬如花果樹說此忍名入正定聚何以故因此忍觀行人能入正定故正是何法經中說涅槃名正於中定者是一向

不異義至得此決定故名入若此忍已生說此人名道人此法次一剎那未生時凡夫性已轉滅是此忍未來功能此義可然無餘譬如燈生有餘師說以世第一滅凡夫性是義不然同世間法故此義無失此彼相違故譬如上怨家肴殺怨家有餘師說由二故滅此二似無間解脫道故偈曰

次中　法智

釋曰次苦智忍後無間於欲界苦中法智生說此爲苦法智無流言應知流至一切處如於欲界苦中法智忍及法智生偈曰

復爾生　於餘苦類忍　及智

釋曰苦法智後無間合色無色界苦爲一所緣境類智忍生說此爲苦類智忍次無間類智生說此爲苦類智於初入觀由知法眞實理故此理無壞若佛出世及不出世此理恒然故說名法由此後觀是前觀類後所緣境是前境類以後隨應前故說後名類如於苦有四忍智生偈曰

三諦爾

釋曰苦類智後無間於欲界集法智忍生次無間集法智生如此無間次第於所餘集類智忍及集類智生於欲界滅法智忍及滅法智生於所餘滅類智忍及滅類智生於欲界苦對治道法智忍及道法智生於所餘道類智忍及道類智生偈曰

如此十六心　觀四諦

釋曰由此次第是四諦觀成有十六心有餘部說四諦觀惟有一心此觀於彼應知是不了義說何以故於彼經中說四諦觀類不分

别故此四諦觀偈曰

有三　見境界及事

釋曰見觀者由無流智了别諦相故境界觀者由與無流智相應同境界故事觀者由不相應法故謂戒生等若巳見苦此三觀即成於集等餘諦有事觀由斷證修故若彼説約見觀立爲一觀此説不然由四諦相有差别故若彼説由無我相見一切諦是義不然何以故此觀不從苦諦爲初成故若爾與經相違經云聖弟子由苦相簡擇苦由集相集由滅相滅由道相簡擇道與無流思惟相應智説名擇法覺分若汝言此經爲顯修道故説此言是義不然如見修故若汝言由見一諦於餘得自在故故説一時觀諦此義無失四諦觀中有説出觀有説不出觀此義應思若説如此是時正見苦則滅除集至得滅修習道故説一時觀諦若執如此則無過失於一諦一見觀於餘諦説事觀故若約見觀於經中説四諦定次第觀此説可見經云長者非一時觀諸諦云何觀次第觀如此廣説有三經皆有譬喻若汝言若人於苦諦無疑無不決心於佛亦無疑無不決心由此經是故知有一時觀四諦是義不然依不更起必定應滅故説此言是所説有十六心觀偈曰

世第一同地

釋曰隨世第一所依地十六心觀同依此地世第一所依地有六於前巳説云何必定應有此義先忍後智由此義偈曰

忍智無間道　解脱道次第

釋曰忍謂無間道約煩惱至得斷不可閒隔

故故說無間道智謂解脫道是已解脫或至得人法故與滅離至得俱起故故說解脫道是故此二必定應有譬如牽却關戶若說第二解脫道與滅離至得一時俱起滅離疑惑智於此境界不應得生由忍能滅惑故此難不然若汝言九結聚由忍滅不由智故則與阿毗達磨藏相違是義不然忍是智伴類故譬如臣事說爲王事忍於智亦爾爲一切十六心由見諦故皆是見道爲不爾雖然偈曰

由見未曾見　見道十五心

釋曰以苦法智忍爲初乃至道類智忍是十五剎那心名見道何因得名見道由見所未曾見諦故於第十六心無未曾見今始見由熏習所曾見故成修道爲不如此耶此心亦見非自所曾見道類智忍所緣諦是義不然何以故今思約諦不約剎那復次不由第八剎那諦非所見譬如一區田餘一穗未被刈說未刈田無如此義屬果攝故八智十六行修故由道於先滅故修道是彼相續故是故立道類智屬修道此不退義由執持見諦惑滅離故若汝言是故此屬見道是義不然由有太甚失故七智云何屬見道由見未究竟故此中見諦未圓滿由此七智在見中間是故數彼爲見道已說此義謂能決判見修道生及差別復次已生聖道人所有差別今當分別說是前所說見道爲性十五剎那此中應知有二人偈曰

鈍利根二人　於中信法行

釋曰若鈍根人行於彼中說名由信隨行若利根人說名由法隨行由信人故隨行於義

故名由信隨行又由信根隨行爲此人法故名由信隨行先由信他故尋思義由法隨行亦爾先由經等正法自尋思義爲此義故說四量法爲量非人義爲量非文句了義爲量非不了義智爲量非識云何判此四由四種人差別故一由貢高人差別故二由路柯耶胝柯人差別故三由自見取住人差別故四由聞勝人差別故此中於貢高人以法爲量非人由共論說思量爲智所得故不但由威儀差別復次佛世尊有說人有說法此中法爲量非人此法有二種文句及義此中義爲量非文句由不愛著國土言說故何以故不應成取文句爲勝決定應思量簡擇義佛世尊說經有二種有了義有不了義若人簡擇義應以了義經爲量非不了義佛世尊說隨福行及不動行識爲生善道說四諦智爲至得涅槃若人行於法似法以智爲量非識復次於四時中有失無失故約四人立四量一讀誦時二憶持時三簡擇時四修行時此二人偈曰

若已滅修惑　於初果道向

釋曰沙門果初者謂須陀洹果於一切果至得中爲第一故由未得此果故若由實有義但名由信隨行由法隨行如先由世間道已滅修惑惑是具縛說此爲向須陀洹果偈曰

乃至滅五品

釋曰若此人先由世間道滅欲界修惑乃至五品盡如此說向初果偈曰

向二滅九前

釋曰　此二人從第五品後先滅六七八品

已方入見道中說此二人向第二果謂斯陀含偈曰

離欲欲色界　則向第三果

釋曰此人若已滅第九品離欲欲界惑已滅上界惑乃至無所有處說此二人向第三果謂阿那含偈曰

十六二住果　隨所向三人

釋曰若第十六心起不可更說此人爲由信法隨行亦不可說向果云何可說住果人住何果於前若向此果今即住此果或須陀洹果或斯陀含果或阿那含果阿羅漢果異前三不可由見道如彼從初得何以故由見道能滅修道所滅惑故無道理先於見諦惑滅離欲有頂故偈曰

是時信樂得　見至軟利根

釋曰是時鈍根人先由信隨行今說名信樂得若利根人先由法隨行今說名見至由得最上品信智故是故信樂及見所顯復有何因若人已斷五品修惑於第十六心但說爲須陀洹人不說爲斯陀含向由此義偈曰

得果果勝道　由不能得故　未修行勝道故住果非向

釋曰若人正得果不得由果勝道此義爲定是故若人住果乃至未修行果勝道爲得別果是時未可說爲向別果於餘果亦爾若人離欲第三定更依下地入正定此人必定現前由果勝道若不爾從下生上界則不應與樂根相應安立多滅及離欲人入正定位中其義如此次第安立人今當說是故且安立此義如於欲界中說修惑有九品如此偈曰

諸失有九品　地地德亦爾

釋曰如欲界中所說有九品惑於色無色界地乃至有頂應知各有九品惑如惑德亦爾爲對治此失名無間道及解脫道地地各有九九品云何如此偈曰

軟中上三品　更軟等差別

釋曰根本有軟中上三品分別一一品更有軟中上三品差別故安立成九品此云何有軟軟品軟中品軟上品有中軟品中中品中上品有上軟品上中品上上品此中由軟軟品道上上品惑滅乃至由上上品道軟軟品惑滅何以故從初上上品道品不得生故於已生上上品道人相續中上上品惑已無故譬如浣衣先除麤塵垢後方除細又如麤闇由微細光滅微細闇由大光滅道惑亦爾何以故白法勢力强故黑法勢力弱故是故由一刹那生軟軟聖道無始生死輪轉所增益成上上品諸惑皆得滅離譬如久時增長三病以一兩三角根散即能牽滅譬如一刹那小燈能破壞久時大暗如此於一切九品惑中偈曰

未滅修惑品　住果七生竟

釋曰若人已住於果未滅一品修道所滅惑說此人名須陀洹惟能作七生故說七生勝此一切後何以故非一切皆作七生故故經中說七生爲勝七反受生是彼圓滿生何以故勝言者極爲義道者謂向涅槃流由此道行至涅槃故是人已至此流故說名須陀洹云何至流若由得初道故名至流第八亦應成須陀洹若由得初果故名至流多滅修惑

人及已滅九品惑人亦應成須陀洹約得一切果人由得第一果立爲須陀洹何因得初果立名須陀洹不立第八由得向果道故由得見修二道故由對證具足流故於道類智中是故此人得須陀洹名向人則非此人於人道中作七生有及七中有於天道亦爾此人受二十八生云何說七生爲勝由七平等故故說七生爲勝譬如七處勝智及七葉樹毗婆沙師說如此若爾經中云何說具見人應生第八有無有是處此經意但約一道若如文分別中陰亦不應有如此上流人至有頂爲勝亦爾第八生不應有由約欲界說此則無失此中何證有經及道理定以何證於人天各有七反非合二有七反經說於人天道惟有七反云何得知此義七反人道七反

天道由經言七反於人及於天迦尸比部說有各各語謂七反於人七反於天應同此義若人於人道得須陀洹果後必還於人道得阿羅漢果於天道亦爾復有何因須陀洹不生第八有由如此量時相續成熟故道類亦爾譬如七步毒蛇毒又如第四日瘧復次由七結爲餘故下結餘二上結具五雖於中間修聖道現前不得般涅槃七生應受業勢力所持故下上二業所引故若諸佛不出世在家得阿羅漢果得阿羅漢已必不住家法爾必得比丘威儀有餘師說或作别道人威儀云何此人不退善道爲法行惡道業無增長故已增長能生果報業於生果報中無復功能故由相續爲最强力善根所鎮故行意二清淨故若有定感惡道業尚不能得忍善根

何況須陀洹此中說偈

愚作小罪生惡道　智作大罪離惡道

如小圓鐵必沉水　大鐵成鉢則得浮

經中說七生爲勝作苦後邊何者爲苦邊度此七後無復有苦令苦不更相續復次涅槃名苦後邊云何作涅槃由能除障涅槃至得故譬如人說爲我作空有餘人七生爲勝此亦不定是故不說如此未滅修惑住果人說名七生爲勝偈曰

若滅三四品　一三生家家

釋曰是須陀洹人由三因緣轉成家家一由滅惑故成三四品惑滅故二由得惑對治無流根故三由生二三生爲餘故於偈中但顯二因須陀洹人後得滅時得惑對治無流根義不由說成故是生有時最少過此不應生故是故但說生云何不立由滅第五品五品滅時第六品必定滅故何以故非一品惑能障觀行人所應得果如於一間人不度界故是家家人有二種一天家家若人生於天往二三家般涅槃或於此天或於彼天二人家家於人道亦爾或於此洲或於彼洲復次此得初果人偈曰

已滅至五品　是向第二果

釋曰若人得果已已滅修惑一品乃至五品心正在第六品應知此人向第二果偈曰

已滅第六品　則成斯陀含

釋曰此得果人已滅第六品心正在第七品說名至第二果由一往生天更一來生人故說名斯陀含過此無生故欲瞋癡三品惑薄弱故今惟軟品爲餘故是得果人偈曰

已滅七八品　一生名一間　則向第三果

釋曰由三種因緣斯陀含人轉成一間人一由七八品惑滅故二由得惑對治無流根故三由一生爲餘故云何一品惑能障此人阿那含果由此人應度下界故如前所說於三位中三種業起爲障如業能障應知惑亦爾由應度業果報果及等流果地故故惑業皆爲障間者障義此障惟一在惟一生障此人般涅槃故惟一惑障此人得阿那含果故故名一間滅七八品其義如此若未入四諦觀前已滅第三四七八品惑後方證果不成家家亦非一間乃至由果勝道未現前起偈曰

滅九阿那含

釋曰得果人由滅第九品惑應知名阿那含於欲界不更來故由五下分結惑滅盡故此五滅由合數故說何以故於前必已滅三後滅二故偈曰

此中生有行　無行般涅槃　上流

釋曰此人於中間般涅槃故說名中滅如此已生即般涅槃故名生滅不由行般涅槃由行般涅槃此義應知此阿那含人有五種中間滅者於中陰般涅槃生滅者惟已生不久般涅槃由熟修運載道故此滅由有餘涅槃有餘師說具二涅槃是義不然此人於捨命無自在故彼說有行滅者若人受生已於修不息加行由多功用般涅槃恒修習運載道故無行滅者不由多功用後般涅槃尊重修運載道故餘師說由有爲無爲道般涅槃故是義不然由太甚過失故於經中先說非行滅後說行滅如此次第與理相應運載非運

載道由熟後不熟修所成故是故滅不由功用得由功用得生滅者最能運載道及最上品道諸惑最軟品上流者往上受生是受生處於中不般涅槃流者行義偈曰

此於定　雜修行無下

釋曰是上流人由因果有二種謂由因由果由因者有雜修定不雜修定爲因故由果者阿迦尼師吒爲勝有頂爲勝故此中若人雜修定爲因則往生阿迦尼師吒於彼般涅槃偈曰

超出半超出　遍退

釋曰阿迦尼師吒爲勝上流人有三種由超出等差別故此中超出者於欲界雜修定已退上三定由噉初定味捨命生梵衆天由隨宿世慣修故於中更雜修第四定從彼捨命生阿迦尼師吒此人於中間沒上出是名超出半超出者從初定生淨居已乃至超一別處方生阿迦尼師吒聖人必不生大梵處由是僻見處故於一切一主故遍退者若人行於一切心後入阿迦尼師吒無時阿那含人是所生處更受第二生由行增勝故若爾此人阿那含義則得圓滿由巳生處一向不更來故如此雜修定應知行阿迦尼師吒復次偈曰

餘行頂

釋曰非雜修定上流人以有頂爲勝何以故此人隨定定品起噉味心生一切處巳惟不入五淨居天由次第受三無色處生後往生有頂皆般涅槃此是奢摩他行人前是毗鉢舍那行人上流人於中間般涅槃我見此義

不違理而說阿迦尼師吒及有頂勝者過此無行處故譬如說須陀洹七生爲勝如此五人皆是行色界阿那含偈曰

行無色餘四

釋曰有別阿那含行於無色界若已離欲色界捨色界生受無色界生此人復有四種由生滅等差別故如此阿那含人合成六人偈曰

欲界滅復別

釋曰有餘阿那含於今生即般涅槃此名現法般涅槃是名第七偈曰

三人更分三　應知九色行

釋曰復次三種阿那含各有三差別故是故行色界阿那含有九人三種者謂中滅生滅上流云何各三差別中滅者速疾非速疾久時般涅槃故由三鐵星譬所分別故生滅者生無行有行般涅槃故何以故此三同受生已後般涅槃故是故三人同稱生滅上流者超出等差別故故成三人一切三速疾非速疾久時般涅槃故是故更互有差別偈曰

復彼人差別　業惑根異故

釋曰此三種九種阿那含人由業惑根差別故彼有差別此三人有報生報後報差別業故復次於彼相續軟中上惑數數行差別故復次此三人各有上中軟根差別故是故此三人如理各有差別是前二三由惑由根差別故有異後三由後報業差別故有異此九人由九種業惑根故是故阿那含人成九種若爾云何經中說有七種賢聖人行偈曰

上流非差別　說七賢聖行

釋曰上流爲法故名上流由說此人無分別故經中說七賢聖行云何依如此上流行說爲七賢聖行不說餘有學人行惟此人於餘地有行餘人則不有此人但行善業不行不善業若人行此行惟往不來如所說三義於餘聖人皆無是故偈曰

善惡行不行　由往不更還

釋曰故於上流立七賢聖行於餘不立若爾云何經中說何者爲賢聖人有學人與正見相應廣說如經於餘人亦有賢聖義此由別意說有謂永至得不作五種惡護又已多滅惡性惑故若不由別意立賢聖人義彼人是此論說復次已轉生阿那舍爲有如此差別不不有由此義偈曰

欲界轉生聖　不往生餘界

釋曰於欲界中已轉別生聖人必不得往生餘界何以故若至阿那舍於此生必定般涅槃故於色界中若轉生聖人有時入無色界若上流有頂爲勝若爾云何天帝釋說是所聞天名阿迦尼師吒世尊弟子於我邊沒往彼受生毗婆沙師說由不解阿毗達磨藏故說此言云何佛世尊不遮此言爲隨順帝釋喜心是故不遮偈曰

此及上生人　無練根并退

釋曰此者是於欲界轉生聖人及有別聖人往上界受生此等人無練根修行又無因緣得退云何不許欲界轉生人及往生色無色界人練根及退事由轉別生宿住故根漸成熟得勝類依止由此二義無練根及退事復次未得離欲有學人云何不成中滅由道未

成熟故由思不即現前故隨眠惑非劣品故欲界難出離故毗婆沙師説如此此人所應作事甚多一應滅惡無記性煩惱二應至得第二第三沙門果三應出離三界若在中陰不能成就如此事於前已説若修雜定此人必生阿迦尼師吒天此中何定應先雜修偈曰

先雜修後定

釋曰若人欲雜修諸定必先雜修第四定何以故此定隨一切事一切樂行中最勝故若雜修必由如此方便或阿羅漢人或阿那含人先修習與多相續相應無流第四定出此觀已次修習與多相續相應有流第四定出此觀已更入無流第四定由此次第漸漸減無流有流相續乃至二刹那入無流觀二刹那入有流觀更二刹那入無流觀此名雜修定加行偈曰

成由一念雜

釋曰若人無流刹那後無間現前修有流有流刹那後無間現前修無流如此有流刹那由二無流刹那雜故此雜修得成前二刹那似無間道第三刹那似解脱道如此方便得雜修第四定如此雜修第四定已由此功能所餘諸定皆可雜修此雜修於何處成於欲界三洲先學雜修得已若退後於色界更雜修復次雜修四定其用云何偈曰

爲生及遊戲 并怖畏惑退

釋曰由三因緣聖人雜修諸定若利根阿那含人求得淨居天生爲於現法安樂住若鈍根阿那含由怖畏諸惑欲極遠出雜噉味相

應諸定爲不更退故若阿羅漢人利根爲於現法安樂住若鈍根由怖畏諸惑求不更退故修此定復次淨居天生云何惟五是所說雜修第四定偈曰

由雜修五品　淨居生有五

釋曰此雜修惟有五品謂軟中上上中上上差別故第一番修三心令現前謂無流有流無流第二番六心第三番九心第四番十二心第五番十五心如此十五修以五淨居天爲果於中隨一切有流故得生彼隨無流不得生下有餘師說由信等諸根次第增上故得生五天偈曰

得滅定那舍　說名爲身證

釋曰滅至得於此人有惑成此人故說得滅若阿那含人得滅心定說名身證由身證似涅槃法故云何由身得證由心無故由依身生故於餘經說有十八有學人彼中云何不說身證由因緣無故無何因緣有三種無流學及無流學果由此二差別故安立有學人差別滅心定非有學非無學果亦爾是故由得此定不可立爲有學人差別若如麤分別阿那含人差別應如前分別若依細分別分分開之數成多千此義云何中滅人有三由軟中上根差別由地差別成四退法等性差別成六由加處差別成十六由地離欲差別成三十六於欲界具縛聖人乃至於第四定得八品離欲約處性離欲根差別故成二千五百九十二云何如此於一處有六性性性各有九人從具縛位乃至離欲八品或從自所得定六九成五十四十六五十四成八百

六十四次由根差別復爲三倍若作如此計於下定得九品離欲人此人於上地説爲具縛若平等計如中滅乃至上流亦爾若合數一切人四十滅十三千阿那含偈曰

滅有頂八品　成阿羅漢向

釋曰阿那含義流至此阿那含人從於初定離欲一品惑乃至滅有頂八品惑此人成阿羅漢向偈曰

第九無間道

釋曰能滅有頂第九品惑無間道中此人亦是阿羅漢向偈曰

此名金剛定

釋曰此者是能滅第九品惑無間道説名金剛譬三摩提能破一切惑無惑能破之此道不破一切惑由已破故能破一切惑一切無閒道中最上上品故餘師説金剛譬定有多種差別未來定所攝緣有頂苦集爲境苦集類智行相應有八滅道法智行相應有八滅類智行相應緣初定滅爲境有四乃至緣有頂滅爲境有四道類智行相應有四合緣一切類智品爲境故此金剛三摩提由智行境界差別故成五十二金剛三摩提如非至定所攝乃至第四定所攝亦爾空識無所有無邊入所攝如理應知有二十八二十四二十於無色界所依止法智及緣下地滅爲境類智無故下地對治道爲境互爲因故有餘師執道類智一一地對治亦是此三摩提所緣境於彼師非至定所攝金剛三摩提更增二十八故成八十金剛三摩提乃至第四定所攝亦爾於空處等依止次第有四十三十二

二十四三摩提復次由性根差別此三摩提更成多種是所說有頂第九品惑此由金剛三摩提所滅偈曰

由得第九滅　盡智

釋曰與第九品惑滅離至得俱起智名盡智即是從金剛三摩提無間後所生解脫道是故名盡智由與一切流盡共起故由此智於初偈曰

無學應

釋曰此人於前是阿羅漢向盡智生時即成無學名阿羅漢由至得阿羅漢果故爲得別果無有別學更應修學故名無學是故爲作他利益事相應故名阿羅漢一切有欲人所應恭敬故名阿羅漢是故此義自成謂所說七人名有學彼云何名有學爲得流盡恒學三學爲法謂依戒學依心學依慧學此三學戒定慧爲性若爾凡夫亦應成有學是義不然未如實見知四諦理故後時更作邪學故是故佛世尊於經中重說尸婆柯彼學三學學三學故說名有學此重說有何義若人正學非邪學若人如前學後學亦爾若爾自性住聖人云何以學爲法由意欲故是有學譬如行人蹔息學至得不相離故復次何者爲有學法一切有學人無流法何者爲無學法一切無學人無流法涅槃云何非有學無學及凡夫與此相應故云何非無學有學及凡夫與此相應故合一切有學無學成八人向果道人有四至得果人有四一爲證得須陀洹果行於道二證得須陀洹果乃至七爲證得阿羅漢果行於道八證得阿羅漢果此人

由名故成八若由實物惟五前一是向果道人後四是住果人所餘向人不出三果成立故屬三果攝此義依次第得說復次若先多滅及離欲欲界人有二種於見道中成斯陀舍向及阿那舍向此非須陀洹斯陀舍攝何以故於前已說修道有二種一世道二出世道有學人由何道得離欲從何界得離欲偈曰

由出世離欲　有頂

釋曰從有頂若得離欲必定是有學由出世道不由世道云何如此從有頂上無復世故依自地道非對治故自地道云何不能對治自地惑所隨眠故若惑於此道類中隨眠不可立此道類能滅此惑若道是此惑對治此惑則不得於此道中隨眠故依自地道不得爲自地惑對治偈曰

餘二種

釋曰除有頂於一切地離欲中有二種由世出世道凡夫及學人皆得離欲此中偈曰

由世道聖人　離欲至得二

釋曰由世間道若聖人至得離欲則有二種滅離至得起一世間至得二出世至得偈曰

餘說由出世

釋曰由出世道若聖人得離欲滅離至得亦有二種餘師說如此何以故偈曰

捨惑不應故

釋曰若聖人由聖道至得離欲若世間至得不生此義中若人由聖道離欲無所有無邊入依止諸定更修練根行此人由具捨前道果道一向無故與上地惑滅離應不相應若

捨此已應更與彼惑相應偈曰

有頂半解脫　如上生不應

釋曰此人雖無世間滅離至得亦不得與彼惑相應譬如有學人於有頂惑已得半解脫於中必無世間滅離至得由修練根行故已捨出世至得與彼地惑亦不相應

阿毗達磨俱舍釋論卷第十七

音釋

犀先稽切 穗徐醉切禾穎也 刈倪際切割也 浣胡管切濯垢也 瘧魚約切痁病也 憒古患切習也

阿毗達磨俱舍釋論卷第十八

婆藪盤豆造

陳三藏眞諦譯

釋分別聖道果人品第六之三

復次如凡夫生初定地以上由捨欲界惑滅離至得與彼惑不更相應於彼亦爾是故此執非證復由何地從何地得離欲偈曰

由無流非至　離欲一切地

釋曰若依非至定地修無流道能離欲一切地乃至有頂若人依近分定得下地離欲爲如無間道一切解脱道亦從近分定起不非

何爲偈曰

從定近分後　解脱道三地　勝

釋曰一切衆生生地有九種謂欲界四色定四無色定此中從欲界離欲乃至第二定離欲名三地勝於此三地中最後解脱道或從近分定起或從根本定起偈曰

非上近分

釋曰從三地勝以上一切最後解脱道皆從根本定起悉不從近分定起捨根平等故於三定中近分及根本由受根異故有餘人不能得入根本定通修行根難成故是故於離欲三地最後解脱道亦得從近分定起由無流非至定得離欲一切地此義已説由餘地未説故今應説偈曰

由八自上滅

釋曰若由八種無流定得離欲謂色定中間定無色定從自地及上地皆得離欲非從下地先已離欲故此中出世無間道解脱道緣四諦爲境故如諦十六相起此義自成偈曰

解脱無間道　世間如次第　寂靜麤重等
想上下地境
釋曰解脱道起寂靜等爲相無間道起麤重等爲相此二道如其次第第一縁上地爲境起第二縁下地爲境起若解脱道思量上地則縁寂靜美妙出離隨一相故若無間道思量下地則縁麤重逼惱厚壁隨一相故由不寂靜故名麤重由大功用所成非美妙故名逼惱由多過失能違逆故不得出離此地故名厚壁譬如罪人不離牢獄重障故翻此相應知寂靜美妙出離相義説隨本應餘義已
復次從盡智無間後何智得生偈曰
若不壞盡智　後無生不生　盡智或無學
正見
釋曰若人成不壞法阿羅漢從盡智無間後無生智必生非盡智無學正見生若非不壞法人從盡智更生盡智或生無學正見非無生智有退墮故復次此無學正見於不壞阿羅漢爲必不生耶偈曰
此通應
釋曰若不壞法阿羅漢從無生智後有時無生智更生有時無學正見生何以故此正見於一切阿羅漢皆通無差別是前所説四果此果屬何法是沙門若果何法名沙門若偈曰
沙門無垢道
釋曰若道是無流稱爲沙門若由此道人成沙門那由能寂靜惑故如經言此人能寂靜多種惡法不應慧法染汙法隨順生死能感後有乃至老死故名沙門那凡夫非必定能

寂靜衆惡故非眞實沙門那復次此沙門若
何法爲果偈曰
有爲無爲果
釋曰有爲無爲法是沙門若果此果於前已
說有四種謂須陀洹斯陀含阿那含阿羅漢
如經言比丘沙門若果有四廣說如經復次
此果有幾種偈曰
彼一滅九十
釋曰此沙門若沙門若果有爲無爲各八十
九此是何法偈曰
解脱道與滅
釋曰爲滅見惑有八無間道八解脱道爲滅
修惑於九地各有九品無間道各滅九品惑
各有九品解脱道此中一切無間道名沙門
若一切解脱道名有爲沙門若果是無間道

等流果及功力果故諸惑滅離名無爲沙門
若果由如此義有爲無爲果各有一滅九十
若爾於佛世尊此義應合分别不可分别若
果甚多偈曰
成立四種果　由五因具有
釋曰於滅道位中若具有五因於此位中佛
世尊安立沙門若果何者五因偈曰
捨前得别道　得通滅果果　及至得八智
修習十六行
釋曰一先捨離前道二至得未曾得道由捨
離至得向道道果故三合數至得滅由一至
得至得一切滅故四一時得八智故五四法
智及類智修習十六諦相謂無常等相如此
五因果果皆有此五因不可於佛果中立若
惟無流道名沙門若云何世道所得二種果

名沙門若果偈曰

世道得離故　得無流持果

釋曰於二果中不唯以世道滅爲果謂斯陀含果阿那含果云何見道果滅於中相雜同一至得攝一切滅爲一一果故是故經中說何者爲斯陀含果謂三結滅離及欲瞋癡薄弱何者爲阿那含果謂五下分結滅離由無流道至得滅離故故此道被持由無流道力至死不退失故是故此滅如理應成沙門若果是前所說名沙門若果復次此偈曰

婆羅門梵輪　說此梵轉故

釋曰由能遣蕩諸惑故說名婆羅門或說名梵輪由梵轉故與無上梵法相應故說佛世尊名夫嵐摩如經中說世尊是夫嵐摩如此寂靜如此清涼廣說如經故佛世尊名夫嵐摩此輪是佛世尊輪故名梵輪惟佛世尊所轉故偈曰

法輪名見道

釋曰輪者何義因此得行故說名輪由見道似輪故說此法名輪云何相似偈曰

疾行等輻等

釋曰由疾行故似輪由捨此趣彼故由未伏能伏已伏鎮令不失故由從下向上從上向下故由此疾行等義故言似輪由輻等義者八分聖道由輻等義似輪故大德瞿沙說此名輪正見正覺正進正念此四法似輻正語正業正命此三法似轂正定此一法似輞是故見道說名法輪立此見道爲法輪以何法爲證於聖憍陳如見道生時由說言世尊已轉法輪故云何三轉十二相此法是苦聖諦

此諦必應知此法已知如此三轉於一一轉中法眼成智成明成慧成如此三轉及四相諦諦皆有由同三及十二故說三轉十二相譬如說聰慧於二處七處由此轉見道修道無學道如數已顯現毗婆沙師說如此若執如此不但見道有三轉十二相云何安立此爲法輪是法門本名法輪此中亦具有三轉十二相若爾云何三轉於中三番轉四諦故云何十二相三番思想四聖諦故謂此法名苦聖諦及集滅道聖諦此法必應知必應滅必應證必應修此法已知已滅已證已修云何說名轉由行度他相續令彼解此義故復次一切聖道皆是法輪由能行度於弟子相續故此法於他相續由生見道故正被轉說已轉復次於何界中得幾沙門若果偈曰

欲三三界後

釋曰惟於欲界中得三果於餘無最後沙門若果謂阿羅漢此果於三界通得此前二果未離欲人所得故於上不得此義應理第三果云何於上不應得偈曰

上界無見道

釋曰於欲界上無見道若離此道已得離欲人至得阿那含果無有是處由此義是故但於欲界有三果由何因於上地無見道於無色界正聞無故不能緣下界境故無見道於色界中偈曰

無猒故此作　彼究竟經故

釋曰色界凡夫由愛著三摩跋提樂由無苦受故不生猒惡心若離猒惡無別道理能引生聖道如此等名道理亦有阿含爲證經言

有五人於此造作於彼究竟何者爲五中滅乃至上流造作者謂初發修見道是涅槃正方便故究竟者謂至得阿羅漢果由此經故知於上界無見道前已說此義若不壞法阿羅漢盡智後必生無生智阿羅漢爲有差別不說有偈曰

阿羅漢有六

釋曰於經中說阿羅漢有六性一退墮法二自害法三守護法四住不動法五應通達法六不壞法偈曰

前五信樂性

釋曰除不壞法一人所餘五人信樂得爲先偈曰

彼脫依時愛

釋曰此五人應知彼解脫依時得成及最所愛恒守護故是故說彼有時解脫彼觀時得解脫故由除觀守故說時解脫譬如酥甕何以故彼人現前修三摩提必觀時成時者謂命緣無病住處時等觀此時彼俱解脫成故偈曰

不壞法無壞

釋曰若不壞阿羅漢所得解脫則恒成無破壞由無退墮故偈曰

故非時解脫

釋曰是故說此人不依時解脫何以故此人不觀時恒解脫如意能現前修習三摩提故復次由蹔時永時解脫故立彼爲有時解脫無時解脫由有退失不退失義故偈曰

此先見至類

釋曰此不壞法阿羅漢於學位中應知見至

爲性此六阿羅漢爲從初有六性爲後得六性偈曰

有餘本得性　有餘練根得

釋曰有人從初本以退墮爲性有人從初本以自害爲性所餘性亦爾復次有人先以退墮法爲性後由修練根行更進得自害法爲性乃至進得不壞法爲性應知亦爾此中退墮法者若人必定從所得法退墮不能得自害法爲性自害法者若人必定應殺害自身守護法者若人隨自所得必定應守護住不動法者若人離最强退墮因緣雖不恒守必定應住於所得不動無退墮故離加行故不得增進通達法者若人後時必定通達不壞法爲性不壞法者若人必定不如前人有退墮前二人於有學位中無恒修及尊重修但根有異第三人恒修加行根鈍第四人尊重修加行根利第五人具二修但根鈍第六人具得二修慧根最利第一退墮法人非必定應有退墮乃至通達法人非必定應通達不壞法但約有義故説此名若人執如此於三界中皆具六阿羅漢此義不相違若人執彼必定有退等事乃至通達於彼人欲界中有六阿羅漢色無色界惟有二謂住不動法及不壞法此二人更退自害修練根行此事不有故此六人中何人得退從何法退爲從果爲從性偈曰

退性有四人　五退果

釋曰自害等四人從性退何以故退墮法人無更從自性退墮退墮法等五人皆從果退此五人雖退偈曰

非先
釋曰若人先所得性此人不從此性退由有學無學道成就令堅實故若有學性世出世道所成就亦無有退由修練根行後所得性此性有退若人得初果此人從初果無退從餘果得退是故從須陀洹果無有退墮若作如此執退法有三人一在退墮性中般涅槃二修練根所得性退三退墮有學自害有四三如前第四更還退性如此餘三增一一品如次第應知成五六七人是本所得性若退成有學人於中得住不住餘性若不爾由得增進性轉增不成退後有何因從初果無退

偈曰
見惑無類故
釋曰云何無類一切見諦所滅惑依我生起故彼以身見爲根本故此所依我必定永無故說無類若爾彼應成緣無爲境非緣無爲境由緣諦爲境故於諦中不如分別爲境若爾何惑不然有差別何以故我見於色等類由作者受者自在者分別故增益非實有我性起以身見爲依止所餘邊見等惑生起是故說無類修道所滅惑欲瞋慢無明於色等類中愛增上起不了爲自性生起是故說有類何以故彼有微淨等境由緣此故彼得起我等皆無髣髴復次修道所滅惑有境類各各相對謂可愛不可愛等一切見諦所滅惑通以我等相爲境是故無各相對境類復次見道所緣境謂無常苦無我空眞實是有故非世道所緣故於無始生死先未曾所證見故是故初果無退事復次聖人若不至心觀

察由念念忘失修惑則起若至心觀察則不得起譬如於藤起蛇想若人不至心觀察我見等惑則不得生起諸見由明了決度故是故聖人從見諦惑無有退義經部師說從阿羅漢果無有退義此義眞實可然云何可知由阿含及道理此中是何阿含經云比丘此是眞滅各由聖智所滅復次偈曰

說無放逸事

釋曰經云有學人於無放逸中我說必有無放逸事於阿羅漢我不說若汝言於阿羅漢亦有無放逸事如經言阿難於阿羅漢人利養讚歎等事我說亦能爲障礙是義不然此經所說退但說從現法安樂住退是不壞心解脫本來身所證我說從此無別因緣能令阿羅漢退墮若汝言從依時解脫有退是義可然我等亦說如此此依時解脫義應須思量爲是阿羅漢果爲是九定是根本定及根本三摩提云何知依時現前故說名依時解脫爲於現世安樂住數數所尋修故說名所愛有餘師說是應所噉味故說名所愛阿羅漢解脫恒相隨逐故不可立爲依時非復所愛故不可立爲所愛若從阿羅漢果有退墮理云何佛世尊說惟從依心學現世安樂住有退是故應知此義謂一切阿羅漢解脫必是不壞法從現世安樂住阿羅漢有退由利養讚歎等心散亂故由自在退失故由根鈍故有人亦不退若利根人此中若有退說名退法阿羅漢若不退說名不退法阿羅漢自害法等義應如此思不退法住不動法不壞法此三人有何異不退法者非練根至不壞

法者由練根至此二人隨所修得三摩跋提差別從此無退墮住不動者彼於隨所得功德中住從此功德必定不退亦不增進生餘功德若生餘功德從此得動如此應知三人差別偈曰

時解脫瞿提

釋曰淨命瞿提柯在學位中由數數噉定味故由根鈍故從依時解脫退墮生憂悔心欲捨身命執仗自害於將死時得阿羅漢即般涅槃是故瞿提柯非退阿羅漢果於十增經中說此言有一法必定應生謂依時所愛心解脫復有一法必定應證謂不壞法心解脫若依時所愛心解脫是阿羅漢果云何於十中作二番說於餘處不曾聞說阿羅漢後更應生云何文必定可證若汝言鈍根所攝阿羅漢果必應更生此經文欲證何義若汝言欲顯於生果有能故以此文爲證若爾於餘果亦可以此爲證若汝言此果應生故故說應生餘果最應生是故依時解脫非阿羅漢果若爾云何說阿羅漢依時解脫若阿羅漢人由鈍根故現前修三摩提觀時得成就此爲依時解脫翻此爲非時解脫阿毗達磨藏說有由三處欲界隨眠欲生起上心何者爲三一欲界隨眠欲未得滅離二隨欲界上心欲法對根現前三於中起不如思惟若汝言此文依具因生惑故說何惑由不具因得生依阿含證不退義如此云何由道理若阿羅漢人已得如此對治由此一切惑至得永不生爲法云何更退若此對治未生云何諸流得盡由未永拔除惑種子更生爲法若流未

盡云何稱阿羅漢依道理證不退義如此偈
曰
由火聚譬退
釋曰若爾火聚譬經汝宜應救此經言多聞
聖弟子如此行如此住有時有處由念忘失
故更生惡不應慧覺觀是義不然何以故此
文中不完顯現阿羅漢云何知由此經言阿
羅漢心長時歸向空寂乃至垂墮涅槃由此
言故知前非證復有餘經中說阿羅漢有如
此力由一切流處諸法阿羅漢恒時清涼恒
時寂靜由此言故前非證有如此言乃至未
棄捨行若爾有學人在行中亦有此義於惑
生中火聚譬經由依有學位說故於阿羅漢
無如此失毗婆沙師說諸阿羅漢人從果得
退爲惟阿羅漢有六性餘人亦有偈曰

凡學人六性
釋曰不但阿羅漢有六性凡夫及有學人皆
有六性何以故是阿羅漢六性以彼次第爲
前復次偈曰
見道無練根
釋曰於異見道處有修練根行於見道中則
無修加行不及故有人於凡夫位中修度餘
根有人於信樂得位中修練根行經中說言
是人所得四種依心現法安樂住從此隨一
我說有得退墮是不壞心解脫惟一阿羅漢
人本來身所證我說無別因緣能令阿羅漢
從此退墮云何不壞法阿羅漢從現世安樂
住得退偈曰
退墮有三種　已得未得用
釋曰已得退者若人從已得功德退墮未得

退者若人不能得應得功德受用退者若人所得功德不令現前此三種退墮中偈曰

最後佛不壞　中間餘有三

釋曰佛世尊但有受用退無餘由如來一向行利益他事不壞法阿羅漢有受用退及未得退謂從勝人法差別未至得故餘諸阿羅漢亦有已得退未得退受用退此二可知由經依受用退說退立不壞法阿羅漢不退此不違經是故一切無流解脫皆不可壞如所說安立不壞法阿羅漢義此義如非不如是故此義不可難謂阿羅漢皆以不壞爲法此名顯不壞義復次如毗婆沙言若有阿羅漢退阿羅漢果此阿羅漢爲更受生不不更受生云何得知偈曰

退位不死故

釋曰無有一人從聖果退在退位中捨命何以故如經言比丘聖弟子若忘失憶念皆悉遲緩雖然若滅此忘失速得滅盡由此經言是故無有死義若不爾此正梵行非可安息若人從此果退是昔所住果非所作事爲更作不偈曰

不作非所作

釋曰若人已退不更作與本果相違事譬如健人雖跌不躃若人修練根行者幾無間道及解脫道偈曰

無間解脫九　不壞

釋曰若人求通達不壞法性是通達法人所修有九無間道九解脫道譬如人求得阿羅漢果無間解脫道云何如此是軟根性偈曰

由久事

釋曰此人於長時已數習軟根性此根由少分功用不可迴轉由有學無學道所成堅實故偈曰
於見至一一
釋曰若人欲通達見至性修無間道惟一解脱道亦一於中方便道亦一是一切無間道解脱道偈曰
無流
釋曰何以故由有流道修練根行無有是處根無流故道所緣境皆真如故何處根可練令增進偈曰
人道增
釋曰於人道中得修練根行於餘處則無無退墮故復次何人依何地得修練根行偈曰
無學依九地　有學但依六
釋曰若無學人依止九地修練根行謂未來地中間定四色定及三無色定若有學人依六地修練根行離三無色何以故由此義偈曰
捨有差別果　得勝果道增
釋曰若人修練根行捨果及果勝軟根道即得利根性果及道無阿那含果是無色界攝由此因故有學於無色界無練根行是故一切阿羅漢惟有九人由根差別故云何如此偈曰
二佛聲聞七　有九由九根
釋曰何者七聲聞退墮法等人有五不壞法人有二一由練根二從本是不壞法性於本不壞性中有差別謂二佛一獨覺二大正覺此九人由軟軟中軟上軟等根差別故是故

成九阿羅漢一切聖人惟有七人謂由信隨行由法隨行信樂得見至身證慧解脫一分解脫如此七人偈曰

加行根滅定　解脫二故成　七人

釋曰若由加行成二人謂由信隨行由法隨行於前由信受他教及由法修行於義修加行故若由根成二人謂信樂得見至由軟鈍堅利根故一由信樂勝二由般若勝若由三摩跋提成一人謂身證由身證得滅心定故若由解脫成二人謂慧解脫由二分解脫由慧及定解脫惑障及定障故此人由名成七偈曰

或六人　三道人雙故

釋曰若由實義惟有六人何以故於見道中有二人謂由信隨行由法隨行此二人若於修道中成別二人謂信樂得見至此二人若於無學道中成別二人謂時解脫非時解脫此中若由根差別由信隨行人成三人若由性更成五人若由道成十五人住於人忍及七智故若由離欲成七十三人一具縛人於離欲欲界有九人乃至離欲無所有無色處各有九人由依處有九謂三洲及六欲天生由根性道離欲依處合數成百千四十七千八百二十五人所餘諸聖人如義及理應如此數是所說名二分解脫此是何人慧解脫復是何人偈曰

俱由得滅定　餘人慧解脫

釋曰若人先得滅心定後於無學位名二分解脫由般若及三摩提解脫惑障及八解脫障故所餘但由般若力一向解脫惑障故佛

世尊所説偈若捨此五結不壞法具學有幾量此人成具分有學偈曰

由定根果故　説圓滿具學

釋曰有學人由三義故稱具學一由果二由根三由三摩跋提但由果者謂信樂得阿那含人非身證但由根者謂見至未離欲由果由根者謂見至阿那含未得身證由果由三摩跋提者謂信樂得阿那含已得身證由果根三摩跋提具學者謂見至身證阿那含佢由三摩跋提及但由根三摩跋提不由果爲具有學人無有是處偈曰

無學圓滿德　由二

釋曰圓滿無學者惟由二一由根二由三摩跋提若果未圓滿成無學無有是處是故於果不論圓滿不圓滿但由根圓滿不由三摩跋提者謂非時解脱慧解脱人若但由三摩跋提圓滿不由根者謂依時解脱二分解脱人由根及三摩跋提圓滿者謂非時解脱二分解脱人所説道差别有多種謂世出世道見道修道無學道或説加行道無間道解脱道增進道等若略説此道有幾種偈曰

略説道　四加行無間　解脱增進道

釋曰加行道者若從此道無間道生無間道者若由此道能除惑障解脱道者從已解脱無間道所滅惑障後次最初所生道增進道者從解脱道後所生餘道謂三摩提通練根等道此四種云何説名道由此法是般涅槃路故説名爲道若人發行此路必定得至涅槃故復次由此法觀行人尋求涅槃故説名道解脱增進云何名道由是前道種類故由

最上品故由能令至後有故説前爲後道由是入無餘涅槃方便故故此四皆是道復次此道有時説名行由此行至涅槃故此行有四種如經言有行苦遲智有行苦速智有行樂遲智有行樂速智此中偈曰

依定道樂行

釋曰於四定中此四種道説名樂行由攝分故奢摩他毗鉢舍那平等起故此道不由功用成故説名樂行偈曰

於餘地苦行

釋曰於餘地謂非至定中間定無色定中此道説名苦行由不攝分故奢摩他毗鉢舍那不具故大功用所成故説名苦行何以故非至定及中間定此定由奢摩他不具未至初定及二定故無色定由毗鉢舍那不具思想心細故此樂苦行復有二種偈曰

遲智軟根人　速智約利根

釋曰若人根鈍或樂或苦行此行名遲智若人根利此行名速智復次於此行中智遲故説名遲智速智亦爾復次此行是遲人行故説名遲智速智亦爾復次此道或名覺助覺助法有三十七品謂四種念處四正勤四如意足五根五力七覺分八聖道分此中偈曰

盡無生二智　菩提

釋曰是盡智無生智由人差別故成三種菩提一聲聞菩提二獨覺菩提三無上正徧菩提由無餘無明滅故是巳利如實能覺巳作不應更作故偈曰

由順此　三十七覺助

釋曰由彼法爲菩提生方便生住處用故故

三十七得覺助名偈曰
由名實義十
釋曰此覺助法若由名說三十七若由實物一切菩提助法則惟有十何者爲十偈曰
信精進憶念　三摩提智慧　喜捨及輕安
戒覺
釋曰信者於七處心澄淨精進者於境界心勇猛念者於所緣境心明不忘定者於境界一心寂靜慧者如理解喜者心安樂捨者心無功用輕安者身心隨事戒者能平身口覺者能思量如此十物云何安立於七處偈曰
慧念處　精進名正勤　如意足名定
釋曰於中四念處正勤如意足智慧精進定爲自性次說五根如根力亦爾由執名有異何以故信精進念定慧五物是根即是力於中念處擇法覺分正見即是慧正勤精進覺分正精進即是精進如意足定覺分正定即是定念覺分正念即是念何法爲餘喜輕安捨覺分正覺及戒分此五爲餘如此助覺法惟有十物若依毗婆沙師執有十一物身口二業不相通故是故戒分成二物是前所說四念處等智慧精進定爲自性此中應知偈曰
由隨勝立名　一切加行得
釋曰於中由隨勝故說如此名一切加行所得法皆是念處正勤如意足云何說精進名正勤由彼能安立身口意業令勝云何說三摩提名如意足一切勝德以彼爲依止故若有人說惟三摩提名如意足謂欲等於彼人道品成十三物長欲心故若執如此即與經

相違經云比丘我今爲汝說如意及如意足乃至言何者爲如意於正法中有比丘證用多種如意境界謂本是一即成多種廣說如經云何前說名根後說名力由軟上差別故由可勝伏不可勝伏故根者雖於修觀中增上在下劣位中所對治惑能勝伏故故是根非力力者於修觀中在勝上位所對治惑不能勝伏故故是力非根云何立次第若人信此行者勝果爲求得此果故修正勤若人恒修正勤憶念得住若人專念境界心不散亂故即便得定若心得定則見知如實因如此義故立次第復次於何位中何菩提助法所應顯現偈曰

初發行決擇　分中所分別　於修位見位

七部次第知

釋曰初發行位中爲了持身等境界是故先修四念處由爲得增勝生長精進故故於煖位修四正勤由能入不應退善根故故於頂位修四如意足由不更退故至增上位是故於忍位修五根非惑可勝伏故是故於世第一位修五力又世間餘法亦不能勝伏由近菩提位故是故於修道中修覺分由發行所顯故是故於見道中修聖道是彼所隨逐故爲隨數次第故先說七後說八若隨修次第先修八後修七此中擇法覺分者此是覺亦是覺分正見是道亦是道分毗婆沙師說如此有餘師不破此次第說覺助法次第初發行者爲制伏於多種境界散亂偏倒諸智故修四念處四念處是觀行人繫錄心處爲滅除一切依貪憶念分別由此經言故知四念

處爲發行初由念處力故能生長精進爲成四事故能正安立心念勝故故次四念處修四正勤由此正勤心安無憂悔故治心成三摩提故次四正勤修四如意足由依止定信等諸根成出世法增上緣故次四如意足修五根此根最能制伏所對治法起行由自功能離同類因能生出世法故次五根修五力於見道中修覺分於見修道中修聖道分何以故經中說此言於八分聖道中一切應修至修圓滿謂四念處至修圓滿乃至七覺分至修圓滿復有經言比丘宣示如實言者謂爲四聖諦觀譬如自所行路更如此行爲修八分聖道譬是故應知於二位中修八分聖道此等次第皆成說次第已此義今當說於覺助法中幾法是有流幾法是無流偈曰

無流覺道分

釋曰由安立彼於修道見道中是故覺分道分皆是無流於世間亦有正見等法此法不得聖道名偈曰

餘法有二種

釋曰所餘覺助法有有流有無流復次於何地有幾覺助法偈曰

於初定具足

釋曰於初定地中具有一切三十七菩提助法偈曰

非至定除喜

釋曰云何無喜諸近分定勢力所持故復於下地疑怖未息故偈曰

第二定離覺

釋曰於第二定中正覺所離惟有三十六於

彼無覺觀故偈曰
於二二所離
釋曰第三第四定中覺助法喜覺二法所離
惟有三十五偈曰
及中定
釋曰於中間定亦二所離同三十五偈曰
離戒　前二三無色
釋曰於三無色界正語正業正命喜正覺所
離惟有三十二偈曰
於欲界有頂　離覺聖道分
釋曰於此二處惟有二十二菩提助法何以
故於此二處非無流道器故若人正在三十
七覺助法觀位中於何位應知得正解淨信
偈曰
見三諦得戒　及法正解信　於見道信佛
及信弟子衆
釋曰若人正見苦集滅聖諦於法得正解淨
信及得聖所愛戒由見道聖諦於佛世尊及
聖弟子衆得正解淨信何以故是於二正解
淨信即於能成佛無學獨得法中生正解淨
信於能成僧有學無學法中生正解淨信復
得戒及於法正解淨信偈曰
法謂三諦及　菩薩獨覺道
釋曰是故若人正觀四諦於法得正解淨信
此法由信依處及名差別故說四正解淨信
偈曰
若約物惟二　信戒
釋曰佛法僧正解淨信信爲自性是一法聖
所愛戒是戒一法故約實物彼惟二物此二
爲有流爲無流一切正解淨信一向偈曰

皆無流

釋曰正解淨信有何義如實覺了四諦已於四處得無流說信名正解淨信此信由無流智所成通於二人此人正出觀時如現前生起四信如此次第云何出觀現前正起知世尊是正覺徧知是世尊正法正教於正說中第一是世尊聖弟子衆於正行中無等似醫師方藥安養病人三類故是心淨信所作名戒淨信或說第四云若人得淨信已如此正行名戒淨信此似無病類故或說此四似導路師似路似宗侶似乘經中說有學人與八分相應無學人與十分相應云何不說有學人有正解脫正解脫知見偈曰

解脫非學分　有繫故二種

釋曰有學位中人正有繫由未能免離煩惱縛故若正有繫云何立彼爲解脫若解脫一分縛不可說爲已解脫若無解脫云何得立解脫知見無學人已永解脫一切煩惱縛故可說有解脫由依自二證智所顯故此言如理何法名解脫此解脫有二種一有爲二無爲此中偈曰

惑滅是無爲　心淨了有爲

釋曰無爲解脫謂諸惑滅盡有爲解脫謂無學心淨了偈曰

此分

釋曰此有爲解脫說名無學分諸分有爲故偈曰

即二脫

釋曰此有爲解脫經中說爲二種解脫謂心解脫及慧解脫應知此二於無學人是解脫

分若爾於餘經中云何說此言毗耶伽何者爲解脫謂心永圓淨此中有比丘於欲心離欲及解脫於瞋癡心離欲及解脫如此若未圓滿解脫聚爲圓滿若已圓滿爲攝持是欲及精進等廣說如經是故不應但以心了爲解脫此云何眞慧已遣欲等諸惑是心一向無垢餘師說名解脫說正解脫已正解脫知見異於正見此是何類偈曰

慧如說菩提

釋曰是前所說名菩提此法於今應知說名正解脫知見謂盡智無生智復次何心得解脫爲是過去現在未來偈曰

解脫正生心　無學從惑障

釋曰未來心說名正生此心屬無學人從諸惑障得解脫阿毗達磨云如此此心何法爲障煩惱至得爲障能礙彼生故何以故於金剛譬定滅時此至得即滅滅時此無學心正生此生時即是解脫此至得已滅此無學心已生說名已解脫若爾未生心及世間心此心亦解脫云何說正生及無學若生必定解脫此心是今所說世間心從何惑解脫從障生解脫若人未解脫解脫心爲不生邪生不如今所論解脫心此心何如與惑至得相應故此道在何位能除自生障偈曰

正滅道能滅　能障道諸惑

釋曰若道正在現世能損前惑爲未來惑作次第緣力於未來惑引擇滅爲永遮令不更生是故道正在現世損現在遮未來將起時是前所說無爲解脫經中所說界有三種謂滅界離欲界永除界此法有何異偈曰

無爲脫說界

釋曰此無爲解脫即是三界此中偈曰

離欲謂欲滅

釋曰欲煩惱滅說名離欲界偈曰

滅界餘惑滅

釋曰異欲餘煩惱滅說名滅界偈曰

永除別類滅

釋曰離惑類所餘諸法滅說名永除界此三界即是無爲解脫若由此類心起猒惡爲由此類心得離欲不此中有四句云何作四句偈曰

猒離由苦集　忍智故

釋曰由苦集忍及智心但生猒惡不由餘法何以故此二是憂惱境界類故偈曰

離欲

釋曰由滅道忍及智心但得離欲不由餘法何以故此二是喜樂境界類故偈曰

二由一切滅

釋曰是一切苦集滅道忍及智能滅諸惑由彼心得猒惡亦得離欲非二由餘法若彼不能滅惑此中若已離欲人重觀四諦由法智忍不能滅惑若智加行解脫增進道所攝此智亦不能滅惑偈曰

此中立四句

釋曰是故應知四句義如此

阿毗達磨俱舍釋論卷第十八

音釋

輻（方六切輪輳也）轂（古祿切輻所湊者爲轂）跌（徒結切失足也）躃（房益切倒也）奢摩他（梵語也此云止奢詩遮切）毗鉢舍那（梵語也此云觀毗頻脂切）

阿毗達磨俱舍釋論卷第十九

婆藪盤豆造

陳三藏眞諦譯

釋分別慧品第七之一

已說諸忍及諸智已說正見及正智諸忍爲非智正智爲非正見耶偈曰

無垢忍非智

釋曰是前所說八種無流忍非智是所應滅隨眠疑惑未滅故可說彼名見決度尋覓爲體性故如忍但是見性非智如此偈曰

盡無生非見

釋曰盡智無生智非見非決度尋覓爲性故偈曰

異彼聖智二

釋曰異於忍及盡智無生智所餘無流般若亦見亦智偈曰

餘智

釋曰世間般若一切皆是智偈曰

見有六

釋曰五見及世間正見此六種世間般若名見亦智所餘非見但智由幾量能攝一切智由十智若略攝十智惟有二智偈曰

有流無流智

釋曰一切智不出二性謂世智出世智此二中偈曰

第一名俗智

釋曰有流智說名世俗智何以故此智由多緣瓶衣男女等俗類爲境故偈曰

無流智有二　法智及類智

釋曰無流分爲二智謂法智類智以此二智

合前成三智謂世俗智法智類智此中偈曰
俗智一切境
釋曰一切有爲無爲法皆是俗智境偈曰
欲苦等爲境　法智
釋曰法智者於欲界中以苦苦集苦滅苦滅對治爲境偈曰
若類智　上苦等爲境
釋曰類智者於色無色界中以苦苦業苦滅苦滅對治爲境偈曰
此二由諦異　成四
釋曰法智類智由諦有差別故成四智謂苦智集滅道智由緣四諦起故偈曰
四更二　名盡無生智
釋曰法智類智由境已成四種於中若非無學正見爲性名盡智無生智偈曰
此智復初生　苦集類智性
釋曰此二智若初生名盡智無生智以苦集類智爲性由苦集各四行相緣有頂陰爲境界故金剛譬三摩提與此二所緣境同不若金剛譬三摩提緣苦集爲境則與二智同境若緣滅道爲境則與二智不同偈曰
從四他心智
釋曰他心智從四智成謂法類道世俗智此他心智更須決判偈曰
過地根人上
釋曰若過地心下地不能知上謂下地定心不能知上地定心若過根軟根不能知上謂信樂得人及時解脫人道不能知見至得人及非時解脫人道若過人下人不能知上人心謂阿那含阿羅漢聲聞獨覺佛道下不能

知上偈曰

滅未生不知

釋曰若過去未來他心他心智則不能知以現在他心爲境界故復有何非所知偈曰

法類互不知

釋曰法智種性他心智不能知類智種性他心類智種性他心智不能知法智種性他心何以故此二以欲界上界對治爲境界故於見位中無他心智通以時促故見位得爲他心智境此中若人由他心智欲知見道心先作加行已偈曰

見位初二念　聲聞犀喻三　佛自然具知

釋曰若聲聞修他心智欲知見道中他心得知前二刹那心謂法智忍法智知類智種性境别加行所成故是時於中修彼他心智方便此修觀人已度至第十六心於中間不能得知若犀角喻獨覺欲知見道中他心得知三刹那心謂前二心及第八集類智心由加行軟故餘師說知第一二第十五心佛世尊一切見道刹那心不由加行心知但以自性心知復次盡智無生智此二有何差别偈曰

盡智於四諦　已知等決知　不更應知等說名無生智

釋曰阿毗達磨藏云何者盡智苦諦我已知猒集諦我已斷除滅諦我已證得道諦我已修習以此義是知見明覺慧解先正對觀是名盡智何者無生智苦諦我已知猒不更知猒乃至道諦我已修習不更修習以此義是知乃至正對觀是名無生智云何由無流智得知如此由無流智後智出觀已得知如此

由後智有差別故立盡無生智有差別罽賓國阿毗達磨師說如此有餘師說由無流智得知此義說盡無生智爲見者爲以一切名釋此義故復次由證智爲性故名見是故阿毗達磨藏中說若法是智即此法是見復次爲顯今所說見異前所說見如此名十智謂法智類智世俗智他心智苦智集智滅智道智盡智無生智此中世俗智是一智一智分法智是一智七智分類智亦爾苦智是一智四智分集智滅智亦爾道智是一智五智分他心智是一智四智分盡智是一智六智分無生智亦爾云何智惟三安立爲十偈曰

由自性對治　行相行相境　加行作事辦
因圓故說十

釋曰彼說由七種因緣安立智成十一由自性故安立世俗智非能知真實義故二由對治故安立法類二智由能對治欲界上界故三由所緣相異故安立苦集二智不由境界體異故四由所緣相及境界體異故安立滅道二智五由加行異故安立他心智何以故由此智他心法非所知故惟欲知他心故修加行人得他心智六由作事已辦故安立盡智由事已辦人相續初生故七由因緣圓滿故安立無生智以一切無流法爲因故是一切三界具對治故於前已說法智惟能對治欲界復次偈曰

法智於滅諦　及道諦修道　是三界對治

釋曰滅道二法智若修道所攝能對治三界

偈曰

類智非欲治

釋曰類智一向不能對治欲界此智異二故說具對治此十種智中幾智有行相復有幾行相偈曰

法智及類智　有十六行相

釋曰此二智一一皆具十六行相此行相後當說偈曰

俗智如不如

釋曰世俗智有十六行相有別相能緣一切法通相別相等故偈曰

由自諦相四

釋曰苦集滅道智由緣自諦行相起故一一有四行相偈曰

他心智亦爾　無垢

釋曰無流他心智亦如此由緣自諦行相故亦成四行相惟道智故偈曰

復有垢　如應知自相

釋曰若有流他心智是自所應知心及心法如如彼相思想亦爾能取別相爲境故此二種偈曰

緣一物爲境

釋曰是時若緣心爲境不能緣心法爲境若緣受不能緣想如此等若爾云何佛世尊說若心有欲如實能知此心有欲如此等心及心法不得一時取譬如衣及衣垢非俱時取故有欲心者有欲有二種一相雜有欲二相應有欲此中若心與欲相雜由二義有欲若異此有流心由相應義是故有欲此經中所說有欲是相應有欲若欲對治說名無欲餘師說如此何以故若與欲相應說名無欲何有與別或相雜亦應成無欲是義不然何以

故此心非欲對治故若無染汙心非有欲非無欲不應成無欲如此等是故與欲相應心此中說名有欲乃至有癡無癡等應知亦爾略心者是善心由境界少故散心者是染汙心與散亂相應故復次略心者與睡眠相應散心者所餘有染汙心西國諸師說如此毗婆沙師不許作此說彼說此一心亦略亦散染汙睡眠相應故若爾則與阿毗達磨藏相違彼藏云若如實知略心此智成四智謂法智類智世俗智道智下劣心者是染汙心與嬾惰相應故上勝心者是善心與精進相應故小行心者是染汙心惑善小淨品所治故大行心者翻於前心由根價伴類隨從力少多故何以故若有染汙心則與二根相應若善心則與三善根相應若染汙心則少價不由功用所成故若善心則大價由多功用所成故若染汙心無未來同類修故無多伴類若善心有過去未來同類修故有多伴類若染汙心則少隨從三陰所隨從故若善心則多隨從四陰所隨從故染汙心力少彼所斷善根更相續故善心力多由一刹那苦法智忍生能殺害十惑永不生故是故有染汙心說名小善心說名大動心者是染汙心與掉起相應故不動心者是善心能對治彼故非寂靜心寂靜心亦爾非定心者是染汙心與散亂相應故定心者是善心能對治彼故非修心者是染汙心非生修及事修所修故修心者是善心生事二修所修故非解脫心者是染汙心由非自性解脫相續解脫所解脫故解脫心者是善心由二解脫所解脫故毗

婆沙師說如此若作此解則不隨順經亦不能釋如此文句差別義云何不隨順經如經言云何心於內成略若心與羸弱睡眠相應或於內攝持相應不與毗鉢舍那相應云何心於外成散若心於五欲塵倒亂馳動故於前不已說耶此心亦略亦散已說不應理說睡眠相應染汙心不立爲散故於前不已說耶與阿毗達磨藏相違阿毗達磨藏相違此亦可然但勿與經相違云何不能釋文句差別義不說散下劣動不寂靜不定非修非解脫心差別義故略上勝等亦爾若非不已說諸文句差別義同是染汙心由顯彼過失差別故同是善心由顯彼功德差別故是故彼義差別已說不救經相違故此所說義非文句義若於經中許此心是下劣心即是動心汝釋可然經中不說此義經言是時若心下劣或疑欲下劣於此時中輕安三摩提捨覺分非是修時是時若心馳動或疑欲馳動於此時中擇法精進喜覺分非是修時諸覺分爲有散心修不思量彼此中說名修由能令現前故是故無失此中若心由嫩惰勝說名下劣若心由掉起勝說名馳動是故無失如此等或共生故是故我等說若心下劣即有馳動此語與密意相應我亦不遮於經中意不爾故我說如此是汝所說一切欲相應心說名有欲何心與欲相應若汝言欲至得相應故說與欲相應無流心應成有欲謂有學心若言緣欲爲境界說名有欲阿羅漢心亦應有欲何以故此心有時緣有流心分別有欲由緣欲爲境界故是心云何得成有流若

汝言緣通或爲境故是故說有欲若爾是心但有癡非是有欲由緣癡爲境界故緣他心爲境界心不緣至得爲境界非此心境界緣欲爲境界是故不由欲相應故心有欲此中應知若爾有欲心云何與欲相雜是名有欲不與欲相雜是名無欲見經意如此餘經中所說是人心無欲無瞋無癡不迴轉爲法於欲界色界無色界依欲等至得滅故說此文若爾於前爲不已說耶若心與別惑相雜由但不與欲相雜故應成無欲由此經意則無過失不得取此心爲無欲云何不取由經已說此心有瞋有癡等故勿復廣論應說本悉檀爲取他心行相爲取他心所緣境不取此二爲境不觀行相境界起故但知此心有欲不能知色等境是心生欲處若不爾此心則緣色等爲境界若取他心緣色等爲境他心智應成取自性一切他心智知物別相謂心及心法現世他相續欲色相應不相應爲境界於見位被遮於修位中得非空無相不相應法盡智無生智所攝無間道所遮此義應知說他心智已偈曰

後二十四相　空無我所離

釋曰後二者謂盡智無生智此二智行相有十四離空無我二行相故此二雖緣眞如多緣虛假知我生已盡我不見從此後更受別有由觀中智力故出觀說如此言爲有無流別相行相心爲無若依罽賓國師說偈曰

無淨出十六　行相

釋曰彼說無無流行相出四諦十六行相心偈曰

餘師有

釋曰西國師說阿毗達磨藏中說異十六心別有無流心云何得知彼藏云若不相應心爲得知與欲界相應法不得知由無常苦空無我或由因集有緣得知或有是處有是義由道理相應故得知無是處無是義由道理不相應故得知此執非彼藏義謂有是處有是義由道理相應故得知等此何爲有是處有是義由無常等相故得知是彼藏義是義不然何以故於餘文中不說此義故如此執若是彼藏義此文句於餘處亦必定應說彼藏云由見諦所滅心爲知與欲界相應法不得知由我由我所由斷由常由無因由無事由非撥由勝由上由無等由極由淨由解脫由出離由不決由二心由疑由愛著由瞋恚由高慢由不了由如此非理相應得知若爲結前此文句中應說前文句謂有是處有是義等由不說故是故知非是此義四諦十六行相爲由名有十六爲由實物有十六餘師說由實物惟有七由名有十六集滅道行相各共顯一物故毗婆沙師說不爾彼說云何

偈曰

實物有十六

釋曰此中隨屬緣故無常逼惱爲性故苦對治我所執故空對治我見故非我同種子法道理故因和合顯現行故集生所顯故有相應能成故緣譬如土聚弋輪繩水等聚集故能成瓶等果此法亦爾諸陰斷絕故滅能殺三火故靜無災橫故妙出一切過失外故離由行義故道與理相應故如正所成就故行

一向過度故出復次一向不定故無常負重故苦由人所離故空不如意作故非我來義故因生起故集行相應故有爲勝依故緣無相應相應斷故滅三有爲相所離故靜眞實善故妙極至止息故離能對治邪道故道能對治不如故如順趣涅槃土故行一切有對治故出如我等所信受今當說生滅爲法故無常違意故苦我所離故空自非我故非我因集有緣如經中說是五取陰依欲爲根依欲爲集依欲爲生依欲爲有有名應在後說此四於欲有何差別愛欲有四種於自體稱我起愛欲名自體無差別愛欲謂我應生名無差別後有愛欲謂我應生如此如此名有差別後有愛欲結生愛欲名受生愛欲此中第一是苦初因似根譬如於果種子故名因第二由前所引譬如果初出芽等故名集第三是如此種類苦緣譬如於果田水土等爲緣何以故由隨田等緣於果中香味力熟威德差別得成故名緣第四即是生從此生成故譬如於果華終故名有於愛欲行經中有二五二四有四欲生起事盡故滅無苦故靜如經言比丘如此諸行皆苦惟涅槃寂靜無上故妙不更迴轉故離由成路故道如實生起故如定淨故行如經偈言惟此道無餘能清淨見故永破有故出復次爲對治常樂我所我見行故修無常苦空無我行相爲對治無因一因轉變因知先因見行故修因集有緣行相爲對治無解脫見行故修滅行相爲對治計解脫爲苦見行故修靜行相爲對治於定起美妙見行故修妙行相爲對治數數

退故解脫非極定見行故修離行相爲對治無道邪道有餘道此道更迴轉見行故修道如行出行相行相是何法偈曰

行相謂智慧

釋曰若爾行相不成智慧智慧與別智慧不相應故若執如此則應道理謂一切心及心法於境界中取差別名行相爲但智慧能取境差別耶非云何偈曰

共此緣境法

釋曰般若及一切有境界法皆能取境差別偈曰

所取別有法

釋曰若法是有一切必定取差別所取若如此執此義則成智慧是行相復由取差別能觀有法復爲餘法所觀所餘有境界法由取差別能觀有法復爲餘法所觀若無境界法但是取差別所觀從此後是十種智今當說善等差別偈曰

初智三餘善

釋曰是一初智謂世俗智最先所說故言初此智有三性謂善惡無記所餘九智惟是善性偈曰

此智通諸地

釋曰一切地者謂欲界乃至有頂偈曰

法智六地

釋曰法智於四定及未至中間定所得偈曰

類　九地

釋曰類智於前六地及三無色所得偈曰

復六智

釋曰苦集滅道盡無生此六智若通論亦於

九地所得若別論法智所攝則於六地得若類智所攝則於九地得偈曰

四定他心智

釋曰他心智但於四定得非餘處偈曰

欲色身依止

釋曰此他心智於欲色界得修令現前偈曰

法智依欲身

釋曰法智但依欲界身現前非於色無色界身可令現前偈曰

餘智依三界

釋曰何者爲餘智除他心智及法智所餘八智分別諸智地及依止已以四念處攝諸智今當說偈曰

念處一滅智

釋曰是一滅智名法念處偈曰

他心智三念

釋曰他心智若緣他心起必定緣受想行等偈曰

所餘四念處

釋曰除滅智他心智所餘八智通四念處攝何智幾智爲所緣境偈曰

法智境九智

釋曰法智緣九智爲境除類智偈曰

類道智境九

釋曰類智亦緣九智爲境除法智道智亦緣九智爲境除世俗智偈曰

苦集智境二

釋曰世俗智若他心智是有流此二智是苦集智境偈曰

四智十

釋曰世俗智他心智盡智無生智此四智緣十智爲境偈曰

非一

釋曰惟一滅智不緣智爲境緣無爲法爲境故偈曰

應合法有十

釋曰爲分別智境於十種法中應合十智何者十法偈曰

三界無流法　無爲二二種

釋曰有爲法分爲八欲界色界無色界無流界與心相應與心不相應差別故無爲分爲二善無記差別故是名十法此云何合何智緣幾法爲境此中世俗智緣一切十法爲境法智緣五法爲境欲界及無流四法善無爲法類智緣七法爲境色界無色界及無流六法善無爲法苦智集智緣欲界色界無色界六法爲境滅智但緣善無爲一法爲境道智緣無流二法爲境他心智緣三法爲境欲界色界及無流相應法盡智無生智緣九法爲境除無記無爲由一智能知一切法不不得雖不得偈曰

世智除類初　一智由無我

釋曰世俗智除自類初刹那一切餘法由無我相能解謂一切法無我是自體及自體共生諸法名自類不能緣此法有境界及境界有差別故共一境界故最近同時故此智若是欲界智是聞思二慧若是色界智但是聞慧非修慧修慧緣別地爲境故此義已度是義今當說何人與幾智相應若凡夫人但與一世俗智相應若離欲凡夫又與他心智相

應復次若聖人偈曰
一智應有欲　於無流初念
釋曰若未離欲聖人苦法智忍初生刹那與一世俗智相應忍非智故偈曰
第二三應
釋曰於苦法智刹那與三智相應世俗智法智苦智偈曰
上　於四一一增
釋曰從第二刹那上第四刹那應知一一智增苦類智刹那若類智增集滅道法智刹那集滅道智增是故於道法智與七智相應若先離欲人應知一切位中他心智增相應復次於何位中修習得智有幾偈曰
如生彼所修　忍智於見位　未來
釋曰於見道中若忍若智正生此二同類於未來被修是彼行相有四亦被修於見道中云何惟修同類智及行相未通達餘性故偈曰
於中爾　世智於三類
釋曰於見道中世俗智是所修於苦集滅三類智時非法智時不能對觀一切諦故偈曰
名對觀後智
釋曰是故此世俗智說名對觀後智於一一諦對觀最後時所修故云何於道類智不修此智此道先由世道未曾對觀故對觀不徧故何以故一切苦可得徧知一切集可得徧除一切滅可得圓證道則不爾不可圓修故是故無對觀後於中不得修對觀後智若爾是時一切集未皆滅除集類智亦無對觀後不應得修對觀後智是義不然何以故見集

諦所應滅集皆已滅盡故道者是見諦所滅惑對治不可一切皆修令盡由性多故是故道有別異有餘師說由見道伴類故此執不可取爲證不成就故對觀後世俗智有時可令現前不一向無時可令現前此云何偈曰

此無生爲法

釋曰此智於在觀及出觀位一向不生爲法若入觀不得生此智以相違故若出觀亦不得生此智以心麤故若爾此云何可修先未曾得今始得故今時云何得若不可令現前生由至得故得由得故得此釋所未曾聞是故如此修必定不成若執如此修義得成如宿舊師說彼說云何由出世法功力故此對觀後智則是所修云何已修觀後出觀人緣四諦爲境最勝世間智令得現前即彼是修如此修即是至得若得能現前彼依止相續何以故若得性已性果必可得毗婆沙師不樂受此義復次此世俗智爲依幾地修隨見道地偈曰

自下地

釋曰隨見道所依止地或即依此地或依此地之下地修世俗智若見道依止未至定地生所修世俗智有二地或依未至定地或依欲界地乃至若見道依止第四定地生所修世俗智或同或下有此世俗智幾念處攝偈曰

滅後

釋曰若觀滅諦已後所得世俗智是最後念處攝謂法念處由決判一世俗智所餘應知皆是四念處攝此觀後世俗智偈曰

共諦相
釋曰隨正對觀諦所得此智行相則同此諦行相由說與對觀同行相則已說此智與彼所緣同諦由見道所得故偈曰
用得
釋曰世俗智有二種一性法得二修習得此智但是修習得由執此智共同類起於欲界色界四陰五陰爲自性偈曰
十六六有欲
釋曰所修此言流若未離欲人於第十六道類智刹那中有二智現在修有六智未來修謂法智類智苦集滅道智偈曰
離欲人有七
釋曰若人先已離欲於道類智中他心智是第七所修偈曰
有欲修道中　從此上七修
釋曰從第十六刹那上於修道中乃至未得離欲於一切加行無間解脱增進道中修七智謂法智類智苦集滅道智世俗智若修世間道世俗智是現在修若修出世道四種法智中隨一是現在修餘七智是未來修偈曰
七地勝通解　得不壞雜修　於無間道
釋曰七智所修此言流七地者四定三無色於彼離欲故名爲勝於五通慧通達不壞性時若有學人於雜修定位並論在一切無間道中則修七智如前所說若修世俗道現在修世俗智若修出世道四種類智及二種法智中隨一現在修通達不壞性時不修世俗智非有頂對治故此中應知盡智爲第七偈
曰

上　諸八解脱道
釋曰從離欲七地上離欲有頂於諸八解脱道中修七智謂法智類智苦集滅道智及他心智不修世俗智非有頂對治故若現在修四種類智及二種法智中隨修一智偈曰
學練根解脱　六七智修餘
釋曰若有學人修練根時於解脱道中若有欲人但修六智謂法智類智苦集滅道智若離欲人修七智以他心智爲第七有餘師說世俗智於二位中所修此二道於前加行中得修世俗智偈曰
無間道六修
釋曰若已離欲未離欲有學人修練根無間道中但修六智如前不得修世俗智似見道故不得修他心智一切無間道中所遮故云何遮非惑對治故偈曰
有頂勝亦爾
釋曰若離欲有頂時於諸無間道中如此修六智偈曰
於盡智修九
釋曰離欲有頂時第九解脱道即名盡智此中修九智除無生智偈曰
得不壞修十
釋曰若人本以不壞法爲性此人於盡智位中得修十智得無生智故偈曰
練不壞解脱
釋曰若人練根至不壞性此人於最後解脱道中亦得修十智偈曰
所說餘修八
釋曰何者爲餘離欲欲界時第九解脱道中

離欲七地五通慧有學雜修定中一切解脫道爲通達不壞性諸八解脫道中一切離欲人加行及增進道於此一切道中得修未來八智除盡智無生智若有學判如此若無學人五通慧雜修定加行解脫道增進道中或修九智或修十智五通慧雜修定無間道中或修八智或修九智二通慧解脫道中由無記故無未來修若凡夫人欲界及三定離欲最後解脫道中依定地修加行三通慧解脫道無量等功德攝修時世俗智未來修他心智亦爾除決擇分能善根見道伴類故於餘處得未曾得道時但世俗智未來修復次於何道中所修智有幾地世俗智者隨道所依地此地惑由道初得以此地爲依止未來修世俗智無流道者非一向隨道所依地未來

修此云何偈曰

爲離此地欲　是得此下修

釋曰若爲離欲此地修二種道謂加行道等隨地由離欲初所得或以此地爲依止或以下地爲依止一切無流智必定是所修偈曰

有流於盡智

釋曰於盡智生時一切地諸有流功德凡是盡智所應得皆是所修謂不淨觀阿那波那念處無量八解脫等譬如同時繩斷諸被絞人一時氣通復次此人已至心自在王位一切善根由至得故並皆起迎譬如有人得大王位由貢獻財物說國土迎隨有所得皆是所修不於前若未得則是所修何以故偈曰

先曾得非修

釋曰若法退已還得此非所修已修所棄捨

故爲但得爲修爲復有餘非惟得何以故修有四種一得修二習修三對治修四治淨修此中偈曰

得修及習修　是善有爲修　對治治淨修　有流諸法修

釋曰得修習修者謂修一切有爲善法於未來有一修於現在有二修此二修依前二正勤成未生令生已生令長對治修治淨修者謂修諸有流法此二修依後二正勤成未生令不生已生令滅若爾有流善法則具四修若無流法但有前二修若染汙及無記法但有後二修西國阿毗達磨師說有六種修四修同前五守修六擇修守修是六根修擇修是身修如經言是六根已善調伏已善修復次經言於身中有如此物謂髮齒爪毛等廣說如經如此於身簡擇故自愛不起罽賓國師說此二修入對治修及治淨修攝

阿毗達磨俱舍釋論卷第十九

音釋

嬾惰　嬾魯旱切懈怠也惰杜果切不敬也　羸力追切劣也　弋與職切

絞古巧切縊也

阿毗達磨俱舍釋論卷第二十

婆藪盤豆造

陳三藏眞諦譯

釋分別慧品第七之二

説一切凡夫及聖人由通義於一切智修諸德已十八不共得佛法謂力等此法惟佛世尊一人於盡智生時已至得得修非於餘人今當説何者十八偈曰

十八不共得　佛法謂力等

釋曰十力四無畏三念處大悲是名十八此中解十力有七義何者爲七一自性二分別三獨得四平等五作事六次第七差別此義應知此中偈曰

處非處十智

釋曰處非處中智力具十智偈曰

業力有八智

釋曰於業及果報中智中具八智除滅智道智偈曰

定根欲性力　九智徧行道　或十智

釋曰定解脱三摩提三摩跋提智力轉轉根智力種種欲智力種種性智力各九智力除滅智徧行道智力或十智或九智何以故若執此道共果説名徧行道智力則具十智若執不共果但有九智除滅智偈曰

世智　於二

釋曰宿住念智力及死生智力但是世俗智偈曰

六十滅

釋曰流盡智力或六智爲性謂法智類智滅智盡智無生智世俗智若執惟滅智名流盡

智力其義如此若執流盡相續中智說名流盡智力則具十智說十智力性已彼地今當說偈曰

宿住退生力　於定

釋曰宿住智力及死生智力依四定爲地偈曰

所餘力　於諸地

釋曰所餘八智力一切地所攝一切地有十一謂欲界未至定中間定四色定四無色定一切十智力依止剡浮洲界人身起離佛世尊不出世時此十種智力於餘人不說名力但於佛相續說名力於他有對怨及礙故不說名力偈曰

云何　力由此無礙

釋曰惟佛滅一切流及無明習氣等皆盡於一切境界智生無礙是故於佛成力於餘人有礙何以故彼欲知此境於境中智不生故是故不應受力名曾聞大德舍利弗棄捨求欲出家人復次曾聞鷄所怖鳥大德舍利弗不能知其受生初及受生終如此由智無對怨及礙故佛世尊心力如境界無有邊際若心力如此身力云何偈曰

身那羅延力

釋曰復次有餘師說佛世尊身那羅延力偈曰

或節節

釋曰有餘師說於一一節中具那羅延力大德說如佛心力無邊際佛身力亦爾何以故若不爾此身則不堪受無邊際智力何以故一切佛世尊獨覺轉輪王節節中有龍結鎖

鈎骨故那羅延力其量云何偈曰

百增　象等七種力

釋曰人道中百香象力敵一白象王力百白象王力敵一摩訶諾那力百摩訶諾那力敵一鉢娑建提力百鉢娑建提力敵一娑郎伽力百娑郎伽力敵一遮笼羅力百遮笼羅力敵一那羅延力如此百百增香象白象摩訶諾那鉢娑建提娑郎伽遮笼羅力成那羅延力有餘師說二倍此力名那羅延力隨轉增爲勝何以故佛力無量故偈曰

此觸入爲性

釋曰此身力應知觸入爲自性是四大勝類所造色異七種觸餘師說如此偈曰

無畏有四種

釋曰依經文說無畏有四種偈曰

前二初十力　後二等二七

釋曰處非處智力如第一無畏如經言我今已成三若三佛陀廣說如經應知是第一無畏流盡智力如第二無畏如經言我今諸流已盡廣說如經應知是第二無畏屬業智力如第三無畏如經言是我所說於弟子衆與障礙相應法廣說如經應知是第三無畏徧行道智力如第四無畏如經言是我所說於弟子衆爲出離生死諸淨品道廣說如經應知是第四無畏如此四法應知是四無畏無畏以無怖爲性云何說智慧爲無畏由此四法故諸佛於大集中無復疑心故說彼名無畏此無疑是智慧所成故於智說無畏非智此四顯何義顯自利利他義前二是自利後二是利他復次此四惟是利益他事能除說

者垢及所説垢故説四無畏已念處者由弟子衆差別故有三如經説此念處偈曰

三念念慧性

釋曰此三念處念慧爲性是時若弟子衆恭敬心聽及修行不恭敬心聽及修行復有具二於中佛世尊無愛欲心無瞋恚心無雜汙心云何説此三爲佛不共得法此三顯如來智氣滅盡復次若自弟子衆於師教恭敬受行不恭敬受行及具二事中喜憂等事如於佛一向不生於他不爾此三不生於佛是希有法餘人則無故立此法爲不共得大悲今當説偈曰

大悲世俗智

釋曰大悲以世俗智爲性若不爾則不應成緣一切衆生爲境界亦不得以三苦爲行相譬如聲聞悲云何名大悲偈曰

由資粮行相　境平等最上

釋曰一由資粮大能生長大福德智慧資粮故二由行相大以三苦爲行相緣衆生起故三由境界大通緣三界衆生爲境故四由平等大於一切衆生平等起利益事故五由最上大無餘悲上此故大悲與悲有何差別偈曰

差別有八種

釋曰一性差別由無瞋無癡爲性故二行相差別由一苦三苦爲行相故三境界差別由緣一界三界爲境起故四地差別由依四定第四定爲地故五相續差別由依聲聞等相續佛相續生故六至得差別由離欲欲界有頂所得故七救濟差別由欲救濟欲成救濟

故八悲差別由不同同悲故已説諸佛由十八法不與他共爲與諸佛一向共不與諸佛有共不共此云何偈曰

由資粮法身　及行他利益　一切佛平等非壽姓量等

釋曰由三因緣一切諸佛一切平等一因圓滿平等由昔行福德智慧資粮同圓滿故二果圓滿平等由所得法身同具足成就故三利益他平等由對背證轉利益他事同究竟故由此三義諸佛平等不共者謂差別由壽命種姓身量等所成壽命有長短前世後世生有異故婆羅門剎帝利種不同故迦葉波瞿多摩等姓不同故身量光明有大小故等言者法住身壞不壞等故如此由隨時生故有差別若聰明人思惟諸佛三種圓滿勝德於佛世尊所必能得生最極愛念尊重之心謂圓滿因勝德圓滿果勝德圓滿恩勝德此中圓滿因勝德有四種一一切福德智慧皆數習行二長時行三無間行四尊重行圓滿果勝德有四種一智勝德二斷勝德三威力勝德四色身勝德圓滿恩勝德有四種謂永解脱三惡道生死恩德或安立善道及三乘恩德智勝德復有四種一無師智二一切智三一切種智四無功用智斷勝德亦有四種一一切解脱障滅二一切定障滅三一切智障滅四永時滅威力勝德亦有四種一於外塵化生轉變願成合散自在威力二於壽命捨取安自在威力三於障及虛空最遠最速行於少令多入自在威力四種種自性希有法圓德威力威力勝德復有四種一難化能

化二答難必能斷疑三立教決定出離四能制伏惡魔外道等色身勝德有四種一大相勝德二小相勝德三力勝德四金剛貞實骨身勝德諸佛勝德若總說有如此等若分別此勝德差別則無有邊此勝德惟有諸佛如來能具知具說若諸佛如來攝持壽命無數阿僧祇劫說乃可盡如此諸佛如來是無邊希有功德智德斷德恩德大寶之池凡夫衆生由自德貧乏損害信樂雖證聞如此等圓滿勝德於佛不起尊重心於如來正法亦爾若聰明人聞此功德起歸依心徹於骨髓於佛正法亦爾此人由一向淨信心則已制伏不定報惡業聚已受人天道吉祥樂報最後趣般涅槃爲勝是故諸佛如來出世爲一切衆生無上福田由能生不空可愛勝疾善後果故云何得知佛世尊自說偈以顯此義偈言若人當來世於佛行少善受諸天生已必得不死足說諸佛如此等不共德已偈曰

有餘佛法共　弟子及凡夫

釋曰諸佛如來有功德與弟子共得或與凡夫共得是何功德如次第偈曰

無諍及願智　無礙解等德

釋曰諸德謂無諍三摩提願智四無礙解通慧定無色三摩提無量解脫制入徧入等此中無諍三摩提者有諸阿羅漢比丘已知衆生衆苦是惑所生起欲令自身於他成無上福田欲制伏他緣自身煩惱生起生如此相智由此智他人不得生起一切種諍由此智無有他人緣觀行人或起欲心或起瞋心或起高慢心等由此正行必不發動隨餘一人

所應起煩惱故名無諍此三摩提體相云何

偈曰

世俗智無諍

釋曰此是三摩提自性謂世俗智偈曰

後定

釋曰後定謂第四定最後分此定雖通以第四定爲地但是樂速智偈曰

不壞法

釋曰但於不壞法阿羅漢相續中生非餘阿羅漢何以故餘阿羅漢於自相續有時不能令離餘諍生起偈曰

人道生

釋曰此定在人道中修得惟於三洲此定緣何境生偈曰

未生　欲有類惑境

釋曰未來欲界有類惑爲此定境願他諸惑勿生依此門生故無類惑者不可遮離諸偏行惑緣具界地生起故如說無諍偈曰

願智亦如此

釋曰此亦世俗智爲性依後定爲地依不壞法相續生於人道修得若爾差別云何偈曰

但緣一切境

釋曰願智緣一切法爲境起故此異於彼無色界法由願智不可證知雖然由等流行差別則可比知毗婆沙師說此中行由人爲譬願智所修法門云何是自己所求欲知衆事爲此故入遠際第四三摩提願我必知此事即於此事如實而知隨此定近遠行力知近遠亦爾偈曰

於法義方言　巧辯無礙解

釋曰無礙解有四種一法無礙解二義無礙
解三方言無礙解四巧辯無礙解此無礙解
應知如無諍三摩提云何如依不壞法相續
生於人道修得此二同彼境界地自性差別
說此異彼偈曰
前三名義言　次第無礙解
釋曰於名句字聚中於義中於言語中不可
迴轉智是名法義方言無礙解次第應知偈
曰
第四中理脱　於言道自在
釋曰不可迴轉智此言流中理離障失言中
定道自在顯現中不可迴轉智說名巧辯無
礙解偈曰
此緣言道境
釋曰正說及道是此智境界偈曰

九智
釋曰此解以九智爲性謂巧辯道自在無礙
解除滅智偈曰
一切地
釋曰此解依一切地起謂欲界乃至有頂由
緣言道隨一爲境故偈曰
十或六義解
釋曰義中無礙解若以一切法爲義此解以
十智爲性若惟涅槃爲義但以六智爲性謂
法智類智滅智盡智無生智世俗智偈曰
徧處
釋曰此義無礙解依一切地起偈曰
餘世智
釋曰所餘法方言二無礙解以世俗智爲性
緣名句等言語爲境故偈曰

欲界定法解

釋曰法無礙解有五地欲界及四定所攝故

於上無名等聚故偈曰

於言欲初定

釋曰方言無礙解依欲界初定爲地於上無

覺觀故於分别假名論中分别四無礙解云

於名句字中於彼所自義中此義一二多三

時男女等差别説中此説無障失中不可迴

轉智名法等無礙解是故彼次第得成方言

者以因理釋義譬如由有礙故名色等言於

立破勝言説名巧辯餘師説此四無礙解筭

數佛世尊言聲論因緣論次第是此四解先

加行法門何以故若人於四處未修明了加

行不能得生此解有餘師説於佛世尊正法

中彼一切加行皆圓滿成若人得一是人必

定具得四何以故偈曰

若不具未得

釋曰若得彼不具足不可説此人得四無礙

解是所説無諍等功德偈曰

六遠際定得

釋曰此六由遠際定力所得故説彼爲遠際

定偈曰

此六

釋曰是第四定名遠際六法爲體謂無諍三

摩提願智三無礙解及遠際三摩提方言無

礙解雖由遠際定力得不依第四定爲地起

是故不取何法名遠際三摩提偈曰

最後定　隨順一切地　此至增究竟

釋曰此定惟以第四定爲地云何隨順一切

地先從欲界善思心入初定從初定入二定

如此次第乃至入非想非非想定復次從非想非非想定次第逆修乃至至欲界心復次從欲界心更次第順修乃至第四定如此修隨順一切地云何名至增究竟如此修第四定從軟修中從中修上此三更各分爲三故成九品最後品名至增究竟如此定名遠際定際者或差别爲義或增極爲義譬如四際及實際如此六功德偈曰

惟佛非行得

釋曰異佛所餘諸人必由修行方得不由離欲得惟佛世尊無功德是修行得一切功德皆是離欲得何以故惟一世尊法王於一切法得自在故是故一切功德隨如來意欲皆悉現前如此諸德皆與弟子共得若通慧等亦與凡夫共得何法名通慧偈曰

如意成耳心　宿住死生盡　智證名通解六種

釋曰如意成境智證通慧天耳他心差别宿住念死生流盡智證通慧此六名通慧於中前五與凡夫共得一切六通慧偈曰

解脱智

釋曰以解脱道智爲性譬如沙門果偈曰

此四世俗智

釋曰除他心差别通慧及流盡通慧餘四皆以世俗智爲體偈曰

他心慧五智

釋曰他心通慧以五智爲體謂法智類智道智世俗智他心智偈曰

盡通慧如力

釋曰如前所説流盡智力此通慧應知亦爾

或六智或十智爲體彼以一切地爲依止應
知此亦爾偈曰
餘五於四定
釋曰所餘五以四定地爲依止此云何不以
無色定地爲依止於中三通慧緣色爲境故
不得依無色定地起他心差別通慧色門所
生故亦不以無色定地爲依止宿住念通慧
憶持位差別次第所生故亦不以無色定地
爲依止此以處所姓名住等爲境界故若人
欲知他心於自相續先觀身心二相謂我身
相如此心相如此如觀自身心相於他相續
亦起如此相思惟由此即知他心是故通慧
得生若此通慧已成不觀色自知他心若人
欲憶持宿住從前次第觀察滅自識相已如
此逆次第思惟諸位差別乃至托胎心次由
憶持中陰一刹那故此通已成如憶持自宿
住憶持他宿住亦爾若此通已成亦得起憶
宿住若此事昔已經受此事是所憶餘則非
若爾於他事云何亦如此若爾云何憶持五
淨居天宿住由聽聞所曾受故得憶持若人
從無色界退生於此界由以他相續爲依止
故得修無色宿住通慧所餘依止自相續得
知如意成通慧等觀察輕相音聲光明是彼
加行復次此五通慧偈曰
自下地境通　解
釋曰隨所依止地如意成通慧性由此得行
此地及化生等諸物或於下地非於上地如
此由天耳通慧得聞自地聲及下地聲不得
聞上地聲由他心差别通慧不得知上地他
心由宿住念通慧不得憶上地宿住由死生

通慧不得見上地死生是故依止無色地心由他心通慧宿住念通慧皆不得取由地上故此諸通慧云何得若未曾悉由修行所得偈曰

曾悉離得

釋曰此五通慧若餘生所數習則由離欲得若別勝由修行得一切皆由修行得生偈曰

第三三念處

釋曰他心差別通慧三念處攝謂受心法念處心及心法爲境界故偈曰

意成耳眼初

釋曰如意成天耳天眼通慧初念處攝謂身念處緣色爲境界故如意成通慧以四外入爲境界除聲天耳天眼通慧以聲色爲境界若爾死生通慧云何能知如此如經言是彼衆生與身邪行相應口意邪行相應誹謗聖人起邪見受邪見法及業故由此捨身命必受無行惡道墮負黒暗處生所餘廣說如經由天眼不得知如此有別智是天眼通慧伴類於聖人相續中生能知如此由不決定故所餘通慧以四念處爲性此義自成偈曰

天耳眼無記　餘通慧皆善

釋曰天耳天眼通慧是無記性此通慧以耳識眼識相應智爲體若爾此二以四定地爲依止云何得成由隨依止地說爲彼地故不相違眼耳根是此識依止以四定爲地復次由隨無間道立彼地所餘四皆是善性若爾於分別道理論中云何說何者爲通慧謂善慧此文或約勝義說或約多義說於六通慧中偈曰

三明得

釋曰宿住念死生流盡通慧説此三爲無學明得云何惟此三名明得所餘非偈曰

前際 等無明對治

釋曰此三能次第斷除前際後際中際無明故是故惟三名明得三中若眞實無學偈曰

最後無學

釋曰流盡證智定是無學偈曰

二 同名彼續生

釋曰所餘二通慧由生於無學相續中故説名無學此二自性非有學非無學若爾云何不許此二通慧名有學偈曰

於學不説明 續有無明故

釋曰由佛不説此二通慧是有學法云何不説若相續有無明於中安立明得則不應理更爲無明所制伏故於六通慧中偈曰

一三六是導

釋曰如意成他心差別流盡通慧此三如次第即是三導謂如意成導記心導正教導此三各從初最能引受化人意故有憎礙心未信心不欲修心此受化人由此三起歸向心信受心修行心故説此三爲導偈曰

三中正教勝

釋曰於三導中正教導爲最勝何以故偈曰

非不決定故 生善愛果故

釋曰如意成導記心導由明可作有明處名乾陀梨誦此明呪則能飛行空中復有明處名伊叉尼柯通此明處能知他心 如實正教不可由別方便作由此非不決定故勝前二由前二導但能迴轉事成由正教導一能生

善果二能生可愛果由此能顯正方便故勝前二前已說如意成此是何法若順毗婆沙道理偈曰
如意成定
釋曰由彼如意事成就故定名如意成何事由彼成應說此事偈曰
中　行空及化生
釋曰此中行空有三種一引將身行二願成行三心疾行此中偈曰
心疾行惟佛
釋曰此行最迅速如心惟佛世尊有如此行餘人則無於最遠處由發一行心時即至彼故故佛世尊說諸佛境界難可思議所餘二不由說於佛自成偈曰
餘將身願成
釋曰聲聞獨覺有引將身行如鳥次第引將身行願成行者是極遠處願令最近故由此疾彼行化生如意成有二種一欲界相應二色界相應此中偈曰
欲界化外入　四入類二種
釋曰欲界中化生以色香味觸入爲體此有二種或與自身相應或與他身相應偈曰
色二
釋曰色界相應化生惟以二入爲體謂色入觸入於彼無香味故此亦有二種如前如於欲界化生有四種於色界亦爾是故略說化生有入若生色界人化生欲界物云何不至得香味譬如衣及莊嚴具無有至得化生物亦爾有餘師說彼所生物惟有二入爲由化生通慧化生諸物爲不爾非此云何由通慧

果此是何法偈曰
由化心　此心有十四
釋曰有通慧果是生化心能生一切所化物
此心有十四偈曰
如次第定果　二至五
釋曰初定地通慧果心有二一欲界地二初
定地第二定地通慧果心有三謂欲界初定
二定地如此第三第四定地通慧果心有四
有五應知此義變化心應知是諸定果屬自
地及下地偈曰
非上
釋曰無有上地變化心爲下地定果第二定
果欲界變化心從初定地彼果由道爲勝偈
曰
得如定

釋曰此變化心至得如定至得爲惟從變化
心即出觀爲不無如此義是故說此義偈曰
淨定　自生二從彼
釋曰從清淨定次第生變化通慧從變化通
慧次第生變化果心從變化果心生無量變
化果心不從餘心生次從變化果心生變化
通慧從變化通慧生淨定或生變化果心何
以故若人住定果更不入本定無有從定果
即出觀義一切所化物偈曰
由自地化生
釋曰隨化生物地化生心地即與此同地何
以故由別地變化心不能化生別地諸物偈
曰
言說由餘地
釋曰由同地心亦得言說若所化人在欲界

或初定地由同地心可得令言說若所化人在上地但由初定心令言說於上地無發起有教業心故若令多所化人言說爲同爲不同偈曰

與能化非佛

釋曰離佛世尊所化人餘一切人所化人與能化人俱同言說若能化人有言說與多所化人俱同言說如偈曰一人正說言諸所化俱說一人若默然諸所化亦爾惟佛世尊如所意欲或前或後所化衆人或彼問佛答或佛問彼答是時若起言說心是時即無變化心應無所化云何能化人猶欲令所化久住故先發化生願令所化言說偈曰

立願已別作

釋曰由欲令所化久住故先發化生願然後入觀史由別心發起有教業故令彼同有言說爲人生在所願事皆隨意成爲死後亦成偈曰

已死願事成

釋曰由聖大德迦葉願力故骨身住不壞故知死後願事亦得成此願偈曰

非虛餘說無

釋曰若物非堅實相續不久於中願事不成聖大迦葉不願留皮肉等身分故有餘師說若人已死無復願事若爾聖大迦葉骨身云何得住由大德弟子諸天威力護持故得住爲由一心化生一物爲由多心化生一物偈曰

初一由多心　已成翻此能

釋曰初修學時隨一所化物起多變化心化

生事方成若化生通慧已成由一變化心化生非一物隨量次化生爲一切變化心皆是無記不偈曰

修得是無記

釋曰若變化心是修得果必定是無記偈曰

若生得有三

釋曰若變化心由生得則有善惡無記謂天龍鬼神等生得變化心所作或於自身化生或於他身化生此九入爲性有色入除聲故不各離根生故譬如紀美蟲及伊師迦草如意成有二種一修得二生得此復有二種偈曰

意成由呪藥　業生故五種

釋曰若略說如意成有五種一修果二生得三呪成四藥成五業成業成者譬如頂生王等及中陰衆生是所說天耳及天眼此二爲是天種類故說天爲如天故說天此義應思如天耳天眼者謂菩薩輪王寶長者若是天種類耳眼偈曰

天耳及天眼　清淨色定地

釋曰若人入四定緣音聲光明修加行爲方便故依四定地四大有二種清淨色起徧耳眼邊爲見色聞聲依止由依定地生故此耳眼是天種類復次此二偈曰

等分具恒故　遠細等境界

釋曰天耳天眼無非等分恒與識相應故無不具根無盲亂等失故譬如色界衆生上細障遠等色及聲皆是彼境若肉眼如偈說遠住被障細徧處色不見肉眼見對色天眼則翻此若由天眼見色所見色近遠云何隨人

隨眼所見色近遠亦爾聲聞獨覺佛世尊若
不作功用心欲見能見一千二千三千世界
若作功用心欲見偈曰
二三千無數　應供獨覺佛
釋曰若大聲聞由天眼欲見作大功用心能
見中二千世界若犀角喻獨覺由天眼欲見
作大功用心能見大三千世界若佛世尊由
天眼欲見能見阿僧祇世界隨佛所欲見何
以故如智能於法天眼能於色亦爾爲但如
意成有生得爲餘亦生得偈曰
有餘生得
釋曰天眼等四亦有生得一切生所得不得
通慧名偈曰
眼　中陰非彼境
釋曰是生得天眼不能見中陰衆生色何以
故此色但是通慧眼所見非生得天眼所見
除彼同類偈曰
他心智有三
釋曰生得言流若生得應知三種謂善惡無
記偈曰
觀明呪所作
釋曰不但生得有三種學伊叉尼柯論能觀
相人所得他心智由思惟分別所成或由明
呪所作此應知亦有三種謂善惡無記不如
修得一向是善由生所得他心智及宿住念
智偈曰
地獄初能知
釋曰地獄衆生初受生乃至未爲苦受所逼
於中能了達他心及能憶持宿住若生住餘
道由此二恒知偈曰

於人無生得

釋曰惟於人道如前所說如意成等五無生所得若爾云何得有自性憶持宿住人此從業差別所作何以故於彼亦有三種宿住念智有修得果有生得有業所作

阿毗達磨俱舍釋論卷第二十

音釋

鷂 弋照切 鷙鳥也

阿毗達磨俱舍釋論卷第二十一

婆藪盤豆造

陳三藏眞諦譯

釋分別三摩跋提品第八

由依止智慧一切功德謂智慧種類分別說已別性類功德今當分別說是故最初依定應作分別說由一切功德依止彼故偈曰

四定有二種

釋曰若略說定有二種由生得定修得定差別故復次此定唯有四種謂初定二定三定四定此中受生中定不應更說於分別世間品中偈曰

生得定已說

釋曰云何說各各定三地四定有八地修得定必定應說故說此言偈曰

修定善一類

釋曰若不分別唯心善一類名定是三摩提性故偈曰

共伴類五陰

釋曰若分別諸定共隨行相應法應知五陰爲性何法名一類謂一境等若爾唯心一境成定非別類心法成定不說諸心是定由彼法諸心成一類故說彼法爲定彼法名一類爲不如此耶一切心刹那刹那滅故皆是一類若汝言第二心從此境不散故是一類是義不然於相應法中定大地應無用由此是三摩提是故諸心共緣一境汝何故不許此義若言由定大地故諸心成一類應立一切心皆成一類此亦成失是義不然由此定勢力弱故經部師說是心同一類故說名定何

以故三摩提者謂依心學心清淨爲勝經中說名四定餘師說如此定者名持訶那持訶那是何義由此得知得見故名持訶那何以故若心得定則能如實知見此名以思量爲義思者即是般若此悉檀作如此說若爾一切三摩提皆應名持訶那由一類能令如實知見故是義不然於勝類中立彼名故譬如作光名曰於中與何勝法類相應若定與分相應此定則與勝類相應何以故此共奢摩他毗鉢舍那雙生起故故說爲現法安樂住及遲速樂行由彼最明了思量故故彼是勝類若善一類名持訶那有染汙云何名持訶那由邪思惟故若爾則有大過之失是義不然於相似中由但立名故譬如壞種子故佛世尊亦說惡法爲持訶那復次是善一類有何相名初定乃至是善一類有何相名第四定偈曰

有觀及喜樂

釋曰覺觀喜樂相應喜一類說名初定由說觀覺即彼說覺觀如烟及火相應行故有不相離相離故無有觀有喜樂與覺相離所餘三定偈曰

前前分所離

釋曰善一類言流覺觀所離但有喜樂是第二定覺觀喜所離但有樂是第三定覺觀喜樂所離但有捨是第四定如說四定偈曰

無色爾

釋曰無色有幾種義與定同彼亦有二種由修得生得故亦有四種由減損想故是彼生得於前已說謂無色界無處由生有四種聚

同分及命依此心相續修得無色定若不分
別但以善一類爲性由此義無色定與四定
同偈曰
四陰
釋曰若分別諸定共隨行相應法應知四陰
爲性無隨行色故偈曰
寂離下地生
釋曰空徧入從寂離第四定生識徧入從寂
離空徧入生無所有徧入從寂離識徧入生
非想非非想徧入從寂離無所有徧入生無
色定由此故成四何法名寂離由此道彼解
脫他地故說此道名寂離彼定至得離欲故
是四無色定偈曰
制伏色想名　共三種近分
釋曰空徧入近分定緣第四定爲境界故未
得制伏色想名何以故於中制伏色想未竟
故未得滅離是前所說無色界但有四陰此
言不成就謂於無色界無色若無色界有色
云何說爲無色界由色細故譬如阿賓伽羅
執彼所有色其相云何若唯有身口護色身
口既無云何得有身口護色若無四大說有
四大所造色無如此義若汝言如無流護是
義不然由有流四大有故於說彼三摩跋提
中乃至有撥言謂無色等想若彼有身必定
有色根云何許彼有細色若汝執由身量極
細故說無色於不可見色水蟲應成無色若
汝執彼色極清淨故說無色於中陰及色界
亦應立爲無色若汝執由無勝彼清色故說
無色則但有頂成無色所餘應非何以故如
修三摩跋提三摩跋提生差別亦爾彼定生

色由非下地根所取故於彼有何差别若汝言二界名隨義立第三界名非隨義立此中以何道理爲證由說壽命煖觸相應故如二蘆束互相依持名色及識由說互相依故於十二縁生中說依識名色生依名色識生復有别證離色乃至離行由撥識去來故是故於無色界有色義成是義不然應更思量故此義必定應共思量謂說壽命煖觸相應義此言爲依欲界壽命說爲依一切壽命說名色及識互相依言爲依欲界色界識說爲依一切識說說名色依識生言說識依名色生言此中爲一切識以名色爲依一切名色以識爲依爲不皆爾此中說離色等撥識去來言爲離一切色等撥識去來義爲隨離一若汝言由佛不分别故不可自分别思量是義不然有大過之失故是外煖觸不應成與壽命相離復次外色應依止名由不分别說故田佛說四識住及四食於色無色界應有段食及色識住若汝言說過用段食諸天及說喜食諸天由此言故無大過之失於無色亦應爾不應立有色由佛說無色是一切色出離故如經言是寂靜解脱過一切色是無色復有說有衆生無色復有說由過一切色想及有礙想故知無色界中無色何以故若彼實有色彼必定應生想分别自色若汝執觀下地麤色故說無色是義不然何以故於段食中此義應同四定出離下地故於中應立無色云何不說彼是受等出離由是下地受等出離故彼已過一切種色類不過一切種受等類是故說彼但是色出離非受等由有

不說出離有者由有不得出離有故不能出離一切有及永出離有故復次佛世尊於色定中說言於色定中若有色類乃至識類於無色定中說言於無色定中若有受類乃至識類於無色界若有色類云何不說若有色類言耶是故偈曰

無色定無色

釋曰由此二證應知於無色界必定無色說有色者此是邪言與理相違故若爾於彼中無量劫色相續已斷絕後從彼退時色云何更生偈曰

更生色從心

釋曰色從心更生昔時色報因所熏習故此心有功能生於今色若不依止色心云何得生起云何不得生起此中非所曾見故若爾離段食於色界中不應得生起何以故此中非所曾見故於前已說此依止能令彼心相續生起說此義已復次此義今當說爲空無邊入等必定以空等爲境界故說彼以此名爲不爾非此云何前三者偈曰

空無邊及識　無邊無所有　由加行立名

釋曰空無邊識無邊無所有彼作知此思惟得修觀行因此加行是故彼如次第得此三名偈曰

昧故非想非

釋曰由想輭昧故說名非想非非想何以故彼想不明了非全無想若彼於中修如此觀行想即是病想即是癰想即是刺無想即是癡闇是寂靜是美妙謂非想非非想入雖然不由此加行立名云何彼執如此觀行決定

應釋曰由想微細故此義於前已説偈曰
如此根本定　八物
釋曰根本定若約實法唯有八物謂四色定
四無色定此中偈曰
有三種　七
釋曰除有頂所餘七定各有三種何者爲三
偈曰
有啜清淨　無流
釋曰此七定有與啜味相應有清淨有無流
偈曰
第八二
釋曰第八是有頂此定有二種有與啜味相
應有清淨無無流復次此中偈曰
啜味相應定　有愛
釋曰啜味謂貪愛味是定所有功德縁此起

愛欲心愛欲即是能啜故説貪愛所染汙定
名與啜味相應偈曰
世問淨　清淨
釋曰世間定法若善爲性説名清淨與無貪
等白淨法相應故復次此中何定是啜味相
應所啜偈曰
是堪啜
釋曰是所堪啜即是清淨三摩跋提法此法
是彼所啜必從一剎那等已滅若是所啜則
已出彼能啜即是所修觀偈曰
出世定無流
釋曰出世三摩跋提法是名無流此三摩跋
提法中唯四持訶那有分四無色定無分此
中偈曰
於初有五分

釋曰初持訶那中有五分五者偈曰

覺觀喜樂住

釋曰覺觀喜樂善一類此五於定能引治安依體故説爲五分此五分中第五彼説亦定亦分所餘但分非定若實記如四分軍五分持訶那亦爾偈曰

喜等及内淨　於第二四分

釋曰於第二持訶那有四分一内澄淨二喜三樂四善一類此四應知如前偈曰

第三有五分　捨念慧樂住

釋曰於第三持訶那有五分一捨二念三慧四樂五住住即是善一類何以故住是三摩提別名故如經言何者爲三摩提是心住於正境於正位由此經故知住是三摩提別名

偈曰

最後有四分　中受捨念住

釋曰第四持訶那是最後於中有四分謂非苦非樂受捨清淨念清淨善一類若依如此文定分有十八初定三定各有五分二定四定各有四分故如此數由名立若由實物偈曰

實物有十一

釋曰初定分有五於第二内澄淨增於第三捨念慧樂增於第四非苦非樂受增由此義故有十一是故説若分在於初定於第二爲是分不有四句第一句是覺觀第二句是内澄淨第三句是喜樂善一類第四句除前所説是餘法如此一切定分皆應以四句更互相攝云何於第三定中説樂爲別物由此樂於第三定成受樂於前二定中偈曰

輕安樂前二
釋曰於第一第二定是輕安說名樂於前二
輕安樂於第三是受樂此義云何成前二持
訶那與樂根不相應故何以故於前二定中
所說樂不應成身樂入觀人五識不有故不
可立爲心樂巳說爲喜故喜者謂心踊躍喜
樂二種一時俱生無如此義喜樂或於定中
遞互生起此不可執由說定有五分故有餘
師說於前三定中心地樂根皆悉不有但安
立身樂根以爲彼分若爾經中云何說如此
經云何者爲樂根緣能起樂觸身心受樂所
愛勝受類說此名樂根此文不知何人所增
加何以故於一切部中唯有身樂文故文言
修觀人由身正受樂此義由自名所說故若
汝執由心身受者若作此說得何功德於第
四定輕安最極不說爲樂故若汝言是輕安
隨順樂受故亦得說名樂是義不然第三定
中何故不說輕安名樂若汝言由爲捨所損
害故是義不然由捨彼增進故品類勝前二
故復次由經輕安與樂有差別如經言是時
聖弟子從輕安生喜由身證巳生起此巳於
其中住於此經中由別說輕安及樂是故知
輕安非樂若汝言正入觀人身識云何生此
不相違何以故有風從三摩提生名輕安與
樂受相符依内起徧滿身故若汝言由外散
亂即便退定是義不然從定生依内身起由
此身樂與定相隨故無有退義若汝言身識
起時觀行人即出定是義不然由前言所成
故若汝言由欲界所生身根色界相應觸識
不應得生是義不然自輕安識生故若爾身

根所領觸及身識應成無流勿有一分有流一分無流由說身輕安爲覺分是義可然若汝言由隨順覺分故說爲覺分無流義亦應爾若汝言此執與經相違經云何者名有流法一切眼根乃至觸塵是故相違是義不然由依別觸身識別意說故若汝言於無流法無一分有流一分無流是義不然不俱時起故於中復有何失若汝言樂及喜不並起故初定應無五分是義不然依應有義說故譬如說覺觀若汝言此義未成由譬不成就故是義不然由麤細二心一時相違故由汝不說此義中過失故是故於初定五分中由滅二三四分故安立第二定等由此義故於初定說有五分爲欲滅前安立後定故是故不滅想等若不爾云何唯五爲分若汝言由有益故立別分是義不然覺觀二法於念慧中最有益故有諸部師作如此諍論宿舊諸師不說如此不隨可知所有法立爲定分是故彼執應須思量何法名內澄淨覺觀散動滅離故相續清淨流說名內澄淨何以故如江有浪由覺觀散動故此相續生起不得清淨若爾此非別物云何由實物定分有十一是故偈曰

信根內淨

釋曰有別物謂信根此人由得第二定地故於出離寂靜地中生起決信故此中說信根爲內澄淨有餘師說覺觀三摩提內澄淨悉非別物若彼非實別物云何成心法心位差別有時說爲心法由心成故阿毗達磨悉檀不說如此是汝所說喜者是適心此義云何

可知若不爾欲以何法爲別如別部所許別部云何許彼執有別心法名喜適心是三定中樂若非於定中樂應成適心偈曰

喜　適心由二證

釋曰佛世尊於毗波利多經中說第三定已於中先生適心根滅盡無餘於第四定中樂根滅盡無餘佛復於餘經中說由樂根苦根滅故於前憂根適心根滅故廣說如經由此二證於第三定中必定無有適心根是故喜根即是適心根非樂如清淨定中所說分於染汙定知有不不有何分於彼不有偈曰

染汙無喜樂　內澄淨念慧　及捨念清淨

釋曰若定有染汙初定無寂離生喜樂不能寂離惑故第二定無內澄淨由惑所染濁故第三定無念慧由染汙樂所亂故第四定無捨清淨念清淨由與惑相應故有餘師說唯如此偈曰

餘說無輕捨

釋曰有餘師說初定二定若有染汙則無輕安第三第四定若有染汙則無捨由此二法是善大地故佛世尊說三定有動變由有過失故偈曰

離八過失故　說第四不動

釋曰何者爲八過失偈曰

覺觀及二息　餘樂等四種

釋曰覺觀樂苦喜憂出息入息此八是諸定過失此八過失中隨一過失於第四定中無是故唯說第四定爲不動覺觀喜樂等所不能動變故故經中說第四定爲不動譬如內密室無風燈光餘師說如此於前二定說有

適心受由與喜相應故第三樂第四捨如修觀定中受於生得定中受爲如此不非此云何偈曰

喜受樂捨受　捨受及喜受　樂捨及捨受
生得定諸受

釋曰於初生得定中有三受一樂受與三識俱起二喜受以意識爲地三捨受與四識相應起於第二生得定中有二受謂喜及捨此二以意識爲地無樂餘識不有故於第三生得定中有二受謂樂捨此二以意識爲地於第四生得定中唯有捨受由如此義生得定受與修得定受不同於第二定等若無三識及覺彼衆生云何得見聞觸彼復云何得起有敎身口業不說於彼受生衆生眼識等不有雖有不屬二定等地此云何偈曰

眼耳身三識　身口業緣起　二等初定得

釋曰眼等三識及能起有教業識於第二定等雖不有彼能令現前譬如變化心彼由此識能見聞觸及能起有教業偈曰

此無染無記

釋曰此四識無染汙亦無記第二定等衆生所引四識令現前此四識應知以初定爲地非有染汙由彼離欲下地故非善下劣品故說定事已復次清淨等四色定及四無色定至得云何偈曰

不得得清淨　由離欲及生

釋曰若人不至得彼此人能得清淨四色定及四無色定或由離欲下地或由受生下地除有頂何以故清淨有頂不由受生得故不得者此言云何若人未曾得及捨至得由加

行能得清淨或得决擇分清淨由退故得退分定是故毗婆沙中說此言爲有如此不或由離欲至得清淨定或由離欲棄捨清淨定由退墮及受生亦爾說有約退墮分初定論此六義何以故由離欲得此故由離欲大梵處棄捨此故由退墮大梵處離欲得此故由退墮離欲欲界棄捨此故由於上大梵處受生得此故由從此退墮受生欲界棄捨此故

偈曰

無流由離欲

釋曰不得得此言流若人已曾得由盡智更得無學無流若由修練根道或得有學或得無學爲不如此耶由入正定聚初得無流次第修觀人不必定由未曾得得此無流定如必定應得是今所說偈曰

染汙退生得

釋曰不得得此言流由退得者若人退此離欲更還得此由受生得者從上地更生下地復次從何定法後幾種定次第得生從無流初定後有六定無間得生於自地清淨定無流定爲二於第二第三定亦各有二從無所有入後次第生有七於自地清淨無流爲二識無邊入空無邊入亦各有二於有頂但有清淨無流從第二定後次第生有八於自地清淨無流爲二於第三第四及初定亦各有二從識無邊入後次第生有九自地有二空無邊入及第四定有四無所有入及有頂有三由如此方所餘色無色定次第十七定法應如此知此中是略攝偈曰

從第三上下　無流後善生

釋曰由說善性清淨及無流皆被攝同是善性故無流定法後次第或依自地二種定法生謂清淨無流或上地下地乃至第三亦爾何以故超修觀人過第三處求超不得成云何如此由過遠故從類智次第能修無色定觀從法智次第不得如此以下地依止爲境界故如說從無流次第生諸定所餘應知亦爾偈曰

從淨生亦爾　長染汙自地

釋曰此中生自地染汙定長於前此從清淨定後次第得生所餘諸義如無流何以故無流定後次第染汙不得生故偈曰

從汙自地淨　染

釋曰從染汙定後次第於自地清淨及染汙定得生偈曰

一下地淨

釋曰若人爲惑所逼下地若清淨於中亦生尊重若人已了別此定謂此定染汙行於下地定則從善行於善不從染汙若不分別云何得行於下地清淨定由前引心力何以故此人於前有如此欲樂謂寧得下地清淨不用上地染汙是先意欲衆生相續亦能隨逐譬如人先發願方眠如所要期時即覺若無流從染汙後一切種次第不得生此言約修觀時說謂從清淨定及染汙定後次第自地染汙定生非於餘地偈曰

退時從淨染　一切

釋曰死墮時從生得清淨定後次第一切地染汙定生偈曰

染非上

釋曰從染汙四色定四無色定後死墮時次第自地下地染汙定生非上地復次非從一切清淨定後無流定生若爾此義云何偈曰

清淨定有四　退分等

釋曰退墮分安住分增進分決擇分清淨定有此四種有頂有三種除決擇分故此四其相云何偈曰

次第　或至自上地　無流隨得故

釋曰若此定功德隨順煩惱生名退墮分若此定功德隨順自地名安住分若此定功德隨順上地名增進分若此定功德隨順無流名決擇分是故說此定名無流此四種定中幾定從幾定後次第生偈曰

二三三及一　從退等次第

釋曰退墮分定後次第二定得生謂退墮分及安住分安住分定後次第三定得生除決擇分增進分定後次第三定得生除退墮分所餘次第得生決擇分定後次第一定得生謂決擇分定修超定觀云何得成偈曰

去來於二類　八地密超一　修超諸定觀行非等分三

釋曰去者謂次第修觀來者謂逆修觀於二類者謂有流無流八地者謂四色定四無色定密者謂上下次第超一者謂過一一地先於有流八地或順或逆修觀修觀成熟已次於七無流地修觀亦爾修觀成熟已後時爲成就於修自在故從有流初定超入有流第三定從有流第三定超入空無邊入從空無邊入超入無所有入次更如此逆超若此修已成熟後於無流定修順逆超一亦爾應如

此次第修順逆觀爲超定加行是時若從有流初定能入無流第三定從無流第三定能入有流空無邊入從有流空無邊入能入無流無所有入次修逆超亦如此是時非等分第三定中去來成故超修定得成由過遠故第四不可超修此修於三洲中是非時解脫阿羅漢所修得或滅盡故於定有自在故見至聖人彼根雖利於定若有自在彼惑未盡故不得彼時解脫阿羅漢惑雖已盡於定不得自在亦不得修由何依止有幾色定無色定可令現前偈曰

自下地依止　色無色

釋曰有頂定於有頂處可修令現前於下地乃至欲界皆能修令現前如判有頂所餘諸定於自地及下地皆得修令現前云何如此若人生於上地不能令下地諸定現前何以故於此人偈曰

非下

釋曰生上地人下地定於彼無毫氂用由下劣被輕故說通義已此中更說別義偈曰

聖現無所有　入有頂流盡

釋曰若聖人已生有頂由現前修無流無所有入至得流盡云何已生有頂能現前修無流無所有入於自地無故此熟所悉故得現前修復次色定無色定所緣何境偈曰

有愛自有境

釋曰若定與噉味相應說名有愛自地有起有言者顯取有流境不能緣下地已離欲故不能緣上地由諸地貪愛各所隔得故不能緣無流爲境應成清淨故偈曰

善定徧有境
釋曰若定以善爲性謂清淨及無流此定以一切法爲境彼境實有物謂有爲無爲偈曰
本善色無色　非有流下境
釋曰根本清淨色定及無色定下地有流法非彼境界緣自地及上地爲境界故若無流爲境界一切類智種類是彼境界非法智種類非下地滅若近分定及無間道以下地爲境界此三種色定無色定中何定能滅惑偈曰
由無流惑滅
釋曰惑滅不由清淨定何況由染汙定由此下界惑不得滅於下未離欲故自不能對治自故是故不能滅自地惑由最勝故不能滅上地惑但由無流得滅復次偈曰

及諸定近分
釋曰由色無色近分清淨定諸惑亦得滅是下地對治故此近分有幾種偈曰
彼定近分八
釋曰隨一一定近分亦爾依近分得入根本故分爲如根本有三種不近分受爲如根本受不非偈曰
清淨非苦樂
釋曰彼近分定但是清淨一類與捨根相應由功用所引故未離下地厭怖故離欲爲果故是故唯捨受無耽味偈曰
初聖
釋曰最初近分定名非至定此有二種有清淨有無流若由近分心結生即有染汙若入觀必無染汙由前已遮故偈曰

餘說三

釋曰有餘師說非至近分定亦與味相應此中有說名近分定有說名中間定此二名爲一義爲有別義有別義何以故近分者是離欲道偈曰

無覺中間定

釋曰此定與覺不相應說名中間定與二定異故由勝初定故於初定中不立於第二定等中亦非所立由無勝類故復次此中間定有幾種有幾受偈曰

三種無苦樂

釋曰此定或與味相應或清淨或無流是無苦無樂受與捨根相應故不與喜根相應大功用所引故故說爲苦遲速行此中間定果差別云何偈曰

大梵王爲果

釋曰若人修習上品中間定受大梵王報復次攝一切諸定於經中說有三定一有覺有觀三摩提二無覺有觀三摩提三無覺無觀三摩提此中中間定即是無覺有觀三摩提由此經第二言所證但遮覺故從此定偈曰

有覺觀此下

釋曰從此向下所有諸定悉名有覺有觀謂初定及依初定餘定偈曰

此上定無二

釋曰於彼中無二謂過中間定向上餘定無覺觀二從第二定近分乃至有頂皆無二復次經中說三摩提有三種謂空定無願定無相定此中偈曰

無相應靜相

釋曰滅諦行相相應定說名無相定此定有四行相何以故涅槃者由離十相說名無相此定以涅槃爲境故名無相十相者謂五塵男女三有爲相是名十相偈曰

空定無我空

釋曰與無我空二行相相應定說名空定此定有二行相偈曰

無願定所餘　諦相相應故

釋曰與所餘諸諦行相相應定說名無願定此定有十行相何以故於無常苦及彼因生厭背故於道由筏喻義必定應棄捨觀行人於彼生過背意故彼皆不可願以彼爲境故名無願於無我空中無厭背義由與涅槃相似故此三定有二偈曰

彼清淨無垢

釋曰此三定以清淨及無流爲種類屬世出世故若世間定依十一地成若出世定隨無流道地偈曰

淨三解脫門

釋曰此三定若無流說名三解脫門謂空解脫門無願解脫門無相解脫門由彼是解脫門故由別義於彼更說別名偈曰

空空等名定　復有三別定

釋曰有空空定有無願無願定有無相無相定以空定等爲境界故彼名空空定等於中偈曰

二定緣無學　由空無常相

釋曰有二別定緣無學諸定爲境空空定緣無學空定爲境由空行相故無願無願定緣無學無願定爲境由無常行相故不由苦及

因等行相無流法不以彼爲相故不由道諦
行相彼所應厭背故偈曰
無相無相定　靜相非擇滅
釋曰無相無相定緣無學無相定非擇滅爲
境由寂靜行相故不由滅妙離行相何以故
與無常滅同故無記性故非永出離故此三
別定一向偈曰
有流
釋曰由背捨聖道故彼是有流若無流則不
爾此定是何道所得偈曰
人
釋曰於人道中非於天道於何人相續中生
偈曰
不壞
釋曰唯不壞相阿羅漢能得此定由事究竟
故非餘阿羅漢此定依幾地生偈曰
七近分所離
釋曰除七近分定於十一地謂欲界非至定
中間定四色定四無色定復有經說有四三
摩提修經云有三摩提修若修若事若習成
爲得現世安樂住廣說如經此中偈曰
有別修四定　淨初爲現樂
釋曰若初定是善性類或清淨或無流此三
摩提必定能得現世安樂住初定既爾餘定
應知亦然不必定得未來安樂住或退墮或
生上地或入涅槃於中未來安樂住或不成
就故偈曰
爲知見眼通
釋曰第二三摩提修爲得知見三摩提修謂
天眼通慧修偈曰

爲別慧行生
釋曰第三三摩提修爲得差別慧三摩提修一切勝德皆從加行生謂三界無流諸德若定能得此德說此定修爲差別慧三摩提修偈曰
金剛譬後定　能滅有流修
釋曰於第四定有三摩提名金剛譬修此定能得一切流盡彼言佛世尊說四三摩提修依佛自修行說此義云何可知由依第四定約時分別故說諸三摩提已一切德依止三摩提成說時已至是故今說偈曰
無量定有四
釋曰四無量定謂慈悲喜捨無量以無量衆生爲境界故感無量果報故云何立四偈曰
由瞋等對治
釋曰多行殺害瞋逼惱瞋嫉妬瞋愛起憎瞋衆生爲滅此行是故次第應修此四無量定不淨觀及捨無量定若同對治欲界愛欲有何差別毗婆沙師說色欲對治是不淨觀婬欲對治是捨無量觀若執如此則與理相應婬欲對治是不淨觀能除色形貌觸威儀欲故母父及兒親等欲對治是捨此四定性類云何偈曰
慈無瞋及悲
釋曰慈以無瞋善根爲性悲亦如此偈曰
喜定謂適心
釋曰於他歡適事心隨彼歡適說名爲喜偈曰
捨無貪
釋曰捨以無貪善根爲性若爾云何對治瞋

由瞋是貪愛所引故若爾此定應以二善根爲性此義應理此慈等無量定行相云何偈曰

行相　有樂及有苦　得喜及衆生

釋曰若衆生安樂是慈定境界於彼起行相思惟謂衆生安樂由此得修慈無量觀若衆生有苦是悲定境界於彼起行相思惟謂衆生有苦由此得修悲無量觀若衆生得喜是喜定境界於彼起行相思惟謂衆生得喜由此得修喜無量觀若不分別但衆生衆生是捨定境界於彼起行相思惟謂衆生衆生由此得修捨無量觀由是中心故觀若彼無樂於彼樂觀樂云何此觀不成顛倒由願得意故非是顛倒復由意無顛倒故復由是願樂想定故復次若如此顛倒有何過失若汝言非善性爲過失是義不然彼以善根爲性故又能對治瞋等惡法故說彼行相已若彼緣衆生爲境緣何衆生爲境偈曰

彼欲衆生境

釋曰欲界衆生是彼所緣境能對治緣彼爲境瞋恚等故若爾經中所說約一方起慈等心此義云何此言由顯器在器中亦是所顯此四無量依幾地生偈曰

於二定喜

釋曰於前二定修喜無量觀適心爲性故偈曰

餘　六地

釋曰所餘三無量觀於六地中修謂非至定中間定及四定偈曰

餘說五

釋曰有餘師說除非至定但於五地修復有餘師說於十地謂欲界及四近分由攝不定加行根本故是前所說彼能對治瞋恚等爲由彼惑得滅不偈曰

由彼惑不滅

釋曰根本定爲地故假願思惟爲體故緣衆生爲境故由修彼加行能制伏瞋恚等故說彼是瞋恚等對治已滅能令遠故有慈等觀以欲界及未至定爲地有以根本定爲地由前制伏諸惑已後由滅道滅除諸惑次於離欲位中由得根本無量定故若得定强力緣時非復彼所能逼故初學人云何修慈無量觀如計自身所得勝樂或見聞他得勝樂謂佛菩薩獨覺聲聞於衆生起如此至得勝樂願樂想謂願諸衆生得如此樂若不能等發此心由惑最强盛故先於親屬分爲三品於最上品親起得勝樂願想於彼若已成次於中及下親觀行亦爾於三品若得平等慈觀已次於中人觀行應知皆如前說次於怨人復分爲三品於最下怨願彼得勝次於中怨及上怨亦爾於最上怨願得勝樂想若起不更退失如於最上品親不異次第於處聚落方土中起得勝樂願想乃至緣一方及徧一切世界起願得勝樂想由慈無量心周普無餘若人於一切衆生恒樂取德此人必定速得成就慈觀何以故於斷善根人若取彼德亦可得於犀角喻獨覺若取彼過亦可得由能顯昔福非福果故於悲及喜修觀行亦爾觀彼衆生沒多災橫流內願彼解脫衆苦願彼衆生恒得歡喜若人作如此願想得入悲

喜定觀捨觀從中境成但以衆生衆生爲行相故四無量定是何道能修偈曰
人道生
釋曰若修彼必定在於人道非於餘道若人與一無量定相應必定與一切相應不不定與一切相應此何爲偈曰
三應定
釋曰若人生第三第四定與喜不相應若人得無量定恒與三相應偈曰
解脱八
釋曰於内有色想於外觀色是第一解脱於内無色想於外觀色是第二解脱淨解脱由身證已於修中住是第三解脱無色定爲四解脱滅受想定爲第八解脱於彼偈曰
前二不淨觀

釋曰前二解脱不淨觀爲體性以黑爛等想爲行相故是故於此二應知如不淨觀中觀行義此前二偈曰
二定
釋曰於前二定中此二解脱是所修非於餘地次第是欲界及初定地色欲對治故偈曰
三後定無貪
釋曰第三淨解脱但於第四定修此亦以無貪善根爲體性非不淨觀爲體性由淨想爲行相故若攝彼共伴類五陰爲體性無色解脱者偈曰
淨無色定地
釋曰若善若定地四無色觀是四無色解脱非不定地譬如於無有中餘部師説無色定有時非定如目乾連所修復次無色近分定

解脱道彼亦得解脱名若是善及定地非無間道緣下地爲境故何以故背捨義即是解脱偈曰

滅心定解脱

釋曰滅受想定即是第八解脱此定於前已説由背受想故名解脱復由背捨一切有爲法故復有餘師説由此八能解脱一切定障故若人修滅心定偈曰

最後細後成

釋曰有頂者由想最細故此定更修令最細方得入滅心定若人已入滅心定云何得出偈曰

自地淨下聖　心從彼出觀

釋曰或由於有頂清淨心從彼得出或由無所有入爲地清淨心及無流心從彼得出如此依有流心入無心定出心通有流無流於此八解脱中偈曰

欲界中見境　前三

釋曰於前三解脱通以欲界色入爲境或可憎或可愛如次第偈曰

四無色　是類智種類　自上地諦境

釋曰無色解脱緣上地及自地苦苦集苦滅爲境一切類智種類道及非擇滅虚空爲境云何於第三定不立解脱於第二定地色欲不有故復於清淨樂有動故云何彼修淨解脱觀爲安樂先不淨觀損羸自相續故復次爲欲觀察自能不能故謂於前二解脱爲成不成若爾則知前二成若更由淨相觀淨境先惑不起何以故修觀人由二種因故修解脱等觀一爲令諸惑極遠相離二爲於定中

得自在爲能引取無諍等諸德及能引取聖通慧此通慧能變異物類成就所願延促壽等事云何於第三第八說身證於餘不說由二勝故復由在界地窮際故偈曰

制入有八種

釋曰於内有色想於外觀色小量或好或惡制修此色我見我知作如此想是第一制入無量亦爾於内無色想於外觀色此二如前二合此成四通無内色想觀青黄赤白色我見我知作如此想合此成八偈曰

二如初解脱

釋曰如初解脱應知二制入亦爾偈曰

後二如第二

釋曰如第二解脱應知第三第四制入亦爾偈曰

餘如淨解脱

釋曰如淨解脱應知後四制入亦爾若爾此彼有何異由前八但背捨由後八制修境界令隨自意樂顯現及令惑不起偈曰

十徧入

釋曰能普覆起一類無間隙故名無邊何法爲無邊謂地水火風青黄赤白此色相普覆空無邊入識無邊入此二亦普覆於中偈曰

無貪八

釋曰前八以無貪爲性偈曰

後定

釋曰第四定是彼所依地偈曰

彼境　欲

釋曰欲界色入是彼境有餘師説風無邊入觸爲境界復有餘師説前四觸爲境界後四

色爲境界偈曰
二淨無色
釋曰最後二無邊入以清淨無色定爲性偈
曰
自地四陰境
釋曰自地四陰是後二無邊入境界八制入
是入解脱法門十無邊入是入制入法門前
前於後後勝故此解脱等以一切凡夫聖人
相續爲依止唯除滅心解脱偈曰
滅心定已説
釋曰滅心定解脱於前已説由一切義差别
偈曰
餘離欲行得
釋曰異滅心定所餘解脱等或離欲所得或
加行所得由前悉前未悉故偈曰

三界依無色　餘人道修得
釋曰無色解脱無色無邊入此法以三界身
爲依止三界人所修得故所餘諸解脱及諸
制入無邊入依止人道相續得成由正教力
縁所生故云何於色無色界修得色定無色
定差别由三種因縁四持訶那無色三摩跋
提得生由因業法爾力故此中偈曰
因業力二界　生色無色定
釋曰於二界謂色無色界生無色界定或由
因力謂近修及數修或由業力謂上界分後
報業果報欲至故何以故若人於下界不生
欲於上界不能得生偈曰
於色界色定　由二法爾得
釋曰於色界中生差别定必由二力謂因力
業力或由法爾力世界欲壞時一切衆生是

時來下地生四色定是時善法最成就豐饒起故是佛世尊正法應更幾時住於中如此等諸法品類明了可知可見偈曰

世尊正法二　教修得爲體

釋曰此中正教者即是諸阿含謂修多羅毗那耶阿毗達磨正修得者謂阿地伽摩此是三乘人所修菩提助法及三乘果如此名二種正法此中有幾人偈曰

於中有能持　能說及能行

釋曰於阿含有二人一能正持二能正說於阿地伽摩但有一人謂能正修得隨此三人相傳住時正法亦隨此時得住何以故有二因緣能令正法久住謂正說正受有餘師說佛般涅槃後一千年正法得住此說約正修得不約阿含若約阿含則有多時何以故於末世中若能此正法諸人有二種諸天一隨聞得信二隨正解得信皆擁護彼人令阿含及正修得於世不速隱沒是故於中如文如義應急修正行此論中佛世尊阿毗達磨是我所說爲如經部中所顯爲如毗婆沙中所顯偈曰

罽賓毗婆沙理成　我多隨彼說此論

正法偏執是我失　判法正理佛爲量

釋曰罽賓國毗婆沙師二證所成就此阿毗達磨我今多隨彼義說於中若有偏執是我過失離證能正判正法唯佛世尊爲最勝量何以故由證見一切法故若佛聖弟子離阿含及道理判正法亦非中量

阿毗達磨俱舍釋論卷第二十一

音釋

煗（乃管切與煖同）輭（乳兖切柔也）癕（於容切腫也）練（郎甸切精熟也）

筏（房越切簰也）隙（乞逆切罅也）罽賓（梵語也此云賤種罽居例切）

阿毗達磨俱舍釋論卷第二十二

婆藪盤豆造
陳三藏眞諦譯

釋破執我品第九

大師世間眼已閉　又證教人稍滅散
不見實義無制人　由不如思動亂法
自覺已入最妙靜　荷負教人隨入滅
世間無生能壞德　無鉤制惑隨意行
若知佛法壽　將盡已至喉　是惑力盛時
求脫勿放逸

離此法於餘法爲無得解脫耶無云何如此非如我見誑於心故何以故彼人不於五陰相續中假立我言故何爲由彼分別有別實物名我一切或以我執爲生本故於餘法無解脫義云何得知如此但於五陰相續中假起我言非於餘義由我非證比二量所知故餘法若實有若無障礙必定由證量得知譬如六塵及心或由比量得知譬如五根此中如此比知若有因緣餘因緣不有故不見事生若有則見事生色塵等緣若具有能障礙法若悉不有盲聾等人及非盲聾等人於色等塵眼等識不生生故可得比量別因不有有義別因即是眼等根如此證量及比量於我不有故是故說決定無我是跋私弗多羅部所說必定有我與五陰不一不異此言宜應簡擇爲彼執由實物故有由假名故有實有相云何假有相云何若如色等別有名實有物若如乳等但聚集有名假名有若由實物有與陰別性故應說與陰有異譬如別陰必定須說此我因若無因即是無爲則同外

論師說亦無別用若汝執由假名有故有此說最精我等亦說如此我等立我有不由實有說不亦不由假名有說有此何爲約內所取現世諸陰執說爲我今此別言於義復不開顯非我等所解此約言顯何義若義如此謂緣諸陰於諸陰中假名說我此義應成譬如緣色等物假名說乳復次若義如此謂因諸陰故我言成諸陰是說我言因故此執亦同前失我等說我不如此若不爾云何如約薪執說火約陰執說人亦爾云何約薪執說火若離薪火不可執說不可立火與薪有異與薪無異若火異薪薪應不熱若火不異薪所燒應即是能燒如此離諸陰不可執說人亦不可說人異諸陰由有常過失故亦不可說人與諸陰不異由有斷過失故善友願汝爲我說何物爲薪何物爲火後我當得知約薪執說火義此中何所應說所燒是薪能燒是火若有應說必如此說此中汝須更決說何物是所燒何物是能燒於世間中可然物說名薪亦名所燒若然能燒光最執說名火何以故此物能然彼能燒彼由能變異彼相續後不如本故此二各有八物所成緣薪火得生譬如緣乳酪生緣摩偷酢生是故言約薪執說火若爾則知火與薪異由不同時故若人如火必定緣陰生異於陰則成無常復次若於然薪中是執觸說名火所餘三與此共生許此名薪此二互有差別明了易知由相有異故約薪有火義汝今應說云何約薪執說火何以故此薪非是火因亦非執說火因何以故但火是執說火因若汝說約言

是依止義或共有義若爾諸陰於人應成依止應成共生彼互差別亦明了易知復次若陰滅人應即滅譬如薪滅火即滅是汝所說若火異薪薪應不熱此中何物名熱若汝說熱性名熱薪應不熱別火性故復次若汝說若有熱性名熱此物雖與熱性火異此復成熱與熱性相應故是故於別異無過失復次若汝言正然物說名薪亦說名火是故約義汝今應說若是陰即是人此不異義即至不可遮是故此譬不成如前云約薪執說火約陰執說人亦爾復次若不可說人與陰異所知有五種謂過去未來現在無爲不可言此應不可說何以故此所知於過去等不可說爲第五及非第五故是時汝等執說人爲觀諸陰執說人爲觀人執說人若觀諸陰執說人名但約陰中執說人名由人不可得故但觀人執說人云何言約陰執說人何以故此執說但人是所緣境故若汝言諸陰若有人則可知是故言約陰執說有人若爾眼根思惟光明等若有是時此色方可知亦應約眼根等執說色是有此義汝應說人於六識中是何識所知彼說由六識所知此義云何若緣眼所知色分別觀人應說此人是眼所知不可說即色非即色乃至若緣意所知法分別觀人應說此人是意所知不可說即法非即法若爾此人應成與乳等同若緣眼所知色分別觀乳或觀水等應說乳水是眼所知不可說即色非即色如此應說鼻舌身所知亦爾乃至不可說即觸非即觸勿乳水等非四物所成此非所許義是故如色等具物假

說名乳及水等如此亦應具諸陰假說名人此義應成是汝所說緣眼所知色分別觀人此言有何義爲色是觀察人智因爲正證知色即證知人若色是人智因不可說人異於彼若爾色與光明眼根學觀等亦應不可說異彼是色智因故若正證知色即證知人爲即由色證智證知人爲由別智若即由色證智證知人人與色不應成異性或於色但假說人若不爾若由一智所證知此人非色此色非人此二云何分別若不能如此分別云何强立此言謂色是有人亦是有何以故由隨證知可說彼有如色乃至於法亦應說如此若由別智分別此二別時所得故人應成異色譬如黃色異青等又如前後刹那乃至於法亦應說如此若汝言如色及人一異不可說能證知此二智一異亦不可說是故此智亦不可說是有爲則破自悉檀若說人是有但不可說即色非即色云何佛世尊說色無我乃至識亦無我是汝所說眼識能證見人此識爲緣色生爲緣人生爲緣二生若爾何有若緣色生則不能緣人生譬如聲等何以故若緣此塵此識得生唯此塵是此識緣緣若緣人及二此執與經不相應故則爲佛經所違何以故經中已決判此義唯依緣二法諸識得生復有別經亦違此執經云比丘眼是因色是緣能生眼識何以故一切所有眼識唯因眼緣色生若如汝所執此人應成無常何以故是因是緣能生眼識彼皆無常由此經言故若汝執人非眼識境人則非眼識所知復次若汝立義人是六識所知此人

由耳識所知故應成異色譬如聲由眼識所知故應成異聲譬如色於餘塵應知亦如此復次此經文句違汝所執經云婆羅門是五根各別行處各別境界是因自行處境界彼各各受用非別根能受用別根行處境界謂眼根耳根鼻根舌根身根心能受用五根行處境界是故心是彼所依止人非境界若非境界不應是六識所知若爾意根應成別不通經云有六種根各別行處各別境界樂欲自自行處境界此言於六衆生我譬中說是義不然於此經中不定說六根爲根是五根樂欲見等事不有故彼識亦爾彼增上處所引意識立此爲根故說名根是獨類心增上緣所引意識此識非能樂欲受用餘根行處境界是故無失復次佛世尊說比丘我今爲汝等說一切所應知一切所應識法門眼根是所應知是所應識色眼識眼觸由眼觸因緣於內生受謂苦樂不苦不樂等乃至由意觸因緣於內生受謂苦樂不苦不樂等是名一切所應知一切所應識法門由此經若有所應知及所應識決唯此量不出於此於中不說人是故人決定非所應知智及識境界同故執我諸人說云我等由眼見人於非我所見有我故彼則墮我見處深坑於經中佛世尊自了義說云但於五陰說假名人於人經中說依眼緣色生眼識由三和合生觸共生受想作意等是四種無色陰及眼根并色唯如此量說名人於此中立諸名謂薩埵那羅摩㝹闍摩那婆弗伽羅時婆布灑善升於中立言我由眼見色於中有世傳云此命者

如此名如此姓如此種類如此食如此受苦樂如此長壽如此久住如此壽際比丘如此事唯名爲量唯言爲量唯傳爲量如此等一切法無常有爲故意所造由因緣生如此了義經於此執中佛世尊說爲依爲量此經不可更別思量復次有別經說婆羅門若說一切有唯是十二入若人非入所攝此人必定不有此義則成若人入攝非不可言於彼部中有如此經經言比丘若所有眼若所有色廣說如經由唯此量比丘諸佛如來說一切有窮顯一切說又佛毘婆羅經中說比丘嬰兒無聞凡夫隨逐假名我言此中無我無我所唯苦欲生得生廣說如經有阿羅漢比丘尼名世羅對魔王說此偈言

如從和合分　於中說車名　如此依諸陰　假名說衆生

於少分阿含中爲波遮利婆羅門說此偈言

波遮利汝聽　能解諸結法　由此心有染
復由此心淨　我者無我體　顚倒故分別
無我無衆生　唯法謂因果　有分唯十二
唯有陰入界　熟思尋此法　人實不可得
如觀內是空　觀外亦如是　此二不可得
能修及空義

復有經說我執中有五種過失謂起我見衆生見墮於見處與外道不異僻行邪道心不入空義不生淨信心於中不住於此人聖法不得清淨彼不以此文爲依量何以故此文於我部中非不誦說爲以部爲依量爲以佛言爲依量若取部爲依量佛世尊於彼則非正教師彼便非釋迦種子若取佛言爲依量

如此等文句云何不取爲依量彼云如此等文句非是佛言於我部中非昔所誦故於今非理事起此中有何非理此文句是一切餘部所讀誦此文句不違佛經及法爾由我等不讀誦故此非佛言此言一向非正思量但由强作於彼爲無此經耶謂一切法無我若汝言不說人是法不說人異法若爾此人應成非意識所知緣二識得生由經文決故於此文中汝云何分別救難經云於無我我執是想倒心倒見倒於無我我執是顛倒非於我何者非我諸陰入界汝於前云不可說我是色非色此言最不可忍何以故於餘經說比丘若有沙門婆羅門觀執有我彼一切但依五取陰起此觀執是故一切不於我起我執復有經說若有諸人能憶種種宿住已憶正憶當憶彼一切唯依五陰若爾此經云何說此言我如此色等於宿世已生此言爲顯能憶宿住人能憶多種宿住若見人有色應墮身見過失若不說我一切色等則無屬處故說此言不爲顯我是故人是假名有譬如聚流等若爾佛世尊不應成一切智人何以故無有心及心法能知一切法刹那刹那生滅故是故人能知若爾心滅時由執人不滅故汝則已信許人是常住我等不說於一切境由智一時現前佛世尊是一切智若不爾此云何是相續稱爲佛有如此勝能於隨所欲知境中唯有迴心生智無倒故稱一切智此中說偈

由相續有能　稱火食一切　說徧知亦然
不由俱悉解

此義云何可知由說過去等世故如偈言
是過去諸佛　是未來諸佛　是現在諸佛
能除衆生憂
汝等但許五陰有三世非許人若唯五陰名
人云何說此經經云我今爲汝說重擔取重
擔捨重擔荷負重擔云何此言不可說重擔
不能自荷負重擔故云何不能此事非所曾
見故不可言亦不可言此事非所曾見故復
次應立取重擔非陰所攝爲成此義故佛世
尊分別荷負重擔人是命者如此名如此姓
乃至如此久住及壽際應知是名荷負重擔
勿作別物意知或執爲常住或執爲不可言
諸陰自能滅諸陰謂前陰於後陰爲顯荷負
荷負重擔義故說此文必定有人何以故由
此經言無自然生衆生此執是邪見何人說
無自然生衆生如佛世尊分別衆生我說亦
爾是故若人撥無於餘生中自然生五陰相
續世間立名自然生衆生說此人起邪見謂
無自然生衆生由有諸陰自然生故是汝所
說撥無邪見見何諦所滅此邪見不應由見
諦滅亦不應由修道滅何以故人不屬四諦
攝故若汝言有別經爲證顯人非陰經言一
人於世間向生生爲利益安樂多人廣說如
經由此經言故人非陰是義不然由於聚中
假說一故譬如說一麻一米或於一聚說一
言如說一山一屋應說人即是有爲由汝許
有生故如陰先未有後有人生不爾不爾云
何生由取別陰故譬如延若師生毗伽羅論
師生由取明處故說名生又如比丘生道人
生由取相故說名生又如老者已生病者已

生由取別住故說名生是義不然由被撥故於經中佛世尊已撥此義何經於真實空經經云比丘如此有業有果報作者不可得實無有故是能棄捨此陰往取彼陰唯除於法世流布論所立人又於頗求那經中說我亦不說衆生能取陰唯諸法相續起由此經是故知無有一人能取諸陰能捨諸陰汝今信執何延若師生乃至病者生立爲人譬若執我此不成就非有故若執心及心法彼刹那刹那未曾有有故不可爲譬若執身亦如心如身明相陰及人應成差別老病此二是別身是僧佉所立變異義於前已破是故延若師等不成譬若汝執諸陰有未有有義人則不爾若爾人應異陰亦是常住此義分明所顯汝說陰五人一云何不說人與陰異汝云何說大四色一色不異四大如此是立義過失何者立義立唯有大義雖然如唯四大是色如此唯五陰是人此義已許若唯陰名人云何佛世尊不記命者即是身命者異身由觀問人意是故不記此問人執有一別實物名命者於內是作者彼人依此爲問此物必定實無云何可記是一身異譬如龜毛强澀輭滑此結宿舊諸師先已解釋有大德那伽斯那阿羅漢旻隣陀王至大德所說云我今欲問大德沙門多漫言如我所問若大德直答我當問大德大德言王但問王即問命者爲即是身爲命者異身異大德言此義非所說王言大德我先爲不令大德立誓耶謂不應說別語我有別語此義非可語大德言我今欲問大王諸王多漫言如我所問王若直

答我當問王王言大德但問大德即問於王内中菴羅樹此子爲酸爲甜王言我内中無菴羅樹大德言大王我先爲不令王立誓耶謂不應說別語王言我說何別語菴羅樹既無若樹無云何記子味酸甜大王如此命者既無我云何能記異身不異身云何佛世尊不直記無我由佛觀問人意故不直說何以故是諸陰相續立名命者勿問人由執此不有墮於邪見是故不說由彼未通達十二緣生理故是故彼非受此正說器復次由此道理應決此義爲是由世尊說此言阿難跋娑同姓外道問我我爲有爲不有我不答若說此言爲非相應耶謂一切法無我阿難若我答跋娑同姓外道問說一切法無我此外道於先已在癡闇爲不更過前量人癡闇耶昔時我有我今時永無我若執有我則墮常見若執無我則墮斷見廣說如經此中說偈

觀見牙傷身　及棄捨善業　諸佛說正法
如雌虎銜子　若信說有我　見牙傷徹身
若棄假名我　善子即墮落

復說偈言

由人實無故　佛不說一異　亦不得說無
勿執無假我　是陰相續中　有善惡果理
說命者撥無　由說無命者　彼人未堪受
正說眞空理　問有我無我　故不答我無
若由觀問意　於有何不記　同前無涅槃
墮難故不記

世間常住等問佛亦不記由觀問人意故若彼執我爲世間此無故四答不應理若彼執一切生死名世間答此亦不應理何以故若

世間常住無一人得般涅槃若非常住則一切皆斷滅自然般涅槃若具二必定一分不得涅槃一分自得若非二應成非得涅槃非非得涅槃由涅槃至得隨屬道故是故不可定爲四答譬如不記尼乾弟子握中之雀由此義世間有邊等四問佛亦不記此四問同前四義故何以知然有外道名郁胝柯以此四問佛復問爲一切世間由此道得出離爲世間一分大德阿難言郁胝柯是義汝於初已問世尊今何故復以方便更問此義如來有異死等四問由觀問人意故佛亦不記何以故彼人執已解脱我名如來故爲此問於執有我人應作如此問云何世尊記生存人有不記於異死人有爲離墮常過失故此事云何記佛言彌底履也今汝於未來當成如來阿羅訶三藐三佛陀復云何聲聞過世已死於後生記彼言某甲某處受生如此亦應墮常過失若世尊先時見衆生存在般涅槃已則不復見故不記者此應由無明故不記則撥大師一切智德汝或應信受此義謂由我不有故佛不記若佛見人不記雖不記此人是有亦是常住此義自成若汝説此義亦不可言謂佛見及不見若爾汝應漸漸成此義令皆不可言佛世尊是一切智不可言非一切智亦不可言我必定有由此言依實依住撥我無我説名見處説有亦是見處是故此言不可以爲證阿毗達磨師説此二皆是邊見斷常二邊見所攝故此言是理如跋娑經中言阿難若説有我此人則墮常見若説無我此人則墮斷見若汝言人無何物往還

生死何以故生死自往還此義不可言佛世尊說諸衆生以無明爲蓋貪愛爲縛往還此彼或於地獄或於畜生餓鬼人天道中如此長夜受於衆苦增益貪愛常聚血滴若爾此人云何往還生死由捨此陰愛彼別陰汝今所立義於前已破若爾離人生死云何自往還譬如火刹那刹那滅由相續故說行如此陰聚說名衆生以貪愛爲取約相續說名往還若世間唯是陰聚云何佛世尊說今我於昔時曾作世師名曰善自云何不應說如此由諸陰異故若爾何者有人若昔人即是今人人則常住是故今我是昔世師此言顯一相續譬如有言是於彼火燒然至此若我實有唯諸佛如來能明了見見已世尊即立我執令成堅實我既是有我所亦成由佛說經

爲顯此義衆生於五陰中生我所執則成堅實是彼於五陰則成身見我所見有已彼我所愛復成堅實彼以我所愛爲堅實繫縛則於解脫轉成極遠若汝言於我不生我愛此言應何道理謂於無我由信有我起我愛於實我不起我愛是故於如來正法中無因緣起見瘡疱謂有諸人撥無我起有我執復有諸人撥有執一切無是諸外道計執我實有別物正法內人起有我執及執一切無如此等人同不得解脫由無差別故若由一切種我實不有心既刹那刹那生滅久遠時所曾更事今云何憶云何更知從憶念境界想類差別心念及更知生從此想類差別心無間念得生其相云何由與於彼迴向覺觀同有相應及想等無依止差別憂悲散亂等損其

勢力何以故此想類差別心若同境非同類不能生此念若同類非同境亦不能生此念若二同但一刹那亦不能生此念若異此三則能生此念若念生必由此生不見餘物於念有功能故今云何別心所見餘心得憶何以故天與心所見祠與心不應得憶是義不然不相應故天與心祠與心此二不相應非因果故如一相續心有相應彼則不爾我等不說別心所見別心能憶此云何從見心有別憶念心生由相續變異故如前所說若爾有何失從憶念心更知心生若無我孰能憶能憶是何義由念能取境此取境爲異念不異此念能作取故是我前所說因緣能生此念謂想類差別心復次是汝所說及多憶念從此相續稱名及多見憶念生說名憶念若無我此念是誰念又第六別言是何義主爲義譬如人問此以何爲主譬如婆羅門牛云何婆羅門爲此牛主由乘將使等事屬婆羅門故若爾此念於何處可使由此以我爲彼主於應憶境中於中何用使彼爲憶境故希有樂自在人作此言說謂使此爲生此云何此可使爲生彼名使爲遣彼名使由念無行故因生說使若爾主應成財因財應成主果何以故由因於果果有增上由果因有所得是因能生念此念屬此因是故主以因爲義諸行聚相續攝在一處立名天與立名牛主此假名人於餘處牛變異生中思量爲因緣故說名牛主於中無一人名天與無一物名牛是故於中若離因義不可立爲主何物能識此識是誰識應如念釋此識因緣謂根塵

覺觀思惟如理應知是此差別若有人說我有由有觀有者故一切有等事必定觀有者等譬如天與行此中有事名行必定觀行者天與識事亦爾是物能識此識必應依彼生應問此人汝所說天與是何物若說我爲天與此我於前已破不可成立若汝說世流布所顯此人不成一物諸行聚得如此名此中如說天與行說天與識亦爾云何說天與行諸行剎那剎那生滅相應無別異說名天與諸凡夫執彼許爲一衆生彼於別處作自相續因世間於彼說天與行於餘處生說名行譬如光聲相續於別處生說名行是彼正作識因說名天與識聖人由世流布所立亦說彼事爲與言說相應故於經中說識識境此中識何所作悉無所作如識異隨似因悉無所作但由得相似體故說如此說識識境亦爾悉無所作但由得相似體識相似有何義體生似彼是故此識雖從根生但說識塵不說識根復次此中識相續由於後識是因故說識識境此言無失由於因中立作者名故譬如說鈴正鳴復次譬如燈行識識境亦爾云何燈行於光相續假名說燈此相續正生於餘處說燈行餘處如此於心相續假名說識此心相續於餘塵中生識此識彼塵復次譬如世間說色有色生色住此中能有等不異有等亦有二言於識二言亦爾若從識識生不從我生云何生不恒似本又不由決定次第生譬如芽節葉等由住異諸行相故一切有爲法性皆如此必定相續不同若不爾入如意得定觀人身心相似生故一切相續

與初刹那不異故後時不應自然出定亦有決定次第心生若心應從此心生從此彼必定生故亦有別心同相有功能生同相心由性差別故譬如從女人心次第若穢汙身心生或此夫及子等心生復於後時由相續變異故更生女人心此心於穢汙身心生中或於此夫及子等心生中有功能由同性故若異此則無功能復次從此女人心由別因緣生無量別心於此衆心中若心多生明了生最近生從此心次第先生是彼修習力最强故除現時身外因緣差別此心修習力强云何不恒受果由此心有異相故此住異相於別修習果生中隨順功德故此法相於一切心種類中是方無間因智中諸佛世尊有自在此中說偈

於孔雀一尾　具一切相因　餘人不能知　比智是佛力

何況無色諸心差別我等能知有餘外道執從我心生此二難於彼外道最明了成云何心不恒生同一相云何不決定次第生譬如芽節葉等若汝執由觀心和合差別故異是義不然由別和合不成就故由二和合物有定量故彼說和合相者非至爲先後至說名和合由彼所執和合相則應立我有定量徧義則不成是故由心有行亦應說我有行及滅若汝執由於一分和合是義不然此一物無分故我亦許汝有和合雖然若心恒不異云何和合有差別若汝說由觀智有差別是故心有差別是義不然智與心同難故我既無差別智云何有差別若汝執觀功用差別

從我和合智差別生是義不然云何不執但從功用差別相應心智差別生何以故此中無有我功能隨一可知得故譬如藥事成時有誑惑醫說部莎訶言若汝說由我有此二得成此執但有語言若汝言此我是彼依止若爾於中何者是所依何者是能依何以故此二非所持譬如畫色及婆陀羅子亦非能持譬如壁及餅由相礙俱有二過失故若我爲彼依止不如此若不爾云何如地大是香等依止我今大喜此譬乃證我義謂我無如離香等別地大不可得於香等假名說地大如此於功用及心無有別我但於此二假名說我何人能決了有地異於香等汝今應知譬如無自在人有第二頭異色等五塵若離香等無別地云何說於地有四德爲各分別彼令他得知香等得名無別地等譬如說木像身形雖然若由觀功用差別故智有差別云何不一時生一切智若功用最强是功用遮餘功用若爾是最强功用云何不恒生果是彼道理即是彼修分別我則無復用必定應信受有我念等由求那性故此求那必定依止物故是故念依我是我德若執彼依止餘物則不相應離我餘物無覺故是義不然彼求那性不成就故是汝所立念等是求那性於我不成就我等執一切所有皆名陀𡑞脾由經言沙門果者唯有六物是故彼依止陀𡑞脾爲性不成何以故是依止義前已簡擇不成就故是故此言但是謾說若我實無造業何用我當受樂我當受苦爲此故造業我是何物我計執境界我計執何法爲境界

諸聚爲境界汝云何知由於彼生愛故與白黑等智同依止故如說我白我黑我肥我瘦我老我少等見此計執我與白黑等智悉同依止汝不計於我有如此等差別是故此我計執但約陰起於我有恩故於身假名說我譬如世言彼臣即是我此於我有恩假立我言我計則不爾若但緣身爲境界云何不緣他身爲境界是義不然不相應故此我計執隨所有法共相應或身或心於中起我計執非於餘處於無始生死所數習故何者爲相應謂因果道理若無我此我計執是誰計執又第六別言是何義此問已去令復更來答亦如此乃至若法是此計執因此計執屬此法若爾何法爲計執因昔我計執所熏習緣自相續爲地界有垢穢心若無我誰受苦誰受樂是依止中或苦生或樂生譬如樹有華林有果此苦樂以何法爲依止內六入隨一如前所說應知如此若執我無誰造作業誰受用果造作及受用此言有何義先未有能令有名作止得先業果名受用此言記別名非顯別義解判法相師說於事有自在名作者見世間有人於餘事中有自在能譬如天與於住食行等事中汝今說何法爲天與若汝說我爲名天與我前已破此不成有若說五陰是作者則無自在業有三種謂身口意此中於身業者是身爲作事必繫屬心是心事於身亦繫屬自因緣心於自事亦爾是故隨一無自在一切有法皆繫屬因緣故生起悉無自在汝法中是所執我若不觀餘因緣不許爲作者故是故此自在不成由無此相

是故隨立一爲作者皆不得成於事中若因由功能勝假名說爲作者於餘事不見我有一切能故不可立我爲作者何以故意欲從憶念生覺觀從意欲生功用從覺觀生風從功用生從風起業於中我作何功能受用果何相若我正用此事說我爲受者是受用果相此言何義若汝說覺知爲受是義不然我於覺知無功能由已破於識我功能故若我無云何不以非衆生爲依止所有善惡業生長非受等依止故以何爲依止六入爲依止非我此義前已說我既無從已謝滅業於未來果云何生若我有從已謝滅業於未來果云何生從能依法非法生如汝所言有何能依及所依此語前已破是故法非法無所依止復次我等不說從已謝滅業於未來中果報得生若爾云何從業相續轉異勝類果生譬如種子果如世間說從種子果生此果不從已謝滅種子生非無間生云何生從種子相續轉異勝類生謂芽節葉等次第所生及華後此果既從華生云何說爲種子果由轉轉於華中生果功能是種子所作故是最後華功能若不以種子功能爲先此華無功能得生如此等流果如此從業說果報生不異報不從已謝滅業生亦非無間生若爾云何從業相續轉異勝類果生此中相續是何法轉異是何法勝類是何法以業爲先後後心生說名相續此相續後後異前說名轉異於此轉異中若有轉異無間最能生果說名勝類此於餘轉異最勝故譬如有取死心於後有生有功能雖以種種業爲先若業重最近

數習是三所生功能此中明了顯現非餘業如偈言

若重近數習　及昔作諸業　先先先後熟
於輪轉有續

此中果報因所立於果報果中功能生果報已即便謝滅同類因所立於等流果中功能若有染汙法對治生時即便謝滅若無染汙法由心相續永謝滅故此功能即滅謂般涅槃時復次云何從果報別果報不更生譬如從種子果更生種子果此中一切所立義與譬義不必悉同此中不從果更生別果若爾云何生從濕脹轉異勝類所生此中四大種類能生芽等是果種子非餘復次是前相續由當有名說爲種子以相似故此中亦爾從此果報聽聞正邪二法等因緣差別所生或有流善或不善心轉異若生從此更生別果報不由別理故此譬與立義同復次由此譬更應知此義譬如從勒荷汁所點摩東籠伽華相續轉異所生於果內赤色瓤得生從餘不生如此從業所生果報別果報不得生若由如前所說道理此則得生隨麤如我智慧所知此理已顯由種種勝能有差別諸業所熏習相續至如此位能生如此如此果報此義唯諸佛世尊境界此中說偈

業熏習勝類　果報位及淨　由一切種理
離佛餘不知　佛經理互應　解眞義勝量
從二說無傷　何用難墮身

如此善立理清淨　已見諸佛教法爾
盲闇種種邪見行　願捨外執得明行
此涅槃土一廣道　諸佛日言光所照

衆聖行熟無我理　雖開眛眼人不見
佛世尊告富樓那　汝等正勤持此法
若人依此修觀行　必定皆得五五德
如此已顯正義方　爲開智人智毒門
願彼捨離外邪執　爲自及他得實義

阿毗達磨俱舍釋論卷第二十二

音釋

酢倉故切與醋同　羺奴侯切　澀色立切不滑也　酸蘇官切醋味也　甜徒兼切甘也　銜乎監切口含也　瘡皰瘡初良切痏也庖披教切氣皰也　脾頻彌切　脹知亮切　瓤如陽切瓜中犀也

阿毗達磨俱舍論本頌

唐三藏法師玄奘奉　詔譯

清刻龍藏佛說法變相圖

阿毗達磨俱舍論本頌卷上

尊者世親造

唐三藏法師玄奘奉　詔譯

分別界品第一 四十四頌

諸一切種諸冥滅　拔衆生出生死泥
敬禮如是如理師　對法藏論我當說
淨慧隨行名對法　及能得此諸慧論
攝彼勝義依彼故　此立對法俱舍名
若離擇法定無餘　能滅諸惑勝方便
由惑世間漂有海　因此傳佛說對法
有漏無漏法　除道餘有爲　於彼漏隨增
故說名有漏　無漏謂道諦　及三種無爲
謂虛空二滅　此中空無礙　擇滅謂離繫
隨繫事各別　畢竟礙當生　別得非擇滅
又諸有爲法　謂色等五蘊　亦世路言依

有離有事等　有漏名取蘊　亦說爲有諍
及苦集世間　見處三有等　色者唯五根
五境及無表　彼識依淨色　名眼等五根
色二或二十　聲唯有八種　味六香四種
觸十一爲性　亂心無心等　隨流淨不淨
大種所造性　由此說無表　大種謂四界
即地水火風　能成持等業　堅濕煖動性
地謂顯形色　隨世想立名　水火亦復然
風即界亦爾　此中根與境　即說十處界
受領納隨觸　想取像爲體　四餘名行蘊
如是受等三　及無表無爲　名法處法界
識謂各了別　此即名意處　及七界應知
六識轉爲意　由即六識身　無間滅爲意
成第六依故　十八界應知　總攝一切法
由一蘊處界　攝自性非餘　以離他性故
類境識同故　雖二界體一　然爲令端嚴
眼等各生二　聚生門種族　是蘊處界義
愚根樂三故　說蘊處界三　諍根生死因
及次第因故　於諸心所法　受想別爲蘊
蘊不說無爲　義不相應故　隨麤染器等
界別次第立　前五境唯現　四境唯所造
餘用遠速明　或隨處次第　爲差別最勝
攝多增上法　故一處名色　一名爲法處
牟尼說法蘊　數有八十千　彼體語或名
此色行蘊攝　有言諸法蘊　量如彼論說
或隨蘊等言　如實行對治　如是餘蘊等
各隨其所應　攝在前說中　應審觀自相
空界謂竅隙　傳說是光闇　識界有漏識
有情生所依　一有見謂色　十有色有對
此除色聲八　無記餘三種　欲界繫十八

色界繫十四　除香味二識　無色繫後三
意法意識通　所餘唯有漏　五識有尋伺
後三三餘無　說五無分別　由計度隨念
以意地散慧　意識念爲體　七心法界半
有所緣餘無　前八界及聲　無執受餘二
觸界中有二　餘九色所造　法一分亦然
十色可積集　謂唯外四界　能斫及所斫
亦所燒能稱　能燒所稱諍　內五有熟養
聲無異熟生　八無礙等流　亦異熟生性
餘三實唯法　剎那唯後三　眼與眼識界
獨俱得非等　內十二眼等　色等六爲外
法同分餘二　作不作自業　十五唯修斷
後三界通三　不染非六生　色定非見斷
眼法界一分　八種說名見　五識俱生慧
非見不度故　眼見色同分　非彼能依識
傳說不能觀　被障諸色故　或二眼俱時
見色分明故　眼耳意根境　不至三相違
應知鼻等三　唯取等量境　後依唯過去
五識依或俱　隨根變識異　故眼等名依
彼及不共因　故隨根說識　眼不下於身
色識非上眼　色於識一切　二於身亦然
如眼耳亦然　次三皆自地　身識自下地
意不定應知　五外二所識　常法界無爲
法一分是根　并內界十二

分別根品第二 七十四頌

傳說五於四　四根於二種　五八染淨中
各別爲增上　了自境增上　總立於六根
從身立二根　女男性增上　於同住雜染
清淨增上故　應知命五受　信等立爲根
未當知已知　具知根亦爾　於得後後道

涅槃等增上　心所依此別　此住此雜染
此資糧此淨　由此量立根　或流轉所依
及生住受用　建立前十四　還滅後亦然
身不悅名苦　即此悅名樂　及三定心悅
餘處此名喜　心不悅名憂　中捨二無別
見修無學道　依九立三根　唯無漏後三
有色命憂苦　當知唯有漏　通二餘九根
命唯是異熟　憂及後八非　色意餘四受
一一皆通二　憂定有異熟　前八後三無
意餘受信等　一一皆通一　唯善後八根
憂通善不善　意餘受三種　前八唯無記
欲色無色繫　如次除後三　兼女男憂苦
并餘色喜樂　意三受通三　憂見修所斷
九唯修所斷　五修非三非　欲胎卵濕生
初得二異熟　化生六七八　色六上唯命
正死滅諸根　無色三色八　欲頓十九八
漸四善增五　九得邊二果　七八九中二
十一阿羅漢　依一容有說　成就命意捨
各定成就三　若成就樂根　各定成就四
成眼等及喜　各定成五根　若成就苦根
彼定成就七　若成女男憂　信等各成八
二無漏十一　初無漏十三　極少八無善
成受身命意　愚生無色界　成善命意捨
極多成十九　二形除三淨　聖者未離欲
除二淨一形　欲微聚無聲　無根有八事
有身根九事　十事有餘根　心心所必俱
諸行相或得　心所且有五　大地法等異
受想思觸欲　慧念與作意　勝解三摩地
徧於一切心　信及不放逸　輕安捨慚愧
二根及不害　懃唯徧善心　癡逸怠不信

惛掉恒唯染　唯徧不善心　無慚及無愧
忿覆慳嫉惱　害恨諂誑憍　如是類名爲
小煩惱地法　欲有尋伺故　於善心品中
二十二心所　有時增惡作　於不善不共
見俱唯二十　四煩惱忿等　惡作二十一
有覆有十八　無覆許十二　睡眠徧不違
若有皆增一　初定除不善　及惡作睡眠
中定又除尋　上兼除伺等　無慚愧不重
於罪不見怖　愛敬謂信慚　唯於欲色有
尋伺心麤細　慢對他心舉　憍由染自法
心高無所顧　心意識體一　心心所有依
有緣有行相　相應義有五　心不相應行
得非得同分　無想二定命　相名身等類
得謂獲成就　非得此相違　得非得唯於
自相續二滅　三世法各三　善等唯善等
有繫自界得　無繫得通四　非學無學三
非所斷二種　無記得俱起　除二通變化
有覆色亦俱　欲色無前起　非得淨無記
去來世各三　三界不繫三　許聖道非得
說名異生性　得法易地捨　同分有情等
無想無想中　心心所法滅　異熟居廣果
如是無想定　從靜慮求脫　善唯順生受
非聖得一世　滅盡定亦然　爲靜住有頂
善二受不定　聖由加行得　成佛得非前
三十四念故　二定依欲色　滅定初人中
命根體即壽　能持煖及識　相謂諸有爲
生住異滅性　此有生生等　於八一有能
生能生所生　非離因緣合　名身等所謂
想章字總說　欲色有情攝　等流無記性
同分亦如是　并無色異熟　得相通三類

非得定等流　能作及俱有　同類與相應
徧行并異熟　許因唯六種　除自餘能作
俱有互爲果　如大相所相　心於心隨轉
心所二律儀　彼及心諸相　是心隨轉法
由時果善等　同類因相似　自部地前生
道展轉九地　唯等勝爲果　加行生亦然
聞思所成等　相應因決定　心心所同依
徧行謂前徧　爲同地染因　異熟因不善
及善唯有漏　徧行與同類　二世三世三
果有爲離繫　無爲無因果　後因果異熟
前因增上果　同類徧等流　俱相應士用
異熟無記法　有情有記生　等流似自因
離繫由慧盡　若因彼力生　是果名士用
除前有爲法　有爲增上果　五取果唯現
二與果亦然　過現與二因　一與唯過去
染汙異熟生　餘初聖如次　除異熟徧二
及同類餘生　此謂心心所　餘及除相應
說有四種緣　因緣五因性　等無間非後
心心所已生　所緣一切法　增上即能作
二因於正滅　三因於正生　餘二緣相違
而與於作用　心心所由四　二定但由三
餘由二緣生　非無次等故　大爲大二因
爲所造五種　造爲造三種　爲大唯一因
欲界有四心　善惡覆無覆　色無色除惡
無漏有二心　欲界善生九　此復從八生
染從十生四　餘從五生七　色善生十一
此復從九生　有覆從八生　此復生於六
無覆從三生　此復能生六　無色善生九
此復從六生　有覆從七生　無覆如色辯
學從四生五　餘從五生四　十二爲二十

謂三界善心　分加行生得　欲無覆分四
異熟威儀路　工巧處通果　色界除工巧
餘數如前說　三界染心中　得六六二種
色善三學四　餘皆自可得

分別世界品第三 九十九頌

地獄傍生思　人及六欲天　名欲界二十
由地獄洲異　比上十七處　名色界於中
三靜慮各三　第四靜慮八　無色界無處
由生有四種　依同分及命　令心等相續
於中地獄等　自名說五趣　唯無覆無記
有情非中有　身異及想異　身異同一想
翻此身想一　并無色下三　故識住有七
餘非有損壞　應知兼有頂　及無想有情
是九有情居　餘非不樂住　四識住當知
四蘊唯自地　說獨識非住　有漏四句攝

於中有四生　有情謂卵等　人傍生具四
地獄及諸天　中有唯化生　鬼通胎化二
死生二有中　五蘊名中有　未至應至處
故中有非生　如穀等相續　處無間續生
像實有不成　不等故非譬　一處無二並
非相續二生　說有健達縛　及五七經故
此一業引故　如當本有形　本有謂死前
居生剎那後　同淨天眼見　業通疾具根
無對不可轉　食香非久住　倒心趣欲境
濕化染香處　天首上三橫　地獄頭歸下
一於入正知　二三兼住出　四於一切位
及卵恒無知　前三種入胎　謂輪王二佛
業智俱勝故　如次四餘生　無我唯諸蘊
煩惱業所爲　由中有相續　入胎如燈焰
如引次第增　相續由惑業　更趣於餘世

故有輪無初　如是諸緣起　十二支三際
前後際各二　中八據圓滿　宿惑位無明
宿諸業名行　識正結生蘊　六處前名色
從生眼等根　三和前六處　於三受因異
未了知名觸　在婬愛前受　貪資具婬愛
爲得諸境界　徧馳求名取　有謂正能造
牽當有果業　結當有名生　至當受老死
傳許約位說　從勝立支名　於前後中際
爲遣他愚惑　三煩惱二業　七事亦名果
略果及略因　由中可比二　從惑生惑業
從業生於事　從事事惑生　有支理唯此
此中意正說　因起果已生　明所治無明
如非親實等　說爲結等故　非惡慧見故
與見相應故　說能染慧故　名無色四蘊
觸六三和生　五相應有對　第六俱增語
明無明非二　無漏染汙餘　愛恚二相應
樂等順三受　從此生六受　五屬身餘心
此復成十八　由意近行異　欲緣欲十八
色十二上三　二緣欲十二　八自二無色
後二緣欲六　四自一上緣　初無色近分
緣色四自一　四本及三邊　唯一緣自境
十八唯有漏　餘已說當說　此中說煩惱
如種復如龍　如草根樹莖　及如糠裹米
業如有糠米　如草藥如華　諸異熟果事
如成熟飲食　於四種有中　生有唯染汙
由自地煩惱　餘三無色三　有情由食住
段欲體唯三　非色不能益　自根解脫故
觸思識三食　有漏通三界　意成及求生
食香中有起　前二益此世　所依及能依
後二於當有　引及起如次　斷善根與續

離染退死生　許唯意識中　死生唯捨受
非定無心二　二無記涅槃　漸死足齊心
最後意識滅　下人天不生　斷末摩水等
正邪不定聚　聖造無間餘　安立器世界
風輪最居下　其量廣無數　厚十六洛叉
次上水輪深　十一億二萬　下八洛叉水
餘凝結成金　此水金輪廣　徑十二洛叉
三千四百半　周圍此三倍　蘇迷盧處中
次踰健達羅　伊沙馱羅山　朅地洛迦山
蘇達梨舍那　頞濕縛羯拏　毗那恒迦山
尼民達羅山　於大洲等外　有鐵輪圍山
前七金所成　蘇迷盧四寶　入水皆八萬
妙高出亦然　餘八半半下　廣皆等高量
山間有八海　前七名爲内　最初廣八萬
四邊各三倍　餘六半半陿　第八名爲外
二洛叉二萬　二千踰繕那　於中大洲相
南贍部如車　三邊各二千　南邊有三半
東毗提訶洲　其相如半月　三邊如贍部
東邊三百半　西瞿陀尼洲　其相圓無缺
徑二千五百　周圍此三倍　北俱盧畟方
面各二千等　中洲復有八　四洲邊各二
此北九黑山　雪香醉山内　無熱池縱廣
五十踰繕那　此下過二萬　無間深廣同
上七捺落迦　八增皆十六　謂煻煨屍糞
鋒刃烈河增　各住彼四方　餘八寒地獄
日月迷盧半　五十一五十　夜半日没中
日出四洲等　雨際第二月　後九夜漸增
寒第四亦然　夜減晝翻此　晝夜增臘縛
行南北路時　近日自影覆　故見月輪缺
妙高層有四　相去各十千　傍出十六千

八四二千量　堅手及持鬘　恒憍大王衆
如次居四級　亦住餘七山　妙高頂八萬
三十三天居　四角有四峯　金剛手所住
中宮名善見　周萬踰繕那　高一半金城
雜飾地柔輭　中有殊勝殿　周千踰繕那
外四苑莊嚴　衆車麤雜喜　妙地居四方
相去各二十　東北圓生樹　西南善法堂
此上有色天　住依空宮殿　六受欲交抱
執手笑視婬　初如五至十　色圓滿有衣
欲生二人天　樂生三九處　如彼去下量
去上數亦然　離通力依地　下無升見上
四大洲日月　蘇迷盧欲天　梵世各一千
名一小千界　此小千千倍　說名一中千
此千倍大千　皆同一成壞　贍部洲人量
三肘半四肘　東西北洲人　倍倍增如次
欲天俱盧舍　四分一一增　色天踰繕那
初四增半半　此上增倍倍　唯無雲減三
北洲定千歲　西東半半減　此洲壽不定
後十初叵量　人間五十年　下天一晝夜
乘斯壽五百　上五倍倍增　色無晝夜殊
劫數等身量　無色初二萬　後後二二增
少光上下天　大全半爲劫　等活等上六
如次以欲天　壽爲一晝夜　壽量亦同彼
極熱半中劫　無間中劫全　傍生極一中
鬼日月五百　頞部陀壽量　如一婆訶麻
百年除一盡　後後倍二十　諸處有中天
除北俱盧洲　極微字刹那　色名時極少
極微微金水　兔羊牛隙塵　蟣蝨麥指節
後後增七倍　二十四指肘　四肘爲弓量
五百俱盧舍　此八踰繕那　百二十刹那

爲怛刹那量　臘縛此六十　此三十須臾
此三十晝夜　三十晝夜月　十二月爲年
於中半減夜　寒熱雨際中　一月半已度
於所餘半月　智者知夜減　應知有四劫
謂壞成中大　壞從獄不生　至外器都盡
成劫從風起　至地獄初生　中劫從無量
減至壽唯十　次增減十八　後增至八萬
如是成已住　名中二十劫　成壞壞已空
時皆等住劫　八十中大劫　大劫三無數
減八萬至百　諸佛現世間　獨覺增減時
麟角喻百劫　輪王八萬上　金銀銅鐵輪
一二三四洲　逆次獨如佛　他迎自往伏
諍陣勝無害　相不正圓明　故與佛非等
劫初如色天　後漸增貪味　由墮貯賊起
爲防雇守田　業道增壽減　至十三災現
刀疾飢如次　七日月年止　三災水火風
上三定爲頂　如次內災等　四無不動故
然彼器非常　情俱生滅故　要七火一水
七水火後風

分別業品第四 一百三十一頌

世別由業生　思及思所作　思即是意業
所作謂身語　此身語二業　俱表無表性
身表許別形　非行動爲體　以諸有爲法
有刹那盡故　應無無因故　生因應能滅
形亦非實有　應二根取故　無別極微故
語表許言聲　說三無漏色　增非作等故
此能造大種　異於表所依　欲後念無表
依過大種生　有漏自地依　無漏隨生處
無表無執受　亦等流情數　散依等流性
有受異大生　定生依長養　無受無異大

表唯等流性　屬身有執受　無表記餘三
不善唯在欲　無表通欲色　表唯有伺二
欲無有覆表　以無等起故　勝義善解脫
自性慚愧根　相應彼相應　等起色業等
翻此名不善　勝無記二常　等起有二種
因及彼刹那　如次第應知　名轉名隨轉
見斷識唯轉　唯隨轉五識　修斷意通二
俱非修所成　於轉善等性　隨轉名容三
牟尼善必同　無記隨或善　無表三律儀
不律儀非二　律儀別解脫　靜慮及道生
初律儀八種　實體唯有四　形轉名異故
各別不相違　受離五八十　一切所應離
立近事近住　勤策及苾芻　俱得名尸羅
妙行業律儀　唯初表無表　名別解業道
八成別解脫　得靜慮聖者　成靜慮道生
後二隨心轉　未至九無間　俱生二名斷
正知正念合　名意根律儀　住別解無表
未捨恒成現　刹那後成過　不律儀亦然
得靜慮律儀　恒成就過未　聖初除過去
住定道成中　住中有無表　初成中後二
住律不律儀　起染淨無表　初成中後二
至染淨勢終　表正作成中　後成過非未
有覆及無覆　唯成就現在　惡行惡戒業
業道不律儀　成表非無表　住中劣思作
捨未生表聖　成無表非表　定生得定地
彼聖得道生　別解脫律儀　得由他教等
別解脫律儀　盡壽或晝夜　惡戒無晝夜
謂非如善受　近住於晨旦　下座從師受
隨教說具支　離嚴飾晝夜　戒不逸禁支
四一三如次　爲防諸性罪　失念及憍逸

近住餘亦有　不受三歸無　稱近事發戒
說如苾芻等　若皆具律儀　何言一分等
謂約能持說　下中上隨心　歸依成佛僧
無學二種法　及涅槃擇滅　是說具三歸
邪行最可呵　易離得不作　得律儀如誓
非總有相續　以開虛誑語　便越諸學處
遮中唯離酒　爲護餘律儀　從一切二現
得欲界律儀　從根本恒時　得靜慮無漏
律從諸有情　支因說不定　不律從一切
有情支非因　諸得不律儀　由作及誓受
得所餘無表　由田受重行　捨別解調伏
由故捨命終　及二形俱生　斷善根夜盡
有說由犯重　餘說由法滅　迦濕彌羅說
犯二如負財　捨定生善法　由易地退等
捨聖由得果　練根及退失　捨惡戒由死

得戒二形生　捨中由受勢　作事壽根斷
捨欲非色善　由根斷上生　由對治道生
捨諸非色染　惡戒人除北　二黃門二形
律儀亦在天　唯人俱三種　生欲天色界
有靜慮律儀　無漏并無色　除中定無想
安不安非業　名善惡無記　福非福不動
欲善業名福　不善名非福　上界善不動
約自地處所　業果無動故　順樂苦非二
善至三順樂　諸不善順苦　上善順非二
餘說下亦有　由中招異熟　又許此三業
非前後熟故　順受總有五　謂自性相應
及所緣異熟　現前差別故　此有定不定
定三順現等　或說業有五　餘師說四句
四善容俱作　引同分唯三　諸處造四種
地獄善除現　堅於離染地　異生不造生

聖不造生後　并欲有頂退　欲中有能造
二十二種業　皆順現受攝　類同分一故
由重惑淨心　及是恒所造　於功德田起
害父母業定　由田意殊勝　及定招異熟
得永離地業　定招現法果　於佛上首僧
及滅定無諍　慈見修道出　損益業即受
諸善無尋業　許唯感心受　惡唯感身受
是感受業異　心狂唯意識　由業異熟生
及怖害違憂　除北洲在欲　說曲穢濁業
依諂瞋貪生　依黑黑等殊　所說四種業
惡色欲界善　能盡彼無漏　應知如次第
名黑白俱非　四法忍離欲　前八無間俱
十二無漏思　唯盡純黑業　離欲四靜慮
第九無間思　一盡雜純黑　四令純白盡
有說地獄受　餘欲業黑雜　有說欲見滅
餘欲業黑俱　無學身語業　即意三牟尼
三清淨應知　即諸三妙行　惡身語意業
說名三惡行　及貪瞋邪見　三妙行翻此
所說十業道　攝惡妙行中　麤品爲其性
如應成善惡　惡六定無表　彼自作婬二
善七受生二　定生唯無表　加行定有表
無表或有無　後起此相違　加行三根起
彼無間生故　貪等三根生　善於三位中
皆三善根起　殺麤語瞋恚　究竟皆由瞋
盜邪行及貪　皆由貪究竟　邪見癡究竟
許所餘由三　有情具名色　名身等處起
俱死及前死　無根依別故　軍等若同事
皆成如作者　殺生由故思　他想不誤殺
不與取他物　力竊取屬已　欲邪行四種
行所不應行　染異想發言　解義虛誑語

由眼耳意識　并餘三所證　如次第名為
所見聞知覺　染心壞他語　說名離間語
非愛麤惡語　諸染雜穢語　餘說異三染
佞歌邪論等　惡欲他財貪　憎有情瞋恚
撥善惡等見　名邪見業道　此中三唯道
七業亦道故　唯邪見斷善　所斷欲生得
撥因果一切　漸斷二俱捨　人三洲男女
見行斷非得　續善疑有見　頓現除逆者
業道思俱轉　不善一至八　善總開至十
別遮一八五　不善地獄中　麤雜瞋通二
貪邪見成就　北洲成後三　雜語通現成
餘欲十通二　善於一切處　後三通現成
無色無想天　前七唯成就　餘處通成現
除地獄北洲　皆能招異熟　等流增上果
此令他受苦　斷命壞威故　貪生身語業

邪命難除故　執命資貪生　違經故非理
斷道有漏業　具足有五果　無漏業有四
謂唯除異熟　餘有漏善惡　亦四除離繫
餘無漏無記　三除前所除　善等於善等
初有四二三　中有二三四　後二三三果
過於三各四　現於未亦爾　現於現二果
未於未果三　同地有四果　異地二或三
學於三各三　無學一三二　非學非無學
有二二五果　見所斷業等　一一各於三
初有三四一　中二四三果　後有一二四
皆如次應知　染業不應作　有說亦壞軌
應作業翻此　俱相違第三　一業引一生
多業能圓滿　二無心定得　不能引餘通
三障無間業　及數行煩惱　并一切惡趣
北洲無想天　三洲有無間　非餘扇搋等

少恩少羞恥　餘障通五趣　此五無間中
四身一語業　三殺一誑語　一殺生加行
僧破不和合　心不相應行　無覆無記性
所破僧所成　能破者唯成　此虛誑語罪
無間一劫熟　隨罪增苦增　苾芻見淨行
破異處愚夫　忍異師道時　名破不經宿
贍部洲九等　方破法輪僧　唯破羯磨僧
通三洲八等　初後皰雙前　佛滅未結界
於如是六位　無破法輪僧　棄壞恩德田
轉形亦成逆　母謂因彼血　誤等無或有
打心出佛血　害後無學無　造逆定加行
無離染得果　破僧虛誑語　於罪中最大
感第一有思　世善中大果　汙母無學尼
殺住定菩薩　及有學聖者　奪僧和合緣
破壞窣堵波　是無間同類　將得忍不還

無學業爲障　從修妙相業　菩薩得定名
生善趣貴家　具男命堅固　贍部男對佛
佛思思所成　餘百劫方修　各百福嚴飾
於三無數劫　各供養七萬　又如次供養
五六七千佛　三無數劫滿　逆次逢勝觀
然燈寶髻佛　初釋迦牟尼　但由悲普施
被折身無忿　讚歎底沙佛　次無上菩提
六波羅蜜多　於如是四位　一二又一二
如次修圓滿　施戒修三類　各隨其所應
受福業事名　差別如業道　由此捨名施
謂爲供爲益　身語及能發　此招大福果
爲益自他俱　不爲二行施　由主財田異
故施果差別　主異由信等　行敬重等施
得尊重廣愛　應時難奪果　財異由色等
得妙色好名　衆愛柔輭身　有隨時樂觸

田異由趣苦　恩得有差別　脫於脫菩薩
第八施最勝　父母病法師　最後生菩薩
設非證聖者　施果亦無量　從起田根本
加行思意樂　由此下上故　業成下上品
由審思圓滿　無惡作對治　有伴異熟故
此業名增長　制多捨類福　如慈等無受
惡田有愛果　種果無倒故　離犯戒及遮
名戒各有二　非犯戒因壞　依治滅淨等
等引善名修　極能熏心故　戒修勝如次
感生天解脫　感劫生天等　爲一梵福量
法施謂如實　無染辯經等　順福順解脫
順決擇分三　感愛果涅槃　聖道善如次
諸如理所起　三業并能發　如次爲書印
筭文數自體　善無漏名妙　染有罪覆劣
善有爲應習　解脫名無上

阿毗達磨俱舍論本頌卷上

音釋

竅詰弔切空也　惛掉惛呼昆切不明也掉徒弔切搖動也　頞阿葛切　陿轄夾切　踰繕那梵語也此云限量繕時戰切　煻煨煻徒郎切煨音限煻煨灰火也　鬘莫班切　級訖立切層級也　扇搋梵語也此云生謂生來男根不滿也搋丑皆切　皰匹貌切　窣堵波梵語也此云方墳亦云圓塚窣蘇沒切

阿毗達磨俱舍論本頌卷下

尊者世親造

唐三藏法師玄奘奉詔譯

分別隨眠品第五 六十九頌

隨眠諸有本 此差別有六 謂貪瞋亦慢
無明見及疑 六由貪異七 有貪上二界
於內門轉故 爲遮解脫想 六由見異十
異謂有身見 邊執見邪見 見取戒禁取
六行部界異 故成九十八 欲見苦等斷
十七七八四 謂如次具離 三二見見疑
色無色除瞋 餘等如欲說 忍所害隨眠
有頂唯見斷 餘通見修斷 智所害唯修
我我所斷常 撥無劣謂勝 非因道妄謂
是五見自體 於大自在等 非因妄執因
從常我倒生 故唯見苦斷 四顛倒自體
謂從於三見 唯倒推增故 想心隨見力
慢七九從三 皆通見修斷 聖如殺纏等
有修斷不行 慢類等我慢 惡作中不善
聖者而不起 見疑所增故 見苦集所斷
諸見疑相應 及不共無明 徧行自界地
於中除二見 餘九能上緣 除得餘隨行
亦是徧行攝 見滅道所斷 邪見疑相應
及不共無明 六能緣無漏 於中緣滅者
唯緣自地滅 緣道六九地 由別治相因
貪瞋慢二取 並非無漏緣 應離境非悉
靜淨勝性故 未斷徧隨眠 於自地一切
非徧於自部 所緣故隨增 非無漏上緣
無攝有違故 隨於相應法 相應故隨增
上二界隨眠 及欲身邊見 彼俱癡無記
此餘皆不善 不善根欲界 貪瞋不善癡

無記根有三　無記愛癡恚　非餘二高故
外方立四種　中愛見慢癡　三定皆癡故
應一向分別　反詰捨置記　如死生殊勝
我蘊一異等　若於此中事　未斷貪瞋慢
過現若已起　未來意徧行　五可生自世
不生亦徧行　餘過未徧行　現正緣能繫
三世有由說　二有境果故　說三世有故
許說一切有　此中有四種　類相位待異
第三約作用　立世最爲善　何礙用云何
無異世便壞　有誰未生滅　此法性甚深
於見苦已斷　餘徧行隨眠　及前品已斷
餘緣此猶繫　見苦集修斷　若欲界所繫
自界三色一　無漏識所行　色自下各三
上一淨識境　無色通三界　各三淨識緣
見滅道所斷　皆增自識行　無漏三界中
後三淨識境　有隨眠心二　謂有染無染
有染心通二　無染局隨增　無明疑邪見
邊見戒見取　貪慢瞋如次　由前引後生
由未斷隨眠　及隨應境現　非理作意起
說惑具因緣　欲煩惱并纏　除癡名欲漏
有漏上二界　唯煩惱除癡　同無記對治
定地故合一　無明諸有本　故別爲一漏
瀑流軛亦然　別立見利故　見不順住故
非於漏獨立　欲有軛并癡　見分二名取
無明不別立　以非能取故　微細二隨增
隨逐與隨縛　住流漂合執　是隨眠等義
由結等差別　復說有五種　結九物取等
立見取二結　由二唯不善　及自在起故
纏中唯嫉慳　建立爲二結　惑二數行故
爲賤貧因故　徧顯隨惑故　惱亂二部故

又五順下分　由二不超欲　由三復還下
攝門根故三　惑不欲發趣　迷道及疑道
能障趣解脫　故唯說斷三　順上分亦五
色無色二貪　掉舉慢無明　令不超上故
縛三由三受　隨眠前已說　隨煩惱此餘
染心所行蘊　纏八無慚愧　嫉慳并悔眠
及掉舉惛沉　或十加忿覆　無慚慳掉舉
皆從貪所生　無愧眠惛沉　從無明所起
嫉忿從瞋起　悔從疑覆諍　煩惱垢六惱
害恨諂誑憍　誑憍從貪生　害恨從瞋起
惱從見取起　諂從諸見生　纏無慚愧眠
惛掉見修斷　餘及煩惱垢　自在故唯修
欲三二餘惡　上界皆無記　諂誑欲初定
三三界餘欲　見所斷慢眠　自在隨煩惱
皆唯意地生　餘通依六識　欲界諸煩惱

貪喜樂相應　瞋憂苦癡徧　邪見憂及喜
疑憂餘五喜　一切捨相應　上地皆隨應
徧自識諸受　諸隨煩惱中　嫉悔忿及惱
害恨憂俱起　慳喜受相應　諂誑及眠覆
通憂喜俱起　憍喜樂皆捨　餘四徧相應
蓋五唯在欲　貪治用同故　雖二立一蓋
障蘊故唯五　徧知所緣故　斷彼能緣故
斷彼所緣故　對治起故斷　對治有四種
謂斷持遠厭　應知從所緣　可令諸惑斷
遠性有四種　謂相治處時　如大種尸羅
異方二世等　諸惑無再斷　離繫有重得
謂治生得果　練根六時中　斷徧知有九
欲初二斷一　二各一合三　上界三亦爾
餘五順下分　色一切斷三　於中忍果六
餘三是智果　未至果一切　根本五或八

無色邊果一　三根本亦爾　俗果二聖九
法智三類二　法智品果六　類智品果五
得無漏斷得　及缺第一有　滅雙因越界
故立九徧知　住見諦位無　或成一至五
修成六一二　無學唯成一　越界得果故
二處集徧知　捨一二五六　得亦然除五

分別賢聖品第六 八十三頌

已說煩惱斷　由見修道故　見道見聖諦
修道修九品　諦四名已說　謂苦集滅道
彼自體亦然　次第隨現觀　苦由三苦合
如所應一切　可意非可意　餘有漏行法
彼覺破便無　慧析餘亦爾　如瓶水世俗
異此名勝義　將趣見諦道　應住戒勤修
聞思修所成　謂名俱義境　具身心遠離
無不足大欲　謂已得未得　多求名所無
治相違界三　無漏無貪性　四聖種亦爾
前三唯喜足　三生具後業　爲治四愛生
我所我事欲　暫息永除故　入修要二門
不淨觀息念　貪尋增上者　如次第應修
爲通治四貪　且辨觀骨瑣　廣至海復略
名初習業位　除足至頭半　名爲已熟修
繫心在眉間　名超作意位　無貪性十地
緣欲色人生　不淨自世緣　有漏通二得
息念慧五地　緣風依欲身　二得實外無
有六謂數等　入出息隨身　依二差別轉
情數非執受　等流非下緣　依已修成止
爲觀修念住　以自相共相　觀身受心法
自性聞等慧　餘相雜所緣　說次第隨生
治倒故唯四　彼居法念住　總觀四所緣
修非常及苦　空非我行相　從此生煖法

具觀四聖諦　修十六行相　次生頂亦然
如是二善根　皆初法後四　次忍唯法念
下中品同頂　上唯觀欲苦　一行一刹那
世第一亦然　皆慧五除得　此順決擇分
四皆修所成　六地二或七　依欲界身九
三女男得二　第四女亦爾　聖由失地捨
異生由命終　初二亦退捨　依本必見諦
捨已得非先　二捨性非得　煖必至涅槃
頂終不斷善　忍不墮惡趣　第一入離生
轉聲聞種性　二成佛三餘　麟角佛無轉
一坐成覺故　前順解脫分　速三生解脫
聞思成三業　殖在人三洲　世第一無間
即緣欲界苦　生無漏法忍　忍次生法智
次緣餘界苦　生類忍類智　緣集滅道諦
各生四亦然　如是十六心　名聖諦現觀
此總有三種　謂見緣事別　皆與世第一
同依於一地　忍智如次第　無間解脫道
前十五見道　見未曾見故　名隨信法行
由根鈍利別　具修惑斷一　至五向初果
斷次三向二　離八地向三　至第十六心
隨三向住果　名信解見至　亦由鈍利別
諸得果位中　未得勝果道　故未起勝道
名住果非向　地地失得九　下中上各三
未斷修斷失　住果極七返　斷欲三四品
三二生家家　斷至五二向　斷六一來果
斷七或八品　一生名一間　此即第三向
斷九不還果　此中生有行　無行般涅槃
上流若雜修　能往色究竟　超半超徧沒
餘能往有頂　行無色有四　住此般涅槃
行色界有九　謂三各分三　業惑根有殊

故成三九别　立七善士趣　由上流無别
善惡行不行　有往無還故　經欲界生聖
不往餘界生　此及往上生　無練根并退
先雜修第四　成由一念雜　爲受生現樂
及遮煩惱退　由雜修五品　生有五淨居
得滅定不還　轉名爲身證　上界修惑中
斷初定一品　至有頂八品　皆阿羅漢向
第九無間道　名金剛喻定　盡得俱盡智
成無學應果　有頂由無漏　餘由二離染
聖二離八修　各二離繫得　無漏未至道
能離一切地　餘八離自上　有漏離次下
近分離下染　初三後解脱　根本或近分
上地唯根本　世無間解脱　如次緣下上
作麤苦障行　及靜妙離三　不動盡智後
必起無生智　餘盡或正見　此應果皆有

淨道沙門性　有爲無爲果　此有八十九
解脱道及滅　五因立四果　捨曾得勝道
集斷得八智　頓修十六行　世道所得斷
聖所得雜故　無漏得持故　亦名沙門果
所說沙門性　亦名婆羅門　亦名爲梵輪
眞梵所轉故　於中唯見道　說名爲法輪
由速等似輪　或具輻等故　三依欲後三
由上無見道　無間無緣下　無厭及經故
阿羅漢有六　謂退至不動　前五信解生
總名時解脱　後不時解脱　從前見至生
有是先種性　有後練根得　四從種性退
五從果非先　學異生亦六　練根非見道
應知退有三　已未得受用　佛唯有最後
利中後鈍三　一切從果退　必得不命終
住果所不爲　慚增故不作　練根無學位

九無間解脫　久習故學一　無漏依人三
無學依九地　有學但依六　捨果勝果道
唯得果道故　七聲聞二佛　差別由九根
加行根滅定　解脫故成七　此事別唯六
三道各二故　俱由得滅定　餘名慧解脫
有學名爲滿　由根果定三　無學得滿名
但由根定二　應知一切道　略說唯有四
謂加行無間　解脫勝進道　通行有四種
樂依四靜慮　若依所餘地　遲速鈍利根
覺分三十七　謂四念住等　覺謂盡無生
順此故名分　此實事唯十　謂慧勤定信
念喜捨輕安　及戒尋爲體　四念住正斷
神足隨增上　說爲慧勤定　實諸加行善
初業順決擇　及修見道位　念住等七品
應知次第增　七覺八道支　一向是無漏
三四五根力　皆通於二種　初靜慮一切
未至除喜根　二靜慮除尋　三四中除二
前三無色地　除戒前二種　於欲界有頂
除覺及道支　證淨有四種　謂佛法僧戒
見三得法戒　見道兼佛僧　法謂三諦全
菩薩獨覺道　信戒二爲體　四皆唯無漏
學有餘縛故　無正脫智支　解脫爲無學
謂勝解惑滅　有爲無學支　即二解脫蘊
正智如覺說　謂盡無生智　無學心生時
正從障解脫　道唯正滅位　能令彼障斷
無爲說三界　離界謂離貪　斷界斷餘結
滅界滅彼事　厭緣苦集慧　離緣由能斷
相對互廣陿　故應成四句

分別智品第七　六十一頌

聖慧忍非智　盡無生非見　餘二有漏慧

皆智六見性　智十總有二　有漏無漏別
有漏稱世俗　無漏名法類　世俗徧爲境
法智及類智　如次欲上界　苦等諦爲境
法類由境別　立苦等四名　皆通盡無生
初唯苦集類　法類道世俗　有成他心智
於勝地根位　去來世不知　法類不相知
聲聞麟喻佛　如次知見道　二三念一切
智於四聖諦　知我已知等　不應更知等
如次盡無生　由自性對治　行相行相境
加行辨因緣　故建立十智　緣滅道法智
於修道位中　兼治上修斷　類無能治欲
法智及類智　行相俱十六　世俗此及餘
四諦智各四　他心智無漏　唯四謂緣道
有漏自相緣　俱但緣一事　盡無生十四
謂離空非我　淨無越十六　餘說有論故

行相實十六　此體唯是慧　能行有所緣
所行諸有法　性俗三九善　依地俗一切
他心智唯四　法六餘七九　現起所依身
他心依欲色　法智但依欲　餘八通三界
諸智念住攝　滅智唯最後　他心智後三
餘八智通四　諸智互相緣　法類道各九
苦集智各二　四皆十滅罪　所緣總有十
謂三界無漏　無爲各有二　俗緣十法五
類七苦集六　滅緣一道二　他心智緣三
盡無生各九　俗智除自品　總緣一切法
爲非我行相　唯聞思所成　異生聖見道
初念定成一　二定成三智　後四一一增
修道定成七　離欲增他心　無學鈍利根
定成九成十　見道忍智起　即彼未來修
三類智兼修　現觀邊俗智　不生自下地

苦集四滅後　自諦行相境　唯加行所得
修道初刹那　修六或七智　斷八地無間
及有欲餘道　有頂八解脫　各修於七智
上無間餘道　如次修六八　無學初刹那
修九或修十　鈍利根別故　勝進道亦然
練根無間道　學六無學七　餘學六七八
應八九一切　雜修通無間　學七應八九
餘道學修八　應九或一切　聖起餘功德
及異生諸位　所修智多少　皆如理應思
諸道依得此　修此地有漏　爲離得起此
修此下無漏　唯初盡徧修　九地有漏德
生上不修下　曾所得非修　立得修習修
依善有爲法　依諸有漏法　立治修遣修
十八不共法　謂佛十力等　力處非處十
業八除滅道　定根解界九　徧趣九或十

宿住死生俗　盡六或十智　宿住死生智
依靜慮餘通　贍部男佛身　於境無礙故
身那羅延力　或節節皆然　象等七十增
此觸處爲性　四無畏如次　初十二七力
三念住念慧　緣順違俱境　大悲唯俗智
資糧行相境　平等上品故　異悲由八因
由資糧法身　利他佛相似　壽種姓量等
諸佛有差別　復有餘佛法　共餘聖異生
謂無諍願智　無礙解等德　無諍世俗智
後靜慮不動　三洲緣未生　欲界有事惑
願智能徧緣　餘如無諍說　無礙解有四
謂法義詞辯　名義言說道　無退智爲性
法詞唯俗智　五二地爲依　義十六辯九
皆依一切地　但得必具四　餘如無諍說
六依邊際得　邊際六後定　徧順至究竟

佛餘加行得　通六謂神境　天眼耳他心
宿住漏盡通　解脫道慧攝　四俗他心五
漏盡通如力　五依四靜慮　自下地爲境
聲聞麟喻佛　二三千無數　未曾由加行
曾修離染得　念住初三身　他心三餘四
天眼耳無記　餘四通唯善　第五二六明
治三際愚故　後眞二假說　學有闇非明
第一四六導　教誡導爲尊　定由通所成
引利樂果故　神體謂等持　境二謂行化
行三意勢佛　運身勝解通　化二謂欲色
四二外處性　此各有二種　謂似自他身
能化心十四　定果二至五　如所依定得
從淨自生二　化事由自地　語通由自下
化身與化主　語必俱非佛　先立願留身
後起餘心語　有死留堅體　餘說無留義
初多心一化　成漏此相違　修得無記攝
餘得通三性　天眼耳謂根　即定地淨色
恒同分無缺　取障細遠等　神境五修生
呪藥業成故　他心修生呪　又加占相成
三修生業成　除修皆三性　人唯無生得
地獄初能知

分別定品第八三十九頌

靜慮四各二　於中生已說　定謂善一境
并伴五蘊性　初具伺喜樂　後漸離前支
無色亦如是　四蘊離下地　并上三近分
總名除色想　無色謂無色　後色起從心
空無邊等三　名從加行立　非想非非想
昧劣故立名　此本等至八　前七各有三
謂味淨無漏　後味淨二種　味謂愛相應
淨謂世間善　此即所味著　無漏謂出世

靜慮初五支　尋伺喜樂定　第二有四支
內淨喜樂定　第三具五支　捨念慧樂定
第四有四支　捨念中受定　此實事十一
初二樂輕安　內淨即信根　喜即是喜受
染如次從初　無喜樂內淨　正念慧捨念
餘說無安捨　第四名不動　離八災患故
八者爲尋伺　四受入出息　生靜慮從初
有喜樂捨受　及喜捨樂捨　唯捨受如次
生上三靜慮　起三識表心　皆初靜慮攝
唯無覆無記　全不成而得　淨由離染生
無漏由離染　染由生及退　無漏次生善
上下至第三　淨次生亦然　兼生自地染
染生自淨染　并下一地淨　死淨生一切
染生自下染　淨定有四種　謂即順退分
順住順勝進　順決擇分攝　如次順煩惱

自上地無漏　互相望如次　生二三三一
二類定順逆　均間次及超　至間超爲成
三洲利無學　諸定依自下　非上無用故
唯生有頂聖　起下盡餘惑　味定緣自繫
淨無漏徧緣　根本善無色　不緣下有漏
無漏能斷惑　及諸淨近分　近分八捨淨
初亦聖或三　中靜慮無尋　具三唯捨受
初下有尋伺　中唯伺上無　空謂空非我
無相謂滅四　無願謂餘十　諦行相相應
此通淨無漏　無漏三脫門　重二緣無學
取空非常相　後緣無相定　非擇滅爲靜
有漏人不時　離上七近分　爲得現法樂
修諸善靜慮　爲得勝知見　修淨天眼通
爲得分別慧　修諸加行善　爲得諸漏盡
修金剛喻定　無量有四種　對治瞋等故

慈悲無瞋性　喜喜捨無貪　此行相如次
與樂及拔苦　欣慰有情等　緣欲界有情
喜初二靜慮　餘六或五十　不能斷諸惑
人起定成三　解脫有八種　前三無貪性
二二一一定　四無色定善　滅受想解脫
微微無間生　由自地淨心　及下無漏出
三境欲可見　四境類品道　自上苦集滅
非擇滅虛空　勝處有八種　二如初解脫
次二如第二　後四如第三　徧處有十種
八如淨解脫　後二淨無色　緣自地四蘊
滅定如先辯　餘皆通三得　無色依三界
餘唯人趣起　三界由因業　能起無色定
色界起靜慮　亦由法爾力　佛正法有二
謂教證爲體　有持說行者　此便住世間
迦濕彌羅議理成　我多依彼釋對法
少有貶量爲我失　判法正理在牟尼
大師法眼久已閉　堪爲證者多散滅
不見眞理無制人　由鄙尋思亂聖教
自覺已歸勝寂靜　持彼教者多隨滅
世無依怙喪衆德　無鉤制惑隨意轉
既知如來正法壽　漸次淪亡如至喉
定諸煩惱力增時　應求解脫勿放逸

阿毗達磨俱舍論本頌卷下

音釋

癡丑知切愚也　礙牛代切阻也　瀑蒲報切與暴同　軛乙革切　輻方六切　闇烏紺切冥也

三法度論

東晉三藏僧伽提婆共慧遠譯

清刻龍藏佛說法變相圖

三法度論卷上

尊者山賢造

東晉三藏僧伽提婆共慧遠譯

德品第一

知生苦無量　善寂趣彼安　用悲衆生故
輪轉於多劫　捨已之妙善　爲一切說法
普智滅諸趣　稽首禮最覺　開此三法門
功德之所歸　安快彼衆生　離於一切苦
前禮於善逝　法及無上衆　今說眞諦法
三三如其義

說曰今說三法問尊云說三法三法何義答此經因法故惟三相續撰三法者是假想問何故三法撰答此佛經依無量想衆生爲惡世所壞命以食存欲求其眞爲彼開想故及善持故此三法撰一切世間亦依眞想及假

想是以開想故三法撰問已答三法撰三法惟願說答德惡依覺善勝法問若覺德惡依覺則善勝法門此三法經本三三品說品各三眞度門可說三品但於說有咎所以者何善勝者應前說是善勝說善勝已然後說德惡依當覺答已樂所向者則不應說此一切世間樂向善勝乃至蜫蟲亦樂向樂所以者何爲食故有所求善勝者樂妙受如是比義說善勝世間者多樂向樂而背樂因樂者大涅槃及無病是多樂向但背是因苦已樂向不應爲說譬人趣道若已知道則不語道彼亦如是是故無咎問云何此德惡依覺便有善勝頗有見金得富見藥病無耶是故不可德惡依覺而有善勝答雖有此言是義不然當取如燈譬如然燈即時壞闇非然燈已後壞闇如是智生即有善勝智覺是一義問德名何等爲衆生數爲色味香比爲攝爲諍爲伏耶答我欲不樂自想作經而此中德者福根無惡福根無惡者此三是德想白淨法及法果我以爲德想是一切此三中攝令當相續顯示問已說福根無惡何等爲福答福者施戒修數數處善勝謂之福亦揚去人惡謂之福是三種施戒修如所說

福者數數將人善處亦揚去惡故謂爲福問已說福施戒修何等爲施答爲已他攝故捨財時俱思願及無教是三種施問此云何答施者法無畏財法施無畏施財施是三說施法施者說經出於世間無畏施者八種三歸爲首如世尊說歸佛爲無量衆生施無畏不結恨無惡法衆亦如是問如三歸亦殺生云

何施爲無畏首答不說一切衆生但如此邪見爲癡殺生盜他財作衆惡是三歸者所不作已得正見故若三歸無正見者則非三歸是故施無量衆生無畏爲首無吝財施者飲食爲首攝他故施供養等以香華爲首自爲故或復俱故是已俱德故得大果此中施淨應廣分別如所說

譬樹用其根　時復用其枝　或有二俱用
是事世之常　如是方便成　是施得大果
有從因緣淨　俱功德亦然

問云何戒答戒者身口二攝他不嬈饒益戒者有三相從身口生問此云何答攝他不嬈他及饒益攝他者飢乏時衆生愛命恕已不害離他財他妻亦如是此是攝他離兩舌惡口妄言綺語是不嬈他復次七支不逼他是不嬈他衆苦所逼無所歸依而救濟是攝他受持此二若福相續生是饒益我從今離殺生發心即饒益增長譬如出物日有滋息受戒心生善相續受實已滅如種有萌芽饒益若不捨善相續乃至眠亦增益福此是饒益是謂戒問云何修答修者禪無量無色此修於善行是故修如華熏麻習是修如習近王譬如王善習近必成其果如是習修必得白淨果故說修禪者是念義此四種問此云何答禪者離欲觀喜苦樂是四禪初者已離惡不善法緣善繫心住謂之離欲第二離觀觀者微於覺如鈴有餘聲是此中無謂之離觀欲前已離第三離喜喜者心悅如海涌波是此中無及欲觀故說離喜第四離苦樂樂者身心不逼苦者逼是此中無及欲觀喜故說

離苦樂是四說禪問云何無量答無量者慈悲喜護是四假想爲無量無量衆生彼緣故無量亦不可數功德故無量慈愍一切衆生心行一切衆生潤在前念是慈悲者苦惱衆生愍傷在前離憂惱念是悲喜者於多樂衆生繫縛悅踊是喜護者無求不勇猛恕衆生過若衆生作惡是不作爲快是反觀衆生自業如是恕過謂之護問已說無量云何無色答無色者空識無所有非想非非想處處者依是四種空者除色見色過是離欲一心緣空於空繫想是空處不猗於空但有識緣識便有識處是亦爲依無依乃勝若無所有是謂無有處於想見過滅想見怖一心是非想非非想處是無色道是名一切福問根云何答根者無貪無恚無愚癡不貪不瞋不癡此

三根相問此是誰根答非是前說德本那是一切趣善勝法之本隨其義一增餘相隨如無貪於施增無恚於戒增無愚癡於修增復次無貪於財施增無恚於無畏施增無愚癡於法施增是謂三種施增復次無貪於攝他增無恚於不嬈他增無愚癡於饒益增是謂三種戒增復次無貪於禪增無恚於無量增無愚癡於無色增是謂三修增復次無貪於不惡增無恚於忍辱增無愚癡於多聞增如是於力根如是當知一切善行根無貪者於所有衆具不利不著意無恚者滅於恚無愚癡者滅於癡故曰根問云何無惡答無惡者忍辱多聞不惡無惡者是俗數假想復次惡者是憎惡是不憎惡故曰無惡如所說無惡者妙善之言忍辱者苦貴賤力自制不怒恕

忍辱爲苦貴力賤力隨其事自制不怒恕爲苦所逼自制是堪耐義爲貴力所迫怒而不能報但弊惡人故起怒若於大力所迫不起怒是忍辱爲賤力所加恕賤力怨家能報若不報者是恕如是衆生過及行過堪耐此義今當說苦者寒熱飢渴風日勤勞爲衆苦所逼當自制此苦從二事起惱於身不怒於無情怒者衆生因緣說是以依二逼身當堪忍問已說忍辱云何多聞答多聞者契經阿毗曇律多聞者若能除婬怒癡是多聞餘者非多聞是三種契經阿毗曇律於中契經者薩云若說及彼所印可顯示穢汙白淨明四聖諦離無量惡阿毗曇者於契經所有盡分別律者說威儀禮節令清淨是謂三種多聞於中律名制欲阿毗曇多制恚阿毗曇者說諸業性以此止恚因恚起犯戒因犯戒墮地獄契經多制癡契經者說十二因緣問是多聞云何不惡答不惡者眞知識御意由眞知識眞御意眞由是謂不惡眞知識者慈善能師弟子同學若慈善能者是謂眞知識彼三種師弟子同學問云何若慈是師善是弟子能是同學說如是耶答不所以者何說無差降慈善能者謂眞知識相是說當觀師弟子同學此中慈相最勝餘二支所成或慈者但不善知事亦不能說如父年老無德或有能者亦不善彼雖有慈不善故教惡如六師等若有具足成就三相者當知是眞知識或有師過故壞或弟子過或同學過是以具足成就三相眞知識當求問是眞知識云何眞御意眞御意者止舉護想勇猛止想舉想護想向

是勇猛於中止者止心逸意下此中觀相故說止舉者意弱柔輭下筋力扶起令高此中觀相故說舉護者以平等意任其行如善御乘遲者使速急者制之等行而護此亦如是四無量中護不可意衆生以慈爲首護此中平等意護問云何如如下意當舉舉意當制等者護答非爲自隨所欲是眞御意那是故此自隨所欲隨時隨方便義若高下者此非眞御意問是眞御意云何眞由答眞由者具方便果眞者由名向彼或說習修是眞由具方便果問爲誰具答前已說善勝問具名何等答具者善損伏根近行禪此是資於善行故曰具如行具足具具者是支義此具三種善損伏根近行禪問云何善損答善損者糞掃衣無事乞食衆聚中損謂之善損善損者

是清薄義工師作二種像有增者有損者損者石工木工增者泥工畫工彼成二種像若從損是能耐風雨餘雖有好色不耐風雨如是二種人在家及出家出家者於家累意解脫已捨衆具損爲妙在家者因妻子親族爲增衆事得成在家者雖有衆具爲美味但愛相別離憂悲鬬諍等爲非法雨所壞意無所耐如畫像爲風雨所壞非出家如世尊說

如飾棄鳥　青鵶妙色　終不能及　鵝鴈飛行
在家如是　不及比丘　牟尼遠離　閑居坐禪

是謂善損糞掃衣無事乞食此三淨功德爲十二本餘九是眷屬彼當別說世尊欲令難陀歡喜故亦說此三

難陀何見汝　無事糞掃衣　知已樂於高
捨離不染欲

以是故知此三是本復次四愛生衣食坐處有故於中爲衣愛所持說糞掃衣爲食愛所持說乞食爲坐愛所持說無事若成就此三功德是方便滅有愛以善損故復次有二種計著我行及我所作於中爲貪衣食坐處故生我所作計著彼以此三淨功德止若滅一事必斷計我是故說淨功德問云何糞掃衣答糞掃衣者三衣氈衣隨坐此糞掃衣三種所滿三衣氈衣隨坐若糞掃衣惟三者應有九淨功德若爾者經相違糞掃衣者從冢間里巷拾弊壞衣三衣者僧伽梨欝多羅僧安陀羅會或有持三衣者爲愛好衣所因汲汲行求由此愛極煩勞若不得多者三當極妙愛有二種妙愛多愛譬如求一最勝女或求不端正千如是多愛三衣所制生妙愛世尊爲彼說持三衣有六種劫貝畢竟繒麻布葛紵布於中要用一彼見已是好是好多勞爲彼說氈衣彼如是持氈三衣或在衆中或在居家牀坐若見餘好座移就坐爲彼說隨坐已坐不應爲好故移坐以我大故起他是隨坐如是三滿糞掃衣問無事云何答無事者樹下暴露正坐愛樹下受暴露受正坐受此三滿無事此四除處所愛於中精進人信施作舍柔輭敷大牀座教化者貪著世尊知已爲彼說此事不應捨自家著他家當捨此舍樂無事彼已在無事復作高大樓閣屋此亦不應爾在無事中愛樂高閣屋如以馬乘具被驢是故樹下當受持彼已受樹下不樂弊惡小樹而復求好大華果樹世尊教彼當受持暴露汝施主長養身復何爲此當學神仙

樂於暴露汝無家非爲愛所逼彼已在暴露便作是念我難行已行由是捨正思惟即便傾卧眠至日出世尊教彼此事不可如人截耳而嚴飾首是故汝當受持正坐布草結跏趺坐觀世間如真而作自業如是具足無事問是無事云何乞食答乞食者一食過中不飲漿冢間出家者有二種食僧食及乞食僧食者恒精進家得具足食或復精進者爲除煩勞故於外作房作食餉乞食者從家家乞至極少是名乞食餘者邪命彼僧食者作是念我能致彼施主食便起貢高大慢世尊爲彼說當乞食彼乞食已數數食至時以是廢學世尊教彼當一食如所說

人當有念意　每食自知少　則是痛用薄
節消而保壽

彼一食已著於食便作是念世尊惟聽飲漿而求種種漿以是廢學世尊教彼汝得如是苦處當捨漿渴者水亦能除當受持過中不飲漿彼如是少食知足已復樂澡浴塗身世尊教彼此亦是食想貢高所以者何身者從食中生雖有極肥亦當棄冢間是故汝當樂冢間觀於冢間從食所有爛壞散胖脹脂血流漫見已滅此貢高如是乞食滿是謂善損

問云何伏根答伏根者不害守降伏根者能制諸根是伏根是三種不害守降問不害何等答前已說根害根者不能調根如馬雖斷水穀無道不調飽以水穀以道則調如是害根不調攝諸根則調若害根謂調是盲者離欲是故莫害根但正御於境界正思惟攝即得守如所說

諸根至境界　當遠離衆想　不可害境界
但除其染著
諸根者若見極妙女色便起如母想是謂三種伏根近行禪者忍名想近於思惟故曰近行禪問爲近誰答如前說善勝問如前已說四禪何故重說答前說禪是趣生死勝此趣出要勝此次第觀眞諦如人始瞻曠野見種種妙好華池若干清泉盈滿及園觀種種華樹嚴飾見已作是念此非空野中可得必近城邑如是行者在生死曠野婬怒癡煩勞得眞知識故正思惟觀陰界入無常苦空無我時若欲樂是謂忍正思惟意不動是謂名如夢中見親如鏡中像如是苦觀想是世間第一法由世尊想是謂近行禪彼次第如夢覺見親後得聖諦觀亦如是德品第一眞度說竟

問云何名方便答方便者戒上止智方便者是道是趣善勝故說方便是三陰戒上止智問非爲重說戒耶答前已說善勝有二種一受生二出要前戒受生此出要戒義者是習義問此云何答戒者正語業命正語正業正命是三種名戒正語者離兩舌惡口妄言綺語正業者離殺盜婬正命者比丘僧食乞食衣藥具是正命餘邪命優婆塞離五業刀毒酒肉衆生是謂正命問云何上止答上止者進念定上止者滿具復次滅婬怒癡謂之上止向彼住故說上止是三種進念定於中進者力若說進當知已說力復次能作故說進進者行此能進至善勝故說進問此云何答進者信勤不捨信勤不捨是三假名進所以者何信增一切善行在一切善法前於一切

法最第一如所說

士有信行　爲聖所譽　樂無爲者　一切縛解

是三種信問云何三種答信者淨欲解是信淨欲解於中淨者除濁故濁者人所惡瞋恚貢高無慚無愧比譬如象水牛等混亂泉水是說濁停住便澄清如是人所瞋惡貢高無慚無愧比亂意謂之濁無是謂之淨欲者愛樂於勝如人爲病所困不欲好食病差已不欲得是人爲惡所困不樂欲聞法得善知識已樂於法便作是念此法極微妙更復說是名爲聞欲解者執持譬如人爲毒虵所螫師呪毒時彼意至到便作是念實如說呪從此必差已意解便求藥如是人爲婬怒癡虵所螫世尊爲彼慈心說法彼若意解者無異彼必得除婬怒癡餘者不除是解問是信云何勤答勤者起習專起習專此三種謂之勤起者始造善如鑽火時造衆火具習者數數作專者著不捨不散意成一縁如救頭然是三種謂勤問云何不捨答不捨者不止不厭不離不止不厭不離此三謂不捨不止者一切時不遠我極精進不廢是不厭我一向勤久時煩勞或有果或無捨最何用若以此不捨精進是謂不捨此三事必獲得果如行人愛樂所至方問已說進云何念答念者身痛心法內外俱不忘內外俱不忘是三種念爲自已內餘者外二事爲俱復次內者受陰界入外者他受及不受俱復次三煩惱在內在外俱在內者欲在外者恚恚者爲他非自瞋若作是念欲亦爲他此不應爾所以者何內者染外爲他生欲以內著故如經所說人見女

如內根癡俱行苦滅此三煩惱是三種念彼身三痛心法三是十二種念問已說念云何定答定者空無願無相空無願無相是三種定事空故曰空問多有空空村空舍如是比此中說何等空答空者我行我作俱不見我行我作俱不見者是謂空問何得不見我行我作如世尊說我爾時名隨藍梵志復如所說比丘我手著虛空答非如是我行我作是假號但於五陰中計我是我行世尊不行此若於境界計著我許是名我作是世尊亦無如聖法印經說空者觀世間空如是比彼亦我我所有俱得成以故無咎是謂空問云何無願答無願者過去未來現在不樂立無願者不立義是入此三中過去未來現在是一切有為如說處經所說彼若作是意我及涅槃彼不攝是三此不應爾所以者何一無二義故涅槃者離世一向無緣彼中無意我者離三世更無此不可說是以三中不樂立是謂無願問無相云何答無相者事作俱相離事作俱相離是無相如所說離一切有為一切者事及作可作是事能造是作如由無明福無福不動作行彼緣相續有生識是事無明及行是作如是一切有為若離彼是說無相復次如聖法印經所說無相者不見其色相如是一切彼中亦說此三事作俱離彼一切是三義但說異如言河無水不見水是一義而說異空無願無相亦如是是謂定問云何智答智者見修無學地所行智者是覺是三地見地修地無學地此中見故曰見問何等見何等答見未曾見聖地根力覺道支及

實修者習義如以淳灰浣衣雖去垢白淨猶有灰氣然後須蔓那華等諸香華熏如是見地清淨意禪無量諸定斷除諸結盡極熏是謂修無學地者婬怒癡盡無餘是謂無學問何等於見地智答見地者法觀未知智法智觀智未知智此是見地智於中法智者是現智義譬如良醫知癰已熟以利刀破癰然後以指貫通道令不傷脉而復破癰彼修行人亦如是正思惟觀欲界苦時斷見苦所斷煩惱然後生第二智如欲界苦無常色無色界亦如是從此比智斷色無色界煩惱是謂見苦三智欲界愛苦因是法智即是觀智如是色無色界未知智是見習三智欲界滅此是法智即是觀智如是色無色界未知智是謂見盡三智此道滅欲界苦是法智即是觀智如是觀智如是色無色界未知智是謂見道三智此十二智見地廣當知問云何修地答修地者相行種知相知行知種知此三修地問云何相答相者起住壞起者生住者成壞者敗問漫說於衆生涅槃有疑衆生及涅槃亦有此相若有者爲大過即有無常若不者此經有過應當說起住壞是有爲相答衆生者於相是餘不可說若異即有常若是即無常是二過不可說涅槃亦如是是故分別當知相者一向有爲相問令說功德云何此相是功德答令說智若此三中智是功德非相問云何行答行者無常苦非我見行者盡知是行義此相由是行知是行義陰無常若無常者是苦若苦者是不自在故非我無常者不久住故如水泡苦者逼迫故如箭在體非

我者不自在故如借瓔珞是謂行問云何種
答種者味患離種者是味是患是離問是誰
答是有爲於中味者是妙患者是惡離者俱
息於中天人樂是味三惡道苦是患離罪福
是離若如是觀正見功德故即得解脱是謂
種此是修地智問云何無學地智答無學地
者達通辯智達智通智有辯智是三無學地
智問云何達智答達者宿命生死漏盡智宿
命智生死智漏盡智是謂達能達故曰達達
是知義於中宿命智憶過去所作行生死智
知得業果漏盡智後當說復次煩惱有三種
過去未來現在處過去者十八見未來四十
四見現在處身見由此故生現在故分別過
去未來於中若得宿命智者不謗過去得生
死智者不癡於未來得漏盡智者不著現在
處問云何漏盡智答漏盡智者盡無生願智
我煩惱盡觀如是是盡智不復生者是無生
智譬如師治虵所螫知已除毒是一智不爲
前氣所動是第二智盡智無生智亦如是願
智者若聲聞以宿命智自憶生相續非餘是
願智以願故亦知他是謂願智問云何通答
通者如意足天耳他心智如意足天耳他心
智此三是通如意足者後當說天耳者以定
力故處一緣中增長四大淨此天人至惡趣
聞聲隨其力如眼或見近或見遠隨其眼力
如是隨其定力得天耳他心智者如見衆生
若聞聲知彼心念如是如是問云何如意足
答如意足者遊空變化聖自在如意足者得
如意故說如意如意是自在義遊空自在變
化言在聖自在是謂三種如意足遊空自在

者履水蹈虛能徹入地石壁皆過捫摸日月是謂遊空自在變化自在者現人象馬車山林城郭皆能化現聖自在者能化壽化水爲酥化土石爲金銀如是比是謂如意足聖所增長養如意足天耳他心智是謂通宿命智生死智是凡夫五通問云何辯答辯者法義辭應善知法善知義善知辭善知應此四是辯知法者知名句味知義者即知彼性實如火是名彼熱是義於中不癡知辭者此文飾如是次第知應者不顛倒說句文飾亦不差錯是謂辯此亦於學地智已廣說問如戒及定學無學地中亦可得戒定何以不三種說答無戒戒差別非爲學離殺生衆生極護無學不如是若學不殺生即是無學以是無差降故不說三種德品第二眞度說竟

三法度論卷上

音釋

蜫公渾切蟲之總名也 嬈爾沼切擾亂也 鴟稱脂切鴟鳥名 氈諸延切 冢展勇切高墳也 胮四絳切胮臭也 鑽祖官切穿也 捫摸捫音門摸音莫

三法度論卷中

尊者山賢造

東晉三藏僧伽提婆共慧遠譯

德品之餘

問前說由者具方便果於中已說具方便云何果答果者佛辟支佛聲聞佛辟支佛聲聞者此三是果問爲誰果答戒上止智問今說由由者是道云何果亦是道耶答此果說是有餘前說無餘無餘般涅槃故是故無咎佛者離一切障礙得十力建四無畏獲一切佛法諸佛戒定慧等無差降辟支佛者爲自覺不爲他而自覺故說辟支佛聲聞者由他說復次解脫具有二種一者悲二者厭若從悲具得道者是佛厭具有二種一者由自得二由他得若自得者是辟支佛若由他得是聲聞復次若普知盡具功德離諸惡者是佛辟支佛者雖離諸惡餘事不如聲聞者緣他離諸惡問云何知諸佛無差降聲聞亦復爾耶爲不答聲聞者離欲未離欲阿羅漢聲聞有差降分別根故信首五根有輭中上依是故諸聲聞有差降一切諸地問云何離欲答欲者信解見到身證以信爲首度故曰信解脫以慧爲首度故曰見到二俱是身證是無量種今當現示信解脫者上流行無行般涅槃上流般涅槃行般涅槃無行般涅槃此三是信解脫上流者愛彼將至上復次流者道彼於欲界將至上故曰上流行般涅槃者行謂之有爲多方便及道緣行至無爲故曰行般涅槃無行般涅槃者無行謂之無爲少方便及道緣無爲至無爲故曰無行般涅槃是謂

三種信解脫問云何見到答見到者中生般涅槃亦上流見到亦三種中般涅槃生般涅槃上流般涅槃中般涅槃者此命終未生餘得道中般涅槃如小火迸未墮已滅此義亦爾生般涅槃者如火迸墮地即滅如是始生次第得道般涅槃上流如前說此無色界亦如是此三是見到問云何身證答身證者行無行生般涅槃此前已說問非爲重說耶答不界異故離欲界及離色界是二種盡除中陰非有無色界中陰復次前說無解脫身證者有解脫解脫後當說問是離欲云何未離欲答未離欲者第八須陀洹薄地第八須陀洹薄地此三是未離欲問云何第八若數者應第一不第八初向後至阿羅漢云何此是阿羅漢耶答不當觀如是人有八兒彼非以長爲第八以幼爲第八如是世尊功德子有八彼阿羅漢爲長諸漏已盡故謂初向爲幼是以說第八問是云何答第八者信慧俱此族姓凡人時有如是具信及慧彼或信勝慧隨或慧勝信隨或等是生法智已從信行爲鈍根從法行爲中根俱行爲利根此三是第八已見諦若信爲勝是極七慧勝者中俱勝者家家此是見地若升修地者在薄地信勝者一往來慧勝者中俱勝者一種若離欲界欲信勝者信解脫慧勝者見到俱勝者離色得身證若一切漏盡信勝者慧解脫慧勝者俱解脫具得解脫勝俱勝者亦俱解脫具得解脫復次信勝者鈍根慧勝者中根俱勝者利根如是次至上問已廣說第八漸漸生功德林而不知此何謂當爲顯示答須陀洹者

極七家家中須陀洹者是三種住初果求第二須陀洹者是道升是道故謂洹身見戒盜疑斷惡趣盡鈍根極七受天人中樂要般涅槃家家者亦住初果三結已盡思惟所斷少盡是於此中生從家至家而般涅槃中者此二中非一向從家至家般涅槃亦不一向極七天人生般涅槃而於中問般涅槃問是須陀洹云何薄地答薄地者一來一種中欲界結薄住故曰薄地此三一來一種中一來者此終生天上一來而般涅槃一種者受一有而般涅槃增益功德故中者此二俱是三謂未離欲問云何阿羅漢答阿羅漢者利鈍中根阿羅漢者是說供養名堪受供養故曰阿羅漢問誰堪受答爲一切衆生故說阿羅漢是阿羅漢三種利根鈍根中根問云何利根

答利根者住法升進不動法住法升進法不動法當知是利根住法者離方便除煩惱故故曰住法升進者除諸煩惱求上勝能得故說升進勝者達通辯不動法者已得勝果一切談論不動辯才是謂利根問云何鈍根答鈍根者退念護法退法念法護法此三是鈍根退法者或差降退非聖諦故曰退法或復於修地退修者修習說已修不修習是名退如學經已不數習忘如是不修習修地退是病業誦和諍遠行觀故退以是故名修地念法者已得阿羅漢劣行故及身劣便作是念我所作已作我何爲住如是思念者多品數亦思念財産亦裁衣但此中思念捨命護法者不退亦不思念但極大方便護如貧多方便得財守是鈍根問中根云何答中根者慧

解脱具不具解脱得慧解脱者下俱解脱二一得具解脱二不具俱解脱者信及慧已得此二故勝問云何解脱答解脱者欲色滅盡解脱欲界色界滅上心住及三界盡是三種解脱解脱於煩惱故曰解脱問云何欲解脱答欲解脱者内色無色想不淨亦淨内者自内是二種有色想及壞色想於中内壞色冢間地觀腐爛肉段眼脱腹潰腸出大小便處流出不淨無量種蟲交亂其上烏鳥爭食手脚髑髏各在異處見已起無欲此便作是念是身以此故衆生忿鬬諍訟貢高憍慢起無量惡如是觀已解脱惡止心定是謂内色想不淨解脱第二内壞色想由定故如無色如是得立觀他身亦復如上是謂内無色想不淨解脱淨解脱青黄赤白色華衣等縁以發意思惟心住不動是淨解脱此三種是欲解脱問色解脱云何答色解脱者無色離色欲已四種心住亦復有漏是謂色解脱此前已説問云何滅盡解脱答心等諸心想應滅是謂滅盡解脱德品第三真度説竟

惡品第二

問已廣説德品三真度云何爲惡答惡者惡行愛無明惡行愛無明此三當知是惡汙善行故曰惡此亦汙人謂汙人意樂於惡如猪樂不淨於中初身口意惡行此衆惡初是三種身口意惡行惡行者惡人所行故曰惡行復次此行是惡故曰惡行是身所作惡謂之身惡行口意亦如是問云何身惡行答身惡行者殺盗婬身惡行當知是三種殺盗婬問已知身惡行是三種云何爲殺答殺者念敎

作念教作是說殺三種餘亦如是如身惡行殺三種念教作盜婬亦如是口業亦如是問知餘亦如是而未知念云何爲念答念者心欲欲使他作喜念名思惟是三種心欲作欲使作他作喜如意殺衆生是欲作意使殺是欲使作他殺已意悅是他作喜是謂三種念問曰云何爲教答教者誨令可誨令可者是謂三種教誨者如外道說殺猪羊以祠天是誨令者如王令臣我有怨敵卿往害之是謂令可者如人問其是我怨欲往殺之彼即然可是謂可此三是教問云何爲作答作者衆生想捨斷命作名施行事若說殺生者當知誨令可意惡行亦如是於中有他衆生想捨衆生斷衆生命是三作具滿瞖者不曉破癰若破癰時死者非以瞖殺生彼無害意故如

是三事不具無殺生具者殺生是謂三種作問云何盜答盜者他物想偷意取他物想偷意取是三種盜滿所以者何設使有他物非盜意取物者是我許以相似故非偷若他物不偷意取無盜如取知識物如是三事不具非盜具是盜是謂三種盜問云何邪婬答邪婬者他法受非道行邪婬三種犯他受犯法受犯非道問說婬是本以何等故說邪婬答人有二種出家及在家於中出家者行婬是說惡行在家婬非惡行而邪是惡行若在家婬是惡行者須陀洹行婬應墮地獄若不爾者邪爲惡行故經說二種無咎問云何他受答他受者主親王主所受親所受王所受是一切他受主有二有至竟有少時至竟者如方士家法女屬主若婬此女從彼邪婬少時

主者若女從彼取物齊限有時若婬此女從彼邪婬親者父母兄弟舅等及養女若棄女取養王受者若無親無主而受王禀問云何法受答法受者學齋族法若受學法是學法受若受齋法是齋法受若受族法是族法受是俱中可說學法受者若主前聽學後犯者是邪是謂學法受齋法受者若主先聽受齋後犯者是邪是謂齋法受族法受者如前說親受但作經者欲令滿三法故重說族法受母姊妹女子婦及同姓是一切不可犯犯者邪問云何非道行答非道行者女產男不成男非道行若女新產後犯道是非道行若以力勢犯未嫁女是非道行及婬男不成男是謂三非道行問此說不具所以者何此中更有餘邪婬此說云何攝彼若不攝者是故此說不具答此說已具所以者何前已說離產時女若說女當知已說畜生若說離產者當知已說餘行是故具說無咎問此惡非義從何而生答盡從婬怒癡生彼一切當知從婬怒癡生問云何一切為殺盜婬耶答不但是名但說是作婬者應當說即是但攝一切故當求婬本一切身口意惡行口意惡行當別說問云何此從三惡中生此中有咎所以者何非以樂痛苦痛一時生亦非以瞋樂痛所使婬者說樂習欲者婬此中云何瞋答非為說從婬生瞋耶此中說本願為愛牙毛故起瞋殺如是前發恚彼犯我婦我亦報彼而後行婬起愛但本願從恚中生欲從彼生故是故無咎餘如是問前說一切從婬怒癡生於中已說身惡行但不知口惡行是云何答口

惡行者不實不虛綺語口惡行者四種但撰三法故當知是三是三亦顯示四問云何不實答不實者為已他利諱實若不實口惡行是為已故他故利故意諱實諱實者意覆藏如意知已口說異是說三種為已為他為利為已者自命故為他者親故為利者財物故是謂三種如世尊說在衆在眷屬因已因他因利知已妄語問已說口不實惡行云何口不虛惡行答不虛者不愛別離俱行不虛名為不愛行為行離行為俱行行者謂作不愛行者名惡口愛故說瞋是不惡口若不爾者無非惡口惡口者為已生若異者世尊亦惡口彼為慈愍調達說而瞋是以為不愛行是惡口如人瞎呼瞎瞋雖有實言但以惡意是故為不愛說是惡行別離行者雖有實言但為別離行故是兩舌若不為別離行而能別離者是非兩舌若不爾者世尊亦當兩舌世尊者慈愍異學故過度為弟子是以為別離行故惡俱行者即此二事作不實及不虛如是惡口是以惡口亦名兩舌問云何綺語答綺語者不時不誠無義說不時說不誠說無義說是三種綺語分別為無量不時說者應說時不說不應說時說如婚姻歡會時或有人說某族姓子一切合會皆歸磨滅萬物無常盛者必衰君速捨此事彼說此言佛辟支佛聲聞所稱但非時說故是綺語不誠說者若實想故邪說如異學說我是薩云若彼雖有實想但綺語所以者何此非菩薩若但想爾若為人說佛薩云若者是妄語所以者何本非薩云若意無義說者笑歌舞愁憂說是

謂口惡行問云何意惡行答意惡行者貪恚邪見意所行惡故曰意惡行是三種貪恚邪見貪者願他財物問若願他財物是貪者重說有咎在念中故彼中說念者心欲欲使作他作喜答此說非重意欲爾故念者意欲爾欲作此中不欲作而欲奪他物貪故令此財物於我有如是染汙意著他財物中貪者向他物故說貪恚者逼迫他惡意問云何邪見答邪見者業果相違無見業相違果相違無見是略三種邪見若分別無量如此異見是邪見問云何業相違答業相違者淨不淨意不淨淨意俱一意淨不淨意不淨淨意俱一意是三種業相違淨不淨意者善身口意業不善果不淨淨意者不善身口意業善果俱一意者善不善身口意業善不善果果亦如是如分別業分別業分別果亦爾天上苦涅槃苦如是比淨果不淨意惡道樂生死樂如是比不淨果淨意惡道苦非苦如是比俱一意問云何無見答無見者業果衆生無見無業見無果見無衆生見是謂三種無見無業見者無施無齋無說無方便無作善不善業無果見者作善不善無果報無地獄畜生餓鬼無衆生見者無父母無衆生生世間無實沙門梵志是謂邪見無量種此是三種意惡行無量種一切惡所作因相違一切善所作因彼前戒中已說惡品第一眞度說竟

問已說惡行云何爲愛答愛者染恚慢染恚慢是三種當知愛愛者求是三種總說一問云何爲染答染者欲有梵行著欲著有著梵行著是三種染於中欲者五欲色聲香味細

滑是依三種衆生各各著樂餘事不爾於中欲著者女男不成男欲著女欲男男欲女及不成男不成男欲女欲男問前已説五欲著今説女男不成男非爲過耶答女男不成男女男不成男是重於五欲中各各著於餘事不爾如世尊所説我不見餘色愛如是男女色如是五欲境界是故無過愛欲有三種微中上微者男欲中者女欲上者不成男欲是謂欲著問云何有著答有著者欲色無色有欲有色有無色有著是謂有著問如欲此著前已别説女男不成男今何以復於有著中説答有著爲衆生故説欲著爲煩惱故説一切欲界法説欲有若著彼是謂欲有著色界法説色有若著彼是謂色有著無色界法説無色有若著彼是謂無色有著是以别説故

無咎問云何梵行著答梵行著者得未得失著欲憂梵行著已得便著未得便求失便憂以此義亦應説欲有著已得便著未得便求失便憂如是欲有梵行著各三應説九復次得女便著未得便求失便憂如是男不成男欲著亦應説九種如是有著梵行著應説二十七問可得爾梵行著是煩惱耶答有如世尊説三求欲求有求梵行求求愛染若是一義復次如所説欲及梵行離愛常念問若爾者梵行不可行所以者何有著故復次著如所説一切梵行者應有著答應方便行如釋種所行釋種者行梵行不著梵行彼離罪福故行道不以求果求果者是説著我以此戒以此苦行以此梵行生天上及餘如是行著染汙求我何時當得梵行使我生善趣中若

行著後世樂樂愛所持作非梵行生悔岀我退是謂憂是謂梵行著問云何爲恚答恚者已親怨故忿怒已故親故怨故忿怒者是三種恚問云何恚愛處說答恚者求惡求非愛耶是已故四門中行親怨故亦四門中行問此云何答爲已及親未得樂求已得令不失已得苦欲捨未得不欲令得如是已及親四種爲怨未得苦欲使得已得欲令不捨未得樂欲使不得已得欲使速失是謂爲怨求惡是恚是以愛處說恚無咎問云何爲已故若爲已故者三時求不利三時名過去未來現在如所說彼爲我求不利當求不利今求不利生恚是謂爲已三時求不利生恚問云何爲親答親亦如是如爲已三時求不利生恚如是爲親三時求不利生恚此云何答如所說若我親愛彼爲此已求不利當求不利今求不利生恚是謂親問云何怨答異怨怨家異如所說如我怨彼爲此已求利當求利今求利生恚如是爲怨求利三時生恚是謂九種恚問此恚三惡行中恚何差別答此依方便生惡行恚者當知從無智瞋問一切衆生九種恚爲等不答此住如畫水地石此恚隨衆生當知如畫水地石衆生者若干種當知恚有輭中上如畫水即時壞畫地少時若風雨及餘因緣乃滅畫石至石住無石乃滅如是衆生若干種恚或始生恚時便自責我不是衆生者自然滅法無量苦所逼自當滅我無辜壞他故生惡意如是彼瞋自止如畫水或復生恚不能自制若師善友慈愍訶責乃得止如畫地或復惡意不正思惟生恚彼佛

辟支佛聲聞不能止與身俱滅如畫石是謂恚問云何慢答慢者卑等上起意以此犄故曰慢復次稱量彼彼故曰慢是三種我卑起意我等起意我上起意若有色富族術我不如彼故曰我卑起意若有色富族術我與彼等故曰我等起意若有色富族術我於彼勝故曰我上起意問已說卑等上慢相云何知此眞度分別一切慢慢者無量種如麤雜中說答卑者邪不如極下慢卑慢者三種邪慢不如慢極下慢邪慢者我極作惡業起貢高不如慢者受他稱歎讚說善哉汝有大德聞已內懷歡喜於我云何得無爾乎極下慢者懈怠作是念人不能趣勝是三卑慢問云何等慢答等慢者我貢高不敬慢等慢三種我慢貢高慢不敬慢我慢者見五陰是我已於惡中計功德貢高慢者受他恭奉不敬慢者不敬師長是謂三種等慢問上慢云何答上慢者大慢慢大慢增上慢大慢者於卑及等我勝生慢慢大慢者於勝我勝生慢增上慢者於未得勝謂得生慢是謂三種上慢是一切慢從愛樂受具生是以愛處說

惡品第二眞度說竟

問已說愛云何無明答無明者非邪惑智非智邪智惑智者此三種是無明無明者癡假名是分別字者說彼毀呰而立名如人有惡子說無子如是此無明惡明故說無明問此云何答非智者有爲無爲不可說不知有爲無爲不可說不知是謂三種非智問二種有爲受及不受此中何者定答有爲者受不受俱若非智者當知受癡不受癡俱癡於中受者陰界入二種自受他受不受者草木牆壁

比於中若他受若不受者是當知不受此中一一癡暗是謂非智如世尊說六更入非智不見如是廣如經所說受名者取義也因業及煩惱癡意計我是我所是名受問無爲是涅槃是一云何說三答無爲者有餘無餘俱雖涅槃一無爲但事故說二種有餘及無餘有餘者業及煩惱所受身是說有餘彼斷一切煩惱盡作證已故有餘是說有餘無餘者若此受陰捨更不相續如燈滅是涅槃此名無餘於中一一及俱癡是無爲不知問云何不可說答不可說者受過去滅施設受施設過去施設滅施設若不知者是謂不可說不知受施設者衆生已受陰界入計一及餘過去施設者因過去陰界入說如所說我於爾時名瞿旬陀滅施設者若已滅是因受說如

所說世尊般涅槃復次過去施設者制衆生斷滅施設者制有常受施設者制無不受施設者制有彼中一一無知是謂不可說無智問已說無智云何邪智答邪智者身邊盜見見身見邊見盜是三種邪智邪者是顛倒非如不眞同一義身見者我是我自在必爾我必爾是我必爾自在必爾是身見我必爾者陰幻化野馬響水月形相似五陰計著是我是我必爾者假借瓔珞樹果悉相似五陰計是我所有自在必爾者芭蕉樹水泡沫相似五欲境界計自在如空聚色身見者是身我所有見如是是謂三種身見問云何邊見答邊見者斷常俱斷常俱是三種邊見受邊者非以道理是邊見於中斷常者世間者有常無常非有常非無常有邊無邊非有邊非無

邊衆生有終衆生無終非有終非無終是身是命如是比俱者有常無常有邊無邊有終無終如是比是謂三種邊見問云何盜見答盜見者戒見依彼盜見從三中生一戒二見三依彼於中戒第一眞度已說由此戒得清淨及受戒是謂二種戒盜此眞實餘虛非眞是謂見盜計是眞必爾是亦說見盜身縛依彼者若依戒及見是五陰由此故或戒或見計五陰淨當知是戒盜計五陰第一非餘當知見盜是依彼是謂三種盜見問云何惑智答惑智者實諦定中不了實不了諦不了定中不了不了者不決疑猶豫同一義問云何寶答寶者佛法僧佛寶法寶僧寶當知是三寶佛者普智成就一切功德離一切惡問佛以何故名寶答以此功德故復次大慈大悲故不空說法故無事親故難出世故如優曇華如是不可計功德成就故說寶法者方便及方便果但此中說涅槃是法寶彼佛處在一切法上如經所說若有法有爲及無爲者彼無爲涅槃是第一此實不敗德故滅諸苦故至竟冷故難得故不可盡故如是比故說寶僧者前聲聞中已說是寶廣福德故不違世尊教故無上福田故世尊稱譽故不敗壞故和合無諍故如是比無量功德成就故說寶問已說寶云何爲諦答諦者等相第一義諦等諦相諦第一義諦是三種諦諦者實有諦眞諦不虛諦如諦故說諦等諦者方俗族學舉方俗舉族舉學舉是謂三種等諦行種種事故曰等諦行種種事者是智義於中方俗舉者必爾義此事是我許其事其名如水

潤漬澤如是比如是所舉是謂等諦族舉者是我家法舉者以威儀禮節爲行及解經想復次晝食不夜食不截草夏不行如是比行是謂等諦問云何相諦答相諦者苦習道苦諦習諦道諦是三相諦以諦相觀故相諦相者說生老無常相者說慓幟於中逼相苦諦轉成相習諦出要相道諦盡者無相此當别說復次苦諦者陰界入習諦者婬怒癡道諦者戒定智是謂相諦問云何第一義諦答第一義者作字念至竟止作字及一切念至竟止是謂第一義諦作者身業字者口業念者意業若此三至竟滅是謂第一義諦是涅槃義問如佛說偈

一無諦有二　若生生於惑　觀衆諦難陀　是不說沙門

如四諦云何說一答此第一義故說無有二涅槃如此偈所說

觀衆諦難陀　是不說沙門

以此半偈可知不說餘諦無咎問已說諦云何爲定答定者色無色無漏定色定無色定無漏定是謂定定者定心行義於中色定者色界禪無量除入初第二第三解脫及初入一切入無色定者四無色二一切入無漏定者空無相無願無漏禪無漏無色定無漏前五想及斷界定此一切不決疑惑猶豫是謂惑智此亦是苦非苦習盡道非道惑如是四諦欲界色界無色界是十二種於此惑智如愛處所說無智處所亦說邪智邪見前意惡行中已說見盜亦如是身見邊見在苦三界戒盜在苦道三界復次愛亦思惟斷如是分

別說九十八使惡品第三眞度說竟

三法度論卷中

音釋

腐 奉甫切壞爛也 潰 胡對切決破也 諱 許貴切隱也 訾 蔣氏切非毀也

慓幟 慓卑遥切幟昌志切

三法度論卷下

尊者山賢造

東晉三藏僧伽提婆共慧遠譯

依品第三

問已說德及惡云何爲依答依者陰界入陰界入者此三是依可依說依可依者是立義衆生於陰界入作依行德及惡是故當知此是德惡所依問云何爲陰答陰者色行知色行知者此三當知是陰陰積聚東同一義於中青黃赤白麤細長短方圓比當知總是色陰於中色者四大及四大所造可見不可是是說色陰四大及造色者是二種可見及不可見可見者謂眼所見不可見者是聲香味細滑眼耳鼻舌身及四大問說色者四大及四大造此中四大尚不知況復四大造云何爲四大答大者地水火風此地水火風假名是大是色一一及合於中堅相地濕相水熱相火動相風彼造色者煙雲霧影暗明日五色五情如是比問已說色陰云何爲行答行者依身口心此依於身故說依身依於口故說依口依於心故說依心依身口心作行作有爲行故說行也佛契經說色者有爲行彼復更作如子復造子如色當知五陰亦如是彼無量種無量合作已謂之五陰如穀聚行者福非福不動是三說行問云何爲知答知者痛想識此三是知亦說道法以道不相離故如世尊說若痛者即是知問云何爲痛答痛者樂苦不苦不樂痛痛性說痛痛無所由痛痛即能痛苦痛有由者應有異命若即能痛者應即是命但痛非命故痛性是痛是分

別字者說此痛三種樂痛苦痛不苦不樂痛是各各相緣緣樂痛有苦痛緣苦痛有樂痛緣俱有不苦不樂痛如世尊說樂痛與苦痛對苦痛與樂痛對樂苦痛與不苦不樂痛對對者是怨敵義問云何樂痛答樂者欲不惡無著生樂痛者有三種欲生不惡生無著生於中欲生者行五欲時悅樂不惡生者不惡名說不憎惡是行善無欲戒於戒不悔意由此悅樂無著生伏根離五欲無亂意行禪無量等時悅樂是說無著生無著名不著於根義亦復說不染是說樂痛三種問云何苦痛答苦者生老死生老死者此三是苦痛於中生苦如生癰老苦如初發癰死苦如已發癰深入骨節中復次生故有一切苦故曰生苦如世尊說生故有截手足如是比老苦者色壯力壞故死苦者愛相別離故是謂苦痛問云何不苦不樂痛答不苦不樂者三界若不苦不樂者當知是三界不苦不樂者障礙於苦樂是三界後當說苦使不苦不樂是三界制前說苦樂當知非以樂苦三界欲界三痛色界二樂及不苦不樂無色界一不苦不樂是故不苦不樂當知三界問是痛爲何依答樂者多欲所依苦者多恚所依不苦不樂者多癡所依所以者何有樂痛無欲能除欲如三禪中苦痛無恚如世尊頭痛及傷腳不起恚不苦不樂覺第四禪及四無色定彼中無癡能除痛若爾者隨義可得說問彼從何生答彼業遍界生彼樂痛苦痛不苦不樂痛當知從業生遍生界生非自然非偶爾問業者無量種此中說何業答業生者福非福不動

此樂痛苦痛不苦不樂痛從此三業福非福不動中生如義樂痛從福生苦痛從罪生不苦不樂痛從不動生於中福者能除惡行是四禪爲首非福者是惡行不動者第四禪及無色問如前已説福者施戒修修者即是禪無量及無色今云何別説樂痛從福生答別説無咎以衆多聚故此別説禪如所説禪如所説與比丘三衣別與佛護鉢不可以佛護亦是比丘故與三衣鉢而比丘異於佛護者應與彼衣如是修者禪無量無色福者三禪若不分別三禪於修應有過衆多聚故問云何逼生答逼生者已他俱逼生痛三種爲已爲他爲俱逼者二種爲樂爲苦於中爲已者如以刀自刺若後以栴檀藥塗爲他者如擊破他頭復治以藥爲俱者如語人使擊破我頭已復以藥塗如是盡當知是謂逼生若問云何界生答界生者時惡患問界者已説欲色無色界云何即是耶答此非界者離衆生是三種想時惡患此界是假想於中時者夏冬春夏冬、春者當知此三是時夏者痰增長冬者涎唾增長春者風增長如醫方説時故有樂痛是謂三時問云何惡爲惡行愛無明耶答不破壞法身此説壞四大身問云何惡答惡者風痰涎唾此風痰涎唾壞四大身由是故生痛問云何患答患者衆生因離患名苦衆生因離生苦牆壁樹山巖因者因已他俱是謂痛問云何想答想者有想無想無所想觀差別想者説是受形像差別此中有想無想無所想觀差別是同義於中有想者俱依無想者不俱依如衆多瓶或有人説是蜜

瓶是酥瓶由此想故想若無蜜無酥是空受空想如是聲想比受差別若遣聲比如是受無所想者此無所有即捨復次有欲說有所有是有欲說解脱處觀已無所有復次有想者觀善識處無想者觀非想非非想處無所想者觀無所有處問云何識答識者生成不成入行名色俱依緣可得識者異種智故說識種種智故說識是三種生成入不成入依行依名色依二緣可得是三種世尊十二緣起中說行緣識復說名色緣識復說眼色緣生眼識於中種種行造生時入母胎網俱生識是謂行緣生識即於母胎中漸厚成諸入已生識是名色緣識復次成入諍不諍入定不入定緣根及根義生識是依二緣之緣者是依不可無依而生識是謂俱依緣可得問如前已說戒定智何以復重說識答依智及所依是二種此是依彼是所依復次如說戒二種如是此中亦說二種無咎依品第一眞度說竟

問已說陰云何界答界者欲色無色界欲界色界無色界此三是界持是業故曰界於中住業故曰是攝一切衆生至無餘般涅槃問云何欲界答欲界者人天惡趣人天惡趣者此略說欲界於中住欲故說欲界持欲故說欲界問云何爲人答人者男女命根所觀相依四洲男根所觀相女根所觀相命根所觀相當知此一切是人是一切亦依四洲於中女相謂之女男相謂之男問命根所觀相非爲男女是以命根別說耶答雖有男女命根所觀相此中說差別不成男者不在男女相所觀相中但有命根所觀相住膜漸厚有命

根而男女根未成是謂差別問云何四洲答洲者閻浮提弗于逮瞿耶尼鬱單越是說四洲於中閻浮提所觀相故說閻浮提隨方所觀相三弗于逮瞿耶尼鬱單越彼壽隨其數樂其差別有限展轉有勝問天者總名二種天欲生及離欲此中云何說天答天者細滑說視欲生若說欲生者當知不說離欲欲生天者三種細滑欲生說欲生視欲生說欲生者化樂天彼若染汙心於染汙心天女共語言彼於爾時便成欲若一染汙意者不成欲但觀樂如此間人捉時歡悅彼亦如是不染汙意如母女造化妙境界悅樂於欲故曰化樂天視欲生者他化自在天彼若共天女各各染著相視彼於爾時成欲若一染著意不成欲但觀樂如此間人抱時生樂不染汙意如是他人他所化自在故說他化自在天問是說視欲生天云何細滑欲生答細滑欲生者兩兩相抱執手細滑欲生天三種兩兩欲生抱欲生執手欲生於中兩兩欲生後當說抱欲生者餤磨天(餤磨此曰時分)彼各各染著意若抱時便成欲一染著者不成欲但歡悅如此間人相抱生樂不染著意如他人夜時時歡喜悅樂故曰餤磨問云何執手欲生答執手欲生者兜率哆天(兜率哆此曰知足)彼天女各各染汙意執手爾時成欲一染著不成欲但歡悅如此抱時生樂無染汙意如他人自所有境界知足故說兜率哆問云何兩兩欲生答兩兩欲生者三十三四王地兩兩共事故曰兩兩欲生彼一切欲事具如前所說但分別故說兩兩欲生天如此間人於中三十三天者

在須彌山頂彼行欲如人四王者處中地天者依此地樹山間居愛樂樂境界是一切名天行欲如人間無不淨而有氣居止轉倍上是謂欲界天問云何惡趣答惡趣者地獄畜生餓鬼地獄畜生餓鬼此三是惡趣此趣惡故曰惡趣惡者不可愛故曰惡趣問曰云何地獄答地獄者寒熱邊地獄寒地獄熱地獄邊地獄地獄者不可樂故曰地獄是無量種今當說問云何寒地獄答寒地獄者了叫喚不了叫喚不叫喚是三相觀相寒地獄了叫喚不了叫喚不叫喚極惡喚呼故曰叫喚問云何了叫喚答了叫喚者阿浮陀泥羅浮陀阿波跛阿浮陀泥羅浮陀阿波跛者此三是了叫喚阿浮陀者是說數如摩竭國十芥子倉各受二十佉黎滿中其芥子假使有人百年取一猶可盡阿浮陀地獄壽不可盡二升名一阿勒四阿勒爲一獨籠那十六獨籠那爲一佉黎二十佉黎爲一倉如是至十阿浮陀地獄壽數當知餘各轉倍復次阿浮陀者似癰阿浮陀地獄中由寒身中生似癰故曰阿浮陀泥羅浮陀者不似癰但舉身風吹脹滿故說泥羅浮陀阿波跛者爲極寒風所吹剥身皮肉落急戰喚阿波跛故曰阿波跛此三種了叫喚問云何不了叫喚答不了叫喚者阿吒鵂吒鵂優鉢羅阿吒鵂吒鵂優鉢羅此三是不了叫喚於中阿吒鵂吒鵂者亦爲極寒風所吹剥身皮肉落彼不堪苦或時大方便喚阿吒鵂吒鵂優鉢羅者極大寒風吹剥身皮肉落因罪故自體中生鐵鍱纏身如優鉢羅華彼以誹謗賢聖人故墮優鉢羅地

獄常受如是苦問云何不叫喚答不叫喚者拘牟陀須揵緹伽分陀利伽波曇摩此四是不叫喚而極寒風吹身脹滿使身如拘牟陀須揵緹伽分陀利伽波曇摩受困苦極呻吟住彼以誹謗賢聖人故墮彼四種地獄一切時受無量苦是一切大寒地獄處在四洲間著鐵圍大鐵圍山底仰向居止在暗中寒風壞身體大火所然身如燒竹葦林聲爆各爆相觸生想亦復有餘衆生於中受苦彼一切謗毀賢聖故受如是苦如世尊說偈

泥羅浮有百千　阿浮陀三十五
是聖惡趣地獄　口及意惡願故

是謂寒地獄問云何熱地獄答熱地獄者有主治少主治無主治此三相觀觀相有主治少主治無主治主治者是拷掠此多爲衆生所治或不多爲所治或自治或由罪自生或離衆生方便受大苦問云何有主治答有主治者活行黒繩活行黒繩此三是有主治活地獄者獄卒以利刀斧解剥剉斬罪衆生如斬剉羊頭皮肉解散已彼罪緣未盡以冷風吹還生如故復因惡罪手自然生鐵爪鋒利猶若刀刃形如半月各各生怨結意彼曾逼迫我我今復逼迫由此生恚更相斫截也如刈竹葦彼於此間結恨心死故生彼中黒繩地獄者挓罪人著地以黒繩絣段段斫截彼於此間以刀斫衆生故生彼復次以熱赤銅鐵鍱纏身骨破髓血流出彼於此間以鞭杖加衆生及出家不精進受著信施衣故生彼極大暗冥苦煙熏倒懸身使噏煙彼於此間以煙熏穴居衆生故行地獄者行列罪衆生

如屠肆者截手足耳鼻及頭本爲屠兒故受如此苦復次熱鐵地駕鐵火車獄卒乘之張眼喊喚叱叱使走從於此間乘象馬比驅使疲勞故墮彼中婬犯他妻驅上劒樹自然火然受如是苦是謂有主治地獄獄卒者以行緣故不被火燒行報者不可思問云何少主治地獄答少主治者衆合大哭鐵檻衆合大哭鐵檻此三是少主治地獄衆合地獄者罪衆生畏地獄卒無量百千走入山間入已前後自然生火遮彼爲火前後遮已兩兩山自合如磨由此故血流如河骨肉爛盡彼於此間喜磨衆生爲首復次火燒火鐵臼以杵擣百年彼以罪緣故命不盡彼於此間以臼擣殺蚤虱及齧殺故大哭地獄者大鐵山徧火然四絕無行處惡獄卒無慈瞋恚言欲何所趣無事與事以火燒鐵杵擊破其頭彼於此間困苦萬民故生彼中鐵檻者火鐵然地驅罪衆生使中熬令熟熟已復驅出爲惡狗所食食肉盡風吹使生還復如故復已還驅使入彼於此間養蠶煑炙故生彼中是謂少主治問云何無主治答無主治者哭炙無缺哭炙無缺者此三是無主治哭地獄者火熾然鐵似如龜甲處極狹迮各盛在中以鐵蓋覆受如此極苦彼於此間焚燒曠野及熏燒穴居衆生故生彼中炙地獄者大鐵山火燄相摶以鐵弗弗之周帀倚炙一面適熟弗自然轉反覆顛倒彼於此間貫刺殺人故生彼中無缺地獄者鐵地周帀火然縱廣百由旬四門如城以銅薄覆上餤餤相續罪衆生在中積聚如薪餤無墨凝燋爛其身受苦無缺彼

於此間殺父母眞人惡意向佛使血出鬬亂衆僧及作增上十不善業迹故生彼中是謂無主治問云何邊地獄答邊地獄者所在處水間山間及曠野獨一受惡業報是謂邊地獄問已說地獄云何畜生答畜生者陸水空行一切無足二足多足陸行水行空行此三是畜生陸行者象馬牛羊驢騾駱駝爲首水行者魚摩竭失收摩賴爲首空行者鳥及蚊蚋爲首一切無足二足多足無足者虵爲首二足者鳥爲首多足者牛馬蜂及百足爲首彼一切種種大罪業行生彼中是謂畜生問已說畜生云何餓鬼答餓鬼者無財少財多財無財少財多財者此三種是餓鬼問云何無財答無財者炬針臭口炬口針口臭口是三種無財炬口者合口猛火燄從口出自燒如野火燒多羅樹彼於此間多行慳貪故生彼云何名針口者腹大如山谷咽如針孔設得豐饒食而不得食臭口者口爛腐臭如糞厠自噫氣臭無腹不得食受大苦是謂無財問云何少財答少財者針毛臭毛癭針毛臭毛癭者此三種是少財彼或時少得不淨物故說少財針毛者毛極堅長頭利如針覆身偏滿自體節節相離行來甚難毛還自刺如利箭射鹿受極大苦或時少得食臭毛者毛極臭覆身更互自刺體身臭風發惱生瞋恚自拔毛受如此苦癭者自罪業報生癭還自決破膿血流出取而食之是謂少財問云何多財答多財者棄失大勢棄失大勢此三種是多財棄者若宿命施故得殘彼終身祭祠得由此故得樂失者街巷四道所遺落者彼

終身得由此故得樂大勢者夜叉羅刹庳舍遮夜叉羅刹庳舍遮此三種是大勢彼境界如天宿命福德故或得妙食食已無量餓鬼圍繞相見生苦如人在獄見親生苦彼亦如是圍繞生苦由此苦故食化爲膿受如是苦是謂大勢彼畜人天形是餓鬼畜形人形天形隨其業故是謂欲界問已說欲界云何色界答色界者有喜無喜護色界者無欲但由禪除恚故得妙色如鍊眞金是界有喜無喜離苦樂是護喜俱樂故曰有喜離喜不喜俱樂故曰無喜是離苦息樂如馬息駕問云何有喜答有喜者有覺無覺少觀俱觀故說有覺離覺故說無覺少有觀故說少觀樂者離是說禪於中有覺者是初禪無覺者是二禪少觀者是初中間習此禪生色界中說衆生

爲說界說界爲說禪問誰習有覺禪生答有覺者梵富樓梵迦夷梵波産習有覺禪生彼中梵富樓梵迦夷梵波産此三種是有覺輭中隨其生大梵者由少觀生覺觀義前已說問云何無覺答無覺者少光無量光光曜覺習無覺喜樂相應禪是生三種天少光無量光光曜此想或是假想或因想復次少光者語言時口出少光光少故說少光光多故說無量光淨光無邊故說光曜問已說有喜云何無喜答無喜者少淨無量淨徧淨覺習無喜樂相應禪是生三種天少淨者是不多名此少方便相應禪生少淨天受樂亦少中方便生無量淨天上生徧淨天問已說無喜樂云何護答護相應三種一有想二無想三覺意想應彼護者果實無想淨居修習護樂相

應禪生彼中故說護是三種果實天無想天淨居天於中果實者修習微中上第四禪生果實無想者滅想故生無想彼滅痛想識以無欲想故俱滅惟有色陰行陰少入生想便死問云何淨居答淨居者善現善見淨善現善見淨此三種是淨居淨居者諸煩惱盡居問五淨居地今何以說三答淨者無煩無熱色究竟無煩無熱色究竟者此三是淨想作經者意欲爾問已說色界云何無色界答無色者前修中已說彼於是間修習正受生無色界是道及果俱說依品第二眞度說竟

問已說陰界云何爲入答入者細滑度解脫入細滑入度入解脫入此三是入相入者依如天廟問彼爲誰入答德惡入於中解脫入者是德所依度入者是惡所依細滑入者俱所依染汙意生惡淨意生德問云何細滑入答細滑入者近境界不近境界無境界細滑入是近境界不近境界無境界境界者是緣處隨其緣行是彼境界近緣說近境界不近緣說不近境界無緣說無境界問云何近境界答近境界者鼻舌身入鼻入舌入身入是三近境界香至鼻聞不至不聞雖有華極遠但香離華來至鼻聞香者性色是以因北風香至南不至北是以香離華來至鼻聞味亦如是著舌知味不從器不從手細滑亦如是身根所覺是八種堅輭輕重麤澀寒熱由彼彼種細滑而後覺是故彼三近境界問云何不近境界答不近境界者眼耳意入眼入耳入意入是三不近境界問眼亦近見少不逼境界耳亦如是蚊在耳中亦聞聲意是無色

云何知不近境界答以是故說不近境界若不逼則受境界問不近境界爲齊幾何答此中無齊限或有四十千俞旬見日月或不見或一俞旬見色或十里隨其根力以是故說不近境界不說遠但不逼受境界非以物至見處見離而後見耳亦如是非以逼近故得聞蚊雖在耳中不至聞處此亦隨其根力聞聲意者無色彼無近遠是以說不近境界不說遠問云何無境界答無境界者外已受他受及不受外者無境界色聲香味細滑法於此法中假名外是已受他受及不受此無境界但爲他境界此五境界無緣而他所緣法當分別是亦多無境界故說無境界問已說細滑入云何度入答度入者一處因不正因無因說一處因說不正因說無因說此三義無量而略說是三度入於中一處因說者言如因陀羅幢衆人所舉來於中一說者於調達持來彼亦在中但非獨調達於此事應說衆而說一一處因說亦如是三事合成義或宿命業或現所作或由他恩如是三事成義惟說一不正因說者言如此因陀羅幢有人說非一人所持來亦非二此中雖有因但不正無因說者言如此因陀羅幢無所因而來問云何一處因答一處者業自他功夫一說已所作者有二種或宿命所作或現所作於中若宿命所作者是名業或復有說天作者如是三種成義如前說如是三種義或說業者或說功夫或說他恩一處者惟說業彼負他功夫不知恩義不可與從事若我本所作求以不求會當自得一處說者有如是咎問

云何不正因答不正因說者衆生法俱根因想說不正因說三種衆生法俱衆生及法根因想好惡衆生所作或復說法所作或說衆生及法所作是不正因說三種但非衆生作非法作亦非俱問云何衆生根因想答衆生者梵伊攝披羅謂駛耨說說者衆生作世間梵造化主伊攝披羅造化主謂駛耨造化主無慧者謂爾言梵造化者說梵天造虛空虛空造風風造水地水地造丘山草木如是有世間彼一切有過所以者何若梵天造空及地者彼住何處造此空及地若即住中造者是義不然如是有過伊攝披羅謂駛耨亦如是問云何法答法者時氣自然作時作氣作自然作此三說法根因於中言時者

時節生一切　一切時節熟　一切時所壞
一切世時作

此說有咎如前一處說中可求者不求若不可求求得者是時作行非作莫言有過所以者何時者空若空造物者義不然如是皆有過

氣亦不能造　氣者無有情　是謂事無事
氣無有此命　自然亦如是

自然苦生非自然義苦無者非因苦無因生一切生亦如是自然何差降若有常者彼何咎非有常敗壞如是比過莫言有咎問云何無因答無因者性偶無說無因者是三種說性說偶說無說性者言萬物性中生非因他所以者何如棘刺利無能利者如是一切說偶者言萬物偶生如大水泉源草墮中合在一處說偶爾彼偶風來或吹東西南北萬物

生亦如是說無者言審爾此中一切無所有云何生由何生何處生此非有所有彼一切說有咎所以者何若萬物性應生者生萌芽時不須作田業亦不須溉灌若無此事萌芽終不生是以萬物非性所生如是一一當止問已說度入云何解脫入答解脫入者想禪博聞想禪博聞此三是解脫入解脫者滅惡彼解脫此三入依是得解脫想者是緣義依此佛辟支佛聲聞得解脫禪者如第一品已說當觀此義亦依彼得解脫問云何博聞答博聞者說聽誦說者如所聽聽者聽如所說誦者如所聞誦問博聞者前多聞已說契經阿毗曇律此中有何異復說說聽誦答前三種多聞應三種受說時受聽時受誦時受世尊弟子四種有眞諦處或有施處或有止處或有慧處成彼是方便聽眞諦故得解脫施處說止止處從禪慧處從誦是謂解脫處此三法度正觀無罣礙意欲令見其眞漸次得解脫得解脫故慧者學世尊法依品第三眞度說竟

三法度論卷下

音釋

痰徒甘切病液也　涎徐連切口液也　膜末各切　哆陟加切　鵂音休　鍱音葉　揵緹揵音乾緹音提　爆巴校切火裂也　拷苦浩切擊也　掠力讓切拷掠捶治人也　剉初卧切剉斫也　爴古獲切爪攫也　絣悲萌切以繩絣直也　噏許及切與吸同　喊許戒切怒大聲　叱尺栗切訶叱也　擣都皓切春也　齧倪結切噬也　狹轄夾切隘也　迮側格切迫也　丳楚限切燔肉器　騾盧戈切　噫乙界切飽食息也　癭幺郢切頸瘤也　庳音卑　鍊郎甸切冶金也　駛爽士切　耨奴豆切　溉灌溉居代切灌注也灌古玩切澆也

三彌底部論

失譯人名今附三秦録

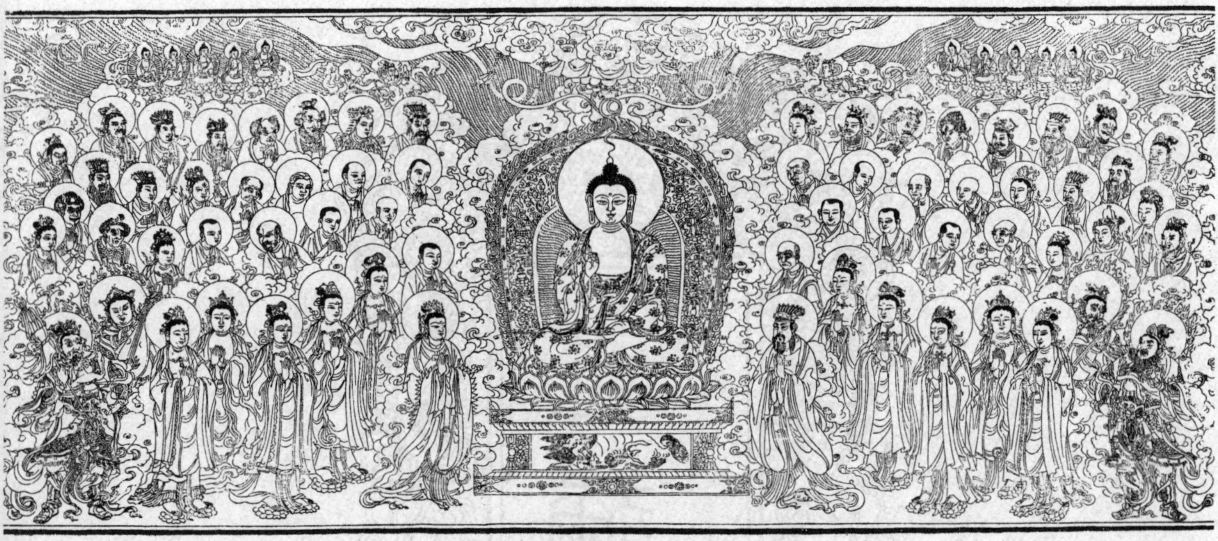

清刻龍藏佛說法變相圖

三彌底部論卷上

失譯人名今附三秦録

歸命一切智我從此語如是是人臨欲死時成無記心其以何業往生答曰有業記心惑業往惡道無惑記心白業往善道體性記心以是故隨行以無記心起無記業爲業制故往生如是是故行無隔若眠若悶若無心死行制故往業道此二段語顯相應第三段語顯不失

彼業自作自業自作者何義答受義故自業者何義答分義何以故不往他故是生何以故方便故是行處何以故由彼故是不滅何以故受故此顯現故此世作業不滅故由報業受生四處此欲界死欲界生有處往中間有處受中間有如是若欲界處若色界處第

一處第三處異生可說如是從欲界中間有受欲界中間有從欲界中間有受色界中間有如是此欲界死受生中間有如是如是第三處從色界中間有受色界中間有如此我等死受中間有如是

云何世尊聲聞從中間有受中間有非凡夫云何爾須陀洹從此七生七死受天中間有住彼作斯陀含果證是其從天中間有受人中間有住此作厭欲界證是其從人中間有受色界中間有是其住彼中間般涅槃地作向一從彼入别中間有於此處而般涅槃如是聲聞過四中間有有諸部說家已斯陀含斯陀含人中間有處至一間地處度人中間其如是如是從欲天受欲天如是可知有人捨五陰生有處受五陰中間有處如是

一切我從此語今當說云何我有我捨此有受彼有若爲問曰何所疑答曰見先師意互相違故生疑有諸部說實無我唯陰處是我何以故苦起而已故世尊語迦旃延唯苦生生唯苦滅滅彼但見苦起而已故知諸部見無有我如是復次何義說言無我答無說故世尊又語先已梵志如師所見法諦實說無我世尊言如是見者是名爲師是名爲多陀阿迦度阿羅訶三藐三佛陀是我所說彼諸部見無說故是故無我如是

復次何義說無我答自見其身故世尊說言無聞無知凡夫見色是我我亦是色色在我中我在色中如是四種四陰亦如是若有我者不應自捨其身見五陰是其體譬如有人

自捨其身取提婆達多身見爲其身見其身是提婆達多其身中有提婆達多提婆達多中有其身如捨其眼根取提婆達多眼見象牙見爲其知見而非其見是故無我如是

復次何義説言無我答我我所不可得故世尊告我比丘若有我者即有我所若有我所即有我我及我所諦實不可得是故無我彼諸部見我我所不可得故是故無我如是

復次何以故説無我答不實言有故如富樓那語諸比丘長老佛所説法甚爲難測於無物中有我佛自言我亦有如是長老我但知此語不測深旨如是不實言有故知諸部見不實義故是故無我如是

又諸部説不可言有我不可言無我何以故答我相不可言故若有我者可説如行行相可説如無爲無爲相可説如是我我相可説彼諸部見我相不可説故是故有我無我不可説如是

復次何以故有我無我不可説答直置問記故何以故問記有四種一者一問直記二者先詰然後記三者反問而記四者直置不記今者問我直置不記是故不可言有我不可言無我如是

復次何以有我無我不可説答定異合故若有我便應可説爲是行爲異行爲是無爲異無爲此二種説既不定是故不可言有我不可言無我如是

復次何以故有我無我不可説答常無常合故若有我可説爲是常爲無常此二種説應必有定而不定是故不可説言有我不可説

言無我如是
復次何以故有我無我不可說答有無中依止故佛告迦旃延世間依二種亦依有亦依無以是故執有執無是故有我無我不可說如是
又諸部說實有我何以故語縛故佛言是色痛想行識繫縛從此世度彼彼諸部見繫說縛故是故有我如是
復次何以故有我答正見故佛言有人見化生故正見彼諸部見正見故是故有我如是
復次何以故有我答佛說四念故佛言觀見身受心法若無我無可見四法彼諸部見佛說四念故是故有我如是
復次何以故有我答佛說聲聞故佛言有人事火自炙其身勸人自炙以是故佛說有人如是若無人自無炙亦無他可炙彼諸部見佛說有人是故見有我如是
復次諸部何故說有我答一人出世多人得安樂生故佛語諸比丘一切功德人生在世間多人得安樂故若無人誰生功德是諸部見一人生故是故有我如是
又諸部說五陰是人是我問曰何以故答說界門故佛語比丘六界門六觸是人彼諸部見佛說六界門六觸是人是故是人如是
復次何以故是人無異人答佛說外國有最上女人修多羅等故佛言我所說是最上女人若白若黑若青若細滑若方若長若短若細腰若肥即是人更無異人如是又佛語比丘有人見一比丘可憎若短若僂若躄如是
復次佛說我天眼見衆生可愛可憎等如是

復次說彼地獄人如燒積薪燒地獄人亦復如是前所說最上女人等及見比丘可憎佛見衆生可愛可憎乃至燒地獄人如燒積薪等但是五陰是人更無異人是諸部見佛說陰是人是故是人如是

又諸部說人異五陰何以故答如擔重擔人故佛言重擔是五陰擔者是人如是以是故人與陰各是故人與陰異如是

復次何以故人異陰佛言人取愛爲其第二久遠輪轉是故人與愛異以是故人與陰各如是

復次何以故人與陰各答受業果故佛說偈言

世世樂歡喜　異世樂欣然　作福二處歡
自見其業淨　此世業報竟　來世復應受
陰壞隨業往　更受異陰身

彼諸部見受業報故是故人與陰各如是

復次何以故人與陰各答是我說故佛說我前世時作轉輪聖王名曰善見亦名大天以是故今受新陰前我不異是故人與陰各如是

復次何以故人與陰各答無記處說故佛言陰無常不說人無常有時說陰是無常相有時說陰是常相以是故常相異無常相異是故人與陰各如是

又諸部說人是常何以故答無本故人不應生死中行如佛所說生死無本衆生輪轉生死源本不可知如是是故人無本若人無本亦無其末是故人常如是

復次何以故人常答憶過去世故佛言憶一

生乃至憶過去無數劫生陰壞雖流轉生死而人不壞彼諸部見憶一生乃至憶過去無數劫生故是故人常如是

復次何以故人常答說處故佛言渡彼岸住彼地名婆羅門如是佛復言既已渡彼岸更不復還如是佛復說渡彼岸者住彼處不墮落既至彼岸無復憂惱如是若人見渡彼岸者住彼處不墮落無憂惱故是故人常彼諸部見佛說處故是故人常

復次何以故人常答至不動樂故佛說偈言

如是正解脱　渡欲淤泥流　智者莫能測

得至無動樂

彼諸部見佛說至無動樂故是故人常以是人至不動樂無陰故是人不可知處是故人常如是

又諸部說人無常問何以故答有本故佛語比丘有一人生爲一切人安樂如是若有生有其本若有本有其末是故人無常如是

復次何以故人無常答佛說語新故佛言新生天好顏色端正威德新者無常法名新是故人無常如是

復次何以故人無常答倒法故佛言波斯匿王雖爲人王異世時倒如是若有倒法成無常是故人無常

復次何以故人無常答落生故涅槃常不落不生依佛說言我見衆生落生以是故依佛說落生是故人無常

復次何以故人無常答生老病死法故佛言我是無數四部衆善知識以生死故來至我所得脱生死生老病死是無常法是故人無

常如是是故從此修多羅以爲本有說無實我如是有言不可說有我如是有說有我如是是故我等生疑然爲當實有我爲假設而已以是故有說五陰是我有說我異五陰有說常有說無常如是是故我等生疑

問曰云何人捨此有更受異有答如修多羅意敎化力可知五盛陰成人以爲實人以五盛陰成人以爲實人故不可言人常無常如是難曰可章所說無我爲首各有所執云何解釋令得開解答如前所說若起而已無我如是我等今說苦者苦生滅是苦性佛欲顯示苦性語迦旃延言苦生生苦滅滅我相生滅不可言是故佛說如是

復次如前所說無說故無我如是我等今說我等相從信故如佛爲外道說雖有我是假名我不實說我依有漏陰佛見去來法說是我非實我如佛說依行行故受名是故佛說說名我如是

復次如前所說自見其身故無我如是我等今說答曰無明所覆五陰無我謂爲我如新生無知小兒見餘母人謂爲其母五陰無我謂爲我亦復如是故佛所說如是

復次如前所說無我我所不可得故如是我等今說答曰佛說依不自在我我所實住不可得如是爲他所制者不名自制若自制者不名他制是故斷自他制不斷我如是

復次如前所說不實言有故無我如是我等今說答不實有故不實與無法共合無而言有此言難信是故斷無言有不斷我如是

如諸部前所說相不可說故不可說有我無

我如是我等今說曰我常無常相等不可說有我等可說如佛說有人自炙身等一切復次如佛說無聞無知凡夫以惡業爲相聰明之人以善業爲相是故諸部語不可依如是

如諸部前所說有我無我直置問不記故如是我等今說問不相應故是故直置相應故不直置如佛記無知凡夫人不善聰明人善是故諸部語不可依如是

如諸部前所說有我無我不可說定異故如是我等今說若我驗者應是行爲異行如是正說爲是行爲異行應說是故應遣諸部語不可依如是

如諸部前所說有我無我不可說常無常故如是我等今說若我有無中可說成斷見常見若依此二見佛所不許若言無人者成過不記之類此言不可何以故若言無人者是名邪見若言有人者是名正見是故有人可說如修多羅中說若言無人名爲邪見若言有人名爲我見若言有者是其常無常故若如此者行或常無常故若同有有者行無常無爲常人不如是同有不同常無常應可知如是

如諸部前所說有我無我不可說有無中依止故如是我等今說若都無我佛不應說有依止是佛說有依止故是故有我可說如是

如諸部前不說有我語縛故如是我等今說無人可縛而有縛如王獄縛雖無人而有縛有結如有繩有結無繩無結如是無我而有語縛如是

如諸部前所說有我正見故如是我等今說依有漏陰佛說有人以人見有人故名爲正見如是

如諸部前所說有我佛說四念故如是我等今說佛語迦旃延唯心而已欲顯身受心法故說唯心而已成諸法更無異如是

如諸部前所說有我佛說聲聞故如是我等今說聲聞說處依止法聲聞說而已更無異

如諸部前所說有我有說故如是我等今說佛說有人假名是故是其朋無我若實無我不成殺生殺者亦無所殺亦無偷盜邪婬妄語飲酒亦如是如是無我若無我者五逆亦無縱任諸根無起善惡者無縛無解縛者亦無所縛亦無作者亦無業亦無報若業無者果報亦無業果報無者亦無生死而衆生以業果報輪轉生死若無生死者生死因亦無若無因者因滅亦無若因滅無者趣道亦無如是四諦亦無若無四諦亦無佛說四諦若無佛者亦無有僧如是無人者三寶四諦亦無如是諸說並所不應以是故無人者成上諸過後過亦生若有人有我者上所說無過如佛說修多羅眞應當知是故實有我

如諸部前所說五陰是人是我界門故如是我等今說若人命我異是修多羅不顯有我爲陰是我我是陰若陰是我陰可說我不可說若我是陰我可說陰不可說亦可兩可說非五陰是我如是

如諸部前所說人異五陰如擔重擔人故如是我等今說依擔故說有擔若我異陰壞時起時我亦起亦滅如斫身一分我亦應一分

如是一分成多分一分多分還成一隨身存時命亦隨存命存時身亦存是故陰即是我是語可遣如是

如諸部前所說人異陰取愛爲其二故如是我等今說若人正見無疑如人有愛繫縛輪轉生死佛欲顯示佛言人取愛爲其第二長處生死愛斷時無復輪轉是故我不異陰如是

如諸部前所說人與陰各受業果故如是我等今說依有漏生死此生來生受其果報是故人與陰不各

復次如諸部前所說人與陰各是我說故如是我等今說依度說佛言我過去無數阿僧祇劫時曾爲頂生王是故人與陰不各如是

復次如諸部前所說人與陰各不記處說故如是我等今說陰我異不異不可說是故法相以常無常爲首不可說我亦不可說若我異陰者佛言我異身異佛所不記修多羅所不明若我異陰者亦可在陰中亦可徧一切處若在陰中斫身時破身時我應可見如蚊在優曇婆羅果中破優曇婆羅果時蚊可見我在陰中亦復如是若我異身令熱觸身我不應覺知

復次若挑眼時倍應見物如是諸根壞時聲香味觸等亦應覺知如是

復次若我異身從此身入彼身還來入身如人從此屋入彼屋還入此屋我異者應如是

復次我異陰者我不應處處受生若處處受生應一念偏處受生是故不應常在身中故解脫難得若處處行不應作業若無業果亦

無功業亦無縛解亦無行禪便應解脫如是等不應是故人異身語可遣如是

三彌底部論卷上

音釋

炙（之石切　焫炙也）僂（力主切　傴僂也）躄（必益切　足不能行也）擔重擔（上擔都甘切　下擔都濫切）

三彌底部論卷中

失譯人名今附三秦録

如諸部前所說人是常無本故如是我等今說若無本成常生死無本亦應是常此言不應人無本不可說如是

如諸部前所說人是常憶過去世故如是我等今說若我定異陰者陰壞時人不滅應憶過去世時事只應此人不應有異人而輪轉生死無斷絶時此語不應如是

如諸部前所說人是常說處故如是我等今說斷苦流滅故至有餘涅槃故身猶存住名之度彼岸住婆羅門至無餘涅槃既至得無餘涅槃故是佛所說是故不說人常如是

如諸部前所說人常到不動樂故如是我等今說得無餘涅槃時便至不動樂若人常者不生不死如涅槃不生不死身亦不異其智慧在所處處亦異食不食若樂無常異故過去時事不忘常故無變異亦無縛無解是故人常此語應遣如是

如諸部前所說人無常有本故如是我等今說有漏起故是名說人以是故不可言陰與人異是故人起不可說以是假說即答解前次佛說新等故若人無常者衆生輪轉所作善惡業壞不作善惡業自來無先因故一切衆生悉應一種不造業應脱脱者不由業自成既不由業自成功德無所爲先世時生亦無可憶是故人無常此語應遣以是假說即答解前次倒法故落生故生老病死法人無常故如是

問曰云何說有人答曰佛說有三種人

問曰云何三種人答依說人度說人滅說人說者亦名安亦名制亦名假名

問曰云何依說人答如佛所說語跋婆耶言是是行所依說是是其名安是名依說如火譬如佛語舍利弗有人名象白淨可愛四大所成是名我如是一切亦如乳譬如是依修多羅等所說是名依說如色得色人得色人不可說異色色不可說異得色人依色得名依色人若人說是色是我是其色成名我見若人說色是我者以是過五陰人前所說成是其過復言若人說得色人異色人異色者名異我見若人說異我以是過人異五陰成是其過得色人相從而已非是真說若人說色得色人相從而已成其邪見若邪見者言無我以是過前所說成是其過以是故此是三過是故實異邪見不隨實異不隨邪見依色得色人可說以是故得色人共色實可說是故是時色起是時得色人亦起是時色滅是時得色人亦滅不是不可說如是五陰十二門五道阿脩羅道中陰爲七道人生有處迦羅阿浮陀那肉團支新生童子年少中年老善惡記心戒犯戒如是上一切合不合依上諸法是名依說人可知

問曰云何度說人答曰以是時度異有是時佛說度衆生云何度說衆生過去說未來說現在說

云何過去說如天使修多羅所說上啓閻羅此人先不知父母兄弟等不知功德不知善惡等願教其如是如佛所說我過去世時曾作頂生王是名過去說

云何未來說如佛所說轉輪聖王在中有時初入母胎如入堂殿如是如佛語彌勒阿逸多汝後成佛時名曰慈氏是名未來說如是云何現在說答曰如佛說安伽人有耳璫種種寶飾臂手如是如佛所說大富長者多有財寶大如意如是是名現在說佛依三世行制三說如是應知以是行度說是名度說

問曰云何滅說人答遂依說人度說人佛說滅說人如過去身壞時是名滅說如是如佛所說漏盡比丘五陰無常滅是名滅說如佛說偈言

智者莫能測　得至無動樂

是名滅說如是見依說度說是故說有人捨五陰生有處受五陰中間有如是見滅說佛說無復有受陰處如是

問曰爲捨五陰滅盡猶有所餘答曰何所疑曰見先師意互相違故生疑有諸部見五陰一邊從此有往彼有如是何以故識上生故佛言是人識戒熏定熏是其識上生勝處佛復說偈言

善惡二種業　是業人世造　是業是其物

自捉自隨去　麤陰是惡業　細陰是善行

善惡二俱造　隨捉逐業往

是人往生其受根義是以故其度天眼人見其度如佛語比丘我見衆生落生如是一切是故諸部見五陰一邊從此有往彼有如是又諸部說人如是從此有往彼有非是陰何以故佛說偈故佛說偈言

生世樂歡喜　異世樂欣然　作福二處歡

自見其淨業　護根往善道　不護墮惡道

佛復說言此死落生如是是故如諸部見人如是從此有往彼有非陰如是

又諸部說無人從此有度彼有何以故如佛言新天人人見如是佛復說言是是行行所依是是受其名如火依薪受其名如是佛復說一切德人生世間多人受安樂如是前世已生不復更生是故無人捨此度彼有是故生疑曰前所問爲捨五陰滅盡猶有所餘今若捨五陰五陰無遺餘從此有度彼有 如佛說偈言

棄捨此人形　受天身具足

如佛說人無財寶一切捨隨所往如是如佛說臨死時捨其身獨自去在世之時言皆是我有臨死之時一切捨獨自去戒定熏心藉此善業上生是故佛說善心而已上生勝處是故捨五陰滅盡往彼勝處依業不滅佛說偈言

是業是其物　自捉自隨去

中陰根故往生彼處受根義行中陰處天眼見中陰色如諸部說五陰一邊從此有往彼有是故捨此諸如是前所說如是人從此有往彼有唯人而已若爾者應至道實異無往若實異若常若不常成邪見如前所說實異常不常成邪見遮以是故人共陰實異不可說是故是人而已往生處不可說如是

問曰云何人身滅時五中有起答曰人欲滅時中有起時依五中有是名五中有人可說逐過去說依度說人可說以是故不依人是故不依義不是人可說如是見法念滅念滅不滅行念念是名佛應當知以是故捨五陰

身都盡人從此有度彼有是故說有人捨五陰生有處受五陰中間有如是

問曰爲前受五中陰處後捨人五陰答曰不如若如所問生成有間若生成有間者聖人滅應更受有不成滅四取若陰與人别是所不應如是

問曰爲先捨人五陰受五中陰身答曰不如若如所問一人一念中便應成兩種有是所不應如是

問曰今者云何捨人身受五中陰身爲一時而受爲不一時答曰是一時

問曰云何答曰人臨死時最後一念心現起時中陰心未起最後一念心滅時中陰心方起中陰心起時成五中有人是故說捨人陰受中有何以故中陰心起時成從人中落中間有處成時心住是處時是名落生是故相應時應當知

有人捨五陰生有處受五陰中間有如是一切曰當說我今問曰陰有源本不而從陰次第生至今爲有本爲無本如是曰何所疑答曰佛語比丘生死無本衆生輪轉生死源本不可知如是爲無實故不可知爲有實故不可知如十二門說有十三門實無故不可知爲無智不可知何以故無色界人餘二界人無智故不知如世界成不成直置不可答有展轉源本是初有可說是故我等生疑

問曰人前生源本不可知爲實有爲實無若有知見可說答曰實有不可知何以故譬如實有物覆故不可知亦如一毫微塵細故不可知又如地曠故不可知亦如眼皮極近眼

故不可知又如海岸極遠故不可知復如眼根弱故不可知如髮毫端亦如芥子聚以一芥子投聚中色相似故不可知又如恒河流水以一把鹽投河中淡水力多故鹽不可得亦如寶物在壁内隔障故不可見亦如鬼神隱形故不可見如無知人不知命所餘故不可知如寶物在壁障隔等實有不可知如是人源本實有不可知如是難曰從此源本若塵及毫端等實有不可知者餘人見如天眼見毫端又如地壙邊際唯天眼者見復如眼皮自不見近其邊者見如海岸不可知渡到者見如髮毫端明眼者見以一芥子投芥聚中眼明者見恒河水以一把鹽投之唯魚近其邊知覆障財寶天眼者見隱形鬼神唯同類見有方術人見餘命不可知他心智人見如是上所說一切有言不可見不可知然一切可知可見源本無人知是故如覆障寶物等實有不可知非因

復說實有不可知何以故無能測量如雪山實有不可稱量何以故無能測量故難曰若爲知雪山稱量實有不可知答曰見雪山實有量數校略雪山稱量實有可知是故無能測量不可知難曰若校略可知此非知但校略知非稱量實知便成無明

又問曰不實故稱量不可知答曰不實不可知何以故如修多羅中所說故佛言物不實處無知聲如佛語比丘如酥油燈滅其灰其墨不可知如是須彌大海大地劫盡火劫起時一切燒蕩盡其塵其墨不可知如是佛言源本不可知亦復如是如酥油燈滅其墨塵

不實有不可知如是源本不可知亦復如是問曰如實物有處佛說不可知聲答如律中所說若人酒著手若器此人以手捧器奉上比丘盛食比丘不知得食無罪如是是故此非因又說不實不可知若源本實有者佛實智應從彼起不應說言不可知以佛說不可知故是源本不實有答曰此義處不爾佛實知不從彼起如世間常無常等處佛不答是故無因復說不爾故源本不可知佛說不可知若佛直說無源本成斷見若佛說有源本復成常見此二種語不應是不應故佛說不可知如是

問曰若生死有本者成常見若無本者成斷見聖人生死本已盡別本更起應知而不爾別本更起者便成斷見生死源本不實有不可知何以故生死輪轉無窮故佛語諸比丘有依愛本不可知從此起愛謝在過去從此起愛未來當起如是一切以是故無有愛本是故生死無實本不可知

復次生死常起故若無生死亦無涅槃如佛語阿難有漏五陰滅盡時是名滅是名涅槃佛又語阿難涅槃雖滅盡不無本以是故生無滅有本是故生死本不實有本可知如是

復次因展轉合故一切人不以我爲因本若以我爲因本生死不盡是故無本如是

復次憶知過去無數世界如佛所說過去時若欲知法識隨起知以是故識無數故境界亦無數應知亦無數是故生死無本如是

復次生死無本故若生死有本者過去生本亦應有是故不實有過去生本不可知如是

復次有愛展轉故佛說過去生本不可知若生死本無者亦無其名若無法不應有名如是答曰無法無名無名名不實雖無名以無名便是其名是故有名故是其不實如所說過去源本名實故源本應實此語不是曰不爾如所説無法有名故有實者有法有名亦應無名不實何以故無名故若爾無法不實其名亦不實實有法其名亦實有是故無法之名亦不實以是故源生不實有驗矣難曰若爾實不實便不定不實成實實成不實是所不應

復次有法遮言無有法無法始顯勝降實不實可見以是處無遮言有是名實如打物發此聲此聲無本故如是源生可說如兔角是故生死是源本難曰若生死無本者亦無其末如是無本無末與涅槃無異是所不應如是答曰是實無本五陰展轉相生故是故無常因展轉果亦展轉

問曰若生死無本者中末亦無中末無者生死亦無如林無本無末亦無中便無此林如是無生死如是答曰不爾何以故如團圓物無本中末不無圓物生死亦爾難曰若團圓物無本中末而有者無第二末可壞生死亦爾答曰恐如是生死不滅如所執本無故一切法無此是下執以前生因展轉故是故無本因壞故生死盡生死壞因亦盡如前憶過去無數世界故是故佛說無源本若生死無源本陰展轉無本故成常見依陰依度佛說有衆生如是說曰陰展轉無本者衆生展轉亦無本衆生不應展轉何以故佛已說生死

無本故

問曰若生死無本佛何故說不可知何不直言無答曰若佛直說無者不應起三種邪見三種邪見者第一我前身曾生不第二我後更生不第三我今若爲生不應生疑以是故佛說不可知是故佛說應當知如是佛說法有二種何者二種一爲法二爲衆生

云何爲法如佛所說源生不可知有愛本不可知爲法故說無生死源本可說

云何爲衆生無明覆衆生輪轉生死爲衆生故說法衆生輪轉生死是故佛爲說說曰如是時法至其心依度是時佛說是衆生

問曰何故佛說有法源生不可知答曰佛不應爲衆生說無源本難曰如是時法依度是時佛說是衆生爾時法無常可說不應說衆生常無常如是源生可說不可說可知生死無本驗矣

三爾底部論卷中

三彌底部論卷下

失譯人名今附三秦録

如是所說有人生陰處捨五陰受中陰五陰問曰云何知有中陰曰何所疑答曰有諸部說無中陰何以故道處不說故佛語舍利弗地獄我知人往地獄我亦知可往地獄道我亦知乃至衆生往到涅槃我亦知佛不說我知中間有不說我知衆生往中間有不說道可往中間有如是

彼諸部見佛此修多羅中不說是故見無中陰

復次生處佛不記故生五處佛悉記如佛記調達應入地獄記都提婆羅門生畜生處記姑羅柯生餓鬼處記給孤獨氏生天記蠰佉王生人處如是等記不記一人生中間有

彼諸部見佛不記五生處是故諸部見無中間有

復次佛說業故此業應受地獄此業應受畜生餓鬼人天五道如是等五道生處佛說業中間有佛不說業是故彼諸部見無中間有如是

復次佛說此定是實有五道故此是地獄畜生餓鬼人天等不說此定是中間有

彼諸部見佛不說定中間有是故諸部見無中間有如是

復次生無間故佛言人造五逆罪身壞直入無間地獄若有中間有者佛不應說直入無間地獄彼諸部見佛說直入無間地獄故是故諸部見無中間有如是

復次無定故若死生有處是具中間名爲中

間有者中間有於生有處其間復應有中間有是故諸部見無中間有如是

復次無用故言有中陰者此言無用何以故中間有處無長短壽病不病亦無受苦不受苦業亦無愛不愛色聲香味觸亦無服飾莊嚴亦無是故若言有中間有者此言無用

復次同法生不同法生故若中間有共生一法者是其生有非是中間有若不同法生滅別道名如八正道如是同法不同法成過是故無中間有如是

復次不說相故佛說有五道相中間有相佛不說

彼諸部見不說相故是故無中間有如是

復次自身生故佛說有衆生從其身落無間一念中受生佛說一念受生不說中間有處可生

彼諸部見一念從其身落受生是故無中間有如是從因等故諸部見無中間有如是此說受五陰中間有處是諸部執滅中間有

問曰若爲遣所執若爲因成有中間有曰聽令所說如諸部所執滅中間有欲令是因還有中間有難曰如諸部所說五道處不說故無中間有答曰不說五道處乘故是故佛不說中間有非是無中間有故如從此城往彼城不說乘應至彼處不可以不說乘應至彼處言無乘中間有亦如是

復次如諸部所說生處佛不記故無中間有不住處故佛不記中間有是處衆生命根苦樂法非法交關勝處是佛所記是故佛不記中間有

復次如諸部所說佛說業故無中間有是人積聚造業應受六道生色界無色界是其所向道以此業成中間有乘至受生是故佛不說中間有業佛不說中間有業故是故無中間有不應爾

復次如諸部所說佛說此定是實有五道故無中間有應說不說故如佛語葉波國人應多有所告而我不說不可以佛不定說故言無法所說是故佛不定說中間有故是故不可說無中間有可知

復次如諸部所說生無間故無中間有斷異道故佛說無間是故不可說無中間有

復次如諸部所說無定故無中間有如佛所說有中間禪非是不定如第一第二禪是其中處佛說其中間禪中間禪中佛不說更有中間禪如是應知中間有非不定

復次如諸部所說無用故無中間有應到彼故有用用中間有故往彼受生是故中間有非無用

復次如諸部所說同法生不同法生故無中間有二處生故生中間有處往受生處此二處同法不同法云何同法同界故云何不問法乘與生處異故是故不可言無中間有

復次如諸部所說不說相故無中間有多論處不應說此語若佛說有中間有生多論處不應問有中間有無中間有是故不可說無中間有

復次如諸部所說自身生故無中間有未生彼故是其身應生彼而未至生中間有成生從種類中落受空處中間有自見其身細微

細滑如在地無異彼隨愛制故依願樂其身是故以此語不斷中間有有中間有何以故斷間故如佛語摩樓柯子是時汝見聞覺知而已汝爾時不在彼世界不在此世界不在中間處是名苦盡我等見佛道中間處是故有中間有

復次有中間有如佛說跋蹉耶那修多羅爾時佛語跋蹉耶那捨此身未生彼處是時意生身愛取合故我說名爲衆生我等見佛說跋蹉耶那修多羅是故有中間有

復次有中間有中間入涅槃故佛語諸比丘五種人名龍駒馬何等五種人中間入涅槃是名第一人生入涅槃是名第二人行入涅槃是名第三人不行入涅槃是名第四人上行入涅槃是名第五人我等見佛說中間入涅槃故是故有中間有

復次身不至故識無身不至彼我等見身不至彼是故有中間有

復次天眼力佛故言我天眼見衆生落生如是一切若無中間有者佛不說我天眼見衆生落生我等見佛說天眼是衆生落生是故有中間有

復次如佛說揵闥婆處故佛言三處合時然後度入胎何等三處合父母和合揵闥婆來至前立三事合時然後度入胎是名三處合若無中間有佛不說揵闥婆處我等見佛說揵闥婆處是故有中間有

復次得相關故柯羅邏作本乃至老無中間色得相關我等見得相關故應有道度處從死有受中間有應有相關可成

復次稻苗譬故從稻生苗從苗生稻是色定法何等爲稻前生有爲稻何等爲苗中間有爲苗又生有爲稻我等見稻苗譬故是故有中間有

復次光明世間故如阿難所說我聞世尊爲菩薩時從兜率天上憶念智明下降母胎是時一切世界光明普照菩薩是時在中間有處光曜徧照然後入胎我等見光明世間故是故有中間有

復次人欲受生轉變故是人是其可往道近其邊其人欲受生心轉變不轉變不受生如人從般稠摩偷羅國落還從中生何以故不見異生道故無轉變若無中間有不成轉變不應見其所往道是其所依處是處見其所往道如天眼見遊空如神通我等見人欲受生轉變故是故有中間有說曰如前所說斷間故有中間有斷三縛故是是時三處中是處斷三縛無此無此有何義曰不著內門無彼無彼有何義曰不著外門不著中間不著中間有何義曰不著六識是佛所說不明中間有

復次如前所說跋蹉耶那修多羅故說三界故佛已說三界捨此身有何義曰捨欲界未生彼有何義曰未生色界是時有何義曰生色界意生身愛取合有何義曰著禪味愛相合是佛所說不明中間有

復次如前所說中間入涅槃故行過故若說中間入涅槃者成生中間有恐如是行入涅槃者成生共勇猛是語不應不明中間有

復次如前所說身不至故曰影現模像如人

映井面像影現如死受生處如是不明中間有

復次如前所說天眼力故曰細道故有道細微餘人不能見天眼力樂見是故說天眼力不明中間有

復次如前所說如揵闥婆處故曰向道故是人先造善惡道臨死時隨善惡業道向其人曰是故佛說揵闥婆處不明中間有

復次如前所說得相關故曰向故如汝言從此死有生中間有相關如我從死有受生有相關不明中間有

復次如前所說稻苗譬故曰道不勝故何以故稻苗爲譬道成不勝何以故稻性生苗既生苗已復能生稻從人落起中間有不能生人而已是故此譬殊險不明中間有

復次如前所說光明世間故曰間過故此語阿難已說言我聞世尊爲菩薩得阿耨多羅三藐三菩提時光明照曜一切世間恐如是如此照曜在菩薩成佛中間光明非成佛時光明此語不應不明中間有

復次如前所說人欲受生轉變故曰夢見故如人夢在般稠摩偷羅國倚見摩偷羅比界所領國如是無中間有人欲受生轉變亦如是不明中間有難曰若無中間有者佛不應說告諸比丘如二屋多有門戸唯一大本門有一人立守此門見人出入如是我以天眼見衆生落生若無中間有與修多羅所說相違若以天眼見衆生往還應無衆生可見

復次若無中間有者不應從人落生餘道何以故此生滅時是其生異處如是若無中間

有天眼不應知此人造善惡業生善惡道不應知佛前已說我以天眼見衆生落生如是一切是故我見從人落有處可依受生是故我見定有中間有中間有既定我今更有所說

問曰如上所說有人捨五陰生有處受五陰中間有處彼人若爲答曰人初凡夫未厭欲界五陰具足五界受柯羅邏處彼柯羅邏處無空界彼處有二門身門意門化生處在六界六門彼化生處不聾不盲如是應可知有九善根不善根於三界七見諦煩惱七思惟煩惱如是十四九十八使煩惱在三界五種如是第二凡夫離欲界生無想天處受二陰五界五門彼處無合陰依意界門下彼處有如厭離欲界應知第三凡夫厭離色界從色界下生欲界

問曰如從無色界落昔所造業與禪定合色界處生有想天處何以故不如是前所造業共無想三摩提合從無色界落生無想天處如是答曰以是故無處可說從無色界落生無想天處是故應思惟在此欲界毀相生色界無想天如是別有處毀欲毀覺毀喜毀樂從無色界落生色界有想天處如是別有處毀相從無色界落生色界無想天處如所說言餘人生勝處可說應當知如是從無色界落生色界無想天無處說應可知難曰有想三摩提處業相異無想三摩提處業相異是故皃說處可知第四阿羅漢

問曰如是人欲受生轉變故復無道故無人不受生何以故作此說斷九十八使無人受

使生處如是答曰三有生有業有死有是名三有此中生有所說第五二人一人七死七生須陀洹一人斯陀含第六一人中間入般涅槃第七二人一人生已入般涅槃一人行入般涅槃如是第八不行入般涅槃無色界此示面而已不具足說如是人處所說一切凡夫不執

十三種人可作云何十三種人第一凡夫未厭欲界第二凡夫厭欲界第三凡夫厭色界第四七死七生第五斯陀含第六家家斯陀含第七一間斯陀含第八厭欲界阿那含上生第九三人生已入涅槃行入涅槃不行入涅槃第十中間入涅槃第十一厭色界上生第十二生行入涅槃第十三阿羅漢如是彼第一凡夫二種生善處惡處第二凡夫二種生欲界色界第三凡夫三種生欲界色界無色界世尊聲聞未厭欲界有一種生人天二處厭欲界有二種生欲界色界厭色界三種生欲界色界無色界如是阿羅漢三種生欲界色界無色界

彼凡夫未厭欲界五陰處一切具有五陰界處八種曰云何爾答欲界一切中間有處五陰六界六門是故作中有驗竟生有我等今說有人捨六界生有處受六界生有處復捨六界受六界生有處如是第二捨五界生有處受六界生有處如是第三捨六界生有處受五六界如是第四捨六受六五如是第五捨五受五六如是第六捨五受六五如是第七捨六受五五如是第八捨五受五五如是彼第一云何從具足根體有落從化生有度

化生有第二從柯羅邏阿浮陀伽那肉團落
從化生有度化生有第三從具足根體有落
從柯羅邏等度化生有第四從具足根體有
落從化生有度柯羅邏第五從柯羅邏等落
從柯羅邏等度化生有第六從柯羅邏等落
從化生有度柯羅邏第七從具足根體有落
從柯羅邏等度柯羅邏第八從柯羅邏等落
從柯羅邏等柯羅邏如是門處八種善根處
第一一切處九第二無人捨善根生有處受
九九生有處如是復從地獄從斷善根有落
從共善根有落從共善根有度共善根有如
是應作第五五種無第七第八
有諸師說唯斷善根人從地獄復生地獄是
故八種可作如是不善根處使處一種厭欲
界五陰處第一一切五第二捨二陰生有處

受五生有處如此復有人從無想天有落從
有想天有度有想天有如是五種應作
有諸師說如是逐先所作業種聚與禪定合
復復無間生有想天處如是逐先所作業積
聚無想定合復復無間生無想天處是故八
種可作如是如是界門處共一門四種云何
四種捨六入生有處受六二如是第二種捨
六受五二第三捨五受六二第四捨五受五
二從前說應可知以是故凡夫胎處不至厭
是故四種可作如是共善根共不善根共使
第五可作五種無第七第八
厭色界陰處五種如是共六界五種云何二
種共五若為答有人捨一界生有處受一五
生有處捨六受一五如是共入七種共二入
二種如是善根處不善根處使處十一種七

死七生五陰處一切五界處門處五種善根等處一種如是斯陀含不善根處一切七使處一切十長家家陰處一種界門處八種善根等處如斯陀含一間陰處一種界門處四種善根處一種不善根處使處斯陀含二種欲界陰處一種界門處二種上生善根等處一種行成等二種如是厭色界阿羅漢五陰處二種界門處三種善根處三種不善根處使處四種如是中間有處應當知如是初有處第二有處未離欲第三處離欲初有處離欲第二第三處離欲如是應當知如是共十八界十二門有漏陰如是應當知如是陰展轉共因緣起是故若欲除陰滅陰因當勤正精進如法修行依說論竟

三彌底部論卷下

音釋

蠰佉（梵語也此云貝謂珂貝也蠰汝陽切佉丘迦切）　跋蹉（跋蒲末切蹉倉何切）　柯羅邏（梵語也此云凝滑邏郎可切）

阿毗曇八犍度論

符秦罽賓三藏僧伽提婆共竺佛念譯

清刻龍藏佛說法變相圖

阿毗曇八犍度論序

晉 釋 道 安 述

阿毗曇者秦言大法也衆祐有所見道果之至賾擬性形容執乎眞像謂之大也有以道慧之至齊觀如司南察乎一相謂之法故曰大法也中阿含世尊責優陀耶曰汝詰阿毗曇乎夫然佛以身子五法爲大阿毗曇也戒定慧名無漏也佛般涅槃後迦旃延義第一以十部經浩博難究撰其大法爲一部八犍度四十四品也其爲經也富莫上焉邃莫加焉要道無行而不由可不謂之富乎至德無妙而不出可不謂之邃乎富邃洽備故能微顯闡幽也其說智也周其說根也密其說禪也悉其說道也具周則二八用各適時密則二十迭爲賓主悉則味淨遍遊其門具則利鈍各別

其所以故爲髙座者所咨嗟三藏者所皷舞也其身毒來諸沙門莫不祖述此經憲章鞞婆沙詠歌有餘味者也然乃在大荒之外蔥嶺之表雖欲從之末由見也以建元十九年罽賓沙門僧伽提婆誦此經甚利來詣長安比丘釋法和請令出之佛念譯傳慧力僧茂筆受和理其指歸自四月三十日出至十月二十三日乃訖其日檢校譯人頗雜義辭龍蛇同淵金鍮共肆者救救如也和憮然恨之余亦深謂不可遂令更出夙夜匪解四十六日而得盡定損可損者四卷焉至於事須懸解起盡之處皆爲細其下梵本十五千七十二首盧（四十八万二千五百四言）秦言十九萬五千二百五十言其人忘因緣一品云言數可與十門等也周攬斯經有碩人所尚者三焉以髙座者尚其博以盡漏者尚其要以研幾者尚其密密者龍象翹鼻鳴不造耳非人中之至恬其孰能與於此也要者八忍九斷巨細畢載非人中之至練其孰能致於此也博者衆微衆妙六八曲備非人中之至懿其孰能綜於此也其將來諸學者遊槃於其中何求而不得乎

阿毗曇八犍度論卷第一

迦旃延子 造

苻秦罽賓三藏僧伽提婆共竺佛念譯

雜結使智行 四大根定見

雜犍度第一之一

世間第一法 智人愛恭敬 無慚色無義
思品最在後

世間第一法跋渠第一

云何世間第一法何以故言世間第一法世間第一法何等繫當言欲界繫耶色界繫耶無色界繫耶世間第一法當言有覺有觀耶無覺有觀耶無覺無觀耶世間第一法當言樂根相應耶喜根護根相應耶世間第一法當言一心耶當言衆多心耶世間第一法當言退耶不退耶云何頂云何頂墮云何暖此二十身見幾我見我見有幾見若無常有常見於此五見是何等見何等諦斷此見若有常無常見若苦樂見若樂苦見若不淨淨見若淨不淨見若無我有我見若無因有因見若有因無因見若有無見若無有見於此五見是何等見何等諦斷此見此章義願具演說云何世間第一法答曰諸心心法次第越次取證此謂世間第一法次有說者於諸五根次第越次取證此謂世間第一法如我義諸心心法次第越次取證是謂世間第一法以何等故言世間第一法答曰如此心心法諸餘世間心心法爲上爲最無能及者故名世間第一法復次此心心法捨凡夫事得聖法捨邪事得正法於正法中越次取證以是故言世間第一法世間第一法何等繫當言

欲界色界無色界繫耶答曰世間第一法當言色界繫非欲界非無色界以何等故世間第一法不當言欲界繫答曰不以欲界道得斷蓋纏亦不能除欲界結乃以色界道得斷蓋纏亦能除欲界結若以欲界道得斷蓋纏亦能除欲界結如是世間第一法當言欲界繫但不以欲界道得斷蓋纏亦不能除欲界結乃以色界道得斷蓋纏亦能除欲界結以是故世間第一法不當言欲界繫以何等故世間第一法不當言無色界繫答曰於等法中越次取證先從欲界於苦思苦後色無色界同也若聖道起先辨欲界事後色無色界同也設於等法中越次取證先無色界於苦思苦後欲色界同也若聖道起先辦無色界事後欲色界同也如是世間第一法不當言無色界繫但等法中越次取證先從欲界於苦思苦後色無色界同也若聖道起先辦欲界事後色無色界同也以是故世間第一法不當言無色界繫復次入無色定除去色想不以無色想分別欲界如緣苦法忍亦緣世間第一法世間第一法當言有覺有觀耶無覺有觀耶無覺無觀耶答曰世間第一法或有覺有觀或無覺有觀或無覺無觀云何有覺有觀乎答曰依有覺有觀三昧得世間第一法此謂有覺有觀云何無覺有觀乎答曰依無覺有觀三昧得世間第一法此謂無覺有觀也云何無覺無觀乎答曰依無覺無觀三昧得世間第一法此謂無覺無觀世間第一法當言樂根相應耶喜根護根相應耶答曰世間第一法或樂根相應或喜根相應或

護根相應云何樂根相應乎答曰依第三禪得世間第一法此謂樂根相應云何喜根相應乎答曰依第一第二禪得世間第一法此謂喜根相應云何護根相應答曰依未來禪依禪中間依第四禪得世間第一法此謂護根相應世間第一法當言一心爲衆多心耶答曰世間第一法當言一心非衆多心以何等故世間第一法一心非衆多心乎答曰若世間第一法中間不起餘世間法唯有無漏若當起者若小若等若妙設使小者不越次取證以何等故不以退道於等法中越次取證若當等者亦不越次取證以何等故本不以此道越次取證若當妙者彼本心心所念法此非世間第一法若後心心所念法此是世間第一法也世間第一法當言退耶不退耶答曰世間第一法不退也以何等故世間第一法不退乎答曰世間第一法諦順諦滿諦辦無空缺處無所有不起若干心不得思惟譬如士夫度水度山谷坂若險難處正身不迴身未到頃正意必到世間第一法亦復如是諦順諦滿諦辦無空缺處無所有不起若干心不得思惟譬如五大駛水一爲恒迦二爲檐扶那三爲薩牢四爲伊羅跋提五爲摩醯盡趣大海無能斷流無能障者盡趣大海海滿海辦世間第一法亦復如是諦順諦滿諦辦無空缺處無所有不起若干心不得思惟復次世間第一法苦法忍中間彼無有一法疾於心者當於爾時無能制者不得思惟以是故世間第一法當言不退云何頂法云何頂法退答曰譬如漏一刻頃歡喜向佛

法僧如世尊言與十六婆羅門說諸摩那如漏一刻頃歡喜向佛法僧此謂頂法云何頂法退答曰已得頂法若命終已退不復現如有一人與善知識相得從其聞法思惟內校計信有佛道好法順僧色無常痛想行識無常信思惟苦習盡道彼或於餘時不得善知識不聞法不思惟內校計於世俗信退此謂頂法退云何暖法乎答曰於正法中起慈歡喜如世尊說馬師比丘滿宿比丘此二癡人於我法中無有毫氂暖法此二十身見幾見是我見我所見有幾見答曰五是我見十五是我所見云何五我見乎答曰色我見痛想行識我見此謂五我見也云何十五我所見乎答曰色我有見我中色色中我痛想行識有我見我中識識中我此謂十五我所見也

若無常有常見是邊見苦諦所斷有常無常見是邪邪見盡諦所斷苦有樂見以惡法爲最此名見盜苦諦所斷樂有苦見是邪邪見盡諦所斷不淨有淨見以惡法爲最此是見盜苦諦所斷淨有不淨見是邪邪見或盡諦斷或道諦斷若盡觀不淨此邪邪見盡諦所斷若道觀不淨此邪邪見道諦所斷無我有我見是身邪邪見苦諦所斷有因無因見是邪邪見習諦所斷無因有因見無作因作此戒盜苦諦所斷若有而言無見是邪邪見或苦諦斷或習諦斷或盡諦斷或道諦斷若言無苦此邪邪見苦諦所斷若言無習盡道此邪邪見習盡道斷若無而言有見此非見此邪邪智世間第一法跋渠竟梵本五百二十八首盧

智跋渠第二

頗有一智知一切法乎頗有一識識一切法乎頗有二心展轉相因乎頗有二心展轉相緣乎以何等故一人前後二心不俱生乎若人不可得亦無前心而就後心以何等故憶本所作以何等故憶識彊記以何等故憶而不憶以何等故祭祀餓鬼則得祭祀餘處不得當言一眼見色耶二眼見色耶耳聲鼻香亦復如是諸過去者一切無現耶若無現者一切過去乎諸過去者一切盡耶若盡者一切過去乎諸過去者一切沒乎若沒者一切過去耶若苦生疑是苦非苦耶當言一心爲衆多心若習盡道生疑是道非道耶當言一心爲衆多心乎頗有一心有疑無疑乎云何名身云何句身云何味身有佛世尊告諸弟子汝等癡人此義云何以何等故佛世尊告諸弟子汝等癡人乎有六因相應因共有因自然因一切遍因報因所作因云何相應因云何共有因云何自然因云何一切遍因云何報因云何所作因若心使俱諸使心俱彼使此心所使耶設使心所使此心俱使彼使此心俱使耶若心使俱諸使心俱彼使此心當斷耶設使心當斷此心俱使彼使此心俱斷耶滅因識云何滅因識滅因識幾使所使此章義願具演說頗有一智知一切法乎答曰無也若此智生一切諸法無我此何所不知乎答曰不知自然不知共有法不知相應法也頗有一識識諸法乎答曰無也若此識生一切諸法無我此何所不達答曰不識自然不識共有法不識相應法頗有二心展轉相因乎答曰無也此非一人若前未來俱生

二心非未來心與前心因頗有二心展轉相緣乎答曰有若一思惟無當來生心彼當念時便生二心若思惟有當來生心彼當念時便生二心若念無當來道生心彼當念時便生二心若念有當來道生心彼當念時便生二心若二有知他人心展轉心作緣以何等故一人前後二心不俱生答曰無有第二次第緣衆生一一心轉如人不可得空也前心不往後心云何憶本所作答曰衆生法中得如此智憶本所作譬如刻印作字有所印處知字則現亦知他所作已所作亦自知彼亦不從來問我亦不從往問汝作何字彼亦不答我作是字如印所作字自知作字自所作亦知他人所作亦知如是衆生法隨所作則知所作法亦知譬如有兩人知他人意各各相因心彼一不從二問汝云何相因彼亦不作是答我作如是因緣亦知他人意法得如是意各各相因如是衆生法得如是智隨前法則知復次一切心所念法定有因緣及修意所作有力意常不忘失以何等故憶而復憶答曰衆生之法心自然迴彼次第智生修意力强專意不忘以何等故憶而不憶答曰衆生之法意不自迴彼不次第智生意漸漸微亦常多忘以何等故祭祀餓鬼則到非餘處也答曰此道自爾生入處法受身分爾是故得到譬如鳥鴐鵞鴈鶴孔雀鸚鵡千秋共命鳥能飛虛空然鳥不神於人不大於人神力不能勝人德不能大人法自應爾生彼受身而飛行譬如一泥犂一畜生道一餓鬼界皆識宿命亦知他意亦能雷電興雲風雨作

此種種然不能勝人神不能大人力不能勝人然其法自爾生入受身所作便果復次有人長夜行婬如是貪如是念如是欲如是思惟彼便取婦生兒爲兒取婦爲孫取婦亦作是言我當有兒兒當有兒我死後若墮餓鬼復當念我與我摶食彼長夜作如是欲作如是念作如是貪作是思惟所念便果當言一眼見色耶二眼見色耶答曰二眼見色以何等故二眼見色答曰如合一眼而視色不淨便起不淨識如開兩眼而視色便起淨識如合一眼而視色起淨識如開兩眼而視色起不淨識不得作是說兩眼見色但合一眼而視色起不淨識開兩眼視色起淨識是故兩眼見色如合壞滅没亦如是耳聲鼻香亦復如是諸過去者一切不現耶答曰或過去非不現云何過去非不現答曰如優陀耶言一切結過去於園離園去於欲不涂欲如鍊眞金是謂過去非不現云何不現非過去答曰如有一人乘神足不現或以呪術或藥草此謂不現非過去云何過去亦不現答曰諸行起始起生始生成始成得盡去無現變易過去世過去世攝過去世是爲過去亦不現云何不過去亦不現答曰除上爾所事諸過去者一切盡乎答曰或過去非盡云何過去非盡答曰如優陀耶言一切結過去於園離園去於欲不涂欲如鍊眞金此謂過去不盡云何盡不過去答曰如世尊言是謂聖弟子盡地獄畜生餓鬼趣惡道此謂已盡不過去也云何過去盡乎答曰諸行起始起生始生成始成得盡去無現變易過去世過去世攝過

去世是過去亦盡云何非過去非盡答曰除上爾所事復次我今當說結結或過去非盡或盡非過去或過去亦盡或不過去亦不盡云何過去不盡答曰諸過去結不盡有餘不滅不吐此謂過去不盡云何盡不過去乎答曰諸未來結已盡無餘已滅已吐此謂盡不過去云何過去亦盡答曰過去結已盡無餘已滅已吐此謂過去已盡云何不過去亦不盡答曰未來結不盡有餘不滅不吐及現在諸結此謂不過去亦不盡諸過去者盡沒乎答曰或過去不沒云何過去不沒答曰如優陀耶言一切結過去於園離園去於欲不染欲如鍊眞金此謂過去不沒云何沒非過去乎答曰我今當說陋小事如小舍言舍沒街巷器小眼見色言眼沒此謂沒非過去云何過去亦沒答曰諸行起始起生始生成始成得盡去無現變易過去世過去世攝過去世是爲過去亦沒云何非過去亦非沒答曰除上爾所事復次我今當說結或過去非沒或沒非過去或過去亦沒或不過去亦不沒云何過去非沒答曰諸過去結未盡有餘不滅不吐是謂過去非沒云何沒不過去答曰諸未來結已盡無餘已滅已吐是謂沒不過去云何過去亦沒答曰諸過去結已盡無餘已滅已吐是謂過去亦沒云何不過去亦不沒答曰未來結不盡有餘不滅不吐及現在結是謂不過去亦不沒若苦生疑是苦非苦當言一意耶爲衆多意耶答曰是苦一意無苦二意若習盡道生疑是道非道當言一意耶爲衆多意耶答曰是道一意無道二意頗有

一意是疑不疑耶答曰無也於苦有疑於苦無疑非爲苦疑非爲苦無疑於習盡道疑於道無疑非爲道疑非爲道無疑云何名身云何句身云何味身名身云何答曰名者分别語有增數想施設說轉名是爲名身云何句身答曰如句身得義滿記彼此業世尊亦說

諸惡莫作　諸善奉行　自淨其意　是諸佛教

諸惡莫作此一句諸善奉行此二句自淨其意此三句是諸佛教此四句如是句義滿記彼此業是謂句身云何味身答曰字身說味身世尊亦說頌是偈相字是味相名是依偈造者偈體如是字說味身是說味身如佛世尊告諸弟子稱言癡人此義云何以何等故佛世尊稱言癡人答曰佛世尊法中不順戒行犯衆過事無果實行故稱癡人復次佛世尊不順教誡教使順法故稱癡人是佛世尊常訓誨語如今和尚阿闍黎教誨弟子稱言癡人所作非法造不善事佛世尊亦復如是告諸弟子稱曰癡人有六因相應因共有因自然因一切遍因報因所作因云何名相應因答曰痛痛相應法相應因中因痛相應法痛相應因中因想思更樂憶欲解脫念三昧慧慧相應法相應因中因慧相應法慧相應因中因是謂相應因云何共有因答曰心心所念法共有因中因心所念法心共有因中因復次心心所迴身行口行共有因中因復次心心所迴心不相應行共有因中因心所迴心所迴心不相應行心共有因中因復次共生四大展轉共有因中因是謂共有因因中因展轉相生義云何自然因答曰本生善根後生善

根與善根相應法自界自然因中因過去善根未來現在善根與善根相應法自界自然因中因過去現在善根未來善根與善根相應法自界自然因中因無記根亦復如是四痛一愛二五邪見三憍慢四無明本生不善根後生不善根與不善根相應法自然因中因過去不善根未來現在不善根與不善根相應法自然因中因過去現在不善根未來不善根與不善根相應法自然因中因是謂自然因云何一切遍因答曰前生苦諦斷一切遍使後生習盡道思惟斷使與使相應法自界一切遍因中因過去苦諦斷一切遍使未來現在習盡道思惟斷使與使相應法自界一切遍因中因過去現在苦諦所斷一切遍使未來習盡道思惟斷使與相應法自界一切遍因中因習諦所斷亦復如是此謂一切遍因云何報因答曰諸心心所念法受報色心心法心不相應行彼心心法此報報因中因復次諸身口行受報色心心法心不相應行是彼身口行此報報因中因復次諸心不相應行受報色心心法心不相應行彼心不相應行此報報因中因是謂報因云何所作因答曰眼緣色生眼識彼眼識眼所作因中因若色彼共有法彼相應耳聲耳識鼻香鼻識舌味舌識身細滑身識意法意識彼共有法彼相應色法無色法可見法不可見法有對法無對法有漏法無漏法有爲法無爲法如是諸法所作因除其自然耳鼻舌身意緣法生意識彼意識意所作因中因若彼法共有法彼相應眼色眼識耳聲耳識鼻香鼻識舌味舌識身細

滑身識彼共有法彼相應色法無色法可見法不可見法有對法無對法有漏法無漏法有爲法無爲法如是諸法所作因中因除其自然是謂所作因若心使俱諸使心俱彼使此心所使耶答曰或所使或不所使云何所使答曰諸使未盡此所使云何不所使答曰諸使盡此不所使設使心所使此心俱使彼使此心俱使耶答曰或是彼非餘或是彼是餘云何是彼非餘答曰苦智生習智不生若心習諦所斷苦諦所斷緣此謂是彼非餘云何是彼是餘答曰人染污心一切彼縛繫此謂是彼是餘若心使俱諸使心俱彼使此心當滅耶答曰或滅或不滅云何滅答曰諸使於彼緣滅是謂滅云何不滅答曰諸使於彼緣未盡是謂不滅相應諸使此使何所滅答曰諸使緣滅也如是汝語使緣滅答曰如是若作是語諸使盡諦道諦所斷無漏緣此使何所滅此滅彼滅此事不然如向者語諸使盡諦道諦所斷有漏緣此盡使當言盡設諸使心所斷此斷心俱使彼使此心俱使耶答曰或是彼非餘或是彼是餘云何是彼非餘答曰若心無染思惟所斷此謂是彼非餘云何是彼是餘答曰若心有染此謂是彼是餘盡緣識云何答曰苦智生習智未生若心習諦所斷苦諦所斷緣是謂盡緣識彼識幾使所使答曰十九一心耶不也欲愛未盡苦智生習智未生若欲界心習諦所斷苦諦所斷緣是謂盡緣識此識幾使所使答曰欲界習諦所斷七欲愛盡色愛未盡苦智生習智未生苦色界心習諦所斷苦諦所斷緣是謂盡

縁識彼識有幾使所使答曰色界習諦所斷
六色愛盡無色愛未盡若苦智生習智未生
若無色界心習諦所斷苦諦所斷縁此謂盡
縁識彼識幾使所使答曰無色界習諦所斷
六第二智跋渠竟梵本二百三十首盧長二十字

阿毗曇八揵度論卷第一

音釋

賾士革切深也　揵度梵語也此云法聚揵渠焉切　鞞頻眉切　罽賓梵語也此云賤種罽居例切　鍮他侯切銅屬　憮罔甫切悵也　研倪堅切窮究也　翹祈堯切舉也　恬徒兼切靖也　綜子宋切綜理也　坂逋遠切陂坂也　駛爽士切疾也　醓馨兮切　氂鄰知切十毫曰氂　摶徒官切捉聚也　陿胡夾切隘也

阿毗曇八犍度論卷第二

迦　旃　延　子　造

苻秦罽賓三藏僧伽提婆共竺佛念譯

雜犍度第一之二

人跋渠第三

一人此生十二種緣幾種過去幾種未來幾種現在又世尊言無明緣行受緣有彼云何無明緣行云何受緣有無明緣行受緣有有何差別頗行緣無明非緣明緣明不緣無明不緣明不緣無明耶出息入息當言依身迴當言依心迴耶如色界衆生依身心迴如是無色界衆生依何所迴心無有中愛當言見諦斷當言思惟斷無有名是何等法又世尊言彼欲心得解脫瞋恚愚癡心得解脫何等心解脫有欲無欲有瞋恚無瞋恚有愚癡無愚癡過去未來現在未解脫心當言解脫耶已解脫心當言解脫耶又世尊言於是當習猒無婬習無婬解脫習解脫泥洹彼云何猒云何無婬云何解脫云何泥洹又世尊言有斷界無婬界有盡界彼云何斷界云何無婬界云何盡界若斷界彼無婬界耶設是無婬界彼斷界耶若斷界彼盡界耶設盡界彼斷界耶若無婬界彼盡界耶設盡界彼無婬界耶又世尊言有斷想有無婬想有盡想彼云何斷想云何無婬想云何盡想此章義願具演說一人此生十二種緣幾種過去幾種未來幾種現在答曰二種過去無明行二未來生死也八現在識名色六入更樂痛愛受有又世尊言無明緣行受緣有彼云何無明緣行云何受緣有答曰無明緣行者於是現行

前世時所作行彼行報今生得有此謂無明
緣行受緣有者於是現行於此生所作行諸
行受報當得未來有此謂受緣有無明緣行
受緣有有何差別答曰無明緣行於是現行
前世時所作行彼行報今生得有彼行緣説
一結無明受緣有於是現行今生作行彼行
報當得未來有彼行緣説一切結無明緣行
受緣有是謂差別頗行緣無明不緣明耶答
曰無也緣明不緣無明耶答曰此亦無也不
緣明不緣無明耶答曰此亦無也何以故無
此衆生從久遠道言非道彼於後時人間造
行作粟散小王或作邊王轉爲大王至遮迦
越所欲自在展轉相因無所不統得爲人主
人界神界藥草樹木展轉生長此是前心四
緣彼後心一增上緣復次我今當説因緣頗
行緣無明不緣明耶答曰有無明報染汚行
頗行緣明不緣無明耶答曰有除初明諸餘
無漏行頗有行不緣明不緣無明耶答曰有
除無明報諸餘所不隱沒無記行初明善有
漏行出息入息當言依身迴當言依心迴答
曰出息入息如隨巧便亦隨身迴亦隨心迴
若出息入息但依身迴不依心迴者此則入
無思想定滅盡定出息入息迴也若出息入
息依心迴不依身迴者此則無色界人出息
入息迴也若出息入息依身迴依心迴不如
巧便此則卵胎皮膜轉厚如酥酪在母腹中
諸根未具諸根未熟入第四禪出息入息迴
但出息入息如其巧便依身迴依心迴下至
摩訶阿鼻泥犁上至淨居天於其中間所有
衆生諸根不缺一切肢節完具出息入息如

其巧便盡依身迴依心迴如色界衆生依身心迴如是無色衆生依何等心迴答曰命根處所亦復有餘心不相應行無有中愛當言見諦斷當言思惟斷耶答曰無有中愛思惟斷不得言見諦斷或復有言無有中愛或見諦斷或思惟斷云何見諦斷答曰見諦所斷法無有中諸婬是謂見諦斷云何思惟斷答曰思惟所斷法無有中諸婬是謂思惟斷如我義無有中愛思惟所斷如是無有中愛思惟所斷耶答曰如是若作是說須陀洹能起此愛使我斷壞乃至死答曰無聽我所說設當無有中愛思惟所斷彼如是當言須陀洹能起此愛斷壞乃至死答曰雖有此言是義不然不得作是語須陀洹能起此愛無有中愛思惟所斷不應言無有中愛思惟所斷此事不然頗有是言須陀洹婬欲未盡地獄畜生餓鬼耶答曰如是頗有是言須陀洹能起此愛我當作伊羅槃那龍王摩那斯善住若閻浮地獄王答曰無聽我所說若須陀洹愛未盡地獄畜生餓鬼當作是語須陀洹能起此愛我作伊羅槃那龍王摩那斯善住若閻浮地獄王答曰雖有此言是義不然不得作是語須陀洹能起此愛我作伊羅槃那摩那斯善住若閻浮地獄王須陀洹欲意未盡地獄畜生餓鬼不得作是語須陀洹愛未盡地獄畜生餓鬼此事不然頗作是語諸纏所纏殺父母此纏思惟所斷須陀洹未盡耶答曰如是頗作是語須陀洹能起此纏諸纏殺父殺母答曰不也聽我所說諸纏所纏殺父母此纏思惟所斷須陀洹未盡彼如是語須陀

洹能起此纏諸纏殺父毋答曰雖有此言是事不然不應作是語須陀洹能起此纏諸纏殺父毋諸纏所纏殺父毋此纏思惟所斷須陀洹未盡不得作是語諸纏所纏殺父毋此纏思惟所斷須陀洹未盡此事不然頗作是語思惟所斷法無有思惟斷耶答曰如是頗作是語須陀洹能起彼緣愛耶答曰不也聽我所說若思惟所斷法無有思惟所斷彼如是語須陀洹能起彼緣愛答曰雖有此言是事不然不應作是語須陀洹能起彼緣愛恚惟所斷法無有思惟所斷不得作是語思惟所斷法無有思惟所斷此事不然無有名何等法答曰三界無常又世尊言彼欲心解脫恚心癡心解脫云何心得解脫有婬怒癡無婬怒癡答曰無婬怒癡復有如是言與婬怒癡心相應彼心解脫彼不應作是語何以故非彼心此婬怒癡相合相依相應彼婬怒癡未斷如是心不解脫彼婬怒癡婬怒癡斷如是心解脫彼婬怒癡世尊亦言日月此五曀雲煙霧塵阿須倫非彼日月此曀相合相依相應此曀未盡如是彼日月不明不熱不廣不淨此曀盡彼日月明熱廣淨如是非彼心此婬怒癡相合相依相應彼婬怒癡未斷如是心不解脫彼婬怒癡彼婬怒癡斷心得解脫彼婬怒癡何等心解脫過去耶未來耶現在耶答曰未來心起即時解脫無餘障云何如無礙道現前即滅盡智現在前必生若彼無礙道滅而生盡智如是未來心生即時解脫無餘障未解脫心當言解脫耶已解脫心當言解脫耶答曰已解脫心當言解脫若已

解脱不得言當解脱若當解脱不得言已解脱已解脱心當解脱此事不然如向者語世尊善説契經

若斷欲無餘　如入水蓮華　比丘滅此彼　如蛇脱皮去

已滅滅耶不滅滅耶答曰已滅滅也若已滅不得言當滅若當滅不得言已滅已滅當滅此事不然如向者語世尊善説契經

慢盡自定意　善心一切脱　一靜居無亂　畏死度彼岸

已度度耶未度度耶答曰已度度也若已度不得言當度若當度不得言已度已度當度此事不然如向者語世尊善説契經

麋鹿依林　鳥依虚空　法歸分別　眞人歸滅

又世尊言習猒無婬習無婬解脱習解脱泥洹彼云何猒云何無欲云何解脱云何泥洹云何猒答曰行臭處不淨意常避之慚不喜見此謂猒云何無欲答曰彼猒相應無婬怒癡善根此謂無欲云何解脱答曰彼無欲怒癡善根相應心已解脱當解脱今解脱此謂解脱彼云何泥洹答曰婬怒癡盡無餘此謂泥洹又世尊言有斷界有無婬界有滅界云何斷界答曰除愛結諸餘結盡此謂斷界云何無婬界答曰愛結滅此謂無婬界云何滅界答曰諸結法滅此謂滅界所謂斷界是無婬界耶答曰如是設是無婬界是斷界耶答曰如是所謂斷界是滅界耶答曰如是設是滅界是斷界耶答曰如是所謂無婬界是滅界耶答曰如是設滅界是無婬界耶答曰如是又世尊言有斷想有無婬想有滅想彼云

何斷想答曰除愛結諸餘結滅諸想性是謂斷想云何無婬想答曰愛結滅諸想性是謂無婬想云何滅想答曰諸結法滅諸想性是謂滅想人跋渠第三竟梵本一百四十八首盧長十六字

愛恭敬跋渠第四

云何愛恭敬云何供養恭敬云何身力身力攝幾入幾識識云何數緣滅云何非數緣滅云何無常無常非數緣滅有何差別云何有餘泥洹界云何無餘泥洹界泥洹者當言學耶無學耶非學非無學耶又世尊言彼成就無學戒身無學定身無學慧身無學解脫身無學解脫知見身彼云何無學戒身定身慧身解脫身解脫知見身又世尊言一究竟非衆究竟究竟名何法耶又世尊言有諸異學實當斷諸受於現法中不施設斷一切諸受施設斷欲受戒受見受非我受此義云何以何等故外道異學於現法中不施設斷我受有二智知智盡智彼云何知智云何盡智歸佛歸法歸比丘僧彼何歸趣此章義願具演說云何愛恭敬云何供養恭敬云何身力愛恭敬者彼云何愛云何恭敬愛云何答曰若愛相愛作愛此謂愛恭敬云何若恭敬善恭敬善下此云何如一愛師意聞彼由恭敬法僧和尚阿闍黎同和尚阿闍黎及諸尊重等梵行者愛意聞彼由恭敬如是若愛彼作恭敬此謂愛恭敬供養恭敬者彼云何供養云何恭敬供養云何答曰二供養法供養衣食供養此謂供養恭敬云何若恭敬善恭敬善下此云何如一作供養師彼由恭敬僧和尚阿闍黎同和尚阿闍黎及諸尊重等梵行者

作供養彼由恭敬如是若供養彼作恭敬此謂供養恭敬云何身力答曰若身力身精進身强身方便身勇此謂身力也身力攝一入細滑入二識識身識意識如二壯夫與共相撲一人力勝一人力劣其多力者捉而知之我力大彼彼不如我其力劣者捉復自知彼力大我我不如彼如彼多力少力俱攝一入細滑入二識識身識意識譬如二人一强力一劣力彼處處捉若撲若墮若執此捉亦知彼强力此劣如彼多力劣力俱攝一入細滑入二識識身識意識云何數緣盡云何非數緣盡云何無常數緣盡云何答曰其盡者是解脱此謂數緣盡非數緣盡云何答曰其盡者非解脱此謂非數緣盡無常云何答曰諸行變易滅盡不住此謂無常無常非數緣盡有何差別答曰無常者諸行變易滅盡不住非數緣盡者已脱苦患愁憂諸惱不隨欲意未得離欲無常非數緣盡此是差別云何有餘泥洹界無餘泥洹界云何有餘泥洹界答曰若無着壽住活四大未没彼造色五根與心周旋是謂有餘泥洹界於有餘泥洹界有結使滅盡得到彼岸而取果證此謂有餘泥洹界也云何無餘泥洹界答曰無著餘久過去般泥洹四大滅盡彼造色五根無心可迴旋此謂無餘泥洹界於無餘泥洹界諸結使盡此謂無餘泥洹界泥洹者當言學耶無學耶亦非學非無學耶答曰泥洹亦非學非無學也或有作是言泥洹或是學或是無學或是非學非無學云何學答曰學得諸結使滅盡得到彼岸而取果證此謂爲學云何無學

答曰無學得諸結使滅盡得到彼岸而取果證此謂無學也云何非學非無學答曰有漏得諸結使滅盡得到彼岸而取果證此謂非學非無學如我義泥洹亦非學非無學如是泥洹亦非學非無學耶答曰如是頗作是說諸先以世俗道斷欲瞋恚永盡無餘此不修四聖諦若得四諦始得四諦得阿那含答曰如是頗作是說諸先以世俗道得諸結使滅盡得到彼岸而取果證得阿那含果此是學耶答曰非也若當先以世俗道得諸結使滅盡得到彼岸而取果證得阿那含果當是學者先亦是學未得阿那含果未得彼時如是學此事不然頗作是言向阿羅漢果證諸結盡學得阿羅漢無學耶答曰如是頗作是說向阿羅漢果證諸結盡學得阿羅漢果彼是無學耶答曰不也若當向阿羅漢果證結盡學得阿羅漢是無學者本是無學未得阿羅漢不得彼時如是無學此事不然頗作是說阿羅漢結盡無學失阿羅漢學耶答曰如是頗作是說阿羅漢諸結盡無學失阿羅漢彼是學耶答曰不也若當阿羅漢結盡無學失阿羅漢當是學者本亦是學未失阿羅漢不得彼時如是學此事不然何以故泥洹非學非無學不有學不有無學若當泥洹非學非無學者有學有無學此二種法亂法不定法則有壞法亦不可知住法世尊亦不說泥洹非學非無學有學有無學但泥洹不有學不有無學以是故常一切時一切住不腐敗無變易法泥洹非學非無學又世尊言彼無學成就戒身定身慧身解脫身無學解脫知見

身彼云何無學戒身定身慧身解脫身云何無學解脫知見身云何無學戒身答曰無學身護口護命清淨是謂無學戒身云何無學定身答曰無學空無相願是謂無學定身云何無學慧身答曰無學思惟相應緣擇法擇法觀種種觀分別此謂無學慧身云何無學解脫身答曰無學思惟相應意解脫已解脫當解脫此謂無學解脫身云何無學解脫知見身答曰盡智無生智復次無學苦智習智無學慧身無學盡智道智無學解脫知見身復次無學苦智習智道智無學慧身無學盡智無學解脫知見身又世尊言一究竟非衆究竟究竟名何等法答曰世尊說成道究竟或泥洹究竟云何爲道答曰如所說

如不知道　一聰明慢　未到究竟　未道御死

此謂道云何泥洹答曰如所說

究竟到不畏　無縛亦無悔　已脫於有刺
此身是後邊　此謂最畢竟　息跡無有上
盡一切之相　練跡無有上

如彼數目揵連婆羅門往至佛所問如此事一切世尊瞿曇沙門弟子如是教如是訓畢定究竟無餘泥洹世尊告曰此目揵連不定或得或不得此泥洹又世尊言外道異學實斷諸受於現法中不施設斷諸受施設斷欲受戒受見受非我受彼有如是說佛世尊說少法彼不得如是說何以故佛不妄說法復有作是說以現少滅彼不得如是說何以故若凡夫人於我受中少滅證然佛世尊廣爲說法無有極乃至天人奉行於彼有異學梵志受佛語名持入陰蓋意止覺意具足不具

足於彼有異學梵志受欲受名者彼如是說我施設斷欲受諸戒受見受名者彼如是說我施設斷戒受見受如衆多比丘中食後雲集昇講堂有異學衆多梵志往至如是問沙門瞿曇爲弟子如是說法於是斷五蓋覆心慧力羸專四意止修七覺意我等亦當爲弟子如是說法於是斷五蓋覆心慧力羸專四意止修七覺意此我等與彼沙門瞿曇有何等異此婆羅門不識蓋況當識意止覺意然佛世尊廣爲說法無有極乃至天人奉行於彼有異學梵志受佛語名持入陰蓋意止覺意具足不具足於彼有異學梵志受欲受名者彼如是說我施設斷欲受諸戒受見受名者彼如是說我施設斷戒受見受如彼檀提婆羅門身生癰疽如蛇無常實苦實空實無我復以二手摩捫身言此瞿曇不病此泥洹此檀提梵志不識不病法況當識見泥洹然佛世尊廣爲說法乃至天人奉行彼異學梵志聞佛名持入陰蓋意止覺意具足不具足者於彼有異學梵志受欲受名者彼如是說我施設斷欲受諸戒受見受名者彼如是說我施設斷欲受諸戒受見受此義云何以何等故外道異學不施設斷我受答曰外道異學長夜著已身著衆生著人著壽命彼多聞者非如是時說我施設斷我受有二智知智盡智彼云何知智云何盡智云何知智答曰諸智見明覺修行此謂知智云何盡智答曰婬怒癡盡無餘一切結盡無餘此謂盡智世尊或說知智或說泥洹云何知智答曰如所說

此賢年少者　一切世能解　若此受生苦
能以智聰明　若用行則說　不用則不說
不作歌誦者　能以智聰明

此曰知智云何泥洹答曰如所說當說智知法以知人云何智答曰婬怒癡盡無餘一切結盡無餘是曰智也云何知法答曰五盛陰是云何以知人答曰漏盡阿羅漢是此泥洹諸歸趣佛彼何歸趣答曰諸法實有數想施設說語迴轉佛者彼覺行歸趣無學法歸法趣者彼何歸趣答曰愛盡無婬滅說泥洹彼此歸趣諸歸趣僧趣者彼何歸趣答曰諸法實有數想施設說語迴轉僧者彼僧行歸趣學法無學法

愛恭敬跋渠第四竟梵本三百七十三首盧長十字

無慚愧跋渠第五

云何無慚云何無愧無慚無愧有何差別云何慚云何愧慚愧有何差別云何增不善根云何微云何欲界增善根云何微若心過去一切彼心變易耶設心變易一切彼心過去耶若心染汚一切彼心變易耶設心變易一切彼心染汚耶一切調盡與戲相應耶一切戲盡與調相應耶一切睡盡與眠相應耶一切眠盡與睡相應耶眠當言善耶爲不善耶無記耶眠時當言福迴耶非福迴耶非福非不福迴耶夢名何等法五蓋攝諸蓋諸蓋攝五蓋諸蓋彼是覆耶設諸覆是蓋耶諸欲界繫無明使一切彼不善耶設諸不善者一切彼欲界繫無明使耶諸色無色界無明使者一切彼無記耶設諸無記者一切彼色無色界無明使耶諸苦諦習諦所斷無明使一切彼一切遍耶設諸一切遍一切彼苦諦習諦

所斷無明使耶諸盡諦道諦所斷無明使一切彼非一切遍耶設諸非一切遍一切彼盡諦道諦所斷無明使耶云何不共無明使云何不共調纏此章義願具演說云何無慚云何無愧云何無慚答曰可慚不慚可避不避亦不避他不恭敬不善恭敬不善往來此謂無慚云何無愧答曰若不愧不善愧不愧他可羞不羞不羞他不畏惡事惡事不見畏此謂無愧無慚無愧有何差別答曰不善往來無慚惡事不見畏無愧無慚無愧是謂差別云何慚云何愧云何慚答曰可慚慚可避避可避他恭敬善恭敬善往來是謂爲慚云何爲愧答曰可愧愧可羞羞可羞他惡事畏見惡事畏此謂愧慚愧有何差別答曰善往來慚惡事見惡事怖愧慚愧此謂差別云何增

不善根云何微云何增答曰諸不善根斷善根者斷欲界婬此最初滅時此謂爲增云何微答曰度欲無婬最後滅者諸已滅欲得無婬此謂微云何欲界增益善根云何微云何增答曰菩薩於正法越次取證修行得等智若如來得盡智於婬怒癡盡得善根此謂增云何微答曰斷善根時最後滅諸已滅得數斷善根是謂微諸心過去一切彼心變易耶答曰如是諸心過去一切彼心變易頗有心變易彼心不過去耶答曰有未來現在欲瞋恚相應心世尊亦說若賊來俱鋸刀割截身體彼當俱鋸刀割截身體時心有變易亦復說若比丘變易心也諸心染汚一切彼心變易耶答曰如是諸心染汚一切彼心變易也頗有心變易彼心不染汚耶答曰有過去欲

不相應心未來現在瞋恚相應心世尊亦說若賊來俱鋸刀不割截身體彼當俱鋸刀割截身體時心有變易一切調與戲相應耶答曰或調不與戲相應云何調不與戲相應答曰不戲不息不休調稍稍調心熾盛是謂調不與戲相應云何戲不與調相應答曰不染污心若所作惡悔戲是謂戲不與調相應云何調與戲相應答曰染污心所作惡悔戲是謂調戲相應云何非調非戲相應答曰除上爾所事一切睡眠相應耶答曰或睡不眠相應云何睡不眠相應答曰未眠時身不耎心不耎身重心重身懜懵心懜懵身憒心憒身睡心睡睡所纏是謂睡不眠相應云何眠不睡相應答曰不染污心眠夢是謂眠不睡相應云何睡眠相應答曰染污心眠夢是謂睡眠相應云何不睡不眠答曰除上爾所事眠當言善耶當言不善耶當言無記耶答曰眠或善或不善或無記云何爲善答曰善心眠夢此謂善云何不善答曰不善心眠夢此謂不善云何無記答曰除上爾所事眠時所作福當言迴耶所作不福當言迴耶所作非福所作非不福當言迴耶答曰眠時或所作福當言迴或所作不福當言迴或所作非福所作非不福不當言迴云何眠時所作福當言迴答曰如夢中施與作福持戒守齋如眠時餘福心迴何以故如善心眠如是眠時所作福當言迴云何眠時所作不福當言迴耶答曰如夢中殺生盜行邪婬知言妄語飲酒如眠時餘不福心迴何以故如不善心眠如是眠時所作不福當言迴云何眠時所作非福

所作非不福不當言迴答曰如眠時非福心非無福心不迴何以故如無記心眠如是眠時所作非福所作非不福不當言迴夢名何等法答曰眠時諸緣心心念法迴覺已便憶如是說如是是我見夢五蓋攝諸蓋諸蓋攝五蓋答曰諸蓋攝五蓋非五蓋攝諸蓋不攝何等答曰無明蓋也世尊亦說無明覆愛結繫如是愚得此身聰明亦如是若蓋彼覆耶答曰或蓋彼不覆云何蓋彼不覆答曰過去未來五蓋是謂蓋彼非覆云何覆彼非蓋答曰除五蓋諸結使現在前是謂覆彼非蓋也云何蓋彼覆答曰五蓋展轉現在前是謂蓋彼覆云何非蓋彼非覆答曰除上爾所事諸欲界繫無明使一切彼不善乎答曰如是諸不善一切彼欲界繫無明使頗有欲界繫無明使彼非不善乎答曰有欲界身見邊見相應無明使諸色無色界無明使一切彼無記耶答曰如是諸色無色界無明使一切彼無記也頗有無記非彼色無色界無明使耶答曰有欲界身見邊見相應無明使諸苦諦習諦所斷無明使彼一切遍耶答曰如是諸一切遍一切彼苦諦習諦所斷無明使頗有苦諦習諦所斷無明使彼非一切遍耶答曰有苦諦習諦所斷非一切遍相應無明使諸盡諦道諦所斷無明使一切彼不一切遍耶答曰如是諸盡諦道諦所斷無明使彼非一切遍也頗不一切遍彼非盡諦道諦所斷無明使耶答曰有苦諦習諦所斷不一切遍相應無明使云何不共無明使答曰苦不忍習盡道不忍云何不共調纏答曰無不共調纏無慚

愧跋渠第五竟梵本二百二十首盧

阿毗曇八犍度論卷第二

音釋

曀 壹計切陰曀也　癰疽 癰於容切疽千余切　耎 乳兗切與輭同柔也　懜懵 懜都鄧切懵妐亘切懜懵不明也　憒 古對切心亂也

阿毗曇八犍度論卷第三

迦旃延子造

苻秦罽賓三藏僧伽提婆共竺佛念譯

雜犍度第一之三

色跋渠第六

色法生老無常當言色耶非色耶無色可見不可見有對無對有漏無漏有爲無爲過去未來現在善不善無記欲界繫色界繫無色界繫學無學非學非無學見諦所斷思惟所斷無斷法無斷法生老無常當言見諦所斷當言思惟所斷當言無斷耶云何老云何死云何無常諸死彼無常耶設無常彼死耶行力強無常力強又世尊言此三有爲有爲相與衰住若干彼一心中云何興云何衰云何住若干此章義願廣演說

色法生老無常當言色耶當言非色耶答曰當言非色無色當言即無色可見當言不可見不可見當言即不可見有對當言無對無對當言即無對有漏當言即有漏無漏當言即無漏有爲當言即有爲過去當言即過法未來當言即未來現在當言即現在善當言即善不善當言即不善無記當言即無記欲界繫當言即欲界繫色界繫當言即色界繫無色界繫當言即無色界繫是學當言即是學不學當言即不學非學非無學當言即非學非無學見諦所斷當言即見諦所斷思惟所斷當言即思惟所斷非斷法生老無常當言見諦所斷當言即思惟所斷當言非斷耶答曰當言即無斷云何老云何死云何無常云何老答曰行衰退根熟壞身色變得老毀

是謂老云何死答曰彼衆生生彼彼衆生處若命終當命終退不現喪歿壽失捨陰命根閉此謂死云何無常答曰諸行散退没此謂無常諸死即無常乎答曰如是諸死彼無常頗有無常彼非死耶答曰有除死諸餘行無常行力強無常力強答曰行力強非無常行者過去未來現在行滅無常者現在行散或作是說無常力強非行行亦無常如我義行力強非無常行者過去未來現在行滅無常者現在行散也又世尊言此三有爲有爲相興衰住若干彼一心云何興云何衰云何住若干答曰興者生衰者無常住者若干老也

色跋渠第六竟梵本四十七首盧

無義跋渠第七

又世尊言

知無義俱 諸空持戒 彼不得義 如出時没

以何等故與無義俱諸空持戒世尊說苦又世尊言彼正身坐繫念在前彼云何繫念在前又世尊言目揵連鞮舍梵天不說第六人行無相三道向得云何第六人行無相又世尊言此聞法已時地神舉聲放聲如來轉法輪於波羅柰鹿苑園中若沙門婆羅門若天魔梵天若世間未曾轉法輪地神有此智知如來轉法輪不又世尊言彼比丘漏盡阿羅漢三十三天集坐善法講堂數數雲集行彼某名尊者彼某名尊者弟子於某村某聚落出家信家非家剃除鬚髮著袈裟衣作道人盡有漏成無漏心解脫慧解脫於現法自知行作證生已盡梵行已成所作已辨名色已有知如真三十三天有此智知比丘漏盡不又世

尊言彼諸化法教化示諸向法次法此八萬四千摩竭大臣三結已盡得須陀洹不墮惡趣法定正道至七有往來七生天人盡苦際彼云何化法教化云何向法次法云何多欲云何無猒多欲無猒有何差別云何少欲云何知足少欲知足有何差別云何難滿云何難養云何易滿云何易養此章義願具演說

又世尊言

知無義俱　諸空持戒　彼不得義　如出時沒

以何等故與無義俱諸空持戒世尊說苦答曰此是死道共死死相不能如是苦離死以是故與無義俱諸空持戒世尊說苦又世尊言彼正身坐繫念在前彼云何繫念答曰彼近明善方便正念骨想青想骨鎖想胮脹想食不淨想燒燋想骨節異處想又世尊言目揵連覲舍梵天不說第六人行無相云何第六人行無相答曰堅信堅法於此義現第六無相人彼無相不可數不可施設若此住若彼住不可數若苦法忍若苦法智若苦未知忍若苦未知智若習法忍若習法智若習未知忍若習未知智若盡法忍若盡法智若盡未知忍若盡未知智若道法忍若道法智若道未知忍若道未知智如是無相不可數不可施設若此住若彼住以是故堅信堅法於此義現第六無相人又世尊言此聞法已時地神舉聲放聲世尊轉法輪於波羅㮈仙人鹿苑園中若沙門婆羅門若天魔梵若世間未曾轉地神有此智知世尊轉法輪不耶答曰不也云何知答曰世尊起世俗心我轉法輪名某比丘見法此彼知亦告他我轉法輪

名某比丘見法此彼聞彼尊者亦起世俗心世尊轉法輪我已見法此彼知亦告他佛轉法輪我已見法此彼聞彼或從大尊天聞又世尊言彼比丘漏盡阿羅漢三十三天集坐善法講堂數數雲集行彼某名尊者彼某名尊者弟子於某村某聚落出家信家非家剃除鬚髮著袈裟衣作道人盡有漏成無漏心解脫慧解脫於現法自知行作證生已盡梵行已成就所作已辦名色已有知如真是三十三天有此智知比丘漏盡不答曰不知云何知答曰世尊起世俗心名某比丘漏盡得阿羅漢此彼知亦告他名某比丘漏盡得阿羅漢此彼聞彼尊者亦起世俗心我漏盡得阿羅漢此彼知亦告他我漏盡得阿羅漢此彼聞彼或從大尊天聞又世尊言彼諸化法教化亦諸向法次法此八萬四千摩竭大臣三結已盡得須陀洹不墮惡趣法定正道至七有往來七生人天盡苦際彼云何化法教化云何向法次法云何化法教化答曰諸摩竭大臣已生天見法此謂化法教化云何向法次法答曰諸摩竭大臣本爲人時見法此謂向法次法云何多欲云何無猒多欲云何答曰未得色聲香味細滑衣食牀臥病瘦醫藥具諸欲已欲當欲此謂多欲無猒云何答曰已得色聲香味細滑衣食牀臥病瘦醫藥具不喜不善喜亦不喜他不猒不善猒亦不猒他此謂無猒多欲無猒有何差别答曰未得色聲香味細滑衣食牀臥病瘦醫藥具若索求索強索巧方便緣已得色聲香味細滑衣食牀臥病瘦醫藥具復方便復欲復願復

念少不喜少不善喜得他少不喜多欲無猒此謂差别云何少欲云何猒少欲云何答曰未得色聲香味細滑衣食牀卧病瘦醫藥具諸非欲非巳欲非當欲此謂少欲猒云何答曰巳得色聲香味細滑衣食牀卧病瘦醫藥具諸喜善喜亦善喜他猒善猒善猒他此謂猒少欲猒有何差别答曰未得色聲香味細滑衣食牀卧病瘦醫藥具若不索不求索不强索不巧方便緣方便巳得色聲香味細滑衣食牀卧病瘦醫藥具不復方便不復作欲不復作願不復作念念少喜少善喜得他喜少欲猒此謂差别云何難滿云何難養難滿云何答曰欲多食欲多噉此謂難滿云何難養答曰貪饕常希望食此謂難養云何易滿云何易養易滿云何答曰諸不大食不大噉不希望食此謂易滿云何易養答曰不貪饕常不希望食此謂易養無義跋渠第七竟梵本九十七首盧

思跋渠第八

云何爲思云何爲想思想有何差别云何爲覺云何爲觀覺觀有何差别云何爲掉云何心亂掉心亂有何差别云何無明云何不順智云何爲慢云何爲憍慢憍有何差别若生增上慢我見苦是苦此增上慢何緣若生增上慢我見習是習見盡是盡見道是道此增上慢何緣若生增上慢我生巳盡梵行巳成所作巳辦名色巳有知如眞此增上慢何緣云何不勝生慢上慢作慢云何覺欲自害云何害他云何俱害云何覺恚自害云何害他云何俱害云何覺殺自害云何害他云何俱害知爲多智爲多智爲多識爲多有漏行多

無漏行多有爲行多無爲行多云何行事成云何除事成云何凡夫性凡夫事當言善耶不善耶無記耶當言欲界繫耶當言色無色界繫耶見諦所斷耶思惟所斷耶凡夫性名何等法諸法邪見相應彼邪志耶設邪志彼邪見耶所有諸法邪見相應彼邪方便邪念邪定耶設邪定彼邪見耶諸法乃至邪念相應彼邪定耶設邪定彼邪念耶此章義願具演說

云何爲思云何爲想云何爲思答曰諸思等思增思心行意作是謂思云何爲想答曰諸想等想緣想稱觀此謂想思想何差別答曰思者行想者慧思想此爲差別云何爲覺云何爲觀云何爲覺答曰諸心覺稍稍覺按次分別稍稍分別是謂覺云何觀答曰諸擇一一擇順擇順迴按次順往界是謂觀覺觀有何差別麤心爲覺細心爲觀覺觀是謂差別

云何爲掉云何心亂云何爲掉答曰心不息不休掉心熾盛是謂掉云何心亂答曰心散心亂心妄心動不一心是謂心亂掉心亂何差別答曰不息相掉不一心相心亂是謂差別云何無明云何不順智無明云何答曰三界無知也云何不順智答曰無巧便慧也如是無巧便慧不順智耶答曰如是頗作是語諸順智言妄語彼一切失意不順智順智言妄語耶答曰如是頗作是語順智無妄語耶答曰不也聽我所說諸順智言妄語彼一切失意不順智順智言妄語彼作是語順智無妄語答曰雖作是語此事不然不應作是語順智無妄語但諸順智言妄語彼一切失意

不順智順智言妄語不應作是語諸順智言妄語彼一切失意不順智順智言妄語此事不然頗作是說一切無明不順智相應諸順智言妄語彼一切無明往無明愚無明所纏失意不順智順智言妄語耶答曰如是頗作是說順智無妄語耶答曰不也聽我所說若一切無明不順智相應諸順智言妄語彼一切無明往無明愚無明所纏失意不順智順智言妄語彼如是說順智無妄語耶答曰雖有是語此事不然不應作是說順智無妄語但一切無明不順智相應諸順智言妄語彼一切無明往無明愚無明所纏失意不順智順智言妄語不應作是語一切無明不順智相應諸順智言妄語彼一切無明往無明愚無明所纏失意不順智順智言妄語此事不然云何慢云何憍慢云何答曰於卑謂妙（自謂勝也）於妙相似此從起慢作慢心熾盛是謂慢憍云何答曰我生勝姓色族伎術業富端正從此起憍作憍一憍一憍一作憍是謂憍慢憍何差別答曰於他緣勝心熾盛是謂慢相自於法中心有涂污是謂憍相慢憍是謂差別若生增上慢我見苦是苦此增上慢何緣答曰如一與善知識相得從其聽法內思惟得順苦忍彼苦是苦忍欲意喜如是彼思惟忍相應思惟不妄時於其中間見疑不行設有行者亦復不覺（不得忍不覺有此行也）便作是念我見苦是苦此從起慢是謂增上慢此增上慢何緣答曰即彼苦緣習亦如是若生增上慢我見盡是盡此增上慢何緣答曰如一與善知識相得從其聞法內思惟得順盡忍彼盡

是盡忍欲意喜如是彼思惟忍相應思惟不妄時於其中間見疑不行設有行者亦復不覺便作是念我見盡是盡從此起慢是謂增上慢此增上慢何緣答曰即彼盡緣道亦如是若生增上慢我生已盡此增上慢何緣答曰如一便作是念此道此跡我依此道依此跡已知苦已斷習已盡作證已思惟道我生已盡從此起慢是謂增上慢此增上慢何緣答曰即彼生緣若生增上慢我梵行已成就此增上慢何緣答曰如一便作是念此道此跡我依此道依此跡已知苦已斷習已盡作證已思惟道我梵行已成此從起慢是謂增上慢此增上慢何緣答曰即彼心心所念法緣若生增上慢我所作已辦此增上慢何緣答曰如一便作是念此道此跡我依此道依此跡我已知苦已斷習已盡作證已思惟道我已斷使已害結已吐結我所作已辦此從起慢是謂增上慢此增上慢何緣答曰即彼心心所念法緣若生增上慢我名色已有知如眞此增上慢何緣答曰如一便作是念此道此跡我依此道依此跡我已知苦不復當知已斷習不復當斷已盡作證不復當作證已思惟道不復當思惟我名色已有知如眞此從起慢是謂增上慢此增上慢何緣答曰即彼心心所念法緣云何於卑起慢答曰此一見他勝我若生若姓若色若族便術行業若富若戒見已便作是念此少勝我生姓色族伎術行業富戒此彼非十倍二十倍非百倍不如是謂於卑起慢云何覺欲而自害云何害彼云何俱害云何自害答曰如婬欲所

纏身生熱心熱身燒心燒亦復婬欲所纏長夜不忍不耎不愛受報如是自害云何害他答曰如婬欲所纏希望他妻若見彼夫便起瞋恚如是害他云何俱害答曰如婬欲所纏竊盜他妻若彼夫見捉其妻執其人撾打縛殺如是俱害云何覺恚自害云何害他云何俱害云何自害答曰如瞋恚所纏身生熱心熱身燒心燒亦復瞋恚所纏長夜不忍不耎不愛受報如是自害云何害他答曰如瞋恚所纏打他若手若杖若石若刀如是害他云何俱害答曰如瞋恚所纏打他若手若杖若石若刀爲彼所打若手若杖若石若刀如是俱害云何覺殺自害云何害他云何俱害答曰如殺心所纏身生熱心熱身燒心燒亦復殺所纏長夜不忍不耎不愛受報如是自害云何害他答曰如害所纏斷他命如是害他云何俱害答曰如害所纏斷他命他亦報此斷命如是俱害知多耶智多耶答曰知多非智多彼智者知也智多耶識多耶答曰識多非智多一切智識所攝識非智所攝不攝何等答曰忍相應識有漏行多無漏行多答曰有漏行多非無漏行有漏行十入二入少有所入無漏行二入少有所入有爲多無爲多答曰有爲多非無爲有爲十一入一入少有所入無爲一入少有所入云何行事成云何除事成云何凡夫性行事成云何答曰無學身護口護命清淨是謂行事成云何除事成答曰無學根護是謂除事成云何凡夫性答曰聖法若不得已不得當不得復次諸聖暖聖忍聖見聖味聖慧若不得已不得當不得

是謂凡夫性凡夫性當言善耶當言不善耶當言無記耶答曰凡夫性當言無記不當言善不當言不善也以何等故凡夫性不當言善答曰方便求善法已得善法不求方便我作凡夫也已斷善根永滅善法不得成就善法設凡夫性是善者彼斷善根彼非凡夫以是故凡夫性不得言善以何等故凡夫性不當言不善答曰得欲愛盡不善根永盡不成就不善法設凡夫性不善者彼凡夫欲愛盡彼非凡夫人耶以是故凡夫性不當言不善也凡夫性當言欲界繫當言色無色界繫答曰凡夫性或欲界繫或色無色界繫以何等故凡夫性不定言欲界繫答曰欲界没生無色界永滅欲界繫法得不成就欲界繫法若凡夫性定欲界繫者彼諸凡夫生無色界者

彼非凡夫耶以是故凡夫性不當言定欲界繫以何等故凡夫性不當言定色界繫答曰色界没生無色界永滅色界繫法不得成就色界繫法若凡夫性定色界繫彼諸凡夫無色界生彼非凡夫耶以是故凡夫性不當言定色界繫以何等故凡夫性不當言定無色界繫答曰等越次取證先從欲界於苦思苦後色無色界同聖道已生先辦欲界事後色無色界同若等越次取證先從無色界於苦思苦後欲界色界同聖道已生先辦無色界事後欲界色界同如是凡夫性定無色界繫但等越次取證先從欲界於苦思苦後色無色界同聖道已生先辦欲界事後色無色界同以是故凡夫性不當言定無色界繫凡夫性當言見諦斷當言思惟所斷答曰凡夫性

當言思惟斷不當言見諦斷以何等故凡夫性思惟斷非見諦斷答曰見諦所斷法永染污凡夫性不染污此云何世間第一法在前速滅苦法忍現在前速生如此世間第一法滅苦法忍生於其中間三界凡夫性得不成就非餘見諦所斷法永滅凡夫性名何等法答曰三界無染污心不相應行諸法邪見相應彼邪志耶答曰或邪見非邪志云何邪見非邪志答曰邪見相應邪志諸餘邪志不相應邪見相應法是謂邪見非邪志云何邪志非邪見答曰邪志相應邪見諸餘邪見不相應邪志相應法是謂邪志非邪見云何邪見邪志答曰除邪見相應邪志諸餘邪見邪志相應法是謂邪見邪志云何非邪見非邪志答曰邪見不相應邪志邪志不相應邪見諸餘心心所念法色無爲心不相應行是謂非邪見非邪志諸法邪見相應彼邪方便耶答曰或有邪見非邪方便云何邪見非邪方便答曰邪見相應邪方便是謂邪見非邪方便云何邪方便非邪見答曰邪見諸餘邪見不相應邪方便相應法是謂邪方便非邪見云何邪見邪方便答曰除邪方便諸餘邪見相應法是謂邪見邪方便云何非邪見非邪方便答曰邪見不相應邪方便諸餘心心所念法色無爲心不相應行是謂非邪見非邪方便邪念邪定亦復如是諸法邪志相應彼邪方便耶答曰或邪志非邪方便云何邪志非邪方便答曰邪志相應邪方便是謂邪志非邪方便云何邪方便非邪志答曰邪志諸餘邪志不相應邪方便相應法是謂邪方便非

邪志云何邪志邪方便答曰除邪方便諸餘邪志相應法是謂邪志邪方便也云何非邪志非邪方便答曰邪志不相應邪方便諸餘心心所念法色無爲心不相應行是謂非邪志非邪方便邪念邪定亦如是諸法邪方便相應彼邪念耶答曰或邪方便非邪念云何邪方便非邪念答曰邪念是謂邪方便非邪念云何邪念非邪方便答曰邪方便是謂邪念非邪方便云何邪方便邪念答曰除邪念法不與所念相應也諸餘邪方便相應法是謂邪方便邪念云何非邪方便非邪念答曰諸餘心心所念法色無爲心不相應行是謂非邪方便非邪念邪定亦如是諸法邪念相應彼邪定耶答曰或邪念非邪定云何邪念非邪定答曰邪定是謂邪念非邪定云何邪定非邪念答曰邪念是謂邪定非邪念（同故言非）云何邪念邪定答曰除邪定諸餘邪念相應法是謂邪念邪定云何非邪念非邪定答曰諸餘心心所念法色無爲心不相應行是謂非邪念非邪定（思跋渠第八竟梵本三百二十六首盧長十八字）

阿毗曇八犍度論卷第三

音釋

鞮（都黎切）膖脹（膖匹絳切脹知亮切）噉（徒濫切食也）饕（他刀切貪財也）擿（側爪切擊也）

阿毗曇八犍度論卷第四

迦旃延子造

苻秦罽賓三藏僧伽提婆共竺佛念譯

結使犍度第二之一不善一行人及十門

不善跋渠第一自此盡十二品

不善有報　見亦見苦　若見有覺　如相應根
欲界獲得　斷亦五人　身見如是　一切遍後

三結三不善根三有漏四流四軛四受四縛五蓋五結五下分結五見六身愛七使九結九十八使此三結幾不善幾無記此乃至九十八使幾不善幾無記此三結幾有報幾無報此乃至九十八使幾有報幾無報此三結幾見諦斷幾思惟斷此乃至九十八使幾見諦斷幾思惟斷此三結幾見苦諦斷幾見習盡道諦斷幾思惟斷此乃至九十八使幾見苦諦斷幾見習盡道諦斷幾思惟斷此三結幾見幾不見此乃至九十八使幾見幾不見此三結幾有覺有觀幾無覺有觀幾無覺無觀此乃至九十八使幾有覺有觀幾無覺有觀幾無覺無觀此三結幾樂根相應幾苦根相應幾喜根相應幾憂根相應幾護根相應此乃至九十八使幾樂根相應幾苦根相應幾喜根相應幾憂根相應幾護根相應此三結幾欲界繫幾色界繫幾無色界繫此乃至九十八使幾欲界繫幾色界繫無色界繫諸結是欲界者此結在欲界耶設在欲界結是欲界結耶所有結是色無色界結此結在色無色界耶設結在色無色界是色無色界結耶所有結非欲界結此結不在欲界耶設不在欲界此結非欲界結耶所有結不是色無

色界此不在色無色界結耶設結不在無色色界此非色無色界結耶見諦成就世尊弟子色未盡爲色繫耶設爲色繫此色未盡耶若痛想行識未盡爲識所繫耶設爲識所繫識未盡耶見諦成就世尊弟子色已盡此色解耶設色解者此色盡耶若痛想行識盡此識解耶設識解者此識盡耶五人堅信堅法信解脫見到身證堅信人於此三結幾成就幾不成就此乃至九十八使幾成就幾不成就乃至身證人此三結幾成就幾不成就此乃至九十八使幾成就幾不成就身見彼身見幾緣緣身見戒盜疑乃至無色界思惟所斷無明使幾緣緣無色界思惟所斷無明使彼無色界思惟所斷無明使幾緣緣無色界思惟所斷無明使欲界身見戒盜疑乃至無色界思惟所斷慢使幾緣緣此章義願具演說三結乃至九十八使彼三結幾不善幾無記答曰一無記二當分別戒盜疑在欲界者則不善在色無色界則無記貪瞋恚愚癡定不善有漏中一無記二當分別欲漏或不善或無記云何不善答曰無慚無愧彼相應欲漏是謂不善云何無記答曰無慚無愧不相應欲漏是謂無記無明漏或不善或無記云何不善答曰無慚無愧相應無明漏是謂不善云何無記答曰無慚無愧不相應無明漏是謂無記流中一無記三當分別欲流或不善或無記云何不善答曰無慚無愧彼相應欲流是謂不善云何無記答曰無慚無愧不相應欲流是謂無記無明流或不善或無記云何不善答曰無慚無愧相應無明流是謂

不善云何無記答曰無慚無愧不相應無明流是謂無記見流或不善或無記云何不善答曰欲界三見是謂不善云何無記答曰欲界二見色無色界五見是謂無記枙亦如是受中一無記三當分別欲受或不善或無記云何不善答曰無慚無愧彼相應欲受是謂不善云何無記答曰無慚無愧不相應欲受是謂無記戒受在欲界者是謂不善在色無色界者是謂無記見受或不善或無記云何不善答曰欲界二見是謂不善云何無記答曰欲界二見色無色界四見是謂無記縛中二不善二當分別戒盜身縛我見身縛在欲界是不善在色無色界是無記蓋及瞋恚慳嫉結定不善愛結憍慢結在欲界是不善在色無色界是無記五下分結中二不善一無記二當分別戒盜疑在欲界是不善在色無色界是無記見中二無記三當分別邪見見盜戒盜在欲界是不善在色無色界是無記六身愛中二不善四當分別眼更愛耳身更愛在欲界是不善在色界是無記意更愛在欲界是不善在色無色界是無記七使中二不善一無記四當分別憍慢使疑使在欲界是不善在色無色界是無記無明使或不善或無記云何不善答曰無慚無愧相應無明使是謂不善云何無記答曰無慚無愧不相應無明使是謂無記見使或不善或無記云何不善答曰欲界三見是謂不善云何無記答曰欲界二見色無色界五見是謂無記九結中三不善六當分別（分別不善及無記也）愛結憍慢結失願結疑結在欲界是不善在色無色

界是無記無明結或不善或無記云何不善答曰無慚無愧相應無明結是謂不善云何無記答曰無慚無愧不相應無明結是謂無記見結或不善或無記云何不善答曰欲界一見是謂不善云何無記答曰欲界二見色無色界三見是謂無記九十八使三十三不善六十四無記一當分別欲界苦諦所斷無明使或不善或無記云何不善答曰無慚無愧相應無明使是謂不善云何無記答曰無慚無愧不相應無明使是謂無記（一門不善竟）

此三結幾有報幾無報答曰諸不善則有報諸無記是無報此乃至九十八使幾有報幾無報答曰諸不善是有報諸無記是無報（二門報無報竟）

此三結幾見諦斷幾思惟斷答曰身見見諦初二種或見諦斷或見諦思惟斷云何見諦斷答曰若身見尼維先若那阿先若繫堅信堅法行苦忍斷是謂見諦斷餘殘若凡夫斷思惟斷（進學分別意根似也）世尊弟子斷見諦斷戒盜疑見諦初二種或見諦斷或見諦思惟斷云何見諦斷答曰若戒盜疑尼維先若那阿先若繫堅信堅法行忍斷是謂見諦斷餘殘若凡夫斷思惟斷世尊弟子斷見諦斷貪瞋恚愚癡及欲漏思惟初二種或思惟斷或見諦思惟斷云何思惟斷答曰若學見迹思惟斷是謂思惟斷餘殘若凡夫斷思惟斷世尊弟子斷見諦斷有漏無明漏見諦初三種或見諦斷或思惟斷或見諦思惟斷云何見諦斷答曰若有漏無明漏尼維先若那阿先若繫堅信堅法行忍斷是謂見諦斷云何思惟斷

答曰若學見迹思惟斷是謂思惟斷餘殘若凡夫斷思惟斷世尊弟子斷見諦斷流中欲流思惟初二種有流無明流見諦初三種見流見諦初二種梔亦如是受中欲受思惟初二種戒受見受見諦初二種我受見諦初三種縛中欲愛身縛瞋恚身縛思惟初二種戒盜身縛我見身縛見諦初二種蓋貪欲瞋恚睡眠掉思惟初二種悔定思惟斷疑蓋若凡夫斷思惟斷世尊弟子斷見諦斷結中瞋恚結思惟初二種愛結憍慢結見諦初三種嫉結慳結定思惟斷五下分結中貪欲瞋恚思惟初三種身見戒盜疑及五見見諦初二種六身愛中五身愛定思惟斷意更愛見諦初三種七使中貪欲使瞋恚使思惟初二種有愛使憍慢使無明使見諦初三種見使疑使見諦初二種九結中瞋恚結思惟初二種愛結憍慢結無明結見諦初三種見結失願結疑結見諦初二種嫉結慳結定思惟斷九十八使中二十八使見諦斷十思惟斷餘殘若凡夫斷思惟斷世尊弟子斷見諦斷三門見諦竟

此三結幾見苦諦斷幾見習盡道諦斷幾思惟斷答曰身見見苦斷戒盜有二行或見苦斷或見道斷疑有四行或見苦斷或見習盡道斷貪瞋恚愚癡欲漏有漏無明漏欲流有流無明流五行見流四行梔亦如是受中欲受我受五行戒受二行見受四行縛中欲愛身縛瞋恚身縛五行戒盜身縛二行我見身縛四行蓋中貪欲蓋瞋恚睡眠掉蓋五行悔蓋定思惟斷疑蓋四行結中愛結瞋恚結憍慢結五行嫉結慳結定思惟斷五下分中貪

欲瞋恚五行身見見苦斷戒盜二行疑四行見中身見邊見見苦斷邪見見盜四行戒盜二行身愛中五身愛思惟斷意更愛五行使中貪欲使瞋恚使有愛使憍慢使無明使五行見使疑使四行結中愛結瞋恚結憍慢結無明結五行見結失願結疑結有四行嫉結慳結定思惟斷九十八使中二十八見苦斷十九見習斷十九見盡斷二十二見道斷十思惟斷（四門苦諦竟）

此三結幾見幾不見答曰二見一不見貪瞋恚愚癡不見漏中一不見二當分別欲漏或見或不見云何見答曰欲界五見是謂見云何不見答曰除欲界五見諸餘欲漏是謂不見有漏或見或不見云何見答曰色無色界五見是謂見云何不見答曰除色無色界五見諸餘有漏是謂不見流中二見三不見梔亦如是受中二見二不見縛中二見二不見蓋結不見下分中二見三不見見則見也身愛不見使中一見六不見結中二見七不見九十八使中三十六見六十二不見（五門見門竟）

此三結幾有覺有觀幾無覺有觀幾無覺無觀答曰盡三行或有覺有觀或無覺有觀或無覺無觀貪瞋恚愚癡及欲漏有覺有觀餘殘三行或有覺有觀或無覺有觀或無覺無觀流中欲流有覺有觀餘殘三行或有覺有觀或無覺有觀或無覺無觀梔亦如是受中欲受有覺有觀餘殘三行或有覺有觀或無覺有觀或無覺無觀縛中欲愛身縛瞋恚身縛有覺有觀餘殘三行或有覺有觀或無覺有觀或無覺無觀蓋及瞋恚結嫉結慳結有

覺有觀餘殘三行或有覺有觀或無覺有觀或無覺無觀下分中貪欲瞋恚有覺有觀餘殘及見三行或有覺有觀或無覺有觀或無覺無觀身愛中五身愛有覺有觀意更愛三行或有覺有觀或無覺有觀或無覺無觀使中貪欲使瞋恚使有覺有觀餘殘三行或有覺有觀或無覺有觀或無覺無觀結中瞋恚結嫉結慳結有覺有觀餘殘三行或有覺有觀或無覺有觀或無覺無觀九十八使中欲界有覺有觀色界三行或有覺有觀或無覺有觀或無覺無觀無色界無覺無觀六門有覺觀竟

此三結幾樂根相應幾苦根相應幾喜根相應幾憂根相應幾護根相應答曰身見戒盜三除苦根憂根疑四除苦根貪三除苦根憂根瞋恚三除樂根喜根愚癡及欲漏無明漏五有漏三除苦根憂根流中欲流無明流五有流三除苦根憂根見流四除苦根枙亦如是受中欲受五戒受我受三除苦根憂根見受四除苦根縛中瞋恚身縛三除樂根喜根餘殘縛三除苦根憂根蓋中貪欲蓋三除苦根憂根瞋恚蓋三除樂根喜根睡掉五眠三除樂根苦根悔疑二根相應憂根及護根結中瞋恚結三除樂根喜根愛結憍慢結三除苦根憂根嫉結慳結二根相應憂根及護根也下分中貪欲三除苦根憂根瞋恚三除樂根喜根身見戒盜三除苦根憂根疑四除苦根見中邪見四除苦根餘殘見三除苦根憂根身愛中五身愛二根相應樂根護根意更愛三除苦根憂根使中貪欲使有愛使憍慢使三除苦根憂根瞋恚使三除樂根喜根無

明使五見使疑使四除苦根結中瞋恚結三除樂根喜根愛結憍慢結失願結三除苦根憂根無明結五見結疑結四除苦根嫉結慳結二根相應憂根護根九十八使中欲界中身見邊見見盜戒盜見諦所斷欲憍慢二根相應喜根及護根疑見諦所斷瞋恚二根相應憂根及護根邪見見諦所斷無明三除樂根苦根思惟所斷貪欲三除苦根憂根瞋恚三除樂根喜根憍慢二根相應喜根及護根無明使五色界三除苦根憂根無色界一護根相應也（七門根門竟）

比三結結幾欲界繫幾色界繫幾無色界繫

答曰盡有三行或欲界繫或色界繫或無色界繫貪瞋恚愚癡及欲漏欲界繫有漏或色界繫或無色界繫餘殘三行或欲界繫或色界繫或無色界繫流中欲流欲界繫有流或色界繫或無色界繫餘殘三行或欲界繫或色界色界繫梔亦如是受中欲受欲界繫我受或色界繫或無色界繫餘殘三行或欲界繫或色無色界繫縛中欲愛身縛瞋恚身縛欲界繫餘殘三行或欲界繫或色無色界繫五蓋及瞋恚嫉結慳結欲界繫餘殘三行或欲界繫或色無色界繫下分中貪欲瞋恚欲界繫餘殘及五見三行或欲界繫或色無色界繫身愛中鼻更愛舌更愛欲界繫眼更愛耳身更愛或欲界繫或色界繫意更愛三行或欲界繫或色無色界繫使中貪欲使瞋恚使欲界繫有愛使或色界繫或無色界繫餘殘三行或欲界繫或色無色界繫結中瞋恚結嫉結慳結欲界繫餘殘三行或欲界繫或

色無色界繫九十八使中三十六欲界繫三十一色界繫三十一無色界繫（八門繫門竟）

諸所有結使是欲界者彼結使在欲界耶答曰或是欲界結使彼結使不在欲界云何是欲界結使彼結使不在欲界答曰結使所纏魔波旬住梵天上如來語言亦結使所纏從色界没辯欲界中陰是謂是欲界結使彼結使不在欲界云何結使在欲界彼結使不是欲界答曰結使所纏從欲界没辯色界中陰亦所有結使是色無色界住欲界現在前是謂在欲界結使彼結使不是欲界云何是欲界結使彼結使亦在欲界答曰結使所纏從欲界没辯欲界中陰生陰亦諸結使在欲界者住欲界現在前是謂結使是欲界彼結使亦在欲界云何亦不欲界答曰結使所纏從欲界没辯欲界中陰生陰亦諸結使在欲界者住欲界現在前是謂結使是欲界彼結使亦在欲界云何亦不是欲界結使彼結使亦不在欲界答曰諸結使所纏從色界没辯色界中陰生陰色界没生無色界無色界没生無色界無色界没生色界亦所有結使在色無色界住色界現在前諸所有結使在無色界住無色界現在前是謂結使亦不是欲界彼結使亦不在欲界諸所有結使是色界彼結使在色界耶答曰或有結使是色界彼結使不在色界云何結使是色界彼結使不在色界答曰結使所纏從欲界没辯色界中陰亦所有結使是色界住欲界現在前是謂是色界結使彼使不在色界云何在色界結使彼結使不是色界答曰諸結使所纏魔波旬

住梵天上如來語言亦結使所纏從色界没辯欲界中陰亦所有結使在無色界住色界現在前是謂在色界結使彼結使不是色界云何是色界結使彼結使亦在色界答曰諸結使所纏從色界没辯色界中陰生陰亦所有結使是色界住色界現在前是謂是色界結使彼結使亦在色界云何結使不是色界彼結使亦不在色界答曰諸結使所纏從欲界没辯欲界中陰生陰從欲界没生無色界無色界没生無色界無色界没生欲界亦所有結使在無色界住欲界現在前亦所有結使在無色界住無色界現在前是謂結使不是色界彼結使亦在色界非亦如是諸所有結使是無色界彼結使在無色界耶答曰如是諸所有結使在無色界彼結使是無色界也頗是無色界結使彼結使不在無色界耶答曰有諸所有結使是無色界住欲色界現在前諸有結使不是無色界彼結使亦不在無色界耶答曰如是諸所有結使不是無色界彼結使亦不在無色界頗結使不在無色界彼結使非不是無色界耶答曰有諸所有結使是無色界住欲界色界現在前九門竟

見諦成就世尊弟子色未盡爲色所繫耶答曰如是設爲色所繫色不盡耶答曰如是若痛未盡爲痛所繫耶答曰如是痛未盡爲痛所繫頗爲痛所繫非痛未盡耶答曰有家家斯陀含一種欲界繫增上中思惟所斷結盡彼相應痛下結使繫想行識亦復如是十門竟

見諦成就世尊弟子若色已盡彼色脫耶答曰如是若色不繫彼色盡耶答曰如是若痛

已盡彼痛不繫耶答曰如是若痛不繫彼痛盡也頗痛盡彼痛非不繫耶答曰有家家斯陀含一種欲界繫增上中思惟所斷結盡彼相應痛下結使繫想行識亦復如是門十一竟

五人堅信堅法信解脫見到身證堅信人於此三結成就幾不成就幾答曰苦未知智未生一切成就苦未知智生二成就一不成就貪瞋恚愚癡欲愛未盡一切成就欲愛已盡一切不成就有漏中欲愛未盡一切成就欲愛已盡二成就一不成就流中欲愛未盡一切成就欲愛已盡三成就一不成就枙受亦如是縛中欲愛未盡一切成就欲愛已盡二成就二不成就蓋中欲愛未盡道法智未生一切成就若欲愛未盡道法智生四成就一不成就欲愛已盡一切不成就結中欲愛未盡一切成就欲愛已盡二成就三不成就下分中欲愛未盡苦未知智未生一切成就若欲愛未盡苦未知智生四成就一不成就欲愛已盡苦未知智未生三成就二不成就若欲愛已盡苦未知智生二成就三不成就見中苦未知智未生一切成就苦未知智生三成就二不成就身愛中欲愛未盡一切成就欲愛已盡梵天愛未盡四成就二不成就梵天愛盡一成就五不成就使中欲愛未盡一切成就欲愛已盡五成就二不成就結中欲愛未盡一切成就欲愛已盡六成就三不成就九十八使中欲愛未盡苦法智未生一切成就苦法智生苦未知智未生欲界苦諦所斷不成就餘殘成就苦未知智生習法智未生三界苦諦所斷不成就餘殘成就習法智

生習未知智未生三界苦諦所斷不成就及欲界習諦所斷餘殘成就習未知智生盡法智未生三界苦習所斷不成就餘殘成就盡法智生盡未知智未生三界苦諦習諦所斷不成就及欲界盡諦所斷餘殘成就盡未知智生道法智未生三界苦諦習諦盡諦所斷不成就及欲界道諦所斷餘殘成就欲愛已盡色愛未盡苦未知智未生欲界一切不成就餘殘成就苦未知智生習未知智未生欲界一切不成就及色界苦諦所斷餘殘成就習未知智生盡未知智未生欲界一切不成就及色界苦諦習諦所斷餘殘成就盡未知智生欲界一切不成就及色界苦諦習諦盡諦所斷餘殘成就色愛已盡無色愛未盡苦未知智未生欲色界一切不成就餘殘成就苦未知智生習未知智未生欲色界一切不成就及無色界苦諦所斷餘殘成就習未知智生盡未知智未生欲色界一切不成就及無色界苦諦習諦所斷餘殘成就盡未知智生欲色界一切不成就及無色界苦諦習諦盡諦所斷餘殘成就堅法亦如是信解脫人此三結幾成就幾不成就答曰一切不成就貪瞋恚愚癡欲愛未盡一切成就欲愛已盡一切不成就有漏中欲愛未盡一切成就欲愛已盡二成就一不成就流中欲愛未盡三成就一不成就欲愛已盡二成就二不成就栀亦如是愛中欲愛未盡二成就二不成就欲愛已盡一成就三不成就縛中欲愛未盡二成就二不成就欲愛已盡一切不成就蓋中欲愛未盡四成就一不成就欲愛已盡一

切不成就結中欲愛未盡一切成就欲愛已盡二成就三不成就下分中欲愛未盡二成就三不成就欲愛已盡一切不成就見不成就身愛中欲愛未盡一切成就欲愛已盡梵天愛未盡四成就二不成就梵天愛盡一成就五不成就使中欲愛未盡五成就二不成就欲愛已盡三成就四不成就結中欲愛未盡六成就三不成就欲愛已盡三成就六不成就九十八使中欲愛未盡十成就八十八不成就欲愛已盡色愛未盡六成就九十二不成就色愛已盡無色愛未盡三成就九十五不成就見到亦復如是身證人此三結幾成就幾不成就答曰一切不成就貪瞋恚愚癡不成就有漏中二成就一不成就流中二成就二不成就枙亦如是受中一成就三不成就縛不成就蓋不成就結中二成就三不成就下分不成就見不成就身愛中一成就五不成就使中三成就四不成就結中三成就六不成就九十八使中三成就九十五不成就十二門竟

身見彼身見幾緣緣答曰或四三二一誰四答曰如身見次第生身見即思惟前生後生因次第緣增上是謂四誰三答曰如身見次第生身見即彼不思惟前生後生因次第增上無緣如身見次第生若干心生身見即彼思惟前生後生因緣增上無次第是謂三誰二答曰如身見次第生若干心生身見即彼不思惟前生後生因增上是謂二誰一答曰後生前生若與緣緣增上不與緣一增上未來過去現在若與緣緣增上不與緣一增上

未來現在過去若與緣緣增上不與緣一增上欲界繫色界繫一增上色界繫欲界繫若與次第次第增上不與次第一增上欲界繫無色界繫一增上無色界繫欲界繫若與次第次第增上不與次第一增上色界繫無色界繫一增上無色界繫色界繫若與次第次第增上不與次第一增上如身見身見如是不一切遍不一切遍一切遍一切遍身見戒盜有幾緣緣答曰或四三二一誰四答曰如身見次第生戒盜即彼思惟前生後生因次第緣增上是謂四誰三答曰如身見次第生戒盜即彼不思惟前生後生因次第增上無緣如身見次第生若干心生戒盜彼即思惟前生後生因緣增上無次第是謂三誰二答曰如身見次第生若干心生戒盜即彼不思惟前生後生因增上是謂二誰一答曰後生前生若與緣緣增上不與緣一增上未來過去現在若與緣緣增上不與緣一增上未來現在過去若與緣緣增上不與緣一增上欲界繫色界繫一增上色界繫欲界繫若與次第無緣次第增上若與緣無次第緣增上若與次第緣次第緣增上若不與次第緣一增上欲界繫無色界繫一增上無色界繫欲界繫若與次第無緣次第增上若與緣無次第緣增上若與次第緣次第緣增上若不與次第緣一增上色界繫無色界繫一增上無色界繫色界繫若與次第無緣次第增上若與緣無次第緣增上若與次第緣次第緣增上若不與次第緣一增上如身見戒盜如是不一切遍一切遍一切遍不一切遍阿毗曇不

善品第九竟梵本六百三首盧長十四字

阿毗曇八犍度論卷第四

阿毗曇八犍度論卷第五

迦旃延子造

符秦罽賓三藏僧伽提婆共竺佛念譯

結使犍度第二之二

一行跋渠第二

一行歷六小七大七攝鉤鎖有由何定滅結使諸道斷知八人

九結愛結瞋恚結憍慢結無明結見結失願結疑結慳結嫉結若身中愛結繫彼有瞋恚耶若有瞋恚結繫復有愛結耶若身中有愛結繫有憍慢結無明結見結失願結疑結慳結嫉結復有耶若有嫉結繫復有愛結耶身中乃至慳結繫復有嫉結耶設有嫉結復有慳結耶一行竟若身中過去愛結繫未來復有耶若有未來過去復有耶一若有過去現在復有耶若有現在過去復有耶二若有未來現在復有耶若有現在未來復有耶三若有過去未來現在復有耶若有未來現在過去復有耶四若有未來過去現在復有耶若有過去現在未來復有耶五若有現在過去未來復有耶若有過去未來現在復有耶六乃至慳嫉亦復如是歷六竟若身中有過去愛結繫過去瞋恚結復有耶若有過去瞋恚結過去愛結復有耶一若身中有過去愛結繫未來復有瞋恚結耶若有未來瞋恚結過去復有愛結耶二若身中有過去愛結繫現在復有瞋恚結耶若有現在瞋恚結過去復有愛結耶三若身中有過去愛結繫過去現在復有瞋恚結耶若有過去現在瞋恚結過去復有愛結耶四若身中有過去愛結繫未來現

在復有瞋恚結耶若有未來現在瞋恚結過去復有愛結耶五若身中有過去愛結繫過去未來復有瞋恚結耶若有過去未來瞋恚結過去復有愛結耶六若身中有過去愛結繫過去未來現在復有瞋恚結耶若有過去未來現在瞋恚結過去復有愛結耶七事竟過去愛過去瞋恚過去憍慢一未來二現在三過去現在四未來現在五過去未來六過去未來現在憍慢七乃至慳嫉亦復如是大七竟

身見幾使所攝戒盜疑乃至無色界思惟所斷無明幾使所攝攝門竟三結三不善根三結爲攝　不善根三不善根爲攝三結三結乃至九十八使三結爲攝九十八使九十八使爲攝三結乃至九結九十八使爲九結攝九十八使九十八使爲攝九結項門竟此三結幾受欲有幾受色有幾受無色有此乃至九十八使幾受欲有幾受色無色有有門竟身見由何三昧盡戒盜疑乃至無色界思惟所斷無明使由何三昧盡三昧門竟若結過去彼結已繫耶若彼結已繫彼過去結耶若結未來彼結當繫耶若彼結當繫未來結耶若結現在今繫彼結耶若今繫彼結彼結現在耶三世結處竟若以道滅欲界結於彼道退得彼結繫不得彼結繫若以道滅色無色界結於彼道退得彼結繫不得彼結繫道退竟

九斷智欲界中苦諦習諦所斷結盡一斷智色無色界苦諦習諦所斷結盡二斷智欲界盡諦所斷結盡三斷智色無色界盡諦所斷結盡四斷智欲界道諦所斷結盡五斷智色無色界道諦所斷結盡六斷智五下分結盡

七斷智色愛盡八斷智一切結盡九斷智九斷智爲攝一切斷智一切斷智爲攝九斷智八人趣須陀洹證得須陀洹趣斯陀含證得斯陀含趣阿那含證得阿那含趣阿羅漢證得阿羅漢向須陀洹證須陀洹於九斷智成就幾斷智不成就幾斷智乃至向阿羅漢證阿羅漢於九斷智成就幾斷智不成就幾斷智此章義願具演說九結愛結瞋恚結憍慢結無明結見結失願結疑結慳結嫉結身中有愛結繫復有瞋恚結耶答曰如是若有瞋恚結則有愛結頗有愛結無瞋恚結耶答曰有若色無色界法愛結未盡若身中有愛結繫復有憍慢耶答曰如是若有憍慢復有愛結耶答曰如是若身中有愛結繫有無明結耶答曰如是有愛結則有無明結也頗有無明無愛結耶答曰有苦智生習智未生若苦諦所斷法中習諦所斷無明結未盡若身中有愛結繫復有見結耶答曰或有愛無有見也云何有愛無有見耶答曰習智已生盡智未生若盡諦道諦所斷見不相應法愛結未盡若思惟所斷法愛結未盡盡智已生道智未生若道諦所斷見不相應法愛結未盡若思惟所斷法愛結未盡見諦成就世尊弟子思惟所斷法愛結未盡是謂愛非見云何見非愛答曰苦智已生習智未生苦諦所斷法習諦所斷見結未盡是謂見非愛云何二俱繫答曰人身體肢節盡繫若四諦思惟所斷法二俱繫苦智已生習智未生若習盡道諦思惟所斷法二俱繫習智已生盡智未生盡諦道諦所斷見相應法二俱繫盡智已生道

智未生道諦所斷見相應法二俱繫是謂身中二俱繫云何身中二俱不繫耶答曰習智已生盡智未生苦諦習諦所斷法二俱不繫盡智已生道智未生苦習盡諦所斷法二俱不繫見諦成就世尊弟子四諦所斷法二俱不繫欲愛已盡於欲界法二俱不繫色無色愛盡色無色界法二俱不繫是謂身二俱不繫疑亦如是若身中有愛結繫復有失願耶答曰或有愛無失願云何有愛無失願耶答曰習智已生盡智未生思惟所斷法愛結未盡盡智已生道智未生思惟所斷法愛結未盡見諦成就世尊弟子若思惟所斷法愛結未盡是謂愛無失願云何有失願無愛答曰苦智已生習智未生若苦諦所斷法習諦所斷失願結未盡是謂失願無愛云何身二俱繫答曰人身體肢節盡縛四諦思惟所斷法二俱繫苦智已生習智未生若習盡道諦思惟所斷法二俱繫習智已生盡智未生盡諦道諦所斷法二俱繫盡智已生道智未生若道諦所斷法二俱繫是謂二俱繫云何二俱不繫答曰習智已生盡智未生苦諦習諦所斷法二俱不繫盡智已生道智未生苦習盡諦所斷法二俱不繫見諦成就世尊弟子四諦所斷法二俱不繫欲愛盡於欲界法二俱不繫色無色界愛盡色無色界法二俱不繫是謂身二俱不繫若身中愛結繫復有慳結耶答曰如是有慳則有愛也頗有愛無慳耶答曰有欲界四諦所斷法愛結未盡乃至色無色界法愛結未盡嫉亦如是（愛門竟）

憍慢門

亦如是若身中有瞋恚結繫復有憍慢結耶

答曰如是有瞋恚結繫則有憍慢結也頗有憍慢無瞋恚耶答曰有色無色界法憍慢結未盡若身中有瞋恚結繫有無明結耶答曰如是有瞋恚則有無明也頗有無明無瞋恚耶答曰有欲愛未盡苦智已生習智未生欲界中苦諦所斷法習諦所斷無明結未盡若色無色界法無明結未盡若身中有瞋恚結繫有見結耶答曰或有瞋恚無見云何瞋恚無見答曰欲愛未盡習智已生盡智未生欲界中盡諦所斷道諦所斷見不相應法瞋恚結未盡欲界中思惟所斷法瞋恚結未盡盡智已生道智未生欲界中道諦所斷見不相應法瞋恚結未盡欲界中思惟所斷法瞋恚結未盡見諦成就世尊弟子欲愛未盡欲界思惟所斷法瞋恚結未盡是謂瞋恚無見也云何見無瞋恚答曰欲愛未盡苦智已生習智未生欲界中苦諦所斷法習諦所斷見結未盡色無色界法見結未盡是謂見無瞋恚云何身二俱繫答曰人身體肢節盡縛欲界中四諦思惟所斷法二俱繫欲愛未盡苦智已生習智未生欲界中習盡道諦思惟所斷法二俱繫習智已生盡智未生欲界中盡諦道諦所斷見相應法二俱繫盡智已生道智未生欲界中道諦所斷見相應法二俱繫是謂身二俱繫云何身二俱不繫答曰習智已生盡智未生苦諦習諦所斷法二俱不繫色無色界思惟所斷法二俱不繫盡智已生道智未生苦習盡諦所斷法二俱不繫色無色界思惟所斷法二俱不繫見諦成就世尊弟子四諦所斷法二俱不繫欲愛已盡欲界法

二俱不繫色無色界愛盡色無色界法二俱不繫是謂身二俱不繫疑亦如是若身中有瞋恚結繫復有失願耶答曰或有瞋恚無失願也云何有瞋恚無失願答曰欲愛未盡習智已生盡智未生欲界思惟所斷法瞋恚未盡盡智已生道智未生欲界思惟所斷法瞋恚未盡見諦成就世尊弟子欲愛未盡欲界思惟所斷法瞋恚未盡是謂有瞋恚無失願云何有失願無瞋恚答曰欲愛未盡苦智已生習智未生欲界苦諦所斷法習諦所斷失願未盡色無色界法失願未盡是謂失願無瞋恚云何二俱繫答曰人身體肢節盡縛欲界四諦思惟所斷法二俱繫欲愛未盡苦智已生習智未生欲界習盡道諦思惟所斷法二俱繫習智已生盡智未生欲界盡諦道諦所斷法二俱繫盡智已生道智未生欲界道諦所斷法二俱繫是謂身二俱繫云何身二俱解脫答曰習智已生盡智未生苦諦習諦所斷法二俱解脫色無色界思惟所斷法二俱解脫盡智已生道智未生苦諦習諦盡諦所斷法二俱解脫色無色界思惟所斷法二俱解脫見諦成就世尊弟子四諦所斷法二俱解脫色無色界思惟所斷法二俱解脫欲愛已盡欲界法二俱解脫色無色愛盡色無色界法二俱解脫是謂身二俱解脫若身中有瞋恚結繫有慳結耶答曰如是有慳結則有瞋恚結頗有瞋恚結無慳耶答曰有欲界四諦所斷法瞋恚未盡嫉結亦如是（瞋恚若竟）身中有無明結繫有見結耶答曰如是有見則有無明也頗有無明無見耶答曰習智已生

盡智未生盡諦道諦所斷見不相應法無明結未盡思惟所斷法無明結未盡盡智已生道智未生道諦所斷見不相應法無明結未盡思惟所斷法無明結未盡見諦成就世尊弟子思惟所斷法無明結未盡疑亦如是若身中有無明結繫有失願結耶答曰如是有失願則有無明也頗有無明無失願耶答曰有習智已生盡智未生思惟所斷法無明結未盡盡智已生道智未生思惟所斷法無明結未盡見諦成就世尊弟子思惟所斷法無明結未盡若身中有無明結繫有慳結耶答曰如是有慳結則有無明也頗有無明無慳耶答曰有欲界四諦所斷法無明結未盡色無色界法無明結未盡嫉亦如是癡門竟若身中有見結繫有失願耶答曰如是有見結則有失願也頗有失願無見耶答曰有習智已生盡智未生盡諦道諦所斷見不相應法失願未盡盡智已生道智未生道諦所斷見不相應法失願未盡若身中有見結繫有疑結耶答曰或有見無疑也云何有見無疑耶答曰習智已生盡智未生盡諦道諦所斷見相應法見結未盡盡智已生道智未生道諦所斷見相應法見結未盡是謂見無疑也云何有疑無見耶答曰習智已生盡智未生盡諦道諦所斷疑相應法疑結未盡盡智已生道智未生道諦所斷疑相應法疑結未盡是謂疑無見也云何身二俱繫答曰人身體肢節盡縛四諦思惟所斷法二俱繫苦智已生習智未生習盡道諦思惟所斷法二俱繫是謂身二俱繫云何身二俱解脫答曰習智已生盡

智未生苦諦習諦所斷法二俱解脫盡諦道諦所斷見疑不相應法二俱解脫思惟所斷法二俱解脫盡智已生道智未生苦諦習諦盡諦所斷法二俱解脫道諦所斷見疑不相應法二俱解脫思惟所斷法二俱解脫見諦成就世尊弟子四諦所斷法二俱解脫欲愛已盡欲界法二俱解脫色無色愛盡色無色界法二俱解脫是謂身二俱解脫若身中有見結繫有慳結耶答曰或有見無慳云何有見無慳耶答曰欲界四諦所斷法見結未盡色無色界法見結未盡是謂見無慳云何有慳非見答曰欲愛未盡習智已生盡智未生欲界思惟所斷法慳結結未盡盡智已生道智未生欲界思惟所斷法慳結未盡見諦成就世尊弟子欲愛未盡欲界思惟所斷法慳結未盡是謂慳非見云何身二俱繫答曰人身體肢節盡縛欲界思惟所斷法二俱繫欲愛未盡苦智已生習智未生欲界思惟所斷法二俱繫是謂二俱繫云何二俱解脫答曰習智已生盡智未生苦習諦所斷法二俱解脫盡道諦所斷見不相應法二俱解脫色無色界思惟所斷法二俱解脫盡智已生道智未生苦習盡諦所斷法二俱解脫道諦所斷見不相應法二俱解脫色無色界思惟所斷法二俱解脫見諦成就世尊弟子四諦所斷法二俱解脫色無色界思惟所斷法二俱解脫欲愛已盡欲界法二俱解脫色無色愛盡色無色界法二俱解脫是謂二俱解脫嫉亦如是第五見苦門竟歷四也身中有失願結繫有疑結耶答曰如是有疑結則有失願也頗有失願

無疑耶答曰有習智已生盡智未生盡諦道諦所斷疑不相應法失願結未盡盡智已生道智未生道諦所斷疑不相應法失願結未盡若身中有失願結繫有慳結耶答曰或有失願無慳云何有失願無慳耶答曰欲界四諦所斷法失願結未盡色無色界法失願結未盡是謂有失願無慳云何有慳無失願耶答曰欲愛未盡習智已生盡智未生欲界思惟所斷法慳結未盡盡智已生道智未生欲界思惟所斷法慳結未盡見諦成就世尊弟子欲愛未盡欲界思惟所斷法慳結未盡是謂慳無失願云何二俱繫答曰人身體肢節盡縛欲界思惟所斷法二俱繫欲愛未盡苦智已生習智未生欲界思惟所斷法二俱繫是謂身二俱繫云何二俱解脫答曰習智已生盡智未生苦習諦所斷法二俱解脫色無色界思惟所斷法二俱解脫盡智已生道智未生苦習盡諦所斷法二俱解脫色無色界思惟所斷法二俱解脫見諦成就世尊弟子四諦所斷法二俱解脫色無色界思惟所斷法二俱解脫欲愛已盡欲界法二俱解脫色無色界愛盡色無色界法二俱解脫是謂二俱解脫嫉亦如是第六失願苦門歷三也身中有疑結繫有慳結耶答曰或有疑無慳云何有疑無慳耶答曰欲界四諦所斷法疑結未盡色無色界法疑結未盡是謂有疑無慳云何有慳無疑答曰欲愛未盡習智已生盡智未生欲界思惟所斷法慳結未盡盡智已生道智未生欲界思惟所斷法慳結未盡見諦成就世尊弟子欲愛未盡欲界思惟所斷法慳結未

盡是謂有慳無疑也云何二俱繫答曰人身體肢節盡縛欲界思惟所斷法二俱繫欲愛未盡若智已生習智未生欲界思惟所斷法二俱繫是謂二俱繫云何二俱解脱答曰習智已生盡智未生苦諦習諦所斷法二俱解脱盡諦道諦所斷疑不相應法二俱解脱色無色界思惟所斷法二俱解脱盡智已生道智未生苦諦習諦盡諦所斷法二俱解脱道諦所斷疑不相應法二俱解脱色無色界思惟所斷法二俱解脱見諦成就世尊弟子四諦所斷法二俱解脱色無色界思惟所斷法二俱解脱欲愛已盡欲界法二俱解脱色無色界愛盡色無色界法二俱解脱是謂二俱解脱嫉亦如是（第七疑苦門竟）身中有慳結繫有嫉結耶答曰如是若有嫉有慳結耶答曰如是（一行竟歷六道也）

身中有過去愛結繫有未來耶答曰如是設有未來有過去耶答曰本與未盡則繫若本不與本與已盡則不繫若有過去有現在耶答曰若現在前設現在有過去耶答曰若本與不盡則繫若本不與本與已盡則不繫若有未來有現在耶答曰若現在前設有現在有未來耶答曰如是若有過去有未來現在耶答曰未來則繫現在若現在前設有未來現在有過去耶答曰若本與未盡則繫若本不與與者已盡則不繫若有未來有過去現在耶答曰或有未來無過去現在或有未來及過去無現在或有未來及現在無過去或有未來過去現在云何有未來無過去現在耶答曰若身中有愛結未盡若本不與本與

已盡不現在前是謂未來無過去現在云何未來及過去無現在耶答曰若身中本興愛結未盡又此身愛結不現在前是謂未來及過去無現在云何未來及現在無過去耶答曰身中有愛結現在前若本不興興者已盡是謂未來及現在無過去云何未來及過去現在耶答曰身中愛結本興未盡又此身愛結現在前是謂未來及過去現在設有過去現在有未來耶答曰如是若有現在有過去未來耶答曰未來則繫過去若本興未盡則繫若本不興興者已盡則不繫設有過去未來有現在耶答曰若現在前(愛歷六盡)瞋恚憍慢慳嫉亦復如是身中有過去無明結繫有未來耶答曰如是設有未來有過去耶答曰如是若有過去有現在耶答曰若現在前設有現在有過去耶答曰如是設有未來有現在耶答曰若現在前設有現在有未來耶答曰如是若有過去有未來現在耶答曰未來則繫現在若現在前設有未來現在有過去耶答曰如是若有未來有過去現在耶答曰過去則繫現在若現在前設有過去現在有未來耶答曰如是若有現在有過去未來耶答曰如是設有過去未來有現在耶答曰若現在前(無明歷六竟也)見失願疑亦復如是(歷六竟也)身中有過去愛結繫有過去瞋恚結耶答曰若本興未盡則繫若本不興興者已盡則不繫設有過去瞋恚結有過去愛結耶答曰若本興未盡則繫若前不興興者已盡則不繫身中有過去愛結繫有未來瞋恚結耶答曰若未盡設有未來瞋恚結有過去愛結耶答曰若

前興未盡則繫若前不興興者已盡則不繫身中有過去愛結繫有現在瞋恚結耶答曰若現在前設有現在瞋恚結有過去愛結耶答曰若前興未盡則繫若前不興興者已盡則不繫身中有過去愛結繫有過去現在瞋恚結耶答曰或有過去愛結無過去現在瞋恚結或有過去愛結及過去瞋恚結無現在或有過去愛結及現在瞋恚結無過去或有過去愛結及過去現在瞋恚結云何身中有過去愛結無過去現在瞋恚結耶答曰身中愛結前興未盡又此身中前不興瞋恚結若前興便盡不現在前是謂身過去愛結繫無過去現在瞋恚結云何身中過去愛結繫及過去瞋恚結無現在耶答曰身中愛結瞋恚結前興未盡又此身中瞋恚結不現在前是謂身過去愛結繫及過去瞋恚結無現在云何身中過去愛結繫及現在瞋恚結無過去耶答曰身中愛結前興未盡又此身中瞋恚結現在前若本不興興者已盡是謂身過去愛結繫及現在瞋恚結無過去云何身過去愛結繫及過去現在瞋恚結耶答曰若身中愛結瞋恚結前興不盡又此身中瞋恚結現在前是謂身過去愛結繫及過去現在瞋恚結也設有過去現在瞋恚結有過去愛結耶答曰若本興愛結未盡則繫若前不興興者已盡則不繫身中有過去愛結繫有未來現在瞋恚結耶答曰或有過去愛結繫無有未來現在瞋恚結也或有過去愛結繫及未來瞋恚結無現在或有過去愛結繫及未來現在瞋恚結云何身有過去愛結繫無未來現

在瞋恚結耶答曰色無色界法前與愛結未盡是謂身過去愛結繫無未來現在瞋恚結云何身過去愛結繫及未來瞋恚結無現在耶答曰身中前與愛結未盡又此身中瞋恚結未盡不現在前是謂身過去愛結繫及未來瞋恚結無現在云何身過去愛結繫及未來現在瞋恚結耶答曰身中前與愛結未盡又此身中瞋恚結現在前是謂身過去愛結繫及未來現在瞋恚結也設有未來現在瞋恚結有過去愛結乎答曰若本與未盡則繫若本不與興者已盡則不繫身中有過去愛結繫有過去未來瞋恚結乎答曰或有過去愛結繫無過去未來瞋恚結或有過去愛結繫及未來瞋恚結無過去或有過去愛結繫及過去未來瞋恚結云何身有過去愛結繫無過去未來瞋恚結耶答曰色無色界法前與愛結未盡是謂身過去愛結繫無過去未來瞋恚結云何身過去愛結繫及未來瞋恚結無過去答曰身中前與愛結未盡又此身中瞋恚結未盡若本不與興者已滅是謂身過去愛結繫及未來瞋恚結無過去云何身過去愛結繫及過去未來瞋恚結耶答曰身中愛結瞋恚結前與未盡是謂身過去愛結繫及過去未來瞋恚結設有過去未來瞋恚結有過去愛結乎答曰若本與未盡則繫若前不與興者已盡則不繫

阿毗曇八犍度論卷第五

阿毗曇八犍度論卷第六

迦旃延子造
苻秦罽賓三藏僧伽提婆共竺佛念譯

結使犍度第二之三

一行跋渠第二之餘

身中有過去愛結繫有過去未來現在瞋恚結乎答曰或有過去愛結繫無過去未來現在瞋恚結或有過去愛結繫及未來瞋恚結無過去現在或有過去愛結繫及過去未來瞋恚結無現在或有過去愛結繫及未來現在瞋恚結無過去或有過去愛結繫及過去未來現在瞋恚結云何身有過去愛結繫無過去未來現在瞋恚結乎答曰色無色界法前興愛結未盡是謂身過去愛結繫無過去未來現在瞋恚結云何身過去愛結繫及未來瞋恚結無過去現在瞋恚結乎答曰身中前興愛結未盡又此身中瞋恚結未盡若前不興興者已盡不現在前是謂身過去愛結繫及未來瞋恚結無過去現在云何身有過去愛結繫及過去未來瞋恚結無現在乎答曰身中愛結瞋恚結前興未盡又此身中瞋恚結不現在前是謂身過去愛結繫及過去未來瞋恚結無現在云何身過去愛結繫及未來現在瞋恚結無過去乎答曰身中前興愛結未盡又此身中瞋恚結現在前若前不興興者已盡是謂身過去愛結繫及未來現在瞋恚結無過去云何身有過去愛結繫及過去未來現在瞋恚結乎答曰身中愛結瞋恚結前興未盡又此身中瞋恚結現在前是謂身過去愛結繫及過去未來現在瞋恚結

設有過去未來現在瞋恚結有過去愛結乎答曰若前與未盡則繫若本不與與者已盡則不繫愛門七事竟慳嫉亦如是身中有過去愛結繫復有過去憍慢結耶答曰若前與未盡則繫若前不與與者已盡則不繫設有過去憍慢結有過去愛結乎答曰若前與未盡則繫若前不與與者已盡則不繫身中有過去愛結繫復有未來憍慢結乎答曰如是設有未來憍慢結復有過去愛結乎答曰若前與未盡則繫若前不與與者已盡則不繫身中有過去愛結繫復有現在憍慢結乎答曰若現在前設有現在憍慢結復有過去愛結乎答曰若前與未盡則繫若前不與與者已盡則不繫身中有過去愛結繫有過去現在憍慢結乎答曰或有過去愛結無過去現在憍慢結或有過去愛結及過去憍慢無現在或有過去愛結繫及現在憍慢無過去或有過去愛結及過去現在憍慢云何身中有過去愛結繫無過去現在憍慢乎答曰身中前與愛結未盡又此身中不與憍慢若前不與與者已盡不現在前是謂身過去愛結繫無過去現在憍慢云何身有過去愛結繫及過去憍慢無現在答曰身中愛結憍慢結前與未盡又此身中憍慢結不現在前是謂身過去愛結繫及過去憍慢結無現在云何身有過去愛結繫及現在憍慢無過去乎答曰身中前與愛結未盡又此身中憍慢結現在前若本不與與者已盡是謂身過去愛結繫及現在憍慢無過去云何身有過去愛結繫及過去現在憍慢乎答曰身中愛結憍慢結前與

未盡又此身中憍慢結現在前是謂身過去愛結繫及過去現在憍慢設有過去現在憍慢結有過去愛結乎答曰若前興未盡則繫若本不興興者已盡則不繫身中有過去愛結繫有未來現在憍慢結乎答曰未來則繫現在若現在前設有未來現在憍慢結有過去愛結乎答曰若前興未盡則繫若前不興興者已盡則不繫身中有過去愛結繫有過去未來憍慢結乎答曰未來則繫過去若本興未盡則繫若前不興興者已盡則不繫設有過去未來憍慢有過去愛結耶答曰若前興未盡則繫若前未興興者已盡則不繫身中有過去愛結繫有過去未來現在憍慢結耶答曰或有過去愛結及未來憍慢無過去現在或有過去愛結及過去未來憍慢無現在或有過去愛結及未來現在憍慢無過去或有過去愛結及過去未來現在憍慢也云何有過去愛結及未來憍慢無過去現在答曰身中前興愛結憍慢未盡又此身中憍慢結若前不興興者已盡又此身中憍慢不現在前是謂過去愛結繫及未來憍慢無過去現在云何過去愛結繫及過去未來憍慢無現在乎答曰身中前興愛結憍慢未盡又此身中憍慢不現在前是謂過去愛結及過去未來憍慢無現在也云何有過去愛結及未來現在憍慢無過去乎答曰身中前興愛結未盡又此身中憍慢結現在前又此身中本不興憍慢興者已盡是謂過去愛結及未來現在憍慢無過去云何有過去愛結及過去未來現在憍慢乎答曰身中前興愛結憍慢

未盡又此身中憍慢現在前是謂過去愛結及過去未來現在憍慢設有過去未來現在憍慢有過去愛結乎答曰若本與未盡則繫若本不與興者已盡則不繫(憍慢竟也)身中有過去愛結繫有過去無明結乎答曰如是設有過去無明結有過去愛結乎答曰若本與未盡則繫若本不與興者已盡則不繫身中有過去愛結繫有未來無明結乎答曰如是設有未來無明結有過去愛結乎答曰若本與未盡則繫若本未與興者已盡則不繫身中有過去愛結繫有現在無明結乎答曰若現在前設有現在無明結有過去愛結乎答曰若前與未盡則繫若前未與興者已盡則不繫身中有過去愛結繫有過去現在無明結乎答曰過去則繫現在若現在前設有過去現在無明結有過去愛結耶答曰若前與不盡則繫若前不與興者已盡則不繫身中有過去愛結繫有未來現在無明結乎答曰未來則繫現在若現在前設有未來現在無明結有過去愛結耶答曰若前與未盡則繫若前不與興者已盡則不繫身中有過去愛結繫有過去未來無明結耶答曰如是設有過去未來無明結有過去愛結耶答曰若本與未盡則繫若前不與興者已盡則不繫身中有過去愛結繫有過去未來現在無明結耶答曰過去未來則繫現在若現在前設有過去未來現在無明結有過去愛結耶答曰若本與未盡則繫若前不與興者已盡則不繫(無明竟)身中有過去愛結繫有過去見結耶答曰若不盡設有過去見結有過去愛結耶答

曰若本與不盡則繫若前未與與者已盡則不繫身中有過去愛結繫有未來見結耶答曰若不盡設有未來見結有過去愛結耶答曰若本與未盡則繫若前不與與者已盡則不繫身中有過去愛結繫有現在見結耶答曰若現在前設有現在見結有過去愛結耶答曰若本與未盡則繫若前未與與者已盡則不繫身中有過去愛結繫有過去現在見結耶答曰或有過去愛結無過去現在見結或有過去愛結及過去見結無現在或有過去愛結及過去現在見結云何有過去愛結無過去現在見結耶答曰身中愛結前與未盡又彼身中見結盡是謂過去愛結無過去現在見結云何有過去愛結及過去見結無現在耶答曰身中愛結前與未盡又彼身中見結未盡不現在前是謂過去愛結及過去見結無現在也云何有過去愛結及過去現在見結耶答曰身中前與愛結未盡又彼身中見結現在前是謂過去愛結及過去現在見結設有過去現在見結有過去愛結耶答曰若本與未盡則繫若前未與與者已盡則不繫身中有過去愛結繫有未來現在見結耶答曰或有過去愛結無未來現在見結或有過去愛結繫及未來見結無現在也或有過去愛結及未來現在見結云何有過去愛結無未來現在見結耶答曰前與愛結未盡又彼身中見結盡是謂過去愛結繫無未來現在見結云何有過去愛結及未來見結無現在耶答曰身中前與愛結未盡又此身中見結未盡亦不現在前是謂過去愛結繫及

未來見結無現在也云何身中過去愛結繫及未來現在見結答曰身中前與愛結未盡又此身中見結現在前是謂身中過去愛結繫及未來現在見結設有未來現在見結有過去愛結耶答曰若本與未盡則繫若前未與興者已盡則不繫身中有過去愛結繫有過去未來見結耶答曰若不盡設有過去未來見結有過去愛結耶答曰若本與未盡則繫若前未與興者已盡則不繫身中有過去愛結繫有過去未來現在見結耶答曰或有過去愛結繫無過去未來現在見結或有過去愛結繫及過去未來見結無現在或有過去愛結繫及過去未來現在見結也云何身中有過去愛結繫無過去未來現在見結耶答曰身中愛結本與未盡又此身中見結盡

是謂身中過去愛結繫無過去未來現在見結也云何身中有過去愛結繫及過去未來見結無現在耶答曰前與愛結未盡又彼身中見結未盡不現在前是謂身中過去愛結繫及過去未來見結無現在也云何身中有過去愛結繫及過去未來現在見結耶答曰身中愛結本與未盡又彼身中見結現在前是謂身中過去愛結繫及過去未來現在見結也設有過去未來現在見結繫有過去愛結耶答曰若本與未盡則繫若本未與興者已盡則不繫見七事竟失願疑亦復如是小七竟過去愛過去瞋恚過去憍慢一未來二現在三過去現在四未來現在五過去未來六過去未來現在憍慢七乃至慳嫉亦復如是大七竟身見三使而相受入戒盜六疑十二貪五瞋

恚五愚癡四一使少有所入五有漏中欲漏三十一有漏五十二無明漏十五流中欲流十九有流二十八無明流十五見流三十六軛亦如是受中欲受二十四戒受六見受三十我受三十八縛中欲愛身縛五瞋恚身縛五戒盜身縛六我見身縛十二蓋中貪欲五瞋恚五睡眠掉悔不與衆使而相受入疑蓋四結中瞋恚結五愛結憍慢結各十五慳結嫉結不與諸結而相受入下分中貪欲五瞋恚五身見三戒盜六疑十二見中身見邊見各三邪見見盜各十二戒盜六身愛中鼻更愛舌更愛一使少相受入眼更耳更身更愛二使少相受入意更愛十三使而相受入二使少有所入使中貪欲使五瞋恚使五有愛使十憍慢使無明使各十五見使三十六疑使十二結中瞋恚結五愛結憍慢結無明結各十五見結失願結各十八疑結十二慳結嫉結不與諸結而相受入九十八使中欲界身見欲界身見而相受入欲界戒盜疑乃至無色界思惟所斷無明使無色界思惟所斷無明使而相受入相攝門竟

三結三不善根三結爲受入三不善根三不善根爲受入三結答曰各各不相受入三結三有漏三結受入二漏少分二漏少分受入三結也餘殘各各不相受入三結四流三結受入三流少分三流少分受入三結也餘殘各各不相受入軛亦如是三結四受一結受入一受二結受入三受少分三受少分受入二結餘殘各各不相受入三結四縛爲三結受入四縛耶答曰或結非縛云何結非縛答

曰二結是謂結非縛云何縛非結答曰三縛是謂縛非結云何結縛答曰一結是謂結縛云何非結非縛答曰除上爾所事三結五蓋一結少分受入一蓋一蓋受入一結少分餘殘各各不相受入三結五結爲三結受入五結五結受入三結答曰各各不相受入三結五下分結爲三結受入五下分結五下分結受入三結答曰五三非三五非受入何等答曰貪欲瞋恚三結五見爲三結受入五見耶答曰或結非見云何結非見答曰一結是謂結非見云何見非結答曰三見是謂見非結云何是結見答曰二結是謂結見云何非結非見答曰除上爾所事三結六身愛爲三結受入六身愛爲六身愛受入三結答曰各各不相受入三結七使一結受入一使二結受入一使少分一使少分受入二結餘殘各各不相受入三結九結一結受入一結二結受入二結少分二結少分受入二結餘殘各各不相受入三結九十八使三結爲受入二十一使二十一使受入三結餘殘各各不相受入乃至九結九十八使爲九結受入九十八使九十八使爲受入九結答曰九九十八非九十八九不受入何等答曰慳嫉也（鈎鎖門竟）此三結幾受欲有幾色有無色有答曰一切少有所入欲有所入色有所入無色有所入貪瞋恚愚癡及欲漏受欲有所入有漏所入色有所入無色有所入餘殘所入欲有所入色有所入無色有所入流中欲流受欲有有流所入色有所入無色有所入餘殘所入欲有所入色無色有所入軛亦如是受中欲受受

欲有我受所入色無色有所入餘殘所入欲有所入色無色有所入縛中欲受身縛瞋恚身縛受欲有餘殘所入欲有所入色無色有所入蓋及瞋恚慳嫉受欲有餘殘所入欲有所入色無色有所入下分中貪欲瞋恚受欲有餘殘及見所入欲有所入色無色有所入愛身中鼻更愛舌更愛受欲有眼耳身更愛所入受欲有所入色有所入意更愛所入欲有所入色無色有所入使中貪欲使瞋恚使受欲有有愛使所入色有所入無色有所入餘殘所入欲有所入色無色有所入結中瞋恚結慳結嫉結受欲有餘殘所入欲有所入色無色有所入九十八使三十六使受欲有三十一受色有三十一受無色有（有門第三竟）

身見由何三昧滅答曰或依四或依未至戒盜疑或依四或依未至貪欲瞋恚愚癡及欲漏依未至有漏無明漏或依七或依未至流中欲流依未至有流無明流或依七或依未至見流或依四或依未至軛亦如是受中欲受依未至戒受見受或依四或依未至我受或依七或依未至縛中欲愛身縛瞋恚身縛依未至戒盜身縛我見身縛或依四或依未至蓋及瞋恚慳結嫉結依未至（禪六事中一也）餘殘或依七（四禪三中一也）或依未至下分中貪欲瞋恚依未至餘殘及見或依四或依未至愛身中鼻舌更愛依未至眼耳身更愛或依初或依未至意更愛或依七或依未至使中貪欲使瞋恚使依未至有愛使憍慢使無明使或依七或依未至見使疑使或依四或依未至結中瞋恚結慳結嫉結依未至愛結憍慢結無

明結或依七或依未至見結失願結疑結或依四或依未至九十八使中欲界依未至色界及無色界四諦所斷或依四或依未至無色界思惟所斷或依七或依未至三昧竟所有結過去已爲結所繫耶答曰如是所有結過去已爲結所繫也頗已爲結所繫此結不過去耶答曰有諸未來現在結所繫所有結未來當爲結所繫耶答曰或有未來結不當爲結所繫云何未來結不當爲結所繫答曰諸未來結永盡無餘已滅已吐於彼結盡定不退是謂未來結不當爲結所繫云何當爲結所繫此非未來結答曰諸結過去永盡無餘已盡已吐於彼結盡定退是謂當爲結所繫此結非未來云何結未來當爲結所繫答曰諸未來結永盡無餘已滅已吐於彼結盡定退是謂未來結當爲結所繫云何非未來結亦不當爲結所繫答曰諸結過去永盡無餘已滅已吐於彼結盡定不退及現在結是謂亦非未來結亦非當爲結所繫所有結現在今爲結所繫耶答曰如是諸現在結今爲結所繫也頗今爲結所繫此結非現在耶答曰有諸過去未來結所繫結處竟所可用道斷欲界結於彼道退還爲結所繫不爲結所繫答曰還爲結所繫所可用道斷色無色界結於彼道退還爲結所繫不爲結所繫耶答曰還爲結所繫道退處竟九斷智欲界中苦諦習諦所斷結盡初斷智色無色界苦諦習諦所斷結盡二斷智欲界盡諦所斷結盡三斷智色無色界盡諦所斷結盡四斷智欲界道諦所斷結盡五斷智色無色界道諦所斷結盡六斷

智五下分結盡七斷智色愛盡八斷智一切結盡九斷智九斷智爲受入一切斷智一切斷智爲受入九斷智耶答曰一切九非九一切不受入何等答曰見諦成就世尊弟子欲愛未盡欲界思惟所斷結盡不受入九斷智（三道不得受七斷智名也）欲愛已盡色愛未盡色界思惟所斷結盡不受入九斷智色愛已盡無色愛未盡無色界思惟所斷結盡不受入九斷智（九斷智竟）八人趣須陀洹證得須陀洹趣斯陀含證得斯陀含趣阿那含證得阿那含趣阿羅漢證得阿羅漢趣須陀洹證者於此九斷智成就幾不成就幾答曰或不成就或一二三四五云何不成就答曰苦法忍不成就苦法智不成就苦未知忍不成就苦未知智不成就習法忍不成就習法智一習未知忍習未知智二盡法忍盡法智三盡未知忍盡未知智四道法忍道法智五道未知忍得須陀洹成就六斷智趣斯陀含證者於此九斷智成就幾不成就幾答曰若倍欲盡越次取證（頓得）（不來故曰倍也）或不成就或一二三四五六云何不成就答曰苦法忍不成就苦法智不成就苦未知忍不成就苦未知智不成就習法忍不成就習法智一習未知忍習未知智二盡法忍盡法智三盡未知忍盡未知智四道法忍道法智五道未知忍若得須陀洹證趣斯陀含果六得斯陀含成就六斷智趣阿那含證者於此九斷智成就幾不成就幾答曰若欲愛盡越次趣證或不成就或一二三四五六云何不成就答曰苦法忍不成就苦法智不成就苦未知忍不成就苦未知智不成就習

法忍不成就習法智一習未知忍習未知智二盡法忍盡法智三盡未知忍盡未知智四道法忍道法智五道未知忍若得斯陀含果趣阿那含果六（通二道數）得阿那含成就一斷智五下分結盡斷智是趣阿羅漢證者於此九斷智成就幾不成就幾答曰或一或二色愛未盡成就一斷智五下分結盡是色愛已盡成就二斷智五下分結盡斷智色愛盡斷智得阿羅漢成就一斷智一切結盡斷智（一行跋渠）

第二竟（梵本千百十首盧）

阿毗曇八犍度論卷第六

阿毗曇八犍度論卷第七

迦旃延子造
苻秦罽賓三藏僧伽提婆共竺佛念譯

結使犍度第二之四

人跋渠第三

二種界結 幾果有五 九十五結 并三結種
此門普廣 說於果實 門有欲已 八人當學
三種攝身 死生受有 死而不生 有欲在後

二種依身欲界二色界二無色界二頗有欲界結一時得繫耶一時得不繫耶漸得繫漸不得繫耶頗色界結一時得繫一時得不繫漸得繫漸不得繫耶頗無色界結一時得繫一時不得繫漸得繫漸不得繫耶欲界見諦所斷結盡爲何果攝欲界思惟所斷色界見諦所斷色界思惟所斷無色界見諦所斷無色界思惟所斷結盡爲何果所攝五結種苦諦所斷結種習諦盡諦道諦思惟所斷結種苦諦所斷結種斷爲何果攝習諦盡諦道諦思惟所斷結種斷爲何果攝九結種苦法智所斷結種苦未知智所斷習法智所斷習未知智所斷盡法智所斷盡未知智所斷道法智所斷道未知智所斷思惟所斷結種苦法智所斷結種盡爲何果攝苦未知智所斷習法智所斷習未知智所斷盡法智所斷盡未知智所斷道法智所斷道未知智所斷思惟所斷結種盡爲何果攝十五結種欲界苦諦所斷結種欲界習盡道諦思惟所斷結種色界苦諦所斷結種色界習盡道諦思惟所斷結種無色界苦諦所斷結種無色界習盡道諦思惟所斷結種欲界苦諦所斷結種盡爲

何果攝欲界習盡道諦思惟所斷結種盡爲何果攝色界苦諦所斷結種盡爲何果攝色界習盡道諦思惟所斷結種盡爲何果攝無色界苦諦所斷結種盡爲何果攝無色界習盡道諦思惟所斷結種盡爲何果攝身見盡爲何果攝戒盜疑乃至無色界思惟所斷無明使盡爲何果攝見諦成就世尊弟子欲愛未盡欲界思惟所斷結盡爲何果攝欲愛已盡色愛未盡色界思惟所斷結盡爲何果攝色愛已盡無色愛未盡無色界思惟所斷結盡爲何果攝八人趣須陀洹證得須陀洹趣斯陀含證得斯陀含趣阿那含證得阿那含趣阿羅漢證得阿羅漢趣須陀洹證結盡爲何果攝得須陀洹乃至趣阿羅漢證得阿羅漢結盡爲何果攝諸學法成就須陀洹須陀

洹果所攝彼法耶若諸法須陀洹果所攝是學法耶斯陀含阿那含亦復如是諸無學法成就阿羅漢阿羅漢果攝彼法耶若阿羅漢果攝彼法是無學法耶諸須陀洹成就無漏法須陀洹果攝彼法耶若須陀洹果攝彼法者是無漏法耶斯陀含阿那含阿羅漢亦復如是諸法成就須陀洹是須陀洹果攝彼法耶若須陀洹果攝彼法者須陀洹成就彼法耶斯陀含阿那含阿羅漢亦復如是從欲界沒還生欲界盡受欲界有耶若受欲界有盡欲界沒還生欲界耶從色界沒還生色界盡受色界有耶設受色界有盡色界沒還生色界耶從無色界沒還生無色界盡受無色界有耶設受無色界有盡無色界沒還生無色界耶從欲界沒還生欲界此人有幾幾使所

使爲幾結繫從色界没還生色界此人有幾幾使所使爲幾結繫從無色界没生無色界此人有幾幾使所使爲幾結繫若不從欲界没不生欲界盡不受欲界有耶若不受欲界有盡不欲界没不生欲界耶不色界没不生色界盡不受色界有耶若不受色界有盡不色界没不生色界耶不無色界没不生無色界盡不受無色界有耶若不受無色界有盡不無色界没不生無色界耶若不欲界没不生欲界此人有幾幾使所使爲幾結繫不色界没不生色界此人有幾幾使所使爲幾結繫不無色界没不生無色界此人有幾幾使所使爲幾結繫頗欲界没不生欲界耶頗欲界没不生色無色界耶頗色界没不生色界耶頗色界没不生欲界無色界耶頗無色界没不生無色界耶頗無色界没不生欲界色界耶若欲界没不生欲界此人有幾幾使所使爲幾結繫若欲界没不生色無色界此人有幾幾使所使爲幾結繫若色界没不生色界此人有幾幾使所使爲幾結繫若色界没不生欲界無色界此人有幾幾使所使幾結繫若無色界没不生無色界此人有幾幾使所使爲幾結繫頗欲界没不生欲界色無色界耶頗色界没不生欲界色無色界耶頗無色界没不生欲界色無色界耶若欲界没不生欲界色無色界此人有幾幾使所使爲幾結繫若色界没不生欲界色無色界此人有幾幾使所使爲幾結繫若無色界没不生欲界色無色界此人有幾幾使所使爲幾結繫頗欲愛未盡命終不生欲界耶頗色愛未盡

命終不生欲界色界耶頗無色愛未盡命終不生欲界色界無色界耶若欲愛未盡命終不生欲界此人有幾幾使所使爲幾結繫若色愛未盡命終不生欲界色界此人有幾幾使所使爲幾結繫若無色愛未盡命終不生欲界色無色界此人有幾幾使所使爲幾結繫此章義願具演說

二種欲界二種色界二種無色界四諦所斷結種思惟所斷結種頗欲界結一時可繫耶合曰得凡夫人欲界無愛退從色無色界沒生欲界也一時不可繫耶答曰得凡夫人得欲界無愛漸可繫耶答曰不得漸不可繫耶答曰得世尊弟子先滅四諦所斷結彼思惟所斷也頗色界結一時可繫耶答曰得凡夫人從色無愛退從上地沒生欲界若梵天上一時得不繫耶答曰得凡夫人得色無愛漸得可繫耶答曰不得漸得不繫耶答曰得世尊弟子先滅四諦所斷結後思惟也頗無色界結一時可繫耶答曰不得一時得不繫耶答曰不得漸得繫耶答曰不得漸得不繫耶答曰得世尊弟子先滅四諦所斷結後思惟也二種界竟

欲界四諦所斷結盡爲何果攝答曰四沙門果或無處所欲界思惟所斷或阿那含果阿羅漢或無處所色界四諦所斷四沙門果或無處所色界思惟所斷或阿羅漢或無處所無色界四諦所斷四沙門果思惟所斷阿羅漢五結種苦諦所斷結種習諦盡諦道諦思惟所斷結種苦諦所斷結種盡爲何果攝答曰四沙門果或無處所習諦盡諦所斷四沙門果或無處所道諦所斷四沙門果

思惟所斷呵羅漢五種竟九結種苦法智所斷結種苦未知智所斷習法智所斷習未知智所斷盡法智所斷盡未知智所斷道法智所斷道未知智所斷思惟所斷結種苦法智所斷結種盡爲何果攝答曰四沙門果或無處所未入道果竟也苦未知智所斷習法智所斷習未知智所斷盡法智所斷盡未知智所斷道法智所斷四沙門果或無處所道未知智所斷四沙門果思惟所斷阿羅漢九種門竟十五結種欲界苦諦所斷結種欲界習諦盡諦道諦思惟所斷結種色界苦諦所斷結種色界習盡道諦思惟所斷結種無色界苦諦所斷結種無色界習盡道諦思惟所斷結種欲界苦諦所斷結種盡爲何果攝答曰四沙門果或無處所欲界習諦盡道諦所斷四沙門果或無

處所欲界思惟所斷阿那含果阿羅漢或無處所色界苦諦所斷四沙門果或無處所色界習盡道諦所斷四沙門果或無處所色界思惟所斷阿羅漢或無處所無色界苦諦所斷四沙門果或無處所無色界習盡諦所斷四沙門果或無處所無色界道諦所斷四沙門果無色界思惟所斷阿羅漢十五種竟身見盡爲何果攝答曰四沙門果或無處所戒盜疑四沙門果貪瞋恚愚癡及欲漏阿那含果阿羅漢或無處所有漏無明漏阿羅漢流中欲流阿那含果阿羅漢或無處所有流無明流阿羅漢見流四沙門果軛亦如是受中欲受阿那含果阿羅漢或無處所戒受見受四沙門果我受阿羅漢縛中貪欲身縛瞋恚身縛阿那含果阿羅漢或無處所戒盜身縛我見

身縛四沙門果蓋中貪欲瞋恚睡眠調戲阿那含果阿羅漢或無處所疑蓋四沙門果或無處所結中瞋恚結慳結嫉結阿那含果阿羅漢或無處所愛結憍慢結阿羅漢下分中貪欲瞋恚阿那含果阿羅漢或無處所身見四沙門果或無處所戒盗疑四沙門果見中身見邊見四沙門果或無處所邪見見盗戒盗四沙門果愛身中鼻更愛舌更愛阿那含果阿羅漢或無處所眼耳鼻身更愛阿羅漢或無處所意更愛阿羅漢使中貪欲使瞋恚使阿那含果阿羅漢或無處所有愛使憍慢使無明使阿羅漢見使疑使四沙門果結中瞋恚結慳結嫉結阿那含果阿羅漢或無處所愛憍慢無明結阿羅漢見失願疑結四沙門果九十八使欲界苦習盡道諦所斷四沙門果或無處所欲界思惟所斷阿那含果阿羅漢或無處所（二道門無處）色界苦習盡道諦所斷四沙門果或無處所色界思惟所斷阿羅漢或無處所無色界苦習盡諦所斷四沙門果或無處所無色界道諦所斷四沙門果無色界思惟所斷阿羅漢（相攝門竟）見諦成就世尊弟子欲愛未盡欲界思惟所斷結盡爲何果攝答曰斯陀含果或無處所欲愛已盡色愛未盡色界思惟所斷結盡爲何果攝答曰無處所色愛已盡無色愛未盡無色界思惟所斷盡爲何果攝答曰無處所（無欲門竟）八人趣須陀洹證得須陀洹趣斯陀含證得斯陀含趣阿那含證得阿那含趣阿羅漢證得阿羅漢趣須陀洹證者結盡爲何果攝答曰無處所得須陀洹即須陀洹趣斯陀含證結盡爲何

果攝答曰須陀洹果或無處所得斯陀含即斯陀含趣阿那含證結盡爲何果攝答曰斯陀含果或無處所得阿那含即阿那含趣阿羅漢證結盡爲何果攝答曰阿那含果或無處所阿羅漢即阿羅漢竟八人

諸學法成就須陀洹此法須陀洹果所攝耶答曰或攝或不攝云何攝答曰有爲須陀洹果得而不失是謂攝云何不攝答曰須陀洹增益進得衆妙無漏根得已結盡逮證是證不攝設諸法須陀洹果所攝彼是學法耶答曰或學或非學非無學云何學答曰有爲須陀洹果是謂學云何非學非無學答曰無爲須陀洹果是謂非學非無學斯陀含阿那含亦復如是諸無學法成就阿羅漢阿羅漢果攝彼法耶答曰如是設阿羅漢攝法彼是無學法耶答曰或彼無學或非學非無學云何無學答曰有爲阿羅漢是謂無學云何非學非無學答曰無爲阿羅漢是謂非學非無學諸無漏法成就須陀洹彼法須陀洹果所攝耶答曰或攝或不攝云何攝答曰得須陀洹果不失是謂攝云何不攝答曰須陀洹增益進得無漏微妙根得已若結盡受證得亦非數緣盡成就須陀洹是謂不攝設諸法須陀洹果所攝是無漏法耶答曰如是斯陀含阿那含亦復如是諸無漏法成就阿羅漢彼法阿羅漢果所攝耶答曰或攝或不攝云何攝答曰得阿羅漢果不失是謂攝云何不攝答曰非數緣盡成就阿羅漢是謂不攝設諸法阿羅漢所攝彼法是無漏耶答曰如是諸法成就須陀洹彼法須陀洹果所攝耶答曰或

有法成就須陀洹彼法非須陀洹果所攝云何諸法成就須陀洹彼法非須陀洹果所攝答曰須陀洹增益進得無漏微妙根得已結盡受證亦諸非數緣盡成就須陀洹有漏法成就須陀洹是謂諸法成就須陀洹此法非須陀洹果所攝云何諸法須陀洹果所攝此法不成就須陀洹耶答曰未得須陀洹果得已便失是謂諸法須陀洹果所攝此諸法不成就須陀洹云何諸法成就須陀洹是須陀洹果所攝法答曰得須陀洹果不失是謂諸法成就須陀洹是須陀洹果所攝法云何諸法不成就須陀洹非須陀洹果所攝法答曰除上爾所事斯陀含阿那含亦復如是諸法成就阿羅漢是阿羅漢所攝法耶答曰或有諸法成就阿羅漢此法非阿羅漢所攝云何諸法成就阿羅漢此法非阿羅漢所攝答曰亦非數緣盡成就阿羅漢及有漏法成就阿羅漢是謂諸法成就阿羅漢此法非阿羅漢所攝云何諸法阿羅漢所攝此法不成就阿羅漢答曰若未得阿羅漢果得已便失是謂諸法阿羅漢所攝此法不成就阿羅漢云何諸法成就阿羅漢是阿羅漢果所攝法答曰得阿羅漢不失是謂諸法成就阿羅漢是阿羅漢所攝法云何諸法不成就阿羅漢此法亦非阿羅漢果所攝答曰除上爾所事第二攝門竟

從欲界沒還生欲界盡受欲界有耶答曰或從欲界沒還生欲界不受欲界有云何從欲界沒還生欲界不受欲界有答曰欲界沒而辦色界中陰是謂欲界沒還生欲界不受欲界有也云何受欲界有非欲界沒不生欲

界答曰若色界没而辨欲界中陰是謂受欲界有非欲界没不生欲界云何欲界没還生欲界受欲界有答曰從欲界没而辨欲界中陰生陰是謂從欲界没還生欲界受欲界有云何不欲界没不生欲界不受欲界有答曰從色界没而辨色界中陰生陰從色界没生無色界無色界没生無色界從無色界没生色界是謂不欲界没不生欲界不受欲界有從色界没還生色界盡受色界有乎答曰或色界没還生色界不受色界有云何色界没還生色界不受色界有答曰從色界没而辨欲界中陰是謂從色界没還生色界不受色界有云何受色界有不色界没不生色界答曰從欲界没而辨色界中陰是謂受色界有不色界没不生色界云何從色界没生色界

受色界有答曰從色界没辨色界中陰生陰是謂色界没還生色界受色界有云何不色界没不生色界不受色界有答曰從欲界没辨欲界中陰生陰從欲界没生無色界無色界没生無色界無色界没生欲界是謂不色界没不生色界不受色界有無色界没生無色界盡受無色界有耶答曰如是無色界没生無色界盡受無色界有頗有受無色界有不無色界没生無色界耶答曰有若欲色界没生無色界從欲界没還生欲界此人有四欲界凡夫聖人色界凡夫聖人從色界没還生色界此人有三欲界凡夫色界凡夫聖人無色界没還生無色界此人有二無色界凡夫聖人欲界凡夫人九十八使所使九結所繫賢聖人十使所使六結所繫色界凡夫人

六十二使所使六結所繫賢聖人六使所使三結所繫無色界凡夫人三十一使所使六結所繫賢聖人三使所使三結所繫死生處竟若不欲界沒不生欲界盡不受欲界有耶答曰或有不欲界沒不生欲界非不受欲界有云何不欲界沒不生欲界非不受欲界有耶答曰從色界沒辦欲界中陰是謂不欲界沒不生欲界非不受欲界有云何不受欲界有非不欲界沒非不欲界生答曰從欲界沒辦色界中陰是謂不受欲界有非不欲界沒非不欲界生云何不欲界沒不生欲界不受欲界有答曰從色界沒辦色界中陰生陰從色界沒生無色界無色界沒生無色界無色界沒生色界是謂不欲界沒不生欲界不受欲界有云何非不欲界沒非不欲界生非不受欲界有答曰從欲界沒辦欲界中陰生陰是謂非不欲界沒非不生欲界非不受欲界有不色界沒不生色界盡不受色界有耶答曰或不色界沒不生色界非不受色界有云何不色界沒不生色界非不受色界有耶答曰從欲界沒辦色界中陰是謂不色界沒不生色界非不受色界有云何不受色界有非不色界沒非不生色界答曰從色界沒辦欲界中陰是謂不受色界有非不色界沒非不生色界云何不色界沒不生色界不受色界有答曰從欲界沒辦欲界中陰生陰從欲界沒生無色界無色界沒生無色界無色界沒生欲界是謂不色界沒不生色界不受色界有云何非不色界沒非不生色界非不受色界有答曰從色界沒辦色界中陰生陰是謂非不

色界没非不生色界非不受色界有不無色界没不生無色界盡不受無色界有耶答曰如是不無色界没不生無色界盡不受無色界有頗有不受無色界有非不無色界没不生無色界耶答曰有無色界没生欲界色界非欲界没不生欲界此人有五欲界凡夫色界凡夫聖人無色界凡夫聖人不色界没不生色界此人有六欲界凡夫聖人色界凡夫聖人無色界凡夫聖人不無色界没不生無色界此人有四欲界凡夫聖人色界凡夫聖人向使所使向結所繫（不生不死處竟）頗欲界命終不生欲界耶答曰不生辦欲界中陰辦色界中陰生陰生無色界而般涅槃頗欲界命終不生色界耶答曰不生辦色界中陰辦欲界中陰生陰生無色界而般涅槃頗欲界命終不生無色界耶答曰不生辦欲色界中陰生陰若般涅槃頗色界命終不生色界耶答曰不生辦色界中陰辦欲界中陰生陰生無色界而般涅槃頗色界命終不生欲界耶答曰不生辦欲界中陰辦色界中陰生陰生無色界而般涅槃頗色界命終不生無色界耶答曰不生辦欲色界中陰生陰而般涅槃頗無色界命終不生無色界耶答曰不生辦欲色界中陰生陰若般涅槃頗無色界命終不生欲界耶答曰不生辦欲界中陰辦色界中陰生陰生無色界而般涅槃頗無色界命終不生色界耶答曰不生辦色界中陰辦欲界中陰生陰生無色界而般涅槃若欲界命終不生欲界此人有六欲界凡夫聖人色界凡夫聖人無色界凡夫聖人若欲界命終不生色

界此人有六欲界凡夫聖人色界凡夫聖人無色界凡夫聖人若欲界命終不生無色界此人有四欲界凡夫聖人色界凡夫聖人色界命終不生色界此人有五欲界凡夫色界凡夫聖人無色界凡夫聖人色界命終不生欲界此人有五欲界凡夫色界凡夫聖人無色界凡夫聖人色界命終不生無色界此人有三欲界凡夫色界凡夫聖人無色界命終不生無色界此人有二欲界凡夫色界凡夫無色界命終不生欲界此人有四欲界凡夫色界凡夫無色界凡夫聖人無色界命終不生色界此人有四欲界凡夫色界凡夫無色界凡夫聖人向使所使向結所繫不生處竟頗欲界命終不生欲界色界無色界答曰不生辦欲色界中陰若般涅槃頗色界命終不生欲界色無色界答曰不生辦欲界色界中陰若般涅槃頗無色界命終不生欲界色無色界答曰不生辦欲色界中陰若般涅槃若欲界命終不生欲界色界無色界此人有四欲界凡夫聖人色界凡夫聖人若色界命終不生欲界色無色界此人有三欲界凡夫色界凡夫聖人無色界命終不生欲界色無色界此人有二欲界凡夫色界凡夫向使所使向結所繫第三不生處竟頗欲愛未盡命終不生欲界答曰不生辦欲界中陰頗色愛未盡命終不生欲色界答曰不生辦欲色界中陰頗無色愛未盡命終不生欲色無色界答曰不生辦欲色界中陰若欲愛未盡命終不生欲界此人有二欲界凡夫聖人若色愛未盡命終不生欲色界此人有四欲界凡夫聖人色界凡夫

聖人若無色愛未盡命終不生欲界色無色界此人有四欲界凡夫聖人色界凡夫聖人欲界凡夫人九十八使所使九結所繫聖人十使所使六結所繫色界凡夫六十二使所使六結所繫聖人六使所使三結所繫無色界凡夫人三十一使所使六結所繫聖人三使所使三結所繫人跋渠第三竟梵本四百六十七首盧

阿毗曇八犍度論卷第七

阿毗曇八犍度論卷第八

迦旃延子造

苻秦罽賓三藏僧伽提婆共竺佛念譯

結使犍度第二之五

十門跋渠第四

幾使所使 并及二緣 次第有覺 相應諸根
亦成就根 若不成就 斷智作證 十門普周

二十二根十八持十二入五陰五盛陰六大色法無色法可見法不可見法有對法無對法有漏法無漏法有爲法無爲法過去法未來法現在法善法不善法無記法欲界繫法色界繫法無色界繫法學法無學法非學非無學法見諦所斷法思惟所斷法無斷法四諦四禪四等四無色八解脫八除入十一切入八智三三昧三結三不善根三有漏四流四軛四受四縛五蓋五結五下分結五見六身受七使九結九十八使眼根幾使所使乃至無色界思惟所斷無明使幾使所使一門眼根緣識幾使所使乃至無色界思惟所斷無明使緣識幾使所使二門眼根緣識幾使所使乃至無色界思惟所斷無明使緣緣識幾使所使三門意根次第有幾心生乃至無色界思惟所斷無明使次第有幾心生四門眼根諸使所使此使當言有覺有觀無覺有觀無覺無觀耶乃至無色界思惟所斷無明使諸使所使此使當言有覺有觀無覺有觀無覺無觀耶五門眼根諸使所使此使幾根相應乃至無色界思惟所斷無明使諸使所使此使幾根相應六門成就眼根幾使所使幾結所繫成就何眼根乃至無色界思惟所斷無明使若成

就彼幾使所使幾結所繫成就何無色界思惟所斷無明使七門若所成就眼根彼幾使所使幾結所繫不成就何等眼根乃至無色界思惟所斷無明使彼幾使所使幾結所繫不成就何等無色界思惟所斷無明使八門眼根斷智時幾使幾結斷智乃至無色界思惟所斷無明使斷智時幾使幾結斷智九門眼根盡作證時幾使幾結盡作證耶乃至無色界思惟所斷無明使盡作證時幾使幾結盡作證耶十門此章義願具演說

眼根幾使所使欲界色界通一切及思惟所斷耳鼻舌身根亦復如是意根一切男根女根欲界通一切及思惟所斷命根三界通一切及思惟所斷樂根色界一切欲界通一切及思惟所斷苦根欲界通一切及思惟所斷喜根色界一切欲界一切除欲界疑無漏緣及彼相應無明憂根欲界一切護根一切信根精進根念根定根慧根三界通一切及思惟所斷未知根已知根無知根無有眼持耳鼻舌身持色持聲持細滑持眼識耳識身識持欲色界通一切及思惟所斷香持味持鼻識持舌識持欲界通一切及思惟所斷意持法持意識持一切眼入耳鼻舌身入色聲細滑入欲色界通一切及思惟所斷香味入欲界通一切及思惟所斷意入法入一切色陰欲色界通一切及思惟所斷痛想行識陰一切色盛陰欲色界通一切及思惟所斷痛想行識盛陰一切地種乃至空種欲色界通一切及思惟所斷識種一切色法欲色界通一切及思惟所斷無色法一切可見法有對法

欲色界通一切及思惟所斷不可見法無對法一切有漏法一切無漏法無有有爲法一切無爲法無有過去未來現在法一切善法三界通一切及思惟所斷不善法欲界一切無記法色無色界一切及欲界二種欲界習諦所斷通一切欲界繫法欲界繫一切色界繫法色界繫一切無色界繫法無色界繫一切學法無學法無有非學非無學法一切見諦所斷法見諦所斷一切思惟所斷法思惟所斷一切及通一切無斷法無有苦諦習諦一切盡諦道諦無有禪中色界一切四等色界通一切及思惟所斷無色界中無色界一切初第二第三解脫八除入八一切入色界通一切及思惟所斷餘殘解脫一切入無色界通一切及思惟所斷法智未知智無有知他人心智色界通一切及思惟所斷等智一切除見無漏緣苦智習智盡智道智空無相無願無有結中身見苦諦所斷一切及習諦所斷通一切戒盜苦諦所斷一切及習諦所斷通四諦思惟一切道諦所斷有漏緣疑見諦所斷有漏緣及疑相應無明無漏緣不善根中貪瞋恚欲界有漏緣愚癡欲界一切除欲界無明無漏緣漏中欲漏欲界一切有漏色無色界一切無明漏一切除無明無漏緣流中欲流欲界一切有流色無色界一切無明流一切除無明無漏緣見流見諦所斷有漏緣及見相應無明無漏緣軛亦如是受中欲受欲界一切戒受苦諦所斷一切及習諦所斷通一切道諦所斷有漏緣是受見諦所斷有漏緣及見相應無明無漏緣我受色無

色界一切縛中欲愛身縛瞋恚身縛欲界有漏緣戒盜身縛苦諦所斷一切及習諦所斷通一切道諦所斷有漏緣我見身縛見諦所斷有漏緣蓋中貪欲瞋恚欲界有漏緣睡眠調欲界一切戲欲界通一切及思惟所斷疑蓋欲界見諦所斷有漏緣及欲界疑相應無明無漏緣結中瞋恚結欲界有漏緣愛結憍慢結三界有漏緣慳結嫉結欲界通一切及思惟所斷下分中貪欲瞋恚欲界有漏緣身見苦諦所斷一切及習諦所斷通一切戒盜苦諦所斷一切及習諦所斷通一切道諦所斷有漏緣疑見諦所斷有漏緣及疑相應無明無漏緣見中身見邊見苦諦所斷一切及習諦所斷通一切邪見見諦所斷有漏緣及邪見相應無明無漏緣見盜見諦所斷有漏緣戒盜苦諦所斷一切及習諦所斷通一切道諦所斷有漏緣愛身中鼻舌更愛欲界通一切及思惟所斷眼耳身更愛欲色界通一切及思惟所斷意更愛三界有漏緣使中貪欲使瞋恚使欲界有漏緣有愛使色無色界有漏緣憍慢使三界有漏緣無明使一切除無明無漏緣見使見諦所斷有漏緣及見相應無明無漏緣疑使見諦所斷有漏緣及疑相應無明無漏緣結中瞋恚結欲界有漏緣愛結憍慢結三界有漏緣無明結一切除無明無漏緣見結見諦所斷有漏緣及見相應無明無漏緣失願結見諦所斷有漏緣疑結見諦所斷有漏緣及疑相應無明無漏緣慳結嫉結欲界通一切及思惟所斷九十八使欲界苦諦所斷欲界苦諦所斷一切及欲界

習諦所斷通一切欲界習諦所斷欲界習諦所斷一切及欲界苦諦所斷通一切欲界盡諦所斷欲界盡諦所斷一切及欲界通一切欲界道諦所斷欲界道諦所斷一切及欲界通一切欲界思惟所斷欲界思惟所斷一切及欲界通一切色無色界亦復如是（使門竟也）

眼根緣識幾使所使答曰欲色界三種無色界通一切及思惟所斷緣緣識（合解二門）四種（四諦除盡中并思惟）耳鼻舌身根亦復如是意根緣識有爲緣緣緣識有爲欲男根女根緣識欲界三種（苦集思惟）色界通一切及思惟所斷緣緣識欲界四種色界三種無色界通一切及思惟所斷命根緣識三界三種緣緣識四種樂根緣識欲界四種色界有爲緣無色界二種及通一切緣緣識欲界無色界四種色界有爲緣

苦根緣識欲界三種色界通一切及思惟所斷緣緣識欲界四種色界三種無色界通一切及思惟所斷喜根緣識欲色界有爲緣無色界二種及通一切緣緣識欲色界有爲緣無色界四種憂根緣識欲界有漏緣色界通一切及思惟所斷緣緣識欲界有爲緣色界三種無色界通一切及思惟所斷護根緣識有爲緣緣緣識有爲緣信精進念定慧根緣識四種緣緣識四種未知根已知根無知根緣識二種及通一切緣緣識四種眼持耳鼻舌身持色持聲細滑持緣識欲色界三種無色界通一切及思惟所斷緣緣識四種眼識耳識身識緣識欲色界三種緣緣識欲色界四種無色界二種及通一切香持味持鼻識舌識持緣識欲界三種色界通一切及思惟

所斷緣緣識欲界四種色界三種無色界通一切及思惟所斷意持意識持緣識有爲緣緣緣識有爲緣法持緣識一切緣緣識有爲緣眼入耳鼻舌身入色聲細滑入緣識欲色界三種無色界通一切及思惟所斷緣緣識四種香入味入緣識欲界三種色界通一切及思惟所斷緣緣識欲界四種色界三種無色界通一切及思惟所斷意入緣識有爲緣緣緣識有爲緣法入緣識一切緣緣識有爲緣色陰緣識欲色界四種無色界二種及通一切緣緣識四種痛想行識陰緣識有爲緣緣緣識有爲緣色盛陰緣識欲色界三種無色界通一切及思惟所斷緣緣識四種痛想行識盛陰緣識有漏緣緣識有爲緣地種乃至空種緣識欲色界三種無色界通一切及思惟所斷緣緣識四種識種緣識有漏緣緣緣識有爲緣色法緣識欲界色界四種無色界二種及通一切緣緣識四種無色法緣識一切緣緣識有爲緣可見法有對法緣識欲色界三種無色界通一切及思惟所斷緣緣識四種不可見法無對法緣識一切四諦思惟通三界也緣緣識有爲緣有漏法緣識有漏緣緣緣識有爲緣無漏法緣識三種盡道思惟及通一切緣緣識有爲緣有爲法緣識有爲緣緣緣識亦有爲緣無爲法緣識二種及通一切思惟盡也緣緣識有爲緣過去未來現在法緣識有爲緣緣緣識有爲緣善法緣識一切緣緣識有爲緣不善法緣識欲界有漏緣色界通一切及思惟所斷緣緣識欲界有爲緣色界三種無色界通一切及思惟所斷無記法緣識

欲界三種色無色界有漏緣緣緣識欲界四種色無色界有爲緣欲界繫法緣識欲界有漏緣色界通一切及思惟所斷緣緣識欲界有爲緣色界三種無色界通一切及思惟所斷色界繫法緣識欲界三種色界有漏緣無色界通一切及思惟所斷緣緣識欲界三種色界有爲緣無色界四種無色界繫法緣識欲色界三種無色界有漏緣緣緣識欲界三種色界四種無色界有爲緣學法無學法緣識二種及通一切緣緣識四種非學非無學法緣識四種道諦所斷有漏緣緣緣識有爲緣見諦所斷法緣識有漏緣緣緣識有爲緣思惟所斷法緣識三界三種緣緣識四種無斷滅法緣識三種及通一切緣緣識有爲緣苦習諦緣識有漏緣緣緣識有爲緣盡諦緣

識二種盡諦思惟及通一切緣緣識有爲緣道諦緣識二種及通一切緣緣識四種禪緣識欲界四種色界有爲緣無色界二種通一切緣緣識欲界無色界四種色界有爲緣等中慈悲護緣識欲色界三種無色界通一切及思惟所斷緣緣識欲界三種色無色界四種淨解脫後四除入八一切入亦復如是喜緣識欲色界三種緣緣識欲界三種色界四種無色界二種及通一切初第二解脫初四除入亦復如是無色中空處識處不用處緣識欲界三種色界四種無色界有爲緣緣緣識欲界三種色界四種無色界有爲緣有想無想處緣識欲色界三種無色界有漏緣緣緣識欲界三種色界四種無色界有爲緣解脫中空處解脫識處解脫不用處解脫緣識欲界

三種色無色界四種緣緣識欲界三種色無色界四種有想無想處解脫及滅盡解脫緣識三界三種緣緣識欲界三種色無色界四種空處入識處入亦復如是（無色有色治同）法智緣識欲界二種欲界通一切色界通一切及思惟所斷緣緣識欲界四種色界三種無色界通一切及思惟所斷未知智緣識色無色界二種及色無色界通一切欲界通一切及思惟所斷緣緣識欲界三種色無色界四種知他人心智緣識欲色界四種無色界二種及通一切緣緣識四種等智緣識有漏緣緣緣識有爲緣苦智習智盡智道智空無願無相緣識二種通一切緣緣識四種結中身見緣識三界三種緣緣識四種戒盜緣識三界三種及道諦所斷有漏緣緣緣識四種疑緣識

有漏緣緣緣識有爲緣貪瞋恚愚癡及欲漏緣識欲界有漏緣色界通一切及思惟所斷緣緣識欲界有爲緣色界三種無色界通一切及思惟所斷有漏緣識欲界三種色界無色界有漏緣緣緣識欲界三種色無色界有爲緣無明漏緣識有漏緣緣識有爲緣流中欲流緣識欲界有漏緣色界通一切及思惟所斷緣緣識欲界有爲緣色界三種無色界通一切及思惟所斷有流緣識欲界三種色無色界有漏緣緣緣識欲界三種色無色界有爲緣餘殘緣識有漏緣緣緣識有爲緣軛亦如是受中欲受緣識欲界有漏緣色界通一切及思惟所斷緣緣識欲界有爲緣色界三種無色界通一切及思惟所斷戒受緣識三界三種及道諦所斷有漏緣緣緣識四

種見受緣識有漏緣緣緣識有爲緣我受緣識欲界三種色無色界有漏緣緣緣識欲界三種色無色界有爲緣縛中貪欲身縛瞋恚身縛緣識欲界有漏緣色界通一切及思惟所斷緣緣識欲界有爲緣色界三種無色界通一切及思惟所斷戒盜身縛緣識三界三種及道諦所斷有漏緣緣緣識四種我見身縛緣識有漏緣緣緣識有爲緣蓋中貪欲瞋恚睡眠調疑緣識欲界有漏緣色界通一切及思惟所斷緣緣識欲界有爲緣色界三種無色界通一切及思惟所斷戲緣識欲界三種色界通一切及思惟所斷緣緣識欲界四種色界三種無色界通一切及思惟所斷結中瞋恚結緣識欲界有漏緣色界通一切及思惟所斷緣緣識欲界有爲緣色界三種無色界通一切及思惟所斷慳嫉結緣識欲界三種色界通一切及思惟所斷緣緣識欲界四種色界三種無色界通一切及思惟所斷餘殘緣識有漏緣緣緣識有爲緣下分中貪欲瞋恚緣識欲界有漏緣色界通一切及思惟所斷緣緣識欲界有爲緣色界三種無色界通一切及思惟所斷身見緣識三界三種緣緣識四種戒盜緣識三界三種及道諦所斷有漏緣緣緣識四種疑緣識有漏緣緣緣識有爲緣見中身見邊見緣識三界三種緣緣識四種戒盜緣識三界三種及道諦所斷有漏緣緣緣識四種餘殘緣識有漏緣緣緣識有爲緣受身中鼻舌更愛緣識欲界三種色界通一切及思惟所斷緣緣識欲界四種色界三種無色界通一切及思惟所斷眼耳

身更愛緣識欲色界三種緣緣識欲色界四種無色界三種及通一切意更愛緣識有漏緣緣緣識有爲緣使中貪欲瞋恚使緣識欲界有漏緣色界通一切及思惟所斷緣緣識欲界有爲緣色界三種無色界通一切及思惟所斷有愛使緣識欲界三種色無色界有漏緣緣緣識欲界三種色無色界有爲緣餘殘緣識有漏緣緣緣識有爲緣結中瞋恚結緣識欲界有漏緣色界通一切及思惟所斷緣緣識欲界有爲緣色界三種無色界通一切及思惟所斷慳嫉結緣識欲界三種色界通一切及思惟所斷緣緣識欲界四種色界三種無色界通一切及思惟所斷餘殘緣識有漏緣緣緣識有爲緣九十八使欲界苦諦所斷使緣識欲界三種苦習思惟色界通一切及思惟所斷緣緣識欲界四種除盡色界三種無色界通一切及思惟所斷習諦所斷思惟所斷亦復如是欲界盡諦所斷使緣識欲界三種及欲界盡諦所斷有漏緣色界通一切及思惟所斷緣緣識欲界有爲緣色界三種無色界通一切及思惟所斷欲界道諦所斷使緣識欲界三種及欲界道諦所斷有漏緣色界通一切及思惟所斷緣緣識欲界四種色界三種無色界通一切及思惟所斷色界苦諦所斷使緣識欲界色界三種無色界通一切及思惟所斷緣緣識欲界三種色無色界四種習諦思惟所斷亦復如是色界盡諦所斷使緣識欲色界三種及色界盡諦所斷有漏緣無色界通一切及思惟所斷緣緣識欲界三種色界有爲緣無色界四種色界道諦

所斷使緣識欲色界三種及色界道諦所斷有漏緣無色界通一切及思惟所斷緣緣識欲界三種色無色界四種無色界苦諦所斷使緣識三界三種緣緣識欲界三種色無色界四種習諦思惟所斷亦復如是無色界盡諦所斷使緣識三界三種及無色界盡諦所斷有漏緣緣緣識欲界三種色界四種無色界有爲緣無色界道諦所斷使緣識三界三種及無色界道諦所斷有漏緣緣緣識欲界三種色無色界四種單緣第二重緣第三二門合解竟

意根次第生十五心樂根次第生十一心二界五無色界一也喜根次第生十心欲界五二禪五苦根憂根次第生五心護根信根精進念定慧根次第生十五心未知根次第不生心十五心文更無已知根無知根次第生三心眼識耳識身識持次第生十心欲界五一禪五四諦思惟鼻識舌識持次第生五心欲界五也意持法持意識持意入法入痛陰想行識陰痛盛陰想行識盛陰識種無色法不可見法無對法有漏法有爲法次第生十五心無漏法次第生三心三界思惟無爲法次第不生心過去法次第生二心未來現在二世思惟未來法次第不生心現在法善法無記法欲界繫法色無色界繫法次第生十五心不善法次第生五心學法無學法次第生三心非學非無學法見諦所斷法思惟所斷法次第生十五心無斷滅法次第生三心苦諦習諦次第生十五心盡諦次第不生心道諦次第生三心禪次第生十五心四等次第生六心欲一思惟色五無色定次第生十五心初第二解脫初四除入次第生六心淨解脫後四除入八一切

入次第生八心四色四大空處解脫空處入識處解脫識處入次第生六心無色五色一也不用處解脫有想無想解脫次第生五心滅盡解脫次第不生心法智次第生二心未知智次第生三心知他人心智次第生六心色五欲一等智次第生十五心苦智習盡道智空無願無相次第生三心身見戒盜疑次第生十五心貪瞋恚愚癡及欲漏次第生五心餘殘十五心流中欲流次第生五心餘殘十五心軛亦如是受中欲受次第生五心餘殘十五心縛中欲愛身縛瞋恚身縛次第生五心餘殘十五心五蓋及瞋恚慳嫉結次第生五心餘殘十五心下分中貪欲瞋恚次第生五心餘殘及五見生十五心愛身中鼻舌更愛次第生五心眼耳身更愛次第生十心意更愛次第生十五心使中貪欲瞋恚使次第生五心餘殘十五心結中瞋恚慳嫉結次第生五心餘殘十五心九十八使欲界次第生五心色界十心無色界十五心第四次第門竟

男根女根苦根憂根諸使所使此使有覺有觀未知根已知根無知根無覺無觀餘殘根三行眼識耳識身識持或有覺有觀或無覺有觀香持味持鼻識舌識持有覺有觀餘殘識三行香入味入有覺有觀餘殘入三行陰盛陰種色法無色法可見法不可見法有對法無對法有漏法有爲法過去未來現在法善法無記法色界繫法三行不善法欲界繫法有覺有觀無色界繫法無覺無觀學法無學法無非學法非無學法四諦思惟所斷法三行無斷滅法無苦諦習諦三行盡諦道諦

無禪中初禪或有覺有觀或無覺有觀餘殘禪無覺無觀四等三行無色定無覺無觀初二解脫初四除入三行餘殘解脫除入一切入無覺無觀法智未知智無知他人心智等智三行苦智習盡道智空無願無相無身見戒盜疑三行貪瞋恚愚癡及欲漏有覺有觀餘殘三行流中欲流有覺有觀餘殘三行軛亦如是受中欲受有覺有觀餘殘三行縛中欲愛身縛瞋恚身縛有覺有觀餘殘三行五蓋及瞋恚慳嫉結有覺有觀餘殘三行下分中貪欲瞋恚有覺有觀餘殘及五見三行愛身中鼻舌更愛有覺有觀眼耳身更愛或有覺有觀或無覺無觀意更愛三行使中貪欲瞋恚使有覺有觀餘殘三行結中瞋恚慳嫉有覺有觀餘殘三行九十八使欲界有覺有觀色界三行無色界無覺無觀第五覺觀門竟

眼根諸使所使此使與四根相應除苦根耳鼻舌身根亦復如是意根五男根女根三除樂根苦根命根四除苦根樂根四除苦根苦根四除樂根喜根憂根三除樂根苦根護根五信精進念定慧根四除苦根未知根已知根無知根無使使眼持耳鼻舌身意識持四除苦根餘殘持五眼入耳鼻舌身入四除苦根餘殘入五陰盛陰種色法無色法可見法不可見法有對法無對法有漏法有爲法五無漏法無爲法無過去未來現在法善法不善法無記法欲界繫法五色界繫法三除苦根憂根無色界繫法一護根學法無學法無非學非無學法五四諦所斷法四除苦根思惟所斷法五無斷滅法無苦諦習諦五盡諦

道諦無禪中初禪三除苦根憂根二禪二喜根護根三禪二樂根護根四禪一護根四等慈悲護三除苦根憂根喜二喜根護根無色定一護根初第二解脫初四除入二喜根護根餘殘解脫除入一切入一護根法智未知智無知他人心智三除苦根憂根等智五苦智習盡道智空無願無相無身見戒盜疑及貪四除苦根瞋恚四除樂根愚癡及欲漏無明漏五有漏三除苦根憂根流中欲流無明流五有流三除苦根憂根見流四除苦根軛亦如是受中欲受五戒受見受四除苦根我受三除苦根憂根縛中瞋恚身縛四除樂根餘殘縛四除苦根蓋中貪欲四除苦根瞋恚四除樂根睡調五戲眠疑三除樂根苦根結中瞋恚結四除樂根愛結憍慢結四除苦根慳嫉結三除樂根苦根下分中貪欲四除苦根瞋恚四除樂根身見戒盜疑及五見六愛身四除苦根使中貪欲使憍慢使見使疑使四除苦根瞋恚使四除樂根有愛使三除苦根憂根無明使五結中瞋恚結四除樂根愛結憍慢結見結失願結疑結四除苦根無明結五慳嫉結三除樂根苦根九十八使欲界四諦所斷三除樂根苦根思惟所斷愛四除苦根瞋恚四除樂根憍慢三除樂根苦根無明五色界三除苦根憂根無色界一護根第六根相應門竟

誰成就眼根答曰色界欲界若得不失耳鼻舌根亦復如是誰成就身根答曰欲色界誰成就意根答曰一切衆生誰成就男根女根答曰欲界若得不失誰成就命根答曰一切

衆生誰成就樂根答曰遍淨天若下遍淨天若聖人生上誰成就苦根答曰欲界誰成就喜根答曰光音天若下光音若聖人生上誰成就憂根答曰欲愛未盡誰成就護根答曰一切衆生誰成就信精進念定慧根答曰不斷善根誰成就未知根已知根無知根答曰若得不失誰成就眼持耳鼻舌持答曰色界欲界若得不失誰成就身持色聲細滑持答曰欲色界誰成就眼識耳身識持答曰梵迦夷天若下梵迦夷若生上而現在前誰成就香持味持鼻識舌識持答曰欲界愛未盡誰成就意持法持意識持答曰一切衆生誰成就眼入耳鼻舌入答曰色界欲界若得不失誰成就身入色聲細滑入答曰欲色界誰成就香入味入答曰欲界誰成就意入法入答曰一切衆生誰成就色陰答曰欲色界若聖人生無色界法身誰成就痛想行識陰答曰一切衆生誰成就色盛陰答曰欲色界誰成就痛想行識盛陰答曰一切衆生誰成就地種乃至空種答曰欲色界誰成就識種答曰一切衆生誰成就色法答曰欲色界若聖人生無色界誰成就無色法答曰一切衆生誰成就可見法有對法答曰欲色界誰成就不可見法無對法答曰一切衆生誰成就有漏無漏法有爲無爲法過去未來現在法答曰一切衆生誰成就善法答曰不斷善根誰成就不善法答曰欲愛未盡誰成就無記法答曰一切衆生誰成就欲界繫法答曰欲色界誰成就色界繫法答曰欲色界誰成就無色界繫法答曰一切衆生誰成就學法無學法答

曰若得不失誰成就非學法非無學法答曰一切衆生誰成就見諦所斷法答曰未生道未知智誰成就思惟所斷無斷滅法若諦習諦答曰一切衆生誰成就盡諦答曰若得不失誰成就道諦答曰若得禪中誰成就初禪答曰梵迦夷天若下梵迦夷若聖人生上誰成就二禪答曰光音天若下光音若聖人生上誰成就三禪答曰遍淨天若下遍淨若聖人生上誰成就四禪答曰果實天若下果實若聖人生上誰成就四等答曰若得不失無色中誰成就空處答曰生空處者若空處下若聖人生上誰成就識處答曰若生識處若下識處者若聖人生上誰成就不用處答曰生不用處者若下不用處若無垢人上諸聖人皆此人也生上誰成就有想無想處答曰一切衆生誰成就解脱除入一切入答曰若得不失誰成就法智未知智答曰若得誰成就知他人心智答曰若得不失誰成就等智答曰一切衆生誰成就苦智習盡道智空無願無相答曰若得結中誰成就身見答曰若未知智未生誰成就戒盜疑答曰道未知智未生誰成就貪瞋恚愚癡及欲漏答曰欲愛未盡誰成就有漏無明漏答曰無色界愛未盡流中誰成就欲流答曰欲愛未盡誰成就有流無明流答曰無色界愛未盡誰成就見流答曰道未知智未生輒亦如是受中誰成就欲受答曰欲愛未盡誰成就戒受見受答曰道未知智未生誰成就我受答曰無色界愛未盡縛中誰成就欲愛身縛瞋恚身縛答曰欲愛未盡誰成就戒盜身縛我見身縛答曰道未知

智未生蓋中誰成就貪欲瞋恚睡眠掉悔蓋答曰欲愛未盡誰成就疑蓋答曰欲愛未盡若道法智未生結中誰成就瞋恚慳嫉結答曰欲愛未盡誰成就愛結憍慢結答曰無色界愛未盡下分中誰成就貪欲瞋恚答曰欲愛未盡誰成就身見答曰苦未知智未生誰成就戒盜疑答曰道未知智未生見中誰成就身見邊見答曰苦未知智未生誰成就邪見見盜戒盜答曰道未知智未生愛身中誰成就鼻舌更愛答曰欲愛未盡誰成就眼耳身更愛答曰梵天上愛未盡誰成就意更愛答曰無色界愛未盡使中誰成就貪欲瞋恚使答曰欲愛未盡誰成就有愛憍慢無明使答曰無色界愛未盡誰成就見使疑使答曰道未知智未生結中誰成就瞋恚慳嫉結答

曰欲愛未盡誰成就愛憍慢無明結答曰無色界愛未盡誰成就見結失願疑結答曰道未知智未生九十八使中誰成就欲界苦諦所斷使答曰欲愛未盡若苦法智未生誰成就欲界習諦所斷使答曰欲愛未盡若習法智未生誰成就欲界盡諦所斷使答曰欲愛未盡若盡法智未生誰成就欲界道諦所斷使答曰欲愛未盡若道法智未生誰成就欲界思惟所斷使答曰欲愛未盡誰成就色界苦諦所斷使答曰色愛未盡若苦未知智未生誰成就色界習諦所斷使答曰色愛未盡若習未知智未生誰成就色界盡諦所斷使答曰色愛未盡若盡未知智未生誰成就色界道諦所斷使答曰色愛未盡若道未知智未生誰成就色界思惟所斷使答曰色愛未

盡誰成就無色界苦諦所斷使答曰苦未知智未生誰成就無色界習諦所斷使答曰習未知智未生誰成就無色界盡諦所斷使答曰盡未知智未生誰成就無色界道諦所斷使答曰道未知智未生誰成就無色界思惟所斷使答曰無色界愛未盡第七成就門竟

誰不成就眼根答曰無色界欲界若未得若得便失耳鼻舌根亦復如是誰不成就身根答曰無色界意根無有不成就誰不成就男根女根答曰色無色界欲界若未得若得便失命根無不成就誰不成就樂根答曰凡夫人生遍淨天上誰不成就苦根答曰色無色界誰不成就喜根答曰凡夫人生光音天上誰不成就憂根答曰欲愛未盡護根無不成就誰不成就信精進念定慧根答曰善根本斷誰不成就未知根已知根無知根答曰未得若得便失誰不成就眼持耳鼻舌持答曰無色界欲界若未得若得便失誰不成就身持色聲細滑持答曰無色界誰不成就眼識耳識身識持答曰生梵天上不現在前誰不成就香持味持鼻識舌識持答曰色無色界無不成就意持法持意識持誰不成就眼入耳鼻舌入答曰無色界欲界若未得若得便失誰不成就身入色聲細滑入答曰無色界誰不成就香入味入答曰色無色界意入法入無不成就誰不成就色陰答曰凡夫人生無色界痛想行識陰無不成就誰不成就色盛陰答曰無色界痛想行識色盛陰無不成就誰不成就地種乃至空種答曰無色界識種無不成就誰不成就色法答曰凡夫人生

無色界無色法無不成就誰不成就可見法有對法答曰無色界不可見法無對法無不成就有漏無漏有爲無爲過去未來現在法無不成就誰不成就善法答曰善根本斷誰不成就不善法答曰欲愛已盡無記法無不成就誰不成就欲界繫法答曰無色界誰不成就色界繫法答曰無色界無色界繫法無不成就誰不成就學無學法答曰若未得若得便失非學非無學法無不成就誰不成就見諦所斷法答曰道未知智生思惟所斷無斷滅法苦諦習諦無不成就誰不成就盡諦答曰若未得若得便失誰不成就道諦答曰未得禪中誰不成就初禪答曰凡夫人生梵天上誰不成就二禪答曰凡夫人生光音天上誰不成就三禪答曰凡夫人生遍淨天上誰不成就四禪答曰凡夫人生無色界譯人云經本爾誰不成就四等答曰若未得若得便失無色中誰不成就空處答曰凡夫人生空處上誰不成就識處答曰凡夫人生識處上誰不成就不用處答曰凡夫人生不用處上有想處無想處無不成就誰不成就解脫除入一切入答曰若未得若得便失誰不成就法智未知智答曰未得誰不成就知他人心智答曰未得若得便失等智無不成就誰不成就苦智習盡道智空無相無願答曰未得結中誰不成就身見答曰苦未知智生誰不成就戒盜疑答曰道未知智生誰不成就貪瞋恚愚癡及欲漏答曰欲愛已盡誰不成就有漏無明漏答曰無色界愛已盡流中誰不成就欲流答曰欲愛已盡誰不成就有流無明流

答曰無色界愛已盡誰不成就見流答曰道未知智生軛亦如是愛中誰不成就欲愛答曰欲愛已盡誰不成就戒受見受答曰道未知智生誰不成就我受答曰無色界愛已盡縛中誰不成就欲愛身縛瞋恚身縛答曰欲愛盡誰不成就戒盜身縛我見身縛答曰道未知智生蓋中誰不成就貪欲瞋恚睡眠掉悔答曰欲愛已盡誰不成就疑蓋答曰欲愛已盡若欲愛未盡道法智生結中誰不成就瞋恚慳嫉結答曰欲愛已盡誰不成就愛結憍慢結答曰無色界愛已盡下分中誰不成就貪欲瞋恚答曰欲愛已盡誰不成就身見答曰苦未知智生誰不成就戒盜疑答曰道未知智生見中誰不成就身見邊見答曰苦未知智生誰不成就邪見見盜戒盜答曰道

未知智生愛身中誰不成就鼻舌更愛答曰欲愛已盡誰不成就眼耳身更愛答曰梵天上愛已盡誰不成就意更愛答曰無色界愛已盡使中誰不成就貪欲瞋恚使答曰欲愛已盡誰不成就有愛使憍慢使無明使答曰無色界愛已盡誰不成就見使疑使答曰道未知智生結中誰不成就瞋恚慳嫉結答曰欲愛已盡誰不成就愛結憍慢無明結答曰無色界愛已盡誰不成就見失願疑結答曰道未知智生九十八使中誰不成就欲界苦諦所斷使答曰欲愛已盡若欲愛未盡苦法智生誰不成就欲界習諦所斷使答曰欲愛已盡若欲愛未盡習法智生誰不成就欲界盡諦所斷使答曰欲愛已盡若欲愛未盡盡法智生誰不成就欲界道諦所斷使答曰欲

愛已盡若欲愛未盡道法智生誰不成就欲界思惟所斷使答曰欲愛已盡誰不成就色界苦諦所斷使答曰色愛已盡若色愛未盡若未知智生誰不成就色界習諦所斷使答曰色愛已盡若色愛未盡習未知智生誰不成就色界盡諦所斷使答曰色愛已盡若色愛未盡道未知智生誰不成就色界道諦所斷使答曰色愛已盡若色愛未盡道未知智生誰不成就色界思惟所斷使答曰色愛已盡誰不成就無色界苦諦所斷使答曰苦未知智生誰不成就無色界習諦所斷使答曰習未知智生誰不成就無色界盡諦所斷使答曰盡未知智生誰不成就無色界道諦所斷使答曰道未知智生誰不成就無色界思惟所斷使答曰無色界愛已盡第八不成就門竟也

眼根斷智時凡夫人到色愛盡三十一使斷智結不悉盡聖人三使色界三使斷智結不悉盡如眼根如是耳鼻舌身根眼持耳鼻舌身持色聲細滑持眼入耳鼻舌身入色聲細滑入色陰色盛陰地種乃至空種色法可見法有對法色界繫法第四禪慈悲護淨解脫後四除入八一切入知人心智斷智時凡夫人到色愛盡三十一使斷習結不悉盡聖人三使斷智結不悉盡意根斷智時到無色界愛盡三使得斷智三結永盡如意根如是命根護根信精進念定慧根意持法持意識持意入法入痛陰想行識陰痛盛陰想行識盛陰識種無色法不可見法無對法有漏法有爲法過去未來現在法善法無記法無色界繫法非學非無學法思惟所斷法苦諦習諦有想

無想處有想無想處解脫滅盡解脫等智斷智時到無色界愛盡三使斷智三結永盡男根女根斷智時凡夫人到欲愛盡三十六使斷智三結永盡聖人四使斷智三結永盡如男根女根如是苦根憂根香持味持鼻識舌識持香入味入不善法欲界繫法斷智時凡夫人到欲愛盡三十六使斷智三結永盡聖人四使斷智三結永盡樂根斷智時到遍淨天愛盡即彼樂根斷智結使不悉盡喜根斷智時到光音天愛盡即彼喜根斷智結使不悉盡眼識耳識身識持斷智時到梵天上愛盡即彼三識持斷智結使不悉盡見諦所斷法斷智時色愛未盡道未知智現在前十四使斷智三結永盡色愛已盡道未知智現在前七使斷智三結永盡禪中初禪斷智時到初禪愛盡即彼初禪斷智結使不悉盡第二禪斷智時到第一禪愛盡即彼第二禪斷智結使不悉盡如第二禪喜初第二解脫初四除入亦復如是三禪斷智時到第三禪愛盡即彼三禪斷智使結不悉盡無色中空處斷智時到空處愛盡即彼空處斷智結使不悉盡空處解脫空處入亦復如是識處斷智時到識處愛盡即彼識處斷智結使不悉盡識處解脫識處入亦復如是不用處斷智時到不用處愛盡即彼不用處斷智結使不悉盡不用處解脫亦復如是結中身見斷智時色愛未盡苦未知智現在前十八使斷智結不悉盡色愛已盡苦未知智現在前九使斷智結不悉盡如身見如是下分中身見見中身見邊見斷智時色愛未盡苦未知智現在前

十八使斷智結不悉盡色愛已盡苦未知智現在前九使斷智結不悉盡戒盜疑斷智時色愛未盡道未知智現在前十四使斷智三結永盡色愛已盡道未知智現在前七使斷智三結永盡如戒盜疑如是見流見軛戒受見受戒盜身縛我見身縛下分中戒盜疑見中邪見見盜戒盜使中見使疑使結中見失願疑結斷智時色愛未盡道未知智現在前十四使斷智三結永盡色愛已盡道未知智現在前七使斷智三結永盡貪欲瞋恚愚癡及欲漏斷智時凡夫人到欲愛盡三十六使斷智三結永盡聖人四使斷智三結永盡如是欲流欲軛欲受欲愛身縛瞋恚身縛蓋中貪欲瞋恚睡眠掉悔結中瞋恚慳嫉結下分中貪欲瞋恚愛身中鼻舌更愛使中貪欲瞋恚使結中瞋恚慳嫉結斷智時凡夫人到欲愛盡三十六使斷智三結永盡聖人四使斷智三結永盡有漏無明漏斷智時到無色界愛盡三使斷智三結永盡如是有流無明流有軛無明軛我受愛結憍慢結無明結意更愛有愛使憍慢使無明使斷智時到無色界愛盡三使斷智三結永盡疑蓋斷智時凡夫人到欲愛盡三十六使斷智三結永盡聖人道法智現在前八使斷智結不悉盡眼耳身更愛斷智時到梵天上愛盡即彼三愛身斷智結使不悉盡九十八使中欲界苦諦所斷使斷智時凡夫人到欲愛盡三十六使斷智三結永盡聖人苦法智現在前十使斷智結不悉盡欲界習諦所斷使斷智時凡夫人到欲愛盡三十六使斷智三結永盡聖人習法

智現在前七使斷智結不悉盡盡諦所斷亦復如是欲界道諦所斷使得斷智時凡夫人到欲愛盡三十六使斷智三結永盡聖人道法智現在前八使斷智結不悉盡欲界思惟所斷使斷智時凡夫人到欲愛盡三十六使斷智三結永盡聖人四使斷智三結永盡色界苦諦所斷使斷智時凡夫人到色愛盡三十一使斷智結不悉盡無垢人苦未知智現在前十八使斷智結不悉盡色界習諦所斷使斷智時凡夫人到色愛盡三十一使得斷智結不悉盡無垢人習未知智現在前十二使斷智結不悉盡盡諦所斷使亦復如是色界道諦所斷使斷智時凡夫人到色愛盡三十一使斷智結不悉盡無垢人道未知智現在前十四使斷智三結永盡色界思惟所斷使斷智時凡夫人到色愛盡三十一使得斷智結不悉盡無垢人三使斷智結不悉盡色界苦諦所斷使斷智時色愛未盡苦未知智現在前十八使斷智結不悉盡色愛已盡苦未知智現在前九使斷智結不悉盡無色界習諦所斷使斷智時色愛未盡習未知智現在前十二使斷智結不悉盡色愛已盡習未知智現在前六使斷智結不悉盡盡諦所斷使亦復如是無色界道諦所斷使斷智時色愛未盡道未知智現在前十四使斷智三結永盡色愛已盡道未知智現在前七使斷智三結永盡無色界思惟所斷使斷智時到無色界愛盡三使斷智三結永盡斷智九門竟也

眼根盡作證時凡夫人到色愛盡三十一使盡作證結不悉盡無垢人三使盡作證結不

悉盡得阿羅漢九十八使盡作證九結永盡如眼根如是耳鼻舌身根眼持耳鼻舌身持色聲細滑持眼入耳鼻舌身入色聲細滑入色陰色盛陰地種乃至空種色法可見法有對法色界繫法第四禪慈悲護淨解脫後四除入八一切入知他人心智盡作證時凡夫人到色愛盡三十一使盡作證結不悉盡無垢人三使盡作證結不悉盡得阿羅漢九十八使盡作證九結永盡意根盡作證時得阿羅漢九十八使盡作證九結永盡如意根如是命根護根信精進念定慧根意持法持意識持意入法入痛陰想行識陰痛盛陰想行識盛陰識種無色法不可見法無對法有漏法有爲法過去未來現在法善法無記法無色界繫法非學非無學法思惟所斷法苦諦習諦有想無想處有想無想解脫滅盡解脫等智盡作證時得阿羅漢九十八使盡作證九結永盡男根女根盡作證時凡夫人到欲愛盡三十六使盡作證三結永盡得阿那含果九十二使盡作證六結永盡（慳嫉瞋除道跡三也）得阿羅漢九十八使盡作證九結永盡如男根女根如是苦根憂根香持味持鼻識舌識持香入味入不善法欲界繫法盡作證時凡夫人到欲愛盡三十六使盡作證三結永盡得阿那含果九十二使盡作證六結永盡得阿羅漢九十八使盡作證九結永盡樂根盡作證時到遍淨天愛盡即彼樂根盡作證時結使不悉盡得阿羅漢果九十八使盡作證九結永盡喜根盡作證時到光音天愛盡即彼喜根盡作證結使不悉盡得阿羅漢九十八

使盡作證九結永盡眼識耳識身識持盡作證時到梵天上愛盡即彼三識持盡作證結使不悉盡得阿羅漢九十八使盡作證九結永盡四諦所斷法盡作證時得須陀洹果八十八使盡作證三結永盡得斯陀含果八十八使盡作證三結永盡得阿那含果九十二使盡作證六結永盡得阿羅漢果九十八使盡作證九結永盡禪中初禪盡作證時到初禪愛盡即彼初禪盡作證結使不悉盡得阿羅漢九十八使盡作證九結永盡二禪盡作證時到二禪愛盡即彼二禪盡作證結使不悉盡得阿羅漢九十八使盡作證九結永盡喜初第二解脫初四除入亦復如是三禪盡作證時到三禪愛盡即彼三禪盡作證結使不悉盡得阿羅漢九十八使盡作證九結永盡無色中空處盡作證時到空處愛盡即彼空處盡作證結使不悉盡得阿羅漢九十八使盡作證九結永盡空處解脫空處入亦復如是識處盡作證時到識處愛盡即彼識處盡作證結使不悉盡得阿羅漢九十八使盡作證九結永盡識處解脫識處入亦復如是不用處盡作證時到不用處愛盡即彼不用處盡作證結使不悉盡得阿羅漢九十八使盡作證九結永盡不用處解脫亦復如是結中身見盡作證時苦未知智現在前十八使盡作證結不悉盡得須陀洹斯陀含阿那含阿羅漢果九十八使盡作證九結永盡下分中身見見中身見邊見盡作證時苦未知智現在前十八使盡作證結不悉盡得須陀洹斯陀含阿那含阿羅漢果九十八使盡作證

九結永盡戒盜疑盡作證時得須陀洹斯陀含阿那含阿羅漢果九十八使盡作證九結永盡如是見流見軛戒受見受戒盜身縛我見身縛下分中戒盜疑見中邪見見盜戒盜使中見使疑使結中見結失願疑結盡作證時得須陀洹果斯陀含阿那含阿羅漢果九十八使盡作證九結永盡貪瞋恚愚癡及欲漏盡作證時凡夫人到欲愛盡三十六使盡作證三結永盡得阿那含果九十二使盡作證六結永盡得阿羅漢九十八使盡作證九結永盡如是欲流欲軛欲愛縛中欲愛身縛瞋恚身縛蓋中貪欲瞋恚睡眠掉悔結中瞋恚慳嫉結下分中貪欲瞋恚愛身中鼻舌更愛使中貪欲使瞋恚使結中瞋恚結慳嫉結盡作證時凡夫人到欲愛盡三十六使盡作證三結永盡得阿那含果九十二使盡作證六結永盡得阿羅漢果九十八使盡作證九結永盡有漏無明漏盡作證時得阿羅漢九十八使盡作證九結永盡流中有流無明流有軛無明軛我愛結憍慢結意更愛有愛使憍慢使無明使愛結憍慢結無明結盡作證時得阿羅漢九十八使盡作證九結永盡疑蓋盡作證時凡夫人到欲愛盡三十六使盡作證三結永盡無垢人道法智現在前八使盡作證結不悉盡得須陀洹果乃至阿羅漢果九十八使盡作證九結永盡眼耳身更愛盡作證時到梵天上愛盡即彼三愛身盡作證結使不悉盡得阿羅漢果九十八使盡作證九結永盡九十八使中欲界苦諦所斷使盡作證時凡夫人到欲愛盡三十六使盡作

證三結永盡無垢人苦法智現在前十使盡作證結不悉盡得須陀洹乃至阿羅漢九十八使盡作證九結永盡欲界習諦所斷使盡作證時凡夫人到欲愛盡三十六使盡作證三結永盡無垢人習法智現在前七使盡作證結不悉盡得須陀洹乃至阿羅漢九十八使盡作證九結永盡盡諦所斷使亦復如是欲界道諦所斷使盡作證時凡夫人到欲愛盡三十六使盡作證三結永盡無垢人道法智現在前八使盡作證結不悉盡得須陀洹乃至阿羅漢果九十八使盡作證九結永盡欲界思惟所斷使盡作證時凡夫人到欲愛盡三十六使盡作證三結永盡得阿那含果九十二使盡作證六結永盡得阿羅漢果九十八使盡作證九結永盡色界苦諦所斷使盡作證時凡夫人到色愛盡三十一使盡作證結不悉盡無垢人苦未知智現在前十八使盡作證結不悉盡得須陀洹果乃至阿羅漢九十八使盡作證九結永盡色界習諦所斷使盡作證時凡夫人到色愛盡三十一使盡作證結不悉盡無垢人習未知智現在前十二使盡作證結不悉盡得須陀洹果乃至阿羅漢果九十八使盡作證九結永盡盡諦所斷使盡作證時亦復如是色界道諦所斷使盡作證時凡夫人到色愛盡三十一使盡作證結不悉盡無垢人道未知智現在前十四使盡作證三結永盡得須陀洹果乃至阿羅漢果九十八使盡作證九結永盡色界思惟所斷使盡作證時凡夫人到色愛盡三十一使盡作證結不悉盡無垢人三使盡作證

結不悉盡得阿羅漢九十八使盡作證九結永盡無色界苦諦所斷使盡作證時苦未知智現在前十八使盡作證結不悉盡得須陀洹果乃至阿羅漢果九十八使盡作證九結永盡無色界習諦所斷使盡作證時習未知智現在前十二使盡作證結不悉盡得須陀洹果乃至阿羅漢果九十八使盡作證九結永盡盡諦所斷亦復如是無色界道諦所斷使盡作證時得須陀洹果乃至阿羅漢果九十八使盡作證九結永盡無色界思惟所斷使盡作證時得阿羅漢九十八使盡作證九結永盡

證門第十竟

十門跋渠第四竟梵本一千六百首盧長十二字

阿毗曇八犍度論卷第八

阿毗曇八犍度論卷第九

迦旃延子造
符秦罽賓三藏僧伽提婆共竺佛念譯

智犍度第三之一

八種有五處　知他人心智　若能修行智
相應最在後

八道跋渠第一

又十種智　擇恒在前　諸相應覺　世見無漏

又世尊言八種成就學跡十種漏盡阿羅漢八種學跡幾種成就過去幾種成就未來幾種成就現在十種漏盡阿羅漢幾種成就過去幾種成就未來幾種成就現在云何爲見云何爲智云何爲慧若見是智耶設智是見耶若見是慧耶設慧是見耶若智是慧耶設慧是智耶爲見攝智耶爲智攝見見攝慧耶爲慧攝見智攝慧耶爲慧攝智若成就見彼智耶設成就智彼見耶若成就見彼慧耶設成就慧彼見耶若成就智彼慧耶設成就慧彼智耶若見已滅無餘彼智耶設智已滅無餘彼見耶若見已滅無餘彼慧耶設慧已滅無餘彼見耶若智已滅無餘彼慧耶設慧已滅無餘彼智耶問定理攝成就滅所謂等見是擇法覺意耶設是擇法覺意是等見耶所謂等智是擇法覺意耶設是擇法覺意是等智耶念覺意現在前時幾覺意幾道種現在前法精進喜猗定護覺意等見等志等語等業（身也）等活等方便等念等定現在前時幾覺意幾道種現在前諸法與念覺意相應擇法覺意彼耶設法與擇法覺意相應念覺意彼耶諸法念覺意相應精進喜猗定護覺意等

見等志等方便等念等定彼耶設諸法與等定相應念覺意彼耶諸法乃至等念相應等定彼耶設諸法與等定相應等念彼耶云何世俗等見云何世俗等智若世俗等見是世俗等智耶設是世俗等智是世俗等見耶世俗等見世俗等智所攝耶設是世俗等智世俗等見所攝耶若成就世俗等見彼世俗等智耶設成就世俗等智彼世俗等見耶若世俗等見已滅無餘彼世俗等智耶設世俗等智已滅無餘彼世俗等見耶問定理攝成就滅云何無漏等見云何無漏等智若無漏等見是無漏等智耶設是無漏等智是無漏等見耶無漏等見無漏等智所攝耶設無漏等智無漏等見所攝耶若成就無漏等見彼無漏等智耶設成就無漏等智彼無漏等見耶

問定理攝成就此章義頗具演說又世尊言八種成就學跡十種漏盡阿羅漢八種學跡幾種成就過去幾種成就未來幾種成就現在答曰若依有覺有觀三昧學初見現在前彼不過去八種未來八種現在彼滅已不失若依有覺有觀三昧學見現在前彼八種成就過去八未來八現在彼滅已不失若依無覺無觀三昧學見現在前彼八過去八未來七現在無等志也彼滅已不失若依無色定學見現在前彼八過去八未來四現在除等志等語等業等命無色無也彼滅已不失若入滅盡三昧若世俗心現在前彼八過去八未來現在無有有覺有觀竟若依無覺無觀三昧學初見現在前彼無過去未來八現在七彼滅已不失復依無覺無觀三昧學見現在前彼過去七未來八現

在七彼滅已不失若依無色定學見現在前彼過去七未來八現在四彼滅已不失若入滅盡定世俗心現在前彼過去七未來八現在無彼滅已不失復依有覺有觀三昧學見現在前彼過去七未來八現在八(無覺觀竟)若依無色定學初見現在前彼過去無未來八現在四彼滅已不失復依無色定學見現在前彼過去四未來八現在四彼滅已不失復入滅盡定世俗心現在前彼過去四未來八現在無若滅已不失復依有覺有觀三昧學見現在前彼過去四未來八現在八彼滅已不失復依無覺無觀三昧學見現在前彼過去八未來八現在七(學跡竟也)十種漏盡阿羅漢幾種成就過去幾種成就未來幾種成就現在

答曰若依有覺有觀三昧無學初智現在前彼過去無未來十現在九(無等見也)彼滅已不失復依有覺有觀三昧無學智現在前彼過去九未來十現在九彼滅已不失若依無覺無觀三昧無學智現在前彼過去九未來十現在八(無等志等見也)彼滅已不失若依無色定無學智現在前彼過去九未來十現在五(初上無戒)彼滅已不失若入滅盡定世俗心現在前彼過去九未來十現在無(智竟)彼滅已不失若依有覺有觀三昧無學初見現在前彼過去九未來十現在九彼滅已不失復依有覺有觀三昧無學若智若見現在前彼過去未來十現在九彼滅已不失復依無覺無觀三昧無學若智若見現在前彼過去未來十現在八彼滅已不失復依無色定無學若智若見現在前彼過去未來十現在五彼滅已不失復入

滅盡定世俗心現在前彼過去未來十現在
無有觀覺意若依無覺無觀三昧無學初智現在
前彼過去無未來十現在八彼滅已不失復
依無覺無觀三昧無學智現在前彼過去八
未來十現在八彼滅已不失復依無色定無
學智現在前彼過去八未來十現在五彼滅
已不失復入滅盡定世俗心現在前彼過去
八未來十現在無彼滅已不失復依有覺有
觀三昧無學智現在前彼過去八未來十現
在九智竟彼滅已不失復依無覺無觀三昧無
學初見現在前彼過去八未來十現在八彼
滅已不失復依無覺無觀三昧無學若智若
見現在前彼過去九未來十現在八彼滅已
不失復依無色定無學若智若見現在前彼
過去九未來十現在五彼滅已不失復入滅

盡三昧世俗心現在前彼過去九未來十現
在無彼滅已不失復依有覺有觀三昧無學
若智若見現在前彼過去九未來十現在九
無覺觀竟若依無色定無學初智現在前彼無過
去未來十現在五彼滅已不失復依無色定
無學智現在前彼過去五未來十現在五彼
滅已不失若入滅盡定世俗心現在前彼過
去五未來十現在無彼滅已不失復依有覺
有觀三昧無學智現在前彼過去五未來十
現在九彼滅已不失復依無覺無觀三昧無
學智現在前彼過去五未來十現在八智竟彼
滅已不失復依無色定無學初見現在前彼
過去五未來十現在五彼滅已不失復依無
色定無學若智若見現在前彼過去六未來
十現在五彼滅已不失復入滅盡三昧世俗

心現在前彼過去六未來十現在無彼滅已不失復依有覺有觀三昧無學若智若見現在前彼過去六未來十現在九彼滅已不失復依無覺無觀三昧無學若智若見現在前彼過去六未來十現在八(真人竟)云何為見云何為智云何為慧云何為見答曰眼根五見世俗等見學見無學見也云何為智答曰除所修忍諸餘意識身相應智及五識身相應智盡智無生智也云何為慧答曰意識身相應慧及五識身相應慧盡智無生智(問竟)諸見彼智耶答曰或見非智云何見非智答曰眼根所修行忍是謂見非智云何智非見答曰除五見及世俗等見諸餘意識身相應有漏慧及五識身相應慧盡智無生智是謂智非見云何智見答曰除所修忍及盡智無生智

諸餘無漏慧五見世俗等見是謂智見云何非智非見答曰除上爾所事所謂見是慧耶答曰或是見非慧(梵言明智十智之一)云何是見非慧答曰眼根是謂見非慧云何是慧非見答曰除五見及世俗等見諸餘意識身相應有漏慧五識身相應慧盡智無生智是謂慧非見云何見慧答曰除盡智無生智諸餘無漏慧及五見世俗等見是謂見慧云何非見非慧答曰除上爾所事諸智彼慧耶答曰如是智是慧也頗有慧非智答曰有所修行忍(定理竟)所謂見是智攝耶答曰或見非智云何見非智答曰眼根所修行忍是謂見非智云何智非見答曰除五見世俗等見諸餘意識身相應有漏慧五識身相應慧盡智無生智是謂智非見云何見智答曰除所修忍及盡智無

生智諸餘無漏慧五見世俗等見是謂見智云何非智非見答曰除上爾所事所謂見彼慧所攝耶答曰或見非慧云何見非慧答曰眼根是謂見非慧云何慧非見答曰除五見世俗等見諸餘意識身相應有漏慧五識身相應慧盡智無生智是謂慧非見云何見慧答曰除盡智無生智諸餘無漏慧五見世俗等見是謂見慧云何非見非慧答曰除上爾所事智攝慧慧攝智耶答曰慧攝智非智攝慧不攝何等答曰所修行忍（忍智不得慧也）成就與滅亦復如是問定理攝成就滅也所謂等見是擇法覺意耶答曰或等見非擇法覺意云何等見非擇法覺意答曰世俗等見是謂等見非擇法覺意云何擇法覺意非等見耶答曰盡智無生智是謂擇法覺意非等見云何等見擇法覺意答曰除盡智無生智諸餘無漏慧是謂等見擇法覺意云何非等見亦非擇法覺意答曰除上爾所事所謂等智是擇法覺意耶答曰或等智非擇法覺意云何等智非擇法覺意答曰世俗等智是謂等智非擇法覺意云何擇法覺意非等智答曰所修行忍是謂擇法覺意非等智云何等智擇法覺意答曰除所修行忍諸餘無漏慧是謂等智擇法覺意云何非等智非擇法覺意答曰除上爾所事念覺意現在前時幾覺意幾道種現在前答曰若依未來有覺有觀三昧學念覺意現在前彼六覺意現在前及八道種無學六覺意現在前及九道種若依初禪學念覺意現在前彼七覺意現在前及八道種無學七覺意現在前及九道種若依禪中間

學念覺意現在前彼六覺意現在前及七道種無學六覺意現在前及八道種若依二禪學念覺意現在前彼七覺意現在前及七道種無學七覺意現在前及八道種若依三禪四禪學念覺意現在前彼六覺意現在前及七道種無學六覺意現在前及八道種若依無色定學念覺意現在前彼六覺意現在前及四道種無學六覺意現在前及五道種法精進猗定護覺意等見等方便等念等定亦復如是喜覺意現在前時幾覺意幾道種現在前答曰若依初禪學喜覺意在前彼七覺意現在前及八道種無學七覺意現在前及九道種若依二禪學喜覺意現在前彼七覺意現在前及七道種無學七覺意現在前及八道種等志現在前時幾覺意幾道種現在前答曰若依未來有覺有觀三昧學等志現在前彼六覺意現在前及八道種無學六覺意現在前及九道種（智見不並）若依初禪學等志現在前彼七覺意現在前及八道種無學七覺意現在前及九道種等語現在前時幾覺意幾道種現在前答曰若依未來有覺有觀三昧學等語現在前彼六覺意現在前及八道種無學六覺意現在前及九道種若依初禪學等語現在前彼七覺意現在前及八道種無學六覺意現在前及九道種若依禪中間學等語現在前彼六覺意現在前及七道種無學六覺意（無喜）現在前及八道種若依二禪學等語現在前彼七覺意現在前及七道種（無志等也）無學七覺意現在前及八道種若依三禪四禪學等語現在前彼六覺意現在前

及七道種無學六覺意現在前及八道種等業等命亦復如是諸法念覺意相應彼擇法覺意耶答曰或念覺意非擇法覺意云何念覺意非擇法覺意答曰擇法覺意是謂念覺意非擇法覺意云何擇法覺意非念覺意答曰念覺意是謂擇法覺意非念覺意云何念覺意擇法覺意答曰除擇法覺意諸餘念覺意相應法是謂念覺意擇法覺意云何非念覺意非擇法覺意答曰諸餘心心法色無爲心不相應行是謂非念覺意非擇法覺意精進猗定護覺意等方便等定亦復如是護法念覺意相應彼喜覺意耶答曰或念覺意非喜覺意云何有念覺意非喜覺意答曰喜覺意及喜覺意不相應念覺意相應法是謂念覺意非喜覺意云何喜覺意非念覺意答曰喜覺意相應念覺意是謂喜覺意非念覺意云何念覺意喜覺意答曰除念覺意諸餘喜覺意相應法是謂念覺意喜覺意云何非念覺意亦非喜覺意答曰喜覺意不相應念覺意及餘心心法色無爲心不相應行是謂非念覺意亦非喜覺意等見等志亦復如是諸法念覺意相應彼等念耶答曰如是設諸法等念相應念覺意耶答曰如是諸法擇法覺意相應彼精進覺意耶答曰或擇法覺意非精進覺意云何擇法覺意非精進覺意答曰精進覺意是謂擇法覺意非精進覺意云何精進覺意非擇法覺意答曰擇法覺意是謂精進覺意非擇法覺意云何擇法覺意精進覺意答曰除精進覺意諸餘擇法覺意相應法是謂擇法覺意精進覺意云何非擇法覺

意亦非精進覺意答曰諸餘心心法色無爲心不相應行是謂非擇法覺意亦非精進覺意猗定護覺意等方便等定等念亦復如是諸法擇法覺意相應彼喜覺意耶答曰或擇法覺意非喜覺意云何擇法覺意非喜覺意答曰喜覺意及喜覺意不相應擇法覺意相應法是謂擇法覺意非喜覺意云何喜覺意非擇法覺意答曰喜覺意相應擇法覺意是謂喜覺意非擇法覺意云何擇法覺意喜覺意答曰除擇法覺意諸餘喜覺意相應法是謂擇法覺意喜覺意云何非擇法覺意非喜覺意答曰喜覺意不相應擇法覺意及餘心心法色無爲心不相應行是謂非擇法覺意亦非喜覺意等志亦復如是諸法擇法覺意相應彼等見耶答曰如是諸法等見相應彼

擇法覺意頗擇法覺意無等見耶答曰有等見不攝擇法覺意相應法諸法精進覺意相應彼有喜覺意耶答曰或精進覺意非喜覺意云何精進覺意非喜覺意答曰喜覺意及喜覺意不相應精進覺意相應法是謂精進覺意非喜覺意云何喜覺意非精進覺意答曰喜覺意相應精進覺意是謂喜覺意非精進覺意云何精進覺意喜覺意耶答曰除精進覺意諸餘喜覺意相應法是謂精進覺意喜覺意云何非精進覺意非喜覺意答曰喜覺意不相應精進覺意諸餘心心法色無爲心不相應行是謂非精進覺意非喜覺意等是等志亦復如是諸法精進覺意相應彼猗覺意耶答曰或精進覺意非猗覺意云何精進覺意非猗覺意答曰猗覺意是謂精進覺

意非猗覺意云何猗覺意非精進覺意答曰精進覺意是謂猗覺意非精進覺意云何精進覺意猗覺意答曰除猗覺意諸餘精進覺意相應法是謂精進覺意猗覺意云何非精進覺意非猗覺意答曰諸餘心心法色無爲心不相應行是謂非精進覺意非猗覺意定護覺意等念等定亦復如是諸法精進覺意相應彼等方便耶答曰如是設諸法等方便相應彼精進覺意耶答曰如是諸法喜覺意相應彼猗覺意耶答曰或喜覺意非猗覺意云何喜覺意非猗覺意答曰喜覺意相應猗覺意是謂喜覺意非猗覺意云何猗覺意非喜覺意答曰喜覺意及喜覺意不相應猗覺意相應法是謂猗覺意非喜覺意云何喜覺意猗覺意答曰除猗覺意諸餘喜覺意相應

法是謂喜覺意猗覺意云何非喜覺意亦非猗覺意答曰喜覺意不相應猗覺意諸餘心心法色無爲心不相應行是謂非喜覺意非猗覺意定護覺意等方便等念等定亦復如是諸法喜覺意相應彼等見耶答曰或喜覺意非等見云何喜覺意非等見答曰喜覺意相應等見及餘等見不相應喜覺意相應法是謂喜覺意非等見云何等見非喜覺意答曰等見相應喜覺意諸餘喜覺意不相應等見答曰除喜覺意相應等見諸餘喜覺意等見相應法是謂喜覺意等見云何非喜覺意非等見答曰喜覺意不相應等見等見不相應喜覺意諸餘心心法色無爲心不相應行是謂非喜覺意非等見等志亦如是諸法

猗覺意相應彼定覺意耶答曰或猗覺意非定覺意云何猗覺意非定覺意答曰定覺意是謂猗覺意非定覺意云何定覺意非猗覺意答曰猗覺意是謂定覺意非猗覺意云何猗覺意定覺意答曰除定覺意餘猗覺意相應法是謂猗覺意定覺意云何非猗覺意非定覺意答曰諸餘心心法色無爲心不相應行是非猗覺意非定覺意護覺意等方便等念等定亦復如是諸法猗覺意相應彼等見耶答曰或猗覺意非等見云何猗覺意非等見答曰等見及等見不相應猗覺意相應法是謂猗覺意非等見云何等見非猗覺意答曰等見相應猗覺意是謂等見非猗覺意云何猗覺意等見答曰除猗覺意諸餘等見相應法是謂猗覺意等見云何非猗覺意非等見答曰等見不相應猗覺意及餘心心法色無爲心不相應行是謂非猗覺意非等見等志亦如是諸法定覺意相應彼護覺意耶答曰或定覺意非護覺意云何定覺意非護覺意答曰護覺意是謂定覺意非護覺意云何護覺意非定覺意答曰定覺意是謂護覺意非定覺意云何定覺意護覺意答曰除護覺意諸餘定覺意相應法是謂定覺意護覺意云何非定覺意非護覺意答曰諸餘心心法色無爲心不相應行是謂非定覺意非護覺意等方便等念亦復如是諸法定覺意相應彼等見耶答曰或定覺意非等見云何定覺意非等見答曰等見及等見不相應定覺意相應法是謂定覺意非等見云何等見非定覺意答曰等見相應定覺意是謂等見非定

覺意云何定覺意等見答曰除定覺意諸餘等見相應法是謂定覺意等見云何非定覺意非等見答曰等見不相應定覺意諸餘心心法色無爲心不相應行是謂非定覺意非等見等志亦如是諸法定覺意相應彼等定耶答曰如是設諸法等定相應彼定覺意耶答曰如是諸法護覺意相應彼等見耶答曰或護覺意非等見云何護覺意非等見答曰等見及等見不相應護覺意相應法是謂護覺意非等見云何等見非護覺意答曰等見相應護覺意是謂等見非護覺意云何護覺意等見答曰除護覺意諸餘等見相應法是謂護覺意等見云何非護覺意非等見答曰等見不相應護覺意諸餘心心法色無爲心不相應行是謂非護覺意非等見等志亦如是諸法護覺意相應彼等方便耶答曰或護覺意非等方便云何護覺意非等方便答曰等方便是謂護覺意非等方便云何等方便非護覺意答曰護覺意是謂等方便非護覺意云何護覺意等方便答曰除等方便諸餘護覺意相應法是謂護覺意等方便云何非護覺意非等方便答曰諸餘心心法色無爲心不相應行是謂非護覺意非等方便等念等定等志亦復如是諸法等見相應彼等志耶答曰或等見非等志云何等見非等志答曰等見相應等志及等志不相應等見相應法是謂等見非等志云何等志非等見答曰等志相應等見及等見不相應等志相應法是謂等志非等見云何等見等志答曰除等見相應等志諸餘等見等志相應法是謂等

見等志云何非等見等志答曰等見不相應等志等志不相應等見諸餘心心法色無爲心不相應行是謂非等見非等志諸法等見相應等方便耶答曰或等見非等方便云何等見非等方便答曰等見相應等方便是謂等見非等方便云何等方便非等見答曰等見及等見不相應等方便相應法是謂等方便非等見云何等見等方便答曰除等方便諸餘等見相應法是謂等見等方便云何非等見非等方便答曰等見不相應等方便諸餘心心法色無爲心不相應行是謂非等見非等方便等念等定亦如是諸法等志相應彼等方便耶答曰或等志非等方便云何等志非等方便答曰等志相應等方便是謂等志非等方便云何等方便非等志答曰等志及等志不相應等方便相應法是謂等方便非等志云何等志等方便答曰除等方便諸餘等志相應法是謂等志等方便云何非等志非等方便答曰等志不相應等方便諸餘心心法色無爲心不相應行是謂非等志非等方便等念等定亦如是諸法等方便相應彼等念耶答曰或等方便非等念云何等方便非等念答曰等念是謂等方便非等念云何等念非等方便答曰等方便是謂等念非等方便云何等方便等念答曰除等念諸餘等方便相應法是謂等方便等念云何非等方便非等念答曰諸餘心心法色無爲心不相應行是謂非等方便非等念等定亦如是諸法等念相應彼等定耶答曰或等念非等定云何等念非等定答曰等定是謂等念非

等定云何等定非等念答曰等念是謂等定非等念云何等念等定答曰除等定諸餘等念相應法是謂等念等定云何非等念非等定答曰諸餘心心法色無爲心不相應行是謂非等念非等定云何世俗等見云何世俗等智世俗等見云何答曰意識身相應善有漏慧世俗等智云何答曰意識身相應善有漏慧五識身相應善慧若世俗等見是世俗等智耶答曰如是世俗等見是世俗等智頗有世俗等智非世俗等見答曰有五識身相應善慧世俗等見攝世俗等智耶世俗等智攝世俗等見耶答曰世俗等智攝世俗等見非世俗等見攝世俗等智不攝何等答曰五識身相應善慧成就滅亦復如是問定理攝成就滅云何無漏等見云何無漏等智無漏

等見云何答曰盡智無生智不攝無漏慧無漏等智云何答曰除所修忍諸餘無漏慧若無漏等見是無漏等智耶答曰或無漏等見非無漏等智云何無漏等見非無漏等智答曰所修行忍是謂無漏等見非無漏等智云何無漏等智非無漏等見答曰盡智無生智是謂無漏等智非無漏等見云何無漏等見無漏等智答曰除所修行忍盡智無生智諸餘無漏慧是謂無漏等見無漏等智云何非無漏等見非無漏等智答曰除上爾所事無漏等見攝無漏等智耶答曰或無漏等見非無漏等智云何無漏等見非無漏等智答曰所修行忍是謂無漏等見非無漏等智云何無漏等智非無漏等見答曰盡智無生智是謂無漏等智非無漏等見云何無漏等見無

漏等智答曰除所修行忍盡智無生智諸餘無漏智是謂無漏等見無漏等智云何非無漏等見非無漏等智答曰除上爾所事若成就無漏等見彼無漏等智耶答曰如是若成就無漏等智亦無漏等見頗成就無漏等見非無漏等智耶答曰有苦法忍現在前問定理攝成就 八道跋渠竟梵本四百三十首盧

阿毗曇八揵度論卷第九

阿毗曇八犍度論卷第十

迦旃延子造

符秦罽賓三藏僧伽提婆共竺佛念譯

智犍度第三之二

五種跋渠第二

邪見等見逆　學者亦無學　非學非無學

梵忍及五種

云何邪見云何邪智若邪見是邪智耶設是邪智是邪見耶邪見攝邪智耶邪智攝邪見耶若成就邪見彼邪智耶設成就邪智彼邪見耶若邪見已滅無餘彼邪智耶設邪智已滅無餘彼邪見耶問定理攝成就滅云何等見云何等智若等見彼等智耶設是等智是等見耶等見攝等智等智攝等見耶若成就等見彼等智耶設成就等智彼等見耶若等見已滅無餘彼等智耶設等智已滅無餘彼等見耶問定理攝成就滅也諸逆慧盡是結耶設是結盡是逆慧耶云何學見云何學智云何學慧若是學見是學智耶設是學智是學見耶學見是學慧耶設學慧是學見耶學智是學慧耶設學慧是學智耶學見攝學智耶學智攝學見耶學見攝學慧學慧攝學見耶學智攝學慧學慧攝學智耶若成就學見彼學智耶設成就學智彼學見耶若成就學見彼學慧耶設成就學慧彼學見耶若成就學智彼學慧耶設成就學慧彼學智耶問定理攝成就也

云何無學見云何無學智云何無學慧無學見是無學智耶設無學智是無學見耶無學見無學慧耶設是無學慧是無學見耶若無

學智是無學慧耶設無學慧是無學智耶無
學見攝無學智耶無學智攝無學見耶無學
見攝無學慧無學慧攝無學見耶無學智攝
無學慧無學慧攝無學智耶若成就無學見
彼無學智耶設成就無學智彼無學見耶若
成就無學見彼無學慧耶設成就無學慧彼
無學見耶若成就無學智彼無學慧耶設成
就無學慧彼無學智耶問定理攝成就也
云何非學非無學見云何非學非無學智云
何非學非無學慧若非學非無學見是非學
非無學智耶設是非學非無學智是非學非
無學見耶若非學非無學見是非學非無學
慧耶設非學非無學慧是非學非無學見耶
若非學非無學智是非學非無學慧耶設非
學非無學慧是非學非無學智耶若非學非

無學見攝非學非無學智耶若非學非無學
智攝非學非無學見耶若非學非無學見攝
非學非無學慧耶若非學非無學慧攝非學
非無學見耶若非學非無學智攝非學非無
學慧耶設非學非無學慧攝非學非無學智
耶若成就非學非無學見彼非學非無學智
耶設成就非學非無學智彼非學非無學見
耶若成就非學非無學見彼非學非無學慧
耶設成就非學非無學慧彼非學非無學見
耶若成就非學非無學智彼非學非無學慧
耶設成就非學非無學慧彼非學非無學智
耶若非學非無學見已滅無餘彼非學非無
學智耶設非學非無學智已滅無餘彼非學
非無學見耶若非學非無學見已滅無餘彼
非學非無學慧耶設非學非無學慧已滅無

餘彼非學非無學見耶若非學非無學智已滅無餘彼非學非無學慧耶設非學非無學慧已滅無餘彼非學非無學智耶問定理攝成就滅也如彼梵天作是語我於此梵大梵當造化妙造衆生類於此五見是何等見用何等諦斷此見如彼梵迦夷天作是語此梵大梵當造化妙造衆生類於此五見是何等見用何等諦斷此見如彼長爪梵志作是語一切瞿曇我不忍一切我忍有忍有不忍於此五見是何等見用何等諦斷此見所謂此見阿羅漢失不淨其形像精魔迦夷天身也阿羅漢失不淨於此五見是何等見用何等諦斷此見所謂此見阿羅漢自脫不知阿羅漢自脫狐疑得阿羅漢由他知於此五見是何等見用何等諦斷此見所謂此見稱唯苦道種苦道種於此五見是何等見用何等諦斷此見此章義願具演說

云何邪見云何邪智邪見云何答曰五見不定義五見盡邪見若定所謂此見無施無報無說是謂邪見邪智云何答曰意識身相應染汚慧五識身相應染汚慧是謂邪智若邪見是邪智耶答曰如是邪見是邪智頗有邪智非邪見答曰有除五見諸餘意識身相應染汚慧五識身相應染汚慧邪見攝邪智邪智攝邪見耶答曰邪智攝邪見非邪見攝邪智不攝何等答曰除五見諸餘意識身相應染汚慧五識身相應染汚慧若成就邪見彼邪智耶答曰如是若成就邪見彼邪智也頗成就邪智非邪見耶答曰有學見跡若邪見已滅無餘彼邪智耶答曰如是若邪智已滅

無餘彼邪見也頗有邪見已滅無餘非邪智耶答曰有學見跡問定理攝成就滅也云何等見云何等智等見云何答曰盡智無生智不攝意識身相應善慧等智云何答曰除所修忍諸餘意識身相應善慧五識身相應善慧等見是等智耶答曰或等見非等智云何等見非等智答曰所修行忍是謂等見非等智云何等智非等見答曰五識身相應善慧盡智無生智是謂等智非等見云何等智等見答曰除所修行忍盡智無生智諸餘意識身相應善慧是謂等智等見云何非等見非等智答曰除上爾所事等見攝等智耶答曰或等見非等智云何等見非等智答曰所修行忍是謂等見非等智云何等智非等見答曰五識身相應善慧盡智無生智是謂等智非等見云何等見等智答曰除所修行忍盡智無生智諸餘意識身相應善慧是謂等見等智云何非等見非等智答曰除上爾所事成就滅亦如是問定理攝成就滅也諸逆慧盡是結耶答曰或逆慧非結云何逆慧非結答曰除二結觀諸餘染污慧是謂逆慧非結云何結非逆慧答曰七結是謂結非逆慧云何逆慧是結答曰二結是謂逆慧結云何非逆慧非結答曰除上爾所事云何學見云何學智云何學慧學見云何答曰學慧學智云何答曰學八智學慧云何答曰學見學智學慧此之謂也若學見是學智耶答曰如是學智是學見頗有學見非學智耶答曰有所修行忍若學見是學慧耶答曰如是設是學慧是學見耶答曰如是若學智是學慧耶答曰

如是若學智是學慧頗有學慧非學智耶答曰有所修行忍學見攝學智學智攝學見耶答曰學見攝學智非學智攝學見不攝何等答曰所修行忍學見攝學慧耶答曰如是學慧攝學見耶答曰如是學智攝學慧學慧攝學智耶答曰學慧攝學智非學智攝學慧不攝何等答曰所修行忍若成就學見彼學智耶答曰如是若成就學智彼學見也頗成就學見非學智耶答曰有苦法忍現在前若成就學見彼學慧耶答曰如是設成就學慧彼學見耶答曰如是若成就學智彼學慧耶答曰如是若成就學智彼學慧也頗成就學慧非學智耶答曰有苦法忍現在前問定理攝成就云何無學見云何無學智云何無學慧無學見云何答曰盡智無生智不攝無漏慧無學智云何答曰無學八智無學慧云何答曰無學見無學智無學慧此之謂也無學見是無學智耶答曰如是無學見是無學智頗有無學智非無學見耶答曰有盡智無生智也頗無學見是無學慧耶答曰如是無學見是無學慧頗無學慧非無學見耶答曰有盡智無生智無學智是無學慧耶答曰如是無學慧是無學智耶答曰如是無學見攝無學智無學智攝無學見耶答曰無學智攝無學見非無學見攝無學智不攝何等答曰盡智無生智無學見攝無學慧無學慧攝無學見耶答曰無學慧攝無學見非無學見攝無學慧不攝何等答曰盡智無生智無學智攝無學慧耶答曰如是無學慧攝無學智耶答曰如是成就亦如是問定理攝成就也云何非

學非無學見云何非學非無學智云何非學非無學慧非學非無學見云何答曰眼根五見世俗等見也非學非無學智云何答曰意識身相應有漏慧五識身相應慧也非學非無學慧云何答曰意識身相應有漏慧五識身相應慧若非學非無學見是非學非無學智耶答曰或見非智云何見非智答曰眼根是謂見非智云何智非見答曰除五見世俗等見諸餘意識身相應有漏慧五識身相應慧是謂智非見云何見智答曰五見世俗等見是謂見智云何非見非智答曰除上爾所事非學非無學見是非學非無學慧耶答曰或見非慧云何見非慧答曰眼根是謂見非慧云何慧非見答曰除五見世俗等見諸餘意識身相應有漏慧五識身相應慧是謂慧非見云何見慧答曰五見世俗等見是謂見慧云何非見非慧答曰除上爾所事非學非無學智是非學非無學慧耶答曰如是設非學非無學慧是非學非無學智耶答曰如是非學非無學見攝非學非無學智耶答曰或見非智云何見非智答曰眼根是謂見非智云何智非見答曰除五見世俗等見諸餘意識身相應有漏慧五識身相應慧是謂智非見云何見智答曰五見世俗等見是謂見智云何非見非智答曰除上爾所事非學非無學見攝非學非無學慧耶答曰或見非慧云何見非慧答曰眼根是謂見非慧云何慧非見答曰除五見世俗等見諸餘意識身相應有漏慧五識身相應慧是謂慧非見云何見慧答曰五見世俗等見是謂見慧云何非見

非慧答曰除上爾所事非學非無學智攝非學非無學慧耶答曰如是非學非無學慧攝非學非無學智耶答曰如是成就滅亦如是問定理攝成就滅也如彼梵天作是說我於此梵大梵富以界法盜爲最此是見盜苦諦所斷造化無作言作此是戒盜苦諦所斷言妙者以界法盜爲最此是見盜苦諦所斷造衆生類無作言作此是戒盜苦諦所斷如彼梵迦夷天作是言此梵大梵富以界法盜爲最此是見盜苦諦所斷造衆生類無作言作此是戒盜苦諦所斷言妙者以界法盜爲最此是見盜苦諦所斷造衆生類無作言作此是戒盜苦諦所斷如彼長爪梵志作是語一切瞿曇我不忍此邊見斷滅所攝苦諦所斷一切瞿曇我忍此邊見有常所攝苦諦所斷我有忍有不忍彼有忍者此邊見有常所攝苦諦所斷彼有不忍者此邊見斷滅所攝苦諦所斷所謂此見阿羅漢失不淨其形像精魔迦夷天阿羅漢失不淨汚牀褥無作言作此是戒盜苦諦所斷所謂此見阿羅漢自脫不知言阿羅漢無此智此邪邪見道諦所斷所謂此見阿羅漢自脫狐疑阿羅漢已越狐疑此邪邪見道諦所斷所謂此見得阿羅漢由他知得阿羅漢不由他知此邪邪見道諦所斷所謂此見稱言苦道種苦道種無作言作此是戒盜苦諦所斷五種跋渠竟梵本二百首盧長十四字

知他人心跋渠第三

知他人心四　及愛亦有五　明信滅顛倒

修行三昧道

云何知他人心智云何識宿命智若知他人

心智即知他人心耶設知他人心是知他人心智耶若識宿命智即識宿命耶設識宿命是識宿命智耶若識宿命智彼知過去他人心所念法耶設知過去他人心所念法是識宿命智耶云何等意解脫云何無疑解脫以何等故等意解脫言愛耶諸等意解脫彼一切盡智相應耶設盡智相應彼一切等意解脫耶諸無疑意解脫彼一切無生智相應耶設無生智相應彼一切無疑意解脫耶云何學明云何學智云何無學明云何無學智修行法時最初得何等信佛耶法耶僧耶此四顛倒須陀洹幾滅幾不滅此三三昧須陀洹幾成就過去幾成就未來幾成就現在若道過去一切彼道已修已猗耶設道已修已猗一切彼道過去耶若道未來一切彼道不修不猗耶設道不修不猗一切彼道未來耶若道現在一切彼道當修當猗耶設道當修當猗一切彼道現在耶此章義願具演說

云何知他人心智云何識宿命智知他人心智云何答曰若智所修所修果憶所修已得不失所可用智現在前他衆生他人所覺所觀所行已覺意性如實知之是謂知他人心智識宿命智云何答曰若智所修所修果憶所修已得不失所可用智現在前如其相貌無數生識宿命是謂識宿命智若知他人心智即知他人心耶答曰或知他人心智非知他人心云何知他人心智非知他人心答曰若知他人心智過去未來是謂知他人心智即非知他人心云何知他人心非知他人心智耶答曰如是覩相聞他語知他人心是謂

知他人心非知他人心智云何知他人心智亦知他人心答曰若智所修所修果憶所修已得不失所可用智現在前他衆生他人所覺所觀所行已覺意性如實知之是謂知他人心智亦知他人心云何非知他人心智亦不知他人心答曰除上爾所事若識宿命智即識宿命耶答曰或識宿命智即不識宿命云何識宿命智即不識宿命答曰若識宿命智過去未來是謂識宿命智彼不識宿命云何識宿命非識宿命智答曰如生識宿命如其色像生得此智識宿命是謂識宿命非識宿命智云何識宿命智彼識宿命答曰若智所修所修果憶所修已得不失所可用智現在前如其相貌無數生識宿命是謂識宿命智彼識宿命云何非識宿命智非識宿命耶

答曰除上爾所事若識宿命智彼知過去他人心所念法耶答曰或識宿命智彼不知過去他人心所念法云何識宿命智彼不知過去他人心所念法答曰若智所修所修果憶所修已得不失所可用智現在前過去生時知自更持陰入心是謂識宿命智彼不知過去他人心所念法云何知過去他人心所念法非識宿命智耶答曰若智所修所修果憶所修已得不失所可用智現在前過去於此生他衆生他人心智所更持陰入心是謂知過去他人心所念法非識宿命智云何識宿命智亦知過去他人心所念法答曰若智所修所修果憶所修已得不失所可用智現在前過去生時他衆生他人知所更持陰入心是謂識宿命智亦知過去他人心所念法云

何非識宿命智亦不知過去他人心所念法答曰若智所修所修果憶所修已得不失所可用智現在前過去於此生知自所更持陰入心是謂非識宿命智亦不知過去他人心所念法云何等意解脫云何無疑意解脫等意解脫云何答曰等意解脫阿羅漢盡智無學等見所可相應心脫已脫當脫是謂等意解脫無疑意解脫云何答曰無疑意法阿羅漢盡智無生智無學等見所可相應心脫已脫當脫是謂無疑意解脫以何等故等意解脫言愛耶答曰等意解脫阿羅漢護此法自愛取藏彼等意解脫阿羅漢善自護愛取藏我於此法莫退譬如母人有一子愛念常不離目彼母人養護攝覆此不寒不熱不飢不渴無有衆惱如是等意解脫阿羅漢此法自護取藏彼等意解脫阿羅漢善自護取藏我莫於此法退以是故等意解脫言愛也諸等意解脫與盡智相應耶答曰或等意解脫不與盡智相應云何等意解脫不與盡智相應答曰等意解脫阿羅漢無學等見所可相應心脫已脫當脫世三是謂等意解脫不與盡智相應云何盡智相應非等意解脫答曰無疑法阿羅漢盡智所可相應心脫已脫當脫是謂盡智相應非等意解脫云何等意解脫盡智相應答曰等意解脫阿羅漢盡智所可相應心脫已脫當脫是謂等意解脫盡智相應云何非等意解脫不盡智相應答曰無疑法阿羅漢無生智無學等見所可相應心脫已脫當脫是謂非等意解脫不盡智相應諸無疑意解脫盡無生智相應耶答曰如是諸與

無生智相應盡無疑意解脫頗有無疑意解脫不與無生智相應耶答曰有無疑法阿羅漢盡智無學等見所可相應心脫已脫當脫云何學明云何學智學明云何答曰學慧也學智云何答曰學八智也云何無學明云何無學智無學明云何答曰無學慧也云何無學智答曰無學八智也修行法時最初得何等信佛耶法耶僧耶答曰修行苦法修行習法修行盡法修行道法佛法僧也此四顛倒須陀洹幾滅幾未滅答曰一切滅也此三三昧須陀洹幾成就過去幾成就未來幾成就現在答曰盡成就未來已滅不失即成就過去若現在前成就現在若道過去一切彼道已修已猗耶答曰如是若道過去一切彼道已修已猗頗有道已修已猗此道不過去耶

答曰有未來道已修已猗也若道未來一切彼道不已修不已猗答曰或道未來此道非不已修非不已猗云何道未來此道非不已修非不已猗耶答曰未來道已修已猗是謂道未來此道非不已修非不已猗也云何道不已修不已猗此道不未來耶答曰未曾得道現在前是爲道不已修不已猗此道不未來云何道未來此道不已修不已猗答曰若道未來不已修不已猗是謂道未來此道不已修不已猗云何道非未來此道非不已修非不已猗答曰過去道本得現在前是謂道非未來此道非不已修非不已猗若道現在前一切盡修猗耶答曰如是若道現在前一切彼道盡修猗頗道修猗此道不現在前耶答曰有如本未得道現在前餘未來彼種所

修道也知他人心智䟦渠三竟梵本百三十二首盧

阿毗曇八犍度論卷第十

音釋

畀必至切付與也　猗於宜切輕安也

阿毗曇八揵度論卷第十一

迦旃延子造
苻秦罽賓三藏僧伽提婆共竺佛念譯

智揵度第三之三

修智跋渠第四

攝成修緣緣　滅及作證智　亦作無常想
七處最在後

八智法智未知智知他人心智等智苦智習智盡智道智法智攝幾智乃至道智攝幾智若成就法智於此八智成就幾不成就幾乃至成就道智於此八智成就幾不成就幾若修法智彼修未知智耶設修未知智有法智耶若修法智時有知他人心智等智苦智習智盡智道智設修道智彼法智耶乃至修盡智有道智耶設修道智有盡智耶頗法智法智緣頗法智知他人心智等智苦智習智盡智道智緣頗道智道智緣頗道智法智未知智知他人心智等智苦智習智盡智緣耶法智法智有幾緣緣法智未知智知他人心智等智苦智習智盡智道智幾緣緣道智道智幾緣緣道智法智未知智知他人心智等智苦智習智盡智幾緣緣若諸結在欲界繫彼結法智滅耶設結法智滅者是欲界繫結耶諸結在色無色界繫彼結未知智滅耶設彼結未知智滅是色無色界繫結耶諸結苦諦所斷彼結苦智所斷耶設彼結苦智所斷彼結苦諦所斷耶諸結習諦盡諦道諦所斷彼結道智所斷耶設彼結道智所斷彼結道諦所斷耶諸結法智所滅法智彼結得盡證耶設彼結法智得盡證法智滅彼結耶諸結未

知智所滅未知智彼結得盡證耶設諸結未知智得盡證未知智滅彼結耶諸結苦智習智盡智道智所滅道智彼結得盡證耶設諸結道智得盡證道智滅彼結耶眼根用幾智知乃至無色界思惟所斷無明使用幾智知又世尊言習無常想修行廣布盡欲愛盡色愛無色愛盡調盡憍慢盡無明此想當言法智相應未知智知他人心智等智苦智習智盡智道智當言有覺有觀耶無覺有觀耶無覺無觀耶當言樂根相應耶喜根護根相應耶當言空無相無願當言欲界繫緣耶色無色界繫緣不繫緣耶又世尊言比丘七處善三觀義速於此法得盡有漏分別色苦色習色盡色道跡色味色患色棄出如實知之此智當言法智耶當言乃至道智痛想行識亦如是云何色盡云何色棄出色盡色棄出有何等異云何痛想行云何識盡云何識棄出識盡識棄出有何等異此章義願具演說八智法智未知智知他人心智等智苦智習智盡智道智法智攝法智五智少有入知他人心智苦智習智盡智道智也未知智攝未知智五智少有入知他人心智苦智習智盡智道智也知他人心智攝知他人心智四智少有入法智未知智等智道智也等智攝等智一智少有入知他人心智也苦智攝苦智二智少有入法智未知智也習智盡智亦如是道智攝道智三智少有入法智未知智知他人心智也一攝門竟

若成就法智於此八智成就幾不成就幾荅曰或三四五六七八云何三荅曰苦法智無

知他人心智三法智苦智等智也知他人心智四并上三苦未知忍無知他人心智三知他人心智四苦未知智無知他人心智四知他人心智五仍習上習法忍無知他人心智四知他人心智五習法智無知他人心智五知他人心智六習未知忍習未知智盡法忍無知他人心智五知他人心智六盡法智無知他人心智六知他人心智七盡未知忍盡未知智道法忍無知他人心智六知他人心智七道法智無知他人心智七知他人心智八道未知忍道未知智無知他人心智七知他人心智八若成就未知智於此八智成就幾不成就幾荅曰或四五六七八云何四荅曰苦未知智無知他人心智四法智比智苦智等智知他人心智五習法忍無知他人心智四知他人心智五習法智無知他人心智五知他人心智六習未知忍習未知智盡法忍無知他人心智五知他人心智六盡法智無知他人心智六知他人心智七盡未知忍盡未知智道法忍無知他人心智六知他人心智七道法智無知他人心智七知他人心智八道未知忍道未知智無知他人心智七知他人心智八若成就知他人心智於此八智成就幾不成就幾荅曰或二四五六七八云何二荅曰凡夫人二等智他心智也無垢人苦法忍現在前二苦法智四苦未知忍四苦未知智五習法忍五習法智六習未知忍習未知智盡法忍六盡法智七盡未知忍盡未知智道法忍七道法智八道未知忍道未知智八若成就等智於此八智成就幾不成就幾荅曰或一二三四五六七

八云何一荅曰無知他人心智凡夫人一無垢人苦法忍現在前一知他人心智凡夫人二無垢人苦法忍現在前二苦法智無知他人心智三知他人心智四苦未知忍無知他人心智三知他人心智四苦未知智無知他人心智四知他人心智五習法忍無知他人心智四知他人心智五習法智無知他人心智五知他人心智六習未知忍習未知智盡法忍無知他人心智五知他人心智六盡法智無知他人心智六知他人心智七盡未知忍盡未知智道法忍無知他人心智六知他人心智七道法智無知他人心智七知他人心智八道未知忍道未知智無知他人心智七知他人心智八若成就苦智於此八智成就幾不成就幾荅曰或三四五六七八云何三荅曰苦法智無知他人心智三知他人心智四苦未知忍無知他人心智三知他人心智四苦四未知智無知他人心智四知他人心智五習法忍無知他人心智四知他人心智五習法智無知他人心智五知他人心智六習未知忍習未知智盡法忍無知他人心智五知他人心智六盡法智無知他人心智六知他人心智七盡未知忍盡未知智道法忍無知他人心智六知他人心智七道法智無知他人心智七知他人心智八道未知忍道未知智無知他人心智七知他人心智八若成就習智於此八智成就幾不成就幾荅曰或五六七八云何五荅曰習法智無知他人心智五知他人心智六習未知忍習未知智盡法忍無知他人心智五知他人心智六

盡法智無知他人心智六知他人心智七盡未知忍盡未知智道法忍無知他人心智六知他人心智七道法智無知他人心智七知他人心智八道未知忍道未知智無知他人心智七知他人心智八若成就盡智於此八智成就幾不成就幾荅曰或六七八云何六荅曰盡法智無知他人心智六知他人心智七盡未知忍盡未知智道法忍無知他人心智六知他人心智七道法智無知他人心智七知他人心智八道未知忍道未知智無知他人心智七知他人心智八若成就道智於此八智成就幾不成就幾荅曰或七八云何七荅曰道法智無知他人心智七知他人心智八道未知忍道未知智無知他人心智七知他人心智八一成就門竟

若修法智時彼未知智耶荅曰或修法智非未知智云何修法智非未知智耶荅曰所修行苦法智習法智盡法智道法智學見跡若阿羅漢本得法智現在前是謂修法智非未知智云何修未知智非法智荅曰所修行苦未知智習未知智盡未知智學見跡若阿羅漢本得未知智現在前是謂修未知智非法智云何修法智未知智荅曰所修行道未知智學見跡若阿羅漢若本未得無漏智若世俗智現在前得是時修法智未知智是謂修法智未知智云何不修法智不修未知智荅曰學見跡若阿羅漢本得世俗智現在前若本不得世俗智現在前不得是時修法智未知智一切凡夫人染汙心無記心入無想三昧入滅盡三昧無想天一切忍現在前不修

法智不修未知智是謂不修法智不修未知智若修法智時彼知他人心智耶荅曰或修法智非知他人心智云何修法智非知他人心智荅曰所修行苦法智習盡法智道法智無知他人心智所修行道未知智學見跡若阿羅漢本得法智現在前彼非知他人心智若本不得無漏智現在前是時不得修知他人心智若本不得世俗智現在前得是時修法智非知他人心智是謂修法智非知他人心智云何修知他人心智非法智荅曰知他人心智凡夫人若本得若本不得知他人心智現在前若本不得世俗智現在前彼非知他人心智得是時修知他人心智學見跡若阿羅漢若本得知他人心智現在前此非法智是謂修知他人心智非法智云何修法智知他人心智荅曰知他人心智所修行道未知智學見跡若阿羅漢本得法智現在前彼是知他人心智若本不得無漏智現在前得是時修法智知他人心智若本不得世俗智現在前得是時修法智知他人心智是謂修法智知他人心智云何不修法智非知他人心智荅曰所修行苦未知智習盡未知智學見跡若阿羅漢本得無漏智現在前彼非法智知他人心智若本得世俗智現在前彼非知他人心智若本不得世俗智現在前是時不得修法智知他人心智一切無知他人心智凡夫人染污心無記心入無想三昧滅盡三昧無想天一切忍現在前不修法智非知他人心智是謂不修法智非知他人心智若修法智時彼等智耶荅曰或修法智非等智

云何修法智非等智荅曰所修行苦法智習盡道法智修道未知智學見跡若阿羅漢本得法智現在前若本不得無漏智現在前得是時修法智非等智是謂修法智非等智云何修等智非法智荅曰凡夫人若本得若本不得世俗智現在前所修行苦未知智邊習盡未知智邊學見跡若阿羅漢若本得若本不得世俗智現在前不得是時修法智是謂修等智非法智云何修法智等智荅曰學見跡若阿羅漢本不得無漏智現在前得是時修世俗智若本不得世俗智現在前得是時修無漏智是謂修法智等智云何不修法智等智荅曰學見跡若阿羅漢本得無漏智現在前彼非法智一切染污心無記心入無想三昧滅盡三昧無想天一切忍現在前不修法智等智是謂不修法智等智若修法智時彼苦智耶荅曰或修法智非苦智云何修法智非苦智荅曰所修行習盡道法智學見跡若阿羅漢本得法智現在前彼非苦智是謂修法智非苦智云何修苦智非法智荅曰所修行苦未知智學見跡若阿羅漢本得苦智現在前彼非法智是謂修苦智非法智云何修法智苦智荅曰所修行苦法智所修行道未知智學見跡若阿羅漢本得法智現在前此是苦智若本不得無漏智若世俗智現在前得是時修法智苦智是謂修法智苦智云何不修法智苦智荅曰所修行習盡未知智學見跡若阿羅漢本得無漏智現在前彼非法智亦非苦智若本得若本不得世俗智現在前不得是時修法智苦智一切凡夫人染

污心無記心入無想三昧滅盡三昧無想天一切忍現在前不修法智苦智是謂不修法智苦智若修法智時彼習智耶荅曰或修法智非習智云何修法智非習智荅曰所修行苦法智盡道法智學見跡若阿羅漢本得法智現在前此非習智是謂修法智非習智云何修習智非法智荅曰所修行習未知智學見跡若阿羅漢本得習智現在前此非法智是謂修習智非法智云何修法智習智荅曰所修行習法智所修行道未知智學見跡若阿羅漢本得法智現在前彼是習智若本不得無漏智若世俗智現在前得是時修法智習智是謂修法智習智云何不修法智習智荅曰所修行苦盡未知智學見跡若阿羅漢本得無漏智現在前此非法智習智若本得若本不得世俗智現在前不得是時修法智習智一切凡夫人染污心無記心入無想三昧滅盡三昧無想天一切忍現在前不修法智習智是謂不修法智習智若修法智時彼盡智耶荅曰或修法智非盡智云何修法智非盡智荅曰所修行苦法智習道法智學見跡若阿羅漢本得法智現在前此非盡智是謂修法智非盡智云何修盡智非法智荅曰所修行盡未知智學見跡若阿羅漢本得盡智現在前此非法智是謂修盡智非法智云何修法智盡智荅曰所修行盡法智所修行道未知智學見跡若阿羅漢本得法智現在前此是盡智若本不得世俗智若無漏智現在前得是時修法智盡智是謂修法智盡智云何不修法智盡智荅曰所修行苦未知智

習未知智學見跡若阿羅漢本得無漏智現在前此非法智盡智若本得若本不得世俗智現在前不得是時修法智盡智一切凡夫人染污心無記心入無想三昧滅盡三昧無想天一切忍現在前不修法智盡智是謂不修法智盡智若修法智時彼道智耶荅曰或修法智非道智云何修法智非道智荅曰所修行苦法智習盡法智學見跡若阿羅漢本得法智現在前此非道智是謂修法智非道智云何修道智非法智荅曰學見跡若阿羅漢本得道智現在前此非法智是謂修道智非法智云何修法智道智荅曰所修行道法智所修行道未知智學見跡若阿羅漢本得法智現在前此是道智若本不得世俗智若無漏智現在前得是時修法智道智是謂修

法智道智云何不修法智道智荅曰所修行苦未知智習盡未知智學見跡若阿羅漢本得無漏智現在前此非法智道智若本得若本不得世俗智現在前不得是時修法智道智一切凡夫人染污心無記心入無想三昧滅盡三昧無想天一切忍現在前不修法智道智是謂不修法智道智竟法智若修未知智時彼有知他人心智耶荅曰或修未知智非知他人心智云何修行未知智非知他人心智荅曰所修行苦未知智習盡未知智無知他人心智所修行道未知智學見跡若阿羅漢本得未知智現在前此非知他人心智若本不得無漏智現在前得是時修未知智非知他人心智若本不得世俗智現在前得是時修未知智非知他人心智是

謂修未知智非知他人心智云何修知他人心智非未知智荅曰知他人心智凡夫人若本得若本不得知他人心智現在前若本不得世俗智現在前此非知他人心智得是時修知他人心智學見跡若阿羅漢本得知他人心智現在前此非未知智是謂修知他人心智非未知智云何修未知智知他人心智荅曰知他人心智所修行道未知智學見跡若阿羅漢本得未知智現在前此是知他人心智若本不得無漏智若世俗智現在前得是時修未知智知他人心智是謂修未知智知他人心智云何不修未知智知他人心智荅曰所修行苦法智習盡道法智學見跡若阿羅漢本得無漏智現在前此非未知智知他人心智若本得世俗智現在前此非知他人心智若本不得世俗智現在前得是時不修未知智知他人心智一切無知他人心智凡夫人染汚心無記心入無想三昧滅盡三昧無想天一切忍現在前不修未知智知他人心智是謂不修未知智知他人心智若修未知智時彼等智耶荅曰或修未知智非等智云何修未知智非等智荅曰所修行道未知智學見跡若阿羅漢本得未知智現在前若本不得無漏智現在前得是時修未知智非等智是謂修未知智非等智云何修等智非未知智荅曰凡夫人若本得若本不得世俗智現在前學見跡若阿羅漢若本得若本不得世俗智現在前得是時不修未知智是謂修等智非未知智云何修未知智等智荅曰所修行苦未知智邊習盡未知智邊學見

跡若阿羅漢本不得世俗智現在前得是時修未知智若本不得無漏智現在前得是時修等智是謂修未知智等智云何不修未知智等智答曰所修行苦法智習盡道法智學見跡若阿羅漢本得無漏智現在前此非未知智一切淤污心無記心入無想三昧滅盡三昧無想天一切忍現在前不修未知智等智是謂不修未知智等智若修未知智時彼苦智耶答曰或修未知智非苦智云何修未知智非苦智答曰所修行習未知智盡未知智學見跡若阿羅漢本得未知智現在前此非苦智是謂修未知智非苦智云何修苦智非未知智答曰所修行苦法智學見跡若阿羅漢本得苦智現在前此非未知智是謂修苦智非未知智云何修未知智苦智答曰所修行苦未知智所修行道未知智學見跡若阿羅漢本得未知智現在前此是苦智若本不得世俗智若無漏智現在前得是時修未知智苦智是謂修未知智苦智云何不修未知智苦智答曰所修行習盡道法智學見跡若阿羅漢本得無漏智現在前此非未知智苦智若本得若本不得世俗智現在前得是時不修未知智苦智一切凡夫人淤污心無記心入無想三昧滅盡三昧無想天一切忍現在前不修未知智苦智是謂不修未知智苦智若修未知智時彼習智耶答曰或修未知智非習智云何修未知智非習智答曰所修行苦未知智盡未知智學見跡若阿羅漢本得未知智現在前此非習智是謂修未知智非習智云何修習智非未知智答曰所修

行習法智學見跡若阿羅漢本得習智現在前此非未知智是謂修習智非未知智云何修未知智習智荅曰所修行習未知智所修行道未知智學見跡若阿羅漢本得未知智現在前此是習智若本不得世俗智若無漏智現在前得是時修未知智習智是謂修未知智習智云何不修未知智習智荅曰所修行苦法智盡道法智學見跡若阿羅漢本得無漏智現在前此非未知智習智若本得若本不得世俗智現在前得是時不修未知智習智一切凡夫人染汚心無記心入無想三昧滅盡三昧無想天一切忍現在前不修未知智習智是謂不修未知智習智若修未知智時彼盡智耶荅曰或修未知智非盡智云何修未知智非盡智荅曰所修行苦未知智習未知智學見跡若阿羅漢本得未知智現在前此非盡智是謂修未知智非盡智云何修盡智非未知智荅曰所修行盡法智學見跡若阿羅漢本得盡智現在前此非未知智是謂修盡智非未知智云何修未知智盡智荅曰所修行盡未知智所修行道未知智學見跡若阿羅漢本得未知智現在前此是盡智若本不得世俗智若無漏智現在前得是時修未知智盡智是謂修未知智盡智云何不修未知智盡智荅曰所修行苦法智習道法智學見跡若阿羅漢本得無漏智現在前此非未知智盡智若本得若本不得世俗智現在前得是時不修未知智盡智一切凡夫人染汚心無記心入無想三昧滅盡三昧無想天一切忍現在前不修未知智盡智是謂

不修未知智盡智若修未知智時彼道智耶荅曰或修未知智非道智云何修未知智非道智荅曰所修行苦未知智習盡未知智學見跡若阿羅漢本得未知智現在前此非道智是謂修未知智非道智云何修道智非未知智荅曰所修行道法智學見跡若阿羅漢本得道智現在前此非未知智是謂修道智非未知智云何修未知智道智荅曰所修行道未知智學見跡若阿羅漢本得未知智現在前此是道智若本不得世俗智若無漏智現在前得是時修未知智道智是謂修未知智道智云何不修未知智道智荅曰所修行苦法智習盡法智學見跡若阿羅漢本得無漏智現在前此非未知智道智若本得若本不得世俗智現在前得是時不修未知智道智一切凡夫人染污心無記心入無想三昧滅盡三昧無想天一切忍現在前不修未知智道智是謂不修未知智道智（未知智竟）

若修知他人心智時彼等智耶荅曰或修知他人心智非等智云何修知他人心智非等智荅曰知他人心智所修行道未知智學見跡若阿羅漢本得無漏智現在前此是知他人心智若本不得無漏智現在前得是時修知他人心智非等智是謂修知他人心智非等智云何修等智非知他人心智荅曰無知他人心智凡夫人若本得若本不得世俗智現在前所修行苦未知智邊習盡未知智邊學見跡若阿羅漢本得世俗智現在前此非知他人心智若本不得世俗智現在前得是時不修知他人心智是謂修等智非知他人

心智云何修知他人心智等智荅曰知他人心智凡夫人若本得若本不得知他人心智現在前若本不得世俗智現在前此非知他人心智得是時修知他人心智學見跡若阿羅漢本得知他人心智現在前此是等智若本不得世俗智現在前得是時修知他人心智若本不得無漏智現在前得是時修知他人心智等智是謂修知他人心智等智云何不修知他人心智等智荅曰所修行苦法智習盡道法智無知他人心智所修行道未知智學見跡若阿羅漢本得無漏智現在前此非知他人心智若本不得無漏智現在前得是時不修知他人心智等智一切無知他人心智凡夫人染污心無記心入無想三昧滅盡三昧無想天一切忍現在前不修知他人

心智等智是謂不修知他人心智等智若修知他人心智時彼苦智耶荅曰或修知他人心智非苦智云何修知他人心智非苦智荅曰知他人心智凡夫人若本得若本不得知他人心智現在前若本不得世俗智現在前此非知他人心智得是時修知他人心智學見跡若阿羅漢本得知他人心智現在前是謂修知他人心智非苦智云何修苦智非知他人心智荅曰所修行苦法智苦未知智無知他人心智所修行道未知智學見跡若阿羅漢本得苦智現在前若本不得無漏智現在前不得是時修知他人心智若本不得世俗智現在前得是時修苦智非知他人心智是謂修苦智非知他人心智云何修知他人心智苦智荅曰知他人心智所修行道未知

智學見跡若阿羅漢本不得無漏智若世俗智現在前得是時修知他人心智苦智是謂修知他人心智苦智云何不修知他人心智苦智荅曰所修行習法智習未知智盡法智盡未知智道法智學見跡若阿羅漢本得無漏智現在前此非知他人心智苦智本得世俗智現在前此非知他人心智若本不得世俗智現在前得是時不修知他人心智苦智一切無知他人心智凡夫人染汚心無記心入無想三昧滅盡三昧無想天一切忍現在前不修知他人心智苦智是謂不修知他人心智苦智

阿毗曇八犍度論卷第十一

音釋

犍度 梵語也此云法聚犍渠焉切

罽賓 梵語也此云賤種罽居例切

阿毗曇八犍度論卷第十二

迦旃延子造

苻秦罽賓三藏僧伽提婆共竺佛念譯

智犍度第三之四

修智跋渠第四之餘

若修知他人心智時彼習智耶荅曰或修知他人心智非習智云何修知他人心智非習智荅曰知他人心智凡夫人若本得若本不得知他人心智現在前若本不得世俗智現在前此非知他人心智得是時修知他人心智學見跡若阿羅漢本得知他人心智現在前是謂知他人心智非習智云何修習智非知他人心智荅曰所修行習法智習未知智無知他人心智所修行道未知智學見跡若阿羅漢本得習智現在前若本不得無漏智現在前不得是時修知他人心智若本不得世俗智現在前得是時修習智非知他人心智是謂修習智非知他人心智云何修知他人心智習智荅曰知他人心智所修行道未知智學見跡若阿羅漢本不得世俗智若無漏智現在前得是時修知他人心智習智是謂修知他人心智習智云何不修知他人心智習智荅曰所修行苦法智苦未知智盡法智盡未知智道法智學見跡若阿羅漢本得無漏智現在前此非知他人心智習智若本不得世俗智現在前得是時不修知他人心智習智一切無知他人心智凡夫人染污心無記心入無想三昧滅盡三昧無想天一切忍現在前不修知他人心智習智是謂不修知他人心智習智若修知他人心智時彼盡

智耶答曰或修知他人心智非盡智云何修知他人心智非盡智答曰知他人心智凡夫人若本得若本不得知他人心智現在前若本不得世俗智現在前此非知他人心智得是時修知他人心智學見跡若阿羅漢本得知他人心智現在前是謂修知他人心智非盡智云何修盡智非知他人心智答曰所修行盡法智盡未知智無知他人心智所修行道未知智學見跡若阿羅漢本得盡智現在前若本不得無漏智現在前得是時不修知他人心智若本不得世俗智現在前得是時修盡智非知他人心智是謂修盡智非知他人心智云何修知他人心智盡智答曰知他人心智所修行道未知智學見跡若阿羅漢本不得世俗智若無漏智現在前得是時修知他人心智盡智是謂修知他人心智盡智云何不修知他人心智盡智答曰所修行苦法智苦未知智習法智習未知智道法智學見跡若阿羅漢本得無漏智現在前此非知他人心智盡智若本得世俗智現在前此非知他人心智若本不得世俗智現在前得是時不修知他人心智盡智一切無知他人心智凡夫人染污心無記心入無想三昧滅盡三昧無想天一切忍現在前不修知他人心智盡智是謂不修知他人心智盡智若修知他人心智時彼道智耶答曰或修知他人心智非道智云何修知他人心智非道智答曰知他人心智凡夫人若本得若本不得知他人心智現在前若本不得世俗智現在前此非知他人心智得是時修知他人心智學見

跡若阿羅漢本得知他人心智現在前此非道智是謂修知他人心智非道智云何修道智非知他人心智荅曰所修行道法智無知他人心智所修行道未知智學見跡若阿羅漢本得道智現在前此非知他人心智若本不得無漏智現在前不得是時修知他人心智若本不得世俗智現在前得是時修道智非知他人心智是謂修道智非知他人心智云何修知他人心智道智荅曰知他人心智所修行道未知智學見跡若阿羅漢本得知他人心智此是道智若本不得世俗智若無漏智現在前得是時修知他人心智道智是謂修知他人心智道智云何不修知他人心智道智荅曰所修行苦法智苦未知智習法智習未知智盡法智盡未知智學見跡若阿羅漢本得無漏智現在前此非知他人心智道智若本得世俗智現在前此非知他人心智若本不得世俗智現在前不得是時修知他人心智道智一切無知他人心智凡夫人染汚心無記心入無想三昧滅盡三昧無想天一切忍現在前不修知他人心智道智是謂不修知他人心智道智若修等智時彼苦智耶荅曰或修等智非苦智云何修等智非苦智荅曰凡夫人若本得若本不得世俗智現在前所修行習盡未知智邊學見跡若阿羅漢若本得若本不得世俗智現在前不得是時修苦智是謂修等智非苦智云何修苦智非等智荅曰所修行苦法智學見跡若阿羅漢本得苦智現在前若本不得無漏智現在前不得是時修等智是謂修苦智非等智

云何修等智苦智答曰所修行苦智未知智邊學見跡若阿羅漢本不得世俗智若無漏智現在前得是時修等智苦智是謂修等智苦智云何不修等智苦智答曰所修行習法智盡道法智學見跡若阿羅漢本得無漏智現在前此非苦智一切染污心無記心入無想三昧滅盡三昧無想天一切忍現在前不修等智苦智是謂不修等智苦智若修等智時彼習智耶答曰或修等智非習智云何修等智非習智答曰凡夫人若本得若本不得世俗智現在前所修行苦未知智邊盡未知智邊學見跡若阿羅漢若本得本不得世俗智現在前得是時不修習智是謂修等智非習智云何修習智非等智答曰所修行習法智道未知智學見跡若阿羅漢本得習智現在前若本不得無漏智現在前不得是時不修等智是謂修習智非等智云何修等智習智答曰所修行習未知智邊學見跡若阿羅漢本不得世俗智若無漏智現在前得是時修等智習智是謂修等智習智云何不修等智習智答曰所修行苦法智盡道法智學見跡若阿羅漢本得無漏智現在前此非習智一切染污心無記心入無想三昧滅盡三昧無想天一切忍現在前不修等智習智是謂不修等智習智若修等智時彼盡智耶答曰或修等智非盡智云何修等智非盡智答曰凡夫人若本得若本不得世俗智現在前所修行苦未知智邊習未知智邊學見跡若阿羅漢若本得若本不得世俗智現在前得是時不修盡智是謂修等智非盡智云何修盡

智非等智荅曰所修行盡法智道未知智學見跡若阿羅漢本得盡智現在前若本不得無漏智現在前得是時不修等智是謂修盡智非等智云何修等智盡智荅曰所修行盡未知智邊學見跡若阿羅漢若本不得世俗智若無漏智現在前得是時修等智盡智是謂修等智盡智云何不修等智盡智荅曰所修行苦法智習法智道法智學見跡若阿羅漢本得無漏智現在前此非盡智一切染汙心無記心入無想定滅盡定無想天一切忍現在前不修等智盡智是謂不修等智盡智若修等智時彼道智耶荅曰或修等智非道智云何修等智非道智荅曰凡夫人若本得若本不得世俗智現在前所修行苦習盡未知智邊學見跡若阿羅漢若本得若本不得世俗智現在前得是時不修道智是謂修等智非道智云何修道智非等智荅曰所修行道法智道未知智學見跡若阿羅漢本得道智現在前若本不得無漏智現在前得是時不修等智是謂修道智非等智云何修等智道智荅曰學見跡若阿羅漢本不得世俗智若無漏智現在前得是時修等智道智是謂修等智道智云何不修等智道智荅曰所修行苦法智習法智盡法智學見跡若阿羅漢本得無漏智現在前此非道智一切染汙心無記心入無想三昧滅盡三昧無想天一切忍現在前不修等智道智是謂不修等智道智若修苦智時彼習智耶荅曰或修苦智非習智云何修苦智非習智荅曰所修行苦法智若未知智學見跡若阿羅漢本得苦智現

在前是謂修苦智非習智云何修習智非苦智荅曰所修行習法智習未知智學見跡若阿羅漢本得習智現在前是謂修習智非苦智云何修苦智習智荅曰所修行道未知智學見跡若阿羅漢本不得世俗智若無漏智現在前得是時修苦智習智是謂修苦智習智云何不修苦智習智荅曰所修行盡法智盡未知智道法智學見跡若阿羅漢本得無漏智現在前此非苦智習智若本得若本不得世俗智現在前不得是時修苦智習智是謂不修苦習智一切凡夫人染污心無記心入無想三昧滅盡三昧無想天一切忍現在前不修苦智習智是謂不修苦智習智若修苦智時彼盡智耶荅曰或修苦智非盡智云何修苦智非盡智荅曰所修行苦法智苦未

知智學見跡若阿羅漢本得苦智現在前是謂修苦智非盡智云何修盡智非苦智荅曰所修行盡法智盡未知智學見跡若阿羅漢本得盡智現在前是謂修盡智非苦智云何修苦智盡智荅曰所修行道未知智學見跡若阿羅漢若本不得世俗智若無漏智現在前得是時修苦智盡智是謂修苦智盡智云何不修苦智盡智荅曰所修行習法智習未知智道法智學見跡若阿羅漢本得無漏智現在前此非苦智盡智若本得若本不得世俗智現在前不得是時修苦智盡智一切凡夫人染污心無記心入無想三昧滅盡三昧無想天一切忍現在前不修苦智盡智是謂不修苦智盡智若修苦智時彼道智耶荅曰或修苦智非道智云何修苦智非道智荅曰

所修行苦法智苦未知智學見跡若阿羅漢本得苦智現在前是謂修苦智非道智云何修道智非苦智荅曰所修行道法智學見跡若阿羅漢本得道智現在前是謂修道智非苦智云何修苦智道智荅曰所修行道未知智學見跡若阿羅漢本不得無漏智若世俗智現在前得是時修苦智道智是謂修苦智道智云何不修苦智道智荅曰所修行習法智習未知智盡法智盡未知智學見跡若阿羅漢本得無漏智現在前此非苦智道智若本得若本不得世俗智現在前不得是時修苦智道智一切凡夫人染污心無記心入無想三昧滅盡三昧無想天一切忍現在前不修苦智道智是謂不修苦智道智若修習智時彼盡智耶荅曰或修習智非盡智云何修習智非盡智荅曰所修行習法智習未知智學見跡若阿羅漢本得習智現在前是謂修習智非盡智云何修盡智非習智荅曰所修行盡法智盡未知智學見跡若阿羅漢本得盡智現在前是謂修盡智非習智云何修習智盡智荅曰所修行道未知智學見跡若阿羅漢若本不得世俗智若無漏智現在前得是時修習智盡智是謂修習智盡智云何不修習智盡智荅曰所修行苦法智苦未知智道法智學見跡若阿羅漢本得無漏智現在前此非習智盡智若本得若本不得世俗智現在前不得是時修習智盡智一切凡夫人染污心無記心入無想三昧滅盡三昧無想天一切忍現在前不修習智盡智是謂不修習智盡智若修習智時彼道智耶荅曰或修

習智非道智云何修習智非道智荅曰所修行習法智習未知智學見跡若阿羅漢本得習智現在前是謂修習智非道智云何修道智非習智荅曰所修行道法智學見跡若阿羅漢本得道智現在前是謂修道智非習智云何修習智道智荅曰所修行道未知智學見跡若阿羅漢本不得無漏智若世俗智現在前得是時修習智道智是謂修習智道智云何不修習智道智荅曰所修行苦法智若未知智盡法智盡未知智學見跡若阿羅漢本得無漏智現在前此非習智道智若本得若本不得世俗智現在前不得是時修習智道智一切凡夫人染污心無記心入無想三昧滅盡三昧無想天一切忍現在前不修習智道智是謂不修習智道智若修盡智時彼

道智耶荅曰或修盡智非道智云何修盡智非道智荅曰所修行盡法智盡未知智學見跡若阿羅漢本得盡智現在前是謂修盡智非道智云何修道智非盡智荅曰所修行道法智學見跡若阿羅漢本得道智現在前是謂修道智非盡智云何修盡智道智荅曰所修行道未知智學見跡若阿羅漢若本不得世俗智若無漏智現在前得是時修盡智道智是謂修盡智道智云何不修盡智道智荅曰所修行苦法智若未知智習法智習未知智學見跡若阿羅漢本得無漏智現在前此非盡智道智若本得若本不得世俗智現在前不得是時修盡智道智一切凡夫人染污心無記心入無想三昧滅盡三昧無想天一切忍現在前不修盡智道智是謂不修盡智

道智三修智門頗法智法智緣耶荅曰有未知智無緣餘殘有緣頗未知智未知智緣耶荅曰有法智無緣餘殘有緣頗知他人心智知他人心智緣耶荅曰有餘殘有緣頗等智等智緣耶荅曰有餘殘有緣頗苦智苦智緣耶荅曰無也知他人心智等智有緣餘殘無緣習智亦如是頗盡智盡智緣耶荅曰無餘殘亦無緣頗道智道智緣耶荅曰有等智無緣餘殘有緣四緣起門法智彼法智因次第緣增上未知智因次第增上無緣知他人心智因次第緣增上等智次第緣增上無因也苦智習盡智因次第緣增上等智次第緣次第緣增上未知智彼未知智因次第緣增上知他人心智因次第緣增上等智次第緣增上無因苦智習智盡智因次第增上無緣道智因次第緣增上頗似習四法智因次第增上無緣知他人心智彼知他人心智因次第緣增上等智因次第緣增上苦智習智因次第緣增上若有因無緣若有緣無因盡智因次第增上無緣道智法智未知智因次第緣增上等智彼等智因次第緣增上苦智習智次第緣增上無因盡智道智次第增上無因無緣法智未知智次第緣增上無因知他人心智因次第緣增上苦智彼苦智因次第增上無緣習智盡智因次第增上無緣道智法智未知智知他人心智因次第緣增上等智次第緣增上無因習智盡智亦如是道智彼道智因次第緣增上法智未知智知他人心智因次第緣增上等智次第緣增上無因苦智習智盡智因次第增上無緣五四緣門諸結在欲界繫彼結法

智滅耶荅曰或結欲界繫彼結非法智滅云何結在欲界繫彼結非法智滅耶荅曰諸結欲界繫忍滅亦餘智亦不滅是謂結欲界繫此結非法智滅云何結法智滅此結非欲界繫荅曰諸結色無色界繫法智滅是謂結色智滅此結不欲界繫云何結欲界繫彼結法智滅荅曰諸結欲界繫法智滅是謂結欲界繫彼結法智滅云何諸結不欲界繫彼結非法智滅荅曰諸結色無色界繫忍滅亦餘智亦不滅是謂結不欲界繫彼結非法智滅諸結在色無色界繫彼結未知智滅耶荅曰如是諸結未知智滅彼結在色無色界繫頗結色無色界繫彼結非未知智滅耶荅曰有諸結色無色界繫忍滅亦餘智亦不滅諸結見苦斷彼結苦智滅耶荅曰彼結非苦智滅彼結忍滅設諸結苦智滅彼結見苦斷耶荅曰彼結非見苦斷彼結思惟斷諸結見習盡道斷彼結道智滅耶荅曰彼結非道智斷彼結忍滅設諸結道智所滅彼結見道斷耶荅曰彼結非見道斷彼結思惟滅六滅法門諸結法智滅彼結法智盡作證耶荅曰如是諸結法智滅彼結法智盡作證頗結法智盡作證彼結非法智滅耶荅曰有諸結忍滅亦餘智彼結法智盡作證諸結未知智滅彼結未知智盡作證耶荅曰如是諸結未知智滅彼結未知智盡作證頗結未知智盡作證彼結非未知智滅耶荅曰有諸結忍滅亦餘智彼結未知智盡作證諸結苦智習盡道智滅彼結道智盡作證耶荅曰如是諸結道智滅彼結道智盡作證頗結道智盡作證彼結非道智滅耶

荅曰有諸結忍滅亦餘智滅彼結道智盡作證（七證滅門）眼根七智知除知他人心智盡智道智耳鼻舌身根亦如是意根九智知除盡智樂根喜根護根信精進念定慧根亦復如是男根女根六智知除未知智知他人心智盡智道智命根七智知除知他人心智盡智道智苦根憂根七智知除未知智盡智道智未知根已知根無知根七智知除苦智習盡智眼持耳鼻舌身持色聲細滑持七智知除知他人心智盡智道智眼識耳識身識持八智知除盡智道智香持味持六智知除未知智知他人心智盡智道智鼻識舌識持七智知除未知智盡智道智意持意識持九智知除盡智法持十智知眼入耳鼻舌身入色聲細滑入七智知除知他人心智盡智道智香入味入六智知除未知智知他人心智盡智道智意入九智知除盡智法入十智知色陰八智知除知他人心智盡智痛想行識陰九智知除盡智色盛陰七智知除知他人心智盡智道智痛想行識盛陰八智知除盡智道智地種乃至空種七智知除知他人心智盡智道智識種八智知除盡智道智色法八智知除知他人心智盡智無色法十智知可見法有對法七智知除知他人心智盡智道智不可見法無對法十智知有漏法八智知除盡智道智無漏法八智知除苦智習智有爲法九智知除盡智無爲法六智知除知他人心智苦智習智道智過去未來現在法九智知除盡智善法十智知不善法七智知除未知智盡智道智無記法八智知除盡智道智欲

界繫法七智知除未知智盡智道智色界繫法七智知除法智盡智道智無色界繫法六智知除法智知他人心智盡智道智學法無學法七智知除苦智習智盡智非學非無學法九智知除道智見諦所斷法思惟所斷法八智知除盡智道智無斷法八智知除苦智習智苦諦習諦八智知除盡智道智盡諦六智知除知他人心智苦智習智道智道諦七智知除苦智習智盡智禪九智知除盡智四等七智知除法智盡智道智無色中空處識處不用處七智知除法智知他人心智盡智有想無想處六智知除法智知他人心智盡智道智初第二第三解脫八除入八一切入七智知除法智盡智道智空處解脫識處解脫不用處解脫七智知除法智知他人心智盡智有想無想解脫滅盡解脫六智知除法智知他人心智盡智道智空處一切入識處一切入亦如是法智六智知除未知智苦智習智盡智未知智六智知除法智苦智習智盡智知他人心智九智知除盡智等智八智知除盡智道智苦智習智盡智道智空無願無相七智知除苦智習智盡智身見戒盜疑八智知除盡智道智貪瞋恚愚癡及欲漏七智知除未知智盡智道智有漏七智知除法智盡智道智餘殘八智知除盡智道智流中欲流七智知除未知智盡智道智有流七智知除法智盡智道智餘殘八智知除盡智道智軛亦如是受中欲受七智知除未知智盡智道智我受七智知除法智盡智道智餘殘八智知除盡智道智縛中欲愛身縛瞋恚身

縛七智知除未知智盡智道智餘殘八智知除盡智道智蓋及瞋恚結慳嫉結七智知除未知智盡智道智餘殘八智知除盡智道智下分中貪欲瞋恚七智知除未知智盡智道智餘殘及五見八智知除盡智道智愛身中鼻舌更愛七智知除未知智盡智道智餘殘八智知除盡智道智使中貪欲使瞋恚使七智知除未知智盡智道智有愛使七智知除法智盡智道智餘殘八智知除盡智道智結中瞋恚結慳結嫉結七智知除未知智盡智道智餘殘八智知除盡智道智九十八使欲界七智知除未知智盡智道智色界七智知除法智盡智道智無色界六智知除法智知他人心智盡智道智八智知門又世尊言習無常想修行廣布盡欲愛盡此想當言法智相應

苦智相應當言有覺有觀當言護根相應當言無願相應當言欲界繫緣盡色界愛盡此想當言未知智相應苦智相應或有覺有觀或無覺有觀或無覺無觀或樂根相應或喜根相應或護根相應當言無願相應當言色界繫緣盡無色界愛盡此想當言未知智相應苦智相應或有覺有觀或無覺有觀或無覺無觀或樂根相應或喜根護根相應當言無願相應當言無色界繫緣盡憍慢盡無明此想或法智相應或未知智相應苦智相應或有覺有觀或無覺有觀或無覺無觀或樂根相應或喜根護根相應當言無願相應或欲界繫緣或色無色界繫緣盡九無常想門又世尊言比丘七處善三種觀義速於此法得盡有漏知色苦四智法智未知智苦智等智色

習四智 法智未知智習智等智色盡四智法智未知智盡智等智色盡道跡四智法智未知智道智等智色味四智法智未知智習智等智色患四智法智未知智苦智等智色棄出四智法智未知智盡智等智痛想行識亦如是云何色盡云何色棄出色盡云何荅曰若愛色具彼若滅是謂色盡諸餘色緣愛彼若滅是謂色棄出復次色具垢彼若滅是謂色盡諸餘色緣垢彼若滅是謂色棄出復次若愛若垢色具彼若滅是謂色盡諸餘色緣若愛若垢彼若滅是謂色棄出色盡色棄出是謂差別痛想行識盡痛想行識棄出是謂差別 智跋渠第四竟梵本九百三十首盧

阿毗曇八犍度論卷第十二

音釋

軛 乙革切

阿毗曇八犍度論卷第十三

迦旃延子造

苻秦罽賓三藏僧伽提婆共竺佛念譯

智犍度第三之五

相應跋渠第五

人智三昧根　覺意道相應　二智種一行
六七及大七

七人八智三三昧三根七覺意八道種智相應及二智種一行應六二七七人堅信堅法信解脫見到身證慧解脫俱解脫八智法智未知智知他人心智等智苦智習智盡智道智三三昧空無願無相三根未知根已知根無知根七覺意念覺意擇法覺意精進覺意喜覺意猗覺意定覺意護覺意八道種等見等志等語等業等活等方便等念等定智相應二智種四十四智種七十七智種一行六七大七七人堅信堅法信解脫見到身證慧解脫俱解脫八智法智未知智知他人心智等智苦智習盡道智堅信人於此八智成就幾不成就幾乃至俱解脫人於此八智成就幾不成就幾堅信人於此八智幾過去成就幾未來成就幾現在成就乃至俱解脫人於此八智幾成就過去幾成就未來幾成就現在堅信人法智現在前時幾智現在前乃至道智現在前時幾智現在前乃至俱解脫人法智現在前時幾智現在前乃至道智現在前時幾智現在前堅信人於此三三昧成就幾不成就幾乃至俱解脫人於此三三昧成就幾不成就幾堅信人於此三三昧幾成就過去幾成就未來幾成就現在乃至俱解脫

人於此三三昧幾成就過去幾成就未來幾成就現在堅信人空三昧現在前時幾智現在前無願無相三昧現在前時幾智現在前乃至俱解脫人空三昧現在前時幾智現在前無願無相三昧現在前時幾智現在前堅信人未知根現在前時幾智現在前堅法人亦如是信解脫人已知根現在前時幾智現在前見到身證亦如是慧解脫人無知根現在前時幾智現在前俱解脫亦如是堅信人念覺意現在前時幾智現在前乃至護覺意現在前時幾智現在前乃至俱解脫人念覺意現在前時幾智現在前乃至護覺意現在前時幾智現在前堅信人等見現在前時幾智現在前乃至等定現在前時幾智現在前乃至俱解脫人等見現在前時幾智現在前乃至等定現在前時幾智現在前諸法法智相應彼未知智耶設諸法未知智相應彼法智耶諸法法智相應彼知他人心智等智苦智習盡道智空無願無相未知根已知根無知根念覺意擇法精進喜猗定護覺意等見等志等方便等念等定耶設諸法等定相應彼法法智耶諸法乃至等念相應彼等定耶設諸法等定相應彼等念耶又世尊言當說四十四智種老死苦智老死習智老死盡智老死盡道跡智此智當言法智耶乃至道智耶生有乃至行智亦如是又世尊言當說七十七智種生緣老死知智不餘生緣老死知智過去久遠生緣老死知智不緣餘過去久遠生緣老死知智未來久遠生緣老死知智不緣餘未來久遠生緣老死知智如法界

住智無常有爲心所因緣生盡法變易法無欲法滅法散法智慧斷法此智當言法智乃至道智耶乃至無明緣行知智亦如是若成就法智彼未知智耶設成就未知智彼法智耶若成就法智彼知他人心智等智苦智習盡道智耶設成就道智彼法智耶若乃至成就盡智彼道智耶設成就道智彼盡智耶行一竟若成就過去法智彼未來耶設彼未來彼過去耶若彼過去彼現在耶設彼現在彼過去耶若彼未來彼現在耶設彼現在彼未來耶若彼過去彼未來現在耶設彼未來現在彼過去耶若彼未來彼過去現在耶設彼過去現在彼未來耶若彼現在彼過去未來耶設彼過去未來彼現在耶乃至道智亦如是歷六竟若成就過去法智彼過去未知智耶設

成就過去未知智彼過去法智耶若成就過去法智彼未來未知智耶設彼未來未知智彼過去法智耶若成就過去法智彼現在未知智耶設彼現在未知智彼過去法智耶若成就過去法智彼過去現在未知智耶設彼過去現在未知智彼過去法智耶若成就過去法智彼未來現在未知智耶設彼未來現在未知智彼過去法智耶若成就過去法智彼過去未來未知智耶設彼過去未來未知智彼過去法智耶若成就過去法智彼過去未來現在未知智耶設彼過去未來現在未知智彼過去法智耶乃至道智亦如是小七竟過去法智過去未知智過去知他人心智也一未來也二現在也三過去現在也四未來現在也五過去未來也六過去未來現在知他人心智也七乃

至道智亦如是大七竟此章義願具演說七人堅言堅法信解脫見到身證慧解脫俱解脫八智法智未知智知他人心智等智苦智習盡道智堅信人於此八智成就幾不成就幾荅曰或一二三四五六七八云何一荅曰苦法忍無知他人心智一知他人心智二苦法智無知他人心智三知他人心智四苦未知忍無知他人心智三知他人心智四苦未知智無知他人心智四知他人心智五習法忍無知他人心智四知他人心智五習法智無知他人心智五知他人心智六習未知忍習未知智盡法忍無知他人心智五知他人心智六盡法智無知他人心智六知他人心智七盡未知忍盡未知智道法忍無知他人心智六知他人心智七道法智無知他人心智七知他人心智八道未知忍無知他人心智七知他人心智八堅法亦如是信解脫人於此八智成就幾不成就幾荅曰或七或八無知他人心智七知他人心智八見到亦如是身證慧解脫俱解脫一切成就成就竟堅信人於此八智成就過去幾未來幾現在幾荅曰苦法忍無知他人心智過去未來一現在無知他人心智過去未來二現在無苦法智無知他人心智過去一未來三現在二知他人心智過去二未來四現在二苦未知忍無知他人心智過去未來三現在無知他人心智過去未來四現在無苦未知智無知他人心智過去三未來四現在二知他人心智過去四未來五現在二習法忍無知他人心智過去未來四現在無知他人心智過去未

來五現在無習法智無知他人心智過去四未來五現在二知他人心智過去五未來六現在二習未知忍無知他人心智過去未來五現在無也知他人心智過去未來六現在無習未知智無知他人心智過去未來五現在二知他人心智過去未來六現在二盡法忍無知他人心智過去未來五現在無知他人心智過去未來六現在無盡法智無知他人心智過去五未來六現在二知他人心智過去六未來七現在二盡未知忍無知他人心智過去未來六現在無知他人心智過去未來七現在無盡未知智無知他人心智過去未來六現在二知他人心智過去未來七現在無盡未知智無知他人心智過去未來六現在二知他人心智過去未來七現在二道法忍無知他人心智過去未來六現在無知他人心智過去未來七現在無道法智無知他人心智過去六未來七現在二知他人心智過去七未來八現在二道未知忍無知他人心智過去未來七現在無知他人心智過去未來八現在無堅法亦如是信解脱人於此八智成就過去幾未來幾現在幾荅曰無知他人心智未來成就七諸已滅不失則成就過去諸現在前則成就現在知他人心智成就未來八諸已盡不失則成就過去諸現在前則成就現在見到亦如是身證慧解脱俱解脱盡成就未來若已盡不失則成就過去諸現在前則成就現在三世竟堅信人法智現在前時幾智現在前荅曰二法智苦智二法智習智二法智盡智二法智道智二未

知智現在前時幾智現在前荅曰二未知智苦智二未知智習智二未知智盡智二苦智現在前時幾智現在前荅曰二苦智法智二苦智未知智二習智盡智亦如是道智現在前時幾智現在前荅曰二道智法智二堅法亦如是信解脫人法智現在前時幾智現在前荅曰或二或三法智苦智二法智習智二法智盡智二法智道智無知他人心智二知他人心智三未知智現在前時幾智現在前荅曰或二或三未知智苦智二未知智習智二未知智盡智二未知智道智無知他人心智二知他人心智三知他人心智現在前時幾智現在前荅曰或二或三知他人心智無道智二若道智三等智現在前時幾智現在前荅曰或一或二等智無知他人心智一若知他人心智二苦智現在前時幾智現在前荅曰二苦智法智二苦智未知智二習智盡智亦如是道智現在前時幾智現在前荅曰或二或三道智法智無知他人心智二若知他人心智三道智未知智無知他人心智二若知他人心智三見到身證亦如是慧解脫人法智現在前時幾智現在前荅曰或二或三法智苦智無盡智無生智二若盡智無生智三法智習智無盡智無生智二若盡智無生智三法智盡智無盡智無生智二若盡智無生智三法智道智無盡智無生智無知他人心智二若盡智無生智知他人心智三未知智現在前時幾智現在前荅曰或二或三未知智苦智無盡智無生智二若盡智無生智三未知智習智無盡智無生智二若盡智

無生智三未知智盡智無盡智無生智二若盡智無生智三未知智道智無盡智無生智無知他人心智二若盡智無生智知他人心智三知他人心智現在前時幾智現在前荅曰或二或三知他人心智無道智二若道智三等智現在前時幾智現在前荅曰或一或二等智無知他人心智一若知他人心智二苦智現在前時幾智現在前荅曰或二或三苦智法智無盡智無生智二若盡智無生智三苦智未知智無盡智無生智二若盡智無生智三習智盡智亦如是道智現在前時幾智現在前荅曰或二或三道智法智無盡智無生智無知他人心智二若盡智無生智知他人心智三道智未知智無盡智無生智知他人心智二若盡智無生智知他人心智三

俱解脫亦如是（八智竟）堅信人於此三三昧成就幾不成就幾荅曰或二或三盡法忍未生成就二不成就一盡法忍生一切成就堅法人亦如是信解脫見到身證慧解脫俱解脫一切成就堅信人於此三三昧成就過去幾未來幾現在幾荅曰若依空三昧越次取證彼苦法忍無有過去未來二現在一苦法智過去一（空也）未來二（無願）現在一（空也）苦未知忍苦未知智習法忍過去一未來二現在一（無願）習法智過去未來二現在一習未知忍習未知智過去未來二現在一（同上）盡法忍過去三未來三（無相）現在一（無相）盡法智過去未來三現在一盡未知忍盡未知智道法忍道法智道未知忍過去未來三現在一（無願）若依無願三昧越次取證彼苦法忍無有過去未來二

現在一苦法智過去一無願未來二現在一苦
未知忍苦未知智習法忍習法智習未知忍
習未知智過去一未來二空無願現在一無願盡
法忍過去一空無願未來三現在一無願盡法智
過去二無願無相未來三現在一無相盡未知忍盡
未知智道法忍道法智道未知忍過去二無願
無相未來三現在一無願堅法亦如是信解脫見
到身證慧解脫俱解脫一切未來成就若已
盡不失則成就過去諸現在前則成就現在
堅信人空三昧現在前時幾智現在前荅曰
或二或無苦智法智二苦智未知智二忍無
也無願三昧現在前時幾智現在前荅曰或
二或無苦智法智二苦智未知智二習智法
智二習智未知智二道智法智二忍無也無
相三昧現在前時幾智見在前荅曰或二或

無盡智法智二盡智未知智二忍無也堅法
亦如是信解脫人空三昧現在前時幾智現
在前荅曰二苦智法智二苦智未知智二無
願三昧現在前時幾智現在前荅曰或二或
三苦智法智二苦智未知智二習智法智二
習智未知智二道智法智無知他人心智二
若知他人心智三道智未知智無知他人心
智二若知他人心智三無相三昧現在前時
幾智現在前荅曰二盡智法智二盡智未知
智二見到身證亦如是慧解脫人空三昧現
在前時幾智現在前荅曰二苦智法智二苦
智未知智二無願三昧現在前時幾智現在
前荅曰或二或三苦智法智無盡智無生智
二若盡智無生智三苦智未知智無盡智無
生智二若盡智無生智三習智法智無盡智

無生智二若盡智無生智三習智未知智無盡智無生智二若盡智無生智三道智法智無盡智無生智無知他人心智二若盡智無生智知他人心智三道智未知智無盡智無生智知他人心智二若盡智無生智知他人心智三無相三昧現在前時幾智現在前荅曰或二或三盡智法智無盡智無生智二若盡智無生智三盡智未知智無盡智無生智二若盡智無生智三俱解脫亦如是三三昧竟堅信人未知根現在前時幾智現在前荅曰或二或無苦智法智二苦智未知智二習智法智二習智未知智二盡智法智二盡智未知智二道智法智二忍無也七覺意八道種亦如是堅法亦如是信解脫人已知根現在前時幾智現在前荅曰或二或三苦智法智二

苦智未知智二習智法智二習智未知智二盡智法智二盡智未知智二道智法智無知他人心智二若知他人心智三道智未知智無知他人心智二若知他人心智三七覺意八道種亦如是見到身證亦如是慧解脫人無知根現在前時幾智現在前荅曰或二或三苦智法智無盡智無生智二若盡智無生智三苦智未知智無盡智無生智二若盡智無生智三習智法智無盡智無生智二若盡智無生智三習智未知智無盡智無生智二若盡智無生智三盡智法智無盡智無生智二若盡智無生智三盡智未知智無盡智無生智二若盡智無生智三道智法智無盡智無生智無知他人心智二若盡智無生智知他人心智三道智未知智無盡智無生智無

知他人心智二若盡智無生智知他人心智三七覺意八道種亦如是等見現在前時幾智現在前荅曰或二或三苦智法智二苦智未知智二習智法智二習智未知智二盡智法智二盡智未知智二道智法智無知他人心智二若知他人心智三道智未知智無知他人心智二知他人心智三俱解脫亦如是（三根竟）諸法法智相應彼非未知智彼知他人心智耶荅曰或法智非知他人心智云何法智非知他人心智荅曰知他人心智不攝法智相應法是謂法智非知他人心智云何知他人心智非法智荅曰法智不攝知他人心智相應法是謂知他人心智非法智云何法智知他人心智荅曰法智攝知他人心智相應法是謂法智知他人心智云何非法智非知他人心智荅曰法智知他人心智諸餘法智知他人心智不攝不相應及餘心心所念法色無爲心不相應行是謂非法智非知他人心智苦智習盡道智等見亦如是諸法法智相應彼非等智彼空三昧耶荅曰或法智非空三昧云何法智非空三昧荅曰法智相應空三昧諸餘空三昧不相應法智相應法是謂法智非空三昧云何空三昧非法智荅曰空三昧相應法智諸餘法智不相應空三昧相應法是謂空三昧非法智云何法智空三昧荅曰除法智相應空三昧諸餘法智空三昧相應法是謂法智空三昧云何非法智非空三昧荅曰法智不相應空三昧空三昧不相應法智及餘心心所念法色無爲心不相應行是謂非法智非空三昧無願無相喜

覺意等志亦如是諸法法智相應彼未知根耶荅曰或法法智非未知根云何法智非未知根荅曰未知根不攝法智法智相應法是謂法智非未知根云何未知根非法智荅曰未知根相應攝法智諸餘法智不攝不相應未知根相應法是謂未知根非法智云何法智未知根荅曰未知根攝法智相應法是謂法智未知根云何非法智非未知根荅曰未知根不攝法智諸餘法智未知根不攝不相應及餘心心法色無爲心不相應行是謂非法智非未知根已知根無知根亦如是諸法法智相應彼念覺意耶荅曰或法智非念覺意云何法智非念覺意荅曰法智相應念覺意是謂法智非念覺意云何念覺意非法智荅曰法智諸餘法智不相應念覺意相應法是謂念覺意非法智云何法智念覺意荅曰除念覺意諸餘法智相應法是謂法智念覺意云何非法智非念覺意荅曰法智不相應念覺意及餘心心法色無爲心不相應行是謂非法智非念覺意精進猗定護覺意等方便等念等定亦復如是諸法法智相應彼擇法覺意耶荅曰如是諸法法智相應彼擇法覺意也頗有擇法覺意相應非法智耶荅曰有法智不攝擇法覺意相應法法智竟未知智門亦如是諸法知他人心智相應彼等智耶荅曰或知他人心智非等智云何知他人心智非等智荅曰等智不攝知他人心智相應法是謂知他人心智非等智云何等智非知他人心智荅曰知他人心智不攝等智相應法是謂等智非知他人心智云何知他人心

智等智荅曰知他人心智攝等智相應法是謂知他人心智等智云何非知他人心智非等智荅曰知他人心智等智諸餘知他人心智等智不攝不相應及餘心心法色無爲心不相應行是謂非知他人心智非等智道智擇法覺意等見亦如是諸法知他人心智相應彼非苦智習智盡智非空三昧無相三昧彼無願耶荅曰或知他人心智非無願云何知他人心智非無願荅曰知他人心智相應無願諸無願不相應知他人心智相應法是謂知他人心智非無願云何無願非知他人心智荅曰無願相應知他人心智諸餘知他人心智不相應無願相應法是謂無願非知他人心智云何知他人心智無願荅曰除知他人心智相應無願諸餘知他人心智無願

相應法是謂知他人心智無願云何非知他人心智非無願荅曰知他人心智不相應無願無願不相應知他人心智及餘心心所念法色無爲心不相應行是謂非知他人心智非無願念覺意精進喜猗定護覺意等志等方便等念等定亦如是諸法知他人心智相應彼非未知根彼已知根耶荅曰或知他人心智非已知根云何知他人心智非已知根荅曰已知根不攝知他人心智相應法是謂知他人心智非已知根云何已知根非知他人心智荅曰已知根攝知他人心智諸餘知他人心智不攝不相應已知根相應法是謂已知根非知他人心智云何知他人心智已知根荅曰已知根攝知他人心智相應法是謂知他人心智已知根云何非知他人心智

非已知根答曰已知根不攝知他人心智諸餘知他人心智已知根不攝不相應及餘心心法色無爲心不相應行是謂非知他人心智非已知根無知根亦如是諸法等智相應彼不與不相應諸法苦智相應彼非習智盡道智非無相彼空三昧耶答曰或苦智非空三昧云何苦智非空三昧答曰苦智相應空三昧諸餘空三昧不相應苦智相應法是謂苦智非空三昧云何空三昧非苦智答曰空三昧相應苦智諸苦智不相應空三昧相應法是謂空三昧非苦智云何苦智空三昧答曰除苦智相應空三昧諸苦智空三昧相應法是謂苦智空三昧云何非苦智非空三昧答曰苦智不相應空三昧空三昧不相應苦智及餘心心法色無爲心不相應行是謂非

苦智非空三昧無願亦如是餘殘如法智諸法習智相應彼非盡智道智非空無相彼無願耶答曰或習智非無願云何習智非無願答曰習智相應無願是謂習智非無願云何無願非習智答曰習智諸餘習智不相應無願相應法是謂無願非習智云何習智無願答曰除無願諸餘習智相應法是謂習智無願云何非習智非無願答曰習智不相應無願及餘心心法色無爲心不相應行是謂非習智非無願餘殘如法智諸法盡智相應彼非道智空無願彼無相耶答曰或盡智非無相云何盡智非無相答曰盡智相應無相是謂盡智非無相云何無相非盡智答曰盡智諸餘盡智不相應無相相應法是謂無相非盡智云何盡智無相答曰除無相諸餘盡智

相應法是謂盡智無相云何非盡智非無相荅曰盡智不相應無相及餘心心法色無爲心不相應行是謂非盡智非無相餘殘如法智諸法道智相應彼非空三昧非無相彼無願耶荅曰或道智非無願云何道智非無願荅曰道智相應無願是謂道智非無願云何無願非道智荅曰道智諸道智不相應無願相應法是謂無願非道智云何道智無願荅曰除無願諸道智相應法是謂道智無願云何非道智非無願荅曰道智不相應無願及餘心心法色無爲心不相應行是謂非道智非無願餘殘如法智諸法空三昧相應彼非無願無相彼未知根耶荅曰或空三昧非未知根云何空三昧非未知根荅曰未知根不攝空三昧相應法是謂空三昧非未知根云何未知根非空三昧荅曰未知根攝空三昧諸餘空三昧不攝不相應未知根相應法是謂未知根非空三昧云何空三昧未知根荅曰未知根攝空三昧相應法是謂空三昧未知根云何非空三昧非未知根荅曰未知根不攝空三昧諸空三昧未知根不攝不相應及餘心心法色無爲心不相應行是謂非空三昧非未知根已知根無知根亦如是諸法空三昧相應彼念覺意耶荅曰或空三昧非念覺意云何空三昧非念覺意荅曰空三昧相應念覺意是謂空三昧非念覺意云何念覺意非空三昧荅曰空三昧諸餘空三昧不相應念覺意相應法是謂念覺意非空三昧云何空三昧念覺意荅曰除念覺意諸餘空三昧相應法是謂空三昧念覺意云何非空

三昧非念覺意荅曰空三昧不相應念覺意及餘心心法色無爲心不相應行是謂非空三昧非念覺意擇法精進猗護覺意等見等方便等念亦如是諸法空三昧相應彼喜覺意耶荅曰或空三昧非喜覺意云何空三昧非喜覺意耶荅曰空三昧相應喜覺意諸喜覺意不相應空三昧相應法是謂空三昧非喜覺意云何喜覺意非空三昧荅曰喜覺意相應空三昧諸空三昧不相應喜覺意相應法是謂喜覺意非空三昧云何空三昧喜覺意荅曰除空三昧相應喜覺意諸空三昧喜覺意相應法是謂空三昧喜覺意云何非空三昧非喜覺意荅曰空三昧不相應喜覺意喜覺意不相應空三昧及餘心心法色無爲心不相應行是謂非空三昧非喜覺意等志

亦如是諸法空三昧相應彼定覺意耶荅曰如是諸法空三昧相應彼定覺意頗諸法定覺意相應彼非空三昧耶荅曰有空三昧不攝定覺意相應法等定亦如是諸法無願相應彼非無相彼未知根耶荅曰或無願非未知根云何無願非未知根荅曰未知根不攝無願相應法是謂無願非未知根云何未知根非無願荅曰未知根攝無願諸無願不攝不相應未知根相應法是謂未知根非無願云何無願未知根荅曰未知根攝無願相應法是謂無願未知根云何非無願非未知根荅曰未知根不攝無願諸無願未知根不攝不相應及餘心心法色無爲心不相應法是謂非無願非未知根已知根無知根亦如是諸法無願相應彼念覺意耶荅曰或無願非

念覺意云何無願非念覺意荅曰無願相應念覺意是謂無願非念覺意云何念覺意非無願荅曰無願諸無願不相應念覺意相應法是謂念覺意非無願云何無願念覺意荅曰除念覺意諸餘無願相應法是謂無願念覺意云何非無願非念覺意荅曰無願不相應念覺意及餘心心法色無爲心不相應行是謂非無願非念覺意擇法精進猗護覺意等方便等念亦如是

阿毗曇八揵度論卷第十三

音釋

猗 於宜切輕安也

阿毗曇八犍度論卷第十四

迦旃延子造

苻秦罽賓三藏僧伽提婆共竺佛念譯

智犍度第三之六

相應跋渠第五之餘

諸法無願相應彼喜覺意耶荅曰或無願非喜覺意云何無願非喜覺意荅曰無願相應喜覺意諸餘喜覺意不相應無願相應法是謂無願非喜覺意云何喜覺意非無願荅曰喜覺意相應無願諸無願不相應喜覺意相應法是謂喜覺意非無願云何無願喜覺意荅曰除無願相應喜覺意諸無願喜覺意相應法是謂無願喜覺意云何非無願非喜覺意荅曰無願不相應喜覺意喜覺意不相應無願及餘心心法色無爲心不相應行是謂非無願非喜覺意等見等志亦如是諸法無願相應彼定覺意耶荅曰如是諸法無願相應彼定覺意頗諸法定覺意相應彼非無願耶荅曰有無願不攝定覺意相應法等定亦如是無相門亦如是諸法未知根相應彼非已知根無知根彼念覺意耶荅曰或未知根非念覺意云何未知根非念覺意荅曰未知根攝念覺意是謂未知根非念覺意云何念覺意非未知根荅曰未知根不攝念覺意相應法是謂念覺意非未知根云何未知根念覺意耶荅曰未知根攝念覺意相應法是謂未知根念覺意云何非未知根非念覺意荅曰未知根不攝念覺意及餘心心法色無爲心不相應行是謂非未知根非念覺意擇法精進定覺意等見等方便等念等定亦如是

諸法未知根相應彼喜覺意耶荅曰或未知根非喜覺意云何未知根非喜覺意荅曰未知根攝喜覺意諸喜覺意不攝不相應未知根相應法是謂未知根非喜覺意云何喜覺意非未知根荅曰未知根不攝喜覺意相應法是謂喜覺意非未知根云何未知根喜覺意荅曰未知根攝喜覺意相應法是謂未知根喜覺意云何非未知根非喜覺意荅曰未知根不攝喜覺意諸未知根喜覺意不攝不相應及餘心心法色無爲心不相應行是謂非未知根非喜覺意諸法未知根相應彼猗覺意耶荅曰或未知根非猗覺意云何未知根非猗覺意荅曰未知根相應猗覺意是謂未知根非猗覺意云何猗覺意非未知根荅曰未知根不相應猗覺意相應法是謂猗覺意非未知根云何未知根猗覺意荅曰未知根相應猗覺意相應法是謂未知根猗覺意云何非未知根非猗覺意荅曰未知根不相應猗覺意及餘心心法色無爲心不相應行是謂非未知根非猗覺意護覺意亦如是諸法未知根相應彼等志耶荅曰或未知根非等志云何未知根非等志荅曰未知根相應等志諸等志不相應未知根相應法是謂未知根非等志云何等志非未知根荅曰未知根不相應等志相應法是謂等志非未知根云何未知根等志荅曰未知根相應等志相應法是謂未知根等志云何非未知根非等志荅曰未知根不相應等志諸未知根等志不相應及餘心心法色無爲心不相應行是謂非未知根非等志已知根門亦如是諸法

無知根相應彼念覺意耶答曰或無知根非念覺意云何無知根非念覺意答曰無知根攝念覺意是謂無知根非念覺意云何念覺意非無知根答曰無知根不攝念覺意相應法是謂念覺意非無知根云何無知根念覺意答曰無知根攝念覺意相應法是謂無知根念覺意云何非無知根非念覺意答曰無知根不攝念覺意及餘心心法色無爲心不相應行是謂非無知根非念覺意擇法精進定覺意等方便等念等定亦如是諸法無知根相應彼喜覺意耶答曰或無知根非喜覺意云何無知根非喜覺意答曰無知根攝喜覺意諸喜覺意不攝不相應無知根相應法是謂無知根非喜覺意云何喜覺意非無知根答曰無知根不攝喜覺意相應法是謂喜覺意非無知根云何無知根喜覺意答曰無知根攝喜覺意相應法是謂無知根喜覺意云何非無知根非喜覺意答曰無知根不攝喜覺意諸無知根喜覺意不攝不相應及餘心心法色無爲心不相應行是謂非無知根非喜覺意等見亦如是諸法無知根相應彼猗覺意耶答曰或無知根非猗覺意云何無知根非猗覺意答曰無知根相應猗覺意是謂無知根非猗覺意云何猗覺意非無知根答曰無知根不相應猗覺意相應法是謂猗覺意非無知根云何無知根猗覺意答曰無知根相應猗覺意相應法是謂無知根猗覺意云何非無知根非猗覺意答曰無知根不相應猗覺意及餘心心法色無爲心不相應行是謂非無知根非猗覺意護覺意亦如是

諸法無知根相應彼等志耶荅曰或無知根非等志云何無知根非等志荅曰無知根相應等志等志不相應無知根相應法是謂無知根非等志云何等志非無知根荅曰無知根不相應等志相應法是謂等志非無知根云何無知根等志荅曰無知根相應等志相應法是謂無知根等志云何非無知根非等志荅曰無知根不相應等志諸無知根等志不相應及餘心心法色無爲心不相應行是謂非無知根非等志餘殘如上相應相應門竟又世尊言我今當說四十四智種老死苦智四智法智未知智苦智等智老死習智四智法智未知智習智等智老死盡智四智法智未知智盡智等智老死盡道跡智四智法智未知智道智等智生有乃至行智亦如是四十四智

門竟又世尊言我今當說七十七智種生緣老死知智四智法智未知智習智等智不緣餘生緣老死知智四智法智未知智習智等智過去久遠生緣老死知智四智法智未知智習智等智非餘過去久遠生緣老死知智四智法智未知智習智等智未來久遠生緣老死知智四智法智未知智習智等智不餘知未來久遠生緣老死知智四智法智未知智習智等智如法界住智無常有爲心所緣生盡法變易法無欲法盡法斷慧法此智一等智乃至無明緣行知智亦如是七十七智門竟若成就法智彼未知智耶荅曰若得設成就未知智彼法智耶荅曰如是若成就法智彼知他人心智耶荅曰若得不失則成就若不得設得便失則不成就設成就知他人心智彼法

智耶答曰若得若成就法智彼等智耶答曰如是設成就等智彼法智耶答曰若得若成就法智彼苦智耶答曰如是設成就苦智彼法智耶答曰如是若成就法智彼習智盡道智耶答曰若得設成就道智彼法智耶答曰如是（法智竟）若成就未知智彼知他人心智耶答曰若得不失則成就若不得設得便失則不成就設成就知他人心智彼未知智耶答曰若得若成就未知智彼等智耶答曰如是設成就等智彼未知智耶答曰若得若成就未知智彼苦智耶答曰如是設成就苦智彼未知智耶答曰若得若成就未知智彼習盡道智耶答曰若得設成就道智彼未知智耶答曰如是（未知智竟）若成就知他人心智彼等智耶答曰如是設成就等智彼知他人心智耶

答曰若得不失則成就若不得設得便失則不成就若成就知他人心智彼苦智習盡道智耶答曰若得設成就道智彼知他人心智耶答曰若得不失則成就若不得設得便失則不成就（知他人心智竟）若成就等智彼苦智習盡道智耶答曰若得設成就道智彼等智耶答曰如是若成就苦智彼習盡道智耶答曰若得設成就道智彼苦智耶答曰如是若成就習智彼盡道智耶答曰若得設成就盡道智彼習智耶答曰如是若成就盡智彼道智耶答曰若得設成就道智彼盡智耶答曰如是（一行竟）若成就過去法智彼未來耶答曰如是設彼未來彼過去耶答曰若盡不失則成就若不盡設盡便失則不成就若彼過去彼現在耶答曰若現在前設彼現在彼過去耶答

曰若盡不失則成就若不盡設盡便失則不成就若彼未來彼現在耶答曰若現在前設彼現在彼未來耶答曰如是若彼過去彼未來現在耶答曰未來則成就現在若現在前設彼未來現在彼過去耶答曰若盡不失則成就若不盡設盡便失則不成就若彼未來彼過去現在耶答曰或未來無過去現在及過去無現在及現在無過去及過去現在云何未來非過去現在答曰若得法智不盡設盡便失不現在前是謂未來非過去現在云何未來及過去非現在答曰若法智已盡不失又此法智不現在前是謂未來及過去無現在云何未來及現在無過去答曰若法智現在前不盡設盡便失是謂未來及現在非過去云何未來及過去現在答曰若法智已盡不失又此法智現在前是謂未來及過去現在設彼過去現在彼未來耶答曰如是若彼現在彼過去未來耶答曰未來則成就過去若盡不失則成就若不盡設盡便失則不成就設彼過去未來彼現在耶答曰若現在前（法智經六）未知智苦智習盡道智亦如是若成就過去知他人心智彼未來耶答曰如是設彼未來彼過去耶答曰若盡不失則成就若不盡設盡便失則不成就若彼過去彼現在耶答曰若現在前設彼現在彼過去耶答曰如是若彼未來彼現在耶答曰若現在前設彼現在彼未來耶答曰如是若彼過去彼未來現在耶答曰未來則成就現在若現在前設彼未來現在彼過去耶答曰如是若彼未來彼過去現在耶答曰或未來無過去現在

及過去無現在及過去現在云何未來無過去現在耶荅曰若得知他人心智不失若不盡設盡便失不現在前是謂未來無過去現在云何未來及過去非現在耶荅曰若知他人心智已盡不失又此知他人心智不現在前是謂未來及過去非現在云何未來及過去現在荅曰若知他人心智已盡不失又此知他人心智現在前是謂未來及過去現在設彼過去現在彼未來耶荅曰如是若彼現在彼過去未來耶荅曰如是設彼過去未來彼現在耶荅曰若現在前他人心智經六若成就過去等智彼未來耶荅曰如是設彼未來彼過去耶荅曰如是若彼過去彼現在耶荅曰若現在前設彼現在彼過去耶荅曰如是若彼未來彼現在耶荅曰若現在前設彼現在彼

未來耶荅曰如是若彼過去彼未來現在耶荅曰未來則成就現在若現在前設彼未來現在彼過去耶荅曰如是若彼未來彼過去現在耶荅曰過去則成就現在若現在前設彼過去現在彼未來耶荅曰如是若彼現在彼過去未來耶荅曰如是設彼過去未來彼現在耶荅曰若現在前歷竟六若成就過去法智彼過去未知智耶荅曰若盡不失則成就若不盡設盡便失則不成就設成就過去未知智彼過去法智耶荅曰若盡不失則成就若不盡設盡便失則不成就若成就過去法智彼未來未知智耶荅曰若得設成就未來未知智彼過去法智耶荅曰若盡不失則成就若不盡設盡便失則不成就若成就過去法智彼現在未知智耶荅曰若現在前設成

就現在未知智彼過去法智耶荅曰若盡不失則成就若不盡設盡便失則不成就若成就過去法智彼過去現在未知智耶荅曰或成就過去法智無過去現在未知智也及過去無現在及現在無過去及過去現在未知智云何成就過去法智無過去現在未知智耶荅曰若法智已盡不失又此未知智不盡設盡便失不現在前是謂成就過去法智非過去現在未知智云何成就過去法智及過去未知智非現在荅曰若法智未知智已盡不失又此未知智不現在前是謂成就過去法智及過去未知智非現在云何成就過去法智及現在未知智非過去荅曰若法智已盡不失又此未知智現在前若不盡已盡便失是謂成就過去法智及現在未知智非過去云何成就過去法智及過去現在未知智耶荅曰若法智未知智已盡不失又此未知智現在前是謂成就過去法智及過去現在未知智設成就過去現在未知智彼過去法智耶荅曰若盡不失則成就若不盡設盡便失則不成就若成就過去法智彼未來現在未知智耶荅曰或成就過去法智非未來現在未知智及未來無現在及未來現在未知智云何成就過去法智非未來現在未知智荅曰若法智已盡不失又此不得未知智是謂成就過去法智非未來現在未知智云何成就過去法智及未來未知智非現在荅曰若法智已盡不失又此得未知智不現在前是謂成就過去法智及未來未知智非現在云何成就過去法智及未來現在未知智荅

曰若法智已盡不失又此未知智現在前是謂成就過去法智及未來現在未知智設成就未來現在未知智彼過去法智耶荅曰若盡不失則成就若不盡設盡便失則不成就若成就過去法智彼過去未來未知智耶荅曰或成就過去法智無過去未來未知智及未來非過去及過去未來未知智云何成就過去法智非過去未來未知智荅曰若法智已盡不失又此不得未知智是謂成就過去法智非過去未來未知智云何成就過去法智及未來未知智非過去荅曰若法智已盡不失又此得未知智若不盡設盡便失是謂成就過去法智及未來未知智非過去云何成就過去法智及過去未來未知智荅曰若法智未知智已盡不失是謂成就過去法智

及過去未來未知智設成就過去未來未知智彼過去法智耶荅曰若盡不失則成就若不盡設盡便失則不成就若成就過去法智彼過去未來現在未知智耶荅曰或成就過去法智無過去未來現在未知智及未來非過去現在及過去未來非現在及未來現在非過去及過去未來現在未知智云何成就過去法智非過去未來現在未知智荅曰若法智已盡不失又此不得未知智是謂成就過去法智非過去未來現在未知智云何成就過去法智及未來未知智非過去現在荅曰若法智已盡不失又此得未來未知智若不盡設盡便失不現在前是謂成就過去法智及未來未知智非過去現在云何成就過去法智及過去未來未知智非現在荅曰若

法智未知智已盡不失又此未知智不現在前是謂成就過去法智及過去未來未知智非現在云何成就過去法智及未來現在未知智非過去荅曰若法智已盡不失又此未知智現在前若不盡設盡便失是謂成就過去法智及未來現在未知智非過云云何成就過去法智及過去未來現在未知智荅曰若法智未知智已盡不失又此未知智現在前是謂成就過去法智及過去未來現在未知智設成就過去現在未來未知智彼過去法智耶荅曰若盡不失則成就若不盡設盡便失則不成就（法智未知智竟）若成就過去法智彼過去知他人心智耶荅曰若盡不失則成就若不盡設盡便失則不成就設成就過去知他人心智彼過去法智耶荅曰若盡不失則

成就若不盡設盡便失則不成就若成就過去法智彼未來知他人心智耶荅曰若得不失則成就若不得設得便失則不成就設成就未來知他人心智彼過去法智耶荅曰若盡不失則成就若不盡設盡便失則不成就若成就過去法智彼現在知他人心智耶荅曰若現在前設成就現在知他人心智彼過去法智耶荅曰若盡不失則成就若不盡設盡便失則不成就若成就過去法智彼過去現在知他人心智耶荅曰或成就過去法智非過去現在知他人心智及過去非現在及過去現在知他人心智云何成就過去法智非過去現在知他人心智荅曰若法智已盡不失又此知他人心智不盡設盡便失不現在前是謂成就過去法智非過去現在知他

人心智云何成就過去法智及過去知他人心智非現在荅曰若法智知他人心智已盡不失又此知他人心智不現在前是謂成就過去法智及過去知他人心智非現在云何成就過去法智及過去現在知他人心智耶荅曰若法智已盡不失又此知他人心智現在前是謂成就過去法智及過去現在知他人心智設成就過去現在知他人心智彼過去法智耶荅曰若盡不失則成就若不盡設盡便失則不成就若成就過去法智彼未來現在知他人心智耶荅曰或成就過去法智非未來現在知他人心智及未來非現在及未來現在知他人心智云何成就過去法智非未來現在知他人心智荅曰若法智已盡不失又此不得知他人心智設得便失是謂成就過去法智無未來現在知他人心智云何成就過去法智及未來知他人心智非現在荅曰若法智已盡不失又此得知他人心智不失不現在前是謂成就過去法智及未來知他人心智非現在云何成就過去法智及未來現在知他人心智荅曰若法智已盡不失又此知他人心智現在前是謂成就過去法智及未來現在知他人心智設成就未來現在知他人心智彼過去法智耶荅曰若盡不失則成就若不盡設盡便失則不成就若成就過去法智彼過去未來知他人心智耶荅曰或成就過去法智無過去未來知他人心智及未來非過去及過去未來知他人心智也云何成就過去法智非過去未來知他人心智耶荅曰法智已盡不失又此不得

知他人心智設得便失是謂成就過去法智非過去未來知他人心智云何成就過去法智及未來知他人心智非過去耶荅曰若法智已盡不失又此得知他人心智不失若不盡設盡便失是謂成就過去法智及未來知他人心智非過去云何成就過去法智及過去未來知他人心智荅曰若法智知他人心智已盡不失是謂成就過去法智及過去未來知他人心智設成就過去未來知他人心智彼過去法智耶荅曰若盡不失則成就若不盡設盡便失則不成就若成就過去法智彼過去未來現在知他人心智耶荅曰或成就過去法智無過去未來現在知他人心智及未來非過去現在及過去未來非現在及過去未來現在知他人心智云何成就過去法智非過去未來現在知他人心智荅曰若法智已盡不失又此不得知他人心智設得便失是謂成就過去法智非過去未來現在知他人心智云何成就過去法智及未來知他人心智無過去現在耶荅曰若法智已盡不失又此得知他人心智不失若不盡設盡便失不現在前是謂成就過去法智及未來知他人心智非過去現在云何成就過去法智及過去未來知他人心智非現在荅曰若法智知他人心智已盡不失又此知他人心智不現在前是謂成就過去法智及過去未來知他人心智非現在云何成就過去法智及過去未來現在知他人心智耶荅曰若法智已盡不失又此知他人心智現在前是謂成就過去法智及過去未來現在知他人心

智設成就過去未來現在知他人心智彼過去法智耶荅曰若盡不失則成就若不盡設盡便失則不成就（知他人心七竟）若成就過去法智彼過去等智耶荅曰如是設成就過去等智彼過去法智耶荅曰若盡不失則成就若不盡設盡便失則不成就若成就過去法智彼未來等智耶荅曰如是設成就未來等智彼過去法智耶荅曰若盡不失則成就若不盡設盡便失則不成就若成就過去法智彼現在等智耶荅曰若現在前設成就現在等智彼過去法智耶荅曰若盡不失則成就若不盡設盡便失則不成就若成就過去法智彼過去現在等智耶荅曰過去則成就現在若現在前設成就過去現在等智彼過去法智耶荅曰若盡不失則成就若不盡設盡便失則不成就若成就過去法智彼未來現在等智耶荅曰未來則成就現在若現在前設成就未來現在等智彼過去法智耶荅曰若盡不失則成就若不盡設盡便失則不成就若成就過去法智彼過去未來等智耶荅曰如是設成就過去未來等智彼過去法智耶荅曰若盡不失則成就若不盡設盡便失則不成就若成就過去法智彼過去未來現在等智耶荅曰過去未來則成就現在若現在前設成就過去未來現在等智彼過去法智耶荅曰若盡不失則成就若不盡設盡便失則不成就（等智七竟）若成就過去法智彼過去苦智耶荅曰若盡不失則成就若不盡設盡便失則不成就設成就過去苦智彼過去法智耶荅曰若盡不失則成就若不盡設盡便失則

不成就若成就過去法智彼未來苦智耶荅曰如是設成就未來苦智彼過去法智耶荅曰若盡不失則成就若不盡設盡便失則不成就若成就過去法智彼現在苦智耶荅曰若現在前設成就現在苦智彼過去法智耶荅曰若盡不失則成就若不盡設盡便失則不成就若成就過去法智彼過去現在苦智耶荅曰或成就過去法智無過去現在苦智及過去無現在及現在無過去及過去現在苦智云何成就過去法智非過去現在苦智耶荅曰若法智已盡不失又此苦智不盡設盡便失不現在前是謂成就過去法智非過去現在苦智云何成就過去法智及過去苦智非現在耶荅曰若法智苦智已盡不失又此苦智不現在前是謂成就過去法智及過去苦智非現在云何成就過去法智及現在苦智非過去耶荅曰若法智已盡不失又此苦智現在前若不盡設盡便失是謂成就過去法智及現在苦智非過去云何成就過去法智及過去現在苦智耶荅曰若法智苦智已盡不失又此苦智現在前是謂成就過去法智及過去現在苦智設成就過去現在苦智彼過去法智耶荅曰若盡不失則成就若不盡設盡便失則不成就若成就過去法智彼未來現在苦智耶荅曰未來則成就現在若現在前設成就未來現在苦智彼過去法智耶荅曰若盡不失則成就若不盡設盡便失則不成就若成就過去法智彼過去未來苦智耶荅曰未來則成就過去若盡不失則成就若不盡設盡便失則不成就設成就過

去未來苦智彼過去法智耶荅曰若盡不失則成就若不盡設盡便失則不成就若成就過去法智彼過去未來現在苦智耶荅曰或成就過去法智及未來苦智非過去現在及過去未來非現在及未來現在非過去及過去未來現在苦智云何成就過去法智及未來苦智非過去現在耶荅曰若法智已盡不失又此得苦智若不盡設盡便失不現在前是謂成就過去法智及未來苦智非過去現在云何成就過去法智及過去未來苦智非現在耶荅曰若法智苦智已盡不失又此苦智不現在前是謂成就過去法智及過去未來苦智非現在云何成就過去法智及未來現在苦智非過去耶荅曰若法智已盡不失又此苦智現在前若不盡設盡便失是謂成就過去法智及未來現在苦智非過去云何成就過去法智及過去未來現在苦智耶荅曰若法智苦智已盡不失又此苦智現在前是謂成就過去法智及過去未來現在苦智設成就過去未來現在苦智彼過去法智耶荅曰若盡不失則成就若不盡設盡便失則不成就若智七竟習盡道智亦如是乃至道智亦如是小七竟過去法智過去未知智過去知他人心智一未來二現在三過去現在四未來現在五過去未來六過去未來現在知他人心智七乃至道智亦如是大七竟相應跋渠第五竟梵本一千三十三首盧

阿毗曇八揵度論卷第十四

阿毗曇八揵度論卷第十五

迦旃延子造

苻秦罽賓三藏僧伽提婆共竺佛念譯

行揵度第四之一

惡行邪語 衆生及命 身無有教 自行在後

惡行跋渠第一

三惡行三不善根三惡行攝三不善根三不善根攝三惡行耶三妙行三善根三妙行攝三善根三善根攝三妙行耶三惡行十不善行迹三惡行攝十不善行迹十不善行迹攝三惡行耶三妙行十善行迹三妙行攝十善行迹十善行迹攝三妙行耶三行十行迹三行攝十行迹十行迹攝三行耶三行四業黑有黑報白有白報白黑白黑報不黑不白無行報行盡三行攝四行四行攝三行耶三行復次三行現法報生報後報樂報苦報不苦不樂報過去未來現在善不善無記欲界繫色無色界繫學無學非學非無學見諦所斷思惟所斷無斷前攝後後攝前耶四行黑有黑報白有白報黑白黑白報不黑不白無行報行盡三行現法報生報後報樂報苦報不苦不樂報過去未來現在善不善無記欲界繫色無色界繫學無學非學非無學見諦所斷思惟所斷無斷四行攝三行三行攝四行耶三行現法報生報後報復次三行樂報苦報不苦不樂報過去未來現在善不善無記欲界繫色無色界繫學無學非學非無學見諦所斷思惟所斷無斷前攝後後攝前耶三行樂報苦報不苦不樂報復次三行過去未來現在善不善無記欲界繫色無色界繫學

無學非學非無學見諦所斷思惟所斷無斷前攝後後攝前耶三行過去未來現在復次三行善不善無記欲界繫色無色界繫學無學非學非無學見諦所斷思惟所斷無斷前攝後後攝前耶三行善不善無記復次三行欲界繫色無色界繫學無學非學非無學見諦所斷思惟所斷無斷前攝後後攝前耶三行欲界繫色無色界繫復次三行學無學非學非無學見諦所斷思惟所斷無斷前攝後後攝前三行學無學非學非無學復次三行見諦所斷思惟所斷無斷前攝後後攝前耶頗行受報身痛受報非心耶頗行受報心痛受報非身耶頗行受報身心痛受報耶頗行受報身心痛不受報而受報耶三障行障垢障報障彼云何行障云何垢障云何報障此

三惡行何者最大此三妙行何者最大果此章義願具演說三惡行三不善根三惡行攝三不善根耶答曰或惡行非不善根云何惡行非不善根答曰身口惡行邪見不善思是謂惡行非不善根云何不善根非惡行答曰癡不善根是謂不善根非惡行云何惡行不善根答曰貪瞋恚不善根是謂惡行不善根云何非惡行非不善根答曰除上爾所事三妙行三善根三妙行攝三善根耶答曰或妙行非善根云何妙行非善根答曰身口妙行善思是謂妙行非善根云何善根非妙行答曰等見不攝無癡善根是謂善根非妙行云何妙行善根答曰不貪不瞋善根等見是謂妙行善根云何非妙行善根答曰除上爾所事三惡行十不善行迹三惡行攝十不善行

迹十不善行迹攝三惡行荅曰三攝十非十攝三不攝何等荅曰除行迹攝身口惡行諸餘身口惡行及不善思三妙行十善行迹三妙行攝十善行迹十善行迹攝三妙行荅曰三攝十非十攝三不攝何等荅曰除行迹攝身口妙行諸餘身口妙行及善思三業十行迹三業攝十行迹耶荅曰或行非行迹云何行非行迹荅曰除行迹攝身口行諸餘身口行意思是謂行非行迹云何行迹非行荅曰後三行迹是謂行迹非行云何行行迹荅曰七行迹𣅜謂行行迹云何非行非行迹荅曰除上爾所事三行四行黑有黑報白有白報黑白黑白報不黑不白無報行行盡三行攝四行四行攝三行荅曰三四非四三不攝何等荅曰除學思作盡諸餘無漏行及無色界善行無記行三行復次三行現法報生報後報前攝後後攝前荅曰前後非後前不攝何等荅曰不定無記無漏行三行復次三行樂報苦報不苦不樂報前攝後後攝前荅曰前後非後前不攝何等荅曰無記無漏行三行復次三行過去未來現在善不善無記學無學非學非無學見諦所斷思惟所斷無斷前攝後後攝前荅曰隨種相攝三行復次三行欲界繫色無色界繫前攝後後攝前荅曰前後非後前不攝何等荅曰無漏行三行竟四行黑有黑報白有白報黑白黑白報不黑不白無報行行盡三行現法報生報後報四行攝三行耶荅曰或四非三云何四非三荅曰學思作盡欲界繫善不善不定行色界繫善不定行是謂四非三云何三非四荅曰無色界

繫善定行是謂三非四云何四三答曰欲界繫善不善定行色界繫善定行是謂四三云何非四非三答曰除學思作盡諸餘無漏行無色界繫善不定行無記行是謂非四非三四行黑有黑報白有白報黑白黑白報不白不黑無報行行盡三行樂報苦報不苦不樂報四行攝三行耶答曰或四非三云何四非三答曰學思作盡是謂四非三云何三非四答曰無色界繫善行是謂三非四云何四三答曰欲界繫善不善行色界繫善行是謂四三云何非四非三答曰除學思作盡諸餘無漏行無記行是謂非四非三四行黑有黑報白有白報黑白有黑白報不黑不白無報行行盡三行過去未來現在善不善無記學無學非學非無學見諦所斷思惟所斷無斷四

行攝三行三行攝四行答曰三攝四非四三不攝何等答曰除學思作盡諸餘無漏行無色界繫善無記行也四行黑有黑報白有白報黑白黑白報不黑不白無報行行盡也三行欲界繫色無色界繫四行攝三行三行攝四行答曰或四非三云何四非三答曰學思作盡是謂四非三云何三非四答曰無色界繫善行無記行是謂三非四云何四三答曰欲界繫善不善行色界繫善行是謂四三云何非四非三答曰除學思作盡諸餘無漏行是謂非四非三(四行竟)三行現法報生報後報復次三行樂報苦報不苦不樂報前攝後後攝前答曰後前非前後不攝何等答曰不定行也三行現法報生報後報復次三行過去未來現在善不善無記學無學非學非無學

見諦所斷思惟所斷無斷前攝後後攝前荅曰後前非前後不攝何等荅曰不定無記無漏行也三行現法報生報後報復次三行欲界繫色無色界繫前攝後後攝前荅曰後前非前後不攝何等荅曰不定無記行（現報三竟）三行樂報苦報不苦不樂報復次三行過去未來現在善不善無記學無學非學非無學見諦所斷思惟所斷無斷前攝後後攝前荅曰後前非前後不攝何等荅曰無記無漏行也三行樂報苦報不苦不樂報復次三行欲界繫色無色界繫前攝後後攝前荅曰後前非前後不攝何等荅曰無記行（三痛竟）三行過去未來現在復次三行善不善無記學無學非學非無學見諦所斷思惟所斷無斷前攝後後攝前荅曰隨種相攝三行過去未來現在復次三行欲界繫色無色界繫前攝後後攝前荅曰前後非後前不攝何等荅曰無漏行（三世竟）三行善不善無記復次三行欲界繫色無色界繫前攝後後攝前荅曰前後非後前不攝何等荅曰無漏行三行善不善無記復次三行學無學非學非無學見諦所斷思惟所斷無斷前攝後後攝前荅曰隨種相攝（善不善竟）三行欲界繫色無色界繫復次三行學無學非學非無學見諦所斷思惟所斷無斷前攝後後攝前荅曰後前非前後不攝何等荅曰無漏行（三界竟）三行學無學非學非無學復次三行見諦所斷思惟所斷無斷前攝後後攝前荅曰隨種相攝（三三稍除自三痛至此七）頗行受報身痛受報非心耶荅曰受報不善行也頗行受報心痛受報非身耶荅曰受報善無覺行

頗行受報身心痛受報耶答曰受報善有覺行頗行受報身心痛不受報而受報耶答曰受報善不善行受報色心心所念法心不相應行也三障行障垢障報障彼云何行障云何垢障云何報障行障云何答曰五無救行垢障云何答曰諸衆生婬欲偏重瞋恚愚癡偏重彼婬欲偏重瞋恚愚癡偏重難教難語難濟難脫是謂垢障云何報障答曰地獄處畜生處餓鬼處鬱單曰無想天處是謂報障此三惡行何者最大答曰壞僧妄語由此行報阿鼻大地獄受劫壽此三妙行何者最大果答曰有第一三昧思行報有想無想受八十千劫壽 惡行跋渠第一竟 梵本一百九十二首盧

邪語跋渠第二

諸邪語彼是邪命耶設是邪命彼是邪語耶諸邪業彼是邪命耶設是邪命彼是邪業耶諸等語彼是等命耶設是等命彼是等語耶諸等業彼是等命耶設是等命彼是等業耶三惡行三曲三穢三濁身曲身穢身濁口曲口穢口濁意曲意穢意濁彼云何身曲身穢身濁云何口曲口穢口濁云何意曲意穢意濁三惡行攝三曲穢濁三曲穢濁攝三惡行三妙行三淨三妙行攝三淨三淨攝三妙行三妙行三滿三妙行攝三滿三滿攝三妙行三淨三滿三淨攝三滿三滿攝三淨諸身惡行彼盡無巧便身行耶設無巧便身行彼盡身惡行耶諸口惡行彼盡無巧便口行耶設無巧便口行彼盡口惡行耶諸意惡行彼盡無巧便意行耶設無巧便意行彼盡意惡行耶諸身妙行彼盡巧便身行耶設巧便身行

彼盡身妙行耶諸口妙行彼盡巧便口行耶設巧便口行彼盡口妙行耶諸意妙行彼盡巧便意行耶設巧便意行彼盡意妙行耶諸法由行得彼法當言善耶不善無記耶頗過去行過去報未來現在報耶頗未來行未來現在過去報耶頗現在行現在過去未來報耶頗如身行受報口行意行不然耶頗如口行受報身行意行不然耶頗如意行受報身行口行不然耶頗如身行口行受報意行不然耶頗如身行意行受報口行不然耶頗如口行意行受報身行不然耶頗如身行口行受報意行亦然耶頗如身行意行口行不受報而受報耶頗三行不前不後受報耶現法報生報後報樂報苦報不苦不樂報欲界繫色無色界繫頗三行不前不後受報耶善不善見諦所斷思惟所斷此章義願具演說諸邪語彼是邪命耶荅曰或邪語非邪命云何邪語非邪命荅曰除邪命作口四惡行諸餘口惡行是謂邪語非邪命云何邪命非邪語荅曰邪命作身三惡行是謂邪命非邪語云何邪語邪命荅曰邪命作口四惡行是謂邪語邪命云何非邪語邪命荅曰除邪命作身三惡行諸餘身惡行是謂非邪命邪語諸邪業彼是邪命耶荅曰或邪業非邪命云何邪業非邪命荅曰除邪命作身三惡作諸餘身惡行是謂邪業非邪命云何邪命非邪業荅曰邪命作口四惡行是謂邪命非邪業云何邪業邪命荅曰邪命作身三惡行是謂邪業邪命云何非邪業邪命荅曰除邪命作口四惡行諸餘口惡行是謂非邪業邪命邪竟諸等

語彼是等命耶答曰或等語非等命云何等語非等命答曰除等命作口四妙行諸餘口妙行是謂等語非等命云何等命非等語答曰等命作身三妙行是謂等命非等語云何等語等命答曰等命作口四妙行是謂等語等命云何非等語等命答曰除等命作身三妙行諸餘身妙行是謂非等語等命等語竟諸等業彼是等命耶答曰或等業非等命云何等業非等命答曰除等命作身三妙行諸餘身妙行是謂等業非等命云何等命非等業答曰等命作口四妙行是謂等命非等業云何等業等命答曰等命作身三妙行是謂等業等命云何非等業等命答曰除等命作口四妙行諸餘口妙行是謂非等業等命業竟三惡行三曲穢濁身曲身穢身濁口曲口穢口

濁意曲意穢意濁身曲云何答曰虛偽盛身行也身穢云何答曰瞋恚盛身行身濁云何答曰婬盛身行曰曲云何答曰虛偽盛口行口穢云何答曰瞋恚盛口行口濁云何答曰婬盛口行意曲云何答曰虛偽盛意行意穢云何答曰瞋恚盛意行意濁云何答曰婬盛意行三惡行攝三曲穢濁耶答曰或三惡行非曲穢濁云何惡行非曲穢濁答曰除欲界繫虛偽欲盛瞋恚身口意惡行諸餘身口意惡行是謂惡行非曲穢濁云何曲穢濁非惡行耶答曰色界繫虛偽愛身口意行無色界繫愛盛意行是謂曲穢濁非惡行云何惡行曲穢濁答曰欲界繫虛偽欲盛瞋恚身口意惡行是謂惡行曲穢濁云何非惡行曲穢濁答曰除上爾所事三妙行三淨三妙行攝三

淨三淨攝三妙行答曰隨種相攝三妙行三滿三妙行攝三滿答曰或妙行非滿云何妙行非滿答曰除無學身口妙行諸餘身口妙行盡意妙行是謂妙行非滿云何滿非妙行答曰無學心是謂滿非妙行云何妙行滿答曰無學身口妙行是謂妙行滿云何非妙行滿答曰除上爾所事三淨三滿三淨攝三滿耶答曰或淨非滿云何淨非滿答曰除無學身口淨諸餘身口淨盡意淨是謂淨非滿云何滿非淨答曰無學心是謂滿非淨云何淨滿答曰無學身口淨是謂淨滿云何非淨滿答曰除上爾所事滿竟諸身惡行盡無巧便身行耶答曰如是諸身惡行盡無巧便身行頗無巧便身行彼非身惡行耶答曰有隱沒無記身行不隱沒無記無巧便身行也諸口惡行盡無巧便口行耶答曰如是諸口惡行盡無巧便口行頗無巧便口行彼非口惡行耶答曰有隱沒無記口行不隱沒無記無巧便口行也諸意惡行彼盡無巧便意行耶答曰或意惡行彼非無巧便意行云何意惡行彼非無巧便意行耶答曰意三惡行是謂意惡行彼非無巧便意行云何無巧便意行彼非意惡行耶答曰隱沒無記思不隱沒無記無巧便思是謂無巧便意行彼非意惡行云何意惡行彼是無巧便意行耶答曰不善思是謂意惡行彼是無巧便意行云何非意惡行彼非無巧便意行耶答曰除上爾所事惡行竟諸身妙行盡巧便身行耶答曰如是諸身妙行彼盡巧便身行頗巧便身行彼非身妙行答曰有不隱沒無記巧便身行也諸口妙行

盡巧便口行耶荅曰如是諸口妙行彼盡巧便口行頗巧便口行彼非口妙行耶荅曰有不隱沒無記巧便口行也諸意妙行彼盡巧便意行耶荅曰或意妙行彼非巧便意行云何意妙行彼非巧便意行荅曰意三妙行是謂意妙行彼非巧便意行云何巧便意行彼非意妙行荅曰不隱沒無記巧便思是謂巧便意行彼非意妙行云何意妙行彼是巧便意行荅曰善思是謂意妙行彼是巧便意行云何非意妙行非巧便意行耶荅曰除上爾所事妙行竟諸法由行得彼法當言善不善無記耶荅曰報義諸法由行得此法當言無記也如是報義諸法由行得彼法無記耶荅曰如是若作是說本無如來善心說語輭語妙語輭美語此語善耶荅曰如是聽我所說若報義諸法由行得彼法無記不應作是說本無如來善心說語輭語妙語輭美語此語善雖有是語此事不然若作是語本無如來善心說語輭語妙語輭美語此語善不應作是語報義諸法由行得此法無記此事不然當作是語本無如來本餘生時作善行受報報現在前彼由此因緣得咽喉四大行四大四大出聲聲非報也頗過去行過去報未來現在報耶荅曰有頗未來行未來報耶荅曰有無過去現在頗現在行現在報耶荅曰有過去無未來有三世竟頗如身行受報口行意行不然耶荅曰有如身不淨口淨當於爾時有善心若無記心如身淨口不淨當於爾時有不善心若無記心是謂如身行受報口行意行不然頗如口行受報身行意行不然耶荅

曰有如身有淨口不淨當於爾時有善心若無記心如身不淨口淨當於爾時有不善心若無記心是謂如口行受報身行意行不然頗如意行受報身行口行不然耶荅曰有如身不淨口不淨當於爾時有善心如是身淨口淨當於爾時有不善心是謂如意行受報身行口行不然頗如身行口行受報意行不然耶荅曰有如身不淨口不淨當於爾時有善心若無記心如身淨口淨當於爾時有不善心若無記心是謂如身行口行受報意行不然頗如身行意行受報口行不然耶荅曰有如身有不淨口淨當於爾時有不善心如身淨口不淨當於爾時有善心是謂如身行意行受報口行不然頗如口行意行受報身行不然耶荅曰有如身有淨口不淨當於爾時有不善心如身不淨口淨當於爾時有善心是謂如口行意行受報身行不然頗如身行口行受報意行亦然耶荅曰有如身有不淨口不淨當於爾時有不善心如身淨口淨當於爾時有善心是謂如身行口行受報意行亦然頗身行口行意行不受報而受報耶荅曰有諸心不相應行受報色心心所念法心不相應行也頗三行不前不後受報現法報生報後報耶荅曰受報現法報色生報心心所念法後報心不相應行復次現法報心心所念法生報色後報心不相應行復次現法報心不相應行生報心心所念法後報色三竟樂報苦報不苦不樂報亦如是欲界繫色無色界繫心心所念法無色界繫心不相應行復次欲界繫心心所念法色界繫色無色

界繫心不相應行復次欲界繫心不相應行色界繫色無色界繫心心所念法也（三界竟）頗二行不前不後受報善不善耶答曰受報善色不善心心所念法心不相應行復次善心心所念法心不相應行不善色（善不善二竟）見諦所斷思惟所斷亦如是（邪語跋渠第二竟梵本二百四十王首盧）

阿毗曇八犍度論卷第十五

阿毗曇八犍度論卷第十六

迦旃延子造

苻秦罽賓三藏僧伽提婆共竺佛念譯

行犍度第四之二

害衆生跋渠第三

頗害衆生衆生害不盡頗不害衆生衆生害盡耶頗害衆生衆生害盡頗不害衆生衆生害不盡頗不害衆生衆生害不盡彼行受報必生地獄耶頗行不善苦痛行不熟彼行彼初受報彼必染污心頗害衆生命彼後不受戒當言一切衆生中淨耶若一切衆生中淨彼一切衆生中受戒耶設一切衆生中受戒彼一切衆生中淨耶若身成就彼有身行耶設成就身行彼有身耶若成就身彼有口行耶設成就口行彼有身耶若成就身彼有意行耶設成就意行彼有身耶若成就身彼有身行口行耶設成就身行口行彼有身耶若成就身彼有身行意行耶設成就身行意行彼有身耶若成就身彼有口行意行耶設成就口行意行彼有身耶若成就身彼有身行口行意行耶設成就身行口行意行彼有身耶（身竟）若成就身行彼有口行耶設成就口行彼有身行耶若成就身行彼有意行耶設成就意行彼有身行耶若成就身行彼有口行意行耶設成就口行意行彼有身行耶（身行竟）若成就口行彼有意行耶設成就意行彼有口行耶若行欲未盡彼報欲未盡耶設報欲未盡彼行欲未盡耶若行欲盡彼報欲盡耶設報欲盡彼行欲盡耶若行有果彼行一切有報耶設行有報彼行一切有果耶若行無

果彼行一切無報耶設行無報彼行一切無
果耶若行不善彼行一切顛倒耶設行顛倒
彼行一切不善耶若行非不善一切彼行非
顛倒耶設行非顛倒彼行一切非不善耶若
成就不善行彼成就色無色界行耶設成就
色無色界行彼成就不善行耶若成就欲界
善行彼成就色無色界善行耶設成就色無
色界善行彼成就欲界善行耶若成就欲界
行彼成就色界行耶設成就色界行彼成就
欲界行耶若成就欲界行彼成就無色界行
耶設成就無色界行彼成就欲界行耶若成
就欲界行彼成就無漏行耶設成就無漏行
彼成就欲界行耶若成就色界行彼成就無
色界行耶設成就無色界行彼成就色界行
耶若成就色界行彼成就無漏行耶設成就

無漏行彼成就色界行耶若成就無色界行
彼成就無漏行耶設成就無漏行彼成就無
色界行耶若成就欲界行色無色界行無漏
行彼命終後生何處此章義願具演說
頗害衆生衆生害不盡耶荅曰有如斷衆生
命方便不息求頗不害衆生衆生害盡耶荅
曰有如不害衆生命方便息求頗害衆生衆
生害盡耶荅曰有如害衆生命方便息求頗
衆生不害衆生害不盡耶荅曰有如不害衆
生命方便不息求頗不害衆生衆生害不盡
彼行受報必生地獄耶荅曰有如作無救求
方便中間命終頗行不善苦痛行未熟彼行
彼初受報彼必染汚心耶荅曰有如作無救
行彼初受地獄中陰頗害衆生命彼後不受
戒當言一切衆生中淨耶荅曰有如方便欲

害衆生中間值法若一切衆生中淨(見諦人也)彼一切衆生中受戒耶荅曰或一切衆生中淨彼非一切衆生中受戒云何一切衆生中淨彼非一切衆生中受戒荅曰如不受戒中間值法是謂一切衆生中淨彼非一切衆生中受戒云何一切衆生中受戒彼非一切衆生中淨荅曰如受戒越戒是謂一切衆生中受戒彼非一切衆生中淨云何一切衆生中淨彼一切衆生中受戒荅曰如受戒不越戒是謂一切衆生中淨一切衆生中受戒云何不一切衆生中淨彼不一切衆生中受戒耶荅曰除上爾所事若成就身彼有身行耶荅曰或成就身非身行云何成就身非身行荅曰卵膜漸厚處毋胎凡夫人若生欲界不有威儀不處非威儀身無教設有教便失是謂成就身非身行云何成就身行非身耶荅曰無垢人生無色界是謂成就身行非身云何成就身身行荅曰卵膜漸厚處毋胎無垢人若生欲界處威儀不處威儀不威儀亦不不處威儀身有教有教不失若生色界是謂成就身身行云何不成就身非身行荅曰凡夫人生無色界是謂不成就身非身行若成就身彼有口行耶荅曰或成就身非口行云何成就身非口行荅曰卵膜漸厚處毋胎凡夫人若生欲界不威儀亦非不處威儀口無教設有教便失是謂成就身非口行云何成就口行非身荅曰無垢人生無色界是謂成就口行非身云何成就身口行荅曰膜漸厚處毋胎無垢人若生欲界處威儀不處威儀不威儀亦不不處威儀口有教設有教不失若生

色界是謂成就身口行云何不成就身非口行荅曰凡夫人生無色界是謂不成就身非口行若成就身彼有意行耶荅曰如是若成就身彼有意行頗成就意行非身耶荅曰有生無色界也若成就身彼有身口行耶荅曰或成就身非身口行及身行非口行及口行非身行及身行口行云何成就身非身口行荅曰卵膜漸厚處毋胎凡夫人若生欲界非威儀亦不不處威儀身口無教設有教便失是謂成就身非身口行云何成就身及身行非口行荅曰若生欲界非威儀亦不不處威儀身有教設有教不失口無教設有教便失是謂成就身及身行非口行云何成就身及口行非身行荅曰若生欲界不威儀亦不不處威儀口有教設有教不失身無教設有教便失是謂成就身及口行非身行云何成就身及身行口行荅曰膜漸厚處毋胎無垢人若生欲界處威儀不處威儀不威儀亦不不處威儀身口有教設有教不失若生色界是謂成就身及身口行設成就身口行彼成就身耶荅曰或成就或不成就云何成就荅曰向所說是謂成就云何不成就荅曰無垢人生無色界是謂不成就若成就身彼成就身行意行耶荅曰或成就身及意行無身行及身行意行云何成就身及意行非身行荅曰卵膜漸厚處毋胎凡夫人若生欲界不威儀亦不不處威儀身無教設有教便失是謂成就身及意行非身行云何成就身及身行意行荅曰膜漸厚處毋胎無垢人若生欲界處威儀不處威儀不威儀亦不不處威儀身有

教設有教不失若生色界是謂成就身及身行意行設成就身行意行彼成就身耶荅曰或成就或不成就云何成就荅曰向所說是謂成就云何不成就荅曰無垢人生無色界是謂不成就若成就身彼成就口意行耶荅曰或成就身及意行非口行及口行意行云何成就身及意行非口行荅曰卵膜漸厚處毋胎凡夫人若生欲界不威儀亦不不處威儀口無教設有教便失是謂成就身及意行非口行云何成就身及口行意行荅曰膜漸厚處毋胎無垢人若生欲界處威儀不處威儀不威儀亦不不處威儀口有教設有教不失若生色界是謂成就身及口行意行設成就口意行彼成就身耶荅曰或成就或不成就云何成就荅曰向所說是謂成就云何不

成就荅曰無垢人生無色界是謂不成就若成就身彼有身口意行耶荅曰或成就身及意行非身口行及身意行非口行及口意行非身行及身口意行云何成就身及意行非身口行荅曰卵膜漸厚處毋胎凡夫人若生欲界不威儀亦不不處威儀身口無教設有教便失是謂成就身及意行非身口行云何成就身及身意行非口行荅曰若生欲界不威儀亦不不處威儀身有教設有教不失口無教設有教便失是謂成就身及身意行非口行云何成就身及口意行非身行耶荅曰若生欲界不威儀亦不不處威儀口有教設有教不失身無教設有教便失是謂成就身及口意行非身行云何成就身及身口意行荅曰膜漸厚處毋胎無垢人若生欲界處威

儀不處威儀不威儀亦不不處威儀身口有教設有教不失若生色界是謂成就身及身口意行設成就身口意行彼成就身耶荅曰或成就或不成就云何成就荅曰向所說是謂成就云何不成就荅曰無垢人生無色界是謂不成就身竟若成就身行彼成就口行耶荅曰或成就身行非口行云何成就身行非口行荅曰若生欲界不威儀亦不不處威儀身有教設有教不失口無教設有教便失是謂成就身行非口行云何成就口行非身行荅曰若生欲界不威儀亦不不處威儀口有教設有教不失身無教設有教便失是謂成就口行非身行云何成就身口行荅曰膜漸厚處毋胎無垢人若生欲界處威儀不處威儀不威儀亦不不處威儀身口有教設有教

不失若生色界無垢人生無色界是謂成就身口行云何不成就身口行荅曰卵膜漸厚處毋胎凡夫人若生欲界不威儀亦不不處威儀身口無教設有教便失若生無色界凡夫人是謂不成就身口行若成就身行彼成就意行耶荅曰如是若成就身行彼成就意行頗成就意行非成就身行荅曰有卵膜漸厚處毋胎凡夫人若生欲界不威儀亦不不處威儀身無教設有教便失若凡夫人生無色界若成就身行彼成就口意行耶荅曰或成就身行及意行非口行及口意行云何成就身行及意行非口行荅曰若生欲界不威儀亦不不處威儀身有教設有教不失口無教設有教便失是謂成就身行及意行非口行云何成就身行及口意行荅曰膜漸厚處

毋胎無垢人若生欲界處威儀不處威儀不威儀亦不不處威儀身口有教設有教不失若生色界無垢人生無色界是謂成就身行及口意行設成就口意行彼成就身行耶荅曰或成就或不成就云何成就荅曰向所說是謂成就云何不成就荅曰若生欲界不威儀亦不不處威儀身無教設有教便失口有教設有教不失是謂不成就若成就口行彼成就意行耶荅曰如是若成就口行彼成就意行頗成就意行非口行耶荅曰有卵膜漸厚處毋胎凡夫人若生欲界不威儀亦不不處威儀口無教設有教便失凡夫人生無色界若行婬未盡彼報婬未盡耶荅曰如是若行婬未盡彼報婬未盡頗報婬未盡非行耶荅曰有須陀洹見諦所斷行婬盡彼報婬未盡若行婬盡彼報婬盡耶荅曰如是若報婬盡彼行婬盡頗行婬盡非報耶荅曰有須陀洹見諦所斷行婬盡彼報婬未盡若行有果彼行盡有報耶荅曰如是若行有報此行有盡有果頗行有果彼行無報耶荅曰有無記無漏行若行無果彼行盡無報耶荅曰無行不有果頗行無報耶荅曰有無記無漏行若行不善彼行盡顛倒耶荅曰或行不善此行非顛倒云何行不善彼行非顛倒荅曰猶如有一有見果實如是見如是語有行有行果報彼身惡行口意惡行猶如有一不見有見想不聞不別不識有識想彼不以此想不以此忍不以此見不以此欲不以此智慧我不見不聞不別不識猶如有一見無見想聞別識無識想彼不以此想不以此忍不以此見

不以此欲不以此智慧我見聞別識是謂行不善彼行非顛倒云何行顛倒此行非不善荅曰猶如有一無見無果實如是見如是語無行無行果報彼身妙行口意妙行猶如有一無見有見想不聞不別不識有識想彼以此想以此忍以此見以此欲以此智慧我見聞別識猶如有一見無見想聞別識無識想彼以此想以此忍以此見以此欲以此智慧我不見聞別識是謂行顛倒彼行非不善云何行不善彼行顛倒荅曰猶如有一無見無果實如是見如是語無行無行果報彼身惡行口意惡行猶如有一不見不見想不聞不別不識有不識想彼不以此想不以此忍不以此見不以此欲不以此智慧我見聞別識猶如有一見有見想聞別識有識想彼不以此想不以此忍不以此見不以此欲不以此智慧我不見不聞不別不識是謂行不善彼行顛倒云何行非不善彼行非顛倒荅曰猶如有一見有果實如是見如是語有行有行果報彼身妙行口意妙行猶如有一不見有不見想不聞不別不識有不識想彼以此想以此忍以此見以此欲以此智慧我不見不聞不別不識猶如有一見有見想聞別識有識想彼以此想以此忍以此見以此欲以此智慧我見聞別識是謂行非不善此行非顛倒非亦如是若成就不善行彼成就色無色界行耶荅曰如是若成就不善行彼成就色無色界行頗成就色無色界行非成就不善行耶荅曰有若生欲界欲愛盡若生色界若成就欲界善行彼成就色無色界善行耶荅

曰或成就欲界善行非色無色界善行云何成就欲界善行非色無色界善行荅曰若生欲界不斷善本不得色無色界善心是謂成就欲界善行非色無色界善行云何成就色無色界善行非欲界善行荅曰若生色界得無色界善心是謂成就色無色界善行非欲界善行云何成就欲界善行色無色界善行荅曰若生欲界得色無色界善心是謂成就欲界善行色無色界善行云何不成就欲界善行非色無色界善行荅曰善根本斷是謂不成就欲界善行非色無色界善行若成就欲界行彼成就色界行耶荅曰如是設成就色界行彼成就欲界行耶荅曰如是若成就欲界行彼成就無色界行耶荅曰如是若成就欲界行彼成就無色界行也頗成就無色界行彼不成就欲界行荅曰有若生無色界若成就欲界行彼成就無漏行耶荅曰或成就欲界行不成就無漏行云何成就欲界行非無漏行耶荅曰若凡夫人生欲色界是謂成就欲界行非無漏行云何成就無漏行非欲界行耶荅曰無垢人生無色界是謂成就無漏行非欲界行云何成就欲界行無漏行耶荅曰無垢人若生欲界色界是謂成就欲界行無漏行云何不成就欲界行無漏行荅曰凡夫人生無色界是謂不成就欲界行無漏行若成就色界行彼成就無色界行耶荅曰如是若成就色界行彼成就無色界行也頗成就無色界行非成就色界行耶荅曰有生無色界若成就色界行彼成就無漏行耶荅曰或成就色界行非無漏行云何成就色

界行非無漏行荅曰凡夫人生欲界色界是謂成就色界行非無漏行云何成就無漏行非色界行荅曰無垢人生無色界是謂成就無漏行非色界行云何成就色界行無漏行荅曰無垢人生欲界色界是謂成就色界行無漏行云何不成就色界行無漏行荅曰凡夫人生無色界是謂不成就色界行無漏行若成就無色界行彼成就無漏行耶荅曰如是若成就無漏行彼成就無色界行頗成就無色界行非無漏行耶荅曰有凡夫人若成就欲界行色無色界無漏行此命終後當生何所荅曰或欲界或色無色界或無處所衆生

跋渠第三竟梵本三百九首盧

阿毗曇八犍度論卷第十六

音釋

膜（末各切）

阿毗曇八犍度論卷第十七

迦旃延子造

苻秦罽賓三藏僧伽提婆共竺佛念譯

行犍度第四之三

有教無教跋渠第四

有教及無教　諸行彼果實　或有漏學者
思惟戒在後

若成就身教彼成就無教耶設成就無教彼成就教耶若成就善不善隱沒無記不隱沒無記身教彼成就無教耶設成就無教彼成就教耶若成就過去身教彼成就無教耶設成就無教彼成就教耶若成就過去善不善隱沒無記不隱沒無記身教彼成就無教耶設成就無教彼成就教耶若成就未來身教彼成就無教耶設成就無教彼成就教耶若成就未來善不善隱沒無記不隱沒無記身教彼成就無教耶設成就無教彼成就教耶若成就現在身教彼成就無教耶設成就無教彼成就教耶若成就現在善不善隱沒無記不隱沒無記身教彼成就無教耶設成就無教彼成就教耶口教亦如是諸行欲界繫彼行欲界繫果耶設行欲界繫果彼行欲界繫耶諸行色界繫彼行色界繫果耶設行色界繫果彼行色界繫耶諸行無色界繫彼行無色界繫果耶設行無色界繫果彼行無色界繫耶諸無漏行彼行無漏果耶設行無漏果彼行無漏耶諸行非欲界彼行非欲界果耶設行非欲界果彼行非欲界耶諸行非色界彼行非色界果耶設行非色界果彼行非色界耶諸行非無色界彼行非無色界果耶

設行非無色界果彼行非無色界耶設行非無漏彼行非無漏果耶設行非無漏果彼行非無漏耶頗有漏行有漏果耶有漏行無漏果耶有漏行有漏無漏果耶頗無漏行無漏果耶無漏行有漏果耶無漏行有漏無漏果耶頗有漏無漏行有漏無漏果耶有漏無漏行有漏果耶有漏無漏行無漏果耶頗學行學果耶學行無學果耶學行非學非無學果耶頗無學行無學果耶無學行學果耶無學行非學非無學果耶頗非學非無學行非學非無學果耶非學非無學行學果耶非學非無學行無學果耶又世尊言不修身不修戒不修心不修智慧云何不修身不修戒不修心不修智慧若不修身彼不修戒不修心不修智慧耶設不修慧彼不修身耶若不修戒彼不修心不修慧耶設不修慧彼不修戒耶若不修心彼不修智慧耶設不修智慧彼不修心耶又世尊言修身修戒修心修慧云何修身修戒修心修慧若修身彼修戒修心修慧耶設修慧彼修身耶若修戒彼修心修慧耶設修慧彼修戒耶若修心彼修慧耶設修慧彼修心耶頗成就過去戒非未來現在此種耶及未來非現在及現在非未來及未來現在此種耶頗成就未來戒非過去現在此種及過去非現在及現在非過去及過去現在此種耶頗成就現在戒非過去未來此種及過去非未來及未來非過去及過去未來此種耶此章義願具演說

若成就身教彼成就無教耶答曰或教非無教云何教非無教答曰生欲界非律儀亦不

不處律儀身有教彼不得無教本有教不失彼不得無教是謂教非無教云何無教非教荅曰無垢人處母胎膜漸厚若生欲界處律儀不得戒律儀身無教本有教便失彼得無教若生色界身無教若無垢人生無色界是謂無教非教云何教無教荅曰生欲界處律儀不得戒律儀身有教彼得無教本有教不失彼得無教處戒律儀處戒不律儀處不律儀亦不不律儀處身有教彼得無教本有教不失彼得無教若生色界身有教是謂教無教云何非教無教荅曰凡夫人處母胎卵膜漸厚若生欲界不律儀亦不不律儀處身無教本有教便失彼不得無教凡夫人生無色界是謂非教無教也若成就善身教彼成就無教耶荅曰或教非無教也云何教非無教

荅曰生欲界不律儀處善身有教彼不得無教本有教不失彼不得無教不律儀亦不不律儀處善身有教彼不得無教本有教不失彼不得無教是謂教非無教云何無教非教荅曰無垢人處母胎卵膜漸厚若生欲界律儀處不得戒律儀善身無教本有教便失彼得無教若生色界善身無教無垢人生無色界是謂無教非教也云何教無教荅曰生欲界律儀處不得戒律儀身有教彼得無教本有教不失彼得無教戒律儀處不律儀處亦不律儀亦不不律儀處善身有教彼得無教本有教不失彼得無教若生色界善身有教是謂教無教云何非教無教荅曰凡夫人處母胎卵膜漸厚若生欲界不律儀處善身無教本有教便失彼不得無教不律儀亦不不

律儀處善身無教本有教便失彼不得無教若凡夫人生無色界是謂非教無教若成就不善身教彼成就無教耶答曰或教非無教云何教非無教答曰生欲界律儀處不善身有教彼不得無教本有教不失彼不得無教不律儀亦不不律儀處不善身有教彼不得無教本有教不失彼不得無教是謂教非無教也云何無教非教答曰生欲界律儀處不善身無教彼得無教本有教便失彼得無教不律儀亦不不律儀處不善身無教彼得無教本有教便失彼得無教是謂無教非教云何教無教答曰生欲界律儀處不律儀處不律儀不不律儀處不善身有教彼得無教本有教不失彼得無教是謂教無教云何非教非無教答曰處母胎卵膜漸厚生欲界律儀處不律儀不不律儀處不善身無教彼不得無教本有教便失彼不得無教若生色無色界是謂非教非無教若成就隱沒無記身教彼成就無教耶答曰無有成就無教頗成就教耶答曰有生色界隱沒無記身教若成就不隱沒無記身教彼成就無教耶答曰無有成就無教頗成就教耶答曰有生欲界若生色界不隱沒無記身有教也（不定教竟）若成就過去身教彼成就無教耶答曰或教非無教云何教非無教答曰生欲界不律儀處亦不不律儀處本身有教不失彼不得無教是謂教非無教云何無教非教答曰無垢人處母胎膜漸厚若生欲界律儀處不得戒律儀本身無教有教便失若生色界本身無教若學生無色界是謂無教非教云何教無教答曰生

欲界律儀處不得戒律儀本身有教不失彼得無教戒律儀處不律儀處不律儀亦不不律儀處本身有教不失彼得無教若生色界本身有教不失是謂教無教云何非教無教荅曰凡夫人處母胎卵膜漸厚若生欲界不得律儀亦不不律儀處本身無教設有教便失彼不得無教阿羅漢凡夫人生無色界是謂非教無教若成就過去善身教彼成就無教耶荅曰或教非無教云何教非無教荅曰生欲界不律儀處本善身有教不失彼不得無教不律儀亦不不律儀處本善身有教不失彼不得無教是謂教非無教云何無教非教荅曰無垢人處母胎膜漸厚若生欲界律儀處不得戒律儀本善身無教有教便失彼得無教若生色界本善身無教若學生無色界是謂無教非教云何教無教荅曰生欲界律儀處不得戒律儀本善身有教不失彼得無教戒律儀處不律儀處不律儀亦不不律儀處本善身有教不失彼得無教若生色界本善身有教不失是謂教無教云何非教無教荅曰凡夫人處母胎卵膜漸厚若生欲界不律儀處善身本無教有教便失彼不得無教不律儀亦不不律儀處本善身無教有教便失彼不得無教阿羅漢凡夫人生無色界是謂非教無教若成就過去不善身教彼成就無教耶荅曰或教非無教云何教非無教荅曰有生欲界律儀處本不善身有教不失彼不得無教不律儀亦不不律儀處本不善身有教不失彼不得無教是謂教非無教云何無教非教荅曰生欲界律儀處本不善身

無教設有教便失彼得無教不律儀亦不不律儀處本不善身無教設有教便失彼得無教是謂無教非教云何教無教荅曰生欲界律儀處本不善身有教彼得無教不律儀處不律儀亦不不律儀處本不善身有教不失彼得無教是謂教無教云何非教非無教荅曰凡夫人處毋胎卵膜漸厚若生欲界律儀處本不善身無教彼不得無教非律儀亦非不律儀處本不善身無教本有教便失彼不得無教若生色無色界是謂非教非無教若成就過去隱沒無記不隱沒無記身教彼成就無教耶荅曰無有成就教非無教過去竟若成就未來身教彼成就無教耶荅曰無有成就教也頗成就無教耶荅曰有無垢人處毋胎膜漸厚若生欲界得色界善心若生色界無垢人生無色界也若成就未來善身教彼成就無教耶荅曰無有成就教頗成就無教耶荅曰有無垢人處毋胎膜漸厚若生欲界得色界善心生色界無垢人生無色界也若成就未來不善隱沒無記不隱沒無記身教彼成就無教耶荅曰無有成就教非無教未來竟若成就現在身教彼成就無教耶荅曰或教非無教云何教非無教荅曰生欲界律儀處不得戒律儀身有教彼不得無教本有教不失彼不得無教不律儀亦不不律儀處身有教彼不得無教本有教不失彼不得無教若生色界身有教是謂教非無教云何無教非教荅曰生欲界律儀處不得戒律儀入定不入定身無教本有教便失彼得無教戒律儀處不律儀處不律儀亦不不律儀處身無

教本有教便失彼得無教若生色界入定是謂無教非教云何教無教荅曰生欲界律處不得戒律身有教彼得無教本有教不失彼得無教戒律處不戒律處不律亦不不律處身有教彼得無教本有教不失彼得無教是謂教無教云何非教無教荅曰凡夫人處毋胎卵膜漸厚若生欲界律儀處不得戒律不入定身無教本有教便失彼不得無教不律亦不不律處身無教本有教便失彼不得無教若生色界不入定身無教生無色界是謂非教無教若成就現在善身教彼成就無教耶荅曰或教非無教云何教非無教荅曰生欲界律儀處不得戒律善身有教彼不得無教本有教不失彼不得無教不律處不律亦不不律處善身有教彼不得無教本有教不

失彼不得無教若生色界善身有教是謂教非無教云何無教非教荅曰生欲界律儀處不得戒律入定不入定善身無教本有教便失彼得無教戒律處不戒律處不戒律亦不不戒律處善身無教本有教便失彼得無教若生色界入定是謂無教非教云何教無教荅曰生欲界律處不得戒律善身有教彼得無教本有教不失彼得無教戒律處不律處不律亦不不律處善身有教彼得無教本有教不失彼得無教是謂教無教云何非教無教荅曰凡夫人處毋胎卵膜漸厚若生欲界律處不得戒律不入定善身無教本有教便失彼不得無教不律處不律亦不不律處善身無教本有教便失彼不得無教若生色界不入定善身無教生無色界是謂非教無教

若成就現在不善身教彼成就無教耶答曰或教非無教云何教非無教答曰生欲界律處不善身有教彼不得無教本有教不失彼不得無教不律亦不不律處不善身有教彼不得無教本有教不失彼不得無教是謂教非無教云何無教非教答曰生欲界律處不善身無教本有教便失彼得無教不律處不律亦不不律處不善身無教本有教便失彼得無教是謂無教非教云何教無教答曰生欲界律處不善身有教彼得無教本身有教不失彼得無教不律處不律亦不不律處不善身有教彼得無教本有教不失彼得無教是謂教無教云何非教無教答曰凡夫人處母胎卵膜漸厚若生欲界律處不善身無教本有教便失彼不得無教不律亦不不律處不善身無教本有教便失彼不得無教若生色無色界是謂非教無教若成就現在隱沒無記身教彼成就無教耶答曰無有成就無教頗成就教耶答曰有生色界隱沒無記身有教也若成就現在不隱沒無記身教彼成就無教耶答曰無成就無教頗成就教耶答曰有生欲界若生色界不隱沒無記身有教口教亦如是諸行欲界彼行欲界果耶答曰如是諸行欲界彼行欲界果頗行欲界果彼行非欲界耶答曰有如色界道欲界化化作欲界語也諸行色界彼行色界果耶答曰如是諸行色界果彼行色界頗行色界彼行非色界果耶答曰有如色界道欲界化化作欲界語如色界道斷結趣證也諸行無色界彼行無色界果耶答曰如是諸行無色界果彼

行無色界也頗行無色界彼行非無色界果耶荅曰有如無色界道斷結趣證也諸行無漏彼行無漏果耶荅曰如是諸行無漏彼行無漏果也頗行無漏果彼行非無漏耶荅曰有如色無色界道斷結趣證也諸行非欲界彼行非欲界果耶荅曰如是諸行非欲界果彼行非欲界頗行非欲界彼行非不欲界果耶荅曰有如色界道欲界化化作欲界語諸行非色界彼行非色界果耶荅曰如是諸行非色界彼行非色界果頗行非色界果彼行非不色界耶荅曰有如色界道欲界化化作欲界語如色界道斷結趣證也諸行非無色界彼行非無色界果耶荅曰如是諸行非無色界彼行非無色界果也頗行非無色界果彼行非不無色界耶荅曰有如無色界道斷

結趣證也諸行非無漏彼行非無漏果耶荅曰如是諸行非無漏果彼行非無漏頗行非無漏彼行非不無漏果耶荅曰有如色無色界道斷結趣證頗有漏行有漏果耶荅曰有所謂依果報果頗有漏行無漏果耶荅曰有解脱果頗有漏行有漏無漏果耶荅曰有所謂依果報果解脱果頗無漏行無漏果耶荅曰有所謂依果解脱果頗無漏行有漏果耶荅曰無頗無漏行有漏無漏果耶荅曰無頗有漏無漏行有漏無漏果耶荅曰無頗有漏無漏行有漏果耶荅曰無頗有漏無漏行無漏果耶荅曰有解脱果頗學行學果耶荅曰有所謂依果頗學行無學果耶荅曰有所謂依果頗學行非學非無學果耶荅曰有解脱果頗無學行無學果耶荅曰有所謂依果頗

無學行學果耶荅曰無頗無學行非學非無學果耶荅曰有解脫果頗非學非無學行非學非無學果耶荅曰有所謂依果報果解脫果頗非學非無學行學果耶荅曰無也頗非學非無學行無學果耶荅曰無也又世尊言不修身不修戒不修心不修慧云何不修身荅曰身欲未盡貪未盡念未盡渴未盡復次以無礙道盡色愛彼道不修不猗如是不修身不修戒亦如是云何不修心荅曰心欲未盡貪未盡念未盡渴未盡復次以無礙道盡無色愛彼道不修不猗如是不修心不修慧亦如是若不修身彼不修戒耶荅曰如是設不修戒彼不修身耶荅曰如是若不修身彼不修心耶荅曰如是若不修身彼不修心頗不修心非不修身耶荅曰有色愛盡上愛未盡若不修身彼不修慧耶荅曰如是若不修身彼不修慧頗不修慧非不修身耶荅曰有色愛盡上愛未盡若不修戒彼不修心耶荅曰如是若不修戒彼不修心頗不修心非不修戒耶荅曰有色愛盡上愛未盡若不修戒彼不修慧耶荅曰如是若不修戒彼不修慧頗不修慧非不修戒耶荅曰有色愛盡上愛未盡若不修心彼不修慧耶荅曰如是設不修慧彼不修心耶荅曰如是又世尊言修身修戒修心修慧云何修身荅曰身愛盡貪盡念盡渴盡復次以無礙道盡色愛彼道修猗如是修身修戒亦如是云何修心荅曰心愛盡貪盡念盡渴盡復次以無礙道盡無色愛彼道修猗如是修心修慧亦如是若修身彼修戒耶荅曰如是設修戒彼修身耶荅曰如

是若修身彼修心耶答曰如是若修心彼修身頗修身不修心耶答曰有色愛盡上愛未盡若修身彼修慧耶答曰如是若修慧彼修身也頗修身不修慧耶答曰有色愛盡上愛未盡若修戒彼修心耶答曰如是若修心彼修戒也頗修戒不修心耶答曰有色愛盡上愛未盡若修戒彼修慧耶答曰如是若修慧彼修戒頗修戒不修慧耶答曰有色愛盡上愛未盡若修心彼修慧耶答曰如是設修慧彼修心耶答曰如是頗成就過去戒非未來現在此種耶答曰有教戒盡不失此種不現在前及未來非現在此種耶答曰有道共定共戒盡不失此種不現在前及現在非未來此種耶答曰有教戒已盡不失此種現在前及未來現在此種耶答曰有道共定共戒盡不失此種不現在前頗成就未來戒非過去現在此種耶答曰有阿羅漢生無色界及過去非現在此種耶答曰有道共定共戒盡不失此種不現在前及現在非過去此種耶答曰有最初得無漏戒律及過去現在此種耶答曰有道共定共戒盡不失此種現在前頗成就現在戒非過去未來此種耶答曰有最初得戒律及過去非未來此種耶答曰有教戒盡不失此種現在前及未來非過去此種耶答曰有最初得無漏律儀及過去未來此種耶答曰有道共定共戒盡不失此種現在前

有教無教跋渠第四竟 梵本二百七十三首盧

自行跋渠第五

云何自行以何等故自行所可用行自行彼行當言過去耶未來現在耶所可用行自行

彼行成就耶設行成就彼行自行耶所可用行非自行彼行不成就耶設行不成就彼行不自行耶所可用行自行彼行必受報耶設行必受報彼行自行耶所可用行非自行彼行必不受報耶設行必不受報彼行非自行耶所可用行成就彼行必受報耶設行必有報彼行成就耶所可用行不成就彼行必不受報耶設行必不受報彼行不成就耶如是有須陀洹不善行苦痛報未熟彼以何故障地獄道畜生餓鬼耶又世尊言是謂世尊弟子盡地獄盡畜生盡餓鬼不墮惡道須陀洹有此智悟我盡地獄盡畜生盡餓鬼盡不墮惡道爲不自悟云何學謀害一切學謀害果耶云何住壽行云何捨壽行云何心亂以何等纏相應法盡不善佛說云何佛語當言善耶無記耶佛語名何等法契經授記偈因緣歎本末譬喻生方廣未曾有法義名何法印名何法數名何法筭名何法書名何法頌名何法種種技藝名何法若學戒成就彼成就非學非無學戒耶設成就非學非無學戒彼成就學戒耶若成就無學戒彼成就非學非無學戒耶設成就非學非無學戒彼成就無學戒耶此章義願具演說

云何自行荅曰若行報是謂令得此有彼行生受報是謂自行以何等自行荅曰此行自果自依自報復次此行受報時此意受報非餘以是故自行所可用行自行此行當言過去耶未來耶現在耶荅曰彼行過去也所可用行自行彼行成就耶荅曰或行自行此行非成就云何行自行彼行不成就耶荅曰行

報於今得有彼行生受報彼行失是謂行自行彼行不成就云何行成就此行非自行荅曰行報不於今得有此行生不受報彼行不失是謂行成就此行非自行云何行自行彼行成就荅曰行報於今得有彼行生受報彼行不失是謂行自行彼行成就云何行非自行彼行不成就耶荅曰行報不於今得有彼行生不受報彼行失是謂行非自行彼行不成就非亦如是所可用行自行彼行必受報耶荅曰或行自行彼行必不受報云何行自行彼行必不受報荅曰行報於今得有彼行生受報彼行後報是謂行自行彼行必不受報云何行必受報彼行非自行荅曰行報不於今得有彼行生不受報彼行報未熟是謂行必受報彼行非自行云何行自行彼行必受報荅曰行報於今得有彼行生受報彼行非後報是謂行自行彼行必受報云何行非自行彼行必不受報荅曰行報不於今得有彼行生不受報彼行報熟是謂行非自行彼行必不受報非亦如是所可用行成就彼行必受報耶荅曰或行成就彼行必不受報云何行成就彼行必不受報荅曰諸行過去不善設善有漏報熟彼行不失諸行未來不善設善有漏得必不生若無記無漏行成就是謂行成就彼行必不受報云何行必受報彼行不成就荅曰諸行過去不善設善有漏報不熟彼行失諸行未來不善設善有漏不得必生是謂行必受報彼行不成就云何行成就彼行必受報荅曰諸行過去不善設善有漏報不熟彼行不失諸行未來不善設善有

漏得必生諸行現在不善設善有漏是謂行成就彼行必受報云何行不成就彼行必不受報答曰諸行過去不善設善有漏報熟彼行失諸行未來不善設善有漏不得必不生若無記無漏行不成就是謂行不成就彼行必不受報非亦如是若有須陀洹不善行苦痛報未熟彼以何故障地獄道畜生餓鬼答曰二結種縛繫必墮地獄畜生餓鬼見諦斷結種思惟斷結種彼須陀洹見諦斷結盡思惟斷不盡彼參差具不往地獄畜生餓鬼譬如車二輪不壞能有所至一輪壞不能有所至如是二結種縛繫往地獄畜生餓鬼見諦斷思惟斷結種彼須陀洹見諦斷結盡思惟斷結不盡彼參差具不往墮地獄畜生餓鬼譬如鷹鳥二翅不壞能飛至空一翅壞不能至空如是二結種縛繫往墮地獄畜生餓鬼國中彼須陀洹見諦斷結盡思惟斷結不盡彼參差具不往地獄畜生餓鬼也又世尊言是謂世尊弟子地獄盡畜生餓鬼盡盡不墮惡道須陀洹有此智悟我地獄盡畜生餓鬼盡盡不墮惡道爲不自悟耶答曰不自悟云何得知答曰住信世尊如世尊言諸自省察四法彼慇懃自進我地獄盡畜生餓鬼盡盡不墮惡道復次須陀洹四智苦智習智盡智道智須陀洹無盡智無生智也云何學謀害答曰如學欲未盡被他捶打若手石刀杖彼痛所逼發心使彼酷痛使彼婦無子如是學謀害如學婬盡爲彼捶打若手石刀杖彼痛所逼從無欲退以退便發心言使彼酷痛使彼婦無子如是學謀害一切學所謀害果耶

答曰不也諸衆生有大力所作行彼則不果也云何住壽行答曰如阿羅漢以衣鉢戶鑰履屣鍼筩及餘什具施僧若人便發心言我緣是報使增益壽作是願已入頂四禪彼所緣報則成壽報如是住壽云何捨壽答曰如阿羅漢以衣鉢戶鑰履屣鍼筩及餘什具施僧若人便發心言我所得壽報即成施報作是願已入頂四禪彼壽報即成施報如是捨壽云何心亂答曰以四事心亂非人形狂象形馬形⿰犭夷形猫牛形見以怖懅心亂若非人瞋捶打支節彼得酷痛心亂或諸大錯心亂木行報對心亂以何等纒相應法盡不善耶答曰無慙無愧佛語云何答曰如來語一所說二⿰口辦呵羅三菩遍切婆娑四蘇詐切耆羅五尼留諦六語句七語聲八口行九口教十天竺十種皆語也

是謂佛語佛語當言善耶無記耶答曰佛語或善或無記云何善答曰善心如來語所說如上十事是謂善云何無記答曰無記心如來語所說如上十事是謂無記佛語名何等法答曰名身句身語身次第住契經授記偈因緣歎本末譬喻生方廣未曾有法義十二部經名何等法答曰名身句身語身次第住即名何法答曰巧所造身行彼所剋智數名何法答曰巧所造口行彼所剋智筭名何法答曰巧所造意行彼所剋智書名何法答曰巧所造身行彼所剋智頌名何法答曰巧所造口行彼所剋智種種剋行名何法答曰慧爲首方便所授彼彼所剋諸智也若學成就戒彼成就非學非無學戒耶答曰或學成就戒非非學非無學戒云何學成就戒非非學非無

學戒荅曰學生無色界是謂學成就戒非非學非無學戒云何成就非學非無學戒非學耶荅曰阿羅漢凡夫人生欲色界是謂非學非無學成就戒非學云何學成就戒非學非無學耶荅曰學生欲色界是謂學成就戒非學非無學云何非學成就戒非非學非無學荅曰阿羅漢凡夫人生無色界是謂非學成就戒非非學非無學若成就無學戒彼成就非學非無學戒耶荅曰或無學成就戒非非學非無學云何無學成就戒非非學非無學耶荅曰阿羅漢生無色界是謂成就無學戒非非學非無學云何成就非學非無學戒非無學耶荅曰學凡夫人生欲色界是謂成就非學非無學戒非無學云何成就無學戒非學非無學耶荅曰阿羅漢生欲色界是謂成就無學戒非學非無學云何非無學成就戒非非學非無學荅曰學凡夫人生無色界是謂非成就無學戒非非學非無學自行跋渠第五竟梵本一百八十五首盧

阿毗曇八犍度論卷第十七

音釋

捶主蘂切擊也 酷枯沃切極也 鑰弋約切鍉鑰也 屣所綺切履屬
鍼筩鍼諸涇切與針同筩徒東切 銕以脂切犍羊也犍居言切 貓音茅
與犛同 懅其據切懼也

阿毗曇八犍度論卷第十八

迦旃延子造

苻秦罽賓三藏僧伽提婆共竺佛念譯

四大犍度第五之一

四大所造　是謂緣緣　見諦成就　內造在後

淨根跋渠第一

四大所造入幾可見幾不可見幾有對幾無對幾有漏幾無漏幾有爲幾過去幾未來幾現在幾善幾不善幾無記幾欲界繫幾色界繫幾不繫幾學幾無學幾非學非無學幾思惟斷幾不斷若成就四大彼造色成就耶設造色成就彼成就四大耶若不成就四大彼不成就造色耶設不成就造色彼不成就四大耶若成就四大彼成就善色耶設成就善色彼成就四大耶若成就四大彼成就不善色耶設成就不善色彼成就四大耶若成就四大彼成就隱沒無記色耶設成就隱沒無記色彼成就四大耶若成就四大彼成就不隱沒無記色耶設成就不隱沒無記色彼成就四大耶若成就四大彼成就善不善色耶設成就善不善色彼成就四大耶若成就四大彼成就善隱沒無記色耶設成就善隱沒無記色彼成就四大耶若成就四大彼成就善不隱沒無記色耶設成就善不隱沒無記色彼成就四大耶若成就四大彼成就不善隱沒無記色耶設成就不善隱沒無記色彼成就四大耶若成就四大彼成就不善不隱沒無記色耶設成就不善不隱沒無記色彼成就四大耶若成就四大彼成就隱沒無記不隱沒無記色耶設成就隱沒無記不隱沒

無記色彼成就四大耶若成就四大彼成就善不善隱沒無記色耶設成就善不善隱沒無記色彼成就四大耶若成就四大彼成就善不善不隱沒無記色耶設成就善不善不隱沒無記色彼成就四大耶若成就四大彼成就善隱沒無記不隱沒無記色耶設成就善隱沒無記不隱沒無記色彼成就四大耶若成就四大彼成就不善隱沒無記不隱沒無記色耶設成就不善隱沒無記不隱沒無記色彼成就四大耶若成就四大彼成就善不善隱沒無記不隱沒無記色耶設成就善不善隱沒無記不隱沒無記色彼成就四大耶若成就善色彼成就不善色耶設成就不善色彼成就善色耶若成就善色彼成就隱沒無記色耶設成就隱沒無記色彼成就善

色耶若成就善色彼成就不隱沒無記色耶設成就不隱沒無記色彼成就善色耶若成就善色彼成就不善隱沒無記色耶設成就不善隱沒無記色彼成就善色耶若成就善色彼成就不善不隱沒無記色耶設成就不善不隱沒無記色彼成就善色耶若成就善色彼成就隱沒無記不隱沒無記色耶設成就隱沒無記不隱沒無記色彼成就善色耶若成就善色彼成就不善隱沒無記不隱沒無記色耶設成就不善隱沒無記不隱沒無記色彼成就善色耶若成就不善色彼成就隱沒無記色耶設成就隱沒無記色彼成就不善色耶若成就不善色彼成就不隱沒無記色耶設成就不隱沒無記色彼成就不善色耶若成就不善色彼成就隱沒無記不隱

没無記色耶設成就隱没無記不隱没無記色彼成就不善色耶若成就隱没無記色彼成就不隱没無記色耶設成就不隱没無記色彼成就隱没無記色耶四大由何三昧滅造色瞋恚有對更樂有覺有觀樂根苦根喜根憂根護根摶食更樂食意念食識食由何三昧滅四大已盡無餘當言作何果造色瞋恚有對更樂有覺有觀樂根苦根喜根憂根護根摶食更樂食意念食識食已盡無餘當言作何果此章義願具演説

四大造入幾可見荅曰一幾不可見荅曰八二少入幾有對荅曰九一少入幾無對荅曰一少入幾有漏荅曰九二少入幾無漏荅曰一少入幾有爲荅曰九二少入幾過去荅曰十一少入幾未來荅曰十一少入幾現在荅曰十一少入幾善荅曰三少入幾不善荅曰三少入幾無記荅曰七三少入幾欲界繫荅曰二九少入幾色界繫荅曰九少入幾不繫荅曰一少入幾學荅曰一少入幾無學荅曰一少入幾非學非無學耶荅曰九二少入幾思惟斷荅曰九二少入幾不斷荅曰一少入若成就四大彼成就造色耶荅曰如是若成就四大彼成就造色頗成就造色非四大耶荅曰有無垢人生無色界也若不成就四大彼不成就造色耶荅曰如是若不成就造色彼不成就四大頗不成就四大非不造色耶荅曰有無垢人生無色界若成就四大彼成就善色耶荅曰或成就四大非善色云何成就四大非善色荅曰凡夫人處毋胎卵膜漸厚若生欲界不戒律處善身口無敎本有敎

便失亦不戒律亦不不戒律處善身口無教本有教便失是謂成就四大非善色云何成就善色非四大耶答曰無垢人生無色界是謂成就善色非四大云何成就四大善色答曰無垢人處毋胎膜漸厚若生欲界戒律處不戒律處亦不戒律不不戒律處善身口有教本有教不失若生色界是謂成就四大善色也云何非成就四大非善色答曰凡夫人生無色界是謂非成就四大非善色若成就四大彼成就不善色耶答曰如是若成就不善色彼成就四大也頗成就四大非不善色耶答曰有處毋胎卵膜漸厚若生欲界戒律處不善身口無教本有教便失亦不戒律不不戒律處不善身口無教本有教便失若生色界也若成就四大彼成就隱沒無記色耶答曰如是若成就隱沒無記色彼成就四大頗成就四大非隱沒無記色耶答曰有生欲界若生色界隱沒無記身口無教也若成就四大彼成就不隱沒無記色耶答曰如是設成就不隱沒無記色彼成就四大耶答曰如是若成就四大彼成就善不善色耶答曰或成就四大非善不善色及善色非不善色及不善色非善色及善不善色云何成就四大非善不善色耶答曰凡夫人處毋胎卵膜漸厚若生欲界亦不戒律不不戒律處善不善身口無教本有教便失是謂成就四大非善不善色云何成就四大及善色非不善色答曰無垢人處毋胎膜漸厚若生欲界戒律處不善身口無教本有教便失亦不戒律不不戒律處善身口有教本有教不失不善身口

無教本有教便失若生色界是謂成就四大及善色非不善色云何成就四大及不善色非善色耶答曰生欲界不戒律處善身口無教本有教便失不戒律不不戒律處不善身口有教本有教不失善身口無教本有教便失是謂成就四大及不善色非善色云何成就四大及善不善色耶答曰生欲界戒律處不善身口有教本有教不失不戒律處善身口有教本有教不失不戒律亦不不戒律處善不善身口有教本有教不失是謂成就四大及善不善色設成就善不善色彼成就四大耶答曰如是若成就四大彼成就善隱沒無記色耶答曰或成就四大非善隱沒無記色及善色非隱沒無記色及善隱沒無記色云何成就四大非善隱沒無記色耶答曰凡夫人處毋胎卵膜漸厚若生欲界不戒律處善身口無教本有教便失不戒律不不戒律處善身口無教本有教便失是謂成就四大非善隱沒無記色云何成就四大及善色非隱沒無記色耶答曰無垢人處毋胎膜漸厚若生欲界戒律處不戒律處亦不戒律不不戒律處善身口有教本有教不失若生色界隱沒無記身口無教是謂成就四大及善色非隱沒無記色云何成就四大及善隱沒無記色答曰生色界隱沒無記身口有教是謂成就四大及善隱沒無記色設成就善隱沒無記色彼成就四大耶答曰如是若成就四大彼成就善不隱沒無記色耶答曰或成就四大及不隱沒無記色非善色及善不隱沒無記色云何成就四大及不隱沒無記色非

善色耶荅曰凡夫人處母胎卵膜漸厚若生欲界不戒律處善身口無教本有教便失亦不戒律不不戒律處善身口無教本有教便失是謂成就四大及不隱沒無記色非善色云何成就四大及善不隱沒無記色荅曰無垢人處母胎膜漸厚若生欲界戒律處不戒律處亦不戒律不不戒律處善身口有教本有教不失若生色界是謂成就四大及善不隱沒無記色設成就善不隱沒無記色彼成就四大耶荅曰如是若成就四大彼成就不善隱沒無記色耶荅曰無也若成就四大彼成就不善不隱沒無記色耶荅曰或成就四大及不隱沒無記色非不善色及不善不隱沒無記色云何成就四大及不隱沒無記色非不善色耶荅曰處母胎卵膜漸厚若生欲界戒律處不善身口無教本有教便失亦不戒律不不戒律處不善身口無教本有教便失若生色界是謂成就四大及不隱沒無記色非不善色云何成就四大及不善不隱沒無記色耶荅曰生欲界戒律處不善身口有教本有教不失不戒律處亦不戒律不不戒律處不善身口有教本有教不失是謂成就四大及不善不隱沒無記色設成就不善不隱沒無記色彼成就四大耶荅曰如是若成就四大彼成就隱沒無記不隱沒無記色耶荅曰或成就四大及不隱沒無記色非隱沒無記色及隱沒無記不隱沒無記色云何成就四大及不隱沒無記色非隱沒無記色耶荅曰生欲界若生色界隱沒無記身口無教是謂成就四大及不隱沒無記色非隱沒無

記色云何成就四大及隱沒無記不隱沒無記色耶荅曰生色界隱沒無記身口有教是謂成就四大及隱沒無記不隱沒無記色設成就隱沒無記不隱沒無記色彼成就四大耶荅曰如是雙竟　若成就四大彼成就善不善隱沒無記色耶荅曰無也若成就四大彼成就善不善不隱沒無記色耶荅曰或成就四大及不隱沒無記色非善不善色及善不隱沒無記色非不善色及不善不隱沒無記色非善色及善不善不隱沒無記色云何成就四大及不隱沒無記色非善不善色荅曰凡夫人處毋胎卵膜漸厚若生欲界亦不戒律不不戒律處善不善身口無教本有教便失是謂成就四大及不隱沒無記色非善不善色云何成就四大及善不隱沒無記色非不善色荅曰無垢人處毋胎膜漸厚若生欲界戒律處不善身口無教本有教便失亦不戒律不不戒律處善身口有教本有教不失不善身口無教本有教便失若生色界是謂成就四大及善不隱沒無記色非不善色云何成就四大及不善不隱沒無記色非善色耶荅曰若生欲界不戒律處善身口無教本有教便失亦不戒律不不戒律處不善身口有教本有教不失善身口無教本有教便失是謂成就四大及不善不隱沒無記色非善色云何成就四大及善不善不隱沒無記色荅曰若生欲界戒律處不善身口有教本有教不失不戒律處善身口有教本有教不失亦不戒律不不戒律處善不善身口有教本有教不失是謂成就四大及善不善不隱沒無

記色設成就善不善不隱沒無記色彼成就四大耶荅曰如是若成就四大彼成就善隱沒無記不隱沒無記色耶荅曰或成就四大及不隱沒無記色非善隱沒無記色及善不隱沒無記色非隱沒無記色及善隱沒無記色不隱沒無記色云何成就四大及不隱沒無記色非善隱沒無記色荅曰凡夫人處母胎卵膜漸厚若生欲界不戒律處善身口無敎本有敎便失亦不戒律處不不戒律處善身口無敎本有敎便失是謂成就四大及不隱沒無記色非善隱沒無記色云何成就四大及善不隱沒無記色非隱沒無記色荅曰無垢人處母胎膜漸厚若生欲界戒律處不戒律處亦不戒律不不戒律處善身口有敎本有敎不失若生色界隱沒無記身口無敎

是謂成就四大及善不隱沒無記色非隱沒無記色云何成就四大及善隱沒無記不隱沒無記色荅曰生色界隱沒無記身口有敎是謂成就四大及善隱沒無記不隱沒無記色設成就善隱沒無記不隱沒無記色彼成就四大耶荅曰如是若成就四大彼成就不善隱沒無記不隱沒無記色耶荅曰無也竟三若成就四大彼成就善不善隱沒無記不隱沒無記色耶荅曰此亦無也竟四大若成就善色彼成就不善色耶荅曰或成就善色非不善色云何成就善色非不善色荅曰無垢人處母胎膜漸厚若生欲界戒律處不善身口無敎本有敎便失亦不戒律不不戒律處善身口有敎本有敎不失不善身口無敎本有敎便失若生色界無垢人生無色界是謂成

就善色非不善色云何成就不善色非善色荅曰生欲界不戒律處善身口無教本有教便失亦不戒律不不戒律處不善身口有教本有教不失善身口無教本有教便失是謂成就不善色非善色云何成就善不善色荅曰生欲界戒律處不善身口有教本有教不失不戒律處善身口有教本有教不失亦不戒律不不戒律處善不善身口有教本有教不失是謂成就善不善色云何不成就善不善色耶荅曰凡夫人處母胎卵膜漸厚若生欲界亦不戒律不不戒律處善不善身口無教本有教便失凡夫人生無色界是謂不成就善色不善色若成就善色彼成就隱沒無記色耶荅曰如是若成就隱沒無記色彼成就善色頗成就善色非隱沒無記色耶荅曰有無垢人處母胎膜漸厚生欲界戒律處不戒律處亦不戒律不不戒律處善身口有教本有教不失若生色界隱沒無記身口無教若無垢人生無色界是謂成就善色非隱沒無記色若成就善色彼成就不隱沒無記色耶荅曰或成就善色非不隱沒無記色云何成就善色非不隱沒無記色荅曰無垢人生無色界是謂成就善色非不隱沒無記色云何成就不隱沒無記色非善色耶荅曰凡夫人處母胎卵膜漸厚若生欲界不戒律處善身口無教本有教便失亦不戒律不不戒律處善身口無教本有教便失是謂成就不隱沒無記色非善色云何成就善色不隱沒無記色荅曰無垢人處母胎膜漸厚若生欲界戒律處不戒律處亦不戒律不不戒律處善

身口有敎本有敎不失若生色界是謂成就善色不隱沒無記色云何不成就善色不隱沒無記色答曰凡夫人生無色界是謂不成就善色不隱沒無記色(隻竟)若成就善色彼成就不善隱沒無記色耶答曰此亦無也若成就善色彼成就不善不隱沒無記色耶答曰或成就善色非不善不隱沒無記色及不隱沒無記色非不善色及不善不隱沒無記色云何成就善色非不善不隱沒無記色答曰無垢人生無色界是謂成就善色非不善不隱沒無記色云何成就善色及不隱沒無記色非不善色答曰無垢人處母胎膜漸厚若生欲界戒律處不善身口無敎本有敎便失亦不戒律不不戒律處善身口有敎本有敎不失不善身口無敎本有敎便失若生色界是謂成就善色及不隱沒無記色非不善色云何成就善色及不善不隱沒無記色答曰生欲界戒律處不善身口有敎本有敎不失不戒律處善身口有敎本有敎不失亦不戒律不不戒律處善不善身口有敎本有敎不失是謂成就善色及不善不隱沒無記色設成就不善不隱沒無記色彼成就善色耶答曰或成就或不成就云何成就答曰向所說是謂成就云何不成就答曰生欲界不戒律處善身口無敎本有敎便失亦不戒律不不戒律處不善身口有敎本有敎不失善身口無敎本有敎便失是謂不成就若成就善色彼成就隱沒無記不隱沒無記色耶答曰或成就善色非隱沒無記不隱沒無記色及不隱沒無記色非隱沒無記色及隱沒無記不

隱没無記色云何成就善色非隱没無記不隱没無記色答曰無垢人生無色界是謂成就善色非隱没無記不隱没無記色云何成就善色及不隱没無記色非隱没無記色答曰無垢人處母胎膜漸厚若生欲界戒律處不戒律處亦不戒律不不戒律處善身口有教本有教不失若生色界隱没身口無教是謂成就善色及不隱没無記色非隱没無記色云何成就善色及隱没無記不隱没無記色答曰生色界隱没無記身口有教是謂成就善色及隱没無記不隱没無記色設成就隱没無記不隱没無記色彼成就善色耶答曰如是頗若成就善色彼成就不善色隱没無記不隱没無記色耶答曰此亦無也善色竟也若成就不善色彼成就隱没無記色耶答曰此亦無也若成就不善色彼成就不隱没無記色耶答曰如是若成就不善色彼成就不隱没無記色頗成就不隱没無記色非不善色耶答曰有處母胎卵膜漸厚若生欲界戒律處不善身口無教本有教便失亦不戒律不不戒律處不善身口無教本有教便失若生色界若成就不善色彼成就隱没無記不隱没無記色耶答曰此無也不善竟若成就隱没無記色彼成就不隱没無記色耶答曰如是若成就隱没無記色彼成就不隱没無記色頗成就不隱没無記色非隱没無記色耶答曰有生欲界若色界隱没無記身口無教也四大由何三昧滅答曰或依四或依未來造色或依四或依未來有對更樂有覺有觀或依初或依未來樂根或依三或依未來喜

根或依二或依未來苦根憂根摶食依未來護根更樂食意念食識食或依七或依未來四大已盡無餘當言作何果答曰阿羅漢果或無處所造色有對更樂有覺有觀樂根喜根阿羅漢果或無處所苦根憂根摶食阿那含果阿羅漢果或無處所護根更樂食意念食識食阿羅漢果淨根跋渠第一竟梵本三百九十二首盧

阿毗曇八犍度論卷第十八

音釋

摶徒官切捏聚也

阿毗曇八犍度論卷第十九

迦　旃　延　子　造
苻秦罽賓三藏僧伽提婆共竺佛念譯

四大犍度第五之二

緣跋渠第二

四大彼四大幾緣緣四大造色幾緣緣造色彼造色幾緣緣造色四大幾緣緣四大心心法幾緣緣心心法彼心心法幾緣緣心心法四大幾緣緣四大眼入幾緣緣眼入彼眼入幾緣緣眼入四大幾緣緣四大乃至法入幾緣緣法入彼法入幾緣緣法入四大幾緣緣四大（入竟）眼根幾緣緣眼根四大幾緣緣四大乃至無知根幾緣緣無知根四大幾緣緣（根竟）以何等故四大一起一住一盡然不相應心心法一起一住一盡然彼相應頗過去四大造過去色未來現在色耶頗未來四大造未來色過去現在色耶頗現在四大造現在色過去未來色耶若成就過去四大彼成就過去造色耶設成就過去造色彼成就過去四大耶若成就過去四大彼成就未來四大耶設成就未來四大彼成就過去四大耶若成就過去四大彼成就未來造色設成就未來造色彼成就過去四大耶若成就過去四大彼成就現在四大耶設成就現在四大彼成就過去四大耶若成就過去四大彼成就現在造色耶設成就現在造色彼成就過去四大耶（過去四大竟）若成就過去造色彼成就未來四大耶設成就未來四大彼成就過去造色耶若成就過去造色彼成就未來造色耶設成就未來造色彼成就過去造色耶若成就

過去造色彼成就現在四大耶設成就現在四大彼成就過去造色耶若成就過去造色彼成就現在造色耶設成就現在造色彼成就過去造色耶過去造色竟若成就未來四大彼成就未來造色耶設成就未來造色彼成就未來四大耶若成就未來四大彼成就現在四大耶設成就現在四大彼成就未來四大耶若成就未來四大彼成就現在造色耶設成就現在造色彼成就未來四大耶未來四大竟若成就未來造色彼成就現在四大耶設成就現在四大彼成就未來造色耶若成就未來造色彼成就現在造色耶設成就現在造色彼成就未來造色耶未來造色竟若成就現在四大彼成就現在造色耶設成就現在造色彼成就現在四大耶三世成就竟過去四大彼過

去四大幾緣緣過去四大過去造色幾緣緣過去造色彼過去造色幾緣緣過去造色過去四大幾緣緣過去四大未來四大幾緣緣未來四大彼未來四大幾緣緣未來四大過去四大幾緣緣過云四大未來造色幾緣緣未來造色彼未來造色幾緣緣未來造色過去四大幾緣緣過去四大現在四大幾緣緣現在四大彼現在四大幾緣緣現在四大過去四大幾緣緣過去四大現在造色幾緣緣現在造色彼現在造色幾緣緣現在造色過去四大幾緣緣過去四大竟過去造色未來四大幾緣緣未來四大過去造色幾緣緣過去造色未來造色幾緣緣未來造色過去造色幾緣緣過去造色現在四大幾緣緣現在四大過去造色幾緣緣過去造色現在造色幾緣

縁現在造色過去造色幾縁縁過去造色竟未來
四大未來造色幾縁縁未來造色未來四大
幾縁縁未來四大現在四大幾縁縁現在四
大未來四大幾縁縁未來四大現在造色幾
縁縁現在造色現在四大幾縁縁現在造色
未來四大幾縁縁未來四大竟未來造色現在四
大幾縁縁現在四大未來造色幾縁縁未來
造色現在造色幾縁縁現在造色未來造色
幾縁縁未來造色竟現在四大現在造色幾縁縁
現在造色現在四大幾縁縁三世竟
若成就欲界繫四大彼成就欲界繫造色耶
設成就欲界繫造色彼成就欲界繫四大耶
若成就色界繫四大彼成就色界繫造色耶
設成就色界繫造色彼成就色界繫四大耶
欲界繫四大彼欲界繫四大幾縁縁欲界繫
四大欲界繫造色幾縁縁欲界繫造色彼欲
界繫造色幾縁縁欲界繫造色欲界繫四大
幾縁縁色界繫四大彼色界繫四大幾縁縁
色界繫四大色界繫造色幾縁縁色界繫造
色彼色界繫造色幾縁縁色界繫造色色界
繫四大幾縁縁若成就欲界繫四大彼成就
色界繫四六耶設成就色界繫四大彼成就
欲界繫四大耶若成就欲界繫四大彼成就
色界繫造色耶設成就色界繫造色彼成就
欲界繫四大耶若成就欲界繫造色彼成就
色界繫四大耶設成就色界繫四大彼成就
欲界繫造色耶若成就欲界繫造色彼成就
色界繫造色耶設成就色界繫造色彼成就
欲界繫造色耶欲界繫四大色界繫四大幾
縁縁色界繫四大欲界繫四大幾縁縁欲界

繫四大色界繫造色幾緣緣色界繫造色欲界繫四大幾緣緣欲界繫造色色界繫四大幾緣緣色界繫四大欲界繫造色幾緣緣欲界繫造色色界繫造色幾緣緣色界繫造色欲界繫造色幾緣緣諸色欲界繫彼色一切欲界繫四大造耶設色欲界繫四大造彼色一切欲界繫耶諸色色界繫彼色一切色界繫四大造耶設色色界繫四大造彼色一切色界繫耶設色過去彼色一切過去四大造耶設色過去四大造彼色一切過去耶諸色未來彼色一切未來四大造耶設色未來四大造彼色一切未來耶諸色現在彼色一切現在四大造耶設色現在四大造彼色一切現在耶云何地云何地種云何水云何水種云何火云何火種云何風云何風種地何入

攝幾識識地地種水水種火火種風風種四大幾入攝幾識識此章義願具演説四大彼四大因增上四大造色因增上造色彼造色因增上造色彼四大因增上四大心心法緣增上心心法彼心心法因次第緣增上心心法四大因增上四大眼入因增上眼入彼眼入因增上眼入四大一增上耳鼻舌身入香味入亦如是四大色入因增上色入彼色入因增上色入四大因增上聲細滑入亦如是四大意入緣增上意入彼意入因次第緣增上意入四大因增上四大法入因緣增上法入彼法入因次第緣增上法入四大因增上入竟四大眼根因增上眼根四大一增上耳鼻舌身根男根女根亦如是四大意根緣增上意根四大因增上樂根苦根喜根憂根護根

信根精進念定慧根亦如是四大命根一增上命根四大一增上四大未知根緣增上未知根四大一增上已知根無知根亦如是根竟以何等故四大一起一住一盡然不相應心心法一起一住一盡然彼相應答曰如說得四大若大若小然非心心法復次心心法共緣四大無緣不得無緣法相應頗過去四大造過去色未來現在色耶答曰有頗未來四大造未來色耶答曰有無過去現在頗現在四大造現在色耶答曰有無過去未來有若成就過去四大彼成就過去造色耶答曰無過去成就四大有過去成就造色無垢人處母胎膜漸厚若生欲界戒律處不戒律處亦不戒律不不戒律處身口本有教不失若生色界若學生無色界也若成就過去四大彼成就未來四大耶答曰無有成就過去四大亦非成就未來四大若成就過去四大彼成就未來造色耶答曰無成就過去四大有成就未來造色無垢人處母胎膜漸厚若生欲界得色界善心若生色界無垢人生無色界若成就過去四大彼成就現在四大耶答曰無成就過去四大有成就現在四大生欲界色界也若成就過去四大彼成就現在造色耶答曰無成就過去四大有成就現在造色生欲界色界也過去四大竟若成就過去造色彼成就未來四大耶答曰無成就未來四大有成就過去造色無垢人處母胎膜漸厚若生欲界戒律處不戒律處亦不戒律不不戒律處身口本有教不失若生色界學生無色界也若成就過去造色彼成就未來造色耶答

曰或成就過去造色非未來造色云何成就過去造色非未來造色荅曰生欲界戒律處不得色界善心不戒律處亦不戒律亦不不戒律處身口本有教不失是謂成就過去造色非未來造色云何成就未來造色非過去造色非過去造色云何成就過去造色未來造色荅曰阿羅漢生無色界是謂成就未來造色荅曰無垢人處毋胎膜漸厚若生欲界得色界善心若生色界學生無色界是謂成就過去造色未來造色云何不成就過去未來造色荅曰凡夫人處毋胎卵膜漸厚若生欲界亦不戒律不不戒律處身口本無教有教便失若凡夫人生無色界是謂不成就過去未來造色若成就過去造色彼成就現在四大耶荅曰或成就過去造色非現在四大

云何成就過去造色非現在四大荅曰學生無色界是謂成就過去造色非現在四大云何成就現在四大非過去造色荅曰凡夫人處毋胎卵膜漸厚若生欲界亦不戒律處亦不不戒律處身口本無教有教便失是謂成就現在四大非過去造色云何成就過去造色現在四大荅曰無垢人處毋胎膜漸厚若生欲界戒律處不戒律處亦不戒律不不戒律處身口本有教不失若生色界是謂成就過去造色現在四大云何非成就過去造色現在四大荅曰阿羅漢凡夫人生無色界是謂非成就過去造色現在四大若成就過去造色彼成就現在造色耶荅曰或成就過去造色非現在造色云何成就過去造色非現在造色荅曰學生無色界是謂成就過去造

色非現在造色云何成就現在造色非過去造色答曰凡夫人處毋胎卵膜漸厚若生欲界亦不戒律處不不戒律處身口本無教有教便失是謂成就現在造色非過去造色云何成就過去造色現在造色答曰無垢人處毋胎膜漸厚若生欲界戒律處不戒律處亦不戒律不不戒律處身口本有教不失若生色界是謂成就過去造色現在造色云何非成就過去造色現在造色耶答曰阿羅漢凡夫人生無色界是謂不成就過去現在造色過去造色竟

若成就未來四大彼成就未來造色耶答曰無成就未來四大有成就未來造色無垢人處毋胎膜漸厚若生欲界得色界善心生色界無垢人生無色界若成就未來四大彼成就現在四大耶答曰無成就未來四大有成就現在四大生欲色界也若成就未來四大彼成就現在造色耶答曰無成就未來四大有成就現在造色生欲色界也未來四大竟

若成就未來造色彼成就現在四大耶答曰或成就未來造色非現在四大云何成就未來造色非現在四大答曰無垢人生無色界是謂成就未來造色非現在四大云何成就現在四大非未來造色答曰凡夫人處毋胎卵膜漸厚若生欲界不得色界善心是謂成就現在四大非未來造色云何成就未來造色現在四大耶答曰無垢人處毋胎膜漸厚若生欲界得色界善心若生色界是謂成就未來造色現在四大云何非成就未來造色現在四大答曰凡夫人生無色界是謂非成就未來造色現在四大若成就未來造色

彼成就現在造色耶答曰或成就未來造色非成就現在造色云何成就未來造色非現在造色答曰無垢人生無色界是謂成就未來造色非現在造色云何成就現在造色非未來造色答曰凡夫人處毋胎卵膜漸厚若生欲界不得色界善心是謂成就現在造色非成就未來造色云何成就未來現在造色答曰無垢人處毋胎膜漸厚若生欲界得色界善心若生色界是謂成就未來現在造色云何非成就未來現在造色答曰凡夫人生無色界是謂非成就未來現在造色現在造色竟

若成就現在四大彼成就現在造色耶答曰如是設成就現在造色彼成就現在四大耶答曰如是三世成就竟

過去四大彼過去四大因增上過去四大過去造色因增上過去造色彼過去造色因增上過去造色過去四大因增上過去四大未來四大因增上未來四大彼未來四大因增上未來四大過去四大一增上過去四大未來造色因增上未來造色彼未來造色因增上未來造色過去四大一增上過去四大現在四大因增上現在四大彼現在四大因增上現在四大過去四大一增上過去四大現在造色因增上現在造色彼現在造色因增上現在造色過去四大一增上過去四大竟

過去造色未來四大因增上未來四大過去造色一增上過去造色未來造色因增上未來造色過去造色一增上過去造色現在四大因增上現在四大過去造色一增上過去造色現在造色因增上現在造色過去造色一增上過去造色竟

未來四大未來

造色因增上未來造色未來四大因增上未來四大現在四大一增上現在四大未來四大因增上未來四大現在造色一增上現在造色未來四大因增上未來四大竟未來造色現在四大一增上現在四大未來造色因增上未來造色現在造色一增上現在造色未來造色因增上未來造色竟現在四大現在造色因增上現在造色現在四大因增上若成就欲界繫四大彼成就欲界繫造色耶荅曰如是設成就欲界繫造色彼成就欲界繫四大耶荅曰如是若成就色界繫四大彼成就色界繫造色耶荅曰如是若成就色界繫四大彼成就色界繫造色頗成就色界繫造色非成就色界繫四大耶荅曰有生欲界得色界善心色界四大不現在前也欲界繫四大彼欲界繫四大因增上欲界繫四大欲界繫造色因增上欲界繫造色彼欲界繫造色因增上欲界繫造色欲界繫四大因增上色界繫四大彼色界繫四大因增上色界繫四大色界繫造色因增上色界繫造色彼色界繫造色因增上色界繫造色色界繫四大因增上若成就欲界繫四大彼成就色界繫四大耶荅曰或成就欲界繫四大非色界繫四大云何成就欲界繫四大非色界繫四大荅曰生欲界色界四大不現在前是謂成就欲界繫四大非色界繫四大云何成就色界繫四大非欲界繫四大荅曰生色界欲界化不化不作欲界語是謂成就色界繫四大非欲界 繫四大云何成就欲界色界繫四大荅曰生欲界色界四大現在前若生色界欲界化化作欲

界語是謂成就欲界色界繫四大云何不成就欲界繫四大非色界繫四大荅曰生無色界是謂不成就欲界繫四大非色界繫四大若成就欲界繫四大彼成就色界繫造色耶荅曰成就欲界繫四大非色界繫造色云何成就欲界繫四大非色界繫造色荅曰生欲界不得色界善心是謂成就欲界繫四大非色界繫造色云何成就色界繫造色非欲界繫四大荅曰生色界欲界化不化作欲界語是謂成就色界繫造色非欲界繫四大云何成就欲界繫四大色界繫造色荅曰生欲界得色界善心若生色界欲界化化作欲界語是謂成就欲界繫四大色界繫造色云何不成就欲界繫四大非色界繫造色荅曰生無色界是謂不成就欲界繫四大非色界繫造色若成就欲界繫造色彼成就色界繫四大耶荅曰或成就欲界繫造色非色界繫四大云何成就欲界繫造色非色界繫四大荅曰生欲界色界四大不現在前是謂成就欲界繫造色非色界繫四大云何成就色界繫四大非欲界繫造色荅曰生色界欲界化不化不作欲界語是謂成就色界繫四大非欲界繫造色云何成就欲界繫造色色界繫四大荅曰生欲界色界四大現在前若生色界欲界化化作欲界語是謂成就欲界繫造色色界繫四大云何不成就欲界繫造色非色界繫四大荅曰生無色界是謂不成就欲界繫造色非色界繫四大若成就欲界繫造色彼成就色界繫造色荅曰或成就欲界繫造色非色界繫造色云何成就欲界繫造色非

色界繫造色答曰生欲界不得色界善心是謂成就欲界繫造色非色界繫造色云何成就色界繫造色非欲界繫造色答曰生色界欲界化不化不作欲界語是謂成就色界繫造色非欲界繫造色云何成就欲界繫造色色界繫造色答曰生欲界得色界善心若生色界欲界化化作欲界語是謂成就欲界繫造色色界繫造色云何不成就欲界繫造色非色界繫造色答曰生無色界是謂不成就欲界繫造色非色界繫造色欲界繫四大色界繫四大一增上色界繫四大欲界繫四大一增上欲界繫四大色界繫造色一增上色界繫造色欲界繫四大一增上欲界繫造色色界繫四大一增上色界繫四大欲界繫造色一增上欲界繫造色色界繫造色一增上

色界繫造色欲界繫造色一增上諸色欲界繫彼色一切欲界繫四大造耶答曰或色欲界繫彼色非欲界繫四大造云何色欲界繫彼色非欲界繫四大造答曰欲界繫四大是謂色欲界繫彼色非欲界繫四大造云何色欲界繫四大造彼色非欲界繫答曰諸色不繫欲界繫四大造是謂色欲界繫四大造彼色非欲界繫云何色欲界繫彼色欲界繫四大造答曰諸色欲界繫欲界繫四大造是謂色欲界繫彼色欲界繫四大造云何色不欲界繫彼色非欲界繫四大造答曰色界繫四大諸色色界繫色界繫四大造諸色不繫色界繫四大造是謂色非欲界繫彼色非欲界繫四大造諸色色界繫彼色一切色界繫四大造耶答曰或色色界繫彼色非色界繫四

大造云何色色界繫彼色非色界繫四大造荅曰色界繫四大是謂色色界繫彼色非色界繫四大造云何色色界繫四大造彼色非色界繫荅曰諸色不繫色界繫四大造是謂色色界繫四大造彼色非色界繫云何色色界繫彼色色界繫四大造荅曰諸色色界繫色界繫四大造是謂色色界繫彼色色界繫四大造云何色非色界繫彼色非色界繫四大造荅曰欲界繫四大諸色欲界繫欲界繫四大造諸色不繫欲界繫四大造是謂色非色界繫彼色非色界繫四大造諸色過去彼色一切過去四大造耶荅曰或色過去彼色非過去四大造云何色過去彼色非過去四大造荅曰過去四大是謂色過去彼色非過去四大造云何色過去四大造彼色非過去

荅曰諸色未來現在過去四大造是謂色過去四大造彼色非過去云何色過去彼色過去四大造荅曰諸色過去過去四大造是謂色過去彼色過去四大造云何色非過去彼色非過去四大造荅曰未來現在四大諸色未來現在現在四大造諸色未來未來四大造是謂色非過去彼色非過去四大造諸色未來彼色一切未來四大造耶荅曰如是諸色未來四大造彼色一切未來也頗色未來彼色非未來四大造耶荅曰有未來四大諸色未來過去現在四大造諸色現在彼色一切現在四大造耶荅曰或色現在彼色非現在四大造云何色現在彼色非現在四大造荅曰現在四大諸色現在過去四大造是謂色現在彼色非現在四大造云何色現在四

大造彼色非現在答曰諸色未來現在四大造是謂色現在四大造彼色非現在云何色現在彼色現在四大造答曰諸色現在現在四大造是謂色現在彼色現在四大造云何非現在色彼色非現在四大造答曰過去未來四大諸色過去未來過去四大造諸色未來未來四大造是謂色非現在彼色非現在四大造云何地地種云何水水種云何火火種云何風風種地云何答曰形處地種云何答曰堅水云何答曰形處水種云何答曰濕火云何答曰形處火種云何答曰熱風云何答曰風風種云何答曰風地一入攝色入二識識眼識意識地種一入攝細滑入二識識身識意識水一入攝色入二識識眼識意識水種一入攝細滑入二識識身識意識火一入攝色入二識識眼識意識火種一入攝細滑入二識識身識意識風風種四大一入攝細滑入二識識身識意識本五百四十七首

緣跋渠第二竟　梵盧

阿毗曇八揵度論卷第十九

阿毗曇八犍度論卷第二十

迦　旃　延　子　造

苻秦罽賓三藏僧伽提婆共竺佛念譯

四大犍度第五之三

見諦跋渠第三

見諦成就世尊弟子欲愛未盡諸色界繫身口戒律成就彼色何四大造生欲界有漏入初禪有漏入第二第三第四禪彼諸身口戒律彼色何四大造生欲界無漏入初禪無漏入第二第三第四禪彼諸身口戒律彼色何四大造生色界有漏入初禪有漏入第二第三第四禪彼諸身口戒律彼色何四大造生色界無漏入初禪無漏入第二第三第四禪彼諸身口戒律彼色何四大造世尊弟子生無色界諸無漏成就身口戒律彼色何四大造無色界沒生欲界最初得四大彼四大何四大因無色界沒生色界最初得四大彼四大何四大因色界沒生欲界最初得四大此四大何四大因生欲界色界化化作色界語彼色何四大造生色界欲界化化作欲界語彼色何四大造化當言四大非四大耶當言造色非造色耶當言有心無心耶當言用誰心語中陰當言四大非四大耶當言造色非造色當言有心無心當言用誰心語世名何法劫名何法心起住滅名何法頗法四緣生三緣生二緣生一緣生云何法因相應云何法因不相應云何法因相應因不相應云何法非因相應亦非因不相應云何法共緣緣云何法不共緣緣云何法共緣緣不共緣緣云何法非共緣緣非不共緣緣又世尊言彼

内無色想觀外色云何内無色想外觀色入世尊言有無色想云何有無色想諸有無色想彼一切色愛盡設色愛盡彼一切有色無想耶諸不有色無想一切色愛未盡耶設色愛未盡彼一切不有色無想耶四識所止七識所止四識所止攝七識所止七識所止攝四識所止四識所止九衆生居四識所止攝九衆生居九衆生居攝四識所止七識所止九衆生居七識所止攝九衆生居九衆生居攝七識所止此章義願具演說

見諦成就世尊弟子欲愛未盡諸色界繫成就身口戒律彼色何四大造答曰色界繫也生欲界有漏入初禪有漏入第二第三第四禪彼諸身口戒律彼色何四大造答曰色界繫也生欲界無漏入初禪無漏入第二第三第四禪彼諸身口戒律彼色何四大造答曰欲界繫也生色界有漏入初禪有漏入第二第三第四禪彼諸身口戒律彼色何四大造答曰色界繫生色界無漏入初禪無漏入第二第三第四禪彼諸身口戒律彼色何四大造答曰色界繫世尊弟子生無色界諸無漏成就身口戒律彼色何四大造答曰或欲界繫或色界繫也無色界没生欲界最初得四大彼四大何四大因答曰欲界繫也無色界没生色界最初得四大彼四大何四大因答曰色界繫色界没生欲界最初得四大彼四大何四大因答曰欲界繫欲界生色界化化作色界語彼色何四大造答曰色界繫也色界生欲界化化作欲界語彼色何四大造答曰欲界繫也化當言四大非四大耶答曰化

當言四大當言造色非造色耶荅曰當言造色當言有心無心耶答曰無心當言用誰心語荅曰化者心語中陰當言四大非四大耶荅曰中陰當言四大當言造色非造色耶荅曰當言造色當言有心無心耶荅曰當言有心當言用誰心語荅曰當言自用心語世名何法荅曰行數名劫名何法荅曰月半月春夏歲數名心起住滅名何法荅曰時節須臾數名頗法四緣生耶荅曰生一切心心法三緣生耶荅曰生無想定滅盡定二緣生耶荅曰生除無想定滅盡定諸心不相應行色一緣生耶荅曰不生云何法因相應荅曰一切心心法云何法因不相應荅曰色無爲心不相應行云何法因相應因不相應答曰彼心心法少因相應少因不相應云何法非因相應非不因相應荅曰彼心心法少因不相應少因非不相應云何法共緣緣荅曰諸意識身共相應心心法緣也云何法不共緣緣荅曰諸五識身共相應意識身共相應色無爲心不相應行緣云何法共緣緣不共緣緣荅曰五識身共相應意識身共相應心心法緣色無爲心不相應行緣云何法非共緣緣非不共緣緣荅曰色無爲心不相應行又世尊言彼內無色想外觀色云何內無色想外觀色荅曰如此身當死已死當棄塚間已棄塚間當埋地已埋地當種種蟲食已種種蟲食彼不觀此身但見彼種種蟲如此身當死已死當棄塚間已棄塚間當積薪已積薪當火燒已火燒彼不觀此身但見火如此身雪聚凝酥醍醐當置火上已置火上當融消已融

消後不觀此身但見火如是內無色想外觀色又世尊言有無色想云何有無色想荅曰如此身當死已死當棄塚間已棄塚間當埋地已埋地當種種蟲食已種種蟲食當處處散已處處散彼不觀此身亦不見彼種種蟲如此身當死已死當棄塚間已棄塚間當積薪已積薪當火燒已火燒火當滅已滅彼不觀此身亦不見火如此身雪聚凝酥醍醐當置火上已置火上當融消已融消火當滅已滅彼不觀此身亦不見火如是有無色想諸有色無想彼一切色愛盡耶荅曰如是諸有色無想彼一切色愛盡頗色愛盡彼非有色無想耶荅曰有色愛盡彼不入三昧諸不有色無想彼一切色愛未盡耶荅曰如是諸色愛未盡彼一切不有色無想頗不有色無想彼非色愛不盡耶荅曰有色愛盡彼不入三昧四識所止七識所止四識所止攝七識所止耶荅曰或四非七云何四非七荅曰地獄色痛想行畜生餓鬼果實天色痛想行有想無想痛想行是謂四非七云何七非四荅曰人欲界天心梵迦夷天光音遍淨空處識處不用處心是謂七非四云何四七荅曰人欲界天色痛想行梵迦夷天光音遍淨色痛想行空處識處不用處痛想行是謂四七云何非四非七荅曰地獄心畜生餓鬼果實有想無想心是謂非四非七四識所止九衆生居四識所止攝九衆生居耶荅曰或四非九云何四非九荅曰地獄色痛想行畜生餓鬼無想衆生不攝果實色痛想行是謂四非九云何九非四荅曰人欲界天心梵迦夷天光音

遍淨無想衆生無色界心是謂九非四云何四九答曰人欲界天色痛想行梵迦夷天光音遍淨無想衆生色痛想行無色界痛想行是謂四九云何非四非九答曰地獄心畜生餓鬼無想衆生不攝果實心是謂非四非九

七識所止九衆生居七識所止攝九衆生居九衆生居攝七識所止答曰九七非七九不攝何等答曰二處無想衆生有想無想天見諦

跋渠第三竟梵本一百六十九首盧

內造跋渠第四

內四大彼內四大幾緣緣內四大不內四大不內四大彼不內四大不內四大內四大幾緣緣因相應法彼因相應法幾緣緣因相應法因不相應法因不相應法彼因不相應法因不相應法因相應法幾緣緣共緣法彼共緣法幾緣緣共緣法無緣法無緣法彼無緣法無緣法共緣法幾緣緣色法彼色法幾緣緣色法無色法無色法彼無色法無色法色法幾緣緣可見不可見有對無對亦如是有漏法彼有漏法幾緣緣有漏法無漏法無漏法彼無漏法無漏法有漏法幾緣緣有爲法彼有爲法幾緣緣有爲法無爲法無爲法彼無爲法無爲法有爲法幾緣緣所可纏自纏受地獄有彼得諸根四大彼根彼四大彼心心法幾緣緣彼心心法彼根四大幾緣緣所可纏自纏受畜生餓鬼天人有彼得諸根四大彼根四大彼心心法幾緣緣彼心心法彼諸根四大幾緣緣生欲界有漏入初禪有漏乃至入有想無想定彼根長益四大增益彼根彼四大彼心心法幾緣緣彼心心法彼根

四大幾緣緣生欲界無漏入初禪無漏乃至入不用定彼諸根四大增益彼根四大彼心心法幾緣緣彼心心法彼根四大幾緣緣生色界有漏入初禪有漏乃至入有想無想定彼根四大增益彼根四大彼心心法幾緣緣彼心心法彼根四大幾緣緣生色界無漏入初禪無漏乃至入不用定彼根四大增益彼根四大彼心心法幾緣緣彼心心法彼根四大幾緣緣內名何義不內名何義受爲何義不受爲何義結爲何義不結爲何義見處爲何義不見處爲何義諸法內彼法內入攝耶設法內入攝彼法內耶諸法外彼法外入攝耶設法外入攝彼法外耶二痛三痛二痛攝三痛三痛攝二痛二痛四痛五痛六痛十八痛三十六痛百八痛二痛攝百八痛百八痛攝二痛乃至三十六痛百八痛三十六痛攝百八痛百八痛攝三十六痛以無礙道趣須陀洹果證彼修道時幾意止現在前修幾未來修幾意斷幾神足幾根幾力幾覺意幾道種幾禪幾等幾無色定幾解脫幾除入幾一切入幾智幾三昧現在前修幾未來修以無礙道趣斯陀含阿那含果飛耳知他人心自識宿命徹視漏盡智證通修彼道時修幾意止現在前幾修未來幾意斷幾神足幾根幾力幾覺意幾道種幾禪幾等幾無色定幾解脫幾除入幾一切入幾智幾三昧現在前修幾未來修此章義願具演說

內四大彼內四大因增上內四大不內四大因增上不內四大彼不內四大因增上不內四大內四大因增上因相應法彼內相應法

因次第緣增上因相應法因不相應法因次第增上無緣因不相應法彼因不相應法因增上因不相應法因相應法因緣增上無次第共緣法彼共緣法因次第緣增上共緣法無緣法因次第增上無緣無緣法彼無緣法因增上無緣法共緣法因緣增上無次第色法彼色法因增上色法無色法因緣增上無次第無色法彼無色法因次第緣增上無色法色法因增上可見不可見有對無對亦如是有漏法彼有漏法因次第緣增上有漏法無漏法次第緣增上無因無漏法彼無漏法因(因此)次第(續得)緣(由上有)增上(積也)無漏法有漏法次第緣增上無因有爲法彼有爲法因次第緣增上有爲法無爲法無無爲法彼無爲法無無爲法有爲法緣增上所可纏自纏受地

獄有彼得諸根四大彼根彼四大彼心心法一增上彼心心法彼根四大一增上所可纏自纏受畜生餓鬼天人有彼得諸根四大彼根四大彼心心法一增上彼心心法彼根四大一增上生欲界有漏入初禪有漏乃至入有想無想定彼根長益四大增益彼根彼四大彼心心法一增上彼心心法彼根四大一增上生欲界無漏入初禪無漏乃至入不用定彼根長益四大增益彼根彼四大彼心心法一增上彼心心法彼根四大一增上生色界有漏入初禪有漏乃至入有想無想定彼根四大增益彼根四大彼心心法一增上彼心心法彼根四大一增上生色界無漏入初禪無漏乃至入不用定彼根四大增益彼根彼四大彼心心法一增上彼心心法彼根四

大一增上内爲何法荅曰自已數名不内名
何義荅曰自已不數名受爲何義荅曰有漏
法數名不受爲何義荅曰無漏法數名結爲
何義荅曰有漏法數名無結爲何義荅曰無
漏法數名見處爲何義荅曰有漏法數名不
見處爲何義荅曰無漏法數名諸法内彼法
内入攝耶荅曰或法内彼法非内入攝云何
法内彼法非内入攝荅曰如所説内痛内法
法觀而處是謂法内彼法非内入攝云何法
内入攝彼法非内耶荅曰如所説外身外心
心觀而處是謂法内入攝彼法非内也云何
法内彼法内入攝耶荅曰如所説内身内心
心觀而處是謂法内彼法内入攝云何法非
内彼法非内入攝荅曰如所説外痛外法法
觀而處是謂法非内彼法非内入攝諸法外
彼法外入攝耶荅曰或法外彼法非外入攝
云何法外彼法非外入攝荅曰如所説外身
外心心觀而處是謂法外彼法非外入攝云
何法外入攝彼法非外耶荅曰如所説内痛
内法法觀而處是謂法外入攝彼法非外云
何法外彼法外入攝耶荅曰如所説外痛外
法法觀而處是謂法外彼法外入攝云何法
非外彼法非外入攝荅曰如所説内身内心
心觀而處是謂法非外彼法非外入攝二痛
三痛二痛攝三痛三痛攝二痛荅曰隨種相
攝二痛四痛五痛六痛二痛攝六痛六痛攝
二痛荅曰隨種相攝二痛十八痛二痛攝十
八痛十八痛攝二痛荅曰二攝十八非十八
攝二不攝何等荅曰苦根有漏樂根有對相
應護根無漏痛也三十六痛百八痛亦如是

乃至六痛十八痛　六痛攝十八十八攝　六荅曰六攝十八非十八攝六不攝何等荅曰苦根有漏樂根有對相應護根無漏痛也三十六痛百八痛亦如是十八痛　三十六痛　十八痛攝三十六痛三十六痛攝十八痛荅曰隨種相攝乃至百八痛亦如是三十六痛百八痛三十六痛攝百八痛百八痛攝三十六痛荅曰隨種相攝以無礙道趣須陀洹果證修彼道時修一意止現在前未來四四意斷未來四四神足未來四五根未來五五力未來五六覺意未來六八道種未來八無禪無等無無色定無解脫無八除入無十一切入無智未來無一三昧未來一道迹竟以無礙道趣斯陀含果證若倍欲盡越次取證修彼道時修一意止現在前未來四四意斷未來四四神足未來四五根未來五五力未來五六覺意未來六八道種未來八無禪無等無無色定無解脫無八除入無十一切入無智未來無一三昧未來一若得須陀洹果以世俗道取斯陀含果修彼道時修一意止現在前未來四四意斷未來四四神足未來四五根未來五五力未來五無覺意未來六八道種未來八無禪無等無無色定無解脫無八除入無十一切入一智未來七無三昧未來三若得須陀洹果以無漏道取斯陀含果修彼道時修一意止現在前未來四四意斷未來四四神足未來四五根未來五五力未來五六覺意未來六無喜八道種未來八無禪無等無無色定無解脫無八除入無十一切入二智法二對四未來七一三昧未來三頻來竟以無礙道

取阿那含果證若欲愛盡越次取證修彼道
時修一意止現在前未來四四意斷未來四
四神足未來四五根未來五五力未來五六
覺意未來六八道種未來八無禪無等無無
色定無解脫無八除入無十一切入無智未
來無一三昧未來一若依初禪取阿那含果
修彼道時修一意止現在前未來四四意斷
未來四四神足未來四五根未來五五力未
來五七覺意未來七八道種未來八一禪未
來一無等無無色定無解脫無八除入無十
一切入無智未來無一三昧未來一若依初
禪中間取阿那含果修彼道時修一意止現
在前未來四四意斷未來四四神足未來四
五根未來五五力未來五六覺意未來七七
道種未來八無禪未來一無等無無色定無

解脫無入除入無十一切入無智未來無一
三昧未來一若依二禪取阿那含果修彼道
時修一意止現在前法意止也未來四四意斷未
來四四神足未來四五根未來五五力未來
五七覺意未來七七道種未來八一禪未來
二無等無無色定無解脫無八除入無十一
切入無智未來無一三昧未來一若依三禪
取阿那含果修彼道時修一意止現在前未
來四四意斷未來四四神足未來四五根未
來五五力未來五六覺意未來七七道種無等
志也未來八一禪未來三三禪無等無無色定無
解脫無八除入無十一切入無智未來無一
三昧未來一若依四禪取阿那含果修彼道
時修一意止現在前未來四四意斷未來四
四神足未來四五根未來五五力未來五六

覺意未來七七道種未來八一禪未來四無等無無色定無解脫無八除入無十一切入無智未來無一三昧未來一超越不還盡若得斯陀含果以世俗道取阿那含果修彼道時修一意止現在前未來四四意斷未來四四神足未來四五根未來五五力未來五無覺意未來六無道種未來八無禪無等無無色定無解脫無八除入無十一切入一智未來七等智無三昧未來三若得斯陀含果以無漏道取阿那含果修彼道時修一意止現在前未來四四意斷未來四四神足未來四五根未來五五力未來五六覺意未來六八道種未來八無禪無等無無色定無解脫無八除入無十一切入二智未來七一三昧未來三不還竟以無礙道神足智證通若依初禪凡夫人

修神足道修彼道時修一意止現在前身止未來四四意斷未來四四神足未來四五根未來五五力未來五無覺意未來無無道種未來無一禪未來一無等未來四無無色定未來無無解脫未來二無八除入未來四無十一切入未來無一智未來一無三昧未來無若依初禪無垢人修神足道修彼道時修一意止現在前未來四四意斷未來四四神足未來四五根未來五五力未來五無覺意未來七無道種未來八一禪未來一無等未來四無無色定未來無無解脫未來二無八除入未來四無十一切入未來無一智未來七無三昧未來三若依二禪凡夫人修神足道修彼道時修一意止現在前未來意四意斷未來四四神足未來四五根未來五五力未來五

無覺意未來無無道種未來無一禪未來一無等未來四無無色定未來無無解脫未來二第一第二無八除入未來四無十一切入未來無一智未來一無三昧未來無若依二禪無垢人修神足道修彼道時修一意止現在前未來四四意斷未來四四神足未來四五根未來五五力未來五無覺意未來七無道種未來八一禪未來二無等未來四無無色定未來無無解脫未來二無八除入未來四無十一切入未來無一智未來七無三昧未來三若依三禪凡夫人修神足道修彼道時修一意止現在前未來四四意斷未來四四神足未來四五根未來五五力未來五無覺意未來無無道種未來無一禪未來一無等未來三除喜無無色定無解脫無八除入無十一切入一智未來一等智無三昧未來無若依三禪無垢人修神足道修彼道時修一意止現在前未來四四意斷未來四四神足未來四五根未來五五力未來五無覺意未來七無道種未來八一禪未來三無等未來三無無色定無解脫無八除入無十一切入一智未來七無三昧未來三若依四禪凡夫人修神足道修彼道時修一意止現在前未來四四意斷未來四四神足未來四五根未來五五力未來五無覺意未來無無道種未來無一禪未來一無等未來三無無色定未來無無解脫未來一無八除入未來四無十一切入未來八一智未來一無三昧未來無若依四禪無垢人修神足道修彼道時一意止現在前未來四四意斷未來四四神足未來四五

根未來五五力未來五無覺意未來七無道種未來八一禪未來四無等未來三無無色定未來無無解脫未來一(淨解脫也)無八除入未來四(四色)無十一切入未來八一智未來七無三昧未來三(神足竟)天耳知他人心自識宿命徹視亦如是以無礙道盡漏智證通若依未來有覺有觀三昧取阿羅漢修彼道時修一意止現在前未來四四意斷未來四四神足未來四五根未來五五力未來五六覺意未來七八道種未來八無禪未來四無等未來無無無色定未來三無解脫未來三無八除入無十一切入二智未來六(未知智對四也)一三昧未來三若依初禪取阿羅漢修彼道時修一意止現在前未來四四意斷未來四四神足未來四五根未來五五力未來五七覺意未

來七八道種未來八一禪未來四無等未來無無無色定未來三無解脫未來三無八除入無十一切入二智未來六一三昧未來三若依初禪中間取阿羅漢修彼道時修一意止現在前未來四四意斷未來四四神足未來四五根未來五五力未來五六覺意未來七七道種未來八無禪未來四無等未來無無無色定未來三無解脫未來三無八除入無十一切入二智未來六一三昧未來三(三向)(趣一)若依二禪取阿羅漢道修彼道時修一意止現在前未來四四意斷未來四四神足未來四五根未來五五力未來五七覺意未來七七道種未來八一禪未來四無等未來無無無色定未來三無解脫未來三無八除入無十一切入二智未來六一三昧未來三若

依第三第四禪取阿羅漢修彼道時修一意止現在前未來四四意斷未來四四神足未來四五根未來五五力未來五六覺意未來七七道種未來八一禪未來四無等未來無無色定未來三無解脫未來三無八除入無十一切入二智未來六一三昧未來三若依無色定取阿羅漢修彼道時修一意止現在前未來四四意斷未來四四神足未來四五根未來五五力未來五六覺意未來七四道種（除志戒也）未來八無禪未來四無等未來無一無色定未來三無解脫未來三無八除入無十一切入二智未來六一三昧未來三（內造戲柒）

（第四竟　梵本二百一十首盧）

阿毗曇八犍度論卷第二十

阿毗曇八揵度論卷第二十一

迦旃延子造

苻秦罽賓三藏僧伽提婆共竺佛念譯

根揵度第六之一

二十二根有　更樂始心等　始發魚因緣

根跋渠第一

二十二根眼根耳根鼻根舌根身根意根男根女根命根樂根苦根喜根憂根護根信根精進根念根定根慧根未知根已知根無知根此二十二根幾學幾無學幾非學非無學諸根學彼學人根乎設學人根彼學根乎諸根無學彼無學人根乎設無學人根彼無學根乎諸根非學非無學彼非學非無學人根乎設非學非無學人根彼非學非無學根乎此二十二根幾善幾不善幾無記乎幾有報幾無報耶幾見諦斷幾思惟斷幾不斷幾見苦斷幾見習見盡見道思惟斷幾不斷幾見幾不見幾有覺有觀幾無覺有觀幾無覺無觀幾樂根相應幾苦根幾喜根幾憂根幾護根幾欲界繫幾色界繫幾無色界繫幾不繫幾因相應幾因不相應幾因相應因不相應耶幾不因相應非因不相應幾共緣相緣幾不共緣相緣耶幾共緣相緣不共緣相緣乎幾不共緣相緣非不共緣相緣耶諸根此法彼根凡夫人耶設根凡夫人彼根此法耶色陰攝幾根痛想行識陰攝幾根善根攝幾持幾入幾陰不善根攝幾持幾入幾陰隱沒無記根攝幾持幾入幾陰不隱沒無記根攝幾持幾入幾陰根法攝幾持幾入幾陰無根法攝幾持幾入幾陰根無根法攝幾持幾入幾

陰頗緣根生根耶頗緣根生不根耶頗緣根生根不根耶頗緣不根生不根耶頗緣不根生根耶頗緣不根生根不根耶頗緣根不根生根不根耶頗緣根不根生不根耶頗緣眼根生眼根耶頗緣眼根乃至生無知根耶頗緣無知根生無知根耶頗緣無知根生眼根乃至巳知根耶眼根彼眼根幾緣緣眼根乃至無知根幾緣緣無知根彼無知根幾緣緣無知根眼根乃至巳知根幾緣緣此章義願具演說二十二根眼根耳根鼻根舌根身根意根男根女根命根樂根苦根喜根憂根護根信根精進根念定慧根未知根巳知根無知根於此二十二根幾學幾無學幾非學非無學答曰二學一無學十非學非無學九當分別意根或學或無學或非學非無學云何學答曰學意所念諸意根相應是謂學云何無學答曰無學意所念諸意根相應是謂無學也云何非學非無學答曰有漏意根所念諸意根相應是謂非學非無學也樂根喜根護根信根精進根念定慧根亦復如是諸根學彼學家根耶答曰或學根彼根非學家云何學根彼根非學家耶答曰諸根學學家不成就是謂根學彼根非學家也云何學家根彼根非學答曰諸非學非無學根學家成就是謂學家根彼根非學云何學根彼根學家乎答曰諸學根學家成就是謂學根彼根學家云何非學根彼根非學家乎答曰無學根諸非學非無學根學家不成就是謂非學根彼根非學家也諸無學根無學家彼根乎答曰或無學根彼根非無

學家云何無學根彼根非無學家答曰諸無學根無學家不成就是謂無學根彼根非無學家云何無學家根彼根非無學答曰諸非學非無學根無學家成就是謂無學家根彼根非無學家云何無學根無學家彼根乎答曰諸無學根無學家成就是謂無學根無學家彼根也云何非無學根彼根非無學家答曰學根諸非學非無學根無學家不成就是謂非無學根彼根非無學家諸根非學非無學彼根非學非無學家根乎答曰如是諸根非學非無學家非學非無學彼根也彼根非學非無學彼根非學非無學家答曰有諸非學非無學根非學非無學家不成就於此二十二根幾善幾不善幾無記乎答曰八善八無記六當分別意根或善或不善或無記云何善乎答曰善心所念諸意根相應是謂善云何不善答曰不善心所念諸意根相應是謂不善也云何無記答曰無記心所念諸意根相應是謂無記也樂根苦根喜根護根亦復如是憂根或善或不善云何善答曰善心所念諸憂根相應是謂善云何不善答曰不善心所念諸憂根相應是謂不善也於此二十二根幾有報幾無報乎答曰一有報十一無報十當分別意根或有報或無報云何有報答曰不善善有漏意根是謂有報也云何無報答曰無記無漏意根是謂無報樂根喜根護根亦復如是苦根或有報或無報云何有報答曰不善善苦根是謂有報云何無報答曰無記苦根是謂無報信根精進根念根定根慧根諸有漏彼有報諸無漏是謂無報

於此二十二根幾見諦斷幾思惟斷幾不斷答曰九思惟斷三不斷十當分別意根或見諦斷或思惟斷或不斷云何見諦斷乎答曰諸意根堅信堅法行忍斷何者見諦斷八十八使諸意根相應是謂見諦斷也云何思惟斷答曰諸學見迹思惟斷何者思惟斷十使諸意根相應亦無染意根有漏是謂思惟斷云何不斷答曰無漏意根是謂無斷護根亦如是樂根或見諦斷或思惟斷或不斷云何見諦斷耶答曰諸樂根堅信堅法行忍斷何者見諦斷答曰二十八使諸樂根相應是謂見諦斷也云何思惟斷答曰諸學見迹思惟斷何者思惟斷五使諸樂根相應亦無染有漏樂根是謂思惟斷云何不斷答曰無漏樂根是謂不斷也喜根或見諦斷或思惟斷或不斷云何見諦斷答曰諸喜根堅信堅法行忍斷何者見諦斷五十二使諸喜根相應是謂見諦斷云何思惟斷答曰諸學見迹思惟斷何者思惟斷六使諸喜根相應亦無染有漏喜根是謂思惟斷云何不斷乎答曰無漏喜根是謂不斷也憂根或見諦斷或思惟斷云何見諦斷答曰諸憂根堅信堅法行忍斷何者見諦斷十六使諸憂根相應是謂見諦斷云何思惟斷乎答曰諸學見迹思惟斷何者思惟斷二使諸憂根相應亦無染憂根是謂思惟斷信精進念定慧根諸有漏彼思惟斷諸無漏彼不斷於此二十二根幾見苦斷幾見習盡道思惟斷幾不斷答曰九思惟斷三不斷十當分別意根或見苦斷或見習盡道思惟斷或不斷云何見苦斷答曰諸意根

堅信堅法行忍斷何者見苦斷二十八使諸意根相應見習斷十九使見盡斷十九使見道斷二十二使諸意根相應是謂見諦斷也云何思惟斷答曰諸意根學見迹思惟斷何者思惟斷十使諸意根相應亦無染有漏意根是謂思惟斷也云何不斷答曰無漏意根是謂不斷護根亦如是樂根或見苦斷或見習盡道思惟斷或不斷云何見苦斷答曰諸樂根堅信堅法行忍斷何者見苦斷九使諸樂根相應見習斷六使見盡斷六使見道斷七使諸樂根相應是謂見諦斷云何思惟斷乎答曰諸學見迹思惟斷何者思惟斷五使諸樂根相應亦無染有漏樂根是謂思惟斷云何不斷乎答曰無漏樂根是謂不斷喜根或見苦斷或見習盡道思惟斷或不斷云何見苦斷耶答曰諸喜根堅信堅法行忍斷何者見苦斷十七使諸喜根相應見習斷十一見盡斷十二見道斷十三使諸喜根相應是謂見諦斷云何思惟斷答曰諸學見迹思惟斷何者思惟斷六使諸喜根相應亦無染有漏喜根是謂思惟斷云何不斷答曰無漏喜根是謂不斷憂根或見苦斷或見習盡道思惟斷云何見苦斷答曰諸憂根堅信堅法行忍斷何者見苦斷四使諸憂根相應見習斷四見盡斷四見道斷四使憂根相應是謂見諦斷云何思惟斷乎答曰諸學見迹思惟斷何者思惟斷二使諸憂根相應亦無染憂根是謂思惟斷信精進念定慧根諸有漏彼思惟斷諸無漏彼不斷於此二十二根幾見幾不見乎答曰一見十七不見四當分別慧根

或見或不見云何見答曰盡智無生智不攝意識身相應善慧是謂見云何不見耶答曰五識身相應善慧盡智無生智是謂不見未知根或見或不見云何見答曰未知根攝慧是謂見云何不見答曰未知根攝入根是謂不見已知根亦如是無知根或見或不見云何見乎答曰盡智無生智不攝無知根攝慧是謂見云何不見乎答曰無知根攝入根盡智無生智是謂不見於此二十二根幾有覺有觀幾無覺有觀幾無覺無觀答曰二有覺有觀八無覺無觀十二當分別意根或有覺有觀或無覺有觀或無覺無觀云何有覺有觀答曰有覺有觀心所念諸意根相應是謂有覺有觀云何無覺有觀答曰無覺有觀心所念諸意根相應是謂無覺有觀云何無覺無觀答曰無覺無觀心所念諸意根相應是謂無覺無觀護根信精進念定慧根未知根已知根無知根亦復如是樂根或有覺有觀或無覺無觀云何有覺有觀乎答曰有覺有觀心所念諸樂根相應是謂有覺有觀云何無覺無觀答曰無覺無觀心所念樂根相應是謂無覺無觀喜根亦如是樂根喜根護根九根少入相應苦根憂根六根少入相應於此二十二根幾欲界繫幾色界繫幾無色界繫幾不繫乎答曰四欲界繫三不繫十五當分別眼根或欲界繫或色界繫云何欲界繫答曰欲界繫四大造諸眼根是謂欲界繫云何色界繫乎答曰色界繫四大造諸眼根是謂色界繫耳鼻舌身根亦復如是意根或欲界繫或色無色界繫或不繫云何欲界繫乎

答欲界繫心所念諸意根相應是謂欲界繫云何色界繫乎答曰色界繫心所念諸意根相應是謂色界繫云何無色界繫乎答曰無色界繫心所念諸意根相應是謂無色界繫云何不繫乎答曰無漏心所念諸意根相應是謂不繫護根信精進念定慧根亦復如是命根或欲界繫或色界繫或無色界繫云何欲界繫乎答曰欲界繫壽是謂欲界繫也云何色界繫乎答曰色界繫壽是謂色界繫云何無色界繫答曰無色界繫壽是謂無色界繫樂根或欲界繫或色界繫或不繫云何欲界繫答曰欲界繫心所念諸樂根相應是謂欲界繫云何色界繫乎答曰色界繫心所念諸樂根相應是謂色界繫云何不繫乎答曰無漏心所念諸樂根相應是謂不繫喜根亦復如是於此二十二根幾因相應答曰十四幾因不相應乎答曰八幾因相應幾因不相應乎答曰彼十四少因相應少因不相應幾因不相應非不因相應答曰彼十四少因不相應少因非不相應於此二十二根幾共緣相緣乎答曰十三少入幾不共緣相緣答曰一十三少入幾共緣相緣不共緣相緣答曰十三也幾不共緣相緣非不共緣相緣答曰八也諸根此法彼根非凡夫諸根凡夫彼根非此法色陰攝七根痛陰攝五根三根少所入想陰不攝根行陰攝六根三根少入識陰攝一根三根少入善根攝八持二入三陰不善根攝八持二入二陰隱沒無記根攝六持二入二陰不隱沒無記根攝十三持七入四陰根法攝十三持七入四陰無根法攝六持

六入三陰根無根法攝十八持十二入五陰頗緣根生根耶答曰生也頗緣根生不根答曰生頗緣根生根不根答曰生頗緣不根生不根答曰生也頗緣不根生根答曰生也頗緣不根生根不根答曰生也頗緣根不根生根不根答曰生也頗緣根不根生根答曰生也頗緣根不根生不根乎答曰生也頗緣眼根生眼根答曰生也頗緣眼根乃至生無知根答曰生也頗緣無知根無知根生乎答曰生也頗緣無知根生眼根乃至已知根答曰生也（生竟）眼根彼眼根因增上耳鼻舌身根男根女根命根苦根一增上餘緣增上耳鼻舌根亦復如是身根彼身根因增上男根女根亦因增上命根苦根眼耳鼻舌根一增上餘緣增上意根彼意根因次第緣增上命根八（五情男女命）因增上苦根因次第增上無緣餘因次第緣增上樂根喜根護根信精進念定慧根亦復如是女根彼女根因增上男根命根苦根眼耳鼻舌根一增上身根因增上餘緣增上男根亦如是命根彼命根因增上苦根眼根耳鼻舌身根男根女根一增上餘緣增上苦根彼苦根因增上無緣無次第命根八因增上無漏緣增上餘因次第緣增上憂根彼憂根因次第緣增上命根八因增上苦根因次第增上無緣無漏緣增上餘因次第緣增上未知根彼未知根因次第緣增上已知根亦因次第緣增上無知根因緣增上無次第命根八及苦根一增上憂根緣增上餘因次第緣增上已知根彼已知根因次第緣增上無知根亦因次第緣增上命根八及苦根

一增上憂根未知根緣增上餘因次第緣增上無知根彼無知根因次第緣增上命根八及苦根一增上憂根未知根已知根緣增上餘因次第緣增上根跋渠第一竟梵本三百一十四首盧

有跋渠第二

受欲界有幾根最初得行受色無色界有幾根最初得行頗欲界繫意所念法曉了欲界曉了色無色界耶頗色界繫意所念法曉了色界曉了欲界無色界乎頗無色界繫意所念法曉了無色界曉了欲界色界耶曉了欲界曉了幾根乎曉了色界無色界曉了幾根耶幾根曉了欲界幾根曉了色界無色界幾根取須陀洹果幾根取斯陀含阿那含阿羅漢果耶諸根取須陀洹果已得須陀洹果此根當言成就當言不成就諸根取斯陀含阿那含阿羅漢果已得阿羅漢果此根當言成就當言不成就諸根取須陀洹果彼根爲何繫結滅此根何果攝諸根取斯陀含阿那含阿羅漢果彼根爲何繫結滅此根爲何果攝取須陀洹果諸根棄彼根爲何繫結滅此根何果攝取斯陀含阿那含阿羅漢果棄諸根彼根爲何繫結滅此根何果攝取須陀洹果得諸根彼根爲何繫結滅此根爲何果攝取斯陀含阿那含阿羅漢果得諸根彼根何繫結滅此根爲何果攝諸根成就須陀洹彼根爲何繫結滅此根爲何果攝諸根成就斯陀含阿那含阿羅漢彼根爲何繫結滅此根爲何果攝諸根須陀洹結滅此根爲何繫結滅此根爲何果攝耶諸根斯陀含阿那含阿羅漢結滅此根爲何繫結滅此根爲何果攝耶

諸根須陀洹果攝此根爲何繫結滅耶諸根斯陀含阿那含阿羅漢果攝此根爲何繫結滅諸苦智彼苦無漏智耶設苦無漏智是苦智乎諸習智盡智道智是道無漏智耶設是道無漏智是道智耶諸無漏根欲界繫緣此根法智相應耶設無漏根法智相應彼根欲界繫緣諸無漏根色無色界繫緣此根未知智相應耶設諸無漏根未知智相應彼根色無色界繫緣法智當言法智耶未知智知他人心智等智苦智習智盡智道智當言有覺有觀耶無覺有觀耶無覺無觀耶當言樂根喜根護根空無相無願相應乎當言欲界繫緣當言色界無色界繫緣當言不繫緣未知智亦復如是等意解脫當言得學根得無學根耶無疑意解脫當言得學根得無學根乎

一切結盡當言得學根得無學根耶以無礙道取須陀洹果證此道當言法智相應未知智知他人心智等智苦智習智盡智道智當言有覺有觀耶無覺有觀耶無覺無觀耶當言樂根相應喜根護根空無相無願當言欲界繫緣當言色無色界繫緣當言不繫緣以無礙道取斯陀含阿那含阿羅漢果證此道當言法智相應未知智知他人心智等智苦智習智盡智道智當言有覺有觀耶無覺有觀耶無覺無觀耶當言樂根相應耶喜根護根空無相無願當言欲界繫緣耶當言色界無色界繫緣當言無繫緣幾根斷盡起當言得須陀洹果耶幾根斷盡起當言得斯陀含阿那含阿羅漢果耶此章義願具演說受欲界有幾根最初得行答曰卵生胎生合會生

二身根命根也化生或六七八無形六一形七二形八受色界有幾根最初得行答曰六受無色界有幾根最初得行耶答曰一頗欲界繫心所念法曉了欲界乎答曰不曉了曉了色界無色界耶答曰不曉了頗色界繫心所念法曉了色界乎答曰曉了曉了欲界耶答曰曉了曉了無色界乎答曰不曉了頗無色界繫心所念法曉了無色界乎答曰曉了曉了欲界乎答曰不曉了曉了色界乎答曰曉了曉了欲界爲曉了幾根乎答曰四（男女憂苦）曉了色界爲曉了幾根耶答曰五（五情）曉了無色界爲曉了幾根乎答曰八（五根意命護也）幾根曉了欲界乎答曰凡夫人七（五根意護）無垢人八（加已知也）幾根曉了色界乎答曰凡夫人七無垢人十（加樂喜也）幾根曉了無色界耶答曰十一（加無知）

幾根取須陀洹果乎答曰九（意護未知已知五根）幾根取斯陀含果乎答曰若倍欲盡越次取證九若得須陀洹果以世俗道取斯陀含果七無漏八幾根取阿那含果答曰若欲愛盡越次取證九若得斯陀含果以世俗道取阿那含果七無漏八幾根取阿羅漢果乎答曰十一（數皆如上）諸根取須陀洹果已得須陀洹果當言成就此根不成就乎答曰無礙道不成就解脫道成就也諸根取斯陀含阿那含阿羅漢果已得阿羅漢果當言成就此根不成就乎答曰無礙道不成就解脫道成就諸根取須陀洹果此根爲何繫結滅乎答曰或色界繫或無色界繫或無處所諸根取斯陀含果阿那含果此根爲何繫結滅答曰或欲界繫或色界繫或無色界繫或無處所諸根取阿羅

漢果此根何繫結滅耶答曰或無色界繫或無處所諸根取須陀洹果此根何果攝乎答曰須陀洹果或無處所諸根取斯陀含果此根何果攝乎答曰斯陀含果或無處所諸根取阿那含果此根何果攝答曰阿那含果或無處所諸根取阿羅漢果此根何果攝答曰阿羅漢果或無處所取須陀洹果棄諸根此根爲何繫結滅乎答曰或欲界繫或色界無色界繫或無處所取斯陀含阿那含果棄諸根此根爲何繫結滅答曰或欲界繫或色無色界繫或無處所取阿羅漢果棄諸根此根爲何繫結滅答曰或色界繫或無色界繫或無處所取須陀洹果棄諸根此根爲何果攝答曰無處所取斯陀含果棄諸根此根爲何果攝答曰須陀洹果或無處所取阿那含果棄諸根此根爲何果攝答曰斯陀含果或無處所取阿羅漢果棄諸根此根爲何果攝答曰阿那含果或無處所取須陀洹果獲諸根此根爲何繫結滅答曰無處所取斯陀含阿那含阿羅漢果獲諸根此根爲何繫結滅答曰無處所取須陀洹果獲諸根此根爲何果攝答曰須陀洹果取斯陀含阿那含阿羅漢果獲諸根此根爲何果攝答曰阿羅漢果須陀洹成就諸根此根爲何繫結滅答曰或欲界繫或無處所斯陀含成就諸根此根爲何繫結滅答曰或欲界繫或無處所阿那含成就諸根此根爲何繫結滅答曰或色無色界繫或無處所阿羅漢成就諸根此根爲何繫結滅答曰無處所也須陀洹成就諸根此根爲何果攝答曰或須陀洹果或無處所斯陀

含阿那含阿羅漢成就諸根此根爲何果攝答曰阿羅漢果或無處所諸根須陀洹結滅此根爲何繫結滅答曰欲界繫也諸根斯陀含結滅此根爲何繫結滅答曰欲界繫也諸根阿那含結滅此根爲何繫結滅答曰或色無色界繫也諸根須陀洹結滅此根爲何果攝答曰無處所也諸根斯陀含阿那含結滅此根爲何果攝答曰無處所也諸根須陀洹果攝此根爲何繫結滅答曰無處所也諸根斯陀含阿那含阿羅漢果攝此根爲何繫結滅答曰無處所也諸苦智是苦無漏智乎答曰如是諸苦智是苦無漏智也頗苦無漏智非苦智乎答曰有諸苦習智也諸習智彼是習無漏智乎答曰如是諸習智彼是習無漏智也頗習無漏智彼非習智乎答曰有諸習苦智也諸盡智彼是盡無漏智乎答曰如是設盡無漏智彼是盡智答曰如是諸道智彼是道無漏智乎答曰如是設道無漏智彼是道智答曰如是無漏諸根欲界繫緣此根法智相應乎答曰或無漏根欲界繫緣此根非法智相應云何無漏根欲界繫緣此根非法智相應乎答曰苦法忍彼相應根苦法智習法忍彼相應根習法智是謂無漏根欲界繫緣此根非法智相應也云何無漏根法智相應此根非欲界繫緣答曰諸根緣盡緣道法智相應是謂無漏根法智相應此根非欲界繫緣云何無漏根欲界繫緣彼根法智相應答曰諸根緣苦習法智相應是謂無漏根欲界繫緣彼根法智相應云何無漏根非欲界繫緣非法智相應乎答曰苦未知忍苦未知

智彼相應根習未知忍習未知智彼相應根盡法忍彼相應根盡法智盡未知忍盡未知智彼相應根道法忍彼相應根道法智道未知忍道未知智彼相應根是謂無漏根此根非欲界繫縁彼根非法智相應諸無漏根色無色界繫縁彼根未知智相應乎答曰或無漏根色無色界繫縁彼根非未知智相應云何無漏根色無色界繫縁彼根非未知智相應乎答曰苦未知忍彼相應根苦未知智習未知忍彼相應根習未知智是謂無漏根色無色界繫縁彼根非未知智相應也云何無漏根未知智相應彼根非色無色界繫縁答曰諸根縁盡縁道未知智相應是謂無漏根未知智相應彼根非色無色界繫縁云何無漏根色無色界繫縁彼根未知智相應乎答

曰諸根縁苦縁習未知智相應是謂無漏根色無色界繫縁彼根未知智相應云何無漏根非色無色界繫縁彼根非未知智相應答曰苦法忍苦法智彼相應根習法忍習法智彼相應根盡法忍盡法智彼相應根盡未知忍彼相應根盡未知智道法忍道法智彼相應根道未知忍彼相應根道未知智是謂無漏根彼根非色無色界繫縁彼根非未知智相應法智當言法智答曰法智當言法智或彼知他人心智苦智習智盡智道智或有覺有觀或無覺有觀或無覺無觀或樂根相應或喜根護根空無相無願相應或欲界繫縁或不繫縁法智盡未知智當言未知智答曰未知智當言未知智或知他人心智苦智習智盡智道智或有覺有觀或無覺有觀或無覺

無觀或樂根相應喜根護根空無相無願相應或色無色界繫緣不繫緣未知智盡等意解脫當言得學根得無學根答曰等意解脫當言得學根得無學根無疑意解脫當言得學根得無學根答曰若始得無疑當言得學根得無學根若等意解脫阿羅漢得無疑當言得無學根一切結盡當言得學根得無學根乎答曰一切結盡當言得學根得無學根以無礙道取須陀洹果證此道當言忍相應當言有覺有觀當言護根相應無願相應當言不繫緣道迹竟以無礙道取斯陀含果證若倍欲盡越次取證此道當言忍相應當言有覺有觀當言護根相應無願相應當言不繫緣若得須陀洹果以世俗道取斯陀含果此道當言等智相應當言有覺有觀護根相應當言

欲界繫緣若得須陀洹果以無漏道取斯陀含果此道當言法智相應或苦智習智盡智道智當言有覺有觀當言護根相應或空無相無願相應或欲界繫緣或不繫緣往還竟以無礙道取阿那含果證若欲愛盡越次取證此道當言忍相應或有覺有觀或無覺有觀或無覺無觀或樂根喜根護根相應無願相應若得斯陀含果以世俗道取阿那含果此道當言等智相應當言有覺有觀當言護根相應當言欲界繫緣若得斯陀含果以無漏道取阿那含果此道當言法智相應或苦智習盡道智當言有覺有觀當言護根相應或空無相無願相應或欲界繫緣或不繫緣不還竟以無礙道取阿羅漢道果證若依未來有覺有觀三昧取阿羅漢果此道或法智相應

或未知智或苦智習盡道智當言有覺有觀當言護根相應或空無相無願或無色界繫緣或不繫緣若依初禪取阿羅漢果此道或法智相應或未知智或苦智習盡道智當言有覺有觀當言喜根相應或空無相願或無色界繫緣或不繫緣若依禪中間取阿羅漢果此道或法智相應或未知智或苦智習盡道智當言無覺有觀當言護根相應或空無相願或無色界繫緣或不繫緣若依二禪取阿羅漢果此道或法智相應或未知智或苦智習盡道智當言無覺無觀當言喜根相應或空無相無願或無色界繫緣或不繫緣若依三禪取阿羅漢果此道或法智相應或未知智或苦智習盡道智當言無覺無觀當言樂根相應或空無相願或無色界繫緣或不繫緣若依四禪取阿羅漢果此道或法智相應或未知智或苦智習盡道智當言無覺無觀當言護根相應或空無相願或無色界繫緣或不繫緣若依無色定取阿羅漢果此道當言未知智相應或苦智習智盡道智當言無覺無觀當言護根相應或空無相願或無色界繫緣或不繫緣真人竟幾根滅盡起得須陀洹果乎答曰根不悉滅七盡起一滅不起未知一起不盡已知當言得須陀洹果也幾根滅盡起當言得斯陀含果耶答曰若倍欲盡起次取證根不悉滅七盡起一滅不起一起不盡當言得斯陀含果也若得須陀洹果以世俗道取斯陀含果根不悉滅七盡起當言得斯陀含果若得須陀洹果以無漏道取斯陀含果根不悉滅八盡起加已知當言得斯陀含

果也幾根滅盡起當言得阿那含果乎答曰若欲愛盡起次取證根不悉滅七盡起一滅不起一起不盡當言得阿那含果也若得斯陀含果以世俗道取阿那含果禪不現在前四根悉滅(憂苦男女)七盡起當言得阿那含果若禪現在前四根悉滅也六盡起(五根竟)一滅不起一起不盡當言得阿那含果也若得斯陀含果以無漏道取阿那含果禪不現在前四根悉滅八盡起當言得阿那含果也若禪現在前四根悉滅七盡起(五根意知也)一滅不起(護根)一起不盡(或樂喜)當言得阿那含果也幾根滅盡起當言得阿羅漢果乎答曰若依未來有覺有觀三昧取阿羅漢果一根悉滅(命也)七滅盡起一滅不起(已知)一起不盡(無知)當言得阿羅漢果初禪中間第四禪無色定亦復如是若依初禪取阿羅漢果二根悉滅(命護)六滅盡起一滅不起一起不盡一盡起當言得阿羅漢果也二禪三禪亦復如是(有跋渠第二竟梵本三百二十八首盧)

更樂跋渠第三

十六更樂有對更樂增語更樂明更無明更非明非無明更愛更恚更樂痛更苦痛更不苦不樂痛更眼更耳更鼻更舌更身更意更何等有對更乃至意更爲何等耶有對更攝幾更乃至意更攝幾更乎有對更幾根相應乃至意更幾根相應耶諸根有對更因有對更此根相應乎設根有對更相應彼根有對更因乃至意更因亦復如是謂此種成就眼根彼成就此種身根乎設成就此種身根彼成就此種眼根乎耳鼻舌根亦復如是地獄

幾根成就畜生餓鬼斷善本邪定等定不定閻浮提拘耶尼弗于逮鬱單曰四天王身三十三天炎摩兜術化自在他化自在天梵迦夷天光音遍淨果實天中陰無色堅信堅法信解脫見到身證慧解脫俱解脫成就幾根乎眼根得斷智時幾根得幾智乃至慧根得斷智時幾根得斷智眼根得盡證時幾根得盡證乃至慧根得盡證時幾根得盡證此章義願具演說十六更樂有對更樂增語更樂明更樂無明更樂非明非無明更樂愛更樂恚更樂樂痛更樂苦痛更樂不苦不樂痛更樂眼更樂耳更樂鼻更樂舌更樂身更樂意更樂云何有對更樂乎答曰五識身相應更樂云何增語更樂乎答曰意識身相應更樂云何明更樂答曰無漏更樂云何無明更樂乎答曰染汙更樂云何非明非無明更樂答曰無染汙有漏更樂云何愛更樂乎答曰欲相應更樂云何恚更樂答曰瞋恚相應更樂何謂樂痛更樂答曰樂痛相應更樂何謂苦痛更樂答曰苦痛相應更樂何謂不苦不樂痛更樂乎答曰不苦不樂痛相應更樂何謂眼更樂耶答曰眼識身相應更樂耳鼻舌身更樂亦如是何謂意更樂乎答曰意識身相應更樂有對更樂攝六更樂七更樂少入增語更樂攝三更樂七更樂少入明更樂攝明更樂四更樂少入無明更樂攝三更樂十一更樂少入非明非無明攝非明非無明更樂十一更樂少入愛更樂攝愛更樂十一更樂少入恚更樂攝恚更樂十一更樂少入樂痛更樂攝樂痛更樂十二更樂少入苦痛更樂

攝苦痛更樂十一更樂少入不苦不樂痛更樂攝不苦不樂痛更樂十三更樂少入眼更樂攝眼更樂八更樂少入耳鼻舌身更樂亦復如是意更樂攝三更樂十更樂少入有對更樂一根相應八根少入增語更樂五根相應八根少入明更樂三根相應九根少入無明更樂六根少入相應非明非無明更樂十一根少入相應愛更樂四根少入相應恚更樂四根少入相應樂痛更樂二根相應九根少入苦痛更樂二根相應六根少入不苦不樂痛更樂一根相應九根少入眼更樂九根少入相應耳更樂鼻更樂舌更樂身更樂亦復如是意更樂五根相應八根少入諸根因有對更樂有對更樂此根相應乎答曰如是諸根有對更樂相應彼根因有對更樂頗根

因有對更樂此根非有對更樂相應答曰有諸根因有對更樂諸餘更樂相應若根因有對更樂報生無緣乃至因意更樂亦復如是除二更樂諸根因明更樂此根明更樂相應乎答曰如是諸根明更樂相應彼根因明更樂乎答曰如是諸根因非明非無明更樂此根非明非無明更樂相應答曰如是諸根非明非無明更樂相應此根因非明非無明更樂頗根因非明非無明更樂此根非明非無明更樂相應乎答曰有諸根因非明非無明更樂報生無緣諸根此種成就眼根彼成就此種身根乎答曰或此種成就眼根非此種身根云何此種成就眼根非此種身根乎答曰生欲界不得眼根設得便失得天眼是謂此種成就眼根非此種身也云何此種成就

身根非此種眼根乎答曰生欲界不得眼根設得便失不得天眼是謂此種成就身根非此種眼根也云何此種成就眼根此種身根答曰生欲界得眼根不失若生色界是謂此種成就眼根此種身根也云何非此種成就眼根非此種身根乎答曰生無色界是謂非此種成就眼根非此種身根也耳根亦如是若此種成就鼻根彼此種成就身根乎答曰如是若此種成就鼻根彼此種成就身根頗此種成就身根非此種鼻根耶答曰有生欲界不得鼻根設得便失舌根亦如是地獄成就幾根答曰若極多成就十九若極少八畜生若極多十九若極少十三餓鬼亦如是斷善根若極多十三若極少八邪定若極多十九若極少八等定若極多十九若極少十一

不定若極多十九若極少八閻浮提拘耶尼弗于逮亦復如是鬱單曰若極多十八若極少十三四天王身若極多十九若極少十七三十三天炎天兜術天化自在天他化自在天亦復如是梵迦夷天若極多十六若極少十五光音天亦復如是遍淨天若極多十六若極少十四果實天若極多十六若極少十三中陰若極多十九若極少十三無色若極多十一若極少八堅信堅法若極多十九若極少十三信解脫見到若極多十九若極少十一身證慧解脫俱解脫若極多十八若極少十一眼根得斷智時到色愛盡五根得斷智耳鼻舌身根亦復如是意根得斷智時到無色愛盡八根得斷智命根護根信精進念定慧根亦復如是男根女根得斷智時到欲

愛盡四根得斷智苦根憂根亦復如是樂根得斷智時到遍淨愛盡即彼樂根得斷智喜根得斷智時到光音愛盡即彼喜根得斷智眼根盡作證時到色愛盡五根盡作證得阿羅漢十九根盡作證耳鼻舌身根亦復如是意根盡作證時阿羅漢十九根盡作證命根護根信精進念定慧根亦復如是男根女根盡作證時到欲愛盡四根盡作證得阿羅漢十九根盡作證苦根憂根亦復如是樂根盡作證時到遍淨愛盡即彼樂根盡作證得阿羅漢十九根盡作證也喜根盡作證時到光音愛盡即彼喜根盡作證得阿羅漢十九根盡作證也更樂跋渠第三竟梵本一百四十一首盧

阿毗曇八揵度論卷第二十一

音釋

阿毗曇梵語也此云無比法曇徒南切

切跋渠梵語也此云品跋蒲末切

揵度梵語也此云法聚揵巨焉切

阿毗曇八揵度論卷第二十二

迦旃延子造

苻秦罽賓三藏僧伽提婆共竺佛念譯

根揵度第六之二

始心跋渠第四

一切衆生當言始心興始心住始心滅乎諸心有欲諸心無欲此心當言始興始住始滅有瞋恚無瞋恚有癡無癡有染汙無染汙有亂無亂有怠無怠有小有大有修不修有三昧無三昧諸心不解脱諸心解脱此心當言始興始住始盡壽當言興心回不興心回耶當言順回當言始生住又世尊言

人命消盡　如小河水　諸衆生恒　壽彼壽盡

云何盡耶入無想定滅盡定壽行當言回不回入無想定幾根盡何繫心心法盡無想三昧起幾根現在前何繫心心法現在前入滅盡定幾根盡何繫心心法盡滅盡三昧起幾根現在前何繫心心法現在前生無想衆生幾根滅何繫心心法滅幾根現在前何繫心心法現在前無想衆生没幾根滅何繫心心法滅幾根現在前何繫心心法現在前無想衆生當言想生當言無想生耶又世尊言想生彼衆生彼處没彼想滅彼衆生彼處没爲不滅住何處滅此想此想當言善耶爲無記耶此想幾使所使幾結所繫又世尊言一切衆生由食存無想衆生何食乎眼根攝幾根乃至無知根攝幾根信力乃至慧力念覺意乃至護覺意等見乃至等定法智乃至道智空無相願三昧攝幾根乎意根幾根相應乃至無知根幾根相應耶信力乃至慧力念覺

意乃至護覺意等見乃至等定法智乃至道智空無相願三昧幾根相應乎欲界沒生欲界幾根滅滅何繫心心法耶幾根現在前何繫心心法現在前欲界沒生色界欲界沒生無色界色界沒生色界色界沒生欲界色界沒生無色界無色界沒生無色界無色界沒生欲界無色界沒生色界幾根滅滅何繫心心法幾根現在前何繫心心法現在前阿羅漢般泥洹幾根最後滅耶此章義願具演說

一切衆生當言始心興始心住始心滅答曰如是諸心有欲諸心無欲此心當言始興始住始滅答曰如是有瞋恚無瞋恚有癡無癡有染污無染污有亂無亂有怠無怠有大有小不修修不定定諸心無解脱諸心解脱此心當言始興始住始滅答曰如是壽當言與心回耶爲不與心回答曰壽當言不與心回當言順回始生住耶答曰欲界衆生不入無想三昧滅盡三昧則順回若入無想定滅盡定及色無色界天當言始生住又世尊言

人命消盡　如小河水　諸衆生恒　壽彼壽盡

云何知彼壽盡乎答曰世盡劫盡入無想三昧滅盡三昧壽行當言順回當言住耶答曰當言住入無想三昧幾根盡答曰七何繫心心法滅答曰色界繫無想三昧起幾根現在前答曰七何繫心心法現在前答曰色界繫入滅盡三昧幾根盡答曰七何繫心心法盡答曰無色界繫滅盡三昧起幾根現在前答曰或七（五根意護也）或八（加已知根）有漏心七無漏心八何繫心心法現在前答曰或無色界繫或不繫生無想天幾根盡答曰八（五根意命護也）何繫

心心法盡答曰色界繫幾根現在前答曰八何繫心心法現在前答曰色界繫無想衆生没幾根盡答曰八何繫心心法盡答曰色界繫幾根現在前答曰或八或九或十無形八一形九（如女或男）二形十何繫心心法現在前答曰欲界繫無想衆生當言想生無想生耶答曰無想衆生當言想生又世尊言想起彼衆生彼處没爲想滅彼衆生彼處没爲不滅耶答曰彼想滅後衆生彼處没非不滅住何處滅彼想答曰即住彼滅彼想此想當言善爲無記耶答曰此想或善或無記此想幾使所使答曰色界有漏縁幾結繫答曰六又世尊言一切衆生由食存無想天何食答曰更意念識眼根攝眼根耳鼻舌身根亦復如是身根攝三根意根攝意根三根少入樂根喜根護根信根精進念定慧根亦復如是女根攝女根身根少入男根攝男根身根少入命根攝命根苦根攝苦根憂根攝憂根未知根攝未知根九根少入已知根無知根亦復如是信力攝一根三根少入精進念定慧力亦復如是念覺意四根少入攝法精進喜定覺意亦復如是猗護覺意不攝根等見等方便等念等定法智未知智四根少入攝知他人心智三根少入攝等智一根少入攝苦智習盡道智空無相願三昧四根少入攝意根十根相應（五信等五痛）三根少入樂根喜根護根九根相應少入苦根憂根六根少入相應（五根加意）信根四根相應九根少入精進念定慧根亦復如是未知根九根少入相應已知根無知根亦復如是信力四根相應九根少入精進念

定慧力亦復如是念覺意十一根少入相應法精進定覺意亦復如是喜覺意九根相應少入猗覺意護覺意三根相應九根少入等見等志等方便等念等定法智未知智十一根相應少入知他人心智十根相應少入等智二根相應八根少入苦智習盡道智空無相願三昧十一根相應少入欲界生欲界幾根盡答曰或四或九或八或十三或九或十四或十或十五欲界繫無記心命終四善心九無形一時無記心命終八善心十三一形一時無記心命終九善心十四二形一時無記心命終十善心十五何繫心心法盡答曰欲界繫幾根現在前答曰或八或九或十無形八一形九二形十何繫心心法現在前答曰欲界繫欲界生色界幾根盡答曰或四或九或十四欲界繫無記心命終四善心九一時無記心命終九善心十四何繫心心法盡答曰欲界繫幾根現在前答曰八何繫心心法現在前答曰色界繫欲界生無色界幾根盡答曰或四或九或十四欲界繫無記心命終四善心九一時無記心命終九善心十四何繫心心法盡答曰欲界繫幾根現在前答曰三何繫心心法現在前乎答曰無色界繫欲界繫竟色界生色界幾根盡答曰或八或十三無記心命終八善心十三何繫心心法盡答曰色界繫幾根現在前答曰八何繫心心法現在前乎答曰色界繫色界生欲界幾根盡答曰或十三或八無記心命終八善心十三何繫心心法盡答曰色界繫幾根現在前答曰或八或九或十無形八一形九二形十何

繫心心法現在前答曰欲界繫色界生無色界幾根盡答曰或八或十三無記心命終八善心十三何繫心心法盡答曰色界繫幾根現在前答曰三何繫心心法現在前乎答曰無色界繫色界竟無色界生無色界幾根盡答曰或三或八無記心三善心八何繫心心法盡答曰無色界繫幾根現在前乎答曰三何繫心心法現在前答曰無色界繫無色界生欲界幾根盡答曰或三或八無記心三善心八何繫心心法盡答曰無色界繫幾根現在前答曰或八或九或十無形八一形九二形十何繫心心法現在前答曰欲界繫無色界生色界幾根盡答曰或三或八無記心三善心八何繫心心法盡答曰無色界繫幾根現在前乎答曰八何繫心心法現在前答曰色界繫阿羅漢般泥洹幾根最後滅答曰或四或九或八或三欲界漸般泥洹四一時九色界八無色界三始心跋渠第四竟梵本二百六十九首盧

始發心跋渠第五

諸法心共一起一住一盡彼法心相應耶設法心相應彼法心共一起一住一盡諸法心共一起一住一盡彼法心共一緣耶設諸法心共一緣彼法心共一起一住一盡諸法心共起非不用心彼法起心共起非不用心耶彼法住盡心共住盡非不用心耶云何不修眼根云何不修耳鼻舌身意根云何修眼根云何修耳鼻舌身意根若不成就學根得學根彼一切越次取證耶設越次取證彼一切不成就學根得學根若不成就學根得學根彼一切世間第一法次第耶設世間第一法

次第彼一切不成就學根得學根若無漏根棄得無漏根彼一切果果遊耶設果果遊彼一切棄無漏根得無漏根耶若棄無漏根得無漏根彼一切無漏根盡無漏根現在前設無漏根盡無漏根現在前彼一切棄無漏根得無漏根諸未知根彼一切不修諦修有設不修諦修有彼一切未知根最初盡智生彼一切無礙道次第耶設無礙道次第彼一切盡智最初無生智起彼一切盡智次第耶設盡智次第彼一切無生智耶如緣無礙道彼緣盡智如緣盡智彼緣無礙道如緣盡智彼緣無生智耶如緣無生智彼緣盡智盡智當言盡智法智未知智知他人心智若習盡智道智當言有覺有觀當言無覺有觀當言無覺無觀當言樂根相應喜根護根空無相無願當言欲界繫緣當言色無色界繫緣當言不繫緣無生智無學等見亦如是諸法無學等見相應彼法無學等志相應耶設諸法無學等志相應彼法無學等見相應諸法無學等見相應彼法無學等方便等念等定等解脱等智相應耶設諸法無學等智相應彼法無學等見相應諸法無學乃生等解脱相應彼法無學等智相應設諸法無學等智相應彼法無學等解脱相應此章義願具演説

諸法心共一起一住一盡彼法心相應耶答曰如是諸法心共相應彼法心共一起一住一盡頗法心共一起一住一盡彼法非心相應耶答曰有心回轉色心回轉心不相應行諸法心共一起一住一盡彼法心共一緣耶答曰如是諸法心共一緣彼法心共一起一

住一盡頗法心共一起一住一盡彼法非心共一緣答曰有心回轉色心回轉心不相應行諸法心共起非不用心彼法起心共起非不用心彼法住盡心共住盡非不用心耶答曰欲色界衆生不入無想三昧滅盡三昧諸根四大彼法起心共起非不用心住盡心共住盡非不用心入定不用心云何不修眼根答曰眼根愛未盡貪未盡念未盡渴未盡復次以無礙道盡色愛彼道不修不猗如是不修眼根耳鼻舌身根亦復如是云何不修意根答曰意根愛未盡貪未盡念未盡渴未盡復次以無礙道盡無色愛彼道不修不猗如是不修意根云何修眼根答曰眼根愛盡貪盡念盡渴盡復次以無礙道盡色愛彼道修猗如是修眼根耳鼻舌身根亦復如是云何修意根答曰意根愛盡貪盡念盡渴盡復次以無礙道盡無色愛彼道修猗如是修意根若不成就學根得學根彼一切越次取證答曰如是越次取證彼一切不成就學根得學根頗不成就學根得學根彼非越次取證耶答曰有阿羅漢果退也若不成就此學根得學根彼一切世間第一法次第耶答曰如是諸世間第一法次第彼一切不成就學根得學根頗不成就學根得學根彼非世間第一法次第耶答曰有阿羅漢果退也若棄無漏根得無漏根彼一切果果遊耶答曰如是諸果果遊彼一切棄無漏根得無漏根頗棄無漏根得無漏根彼非果果遊耶答曰有所修道未知智現在前若等意解脱阿羅漢得無疑也若棄無漏根得無漏根彼一切盡無漏

根無漏根現在前耶答曰或棄無漏根得無漏根彼非盡無漏根無漏根現在前云何棄無漏根彼非盡無漏根無漏根現在前答曰世俗道取斯陀含果阿那含果阿羅漢果退阿那含斯陀含果退是謂棄無漏根得無漏根彼不盡無漏根無漏根現在前云何盡無漏根無漏根現在前彼非棄無漏根得無漏根答曰如本得無漏根盡現在前是謂盡無漏根無漏根現在前彼非棄無漏根得無漏根云何棄無漏根得無漏根彼盡無漏根無漏根現在前答曰所修道未知智現在前無漏道取斯陀含阿那含果得阿羅漢果等意解脫阿羅漢得無疑是謂棄無漏根得無漏根彼盡無漏根無漏根現在前云何非棄無漏根不得無漏根非盡無漏根無漏根現在前答曰除上爾所事諸未知根彼一切不修諦修有答曰或未知根彼非不修諦修有云何未知根彼非不修諦修有答曰諸未知根若過去未來是謂未知根彼非不修諦修有云何不修諦修有彼非未知根答曰諸無漏根不修諦修有是謂不修諦修有彼非未知根云何未知根彼不修諦修有答曰諸未知根不修諦修有是謂未知根彼不修諦修有云何非未知根非不修諦修有答曰除上爾所事最初盡智生彼一切無礙道次第答曰如是設無礙道次第彼一切盡智耶答曰如是最初無生智生彼一切盡智次第耶答曰如是設盡智次第彼一切無生智答曰或彼盡智或無生智或無學等見也諸緣無礙道彼緣盡智答曰若緣彼種無礙道彼緣盡智

若不緣此種無礙道彼不緣盡智如緣盡智彼緣無生智耶答曰如是如緣無生智彼緣盡智耶答曰如是盡智當言盡智答曰盡智當言盡智或彼法智未知智苦智習盡道智或有覺有觀或無覺有觀或無覺無觀或樂根相應或喜根護根或空無願無相或欲界繫緣或色界無色界繫緣或不繫緣無生智亦如是無學等見當言無學等見耶答曰無學等見當言無學等見或彼法智未知智知他人心智苦智習盡道智或有覺有觀或無覺有觀或無覺無觀或樂根相應或喜根護根或空無願無相或欲界繫緣或色無色界繫緣或不繫緣無學見竟諸法無學等見相應彼無學等志耶答曰或等見非等志云何等見非等志答曰等見相應等志諸等志不相應等見相應法是謂等見非等志云何等志非等見答曰等志相應等見諸等見不相應等志相應法是謂等志非等見云何等見等志答曰除等見相應等志諸等見等志相應法是謂等見等志云何非等見等志答曰等見不相應等志等志不相應等見諸餘心心法色無爲心不相應行是謂非等見等志諸法無學等見相應彼無學等方便耶答曰或等見非等方便云何等見非等方便答曰等見相應等方便是謂等見非等方便云何等方便非等見答曰等見諸等見不相應等方便相應法是謂等方便非等見云何等見等方便答曰除等方便諸等見相應法是謂等見等方便云何非等見等方便答曰等見不相應等方便諸餘心心法色無爲心不相應行

是謂非等見等方便等念等定等解脱亦如是諸法無學等見相應彼非無學等智設諸法無學等智相應彼非無學等見無學見竟諸法無學等志相應彼無學等方便答曰或等志非等方便云何等志非等方便答曰等志相應等方便是謂等志非等方便云何等方便非等志答曰等志諸等志不相應等方便相應法是謂等方便非等志云何等志等方便答曰除等方便諸等志相應法是謂等志等方便云何非等志非等方便答曰等志不相應等方便諸餘心心法色無爲心不相應行是謂非等志非等方便等念等定等解脱亦如是諸法無學等志相應彼無學等智耶答曰或等志非等智云何等志非等智答曰等志相應等智諸等智不相應等志相應法是謂等志非等智云何等智非等志答曰等智相應等志諸等志不相應等智相應法是謂等智非等志云何等志等智答曰除等志相應等智諸等志等智相應法是謂等志等智云何非等志等智答曰等志不相應等智等智不相應等志諸餘心心法色無爲心不相應行是謂非等志等智志竟諸法無學等方便相應彼無學等念耶答曰或等方便非等念云何等方便非等念答曰等念是謂等方便非等念云何等念非等方便答曰等方便是謂等念非等方便云何等方便等念答曰除等念諸等方便相應法是謂等方便等念云何非等方便等念答曰諸餘心心法色無爲心不相應行是謂非等方便等念等定等解脱亦如是諸法無學等方便相應彼無學等

智耶答曰或等方便非等智云何等方便非等智耶答曰等智諸等智不相應等方便相應法是謂等方便非等智云何等智非等方便答曰等智相應等方便是謂等智非等方便云何等方便等智答曰除等方便諸等智相應法是謂等方便等智云何非等方便等智答曰等智不相應等方便諸餘心心法色無爲心不相應行是謂非等方便等智方便竟

等念等定門亦如是諸法無學等解脱相應彼無學等智耶答曰或等解脱非等智云何等解脱非等智答曰等智諸等智不相應等解脱相應法是謂等解脱非等智云何等智非等解脱答曰等智相應等解脱是謂等智非等解脱云何等解脱等智答曰除等解脱諸等智相應法是謂等解脱等智云何非等解脱等智答曰等智不相應等解脱諸餘心心法色無爲心不相應行是謂非等解脱等智始發心跋渠第五竟梵本二百四十二首盧

魚子跋渠第六

二十二根眼根耳鼻舌身根意根男根女根命根樂根苦根喜根憂根護根信精進念定慧根未知根已知根無知根若成就眼根於此二十二根成就幾不成就幾乃至成就無知根於此二十二根成就幾不成就幾成就竟若成就眼根於此二十二根成就過去幾未來幾現在幾若成就乃至無知根於此二十二根成就過去幾未來幾現在幾三世成就竟若不成就眼根於此二十二根成就幾不成就幾若不成就乃至無知根於此二十二根成就幾不成就幾不成就幾竟若不成就眼根於此

二十二根成就過去幾未來幾現在幾若不成就乃至無知根於此二十二根成就過去幾未來幾現在幾（三世不成就竟）諸根善彼根因善根本耶設諸根因善根本彼根本善耶諸根不善彼根因不善根本耶設諸根因不善根本彼根不善耶諸根無記彼根因無記根本耶設諸根因無記根本彼根無記耶頗根不因善根本亦不因不善根本亦不因無記根本彼根非不因耶此章義願具演說

二十二根眼根耳鼻舌身根意根男根女根命根樂根苦根喜根憂根護根信根精進念定慧根未知根已知根無知根若成就眼根彼必成就五根（加下五根）餘或成就或不成就耳鼻舌根亦如是若成就身根彼必成就四根（身命意護）餘或成就或不成就若成就意根彼必成就三根（意命護）餘或成就或不成就命根護根亦如是若成就男根女根彼必成就八根餘或成就或不成就若成就樂根彼必成就四根餘或成就或不成就若成就苦根彼必成就七根餘或成就或不成就若成就喜根彼必成就五根餘或成就或不成就若成就憂根彼必不成就一根彼必成就八根餘或成就或不成就若成就信根彼必成就八根餘或成就或不成就精進念定慧根亦如是（加命意護根）若成就未知根彼必不成就二根（已知無知）必成就十三根（信五加意苦身命護喜樂未知根）餘或成就或不成就若成就已知根彼必不成就二根（未知無知）必成就十一根（除上憂苦二）餘或成就或不成就若成就無知根彼必不成就三根（未知）（已知加憂根也）必成就十一根餘或成就或不成就

成就竟

若成就眼根必不成就過去未來八根必成就過去未來二根現在三根餘或成就或不成就耳鼻舌根亦如是若成就身根彼必不成就過去未來八根必成就過去未來二根現在二餘或成就或不成就若成就意根彼必不成就過去未來八根必成就過去未來二根現在一餘或成就或不成就命根護根亦如是若成就男根女根彼必不成就過去未來八根必成就過去未來五根現在三餘或成就或不成就若成就樂根彼必不成就過去未來八根必成就過去未來二根未來一現在一餘或成就或不成就若成就苦根彼必不成就過去未來八根必成就過去未來五根現在二餘或成就或不成就若成就喜根彼必不成就過去未來八根必成就過去未來二根未來二現在一餘或成就或不成就若成就憂根彼必不成就過去未來八根彼必不成就過去未來現在一根必成就過去未來四根過去未來現在二現在二餘或成就或不成就若成就信根彼必不成就過去未來八根必成就過去未來七根現在一餘或成就或不成就精進念定慧根亦如是若成就未知根彼必不成就過去未來八根必不成就過去未來現在二根必成就過去未來現在七根過去未來三未來現在一現在二餘或成就或不成就若成就巳知根彼必不成就過去未來八根必不成就過去未來現在二根必成就過去未來七根未來三現在一餘或成就或不成就若成就無知根彼必不成就過去未來八根必不成

就過去未來現在三根必成就過去未來七根未來三現在一餘或成就或不成就二世成竟若不成就眼根彼必不成就一根必成就三根餘或成就或不成就耳鼻舌根亦如是若不成就身根彼必不成就十根必成就八根餘或成就或不成就意根命根護根無不成就若不成就男根女根彼必不成就一根必成就三根餘或成就或不成就若不成就樂根彼必不成就九根必成就八根餘或成就或不成就若不成就苦根彼必不成就五根必成就八根餘或成就或不成就若不成就喜根彼必不成就八根必成就八根餘或成就或不成就若不成就憂根彼必不成就一根必成就八根餘或成就或不成就若不成就信根必不成就八根必成就八根餘或成

就或不成就精進念定慧根亦如是若不成就未知根彼必不成就一根必成就三根餘或成就或不成就已知根無知根亦如是不成就也若不成就眼根彼必不成就過去未來現在一根必不成就過去未來七根必成就過去未來二根現在一餘或成就或不成就耳鼻舌根亦如是若不成就身根彼必不成就過去未來現在十根必不成就過去未來一根必成就過去未來五根過去未來現在二根現在一餘或成就或不成就意根命根護根無不成就若不成就男根女根彼必不成就過去未來現在一根必不成就過去未來七根必成就過去未來二根現在一餘或成就或不成就若不成就樂根彼必不成就過去未來現在九根必不成就過去未來六根

必成就過去未來七根現在一餘或成就或不成就若不成就苦根彼必不成就過去未來現在五根必不成就過去未來六根必成就過去未來七根現在一餘或成就或不成就若不成就喜根彼必不成就過去未來現在八根必不成就過去未來六根必成就過去未來七根現在一餘或成就或不成就若不成就憂根彼必不成就過去未來現在一根必不成就過去未來八根必成就過去未來七根現在一餘或成就或不成就若不成就信根彼必不成就過去未來現在八根亦必不成就過去未來八根必成就過去未來現在一過去未來四現在二餘或成就或不成就精進念定慧根亦如是若不成就未知根彼必不成就過去未來現在一根必不成就過去未來八根必成就過去未來二根現在一餘或成就或不成就已知根無知根亦如是（三世不成就竟）諸根善彼根因善根本耶答曰如是諸根善彼根因善根本頗根因善根本彼根非善耶答曰有善根本報無記根也諸根不善彼根因不善根本耶答曰如是諸根不善彼根因不善根本頗根因不善根本彼根非不善答曰有不善根本報無記根若欲界身見邊見相應根也諸根無記彼根因無記根本耶答曰或根無記彼根不因無記根本云何根無記彼根不因無記根本答曰無記無緣根是謂根無記彼根不因無記根本云何根因無記根本彼根非無記答曰不善根是謂根因無記根本彼根非無記云何根無記彼根因無記根本答曰無記根本有緣

根是謂根無記彼根因無記根本云何根非無記彼根非因無記根本答曰善根是謂根非無記彼根非因無記根本頗根非因善根本非因不善根本非因無記根本彼根非不因耶答曰有諸無緣根因色心不相應行

魚跋渠第六竟梵本一首七十三首盧

阿毗曇八揵度論卷第二十二

阿毗曇八揵度論卷第二十三

迦旃延子造

苻秦罽賓三藏僧伽提婆共竺佛念譯

根揵度第六之三

緣跋渠第七

因者諸緣 當作次漸 五三及四 四亦共八
八等有八 八亦復四

諸根因過去彼根緣過去耶設諸根緣過去彼根因過去耶諸根因未來因現在因善因不善因無記因欲界繫因色界繫因無色界繫因不繫因學因無學因非學非無學因見諦斷因思惟斷因無斷彼根緣無斷耶設諸根緣無斷彼根因無斷耶(五三竟)諸根因見苦斷彼根緣見苦斷耶設諸根緣見苦斷彼根因見苦斷耶諸根因見習見盡見道斷彼根緣見道斷耶設諸根緣見道斷彼根因見道斷耶(四竟)諸根因見苦斷彼根緣苦法智斷耶設諸根緣苦法智斷彼根因見苦斷耶諸根因見苦斷彼根緣苦未知智斷耶設諸根緣苦未知智斷彼根因見苦斷耶諸根因見習見盡見道斷彼根緣道法智斷耶設諸根緣道法智斷彼根因見道斷耶諸根因見道斷彼根緣道未知智斷耶設諸根緣道未知智斷彼根因見道斷耶(四八竟)諸根因苦法智斷彼根緣苦法智斷耶設諸根緣苦法智斷彼根因苦法智斷耶諸根因苦未知智斷彼根緣苦未知智斷耶設諸根緣苦未知智斷彼根因苦未知智斷耶諸根因習盡道法智斷彼根緣道法智斷耶設諸根緣道法智斷彼根因道法智斷耶諸根因道未知智斷彼根

緣道未知智斷耶設諸根緣道未知智斷彼根因道未知智斷耶諸根因苦法智斷彼根緣見苦斷耶設諸根緣見苦斷彼根因苦法智斷耶諸根因苦未知智斷彼根緣見苦斷耶設諸根緣見苦斷彼根因苦未知智斷耶諸根因習盡道法智斷彼根緣見道斷耶設諸根緣見道斷彼根因道法智斷耶諸根因道未知智斷彼根緣見道斷耶設諸根緣見道斷彼根因道未知智斷耶八四竟是章義願具演說諸根因過去彼根緣過去耶答曰或根因過去緣過去緣未來緣現在緣無爲無緣云何根因過去緣過去答曰諸根因過去緣過去復次諸根未來現在因過去緣過去云何根因過去緣未來答曰諸根因過去緣未來復次諸根未來現在因過去緣未來云何根因過去緣現在答曰諸根過去緣現在復次諸根未來現在因過去緣現在云何根因過去緣無爲答曰諸根過去緣無爲復次諸根未來現在因過去緣無爲云何根因過去無緣答曰諸根無緣因過去法設諸根緣過去彼根因過去耶答曰或根緣過去因過去因未來因現在云何根緣過去因過去答曰諸根緣過去因過去復次諸根未來現在因過去緣過去云何根緣過去因未來答曰諸根未來緣過去云何根緣過去因現在答曰諸根現在緣過去復次諸根未來因現在緣過去過去竟諸根因未來彼根緣未來耶答曰或根因未來緣未來緣過去緣現在緣無爲無緣云何根因未來緣未來答曰諸根未來緣未來云何根因未來緣過去答曰諸根

未來緣過去云何根因未來緣現在答曰諸根未來緣現在云何根因未來緣無爲答曰諸根未來緣無爲云何根因未來無緣答曰諸根無緣因未來法設諸根緣未來彼根因未來耶答曰或根緣未來因未來因過去因現在云何根緣未來因未來答曰諸根未來緣未來云何根緣未來因過去答曰諸根過去緣未來復次諸根未來現在因過去緣未來云何根緣未來因現在答曰諸根現在緣未來復次諸根未來因現在緣未來未來竟諸根因現在彼根緣現在耶答曰或根因現在緣現在緣過去緣未來緣無爲無緣云何根因現在緣現在答曰諸根現在緣現在復次諸根未來因現在緣現在云何根因現在緣過去答曰諸根現在緣過去復次諸根未來

因現在緣過去云何根因現在緣未來答曰諸根現在緣未來復次諸根未來因現在緣未來云何根因現在緣無爲答曰諸根現在緣無爲復次諸根未來因現在緣無爲云何根因現在無緣答曰諸根無緣因現在法設諸根緣現在彼根因現在耶答曰或根緣現在因現在因過去因未來云何根緣現在因現在答曰諸根現在緣現在復次諸根未來因現在緣現在云何根緣現在因過去答曰諸根過去緣現在復次諸根未來現在因過去緣現在云何根緣現在因未來答曰諸根未來緣現在一三竟諸根因善彼根緣善耶答曰或根因善緣善緣不善緣無記無緣云何根因善緣善答曰諸根善緣善復次諸根無記因善緣善云何根因善緣不善答曰諸根

善緣不善復次諸根無記因善緣不善云何根因善緣無記答曰諸根善緣無記復次諸根無記因善緣無記云何根因善無緣答曰諸根無緣因善法設諸根緣善彼根因善耶答曰或根緣善因善因不善因無記云何根緣善因善答曰諸根善緣善復次諸根無記因善緣善云何根緣善因不善答曰諸根不善緣善復次諸根無記因不善緣善云何根緣善因無記答曰諸根無記緣善復次諸根不善因無記緣善善竟諸根因不善彼根緣不善耶答曰或根因不善緣不善緣善緣無記無緣云何根因不善緣不善答曰諸根不善緣不善復次諸根無記因不善緣不善云何根因不善緣善答曰諸根不善緣善復次諸根無記因不善緣善云何根因不善緣無記

答曰諸根不善緣無記復次諸根無記因不善緣無記云何根因不善無緣答曰諸根無緣因不善法設諸根緣不善彼根因不善耶答曰或根緣不善因不善因善因無記云何根緣不善因不善答曰諸根不善緣不善復次諸根無記因不善緣不善云何根緣不善因善答曰諸根善緣不善復次諸根無記因善緣不善云何根緣不善因無記答曰諸根無記緣不善復次諸根不善因無記緣不善不善竟諸根因無記彼根緣無記耶答曰或根因無記緣無記緣善緣不善無緣云何根因無記緣無記答曰諸根無記緣無記復次諸根不善因無記緣無記云何根因無記緣善答曰諸根無記緣善復次諸根不善因無記緣善云何根因無記緣不善答曰諸根無記

緣不善復次諸根不善因無記緣不善云何
根因無記無緣答曰諸根無緣因無記法設
諸根緣無記彼根因無記耶答曰或根緣無
記因無記因善因不善云何根緣無記因無
記答曰諸根無記緣無記復次諸根不善因
無記緣無記云何根緣無記因善答曰諸根
善緣無記復次諸根無記因善緣無記云何
根緣無記因不善答曰諸根不善緣無記復
次諸根無記因不善緣無記二三竟　諸根因欲
界繫彼根緣欲界繫耶答曰或根因欲界繫
緣欲界繫緣色界繫緣無色界繫緣不繫無
緣云何根因欲界繫緣欲界繫答曰諸根欲
界繫緣欲界繫云何根因欲界繫緣色界繫
答曰諸根欲界繫緣色界繫云何根因欲界
繫緣無色界繫答曰諸根欲界繫緣無色界
繫云何根因欲界繫緣不繫答曰諸根欲界
繫緣不繫云何根因欲界繫無緣答曰諸根
無緣因欲界繫法設諸根緣欲界繫彼根因
欲界繫耶答曰或根緣欲界繫因欲界繫因
色界繫因不繫云何根緣欲界繫因欲界繫
答曰諸根欲界繫緣欲界繫云何根緣欲界
繫因色界繫答曰諸根色界繫緣欲界繫云
何根緣欲界繫因不繫答曰諸根不繫緣欲
界繫欲界竟　諸根因色界繫彼根緣色界繫耶
答曰或根因色界繫緣色界繫緣欲界繫緣
無色界繫緣不繫無緣云何根因色界繫緣
色界繫答曰諸根色界繫緣色界繫云何根
因色界繫緣欲界繫答曰諸根色界繫緣欲
界繫云何根因色界繫緣無色界繫答曰諸
根色界繫緣無色界繫云何根因色界繫緣

不繫答曰諸根色界繫緣不繫云何根因色界繫無緣答曰諸根無緣因色界繫法設諸根緣色界繫彼根因色界繫耶答曰或根緣色界繫因色界繫因欲界繫因無色界繫因不繫云何根緣色界繫因色界繫答曰諸根色界繫緣色界繫云何根緣色界繫因欲界繫答曰諸根欲界繫緣色界繫云何根緣色界繫因無色界繫答曰諸根無色界繫緣色界繫云何根緣色界繫因不繫答曰諸根不繫緣色界繫（色界竟）諸根因無色界繫彼根緣無色界繫耶答曰或根因無色界繫緣無色界繫緣色界繫緣不繫無緣云何根因無色界繫緣無色界繫答曰諸根無色界繫緣無色界繫云何根因無色界繫緣色界繫答曰諸根無色界繫緣色界繫云何根因無色界繫緣不繫答曰諸根無色界繫緣不繫云何根因無色界繫無緣答曰諸根無緣因無色界繫法設諸根緣無色界繫彼根因無色界繫耶答曰或根緣無色界繫因無色界繫因欲界繫因色界繫因不繫云何根緣無色界繫因無色界繫答曰諸根無色界繫緣無色界繫云何根緣無色界繫因欲界繫答曰諸根欲界繫緣無色界繫云何根緣無色界繫因色界繫答曰諸根色界繫緣無色界繫云何根緣無色界繫因不繫答曰諸根不繫緣無色界繫（三三竟）諸根因學彼根緣學耶答曰或根因學緣學緣無學緣非學非無學云何根因學緣學答曰諸根因學緣學復次諸根無學因學緣學云何根因學緣無學答曰諸根學緣無學復次諸根無學因學緣無學云

何根因學緣非學非無學答曰諸根學緣非學非無學復次諸根無學因學緣非學非無學設諸根緣學彼根因學耶答曰或根緣學因學因無學因非學非無學云何根緣學因學答曰諸根學緣學復次諸根無學因學緣學云何根緣學因無學答曰諸根無學緣學云何根緣學因非學非無學答曰諸根非學非無學緣學（學竟）諸根因無學彼根緣無學耶答曰或根因無學緣無學緣學緣非學非無學云何根因無學緣無學答曰諸根無學緣無學云何根因無學緣學答曰諸根無學緣學云何根因無學緣非學非無學答曰諸根無學緣非學非無學設諸根緣無學彼根因無學也答曰或根緣無學因無學因學因非學非無學云何根緣無學因無學答曰諸根

無學緣無學云何根緣無學因學答曰諸根學緣無學復次諸根無學因學緣無學云何根緣無學因非學非無學答曰諸根非學非無學緣無學（無學竟）諸根因非學非無學彼根緣非學非無學耶答曰或根因非學非無學緣非學非無學緣學緣無學無緣云何根因非學非無學緣非學非無學答曰諸根非學非無學緣非學非無學云何根因非學非無學緣學答曰諸根非學非無學緣學云何根因非學非無學緣無學答曰諸根非學非無學緣無學云何根因非學非無學無緣答曰諸根無緣因非學非無學法設諸根緣非學非無學彼根因非學非無學耶答曰或根緣非學非無學因非學非無學因學因無學云何根緣非學非無學因非學非無學答曰諸

根非學非無學緣非學非無學云何根緣非學非無學因學答曰諸根學緣非學非無學復次諸根無學因學緣非學非無學云何根緣非學非無學因無學答曰諸根無學緣非學非無學四三竟諸根因見諦斷彼根緣見諦斷耶答曰或根因見諦斷緣見諦斷緣思惟斷緣無斷無緣云何根因見諦斷緣見諦斷答曰諸根見諦斷緣見諦斷云何根因見諦斷緣思惟斷答曰諸根見諦斷緣思惟斷復次諸根思惟斷因見諦斷緣思惟斷云何根因見諦斷緣無斷答曰諸根見諦斷緣無斷云何根因見諦斷無緣答曰諸根無緣因見諦斷法設諸根緣見諦斷彼根因見諦斷耶答曰或根緣見諦斷因見諦斷因思惟斷因無斷云何根緣見諦斷因見諦斷答曰諸根

見諦斷緣見諦斷云何根緣見諦因思惟斷答曰諸根思惟斷緣見諦斷云何根緣見諦斷因無斷答曰諸根無斷緣見諦斷見諦斷竟諸根因思惟斷彼根緣思惟斷耶答曰或根因思惟斷緣思惟斷緣見諦斷緣無斷無緣云何根因思惟斷緣思惟斷答曰諸根思惟斷緣思惟斷云何根因思惟斷緣見諦斷答曰諸根思惟斷緣見諦斷云何根因思惟斷緣無斷答曰諸根思惟斷緣無斷云何根因思惟斷無緣答曰諸根無緣因思惟斷法設諸根緣思惟斷彼根因思惟斷耶答曰或根緣思惟斷因思惟斷因見諦斷因無斷云何根緣思惟斷因思惟斷答曰諸根思惟斷緣思惟斷云何根緣思惟斷因見諦斷答曰諸根見諦斷緣思惟斷復次諸根思惟斷因見諦

斷緣思惟斷云何根緣思惟斷因無斷答曰諸根無斷緣思惟斷思惟竟諸根因無斷彼根緣無斷耶答曰或根因無斷緣無斷緣見諦斷緣思惟斷云何根因無斷緣無斷答曰諸根無斷緣無斷云何根因無斷緣見諦斷答曰諸根無斷緣見諦斷云何根因無斷緣思惟斷答曰諸根無斷緣思惟斷設諸根緣無斷彼根因無斷耶答曰或根緣無斷因無斷因見諦斷因思惟斷云何根緣無斷因無斷答曰諸根無斷緣無斷云何根緣無斷因見諦斷答曰諸根見諦斷緣無斷云何根緣無斷因思惟斷答曰諸根思惟斷緣無斷五三竟諸根因見苦斷彼根緣見苦斷耶答曰或根因見苦斷緣見苦斷緣見習斷緣見盡斷緣見道斷緣思惟斷緣無斷無緣云何根因見

苦斷緣見苦斷答曰諸根見苦斷緣見苦斷復次諸根見習斷因見苦斷緣見苦斷云何根因見苦斷緣見習斷答曰諸根見苦斷緣見習斷復次諸根見習斷因見苦斷緣見習斷云何根因見苦斷緣見盡斷答曰諸根見苦斷緣見盡斷復次諸根見習斷因見苦斷緣見盡斷復次諸根見盡斷因見苦斷緣見盡斷云何根因見苦斷緣見道斷答曰諸根見苦斷緣見道斷復次諸根見習斷因見苦斷緣見道斷復次諸根見道斷因見苦斷緣見道斷云何根因見苦斷緣思惟斷答曰諸根見苦斷緣思惟斷復次諸根見習斷因見苦斷緣思惟斷復次諸根思惟斷因見苦斷緣思惟斷云何根因見苦斷緣無斷答曰諸根見盡見道斷因見苦斷緣無斷云何根因

見苦斷無緣答曰諸根無緣因見苦斷法設諸根緣見苦斷彼根因見苦斷耶答曰或根緣見苦斷因見苦斷因見習斷因思惟斷因無斷云何根緣見苦斷因見苦斷答曰諸根見苦斷緣見苦斷復次諸根見習斷因見苦斷緣見苦斷云何根緣見苦斷因見習斷答曰諸根見習斷緣見苦斷復次諸根見苦斷因見習斷緣見苦斷云何根緣見苦斷因思惟斷答曰諸根思惟斷緣見苦斷云何根緣見苦斷因無斷答曰諸根無斷緣見苦斷苦諦竟因見習斷緣見習斷亦如上諸根因見盡斷彼根緣見盡斷耶答曰或根因見盡斷緣見盡斷緣無斷無緣云何根因見盡斷緣見盡斷答曰諸根見盡斷緣見盡斷云何根因見盡斷緣無斷答曰諸根見盡斷緣無斷云何根因見盡斷無緣答曰諸根無緣因見盡斷法設諸根緣見盡斷彼根因見盡斷耶答曰或根緣見盡斷因見盡斷因見苦斷因見習斷因思惟斷因無斷云何根緣見盡斷因見盡斷答曰諸根因見盡斷緣見盡斷云何根緣見盡斷因見苦斷答曰諸根見苦斷緣見盡斷復次諸根見習斷因見苦斷緣見盡斷復次諸根見盡斷因見苦斷緣見盡斷云何根緣見盡斷因見習斷答曰諸根見習斷緣見盡斷復次諸根見苦斷因見習斷緣見盡斷復次諸根見盡斷因見習斷緣見盡斷云何根緣見盡斷因思惟斷答曰諸根思惟斷緣見盡斷云何根緣見盡斷因無斷答曰諸根無斷緣見盡斷盡諦竟因見道斷緣見道斷亦如是四竟諸根因見苦斷彼根緣苦法智

斷耶答曰或根因見苦斷緣苦法智斷緣苦未知智斷緣習法智斷緣習未知智斷緣盡法智斷緣盡未知智斷緣道法智斷緣道未知智斷緣思惟斷緣無斷無緣云何根因見苦斷緣苦法智斷答曰諸根見苦斷緣苦法智斷復次諸根見習斷因見苦斷緣苦法智斷云何根因見苦斷緣苦未知智斷答曰諸根見苦斷緣苦未知智斷復次諸根見習斷因見苦斷緣苦未知智斷云何根因見苦斷緣習法智斷答曰諸根見苦斷緣習法智斷復次諸根見習斷因見苦斷緣習法智斷云何根因見苦斷緣習未知智斷答曰諸根見苦斷緣習未知智斷復次諸根見習斷因見苦斷緣習未知智斷云何根因見苦斷緣盡法智斷答曰諸根見苦斷緣盡法智斷復次諸根見習斷因見苦斷緣盡法智斷復次諸根見盡斷因見苦斷緣盡法智斷云何根因見苦斷緣盡未知智斷答曰諸根見苦斷緣盡未知智斷復次諸根見習斷因見苦斷緣盡未知智斷復次諸根見盡斷因見苦斷緣盡未知智斷云何根因見苦斷緣道法智斷答曰諸根見苦斷緣道法智斷復次諸根見習斷因見苦斷緣道法智斷復次諸根見道斷因見苦斷緣道法智斷云何根因見苦斷緣道未知智斷答曰諸根見苦斷緣道未知智斷復次諸根見習斷因見苦斷緣道未知智斷復次諸根見道斷因見苦斷緣道未知智斷云何根因見苦斷緣思惟斷答曰諸根見苦斷緣思惟斷復次諸根見習斷因見苦斷緣思惟斷復次諸根思惟斷因見苦斷緣

思惟斷

阿毗曇八揵度論卷第二十三

阿毗曇八揵度論卷第二十四

迦旃延子造

苻秦罽賓三藏僧伽提婆共竺佛念譯

根揵度第六之四

緣跋渠第七之餘

云何根因見苦斷緣無斷答曰諸根見盡見道斷因見苦斷緣無斷云何根因見苦斷無緣答曰諸根無緣因見苦斷法設諸根緣見苦斷彼根因苦法智斷耶答曰或根緣見苦斷因苦法智斷因苦未知智斷因習法智斷因習未知智斷因思惟斷因無斷云何根緣見苦斷因苦法智斷答曰諸根因苦法智斷緣見苦斷復次諸根習法智斷因苦法智斷緣見苦斷云何根緣見苦斷因苦未知智斷答曰諸根苦未知智斷緣見苦斷復次諸根習未知智斷因苦未知智斷緣見苦斷云何根緣見苦斷因習法智斷答曰諸根習法智斷緣見苦斷復次諸根苦法智斷因習法智斷緣見苦斷云何根緣見苦斷因習未知智斷答曰諸根習未知智斷緣見斷復次諸根苦未知智斷因習未知智斷緣見苦斷云何根緣見苦斷因思惟斷答曰諸根思惟斷緣見苦斷云何根緣見苦斷因無斷答曰諸根無斷緣見苦斷四八苦諦竟因見習諦斷緣習法智斷因見習諦斷緣習未知智斷亦如上四八習諦竟諸根因見盡斷彼根緣盡法智斷耶答曰或根因見盡斷緣盡法智斷緣盡未知智斷緣無斷無緣云何根因見盡斷緣盡法智斷答曰諸根見盡斷緣盡法智斷云何根因見盡斷緣盡未知智斷答曰諸根見盡斷緣

盡未知智斷云何根因見盡斷緣無斷答曰諸根見盡斷緣無斷云何根因見盡斷無緣答曰諸根無緣因見盡斷法設諸根緣見盡斷彼根因盡法智斷耶答曰或根緣見盡斷因盡法智斷因盡未知智斷因苦法智斷因苦未知智斷因習法智斷因習未知智斷因思惟斷因無斷云何根緣見盡斷因盡法智斷答曰諸根盡法智斷緣見盡斷云何根緣見盡斷因盡未知智斷答曰諸根盡未知智斷緣見盡斷云何根緣見盡斷因苦法智斷答曰諸根苦法智斷緣見盡斷復次諸根習法智斷因苦法智斷緣見盡斷復次諸根盡法智斷因苦法智斷緣見盡斷云何根緣見盡斷因苦未知智斷答曰諸根苦未知智斷緣見盡斷復次諸根習未知智斷因苦未知智斷緣見盡斷復次諸根盡未知智斷因苦未知智斷緣見盡斷云何根緣見盡斷因習法智斷答曰諸根習法智斷緣見盡斷復次諸根苦法智斷因習法智斷緣見盡斷復次諸根盡法智斷因習法智斷緣見盡斷云何根緣見盡斷因習未知智斷答曰諸根習未知智斷緣見盡斷復次諸根苦未知智斷因習未知智斷緣見盡斷復次諸根盡未知智斷因習未知智斷緣見盡斷云何根緣見盡斷因思惟斷答曰諸根思惟斷緣見盡斷云何根緣見盡斷因無斷答曰諸根無斷緣見盡斷（四八盡諦盡）因見道斷緣道法智斷因見道斷緣道未知智斷亦如上（四八竟）諸根因苦法智斷彼根緣苦法智斷耶答曰或根因苦法智斷緣苦法智斷緣苦未知智斷緣習法智

斷緣習未知智斷緣盡法智斷緣盡未知智斷緣道法智斷緣道未知智斷緣思惟斷緣無斷無緣云何根因苦法智斷緣苦法智斷答曰諸根苦法智斷緣苦法智斷復次諸根習法智斷因苦法智斷緣苦法智斷云何根因苦法智斷緣苦未知智斷答曰諸根苦法智斷緣苦未知智斷復次諸根習法智斷因苦法智斷緣苦未知智斷云何根因苦法智斷緣習法智斷答曰諸根苦法智斷緣習法智斷復次諸根習法智斷因苦法智斷緣習未知智斷云何根因苦法智斷緣習未知智斷答曰諸根苦法智斷緣習未知智斷復次諸根習法智斷因苦法智斷緣習未知智斷云何根因苦法智斷緣盡法智斷答曰諸根苦法智斷緣盡法智斷復次諸根習法智斷

因苦法智斷緣盡法智斷復次諸根盡法智斷因苦法智斷緣盡法智斷云何根因苦法智斷緣盡未知智斷答曰諸根苦法智斷緣盡未知智斷復次諸根習法智斷因苦法智斷緣盡未知智斷云何根因苦法智斷緣道法智斷答曰諸根苦法智斷緣道法智斷復次諸根習法智斷因苦法智斷緣道法智斷復次諸根道法智斷因苦法智斷緣道法智斷云何根因苦法智斷緣道未知智斷答曰諸根苦法智斷緣道未知智斷復次諸根習法智斷因苦法智斷緣道未知智斷云何根因苦法智斷緣思惟斷答曰諸根苦法智斷緣思惟斷復次諸根習法智斷因苦法智斷緣思惟斷復次諸根思惟斷因苦法智斷緣思惟斷云何根因苦法智斷緣無斷答曰諸

根盡法智斷道法智斷因苦法智斷緣無斷云何根因苦法智斷無緣答曰諸根無緣因苦法智斷法設諸根緣苦法智斷彼根因苦法智斷耶答曰或根緣苦法智斷因苦法智斷因習法智斷因思惟斷因無斷云何根緣苦法智斷因苦法智斷答曰諸根苦法智斷緣苦法智斷復次諸根習法智斷因苦法智斷緣苦法智斷云何根緣苦法智斷因習法智斷答曰諸根習法智斷緣苦法智斷復次諸根苦法智斷因習法智斷緣苦法智斷云何根緣苦法智斷因思惟斷答曰諸根思惟斷緣苦法智斷云何根緣苦法智斷因無斷答曰諸根無斷緣苦法智斷諸根因苦未知智斷彼根緣苦未知智斷耶答曰或根因苦未知智斷緣苦未知智斷緣習未知智斷緣盡未知智斷緣道未知智斷緣思惟斷緣無斷云何根因苦未知智斷緣苦未知智斷答曰諸根苦未知智斷緣苦未知智斷復次諸根習未知智斷因苦未知智斷緣苦未知智斷云何根因苦未知智斷緣習未知智斷答曰諸根苦未知智斷緣習未知智斷復次諸根習未知智斷因苦未知智斷緣習未知智斷云何根因苦未知智斷緣盡未知智斷答曰諸根苦未知智斷緣盡未知智斷復次諸根習未知智斷因苦未知智斷緣盡未知智斷復次諸根盡未知智斷因苦未知智斷緣盡未知智斷云何根因苦未知智斷緣道未知智斷答曰諸根苦未知智斷緣道未知智斷復次諸根習未知智斷因苦未知智斷緣道未知智斷復次諸根道未知智斷因苦未

知智斷緣道未知智斷云何諸根因苦未知智斷緣思惟斷答曰諸根苦未知智斷緣思惟斷復次諸根習未知智斷因苦未知智斷緣思惟斷復次諸根思惟斷因苦未知智斷緣思惟斷云何根因苦未知智斷緣無斷答曰諸根盡未知智道未知智斷因苦未知智斷緣無斷設諸根緣苦未知智斷彼根因苦未知智斷耶答曰或根緣苦未知智斷因苦未知智斷因苦法智斷因習法智斷因習未知智斷因思惟斷因無斷云何根緣苦未知智斷因苦未知智斷答曰諸根苦未知智斷緣苦未知智斷復次諸根習未知智斷因苦未知智斷緣苦未知智斷云何根緣苦未知智斷因苦法智斷答曰諸根苦法智斷緣苦未知智斷復次諸根習法智斷因苦法智斷

緣苦未知智斷云何根緣苦未知智斷因習法智斷答曰諸根習法智斷緣苦未知智斷復次諸根苦法智斷因習法智斷緣苦未知智斷云何根緣苦未知智斷因習未知智斷答曰諸根習未知智斷緣苦未知智斷復次諸根苦未知智斷因習未知智斷緣苦未知智斷云何根緣苦未知智斷因思惟斷答曰諸根思惟斷緣苦未知智斷云何根緣苦未知智斷因無斷答曰諸根無斷緣苦未知智斷（八共八苦智竟）因習法智斷緣習法智斷因習未知智斷緣習未知智斷亦如上（八共八習智竟）諸根因盡法智斷彼根緣盡法智斷耶答曰或根因盡法智斷緣盡法智斷緣無斷無緣云何根因盡法智斷緣盡法智斷答曰諸根盡法智斷緣盡法智斷云何根因盡法智斷緣無

斷答曰諸根盡法智斷緣無斷云何根因盡法智斷無緣答曰諸根無緣因盡法智斷法設諸根緣盡法智斷彼根因盡法智斷耶答曰或根緣盡法智斷因盡法智斷因苦法智斷因習法智斷因思惟斷因無斷云何根緣盡法智斷因盡法智斷答曰諸根盡法智斷緣盡法智斷云何根緣盡法智斷因苦法智斷答曰諸根苦法智斷緣盡法智斷復次諸根習法智斷因苦法智斷緣盡法智斷復次諸根盡法智斷因苦法智斷緣盡法智斷云何諸根緣盡法智斷因習法智斷答曰諸根習法智斷緣盡法智斷復次諸根苦法智斷因習法智斷緣盡法智斷復次諸根盡法智斷因習法智斷緣盡法智斷云何根緣盡法智斷因思惟斷答曰諸根思惟斷緣盡法智

斷云何根緣盡法智斷因無斷答曰諸根無斷緣盡法智斷諸根因盡未知智斷彼根緣盡未知智斷耶答曰或根因盡未知智斷緣盡未知智斷緣無斷云何根因盡未知智斷緣盡未知智斷答曰諸根盡未知智斷緣盡未知智斷云何根因盡未知智斷緣無斷答曰諸根盡未知智斷緣無斷設諸根緣盡未知智斷彼根因盡未知智斷耶答曰或根緣盡未知智斷因盡未知智斷因苦法智斷因苦未知智斷因習法智斷因習未知智斷因思惟斷因無斷云何根緣盡未知智斷因盡未知智斷答曰諸根盡未知智斷緣盡未知智斷云何根緣盡未知智斷因苦法智斷答曰諸根苦法智斷緣盡未知智斷復次諸根習法智斷因苦法智斷緣盡未知智斷云何

根緣盡未知智斷因苦未知智斷答曰諸根苦未知智斷緣盡未知智斷復次諸根習未知智斷因苦未知智斷緣盡未知智斷復次諸根盡未知智斷因苦未知智斷緣盡未知智斷云何根緣盡未知智斷因習法智斷答曰諸根習法智斷緣盡未知智斷復次諸根苦法智斷因習法智斷緣盡未知智斷云何根緣盡未知智斷因習未知智斷答曰諸根習未知智斷緣盡未知智斷復次諸根苦未知智斷因習未知智斷緣盡未知智斷復次諸根盡未知智斷因習未知智斷緣盡未知智斷云何根緣盡未知智斷因思惟斷答曰諸根思惟斷緣盡未知智斷云何根緣盡未知智斷因無斷答曰諸根無斷緣盡未知智斷八共八盡智竟因道法智斷緣道法智斷因道未知智斷緣道未知智斷亦如上八共八竟諸根因苦法智斷彼根緣見苦斷耶答曰或根因苦法智斷緣見苦斷緣見習斷緣見盡斷緣見道斷緣思惟斷緣無斷無緣云何根因苦法智斷緣見苦斷答曰諸根苦法智斷緣見苦斷復次諸根習法智斷因苦法智斷緣見苦斷云何根因苦法智斷緣見習斷答曰諸根苦法智斷緣見習斷復次諸根習法智斷因苦法智斷緣見習斷云何根因苦法智斷緣見盡斷答曰諸根苦法智斷緣見盡斷復次諸根習法智斷因苦法智斷緣見盡斷復次諸根盡法智斷因苦法智斷緣見盡斷云何根因苦法智斷緣見道斷答曰諸根苦法智斷緣見道斷復次諸根習法智斷因苦法智斷緣見道斷復次諸根道法智斷因苦法智

斷緣見道斷云何根因苦法智斷緣思惟斷
答曰諸根苦法智斷緣思惟斷復次諸根習
法智斷因苦法智斷緣思惟斷復次諸根思
惟斷因苦法智斷緣思惟斷云何根因苦法
智斷緣無斷答曰諸根盡法智道法智斷因
苦法智斷緣無斷云何根因苦法智斷無緣
答曰諸根無緣因苦法智斷法設諸根緣苦
法智斷彼根因見苦斷耶答曰或根緣苦法
智斷因見苦斷因見習斷因思惟斷因無斷
云何根緣苦法智斷因見苦斷答曰諸根見
苦斷緣苦法智斷復次諸根見習斷因見苦
斷緣苦法智斷云何根緣苦法智斷因見習
斷答曰諸根見習斷緣苦法智斷復次諸根
見苦斷因見習斷緣苦法智斷云何根緣苦
法智斷因思惟斷答曰諸根思惟斷緣苦法

智斷云何根緣苦法智斷因無斷答曰諸根
無斷緣苦法智斷諸根因苦未知智斷彼根
緣見苦斷耶答曰或根因苦未知智斷緣見
苦斷緣見習斷緣見盡斷緣見道斷緣思惟
斷緣無斷云何根因苦未知智斷緣見苦斷
答曰諸根苦未知智斷緣見苦斷復次諸根
習未知智斷因苦未知智斷緣見苦斷云何
根因苦未知智斷緣見習斷答曰諸根苦未
知智斷緣見習斷復次諸根習未知智斷因
苦未知智斷緣見習斷云何根因苦未知智
斷緣見盡斷答曰諸根苦未知智斷緣見盡
斷復次諸根習未知智斷因苦未知智斷緣
見盡斷復次諸根盡未知智斷因苦未知智
斷緣見盡斷云何根因苦未知智斷緣見道
斷答曰諸根苦未知智斷緣見道斷復次諸

根習未知智斷因苦未知智斷緣見道斷復次諸根道未知智斷因苦未知智斷緣見道斷云何根因苦未知智斷緣思惟斷答曰諸根苦未知智斷緣思惟斷復次諸根習未知智斷因苦未知智斷緣思惟斷復次諸根思惟斷因苦未知智斷緣思惟斷云何根因苦未知智斷緣無斷答曰諸根盡未知智道未知智斷因苦未知智斷緣無斷設諸根緣苦未知智斷彼根因見苦斷耶答曰或根緣苦未知智斷因見苦斷因見習斷因思惟斷因無斷云何根緣苦未知智斷因見苦斷答曰諸根見苦斷緣苦未知智斷復次諸根見習斷因見苦斷緣苦未知智斷云何根緣苦未知智斷因見習斷答曰諸根見習斷緣苦未知智斷復次諸根見苦斷因見習斷緣苦未知智斷云何根緣苦未知智斷因思惟斷答曰諸根思惟斷緣苦未知智斷云何根緣苦未知智斷因無斷答曰諸根無斷緣苦未知智斷（八四苦智竟）因習法智斷緣見習斷因習未知智斷緣見習斷亦如上（八四習智竟）諸根因盡法智斷彼根緣見盡斷耶答曰或根因盡法智斷緣見盡斷緣無斷無緣云何根因盡法智斷緣見盡斷答曰諸根盡法智斷緣見盡斷云何根因盡法智斷緣無斷答曰諸根盡法智斷緣無斷云何根因盡法智斷無緣答曰諸根無緣因盡法智斷設諸根緣盡法智斷彼根因見盡斷耶答曰或根緣盡法智斷因見盡斷因見苦斷因見習斷因思惟斷因無斷云何根緣盡法智斷因見盡斷答曰諸根見盡斷緣盡法智斷云何根緣盡法智斷

因見苦斷答曰諸根見苦斷緣盡法智斷復次諸根見習斷因見苦斷緣盡法智斷復次諸根見盡斷因見苦斷緣盡法智斷云何根緣盡法智斷因見習斷答曰諸根見習斷緣盡法智斷復次諸根見苦斷因見習斷緣盡法智斷復次諸根見盡斷因見習斷緣盡法智斷云何根緣盡法智斷因思惟斷答曰諸根思惟斷緣盡法智斷云何根緣盡法智斷因無斷答曰諸根無斷緣盡法智斷諸根因盡未知智斷彼根緣見盡斷耶答曰或根因盡未知智斷緣見盡斷緣無斷云何根因盡未知智斷緣見盡斷答曰諸根因盡未知智斷緣見盡斷云何根因盡未知智斷緣無斷答曰諸根盡未知智斷緣無斷設諸根緣盡未知智斷彼根因見盡斷耶答曰或根緣盡未知智斷因見盡斷因見苦斷因見習斷因思惟斷因無斷云何根緣盡未知智斷因見盡斷答曰諸根見盡斷緣盡未知智斷云何根緣盡未知智斷因見苦斷答曰諸根見苦斷緣盡未知智斷復次諸根見習斷因見苦斷緣盡未知智斷云何根緣盡未知智斷因見習斷答曰諸根見習斷緣盡未知智斷復次諸根見苦斷因見習斷緣盡未知智斷復次諸根見盡斷因見習斷緣盡未知智斷云何根緣盡未知智斷因思惟斷答曰諸根思惟斷緣盡未知智斷云何根緣盡未知智斷因無斷答曰諸根無斷緣盡未知智斷八四盡智竟因道法智斷緣見道斷因道未知智斷緣見道斷亦如上根犍度第六竟

阿毗曇八揵度論卷第二十四

斯經序曰其人忘因緣一品故闕文焉近
有罽賓沙門曇摩卑誦之來經密川僧伽
諦婆譯出此品八犍度文具也而卑云八
犍度是體耳別有六足可百萬言卑誦二
足今無譯可出慨恨良深秦建元十五年
正月十九日於揚州正官佛圖記

阿毗曇八揵度論卷第二十五

迦旃延子造

苻秦罽賓三藏僧伽提婆共竺佛念譯

定揵度第七之一

過去得謂緣　解脫阿那含　一行最在後

過去得跋渠第一

若得過去法彼得過去設得過去彼得過去法若未來現在善不善無記欲界繫色界繫無色界繫學無學非學非無學見諦斷思惟斷若得不斷法彼得不斷設得不斷彼得不斷法諸法善無色生彼善心俱耶設善心俱彼法善無色不善無記欲界繫色界繫無色界繫學無學非學非無學見諦斷思惟斷不斷法無色生彼不斷心俱耶設不斷心俱彼法不斷無色耶一切初禪五種耶一切第二禪四種一切第三禪五種一切第四禪四種耶味相應初禪入當言味起當言味耶味相應乃至有想無想入當言味起當言味耶諸味相應初禪彼一切隱沒無記耶設隱沒無記彼一切味相應初禪耶諸味相應乃至有想無想彼一切隱沒無記耶設隱沒無記彼一切味相應乃至有想無想耶頗不入初禪入第二禪耶頗乃至不入不用定入有想無想耶頗不入初禪生初禪耶頗乃至不入有想無想生有想無想耶若得初禪非第二彼命終生何所若乃至得不用定非有想無想彼命終生何所云何意所念入慈云何意所念入悲喜護慈何繫結滅悲喜護何繫結滅淨初禪何繫結滅淨乃至有想無想何繫結滅初解脫乃至第八解脫初除入乃至第八

除入初一切入乃至第十一切入法智乃至道智空無願無相何繫結滅慈報何所受報悲喜護報何所受報淨初禪報何所受報淨乃至有想無想報何所受報初解脱乃至第八解脱初除入乃至第八除入初一切入乃至第十一切入知他人心智等智報何所受報此章義願具演説若得過去法彼得過去耶答曰或彼過去或未來或現在設得過去彼得過去法耶答曰或彼過去或未來或現在或無爲過去竟若得未來法彼得未來耶答曰或彼過去或未來或現在設得未來彼得未來法耶答曰或彼過去或未來或現在或無爲未來竟若得現在法彼得現在耶答曰或彼過去或未來或現在設得現在彼得現在法耶答曰或彼過去或未來或現在或無爲現在竟若得善法彼得善耶答曰如是設得善彼得善法耶答曰如是若得不善法彼得不善耶答曰如是設得不善彼得不善法耶答曰如是若得無記法彼得無記耶答曰如是設得無記彼得無記法耶答曰如是若得欲界繫法彼得欲界繫耶答曰如是設得欲界繫彼得欲界繫法耶答曰如是若得色界繫法彼得色界繫耶答曰如是設得色界繫彼得色界繫法耶答曰或彼色界繫或不繫若得無色界繫法彼得無色界繫耶答曰如是設得無色界繫彼得無色界繫法耶答曰或彼無色界繫或不繫若得學法彼得學耶答曰如是設得學彼得學法耶答曰或彼學或非學非無學若得無學法彼得無學耶答曰如是設得無學彼得無學法耶答曰或彼無

學或非學非無學若得非學非無學法彼得非學非無學耶答曰或彼學或無學或非學非無學設得非學非無學彼得非學非無學法耶答曰如是若得見諦斷法彼得見諦斷耶答曰如是設得見諦斷彼得見諦斷法耶答曰如是若得思惟斷法彼得思惟斷耶答曰如是設得思惟斷彼得思惟斷法耶答曰或彼思惟斷或不斷若得不斷法彼得不斷耶答曰或彼思惟斷或不斷設得不斷彼得不斷法耶答曰如是得竟諸法善無色生彼善心俱耶答曰或法善無色生善心俱不善心俱無記心俱云何法善無色生善心俱答曰諸法彼心相應彼俱有善是謂法善無色生善心俱云何法善無色生不善心俱答曰如不善心若退若生善法得生是謂法善無色生不善心俱云何法善無色生彼無記心俱耶答曰如無記心若退若生善法得生是謂法善無色生無記心俱設諸法善心俱生彼法善無色耶答曰或法善心俱生善無色無記無色云何法善心俱生善無色答曰諸法彼心相應彼俱有善是謂法善心俱生善無色云何法善心俱生無記無色答曰如善心勝進無記法得生如住善心無記根長益四大增益輭美飽彼法諸得生老無常是謂法善心俱生無記無色善竟諸法不善無色生彼不善心俱耶答曰或法不善無色生不善心俱無記心俱云何法不善無色生不善心俱答曰諸法彼心相應彼俱有不善是謂法不善無色生不善心俱云何法不善無色生無記心俱答曰如無記心若退若生不善法得

生是謂法不善無色生無記心俱設諸法不善心俱生彼法不善無色耶答曰或法不善心俱生不善無色善無色無記無色云何法不善心俱生不善無色答曰諸法彼心相應彼俱有不善是謂法不善心俱生不善無色云何法不善心俱生善無色答曰如不善心若退若生善法得生是謂法不善心俱生善無色云何法不善心俱生無記無色答曰如不善心若退若生無記法得生如住不善心無記根長益四大增益輭美飽彼法諸得生老無常是謂法不善心俱生無記無色不善竟

諸法無記無色生彼無記心俱耶答曰或法無記無色生無記心俱善心俱不善心俱云何法無記無色生無記心俱答曰諸法彼心相應彼俱有無記是謂法無記無色生無記心俱云何法無記無色生善心俱答曰如善心勝進無記法得生如住善心無記根長益四大增益輭美飽彼法諸得生老無常是謂法無記無色生善心俱云何法無記無色生不善心俱答曰如不善心若退若生無記法得生如住不善心無記根長益四大增益輭美飽彼法諸得生老無常是謂法無記無色生不善心俱設諸法無記心俱生彼法無記無色耶答曰或法無記心俱生無記無色善無色不善無色云何法無記心俱生無記無色答曰諸法彼心相應彼俱有無記是謂法無記心俱生無記無色云何法無記心俱生善無色答曰如無記心若退若生善法得生是謂法無記心俱生善無色云何法無記心俱生不善無色答曰如無記心若退若生不

善法得生是謂法無記心俱生不善無色無記竟諸法欲界繫無色生彼欲界繫心俱耶答曰或法欲界繫無色生欲界繫心俱色界繫心俱無色界繫心俱不繫心俱云何法欲界繫無色生欲界繫心俱答曰諸法彼心相應彼俱有欲界繫是謂法欲界繫無色生欲界繫心俱云何法欲界繫無色生色界繫心俱答曰如色界繫心若生若勝進欲界繫法得生如住色界繫心欲界繫根長益四大增益輭美飽此法諸得生老無常是謂法欲界繫無色生色界繫心俱云何法欲界繫無色生無色界繫心俱答曰如無色界繫心住欲界繫根長益四大增益輭美飽此法諸得生老無常是謂法欲界繫無色生無色界繫心俱云何法欲界繫無色生不繫心俱答曰如不繫心勝進欲界繫法得生如不繫心住欲界繫根長益四大增益輭美飽此法諸得生老無常是謂法欲界繫無色生不繫心俱設諸法欲界繫心俱生彼法欲界繫無色耶答曰或法欲界繫心俱生欲界繫無色色界繫無色無色界繫無色不繫無色云何法欲界繫心俱生欲界繫無色答曰諸法彼心相應彼俱有欲界繫是謂法欲界繫心俱生欲界繫無色云何法欲界繫心俱生色界繫無色答曰如欲界繫心若退若生色界繫法得生是謂法欲界繫心俱生色界繫無色云何法欲界繫心俱生無色界繫無色答曰如欲界繫心若退若生無色界繫法得生是謂法欲界繫心俱生無色界繫無色云何法欲界繫心俱生不繫無色答曰如欲界繫心退不繫法

得生是謂法欲界繫心俱生不繫無色欲界竟諸法色界繫無色生彼色界繫心俱耶答曰或法色界繫無色生色界繫心俱欲界繫心俱無色界繫心俱不繫心俱云何法色界繫無色生色界繫心俱答曰諸法彼心相應彼俱有色界繫是謂法色界繫無色生色界繫心俱云何法色界繫無色生欲界繫心俱答曰如欲界繫心若退若生色界繫法得生是謂法色界繫無色生欲界繫心俱云何法色界繫無色生無色界繫心俱答曰如無色界繫心住色界繫根長益四大增益輭美飽此法諸得生老無常是謂法色界繫無色生無色界繫心俱云何法色界繫無色生不繫心俱答曰如不繫心勝進色界繫法得生如不繫心住色界繫根長益四大增益輭美飽此法諸得生老無常是謂法色界繫無色生不繫心俱設諸法色界繫心俱生彼法色界繫無色耶答曰或法色界繫心俱生色界繫無色欲界繫無色無色界繫無色不繫無色云何法色界繫心俱生色界繫無色答曰諸法彼心相應彼俱有色界繫是謂法色界繫心俱生色界繫無色云何法色界繫心俱生欲界繫無色答曰如色界繫心若勝進欲界繫法得生如色界繫心住欲界繫根長益四大增益輭美飽此法諸得生老無常是謂法色界繫心俱生此欲界繫無色云何法色界繫心俱生無色界繫無色答曰如色界繫心若退若生無色界繫法得生是謂法色界繫心俱生無色界繫無色云何法色界繫心俱生不繫無色答曰如色界繫心若退若勝進不

繫法得生是謂法色界繫心俱生不繫無色（色界竟）諸法無色界繫無色生彼無色界繫心俱耶答曰或法無色界繫無色生無色界繫心俱欲界繫心俱色界繫心俱不繫心俱云何法無色界繫無色生無色界繫心俱答曰諸法彼心相應彼俱有無色界繫是謂法無色界繫無色生無色界繫心俱云何法無色界繫無色生欲界繫心俱答曰如欲界繫心若退若生無色界繫法得生是謂法無色界繫無色生欲界繫心俱云何法無色界繫無色生色界繫心俱答曰如色界繫心若退若生無色界繫法得生是謂法無色界繫無色生色界繫心俱云何法無色界繫無色生不繫心俱答曰如不繫心勝進無色界繫法得生是謂法無色界繫無色生不繫心俱設諸

法無色界繫心俱生彼法無色界繫無色耶答曰或法無色界繫心俱生無色界繫無色欲界繫無色色界繫無色不繫無色云何法無色界繫心俱生無色界繫無色答曰諸法彼心相應彼俱有無色界繫是謂法無色界繫心俱生無色界繫無色云何法無色界繫心俱生欲界繫無色答曰如無色界繫心住欲界繫根長益四大增益輭美飽此法諸得生老無常是謂法無色界繫心俱生欲界繫無色云何法無色界繫心俱生色界繫無色答曰如無色界繫心住色界繫根長益四大增益輭美飽此法諸得生老無常是謂法無色界繫心俱生色界繫無色云何法無色界繫心俱生不繫無色答曰如無色界繫心若退若勝進不繫法得生是謂法無色界繫心

俱生不繫無色(無色界竟)諸法學無色生彼學心俱耶答曰或法學無色生學心俱非學非無學心俱云何法學無色生學心俱答曰諸法彼心相應彼俱有學是謂法學無色生學心俱云何法學無色生非學非無學心俱答曰如非學非無學心若退若勝進學法得生是謂法學無色生非學非無學心俱設諸法學心俱生彼法學無色耶答曰或法學心俱生學無生非學非無學無色云何法學心俱生學無色答曰諸法彼心相應彼俱有學是謂法學心俱生學無色云何法學心俱生非學非無學無色答曰如學心勝進非學非無學法得生如學心住非學非無學根長益四大增益輭美飽(增益多也)彼法諸得生老無常是謂法學心俱生非學非無學無色(學竟)諸法無學

無色生彼無學心俱耶答曰或法無學無色生無學心俱非學非無學心俱云何法無學無色生無學心俱答曰諸法彼心相應俱有無學是謂法無學無色生無學心俱云何法無學無色生非學非無學心俱答曰如非學非無學心若退若勝進無學法得生是謂法無學無色生非學非無學心俱設諸法無學心俱生彼法無學無色耶答曰或法無學心俱生無學無色非學非無學無色云何法無學心俱生無學無色答曰諸法彼心相應彼俱有無學是謂法無學心俱生無學無色云何法無學心俱生非學非無學無色答曰如無學心勝進非學非無學法得生如無學心住非學非無學根長益四大增益輭美飽此法諸得生老無常是謂法無學心俱生非學

非無學無色無學竟諸法非學非無學無色生彼非學非無學心俱耶答曰或法非學非無學無色生非學非無學心俱有漏學心俱無學心俱云何法非學非無學無色生非學非無學心俱答曰諸法彼心相應彼俱有非學非無學是謂法非學非無學無色生非學非無學心俱云何法非學非無學無色生學心俱答曰如學心勝進非學非無學法得生如學心住非學非無學根長益四大增益輭美飽此法諸得生老無常是謂法非學非無學無色生學心俱云何法非學非無學無色生無學心俱答曰如無學心勝進非學非無學法得生如無學心住非學非無學根長益四大增益輭美飽彼法諸得生老無常是謂法非學非無學無色生無學心俱設諸法非學非無學心俱生彼法非學非無學無色耶答曰或法非學非無學心俱生非學非無學無色學無色無學無色云何法非學非無學心俱生非學非無學無色耶答曰諸法彼心相應彼俱有非學非無學是謂法非學非無學心俱生非學非無學無色也云何法非學非無學心俱生學無色答曰如非學非無學心若退若勝進學法得生是謂法非學非無學心俱生學無色云何法非學非無學心俱生無學無色答曰如非學非無學心若退若勝進無學法得生是謂法非學非無學心俱生無學無色非學非無學竟也諸法見諦斷無色生彼見諦斷心俱生耶答曰或法見諦斷無色生見諦斷心俱思惟斷心俱云何法見諦斷無色生見諦斷心俱答曰諸法彼心相應彼俱有

見諦斷是謂法見諦斷無色生見諦斷心俱云何法見諦斷無色生思惟斷心俱答曰如思惟斷心若退若生見諦斷法得生是謂法見諦斷無色生思惟斷心俱設諸法見諦斷心俱生彼法見諦斷無色耶答曰或法見諦斷心俱生見諦斷無色思惟斷無色云何法見諦斷心俱生見諦斷無色答曰諸法彼心相應彼俱有見諦斷是謂法見諦斷心俱生見諦斷無色云何法見諦斷心俱生思惟斷無色答曰如見諦斷心若退若生思惟斷法得生如見諦斷心住思惟斷根長益四大增益輭美飽彼法諸得生老無常是謂法見諦斷心俱生思惟斷無色見諦竟

阿毗曇八揵度論卷第二十五

阿毗曇八揵度論卷第二十六

迦旃延子造

符秦罽賓三藏僧伽提婆共竺佛念譯

定揵度第七之二

過去得跋渠第一之餘

諸法思惟斷無色生彼思惟斷心俱耶答曰或法思惟斷無色生思惟斷心俱見諦斷心俱不斷心俱云何法思惟斷無色生思惟斷心俱答曰諸法彼心相應彼俱有思惟斷是謂法思惟斷無色生思惟斷心俱云何法思惟斷無色生見諦斷心俱答曰如見諦斷心若退若生思惟斷法得生如見諦斷心住思惟斷根長益四大增益輭美飽彼法諸得生老無常是謂法思惟斷無色生見諦斷心俱云何法思惟斷無色生不斷心俱答曰如無斷心勝進思惟斷法得生如無斷心住思惟斷根長益四大增益輭美飽彼法諸得生老無常是謂法思惟斷無色生不斷心俱設諸法思惟斷心俱生彼法思惟斷無色耶答曰或法思惟斷心俱生思惟斷無色見諦斷無色不斷無色云何法思惟斷心俱生思惟斷無色答曰諸法彼心相應彼俱有思惟斷是謂法思惟斷心俱生思惟斷無色云何法思惟斷心俱生見諦斷無色答曰如思惟斷心若退若生見諦斷法得生是謂法思惟斷心俱生見諦斷無色云何法思惟斷心俱生不斷無色答曰如思惟斷心若退若勝進不斷法得生是謂法思惟斷心俱生不斷無色思惟竟

諸法不斷無色生彼不斷心俱答曰或法不斷無色生不斷心俱思惟斷心俱云何法

不斷無色生不斷心俱答曰諸法彼心相應彼俱有不斷是謂法不斷無色生不斷心俱云何法不斷無色生思惟斷心俱答曰如思惟斷心若退若勝進不斷法得生是謂法不斷無色生思惟斷心俱設諸法不斷心俱生彼法不斷無色耶答曰或法不斷心俱生不斷無色思惟斷無色云何法不斷心俱生不斷無色答曰諸法彼心相應彼俱有不斷是謂法不斷心俱生不斷無色云何法不斷心俱生思惟斷無色答曰如不斷心勝進思惟斷法得生如不斷心住思惟斷根長益四大增益輭美飽彼法諸得生老無常是謂法不斷心俱生思惟斷無色不斷竟一切初禪五種耶答曰不染汙五種染汙非五種無何等答曰遠離喜樂也一切第二禪四種耶答曰不染汙四種染汙非四種無何等答曰內信也一切第三禪五種耶答曰不染汙五種染汙非五種無何等答曰念智也一切第四禪四種耶答曰不染汙四種染汙非四種無何等答曰護念淨也味相應初禪入當言味耶起當言味耶答曰諸味彼入也若味已則起味相應乃至有想無想入當言味也起當言味也答曰諸味彼入也味已則起諸味相應初禪彼一切隱沒無記答曰如是諸味相應初禪彼一切隱沒無記也頗隱沒無記彼非味相應初禪答曰有除愛諸餘垢現在前諸味相應乃至有想無想彼一切隱沒無記耶答曰如是諸味相應乃至有想無想彼一切隱沒無記頗隱沒無記彼非味相應乃至有想無想答曰有除愛諸餘垢現在前頗不入初

禪入第二禪答曰入頗不入乃至不用定有想無想耶答曰入頗不入初禪生初禪耶答曰生頗不入乃至有想無想生有想無想耶答曰生若得初禪非第二彼命終生何所答曰或梵天或光音或遍淨或果實或空處或識處或不用處或有想無想或無處所若得乃至不用處非有想無想彼命終生何所答曰或不用處或有想無想或無處所云何意所念入慈答曰樂衆生云何意所念入悲答曰苦衆生云何意所念入喜答曰悅衆生云何意所念入護答曰護衆生耳慈何繫結滅答曰無處所悲喜護何繫結滅答曰無處所淨初禪何繫結滅答曰無處所淨乃至有想無想何繫結滅答曰無處所初第二第三解脫何繫結滅答曰無處所空處解脫何繫結滅答曰或空處繫或識處繫或不用處繫或有想無想處繫或無處所識處解脫何繫結滅答曰或識處繫或不用處繫或有想無想處繫或無處所不用處解脫何繫結滅答曰或不用處繫或有想無想繫或無處所有想無想解脫滅盡解脫何繫結滅答曰無處所初除入何繫結滅答曰無處所乃至第八除入何繫結滅答曰無處所初一切入何繫結滅答曰無處所乃至第十一切入何繫結滅答曰無處所法智何繫結滅答曰或欲界繫或色無色界繫或無處所未知智何繫結滅答曰或色無色界繫或無處所知他人心智何繫結滅答曰無處所等智苦智習盡道智空無願無相何繫結滅答曰或欲界繫或色無色界繫或無處所慈報何所受報答曰或

梵天或光音或遍淨或果實天或無處所悲
護亦如是喜報何所受報答曰梵天光音或
無處所淨初禪報何所受報答曰梵天上或
無處所乃至有想無想報何所受報答曰有
想無想或無處所初第二解脫初四除入報
何所受報答曰梵天光音或無處所淨解脫
後四除入八一切入報何所受報答曰果實
或無處所空處解脫報何所受報答曰空處
或無處所空處一切入亦如是識處解脫何
所受報答曰識處或無處所識處一切入亦
如是不用處解脫報何所受報答曰不用處
或無處所有想無想解脫報何所受報答曰
有想無想或無處所滅盡解脫報何所受報
答曰有想無想或無處所知他人心智報何
所受報答曰或梵天或光音或遍淨或果實
或無處所等智報何所受報答曰或欲界或
色界無色界或無處所（過去得跋渠第一竟　梵本四百七十九首）
盧

緣跋渠第二

入三昧四禪四無色定味相應淨無漏頗成
就味相應初禪非淨非無漏耶成就淨非味
相應非無漏耶成就無漏非味相應非淨耶
（彥竟）味相應成就淨非無漏味相應成就無漏
非淨耶成就淨無漏非味相應耶（雙竟）味相應
成就淨無漏不成就得棄退亦如是若修世
俗初禪彼修無漏初禪耶設修無漏初禪彼
修世俗初禪若修世俗乃至不用處彼修無
漏不用處設修無漏不用處彼修世俗不用
處若最初入無漏初禪得是時諸餘未來無
漏得心心法彼一切法當言有覺有觀若最

初無漏入第二禪得是時諸餘未來無漏得心心法彼一切法當言喜根相應耶若最初無漏入第三禪得是時諸餘未來無漏得心心法彼一切法當言樂根相應若最初無漏入第四禪得是時諸餘未來無漏得心心法彼一切法當言護根相應若最初無漏入空處得是時諸餘未來無漏得心心法彼一切法當言攝空處若最初無漏入識處得是時諸餘未來無漏得心心法彼一切法當言攝識處若最初無漏入不用處得是時諸餘未來無漏得心心法彼一切法當言攝不用處耶味相應初禪彼味相應初禪幾緣緣淨幾緣緣無漏幾緣緣味相應上幾緣緣淨無漏上幾緣緣(味竟)淨初禪彼淨初禪幾緣緣無漏幾緣緣味相應上幾緣緣淨無漏上幾緣緣自地味相應幾緣緣(淨竟)無漏初禪彼無漏初禪幾緣緣味相應上幾緣緣淨無漏上幾緣緣自地淨味幾緣緣乃至不用處亦如是味相應有想無想彼味相應有想無想幾緣緣淨幾緣緣味相應下幾緣緣淨無漏下幾緣緣(味竟)淨有想無想彼淨有想無想幾緣緣味相應下幾緣緣淨無漏下幾緣緣自地味相應下幾緣緣此章義頗具演說八三昧四禪四無色定味相應淨無漏頗味相應成就初禪非淨非無漏耶答曰有欲愛未盡耶淨成就非味相應非無漏耶答曰有凡夫人生欲界若梵天上梵天上愛盡耶成就無漏非味相應非淨耶答曰有無垢人上生梵天耶味相應成就淨非無漏耶答曰有凡夫人生欲界欲愛盡梵天上愛未盡若生梵天上於彼

愛未盡味相應成就無漏非淨耶答曰無耶
成就淨無漏非味相應答曰有無垢人生欲
界若梵天上梵天上愛盡味相應成就淨無
漏答曰有無垢人生欲界欲愛盡梵天上愛
未盡若生梵天上梵天上愛未盡成就竟頗味
相應不成就初禪非不淨非不無漏答曰有
無垢人生欲界若梵天上梵天上愛盡不成
就淨非不味相應非不無漏答曰無不成就
無漏非不味相應非不淨答曰有凡夫人生
欲界欲愛盡梵天上愛未盡若生梵天上於
彼愛未盡味相應不成就淨非不無漏答曰
有無垢人上生梵天上味相應不成就無漏
非不淨答曰有凡夫人生欲界若梵天上梵
天上愛盡不成就淨無漏非不味相應答曰
有欲界愛未盡不成就味相應淨無漏答曰

有凡夫人上生梵天不成竟頗味相應得初禪
非淨非無漏耶答曰得梵天上無愛退耶得
淨非味相應非無漏耶答曰得凡夫人逮欲
愛盡得無漏非味相應非淨耶答曰得依初
禪越次取證當逮阿羅漢果得味相應淨非
無漏耶答曰得上地沒生梵天耶乃至得淨
無漏非味相應耶答曰得無垢人逮欲愛盡
耶餘得耶答曰不得得竟頗味相應棄初禪非
淨非無漏耶答曰棄逮梵天上愛盡耶棄淨
非味相應非無漏答曰棄凡夫人於無欲愛
退欲界若梵天上沒生上地耶乃至棄淨無
漏非味相應耶答曰棄無垢人於無欲愛退
耶餘棄耶答曰不棄頗味相應初禪退非淨
非無漏答曰不退耶淨退非味相應非無漏
答曰退凡夫人於無欲愛退耶乃至淨無漏

退非味相應答曰退無垢人於無欲愛退耶餘退耶答曰不退耶(退竟)若修世俗初禪彼修無漏初禪耶答曰或世俗非無漏云何世俗非無漏答曰本得世俗初禪現在前若本不得世俗初禪現在前不得是時修無漏初禪若本不得世俗智現在前彼非初禪得是時修世俗初禪非無漏是謂世俗非無漏云何無漏非世俗答曰本得無漏初禪現在前若本不得無漏初禪現在前不得是時修世俗初禪若本不得世俗智現在前彼非初禪得是時修無漏初禪非世俗若本不得無漏智現在前彼非初禪得是時修無漏初禪非世俗是謂無漏非世俗云何世俗無漏答曰本不得世俗初禪現在前得是時修無漏初禪若本不得無漏初禪現在前得是時修世俗初禪若本不得世俗智現在前彼非初禪得是時修世俗無漏初禪若本不得無漏智現在前彼非初禪得是時修世俗無漏初禪是謂世俗無漏云何非世俗非無漏答曰本得世俗智現在前彼非初禪若本不得世俗智現在前不得是時修世俗無漏初禪若本得無漏智現在前彼非初禪若本不得無漏智現在前不得是時修世俗無漏初禪一切染汙心無記心入無想定滅盡定非修世俗初禪非無漏是謂非世俗初禪非無漏第二第三禪亦如是若修世俗第四禪彼修無漏第四禪耶答曰或世俗非無漏云何世俗非無漏答曰本得世俗第四禪現在前若本不得世俗第四禪現在前不得是時修無漏第四禪若本不得世俗智彼非世俗第四禪得是

時修世俗第四禪非無漏第四禪是謂世俗非無漏云何無漏非世俗答曰本得無漏第四禪現在前若本不得無漏第四禪現在前不得是時修世俗第四禪若本不得世俗智現在前彼非第四禪得是時修無漏第四禪非世俗若本不得無漏智現在前彼非第四禪得是時修無漏第四禪非世俗是謂無漏非世俗云何世俗無漏答曰本不得世俗第四禪現在前得是時修無漏第四禪若本不得無漏第四禪現在前得是時修世俗第四禪若本不得無漏智現在前彼非第四禪得是時修世俗無漏第四禪是謂世俗無漏云何非世俗非無漏答曰本得世俗智現在前彼非第四禪若本不得世俗智現在前不得是時修世俗無漏第四禪若本得無漏智現在前彼非第四禪若本不得無漏智現在前不得是時修世俗無漏第四禪一切染汙心無記心入無想三昧滅盡三昧無想天不修世俗第四禪非無漏是謂非修世俗第四禪非無漏乃至不用定亦如是若最初入無漏初禪得是時諸餘未來無漏得心心法彼一切法當言有覺有觀耶答曰或彼有覺有觀或無覺有觀或無覺無觀若最初無漏入第二禪得是時諸餘未來無漏得心心法彼一切法當言喜根相應耶答曰或彼樂根相應或喜根或護根若最初入無漏第三禪得是時諸餘未來無漏得心心法彼一切法當言樂根相應耶答曰或彼樂根相應或喜根或護根若最初入無漏第四禪得是時諸餘未來無漏得心心法彼一切法當言護根相應

耶答曰或彼樂根相應或喜根護根若最初入無漏空處得是時諸餘未來無漏得心心法彼一切法當言攝空定耶答曰或彼攝空定或識定不用定若最初入無漏識定得是時諸餘未來無漏得心心法彼一切法當言攝識定耶答曰或彼攝空定或識定不用定若最初入無漏不用定得是時諸餘未來無漏得心心法彼一切法當言攝不用定耶答曰或彼攝空定或識定不用定味相應初禪彼味相應初禪因次第緣增上淨次第緣增上無因無漏緣增上餘味相應一增上淨無漏第二第三第四禪緣增上淨無漏無色定一增上味初禪竟淨初禪彼淨初禪因次第緣增上無漏次第緣增上無因除自地一切味相應一增上淨無漏第二第三禪次第緣增上無因淨無漏第四禪緣增上淨無漏無色定一增上味相應自地次第緣增上無因淨竟無漏初禪彼無漏初禪因次第緣增上一切味相應一增上淨初禪第二第三禪次第緣增上無因無漏第二第三禪因次第緣增上淨第四禪淨無色定緣增上無漏第四禪無漏無色定因緣增上淨自地次第緣增上無因無漏竟乃至不用定亦如是味相應有想無想彼味相應有想無想因次第緣增上淨次第緣增上無因味相應下一次第增上淨不用處次第緣增上餘淨無漏下緣增上味相應竟淨有想無想彼淨有想無想因次第緣增上味相應下一增上淨無漏下識處不用處次第緣增上無因餘淨無漏緣增上味相應自地次第緣增上無因緣跋渠第二竟梵本一百八十四首盧

阿毗曇八揵度論卷第二十六

阿毗曇八揵度論卷第二十七

迦旃延子造

苻秦罽賓三藏僧伽提婆共竺佛念譯

定揵度第七之三

解脫跋渠第三

攝相應亦共　成就禪無色　七人七頓得由何三昧盡

十想四禪四等四無色定八解脫八除入十一切入八智三三昧十想無常想無常苦想苦無我想不淨想觀食想一切世間不可樂想死想斷想無欲想盡想無常想攝幾禪幾等幾無色定幾解脫幾除入幾一切入幾智幾三昧乃至盡想亦如是初禪攝幾禪幾等幾無色定幾解脫幾除入幾一切入幾智幾三昧乃至第四禪亦如是慈攝幾等幾無色定幾解脫幾除入幾一切入幾智幾三昧乃至護亦如是無色中空處攝幾無色定幾解脫幾除入幾一切入幾智幾三昧乃至有想無想亦如是初解脫攝幾解脫幾除入幾一切入幾智幾三昧乃至第八解脫亦如是初除入攝幾除入幾一切入幾智幾三昧乃至第八除入亦如是初一切入攝幾一切入幾智幾三昧乃至第十一切入亦如是法智攝幾智幾三昧乃至道智亦如是空無相無願攝幾三昧相應共亦如是若成就初禪於此四禪成就幾不成就幾四等四無色定八解脫八除入十一切入八智三三昧成就幾不成就幾乃至第四禪亦如是七人堅信堅法信解脫見到身證慧解脫俱解脫堅信人味相應四禪成就幾不成就幾淨成就幾不成

就幾無漏成就幾不成就幾乃至俱解脫人味相應四禪成就幾不成就幾淨成就幾不成就幾無漏成就幾不成就幾堅信人味相應四無色定成就幾不成就幾淨成就幾不成就幾無漏成就幾不成就幾乃至俱解脫人味相應四無色定成就幾不成就幾淨成就幾不成就幾無漏成就幾不成就幾頗成就味相應四禪非淨非無漏耶成就淨非味相應非無漏耶成就無漏非味相應非淨耶成就味相應淨非無漏耶成就味相應無漏非淨耶成就淨無漏非味相應耶成就味相應淨無漏耶(成竟)不成就得棄退亦如是頗成就味相應四無色定非淨非無漏耶成就淨非味相應非無漏耶成就無漏非味相應非淨耶成就味相應淨非無漏耶成就味相應無漏非淨耶成就淨無漏非味相應耶成就味相應淨無漏耶成就不成就得棄退亦如是頗味相應四禪頓得頓棄耶漸得漸棄耶頗淨四禪頓得頓棄耶漸得漸棄耶頗無漏四禪頓得頓棄耶漸得漸棄耶頗味相應四無色定頓得頓棄耶漸得漸棄耶頗淨四無色定頓得頓棄耶漸得漸棄耶頗無漏三無色定頓得頓棄耶漸得漸棄耶身教由何三昧盡身無教口教口無教三惡行三妙行三不善根三善根四不聖語四聖語四胞胎四生四識住五陰五盛陰五欲五優婆塞戒六內入六外入六識身六更樂身六痛身六想身六思身六愛身七識所止世八法九衆生居十行迹四禪四等四無色定八解脫八除入十一切入知他人心智等智由何三昧盡

此章義願具演說十想無常想無常苦想苦無我想不淨想觀食想一切世間不可樂想死想斷想無欲想盡想無常想攝四禪四無色定四解脫無常苦想苦無我想死想斷想無欲想盡想亦如是不淨想觀食想攝四禪初第二解脫一切世間不可樂想攝第三第四（想竟）禪中初禪攝初禪四等初第二解脫初四除入八智三三昧二禪攝二禪四等初第二解脫初四除入八智三三昧第三禪攝第三禪三等八智三三昧第四禪攝第四禪第三淨解脫後四除入八一切入八智三三昧（禪竟）慈攝慈悲喜護攝護無色中空處攝空處空處解脫空處入六智三三昧識處攝識處識處解脫識處入六智三三昧不用處攝不用處不用處解脫六智三三昧有想無想處攝有想無想處有想無想解脫滅盡解脫一智（無色竟）初第二第三解脫攝初第二第三解脫空處解脫攝空處解脫空處入六智三三昧識處解脫攝識處解脫識處入六智三三昧不用處解脫攝不用處解脫六智三三昧有想無想解脫攝有想無想解脫一智滅盡解脫攝滅盡解脫（解脫竟）初除入攝初除入乃至第八除入攝第八除入初一切入攝初一切入乃至第十一切入攝第十一切入法智攝法智五智少入知他人心智苦智習盡道智未知智攝未知智五智少入知他人心智苦智習盡道智知他人心智攝知他人心智四智少入法智未知智道智等智等智攝等智苦智習盡道智空無願無相攝無想（攝竟）共在亦如是無常想四禪相應四無色定四解

脫四智一三昧無願無常苦想苦無我想死想斷想無欲想盡想亦如是不淨想觀食想四禪相應初第二解脫及等智一切世間不可樂想第三第四禪相應及等智禪中初禪初禪相應四等初第二解脫初四除入八智三三昧第二禪第二禪相應四等初第二解脫初四除入八智三三昧第三禪第三禪相應三等八智三三昧第四禪第四禪相應三等淨解脫後四除入八一切入八智三三昧慈慈相應及等智悲喜護護相應及等智無色中空處空處相應空處解脫空處入六智三三昧識處識處相應識處解脫識處入六智三三昧不用處不用處相應不用處解脫六智三三昧有想無想處有想無想處相應有想無想解脫及等智初第二第三解脫初第二第三解脫相應及等智空處解脫空處解脫相應空處入六智四諦未知智等智也三三昧識處解脫識處解脫相應識處入六智三三昧不用處解脫不用處解脫相應六智三三昧有想無想解脫有想無想解脫相應及等智初除入初除入相應及等智乃至第八除入第八除入相應及等智初一切入初一切入相應及等智乃至第十一切入第十一切入相應及等智法智未知智三三昧少入相應知他人心智一三昧少入相應等智無三昧相應苦智二三昧少入相應習盡道智一三昧少入相應空無相無願三昧無三昧相應相應竟

若成就初禪於此四禪成就幾不成就幾答曰或一二三四云何一答曰欲愛盡梵天上愛未盡是謂一云何二答曰梵天上愛盡

光音愛未盡是謂二云何三答曰光音愛盡遍淨愛未盡是謂三云何四答曰遍淨愛盡是謂四若成就初禪於此四等成就幾不成就幾答曰或無或三或四云何無答曰生無色界是謂無云何三答曰生遍淨若果實是謂三云何四答曰生欲界若梵天上光音是謂四若成就初禪於此四無色定成就幾不成就幾答曰或無或一二三四云何無答曰色界愛未盡是謂無云何一答曰色愛盡空處愛未盡是謂一云何二答曰空處愛盡識處愛未盡是謂二云何三答曰識處愛盡不用處愛未盡是謂三云何四答曰不用處愛盡是謂四若成就初禪於此八解脫成就幾不成就幾答曰或無或一二三四五六七八云何無答曰生遍淨於彼愛未盡是謂無云何一答曰生遍淨於彼愛盡果實愛未盡若生果實於彼愛未盡若生空處於彼愛未盡是謂一云何二答曰生欲界若梵天上光音愛盡遍淨愛未盡若生光音於彼愛盡遍淨愛未盡若生遍淨果實愛盡空處愛未盡若生果實於彼愛盡空處愛未盡若生空處於彼愛盡識處愛未盡若生識處於彼愛未盡是謂二云何三答曰生欲界若梵天上遍淨愛盡果實愛未盡若生光音遍淨愛盡果實愛未盡若生遍淨空處愛盡識處愛未盡若生果實空處愛盡識處愛未盡若生空處識處愛盡不用處愛未盡若生識處於彼愛盡不用處愛未盡若生不用處於彼愛未盡是謂三云何四答曰生欲界若梵天上果實愛盡空處愛未盡若生光音果實愛盡空處愛

未盡若生遍淨識處愛盡不用處愛未盡若生果實識處愛盡不用處愛未盡若生空處識處不用處愛盡不得滅盡三昧若生不用處於彼愛盡不得滅盡三昧若生有想無想處不得滅盡三昧是謂四云何五答曰生欲界若梵天上空處愛盡識處愛未盡若生光音空處愛盡識處愛未盡若生遍淨不用處愛盡不得滅盡三昧若生果實不用處愛盡不得滅盡三昧若生有想無想處得滅盡三昧是謂五云何六答曰生欲界若梵天上識處愛盡不用處愛未盡若生光音識處愛盡不用處愛未盡若生遍淨得滅盡三昧若生果實得滅盡三昧是謂六云何七答曰生欲界若梵天上不用處愛盡不得滅盡三昧若生光音不用處愛盡不得滅盡三昧是謂七

云何八答曰生欲界若生梵天上得滅盡三昧若生光音得滅盡三昧是謂八若成就初禪於此八除入成就幾不成就幾答曰或無或四或八云何無答曰生遍淨於彼愛未盡若生無色界是謂無云何四答曰生欲界若梵天上光音愛盡遍淨愛未盡若生光音於彼愛盡遍淨愛未盡若生遍淨於彼愛盡若生果實於彼愛未盡是謂四云何八答曰生欲界若梵天上遍淨愛盡若生光音遍淨愛盡是謂八若成就初禪於此十一切入成就幾不成就幾答曰或無或一二八九十云何無答曰生欲界若梵天上光音愛盡遍淨愛未盡若生光音於彼愛盡遍淨愛未盡若生遍淨於彼愛未盡若生不用處有想無想處是謂無云何一答曰生空處於彼愛未盡若

生識處是謂一云何二答曰生空處於彼愛盡是謂二云何八答曰生欲界若梵天上遍淨愛盡果實愛未盡若生光音遍淨愛盡果實愛未盡若生遍淨於彼愛盡果實愛未盡若生果實於彼愛未盡是謂八云何九答曰生欲界若色界色愛盡空處愛未盡是謂九云何十答曰生欲界若色界空處愛盡是謂十若成就初禪於此八智成就幾不成就幾答曰或二四五六七八云何二答曰凡夫人二無垢人苦法忍現在前二苦法智四苦未知忍四苦未知智五習法忍五習法智六習未知忍習未知智盡法忍六盡法智七盡未知忍盡未知智道法忍七道法智八道未知忍道未知智八若成就初禪於此三三昧成就幾不成就幾答曰或無或二三云何無答曰凡夫人無垢人盡法忍未生二已生三初竟乃至第四禪亦如是七人堅信堅法信解脫見到身證慧解脫俱解脫堅信人味相應四禪成就幾不成就幾答曰或無或一二三四云何無答曰色界愛盡是謂無云何一答曰遍淨愛盡果實愛未盡是謂一云何二答曰光音愛盡遍淨愛未盡是謂二云何三答曰梵天上愛盡光音愛未盡是謂三云何四答曰梵天上愛未盡是謂四淨成就幾不成就幾答曰或無或一二三四云何無答曰欲愛未盡是謂無云何一答曰欲愛盡梵天上愛未盡是謂一云何二答曰梵天上愛盡光音愛未盡是謂二云何三答曰光音愛盡遍淨愛未盡是謂三云何四答曰遍淨愛盡是謂四無漏成就幾不成就幾答曰或無或一二

三四云何無答曰依未來越次取證是謂無云何一答曰依初禪越次取證是謂一云何二答曰依二禪越次取證是謂二云何三答曰依三禪越次取證是謂三云何四答曰依四禪越次取證是謂四堅法亦如是信解脱人味相應四禪成就幾不成就幾答曰或無或一二三四云何無答曰色愛盡是謂無云何一答曰遍淨愛盡果實愛未盡是謂一云何二答曰光音愛盡遍淨愛未盡是謂二云何三答曰梵天上愛盡光音愛未盡是謂三云何四答曰梵天上愛未盡是謂四淨成就幾不成就幾答曰或無或一二三四云何無答曰生欲界欲愛未盡若生無色界是謂無云何一答曰生欲界欲愛盡梵天上愛未盡若生梵天上於彼愛未盡若生光音於彼愛未盡若生遍淨於彼愛未盡若生果實是謂一云何二答曰生欲界若梵天上梵天上愛盡光音愛未盡若生光音於彼愛盡遍淨愛未盡若生遍淨於彼愛盡是謂二云何三答曰生欲界若梵天上光音愛盡遍淨愛未盡若生光音遍淨愛盡是謂三云何四答曰生欲界若梵天上遍淨愛盡是謂四無漏成就幾不成就幾答曰或無或一二三四云何無答曰欲愛未盡是謂無云何一答曰欲愛盡梵天上愛未盡是謂一云何二答曰梵天上愛盡光音愛未盡是謂二云何三答曰光音愛盡遍淨愛未盡是謂三云何四答曰遍淨愛盡是謂四見到亦如是身證人味相應四禪成就幾不成就幾答曰一切不成就淨成就幾不成就幾答曰或無或一二三四云何

無答曰生有想無想處是謂無云何一答曰生果實是謂一云何二答曰生遍淨是謂二云何三答曰生光音是謂三云何四答曰生欲界若梵天上是謂四無漏成就幾不成就幾答曰一切成就俱解脫亦如是慧解脫人味相應四禪成就幾不成就幾答曰一切不成就淨成就幾不成就幾答曰或無或一二三四云何無答曰生無色界是謂無云何一答曰生果實是謂一云何二答曰生遍淨是謂二云何三答曰生光音是謂三云何四答曰生欲界若梵天上是謂四無漏成就幾不成就幾答曰一切成就堅信人味相應四無色定成就幾不成就幾答曰或一二三四云何一答曰不用處愛盡是謂一云何二答曰識處愛盡不用處愛未盡是謂二云何三答曰空處愛盡識處愛未盡是謂三云何四答曰空處愛未盡是謂四淨成就幾不成就幾答曰或無或一二三四云何無答曰色愛未盡是謂無云何一答曰色愛盡空處愛未盡是謂一云何二答曰空處愛盡識處愛未盡是謂二云何三答曰識處愛盡不用處愛未盡是謂三云何四答曰不用處愛盡是謂四無漏成就幾不成就幾答曰一切不成就堅法亦如是信解脫人味相應四無色定成就幾不成就幾答曰或一二三四云何一答曰不用處愛盡是謂一云何二答曰識處愛盡不用處愛未盡是謂二云何三答曰空處愛盡識處愛未盡是謂三云何四答曰空處愛未盡是謂四淨成就幾不成就幾答曰或無或一二三四云何無答曰生欲界若色界色

愛未盡是謂無云何一答曰生欲界若色界色愛盡空處愛未盡若生空處於彼愛未盡若生識處於彼愛未盡若生不用處於彼愛未盡若生有想無想處是謂一云何二答曰生欲界若色界空處愛盡識處愛未盡若生空處於彼愛盡識處愛未盡若生識處於彼愛盡不用處愛未盡若生不用處於彼愛盡是謂二云何三答曰生欲界若色界識處愛盡不用處愛未盡若生空處識處愛盡不用處愛未盡若生識處不用處愛盡是謂三云何四答曰生欲界若生色界不用處愛盡若生空處不用處愛盡是謂四無漏成就幾不成就幾答曰或無或一二三云何無答曰色愛未盡是謂無云何一答曰色愛盡空處愛未盡是謂一云何二答曰空處愛盡識處愛未盡是謂二云何三答曰識處愛盡是謂三見到亦如是身證人味相應四無色定成就幾不成就幾答曰一成就三不成就淨成就幾不成就幾答曰或一或四云何一答曰生有想無想處是謂一云何四答曰生欲界若色界是謂四無漏成就幾不成就幾答曰一切成就慧解脫人味相應四無色定成就幾不成就幾答曰一切不成就淨成就幾不成就幾答曰或一二三四云何一答曰生有想無想處是謂一云何二答曰生不用處是謂二云何三答曰生識處是謂三云何四答曰生欲界若生色界若生空處是謂四無漏成就幾不成就幾答曰一切成就俱解脫人味相應四無色定成就幾不成就幾答曰一切不成就淨成就幾不成就幾答曰或一或四

云何一答曰生有想無想處是謂一云何四答曰生欲界色界是謂四無漏成就幾不成就幾答曰一切成就（七人竟）頗成就味相應四禪非淨非無漏耶答曰有欲界愛未盡也成就淨非味相應非無漏耶答曰有凡夫人生欲界若梵天上色愛盡也成就無漏非味相應非淨耶答曰有無垢人生無色界也成就味相應淨非無漏耶答曰無也成就味相應無漏非淨耶答曰無也成就淨無漏非味相應耶答曰有無垢人生欲界若梵天上色愛盡也成就味相應淨無漏耶答曰無也（七問竟）頗不成就味相應四禪非不淨非不無漏耶答曰有無垢人生欲界若梵天上色愛盡不成就淨非不味相應非不無漏耶答曰無不成就無漏非不味相應非不淨耶答曰無不

成就味相應淨非不無漏耶答曰有無垢人生無色界不成就味相應無漏非不淨耶答曰有凡夫人生欲界若梵天上色愛盡不成就淨無漏非不味相應耶答曰有欲界愛未盡不成就味相應淨無漏耶答曰有凡夫人生無色界（問不成就七竟）頗得味相應四禪非淨非無漏耶答曰得色愛盡欲界纏退若無色界沒生欲界也得淨非味相應非無漏耶答曰得凡夫人逮第三禪愛盡也得無漏非味相應非淨耶答曰得依第四禪越次取證當逮阿羅漢果乃至得淨無漏非味相應耶答曰得無垢人逮第三禪愛盡餘得耶答曰不得（得七問竟）頗棄味相應四禪非淨非無漏耶答曰不棄棄淨非味相應非無漏耶答曰棄凡夫人第三禪愛盡欲界纏退乃至棄淨無漏非

味相應耶答曰棄無垢人第三禪愛盡欲界纏退餘棄耶答曰不棄棄七問竟頗退味相應四禪非淨非無漏答曰不退退淨非味相應非無漏耶答曰退凡夫人第三禪愛盡欲界纏退也乃至退淨無漏非味相應耶答曰退無垢人第三禪愛盡欲愛纏退餘退耶答曰不退退七問竟頗成就味相應四無色定非淨非無漏耶答曰有色愛未盡乃至成就淨無漏非味相應耶答曰有生欲色界得阿羅漢若生空處得阿羅漢成就餘耶答曰無無色七竟頗不成就味相應四無色定非不淨非不無漏耶答曰有阿羅漢生欲色界若阿羅漢生空處乃至不成就淨無漏非不味相應耶答曰有色愛未盡也餘不成就耶答曰無無色不成就竟頗得味相應四無色定非淨非無漏耶答曰得

阿羅漢欲色界纏退也得淨非味相應非無漏耶答曰得凡夫人逮不用處愛盡得無漏非味相應非淨耶答曰得當逮阿羅漢果也乃至得淨無漏非味相應耶答曰得無垢人逮不用處愛盡餘得耶答曰不得得七竟頗棄味相應四無色定非淨非無漏耶答曰不棄棄淨非味相應非無漏答曰棄凡夫人不用處愛盡欲色界纏退乃至棄淨無漏非味相應答曰棄無垢人不用處愛盡欲色界纏退餘棄耶答曰不棄棄七竟頗退味相應四無色定非淨非無漏耶答曰不退退淨非味相應非無漏耶答曰退凡夫人不用處愛盡欲色界纏退乃至退淨無漏非味相應耶答曰退無垢人不用處愛盡欲色界纏退餘退耶答曰不退七都竟頗味相應四禪頓得耶答曰得

色愛盡欲界纏退若無色界沒生欲界梵天上頓棄耶答曰不棄漸得耶答曰不得漸棄耶答曰棄頗淨四禪頓得耶答曰不得頓棄耶答曰棄第三禪愛盡欲界纏退欲界梵天上沒生無色界漸得耶答曰得漸棄耶答曰棄頗無漏四禪頓得耶答曰得依第四禪越次取證當逮阿羅漢頓棄耶答曰棄無垢人第三禪愛盡欲界纏退漸得耶答曰得漸棄耶答曰不棄頗味相應四無色定頓得耶答曰得阿羅漢欲色界纏退頓棄耶答曰不棄漸得耶答曰不得漸棄耶答曰棄頗淨四無色定頓得耶答曰不得頓棄耶答曰棄不用處愛盡欲色界纏退漸得耶答曰得漸棄耶答曰棄頗無漏三無色定頓得耶答曰得當逮阿羅漢頓棄耶答曰棄無垢人識處愛盡

欲色界纏退漸得耶答曰得漸棄耶答曰不棄身教由何三昧盡答曰或依初或依未來口教亦如是身無教或依四或依未來口無教亦如是三惡行三妙行三不善根三善根四無聖語四聖語四胞胎卵生合會生依未來化生或依七或依未來色識所止或依四或依未來痛想行識所止或依七或依未來色陰或依四或依未來痛想行識陰或依七或依未來色盛陰或依四或依未來痛想行識盛陰或依七或依未來五欲五優婆塞戒或依未來眼入耳鼻舌身入色聲細滑入或依四或依未來香入味入依未來意入法入或依七或依未來眼識耳識身識彼相應更樂痛想思愛或依初或依未來鼻識舌識彼相應更樂痛想思愛依未來意識彼相應更

樂痛想思愛或依七或依未來初識止依未來第二識止或依初或依未來第三識止或依二或依未來第四識止或依三或依未來第五識止或依五或依未來第六識止或依六或依未來第七識止或依七或依未來世八法依未來初衆生居或依未來第二衆生居或依初或依未來第三衆生居或依二或依未來第四衆生居或依三或依未來第五衆生居或依四或依未來第六衆生居或依五或依未來第七衆生居或依六或依未來第八第九衆生居或依七或依未來十行迹依未來禪中初禪或依初或依未來第二禪或依二或依未來喜初第二解脫初四除入亦如是第三禪或依三或依未來第四禪或依四或依未來慈悲護淨解脫後四除入八一切入亦如是無色中空處空處解脫空處一切入或依五或依未來識處識處解脫識處一切入或依六或依未來不用處不用處解脫有想無想處有想無想解脫滅盡解脫或依七或依未來知他人心智或依四或依未來等智或依七或依未來

解脫跋渠第三竟梵本五百七十三首盧

阿那含跋渠第四

五阿那含中般涅槃生般涅槃行般涅槃無行般涅槃上流往阿迦膩吒五阿那含攝一切阿那含一切五耶何者最勝中般涅槃生般涅槃耶何者最勝乃至無行般涅槃上流往阿迦膩吒諸學彼一切不到欲到不獲欲獲不證欲證學耶設不到欲到不獲欲獲不證欲證學彼一切學耶諸無學彼一切不到

欲到不獲欲獲不證欲證無學耶設不到欲到不獲欲獲不證欲證不學彼一切無學耶順流義云何逆流義云何實住義云何諸實住彼一切阿羅漢耶設阿羅漢彼一切實住耶諸還迹彼一切到彼岸設到彼岸彼一切還迹耶齊何所菩薩得何物菩薩又世尊言汝今彌勒未來久遠名彌勒怛薩阿竭多阿羅訶三耶三佛此是何智此智當言爲辦何事又世尊言是謂尊弟子現法辯諸教盡生具梵行所作已辦名色有如實知之此是何智當言此智爲辦何事顛智云何顛智當言善耶無記耶餘迹云何餘迹名何法又世尊言我弟子中第一比丘第一智醯揆摩納揵智婆猶頗鍒脂黎此何差別又世尊言我弟子中第一比丘心回善祝利般特迦想回善摩訶般特迦此何差別又世尊言我弟子中第一比丘大智慧舍利弗得辯才摩訶拘絺羅此何差別又世尊言我比丘第一弟子中少欲頭陀行摩訶迦葉無著少欲薄拘盧此何差別又世尊言學摩訶南滅五盖巳遊云何學五盖滅巳遊又世尊言是謂法知足毗尼知足毗尼知足法知足云何法知足毗尼知足云何毗尼知足法知足又世尊言法次法向彼云何法云何次法向彼法輪云何齊何當言轉法輪等法云何齊何當言等法住齊何當言等法盡若生彼何世攝若盡彼何世攝若最初無漏入初禪彼何世攝若最初無漏乃至入不用定彼何世攝此章義顛具演說五阿那含中般涅槃生般涅槃行般涅槃無行般涅槃上流往阿迦膩吒五阿那舍

攝一切阿那含一切五答曰一切五非五一切不攝何等答曰現法般涅槃無色界阿那含何者最勝中般涅槃生般涅槃耶答曰等盡住中般涅槃勝非生般涅槃若此生般涅槃結盡多者彼則勝也何者最勝乃至無行般涅槃上流徃阿迦膩吒答曰等盡住無行般涅槃勝非上流徃阿迦膩吒若此上流徃阿迦膩吒結盡多者彼則勝也諸所謂是學士彼一切不到欲到不獲欲獲不證欲證學耶答曰或是學士彼不到欲到不獲欲獲不證欲證不學也云何是學士彼不到欲到不獲欲獲不證欲證不學耶答曰學士性住是謂是學士彼不到欲到不獲欲獲不證欲證不學也云何不到欲到不獲欲獲不證欲證學彼非是學士耶答曰阿羅漢若凡夫人方便上求是謂不到欲到不獲欲獲不證欲證學彼非是學士也云何是學士亦不到欲到不獲欲獲不證欲證學耶答曰學士方便上求是謂是學士亦不到欲到不獲欲獲不證欲證學也云何亦不是學士亦不到欲到不獲欲獲不證欲證不學耶答曰阿羅漢若凡夫人性住是謂亦不是學士亦不到欲到不獲欲獲不證欲證不學也所謂是無學士彼一切不到欲到不獲欲獲不證欲證無學耶答曰或是無學士彼不到欲到不獲欲獲不證欲證非不學也云何無學士彼不到欲到不獲欲獲不證欲證非不學耶答曰阿羅漢方便上求是謂是無學士彼不到欲到不獲欲獲不證欲證非不學也云何不到欲到不獲欲獲不證欲證非不學也彼不是無學士

耶答曰學士若凡夫人性住是謂不到欲到不獲欲獲不證欲證不學彼不是無學士也云何亦是無學士亦不到欲到不獲欲獲不證欲證不是學耶答曰阿羅漢性住是謂亦是無學士亦不到欲到不獲欲獲不證欲證不學也云何是非無學士亦不到欲到不獲欲獲不證欲證非不學耶答曰學士若凡夫人方便上求是謂是非無學士亦不到欲到不獲欲獲不證欲證非不學也順流義云何答曰諸生諸去諸有諸所生諸所居彼種彼門彼緣彼道彼迹向是故順流逆流義云何答曰諸生盡去盡有盡所生盡所居盡彼種彼門彼緣彼道彼迹向是故逆流實住義云何答曰彼非如此諸生諸去諸有諸所生諸所居彼種彼門彼緣彼道彼迹向彼非如此

諸生盡去盡有盡所生盡所居盡彼種彼門彼緣彼道彼迹向是故實住義諸實住彼一切阿羅漢耶答曰如是諸阿羅漢彼一切實住頗實住彼非阿羅漢耶答曰有阿那含世尊亦說若滅五垢學足無漏法心得自在定根彼實住是謂實住人諸還迹彼一切到彼岸耶答曰如是諸還迹彼一切到彼岸頗到彼岸彼非還迹耶答曰有阿那含世尊亦說云何比丘得到彼岸答曰五下分結已盡無餘齊何菩薩答曰齊相報行作無猒得何事名菩薩答曰相報行也又世尊言汝彌勒未來久遠名彌勒怛薩阿竭多阿羅訶三耶三佛此何智答曰因智道智此智當言辦何事答曰相報行因智諸無漏根力覺道種得阿耨多羅三耶三佛此道智又世尊言是謂尊弟

子現法具教盡死生立梵行所作已辦名色有如實知之此是何智答曰道智此智當言辦何事答曰諸無漏根力覺道種得盡漏是謂道智願智云何答曰如阿羅漢諸欲解義彼作願已入頂第四禪彼從三昧起知彼彼義是謂願智願智當言善耶當言無記耶答曰願智或善或無記云何他迹答曰一切阿羅漢內時善別不盡外是謂內時善別他迹他義名何法答曰他無垢又世尊言第一比丘我弟子第一智醯兠摩納(真人名也)揵智婆猶果衣此何差別答曰尊者醯兠摩細專正心無僞尊者婆猶果衣少務心柔和是謂差別又世尊言是第一比丘我弟子心回善祝利般特迦想回善摩訶般特迦有何差別答曰尊者祝利般特迦心心觀多遊尊者摩訶般特迦多遊法法觀是謂差別又世尊言我弟子中第一比丘大智慧舍利弗得辯才摩訶拘絺羅此何差別答曰尊者舍利弗多遊義辯尊者摩訶拘絺羅多遊四辯是謂差別又世尊言我弟子中第一比丘少欲頭陀摩訶迦葉無著少欲薄拘盧此何差別答曰尊者摩訶迦葉若得食若好若醜彼等意食無彼此意尊者薄拘盧得食若好若醜彼別其好而食麤者復次尊者摩訶迦葉廣識大德得衣食牀臥具病瘦醫藥彼等受行頭陀尊者薄拘盧少識大德亦不得衣食牀臥具病瘦醫藥彼不得受行頭陀此爲不難少識比丘不等受行頭陀是謂差別又世尊言摩訶南學滅五蓋遊云何學滅五蓋遊答曰須陀洹斯陀含於此義學解彼五蓋滅漸滅離漸離

障漸背障漸背遊以是故須陀洹斯陀含於此義學脫又世尊言是謂法知足毗尼知足毗尼知足法知足云何法知足毗尼知足云何毗尼知足法知足答曰聖八道種謂之法除婬恚癡毗尼謂之毗尼彼聖八道種不修不廣彼婬恚癡毗尼不作證彼婬恚癡毗尼不作證已聖八道種不修不廣如是法知足毗尼知足如是毗尼知足法知足又世尊言法次法向彼云何法云何次法向彼答曰涅槃謂之法聖八道種謂之次法向彼復次戒解脫謂之法解脫毗尼謂之次法向彼復次身戒律口戒律謂之法等持謂之次法向彼法輪云何答曰聖八道種齊何當言轉法輪答曰齊尊者阿若拘隣見法等法云何答曰無漏根力覺道種齊何當言等法住答曰諸行法者住齊何當言等法滅答曰諸行法者滅諸生攝何世答曰未來若滅何世攝答曰現在若最初入無漏初禪攝何世答曰未來若最初乃至入不用定攝何世答曰未來阿那

舍跋渠第四竟梵本一百五十七首盧

阿毗曇八揵度論卷第二十七

阿毗曇八揵度論卷第二十八

迦旃延子造

苻秦罽賓三藏僧伽提婆共竺佛念譯

定揵度第七之四

一行跋渠第五

一行歷六二七三修　斷三昧越　智禪二起
想拘律陀　聚覺意斷　天眼徹聽　凡聖兩退
生界五通　苦最在後

三三昧空無願無相若成就空彼成就無願耶設成就無願彼成就空耶若成就空彼成就無相耶設成就無相彼成就空耶若成就無願彼成就無相耶設成就無相彼成就無願耶（一行竟）　若成就過去空彼成就未來耶設成就未來彼成就過去耶若成就過去彼成就現在耶設成就現在彼成就過去耶若成就未來彼成就現在耶設成就現在彼成就未來耶若成就過去彼成就未來現在耶設成就未來現在彼成就過去耶若成就未來彼成就過去現在耶設成就過去現在彼成就未來耶若成就現在彼成就過去未來耶設成就過去未來彼成就現在耶（空六竟）　無願無相亦如是（歷六竟）　若成就過去空彼成就過去無願耶設成就過去無願彼成就過去空耶若成就過去空彼成就未來無願耶設成就未來無願彼成就過去空耶若成就過去空彼成就現在無願耶設成就現在無願彼成就過去空耶若成就過去空彼成就過去現在無願耶設成就過去現在無願彼成就過去空耶若成就過去空彼成就未來現在無願耶設成就未來現在無願彼成就過去

空耶若成就過去空彼成就過去未來無願耶設成就過去未來無願彼成就過去空耶若成就過去空彼成就過去未來現在無願耶設成就過去未來現在無願彼成就過去空耶空願七覺無相亦如是小七覺過去空過去無願過去無相一未來二現在三過去現在四未來現在五過去未來六過去未來現在無相大七覺若修空三昧彼修無願耶設修無願彼修空耶若修空三昧彼修無相耶設修無相彼修空耶若修無願三昧彼修無相耶設修無相彼修無願耶頗結空滅非無願無相耶無願滅非空非無相耶無相滅非空非無願耶空無願滅非無相耶空無相滅非無願耶無願無相滅非空耶空無相無願滅頗結非空非無願非無相滅而滅結耶云何意所念越次取證何繫行意所念越次取證盡智當言身身觀意止耶當言痛心法法觀意止耶無生智亦如是諸無漏初禪樂諸猗覺意此何差別諸無漏第二禪樂諸猗覺意此何差別若從三昧起彼因緣起耶設因緣起彼三昧起耶又世尊言乃至想定齊是得教若世尊弟子生有想無想處彼依何等逮阿羅漢果又尊者摩訶目揵連言諸賢者我自憶在耆闍崛山醍醐池側入不用定有衆多龍象擧鼻哮吼而聞聲爲尊者摩訶目揵連入定聞彼聲起聞聲耶諸不定彼一切無明實無明語耶設無明實無明語彼一切不定耶諸定彼一切明實明語耶設明實明語彼一切定耶諸不定彼一切不成就覺意耶設一切成就覺意彼一切不定耶諸定彼一切成

就覺意耶設成就覺意彼一切定耶若成就覺意彼成就無漏法耶設成就無漏法彼成就覺意耶若不成就覺意彼不成就無漏法耶設不成就無漏法彼不成就覺意耶若得覺意彼得無漏法耶設得無漏法彼得覺意耶若棄覺意彼棄無漏法耶設棄無漏法彼棄覺意耶若退覺意彼退無漏法耶設退無漏法彼退覺意耶若不盡彼無餘耶設無餘彼不盡耶若盡彼有餘耶設有餘彼盡耶諸於此生眼本不見色彼辯天眼依何等辯天眼耳聲亦如是以何等故凡夫人退見諦思惟斷結還有世尊弟子思惟斷以何等故阿羅漢果退非須陀洹果以何等故阿那含斯陀含果退非須陀洹果阿羅漢果退諸得無漏根力覺道種當言本得得本不得得阿那含斯陀含是退諸得無漏根力覺道種當言本得得本不得得無色界没生欲界諸得持陰入四大善根不善根無記根結縛使垢纒當言本得得本不得得無色界没生色界諸得持陰入四大善根無記根結縛使垢纒當言本得得本不得得色界没生欲界諸得持陰入四大善根不善根無記根結纒使垢纒當言本得得本不得得若依初禪神足智證通修道彼齊能至幾所若依初禪徹聽聞聲智證通修道彼能齊何繫若依初禪知他人心智證通修道彼能齊何繫知心心法若依初禪自識宿命智證通修道彼能齊何繫自識宿命若依初禪天眼智證通修道彼能齊何繫眼見色第二第三第四禪亦如是若苦苦意所念逮阿羅漢果彼何繫行意所念苦

苦逮阿羅漢果習亦如是若盡盡意所念逮阿羅漢果彼何繫行意所念盡盡逮阿羅漢果道亦如是此章義願具演說

三三昧空無願無相若成就空彼成就無願耶答曰如是設成就無願彼成就空耶答曰如是若成就空彼成就無相耶答曰若得設成就無相彼成就空耶答曰如是若成就無願彼成就無相耶答曰若得設成就無相彼成就無願耶答曰如是竟二行

若成就過去空彼成就未來耶答曰如是設成就未來彼成就過去耶答曰若盡不失則成就若不盡設盡便失則不成就若成就過去彼成就現在耶答曰若現在前設成就現在彼成就過去耶答曰若盡不失則成就若不盡設盡便失則不成就若成就未來彼成就現在耶答曰若現在前設成就現在彼成就未來耶答曰如是若成就過去彼成就未來現在耶答曰未來成就現在若現在前設成就未來現在彼成就過去耶答曰若盡不失則成就若不盡設盡便失則不成就若成就未來彼成就過去現在耶答曰或未來非過去現在及過去非現在及現在非過去及過去現在云何成就未來非過去現在答曰若得空三昧不盡設盡便失不現在前是謂未來非過去現在云何未來及過去非現在答曰若得空三昧盡不失又彼空三昧不現在前是謂未來及過去非現在云何未來及現在非過去耶答曰若空三昧現在前若不盡設盡便失是謂未來及現在非過去云何未來及過去現在答曰若空三昧盡不失又彼空三昧現在

前是謂未來及過去現在設成就過去現在彼成就未來耶答曰如是若成就現在彼成就過去未來耶答曰未來成就過去若盡不失則成就若不盡設盡便失則不成就設成就過去未來彼成就現在耶答曰若現在前無願無相亦如是歷六竟若成就過去空三昧彼成就過去無願耶答曰若盡不失則成就若不盡設盡便失則不成就設成就過去無願彼成就過去空耶答曰若盡不失則成就若不盡設盡便失則不成就若成就過去空三昧彼成就未來無願答曰如是設成就未來無願彼成就過去空耶答曰若盡不失則成就若不盡設盡便失則不成就若成就過去空彼成就現在無願耶答曰若現在前設成就現在無願彼成就過去空耶答曰若盡不失則成就若不盡設盡便失則不成就若成就過去空彼成就過去現在無願耶答曰或成就過去空非過去現在無願及過去非現在及現在非過去及過去現在無願云何成就過去空非過去現在無願答曰若空三昧盡不失又彼無願三昧不盡設盡便失亦不現在前是謂成就過去空三昧非過去現在無願云何成就過去空及過去無願非現在答曰若空無願三昧盡不失又彼無願三昧不現在前是謂成就過去空及過去無願非現在云何成就過去空及現在無願非過去答曰若空三昧盡不失又彼無願三昧現在前不盡若盡便失是謂成就過去空及現在無願非過去云何成就過去空及過去現在無願答曰若空無願三昧盡不失又彼無

願三昧現在前是謂成就過去空及過去現在無願設成就過去現在無願彼成就過去空耶答曰若盡不失則成就若不盡設盡便失則不成就若成就過去空彼成就未來現在無願耶答曰未來成就現在若現在前設成就未來現在無願彼成就過去空耶答曰若盡不失則成就若不盡設盡便失則不成就若成就過去空三昧彼成就過去未來無願耶答曰未來成就過去若盡不失則成就若不盡設盡便失則不成就設成就過去未來無願彼成就過去空耶答曰若盡不失則成就若不盡設盡便失則不成就若成就過去空彼成就過去未來現在無願耶答曰或成就過去空及未來無願非過去現在及過去未來非現在及未來現在非過去及過去未來現在無願云何成就過去空及未來無願非過去現在答曰若空三昧盡不失又復得無願三昧不盡設盡便失亦不現在前是謂成就過去空及未來無願非過去現在云何成就過去空三昧及過去未來無願非現在答曰若空無願三昧已盡不失又彼無願三昧不現在前是謂成就過去空及過去未來無願非現在云何成就過去空及未來現在無願非過去答曰若空三昧盡不失又彼無願三昧現在前不盡設盡便失是謂成就過去空及未來現在無願非過去云何成就過去空及過去未來現在無願答曰若空無願三昧盡不失又彼無願三昧現在前是謂成就過去空及過去未來現在無願設成就過去未來現在無願彼成就過去空耶答曰

若盡不失則成就若不盡設盡便失則不成就空頞七竟若成就過去空三昧彼成就過去無相耶答曰若盡不失則成就若不盡設盡便失則不成就設成就過去無相彼成就過去空耶答曰若盡不失則成就若不盡設盡便失則不成就若成就過去空彼成就未來無相耶答曰若得設成就未來無相彼成就過去空耶答曰若盡不失則成就若不盡設盡便失則不成就若成就過去空彼成就現在無相耶答曰若現在前設成就現在無相彼成就過去空耶答曰若盡不失則成就若不盡設盡便失則不成就若成就過去空彼成就過去現在無相耶答曰或成就過去空非過去現在無相及過去非現在及現在非過去及過去現在無相云何成就過去空非過去現在無相答曰若空三昧盡不失又彼無相三昧不盡設盡便失亦不現在前是謂成就過去空非過去現在無相云何成就過去空及過去無相非現在答曰若空無相三昧盡不失又彼無相三昧不現在前是謂成就過去空及過去無相非現在云何成就過去空及現在無相非過去答曰若空三昧盡不失又彼無相三昧現在前不盡設盡便失是謂成就過去空及現在無相三昧非過去云何成就過去空及過去現在無相答曰若空無相三昧盡不失又彼無相三昧現在前是謂成就過去空三昧及過去現在無相設成就過去現在無相彼成就過去空耶答曰若盡不失則成就若不盡設盡便失則不成就若成就過去空彼成就未來現在無相耶答

曰或成就過去空非未來現在無相及未來非現在及未來現在無相云何成就過去空非未來現在無相答曰若空三昧盡不失又彼不得無相三昧是謂成就過去空非未來現在無相云何成就過去空及未來無相非現在答曰若空三昧盡不失又彼得無相三昧不現在前是謂成就過去空及未來無相非現在云何成就過去空及未來現在無相答曰若空三昧盡不失又彼無相三昧現在前是謂成就過去空及未來現在無相設成就未來現在無相彼成就過去空耶答曰若盡不失則成就若不盡設盡便失則不成就若成就過去空彼成就過去未來無相耶答曰或成就過去空非過去未來無相及未來非過去及過去未來無相云何成就過去空非過去未來無相答曰若空三昧盡不失又彼不得無相三昧是謂成就過去空非過去未來無相云何成就過去空及未來無相非過去答曰若空三昧盡不失又彼得無相三昧不盡設盡便失是謂成就過去空及未來無相非過去云何成就過去空及過去未來無相答曰若空無相三昧盡不失是謂成就過去空及過去未來無相設成就過去未來無相彼成就過去空耶答曰若盡不失則成就若不盡設盡便失則不成就若成就過去空彼成就過去未來現在無相答曰或成就過去空非過去未來現在無相及未來非過去現在及過去未來非現在及未來現在非過去及過去未來現在無相云何成就過去空非過去未來現在無相答曰若空三昧盡

不失又彼不得無相三昧是謂成就過去空非過去未來現在無相云何成就過去空及未來無相非過去現在答曰若空三昧盡不失又彼得無相三昧不盡設盡便失亦不現在前是謂成就過去空及未來無相非過去現在云何成就過去空及過去未來無相非現在答曰若空無相三昧盡不失又彼無相三昧不現在前是謂成就過去空及過去未來無相非現在云何成就過去空及未來現在無相非過去答曰若空三昧盡不失又彼無相三昧現在前不盡設盡便失是謂成就過去空及未來現在無相非過去云何成就過去空及過去未來現在無相答曰若空無相三昧盡不失又彼無相三昧現在前是謂成就過去空及過去未來現在無相設成就過去未來現在無相彼成就過去空耶答曰若盡不失則成就若不盡設盡便失則不成就空無相七竟也如空無相無願亦爾小七竟過去空過去無願過去無相一也未來二也現在三也過去現在四也未來現在五也過去未來六也過去未來現在無相大七竟若修空三昧彼修無願耶答曰或空非無願云何空非無願答曰本得空三昧現在前是謂空非無願云何無願非空答曰本得無願三昧現在前若本不得無願三昧現在前不得是時修空三昧是謂無願非空云何空無願答曰本不得空三昧現在前得是時修無願三昧若本不得無願三昧現在前得是時修空三昧若本不得無相若本不得世俗智現在前得是時修空無願三昧是謂空無願云何非空無願答曰若本得

若本不得無相三昧現在前若本得世俗智若本不得世俗智現在前是時非修空無願三昧一切凡夫人染汙心無記心入無想三昧滅盡三昧無想天不修空三昧非無願是謂非空非無願若修空三昧彼修無相耶答曰或空非無相云何空非無相答曰本得空三昧現在前若本不得空三昧現在前不得是時修無相三昧若本不得無願三昧現在前得是時修空三昧非無相是謂空非無相云何無相非空答曰本得無相三昧現在前若本不得無相三昧現在前不得是時修空三昧是謂無相非空云何空無相答曰本不得空三昧現在前得是時修無相三昧若本不得無相三昧現在前得是時修空三昧若本不得無願若本不得世俗智現在前得是時修空無相三昧是謂修空無相云何非修空非修無相答曰若本得若本不得無願三昧現在前本得世俗智若本不得世俗智現在前不得是時修空無相三昧一切凡夫人染汙心無記心入無想三昧滅盡三昧無想天非修空三昧非無相是謂非空非無相若修無願三昧彼修無相耶答曰或無願非無相云何無願非無相答曰本得無願三昧現在前若本不得無願三昧現在前不得是時修無願三昧若本不得空三昧現在前得是時修無願三昧非無相是謂無願非無相云何無相非無願答曰本得無相三昧現在前若本不得無相三昧現在前不得是時修無願三昧是謂無相非無願云何無願無相答曰本不得無願三昧現在前得是時修無相

三昧若本不得無相三昧現在前得是時修
無願三昧若本不得空若本不得世俗智現
在前得是時修無願無相三昧是謂修無願
無相云何非修無願無相答曰本得空三昧
現在前本得世俗智若本不得世俗智現在
前不得是時修無願無相三昧一切凡夫人
染汙心無記心入無想三昧滅盡三昧無想
天非修無願三昧非無相是謂非無願無相
頗結空滅非無願非無相耶答曰不滅無願
滅非空非無相耶答曰滅諸結習諦道諦斷
無願斷無相滅非空非無願耶答曰滅諸結
盡諦斷無相斷空願滅非無相耶答曰滅諸
結苦諦斷空無願滅空無相滅非無願耶答
曰不滅無願無相滅非空耶答曰不滅空無
願無相滅答曰滅諸結學見迹思惟滅頗結
非空非無願非無相滅而滅結耶答曰滅諸
結凡夫人滅云何意所念越次取證答曰無
常苦空無我何繫行意所念越次取證答曰
欲界繫盡智當言身身觀意止耶答曰盡智
或彼身身觀意止或痛心法法觀意止無生
智亦如是諸無漏初禪樂諸猗覺意此何差
別答曰無差別諸無漏第二禪樂諸猗覺意
此何差別答曰無差別從三昧起彼從緣起
耶答曰或三昧起非緣云何三昧起非緣答
曰猶如有一諸想意所念入初禪彼意所念
想入第二禪是謂三昧起非緣云何緣起非
三昧答曰猶如有一諸想意所念入初禪彼
如其定餘第二想意所念是謂緣起非三昧
云何三昧起緣答曰猶如有一諸想意所念
入初禪彼意所念餘第二想入第二禪是謂

三昧起緣云何非三昧起非緣答曰猶如有一諸想意所念入初禪彼如其定久住是謂非三昧起非緣又世尊言所謂想三昧齊是得教若世尊弟子生有想無想處彼依何等逮阿羅漢果答曰無漏不用定又尊者大目揵連言我自憶諸賢在耆闍崛山醍醐池側入不用定有衆多龍象擊鼻哮吼聞聲尊者大目揵連入定聞聲起聞耶答曰尊者大目揵連起聞聲非入定諸不定彼一切無明實無明語耶答曰如是諸不定彼一切無明實無明語頗無明實無明語彼非不定耶答曰有邪定也諸定彼一切明實明語答曰如是諸明實明語彼一切定耶頗定彼非明實語答曰有邪定也諸不定彼一切不成就覺意耶答曰如是諸不定彼一切不成就覺意

也頗不成就覺意彼非不定耶答曰有邪定諸定彼一切成就覺意耶答曰如是諸成就覺意彼一切定頗定彼非覺意成就耶答曰有邪定若成就覺意彼成就無漏法耶答曰如是諸成就覺意彼成就無漏法頗成就無漏法非覺意耶答曰有凡夫人也若不成就覺意彼不成就無漏法耶答曰無有不成就無漏法有不成就覺意凡夫人也若得覺意彼得無漏法耶答曰如是若得覺意彼得無漏法頗得無漏法非覺意耶答曰有凡夫人也若棄覺意彼棄無漏法耶答曰無有棄無漏法無有盡棄覺意若退覺意彼退無漏法耶答曰無有退無漏法無有盡退覺意若不盡彼不知耶答曰如是諸不知彼不盡頗不盡彼非不知耶答曰有諸知已知非斷不盡

諸盡彼知耶答曰如是諸盡彼知也頗知非盡耶答曰有諸知已知非斷智盡諸於此生眼本不見色彼後辯天眼彼依何等辯天眼答曰猶如有一性自識宿命彼本於餘生眼見色依彼辯天眼耳聲亦如是以何等故凡夫人退見諦思惟斷結還得世尊弟子思惟斷耶答曰凡夫人所可用道見諦斷結滅彼思惟斷於彼道退得彼結繫也世尊弟子以餘道見諦斷結滅餘思惟斷彼所可用道見諦斷結滅於彼道不退所可用道思惟斷結滅於彼或有退或有不退彼世尊弟子所可用道見諦思惟斷結滅彼道思惟斷結滅彼道不退以何等故阿羅漢果退非須陀洹果答曰見諦斷法無替思惟斷有替彼有淨想無淨想彼淨想不順意所念不順不淨想退

彼無一法若無我若是我諸彼取我無我見退以何等故阿那含斯陀含果退然非須陀洹果答曰見諦斷法不替思惟斷替彼有淨想不淨想彼不順意所念不順不淨想退彼無一法若無我若是我諸彼取我無我見退阿羅漢果退諸得無漏根力覺道種當言本得得當言本不得得答曰當言本得得阿那含果斯陀含果退諸得無漏根力覺道種當言本得得當言本不得得答曰當言本得得無色界沒生欲界諸得持陰入四大善根不善根無記根結縛使垢纏當言本得得當言本不得得答曰善若染汙當言本得得報當言本不得得無色界沒生色界諸得持陰入四大善根無記根結縛使垢纏當言本得得當言本不得得答曰善若染汙當言本得得

報當言本不得得色界沒生欲界諸得持陰入四大善根不善根無記根結縛使垢纏當言本得得當言本不得得答曰善若染汙當言本得得報當言本不得得若依初禪修神足智證通修道彼齊能至幾所答曰梵天若依初禪徹聽智證通修道彼齊能何繫耳聞聲答曰梵天上繫若依初禪知他人心智證通修道彼齊能何繫知他人心法答曰梵天上繫若依初禪自識宿命智證通修道彼齊能何繫自識宿命答曰梵天上繫若依初禪徹視智證通修道彼齊能何繫眼見色答曰梵天上繫第二光音繫第三遍淨繫第四果實繫若意所念苦苦逮阿羅漢果彼何繫意所念苦苦逮阿羅漢果答曰無色界繫習亦如是若意所念盡盡逮阿羅漢果彼何繫行意所念盡盡逮阿羅漢果答曰或欲界繫或色界繫或無色界繫若意所念道道逮阿羅漢果彼何繫行意所念道道逮阿羅漢果答曰或欲界繫或色無色界繫一行跋渠第五竟梵本五百一首盧

阿毗曇八揵度論卷第二十八

音釋

逮徒耐切及也　崛渠勿切　擎渠京切舉也　哮吼哮呼高切吼許　猗於宜切輕安也　替他計切廢也

阿毗曇八揵度論卷第二十九

迦旃延子造

苻秦罽賓三藏僧伽提婆共竺佛念譯

見揵度第八之一

意止欲想緣　智見偈在後

意止跋渠第一

四意止身身觀意止痛心法法觀意止若修身身觀意止彼修痛耶設修痛彼修身耶若修身身觀意止彼修心耶設修心彼修身耶若修身身觀意止彼修法耶設修法彼修身耶若修痛痛觀意止彼修心耶設修心彼修痛耶若修痛痛觀意止彼修法耶設修法彼修痛耶若修心心觀意止彼修法耶設修法彼修心耶身身觀意止當言法智未知智知他人心智等智苦智習盡道智耶當言有覺有觀耶當言無覺有觀耶當言無覺無觀耶當言樂根相應喜根護根空無相無願緣耶當言欲界繫緣色無色界繫緣當言不繫緣耶痛心法法觀意止亦如是又世尊言彼樂痛痛時知樂痛痛此智當言法智耶當言乃至道智苦痛痛時知苦痛痛不苦不樂痛痛時知不苦不樂痛痛此智當言法智當言乃至道智樂身苦身不苦不樂身樂心苦心不苦不樂心樂食苦食不苦不樂食樂不食苦不食不苦不樂不食依樂饕依苦饕依不苦不樂饕依樂出要依苦出要依不苦不樂出要痛痛時知不苦不樂出要此痛智當言法智當言乃至道智又世尊言彼有欲心彼有欲心如實知之此智當言法智當言乃至道智無欲有瞋恚無瞋恚有愚癡無愚癡有染

汙無染汙有亂無亂有怠無怠少多修不修定不定無解脫心無解脫心如實知之解脫心解脫心如實知之此智當言法智當言乃至道智又世尊言眼緣色生內結彼比丘實彼內結有此內結如實知之不實彼內結無此內結如實知之如未生內結便生已生便盡已盡便不生彼亦如實知之此智當言法智當言乃至道智耳鼻舌身亦如是意緣法生內貪欲彼比丘實彼內貪欲有此內貪欲如實知之不實彼內貪欲無此內貪欲如實知之如未生內貪欲便生已生便盡已盡不生彼亦如實知之此智當言法智當言乃至道智耶瞋恚睡眠掉悔疑亦如是生內念覺意彼比丘實彼內念覺意有此內念覺意如實知之不實內念覺意無此內念覺意如實知之如未生內念覺意便生已生便住不忘不退益廣思惟滿此亦如實知之此智當言法智當言乃至道智耶法精進喜猗定護覺意亦如是又世尊言彼自觀婬瞋恚愚癡盛彼云何婬瞋恚愚癡盛又世尊言彼自觀婬瞋恚愚癡薄彼云何婬瞋恚愚癡薄云何死時痛齊何處死時痛死時痛何入攝幾識識阿羅漢當言善心般涅槃當言無記心般涅槃以何等故佛世尊先二弟子般涅槃然後佛世尊又世尊言入不移動三昧如來般涅槃如來入定般涅槃起般涅槃四有本時有死有中有生有彼云何本時有云何死有云何中有云何生有諸欲有彼一切有五行耶設有五行彼一切欲有耶諸色有想天彼一切有五行耶設有五行彼一切色有想天耶

諸色有無想天彼一切有二行耶設有二行彼一切色有無想天耶諸無色有彼一切四行耶設有四行彼一切無色有耶頗有五行四行三行二行一行耶此章義願具演說

四意止身身觀意止痛心法法觀意止若修身身觀意止彼修痛耶答曰或身非痛云何身非痛答曰本得身身觀意止現在前是謂身非痛云何痛非身答曰本得痛痛觀意止現在前若本不得痛痛觀意止現在前不得是時修身身觀意止若本不得心若本不得法得是時修痛痛觀意止非身是謂痛非身云何身痛答曰本不得身得是時痛若本不得痛得是時身若本不得心本不得法得是時修身痛痛觀意止是謂身痛云何非身非痛答曰本得心本得法若本不得法法觀意止現在前不得是時修身痛觀意止一切染汙心無記心入無想定滅盡定無想天非修身身觀意止非修痛是謂非身非痛若修身身觀意止彼修心耶答曰或身非心云何身非心答曰本得身身觀意止現在前是謂身非心云何心非身答曰本得心心觀意止現在前若本不得心心觀意止現在前不得是時修身身觀意止若本不得痛本不得法得是時修心心觀意止非身是謂心非身云何身心答曰本不得身得是時心若本不得心得是時身若本不得痛本不得法得是時修身心心觀意止是謂身心云何非身非心答曰本得痛本得法本不得法法觀意止現在前不得是時修身心心觀意止一切染汙心無記心入無想三昧滅盡三昧無想天非

修身身觀意止非心是謂非身非心若修身身觀意止彼修法耶答曰或身非法云何身非法答曰本得身身觀意止現在前是謂身非法云何法非身答曰本得法法觀意止現在前若本不得法法觀意止現在前不得是時修身身觀意止若本不得痛本不得心得是時修法法觀意止非身是謂法非身云何身法答曰本不得身得是時法若本不得法得是時身若本不得痛本不得心得是時修身法法觀意止是謂身法云何非身非法答曰本得痛本得心心觀意止現在前不得是時修身法法觀意止一切染汙心無記心入無想三昧滅盡三昧無想天不修身身觀意止非法是謂非身非法若修痛痛觀意止彼修心耶答曰或痛非心云何痛非心答曰本得痛痛觀意止現在前是謂痛非心云何心非痛答曰本得心心觀意止現在前是謂心非痛云何痛心答曰本不得痛得是時心本不得心得是時痛若本不得身本不得法得是時修痛心心觀意止是謂痛心云何非痛非心答曰本得身本得法若本不得法法觀意止現在前不得是時修痛心心觀意止一切染汙心無記心入無想三昧滅盡三昧無想天非修痛痛觀意止非心是謂非痛非心也若修痛痛觀意止彼修法耶答曰或痛非法云何痛非法答曰本得痛痛觀意止現在前是謂痛非法云何法非痛答曰本得法法觀意止現在前若本不得法法觀意止現在前不得是時修痛痛觀意止是謂法非痛云何痛法答曰本不得痛是時得法本不得法

是時得痛本不得身本不得心得是時修痛法法觀意止是謂痛法云何非痛非法答曰本得身本得心心觀意止現在前不得是時修痛法法觀意止一切染汙心無記心入無想三昧滅盡三昧無想天不修痛痛觀意止非法是謂非痛非法若修心心觀意止彼修法耶答曰或心非法云何心非法答曰本得心心觀意止現在前是謂心非法云何法非心答曰本得法法觀意止現在前若本不得法法觀意止現在前不得是時修心心觀意止是謂法非心云何心法答曰本不得心是時得法若本不得法是時得心本不得身本不得痛得是時修心法法觀意止是謂心法云何非心非法答曰本得身本得痛痛觀意止現在前不得是時修心法法觀意止一切染汙心無記心入無想三昧滅盡三昧無想天非修心心觀意止非法是謂非心非法身身觀意止當言法智耶答曰身身觀意止或彼法智未知智等智苦智習智道智或有覺有觀或無覺有觀或無覺無觀或樂根相應或喜根或護根或空或無願或欲界繫緣或色界繫緣或不繫緣痛痛觀意止當言法智耶答曰痛痛觀意止或彼法智未知智知他人心智等智苦智習智道智或有覺有觀或無覺有觀或無覺無觀或樂根相應或喜根或護根或空或無願或欲界繫緣或色無色界繫緣或不繫緣心心觀意止亦如是法法觀意止當言法智耶答曰法法觀意止或彼法智未知智知他人心智等智苦智習智盡智道智或有覺有觀或無覺有觀或無覺無

觀或樂根相應或喜根或護根或空無願無相或欲界繫緣或色界無色界繫緣或不繫緣又世尊言彼樂痛痛時知樂痛痛四智法智未知智等智道智苦痛痛時知苦痛痛一等智不苦不樂痛痛時知不苦不樂痛痛四智法智未知智等智道智樂身苦身不苦不樂身苦心一等智樂心不苦不樂心四智法智未知智等智道智苦食樂食不苦不樂食苦無食一等智樂無食不苦不樂無食四智法智未知智等智道智依樂戇依苦戇依不苦不樂戇依苦出要一等智依樂出要依不苦不樂出要四智法智未知智等智道智又世尊言有欲心有欲心如實知之一等智無欲四智法智未知智等智道智有瞋恚一等智無瞋恚三智法智等智道智有愚癡一等智無愚癡四智法智未知智等智道智有染汙一等智無染汙四智法智未知智等智道智無亂四智法智未知智等智道智有亂一等智有息一等智無息四智法智未知智等智道智少一等智多四智法智未知智等智道智不修一等智修四智法智未知智等智道智不定一等智定四智法智未知智等智道智無解脱一等智解脱四智法智未知智等智道智又世尊言眼緣色生內結彼比丘實內結有此內結如實知之一等智不實內結無此內結如實知之四智法智未知智等智道智如未生內結便生彼亦如實知之彼一等智如生便盡已盡不生此亦如實知之四智法智未知智等智道智耳聲身細滑意法亦如是鼻緣香生內結彼比丘實內結有

此内結如實知之一等智不實内結無此内結如實知之三智法智等智道智如未生内結便生此亦如實知之一等智如生便盡已盡不生此亦如實知之三智法智等智道智舌味貪瞋恚睡眠掉戲疑亦如是生内念覺意彼比丘實内念覺意有此内念覺意如實知之四智法智未知智等智道智不實内念覺意無此内念覺意如實知之一等智如未生内念覺意便生已生便住不忘不退增益思惟廣滿彼如實知之四智法智未知智等智道智法精進喜猗定護覺意亦如是又世尊言彼自觀婬瞋恚愚癡盛彼云何婬瞋恚愚癡盛答曰少婬瞋恚愚癡盛中中便增上如是婬瞋恚愚癡盛又世尊言彼自觀婬瞋恚愚癡薄彼云何婬瞋恚愚癡薄答曰增婬瞋恚愚癡中中便少如是婬瞋恚愚癡薄云何死時痛答曰諸節節疼若命行盡齊何處死時痛答曰齊支節疼命行盡死時痛一入攝法入二識識身識意識支節疼先身識後意識阿羅漢當言善心般涅槃無記心般涅槃答曰阿羅漢無記心般涅槃以何等故佛世尊先二弟子般涅槃後佛世尊答曰彼尊者長夜作無斷行受報彼莫使空無果無報復次佛世尊當法先二弟子般涅槃後佛世尊又世尊言入不移動三昧如來般涅槃如來入定般涅槃起般涅槃答曰如來起般涅槃非入定四有本時有死有中有生有云何本時有答曰死生際五陰於此中間齊是諸有是謂本時有云何死有答曰死五陰是謂死有云何中有答曰中有五陰是謂中有云

何生有答曰生五陰是謂生有諸欲有彼一切有五行耶答曰或欲有彼有非五行云何欲有彼有非五行答曰欲界衆生不自住心入無想定滅盡定諸有是謂欲有彼有非五行云何有五行彼非欲有答曰色界想天自在心不入無想定滅盡定諸有若色界無想天不得無想諸有是謂有五行彼非欲有云何欲有彼有五行答曰欲界衆生自住心不入無想定滅盡定諸有是謂欲有彼有五行云何非欲有彼有非五行答曰色界想天不自住心入無想定滅盡定諸有若色界無想天得無想諸有若無色界有是謂非欲有彼有非五行諸色有想天彼一切有五行耶答曰或色有想天彼有非五行云何色有想天彼有非五行答曰色界想天不自住心入無想定滅盡定諸有是謂色有想天彼有非五行云何有五行彼非色有想天答曰欲界衆生自住心不入無想定滅盡定諸有若色界無想天不得無想諸有是謂有五行彼非色有想天云何色有想天彼有五行答曰色界想天自住心不入無想定滅盡定諸有是謂色有想天彼有五行云何非色有想天彼有非五行答曰欲界衆生不自住心入無想定滅盡定諸有若色界無想天得無想諸有若無色界有是謂非色有想天彼有非五行諸色有無想天彼一切有二行耶答曰或色有無想天彼有非二行云何色有無想天彼有非二行答曰色界無想天不得無想諸有是謂色有無想天彼有非二行云何有二行彼非色有無想天答曰欲界衆生不自住心入

無想定滅盡定諸有色界想天不自住心入無想定滅盡定諸有是謂有二行彼非色有無想天云何色有無想天彼有二行答曰色界無想天得無想諸有是謂色有無想天彼有二行云何非色有無想天彼有非二行答曰欲界衆生自住心不入無想定滅盡定諸有若色界想天自住心不入無想定滅盡定諸有無色界有是謂非色有無想天彼有非二行諸無色界有彼有盡四行耶答曰如是諸有四行彼盡無色界有頗無色界有非四行耶答曰有無色界衆生不自住心頗有五行耶答曰有欲界衆生自住心不入無想定滅盡定諸有也若色界有想天自住心不入無想定滅盡定諸有若色界無想天不得無想諸有頗有四行耶答曰有無色界衆生自住心諸有頗有三行耶答曰無有三行頗有二行答曰有欲界衆生不自住心入無想定滅盡定諸有色界想天不自住心入無想定滅盡定諸有色界無想天得無想天諸有頗有一行耶答曰有無色界衆生不自住心入諸有

意止跋渠第一竟梵本三百一十五首盧

欲跋渠第二

若棄欲界有受欲界有彼一切盡欲界繫法欲界繫法現在前耶設盡欲界繫法欲界繫法現在前彼一切棄欲界有受欲界有若棄欲界有受色界有彼一切盡欲界繫法色界繫法現在前耶設盡欲界繫法色界繫法現在前彼一切棄欲界有受色界有耶若棄欲界有受無色界有彼一切盡欲界繫法無色界繫法現在前設盡欲界繫法無色界繫法

現在前彼一切棄欲界有受無色界有耶若棄色界有受色界有彼一切盡色界繫法色界繫法現在前耶設盡色界繫法色界繫法現在前彼一切棄色界有受色界有耶若棄色界有受欲界有彼一切盡色界繫法欲界繫法現在前耶設盡色界繫法欲界繫法現在前彼一切棄色界有受欲界有耶若棄色界有受無色界有彼一切盡色界繫法無色界繫法現在前耶設盡色界繫法無色界繫法現在前彼一切棄色界有受無色界有耶若棄無色界有受無色界有彼一切盡無色界繫法無色界繫法現在前耶設盡無色界繫法無色界繫法現在前彼一切棄無色界有受無色界有若棄無色界有受欲界有彼一切盡無色界繫法欲界繫法現在前耶設盡無色界繫法欲界繫法現在前彼一切棄無色界有受欲界有耶若棄無色界有受色界有彼一切盡無色界繫法色界繫法現在前耶設盡無色界繫法色界繫法現在前彼一切棄無色界有受色界有耶以何等故欲界使非色界無色界所使以何等故色界使非欲界無色界所使以何等故無色界使非欲界色界所使以何等故欲界非遍一切使非一切欲界所使以何等故色界非遍一切使非一切色界所使以何等故無色界非遍一切使非一切無色界所使十想無常想無常苦想苦無我想不淨想觀食想一切世間不可樂想死想斷想無婬想盡想若修無常想彼意所念無常想耶設意所念無常想彼修無常想耶乃至盡想亦如是若欲覺覺時

彼意所念欲覺耶設意所念欲覺彼欲覺覺耶瞋恚害覺亦如是若出要覺覺時彼意所念出要覺耶設意所念出要覺彼出要覺覺時耶無瞋恚無害覺亦如是諸法因無明彼法緣無明耶設法緣無明彼法因無明耶諸法因明彼法緣明耶設法緣明彼法因明耶諸法因無明彼法緣明耶設法緣明彼法因無明耶諸法因明彼法緣無明耶設法緣無明彼法因明耶諸法因無明彼法不善耶設法不善彼法因無明耶諸法因明彼法善耶設法善彼法因明耶頗法不因明不因無明彼法非不有因耶此章義頗具演說

若棄欲界有受欲界有彼一切盡欲界繫法欲界繫法現在前耶答曰如是若棄欲界有受欲界有彼一切盡欲界繫法欲界繫法現在前頗盡欲界繫法欲界繫法現在前彼非棄欲界有不受欲界有耶答曰有如未命終盡欲界繫法欲界繫現在前也若棄欲界有受色界有彼一切盡欲界繫法色界繫法現在前答曰如是若棄欲界有受色界有彼一切盡欲界繫法色界繫法現在前頗盡欲界繫法色界繫法現在前彼非棄欲界有非受色界有耶答曰有如未命終盡欲界繫法色界繫法現在前也若棄欲界有受無色界有彼一切盡欲界繫法無色界繫法現在前答曰如是設盡欲界繫法無色界繫法現在前彼一切棄欲界有受無色界有耶答曰如是若棄色界有受色界有彼一切盡色界繫法色界繫法現在前答曰如是若棄色界有受色界有彼一切盡色界繫法色界繫法現在

前也頗盡色界繫法色界繫法現在前彼非棄色界有非受色界有耶答曰有如未命終盡色界繫法色界繫法現在前也若棄色界有受欲界有彼一切盡色界繫法欲界繫法現在前答曰如是若棄色界有受欲界有彼一切盡色界繫法欲界繫法現在前頗盡色界繫法欲界繫法現在前彼非棄色界有非受欲界有耶答曰有如未命終盡色界繫法欲界繫法現在前也若棄色界有受無色界有彼一切盡色界繫法無色界繫法現在前答曰如是若棄色界有受無色界有彼一切盡色界繫法無色界繫法現在前頗盡色界繫法無色界繫法現在前彼非棄色界有不受無色界有答曰有如未命終盡色界繫法無色界繫法現在前也若棄無色界有受無色界有彼一切盡無色界繫法無色界繫法現在前答曰如是若棄無色界有受無色界有彼一切盡無色界繫法無色界繫法現在前彼不棄無色界有不受無色界有耶答曰有如未命終盡無色界繫法無色界繫法現在前也若棄無色界有受欲界有彼一切盡無色界繫法欲界繫法現在前耶答曰如是設盡無色界繫法欲界繫法現在前彼一切棄無色界有受欲界有耶答曰如是若棄無色界有受色界有彼一切盡無色界繫法色界繫法現在前答曰如是若棄無色界有受色界有彼一切盡無色界繫法色界繫法現在前頗盡無色界繫法色界繫法現在前彼不棄無色界有非受色界有答曰有如未命終盡無

色界繫法色界繫法現在前也以何等故欲界使非色無色界所使耶答曰則界壞若欲界無受無知也以何等故色界使非欲界所使答曰則界壞然彼非此緣以何等故色界使非無色界所使答曰則界壞色界無受無知以何等故無色界使非欲界色界所使答曰則界壞然彼非此緣以何等故欲界非一切遍使非一切欲界所使答曰遍一切有彼亦非此緣以何等故色界非一切遍使非一切色界所使耶答曰遍一切有彼亦非此緣以何等故無色界非一切遍使非一切無色界所使耶答曰遍一切有彼亦非此緣十想無常想無常苦想苦無我想不淨想覾食想一切世間不可樂想死想斷想無婬想盡想若修無常想彼意所念無常想耶答曰或修

無常想彼非意所念無常想云何修無常想彼非意所念無常想答曰猶如餘緣修無常想是謂修無常想彼非意所念無常想云何意所念無常想彼非修無常想答曰猶如餘意所念無常想是謂意所念無常想彼非修無常想也云何修無常想彼意所念無常想耶答曰如緣無常想修無常想是謂修無常想彼意所念無常想也云何非修無常想彼非意所念無常想耶答曰除上爾所事乃至盡想亦如是若欲覺覺時彼意所念欲覺耶答曰或欲覺覺時彼非意所念欲覺云何欲覺覺時彼非意所念欲覺耶答曰猶如餘緣欲覺覺時是謂欲覺覺時彼非意所念欲覺也云何意所念欲覺彼非欲覺覺時答曰猶如餘意所念欲覺是謂意所念欲覺彼非欲

覺覺時云何欲覺覺時彼意所念欲覺耶答曰猶如欲覺緣欲覺覺時是謂欲覺覺時彼意所念欲覺也云何非欲覺覺時彼非意所念欲覺答曰除上爾所事瞋恚害覺亦如是若出要覺覺時彼意所念出要覺耶答曰或出要覺覺時彼非意所念出要覺云何出要覺覺時彼非意所念出要覺耶答曰猶如餘緣出要覺覺時是謂出要覺覺時彼非意所念出要覺云何意所念出要覺彼非出要覺覺時答曰猶如餘意所念出要覺是謂意所念出要覺彼非出要覺覺時也云何出要覺覺時彼意所念出要覺答曰猶如出要覺緣出要覺覺時是謂出要覺覺時彼意所念出要覺也云何非出要覺覺時彼非意所念出要覺答曰除上爾所事無瞋恚不害覺亦如是諸法因無明彼法緣無明耶答曰如是諸法因無明彼法緣無明頗法緣無明彼法不因無明耶答曰有除無明報諸餘不隱沒無記行若善行也諸法因明彼法緣明耶答曰如是諸法因明彼法緣明也頗法緣明彼法不因明耶答曰有初明若有漏行諸法因無明彼法緣明耶答曰如是諸法因無明彼法緣明也頗法緣明彼法不因無明耶答曰有除無明報諸餘不隱沒無記行若善行也諸法因明彼法緣無明耶答曰如是諸法因明彼法緣無明也頗法緣無明彼法不因明也答曰有初明若有漏行也諸法因無明彼法不善耶答曰如是諸法不善彼法因無明也頗法因無明彼法非不善耶答曰有無明報染汙行也諸法因明彼法善耶答曰如是諸

法因明彼法善也頗法善彼法不因明耶答曰有初明若善有漏行也頗法不因明不因無明彼法非不因耶答曰有除無明報諸餘不隱沒無記行初明若善有漏行也欲跋渠第二竟

梵本一百八十六首盧

想跋渠常三

十想無常想無常苦想苦無我想不淨想觀食想一切世間不可樂想死想斷想無婬想盡想諸法無常想生彼法無常想相應耶設諸法無常想相應彼法無常想生耶乃至盡想亦如是諸法無常想生彼法無常想一緣耶設諸法無常想一緣彼法無常想生耶乃至盡想亦如是頗法智分別不斷不修不作證耶頗法智分別不斷不修作證耶頗法智分別不斷修作證耶頗法智分別斷修作證耶頗法智分別斷不修作證耶頗法智分別斷不修不作證耶頗法無緣緣因無緣緣法緣俱生有有像非不有非不有像餘色餘痛餘想餘識餘彼相應法彼法於彼法當言因耶當言緣耶復次當言緣當言非因耶彼法當言善耶不善耶無記耶彼法幾使所使幾結繫若法心俱生非不用心如心生彼法亦然耶如心盡彼法亦然耶如彼得心彼法亦然耶如彼棄心彼法亦然耶如彼心受報彼法亦然耶見相應痛幾使所使耶見不相應痛幾使所使疑相應痛幾使所使疑不相應痛幾使所使因道緣生攝幾持幾入幾陰眼更等生想痛除心相應法耳更等生想痛除心不相應法諸餘法攝幾持幾入幾陰鼻舌身更等生想痛除心相應法意更等生想痛

除心不相應法諸餘法攝幾持幾入幾陰此章義願具演說

十想無常想無常苦想苦無我想不淨想觀食想一切世間不可樂想死想斷想無婬想盡想諸法無常想生彼法無常想相應耶答曰或法無常想生彼法非無常想相應云何法無常想生彼法非無常想相應答曰猶如無常想在前必盡諸餘想在前必生彼想諸相應法是謂法無常想生彼法非無常想相應云何法無常想相應彼法非無常想生答曰猶如餘想在前必盡無常想在前必生彼想諸相應法是謂法無常想相應彼法非無常想生云何法無常想生彼法無常想相應答曰猶如無常想在前必盡無常想在前必生彼想諸相應法是謂法無常想生彼法無常想相應云何法非無常想生彼法非無常想相應答曰猶如餘想在前必盡猶如餘想在前必生彼想諸相應法乃至盡想亦如是諸法無常想生彼法無常想一緣耶答曰或法無常想生彼法非無常想一緣也云何法無常想生彼法非無常想一緣答曰猶如無常想在前必盡猶如餘想在前必生彼有餘緣是謂法無常想生彼法非無常想一緣也云何法無常想一緣彼法非無常想生答曰猶如餘想在前必盡無常想在前必生彼有此緣是謂法無常想一緣彼法非無常想生也云何法無常想生彼法無常想一緣耶答曰猶如無常想在前必盡無常想在前必生彼有此緣是謂法無常想生彼法無常想一緣

也云何法非無常想生彼法非無常想一緣耶答曰猶如餘想在前必盡猶如餘想在前必生彼有餘緣是謂法非無常想生彼法非無常想一緣也乃至盡想亦如是頗法智分別不斷不修不作證耶答曰有虛空非數緣盡頗法智分別不斷不修作證耶答曰有數緣盡也頗法智分別不斷修作證耶答曰有無漏有為法也頗法智分別斷修作證耶答曰有善有漏法也頗法智分別斷不修作證耶答曰有天眼天耳也頗法智分別斷不修不作證耶答曰有除天眼天耳諸餘無記有為法若不善法也頗法無緣緣因無緣緣法緣俱生耶答曰有諸五識身俱相應諸意識身俱相應色無為心不相應行緣彼法諸得生老無常是謂法無緣緣因無緣緣法緣俱生有有像有彼法非無彼法是故有有像非不有非不有像然有彼法非不有彼法是故非不有非不有像餘色彼法非色餘痛彼法非痛餘想彼法非想餘識彼法非識餘彼相應法彼法非相應是故餘不相應法彼法於彼法當言因當言緣耶或當言緣當言非因耶答曰前生後生當言因當言緣後生前生當言緣不當言因彼法當言善耶不善耶當言無記耶答曰彼法善中當言善不善中當言不善無記中當言無記彼法幾使所使答曰三界有漏緣幾結繫答曰九諸法心俱生非不用心如彼心生彼法亦然耶答曰先心生後彼法也如彼心盡彼法亦然耶答曰先心盡後彼法也如彼得心彼法亦然耶答曰先得心後彼法也如彼棄心彼法亦然耶答

曰先棄法後棄彼心也如彼心受報彼法亦然耶答曰或是或非是見相應痛幾使所使耶答曰有漏緣亦見無漏緣若彼相應無明也見不相應痛幾使所使答曰除見無漏緣若彼相應無明諸餘一切疑相應痛幾使所使答曰見諦斷有漏緣亦疑無漏緣若彼相應無明也疑不相應痛幾使所使答曰除疑無漏緣若彼相應無明諸餘一切見諦斷也因道緣生攝十八持十二入五陰也眼更等生想痛除心相應法耳更等生想痛除心不相應法諸餘法攝十八持十二入五陰鼻舌身更等生想痛除心相應法意更等生想痛除心不相應法諸餘法攝十八持十二入五陰也想跂渠第三竟梵本一百四首盧

阿毗曇八揵度論卷第二十九

音釋

戇陟降切愚也　恚於避切怒恨也　掉徒弔切搖也　疼徒冬切痛也

阿毗曇八揵度論卷第三十

迦旃延子造

苻秦罽賓三藏僧伽提婆共竺佛念譯

見揵度第八之二

智時跋渠第四

諸聚智時彼聚斷耶設聚斷彼聚智耶諸聚猒彼聚無欲耶設聚無欲彼聚猒耶諸聚猒彼聚修猒耶設聚修猒彼聚猒耶諸聚無欲彼聚修猒耶設聚修猒彼聚無欲耶若法諸法因或時彼法彼法不當言因耶若法諸法次第緣增上或時彼法彼法不當言次第緣增上耶諸意更彼一切三等更設三等更彼一切意更耶諸慢彼作慢耶設作慢彼慢耶諸慢心增慼耶設心增慼彼慢耶諸行非護耶設非護彼行耶諸行彼護耶設護彼行耶苦聚不得不成就彼聚耶設聚不成就不得彼聚耶諸聚得成就彼聚耶設聚成就不得彼聚耶除苦聖諦及法入諸餘法攝幾持幾入幾陰耶習亦如是陰盡聖諦及法入諸餘法攝幾持幾入幾陰道亦如是除色法及法入諸餘法攝幾持幾入幾陰無色可見不可見有對無對有漏無漏有爲無爲過去未來現在善不善無記欲界繫色無色界繫學無學非學非無學見諦斷思惟斷除無斷法及法入諸餘法攝幾持幾入幾陰除起法及諸法必不生諸餘法攝幾持幾入幾陰未生色無色可見不可見有對無對有漏無漏有爲無爲過去未來現在善不善無記欲界繫色無色界繫學無學非學非無學見諦斷思惟斷除不斷法諸餘法必不生諸餘法攝幾持

幾入幾陰頗一持一入一陰攝一切法耶此章義願具演說

諸聚智彼聚斷耶答曰或聚智彼聚不斷云何聚智彼聚不斷答曰以苦智習盡道智不除垢是謂聚智彼聚不斷云何聚斷彼聚不智答曰以苦忍習忍盡忍道忍斷垢是謂聚斷彼聚不智云何聚智彼聚斷耶答曰以苦智習盡道智斷垢是謂聚智彼聚斷云何聚不智彼聚不斷答曰以苦忍習盡道忍不斷垢是謂聚不智彼聚不斷諸聚猒彼聚無欲耶答曰或聚猒彼聚非無欲云何聚猒彼聚非無欲答曰以苦忍習忍以苦智習智不斷垢是謂聚猒彼聚非無欲云何聚無欲彼聚非猒答曰以盡忍道忍以盡智道智斷垢是謂聚無欲彼聚非猒云何聚猒彼聚無欲耶答曰以苦忍習忍以苦智習智斷垢是謂聚猒彼聚無欲也云何聚非猒彼聚非無欲答曰以盡忍道忍以盡智道智不斷垢是謂聚非猒彼聚非無欲諸聚猒彼聚修猒耶答曰如是諸聚猒彼聚修猒也頗聚修猒彼聚非猒耶答曰有以盡智道智斷垢諸聚無欲彼聚修猒耶答曰或聚無欲彼聚非修猒云何聚無欲彼聚非修猒答曰以盡忍道忍斷垢是謂聚無欲彼聚非修猒云何聚修猒彼聚非無欲耶答曰以苦忍習忍以苦智習智不斷垢是謂聚修猒彼聚非無欲云何聚無欲彼聚修猒答曰以苦忍習忍以苦智習智斷垢是謂聚無欲彼聚修猒云何聚非無欲彼聚非修猒答曰以盡忍道忍不斷垢是謂聚非無欲彼聚非修猒若法諸法因或時彼法

彼法不當言因答曰無若法諸法次第或時彼法彼法不當言次第答曰若彼法未生若法諸法緣增上或時彼法彼法不當言緣增上耶答曰無諸意更彼一切三等更耶答曰如是諸意更彼一切三等更頗三等更彼非意更耶答曰五識身相應更世尊亦説比丘有意持法持有無明持無明痛更觸有得耶無得耶有無得耶諸慢彼一切自已耶答曰如是諸慢彼一切自已也頗自已非慢耶答曰有見世尊亦説比丘我是自已於我比丘是自已諸慢彼增盛耶答曰如是諸慢彼增盛也頗增盛非慢耶答曰有除慢諸餘垢現在前世尊亦説比丘若增盛者是魔所繫不增盛者是解脱波旬也諸行彼非護耶答曰或行彼非不護云何行彼非不護答曰身護口護是謂行彼非不護云何非護彼非行答曰根不護是謂非護彼非行云何行非護答曰身非護口非護是謂行非護云何非行彼非不護答曰根護是謂非行彼非不護諸行彼護耶答曰或行彼非護云何行彼非護答曰身不護口不護是謂行彼非護云何護彼非行答曰根護是謂護彼非行云何行彼護答曰身護口護是謂行彼護云何非行彼非護答曰根非護是謂非行彼非護若聚不得不成就彼聚耶答曰如是若聚不得不成就彼聚頗聚不成就彼聚非不得答曰有若聚得便失若聚得彼聚成就耶答曰如是若聚成就彼得聚也頗聚得彼聚非成就耶答曰有若聚得便失也除苦聖諦及法入諸餘法攝二持一入一陰習亦如是除盡聖諦及法

入諸餘法攝十七持十一入二陰道亦如是除色法及法入諸餘法攝七持一入一陰除無色法及法入諸餘法攝十持十入一陰除可見法及法入諸餘法攝十六持十入二陰除不可見法及法入諸餘法攝一持一入一陰除有對法及法入諸餘法攝七持(六識意根)一入一陰除無對法及法入諸餘法攝十持十入一陰除有漏法及法入諸餘法攝二持一入一陰除無漏法及法入諸餘法攝十七持十一入二陰除有爲法及法入除一切法無聚空論除無爲法及法入諸餘法攝十七持十一入二陰(色識)除過去現在法及法入諸餘法攝十七持十一入二陰除未來法及法入諸餘法攝十七持十一入二陰除善不善法及法入諸餘法攝十七持十一入二陰除無記法及法入諸餘法攝九持三入二陰除欲界繫法及法入諸餘法攝十三持九入二陰除色無色界繫法學無學法及法入諸餘法攝十七持十一入二陰除非學非無學法及法入諸餘法攝二持一入一陰除見諦斷法無斷法及法入諸餘法攝十七持十一入二陰除思惟斷法及法入諸餘法攝二持一入一陰除起法及諸法必不起諸餘法攝十八持十二入五陰除未生法及諸法必不生除一切法無聚空論除色法及諸法必不生諸餘法攝八持二入四陰除無色法及諸法必不生諸餘法攝十一持十一入一陰除可見法及諸法必不生諸餘法攝十七持十一入五陰除不可見法及諸法必不生諸餘法攝一持一入一陰除有對法及諸法必不生諸

餘法攝八持二入五陰除無對法及諸法必不生諸餘法攝十持十入一陰除有漏法及諸法必不生諸餘法攝三持二入五陰除無漏法及諸法必不生諸餘法攝十八持十二入五陰除有為法及諸法必不生除一切法無聚空論除無為法及諸法必不生諸餘法攝十八持十二入五陰除過去現在法及諸法必不生諸餘法攝十八持十二入五陰除未來法及諸法必不生除一切法無聚空論除善不善法及諸法必不生諸餘法攝十八持十二入五陰除無記法及諸法必不生諸餘法攝十持四入五陰除欲界繫法及諸法必不生諸餘法攝十四持十入五陰除色無色界繫法學無學法及諸法必不生諸餘法攝十八持十二入五陰除非學非無學法及諸法必不生諸餘法攝三持二入五陰除見諦斷法無斷法及諸法必不生諸餘法攝十八持十二入五陰除思惟斷法及諸法必不生諸餘法攝三持二入五陰頗有一持一入一陰攝一切法耶答曰有一持法持一入意入一陰色陰

智時跋渠第四竟梵本一百七十八首盧

見跋渠第五

邪見斷垢淨　無因無知見　無力無精進
作七士身因　四本緣豪無　因自作亦他
我作作無因　此彼我六見　欲樂及諸禪
空有無非風　我作亦有慢　若得若當得
故說是見品

所謂此見無施無福無記此邪見習諦斷無善惡行果報此邪見苦諦斷無今世後世無父無毋此邪見習諦斷無世阿羅漢樂去此

邪見道諦斷無等去此邪見盡諦斷無趣得諸今世後世自智作證成就遊此邪見道諦斷也所謂此見於此命活餘處斷壞無有死此邊見攝斷滅見苦諦斷所謂此見四大人身彼若命終時彼當爾時地即屬地身水即屬水身火即屬火身風即屬風身空五入持死往棄塚間跡現根歸虛空此邊見攝有常見苦諦斷所謂此見骨白鴿色我變爲灰若火我緣此非見是邪智若有漏行我緣此邪見習諦斷若無漏行我見此邪見道諦斷所謂此貪者歎施智者歎受誹謗智法此邪見道諦斷所謂此見彼空妄語此愚非智諸作是說有於此命活餘處斷壞無有死此愚邊見攝有常見苦諦斷所謂此見無因無緣衆生有垢無因無緣衆生有垢此邪見習諦斷

所謂此見無因無緣衆生淨無因無緣衆生淨此邪見道諦斷所謂此見無因無緣衆生無知無見無因無緣衆生無知無見此邪見習諦斷所謂此見無因無緣衆生知見無因無緣衆生知見此邪見道諦斷所謂此見無力無精進無力精進無自作無他作無士作非自作非他作非士作士力士精進士方便一切衆生一切蟲一切神無力無自在無精進無方便有行報無因無緣衆生受苦樂於六六生若誹謗有漏力精進此邪見習諦斷若誹謗無漏力精進此邪見道諦斷所謂此見造教造斷教斷煮教煮愁煩椎胷呻吟志亂害衆生不與取邪婬行妄語飲酒穿墻壞藏偷金婬他妻害村害城害衆生作如是者比非惡以刀以輪此地上所有諸蟲彼一切

一日之中斷截撾捶作一肉聚彼無有惡無因縁惡報於恒水左施福說過去於恒水右斷截撾打來彼無福無惡施與戒完具歡喜語錢財彼因縁無福彼因縁無福報此邪見習諦斷所謂此見七士身不作作不化化實住聚常住彼立非移動各不相干若福若惡福惡若苦若樂苦樂彼何者所謂地身水身火身風身樂苦命七是謂七士身不作作不化化實住聚常住彼立不移動各不相干若福若惡福惡若樂若苦樂苦若士樂士苦不豫世事七身中間刀得過去亦不害命彼無作是說若害若殺不到命終而到命終此邊見有常見攝苦諦斷所謂此見因四百千生門六千百千大劫六百三行行半行六十二跡向六十二塵持六十二中劫百二十根百三十六大地獄四十九百千梵志家四十九百千倮形村四十九百千龍國於其中入六六生八士地七想行七無想行七尼揵子行七阿須輪七非阿須輪七天七恚七人七非人七泉七百泉七險七百險七山七百山七夢七百夢是謂八十四百千大劫若愚若智往來經歷盡其苦際彼無有作是說我以此戒果淨行不行熟行當熟已熟當倍已倍二倍苦樂已進無退譬如縷丸執縷放走如是八十四百千大劫若愚若智往來經歷盡其苦際無作作縁此戒盜苦諦斷所謂此見諸此人所更彼一切本所作因無作作縁此戒盜苦諦斷所謂此見此人所更彼一切富者化因無作作縁此戒盜苦諦斷也所謂此見此人所更彼一切無因無縁此邪見習諦斷

所謂此見我作苦樂無作作縁此戒盜苦諦斷所謂此見他作苦樂無作作縁此戒盜苦諦斷所謂此見我作他作苦樂無作作縁此戒盜苦諦斷所謂此見非自作非他作非我作非教他作無因無縁衆生苦樂所更此邪見習諦斷所謂此見彼是我彼是世我是彼常法非變易法此邊見有常見攝苦諦斷所謂此見實有此我此邊見有常見攝苦諦斷所謂此見實無此我此邊見斷滅見攝苦諦斷所謂此見我觀我眼色我住此身見苦諦斷所謂此見我觀非我眼我住色衆具因此身見苦諦斷所謂此見無我見我色我住眼衆具因此身見苦諦斷所謂此見此是我若語若覺作教作生等生於彼彼作善惡行受報此邊見有常見攝苦諦斷所謂此見彼淨脫出若五欲樂娛樂以穢法盜爲最此見盜苦諦斷所謂此見彼淨脫出若解脫欲乃至第四禪成就遊無作作縁此戒盜苦諦斷所謂此見我豪依空見起增慢我相似依空見起慢我卑依空見起小慢有勝我者依見起小慢有似我者依見起慢有卑我者依見起增慢無豪我者依見起增慢無似我者依見起增慢無卑我者依見起小慢所謂此見無風無雨無射懷妊不孕河不流火不然日月不出不沒垢淨無住處此邊見斷滅見攝苦諦斷也

依我造衆生　依他亦有造　一一無有見
不觀此是前

依我造衆生者我作我造我化故曰依我造衆生依他亦有造者他作他造他化故曰依

他亦有造一一無有見者一一見彼不看不視不覺故曰一一無有見不觀此是前

當觀此前緣　若觸於生受　我作彼非有
他作彼非有

當觀此前緣者此前謂之見此前緣別生別老別病別死視此見前視覺也故曰觀前緣若觸於生受者生謂之外學於彼此見染著觸故曰若觸於生受也我作彼非有者彼非有我作我造我化故曰我作彼非有他作彼非有者彼有非他作他造他化故曰他作彼非有

慢住此衆生　慢取慢縛見　逆生死不過

慢住此衆生者七慢彼住屬成就故曰慢住此衆生慢取者彼取重取恒取故曰慢取慢縛者彼縛重縛恒縛故曰慢縛見逆者斷滅見有常見俱逆有常見斷滅見俱逆故曰見逆生死不過者無窮彼不越不等越故曰生死不過

若得若當得　二塵雜俱散　異學戒諸學
諸持戒諸活　諸梵活養全

若得若當得者已得持陰入故曰若得若當得者不得持陰入必當得故曰若當得二塵雜俱散者二塵欲瞋恚愚癡彼散雲多散故曰二塵雜俱散異學戒者學彼從彼故曰異學戒諸學者諸衆生如是見如是語彼淨脫出諸學象頭馬背車弓地鈎强諸輦出入故曰諸學也諸持戒者諸衆生如是見如是語彼淨脫出若持牛戒守狗戒鹿戒象戒禿梟戒倮形戒故曰諸持戒也諸活者諸衆生如是見如是語彼多活久活若洗人泉不人泉

上人泉恒門三淵泉故曰活諸梵活者諸衆生如是見如是語彼淨脱出諸兩兩梵行改徃等受故曰諸梵活諸養全者諸衆生如是見如是語彼淨脱出若事火日月星宿藥嚴飾宫故曰諸養全此一邊無作作緣此戒盜苦諦斷諸衆生如是見如是語好欲淨欲食欲充根欲欲中無事此二邊以穢法盜爲最此見盜苦諦斷此二邊不知戒盜見盜如實不知如實不見彼取彼受彼走見起眼成見彼眼成者謂之佛世尊彼見取時受時走時見起故曰眼成見彼此二邊知戒盜見盜如實知如實見不取彼不受彼不走彼見不起眼成見彼眼成者謂之佛世尊彼見不取時不受眼不走時不起時故曰眼成見彼此非染非穢非愚彼不欲淨解脱出彼不復輪轉輪轉謂無量生死彼非不盡非有餘故曰不復輪轉此邊我説苦苦者五盛陰彼此邊後邊最後邊故曰此邊我説苦也見跋渠第五竟梵本二百七十六首盧

偈跋渠第六

見婆羅門二毋　盡灑若負一　不信三十六惡見　無塈沐講堂隋皮

視者視時視　不視時亦視　不視者亦視不視視亦視

視者視時視視謂之諸已見苦習盡道視時視謂之諸餘見苦習盡道彼亦見此見苦習盡道　曰視者視時視不視時亦視者謂之諸餘不見苦習盡道彼視此不見苦習盡道故曰不視時亦視不視者亦視不視謂之不見苦習盡道視謂之諸見苦習盡道故曰不

盡要故曰無礙過梵志也竟三

捐捨於父母　亦王及二學　已害於五虎
彼謂之清淨

捐捨於父母者母謂之愛生故如說

愛爲生士　彼心馳走人因生死　彼苦大畏

父謂之有漏行有彼當捨離斷故曰捐捨於父母也亦王及二學者王謂之有漏心意識如說

六增上王　染著諸塵　非染無汙　染謂之愚

二學謂之戒盜見盜故曰亦王及二學也已害於五虎者虎世尊現瞋恚如彼虎兇惡無慈如是瞋恚纏衆生兇惡無慈彼世尊現當盡云何五答曰數爲五五蓋中五五下分結中五彼當捨離斷故曰已害於五虎也彼謂之清淨者盡欲清淨瞋恚愚癡已盡謂之清淨彼故謂之清淨也竟四

若已盡不生　已盡不將隨　彼佛無量行
無迹何迹將

若已盡不生者結盡無餘謂之盡或生或不生誰生答曰若彼結盡退此生誰不生答曰若彼結盡不退此不生故曰若已盡不生已盡不將隨者此結不盡有餘以二事將隨於現法中樂色聲香味細滑若身壞有苦生彼盡無餘不將隨故曰已盡不將隨彼佛無量行者云何佛答曰如彼如來無餘智見明覺視者亦視不視視亦視彼見苦習盡道此不見苦習盡道故曰不視視亦視竟一

不應捶婆羅門　亦不施婆羅門
不是捶婆羅門　亦不是施婆羅門

不應捶婆羅門婆羅門者謂之阿羅漢彼不

捶若手若石若刀若杖故曰不應捶婆羅門亦不施婆羅門者彼阿羅漢不施不敬衣食卧具病瘦醫藥故曰亦不施婆羅門不是捶婆羅門者彼不是弊醜諸捶阿羅漢若手若石若刀若杖故曰不是捶婆羅門亦不是施婆羅門者彼不是弊醜諸施阿羅漢不敬衣食卧具病瘦醫藥故曰亦不是施婆羅門 二竟

捐捨於父母　亦王及二學　捨邦士翼從
無礙過梵志

捐捨於父母者毋謂之愛生故也如說

愛爲生士　彼心馳走　人因生死　彼苦大畏

父謂之有漏行有彼當捨離斷故曰捐捨於父母也亦王及二學者王謂之有漏心意識如說

六增上王　染著諸塵　非染無汙　染謂之愚

二學謂之戒盜見盜故曰王及二學也捨邦士翼從者邦士謂之垢翼從謂之彼相應有覺有觀彼當捨離斷故曰捨邦士翼從無礙過梵志者三礙貪欲瞋恚愚癡彼盡於欲界中過出要色無色界過出要梵志者於此見思惟已得度成就謂之佛二邊有常著斷此非佛世尊行也四意止無量無邊無限此佛世尊行故曰彼佛無量行也無迹何迹將者迹謂之垢彼垢無一可將若染若穢若愚故曰無迹何迹將 五竟

若叢染枝灑　無愛可將隨　彼佛無量行
無迹何迹將

若叢染枝灑者叢謂之愛如說比丘我今當說愛叢水枝灑若彼諸衆生覆隱没陰蓋纒云何灑答曰此愛不盡有餘灑若生五趣過

去未來現在也彼盡無餘不灑故曰若叢染枝灑也無愛可將隨者愛盡無餘也此愛不盡有餘二事將隨於現法中樂色聲香味細滑法若身壞有苦生彼盡無餘不將隨故曰無愛可將隨彼佛無量行者云何佛答曰若彼如來無餘智見明覺思惟已得度成就謂之佛二邊斷滅有常彼非佛世尊行四意止無邊無限無量此佛世尊行故曰彼佛無量行也無迹何迹將者迹謂之垢彼垢無一可將若染若穢若愚故曰無迹何迹將六竟

已截繩束高　亦意等相依　覺爲已度壍
彼是世梵志

已截繩束高者世尊現高慢繩愛譬如車截現高繩繫如是衆生高慢愛繫彼世尊現當滅故曰已截繩束高亦意等相依者三意欲瞋恚愚癡也等相依謂之彼相應覺觀也故曰亦意等相依覺爲已度壍者佛世尊現當斷無明如說云何比丘已度岸答曰無明壍盡無餘故曰覺爲已度壍也彼是世梵志者梵志現已滅惡法故曰彼是世梵志也七竟

一本二展轉　三垢五彌廣　諸海十二轉
文尼度沃焦

一本二展轉者世尊現無明是本如說

諸此惡趣　今世後世　彼無明本　慳貪等生

二展轉謂之名色故曰一本二展轉三垢五彌廣者三垢婬瞋恚愚癡五彌廣謂之五趣地獄畜生餓鬼天人故曰三垢五彌廣諸海十二轉者世尊現海六入是海如說法海比丘愚凡人說語此非聖典海大水處大水聚數眼入爲海彼色迴使若忍彼色使不度眼

海俱迴使俱神俱羅刹耳鼻舌身意入海彼法迴使若彼法忍迴使彼不度意海俱迴使俱神俱羅刹十二轉者謂之十二入若眼色中迴色眼中迴乃至意法中迴法意中迴故曰諸海十二轉也文尼度沃焦沃焦者無限生死彼無學文尼已度學文尼方度故曰文尼度沃焦八竟

不信不住智　若那羅斷除　害望捨離望

彼是無上士

不信不住智者世尊弟子已實見四諦謂之不信何故答曰彼不信餘若佛若法若僧若苦習盡道也不住智者謂之泥洹如說有比丘不生不住不有無爲於此長久遠不得令得因道因迹故曰不信不住智若那羅斷除者彼斷一切三界際若那羅者名也如說衆生謂之那羅魔兇兇舍摩納婆富樓沙福伽羅祁披禪豆八人名字也故曰若那羅斷除也害望捨離望者害望現形望盡捨離望現命望盡故曰害望捨離望也彼是無上士者彼第一士大士妙士高士無上士故曰彼是無上士九竟

三十六水　意流有倍　順流二見　由望覺出

三十六水者水謂之三十六愛種也故曰三十六水意流有倍者意生意首意所縛著倍者極增感滿故曰意流有倍順流二見者謂之斷滅見有常見彼流至地獄畜生餓鬼故曰順流二見由望覺出者三覺欲覺瞋恚覺害覺欲生欲有欲所縛著故曰由望覺出也十竟

棄身惡行　及口惡行　棄意惡行　諸穢雜想

棄身惡行者現身滅三惡行故曰棄身惡行及口惡行者現滅口四惡行故曰及口惡行棄意惡行者現滅意三惡行故曰棄意惡行也諸穢雜想者若知諸餘雜想亦當滅故曰諸穢雜想竟十一

如鬘童子見見有足聞聞足知知足識識足如非此如非此者如非彼如非彼者如非下非上非兩中間此是苦邊或鬘童子見見有足或無誰有答曰若眼見色不起垢是謂有謂無答曰若眼見色起垢是謂無聞聞足知知足識識足亦如是如彼鬘童子見見有足聞聞足知知足識識足如非此若染若穢若愚若非此若染若穢若愚者如是非彼取縛若如非彼取縛者如是如非下不欲界非上無色界非兩中間色界此是苦邊苦謂之五盛陰彼是邊彼邊最後邊故曰此是苦邊十二竟

磨舍一　兜舍二　僧貫磨三　薩披多羅毗比粟多四　此是苦邊

磨舍者不希望若欲若恚若愚故曰磨舍也兜舍者喜佛道喜善說法順聖僧別苦習盡道色無常痛想行識無常故曰兜舍也僧貫磨者欲生制息之瞋恚愚癡生制息之故曰僧貫磨也薩披多羅毗比粟多者曇窶羅國語也一切欲界心脫離一切色無色界心脫離故曰薩披多羅毗比粟多也此是苦邊者苦謂之五盛陰彼是邊後邊最後邊故曰此是苦邊竟十三

知身如聚沫　覺法如野馬　斷魔華小華
不往見死王

知身如聚沫者如彼沫聚無力羸虛空不堅五盛陰如是無力羸虛空不堅故曰知身如聚沫也覺法如野馬者從日光出不久彈指頃不住本無忽有設有便盡五盛陰如是斯須彈指頃不住本無忽有設有便盡故曰覺法如野馬也斷魔華小華者四魔陰魔垢魔死魔自在天子魔世尊爲彼現見諦斷華垢盡小華思惟斷故曰斷魔華小華不往見死王者如是見諦思惟斷結已盡無餘自在天子不隨意自恣故曰不往見死王十四竟

守堂若彼此　諸覺喜足我　知世間興衰
善心盡解脫

守堂若彼此者三講堂空無願無相諸緣內生外緣故曰守堂若彼此也諸覺喜足我者覺謂之智達聰明智慧成喜於佛道善說法順聖僧別苦習盡道色無常痛想行識無常如我具身口意行成就故曰諸覺喜足我也知世間興衰者世間謂之五盛陰諸比丘遊觀興衰如此色如此色習如此色盡如此痛想行識此識習此識盡故曰知世間興衰善心盡解脫者彼思義思法思善思妙一切有道沒生脫當脫已脫故曰善心盡解脫十五竟

脫若墮已墮　貪餮復來還　已逮安隱處
樂往至樂所

脫若墮已墮者脫謂欲界也已脫謂生色界若墮謂辦色界中陰故曰脫若墮已墮也貪餮復來還者有世間道垢盡聖智未生彼自身娛樂自身恃怙復墮地獄餓鬼畜生故曰貪餮復來還已逮安隱處已逮者謂之佛弟子安隱者謂之泥洹彼娛樂故曰已逮安隱

處也樂徃至樂所者彼道樂至泥洹故曰樂徃至樂所竟十六

若無根無皮　葉無況有枝　彼猛縛解脫　誰堪能誹謗

若無根無皮者世尊現無明根如說諸惡趣此今世後世彼無明本慳貪等生皮者四識住彼不盡有餘不欲不忍故曰若無根無皮也葉無況有枝者世尊現葉我慢如說云何比丘燒葉荅曰我慢盡無餘枝者愛如說比丘我當說愛聚水枝灑於此衆生覆隱況陰蓋纏故曰葉無況有枝彼猛縛解脫者猛謂佛弟子猛勇智慧成就猛勝除惡法三縛欲瞋恚愚癡彼脫已脫當脫故曰彼猛縛解脫也誰堪能誹謗者彼人當稱譽不可訾也若毀訾者受罪多如說

若毀便譽　若譽便毀　口招禍殃　不覺樂故

故曰若無根無皮無葉況有枝彼猛縛解脫誰堪能誹謗偈跋渠第六竟梵本二百一十首盧

通達風復如是道非釋斷聚妙

阿毗曇八揵度論卷第三十

音釋

撾捶　撾陟瓜切擊也捶諸蘂切以杖擊也　梟　古堯切　倮　郎果切赤體也　塹　七豔切坑也　毚　奴侯切　貰　始制切　餮　他結切貪食也　訾　將此切毀也